Jojo Moyes est romancière et journaliste. Elle vit en Angleterre, dans l'Essex. Après avoir travaillé pendant dix ans à la rédaction de l'*Independent*, elle décide de se consacrer à l'écriture. Ses romans, traduits dans le monde entier, ont été salués unanimement par la critique et lui ont déjà valu de nombreuses récompenses littéraires. *Avant toi* a créé l'événement et marqué un tournant dans sa carrière d'écrivain. Ce best-seller a rencontré un succès retentissant et a été porté à l'écran, tout comme *La Dernière Lettre de son amant*. La prochaine adaptation au cinéma consacrera sa somptueuse épopée féminine, *Le vent nous portera*.

De la même autrice :

Avant toi
Après toi
Après tout

La Dernière Lettre de son amant
Jamais deux sans toi
Sous le même toit
Les Yeux de Sophie
Paris est à nous
Une douce odeur de pluie
Où tu iras j'irai
Les Fiancées du Pacifique
Le vent nous portera
Le bonheur n'attend pas
Nos cœurs à l'horizon
La Baie des baleines

CE LIVRE EST ÉGALEMENT DISPONIBLE AU FORMAT NUMÉRIQUE

www.editions-hauteville.fr

Jojo Moyes

Le Vent nous portera

Traduit de l'anglais (Grande-Bretagne)
par Nathalie Guillaume

Hauteville

Hauteville est un label des éditions Bragelonne

Titre original : *The Giver of Stars*

ISBN : 978-2-38122-406-0

Bragelonne – Hauteville
60-62, rue d'Hauteville – 75010 Paris

E-mail : info@editions-hauteville.fr
Site Internet : www.editions-hauteville.fr

À Barbara Napier,
qui m'a offert des étoiles quand j'en avais besoin.

Et aux bibliothécaires du monde entier.

Prologue

20 décembre 1937

Écoutez. Vous vous êtes enfoncé pendant trois miles dans la forêt qui s'étend juste en dessous d'Arnott's Ridge, et dans un silence si dense que vous avez l'impression d'y flotter. Pas de chant d'oiseaux à l'aube, pas même en plein été, et surtout pas maintenant, avec l'air glacial si chargé d'humidité qu'il fige les quelques feuilles courageusement agrippées aux branches. Parmi les chênes et les noyers blancs, rien ne bouge : les animaux sauvages sont profondément terrés, de doux pelages entremêlés dans des grottes exiguës ou des troncs évidés. La neige est si épaisse que les jambes de la mule disparaissent jusqu'aux jarrets, et, après quelques foulées, elle titube et renâcle avec méfiance, à l'affût des fragments de silex et des trous sous le blanc infini. Seul l'étroit ruisseau en contrebas se meut avec assurance, son eau limpide murmurant et faisant des bulles à la surface de son lit pierreux, lancée vers une destination finale que personne alentour n'a jamais vue.

Margery O'Hare remue ses orteils dans ses bottes, mais elle ne les sent plus depuis longtemps et grimace en pensant à la douleur qu'elle éprouvera quand ils se réchaufferont. Par ce temps-là, malgré ses trois paires de collants en laine, c'est comme si elle était sortie jambes nues. Elle caresse le cou de l'imposante mule, débarrassant la crinière de la glace qui s'y accumule avec ses gros gants d'homme.

— Une ration supplémentaire pour toi, ce soir, mon Charley, dit-elle en voyant ses grandes oreilles se tourner furtivement en arrière.

Elle remue, ajuste la position des sacoches, veillant à ce que la mule soit bien équilibrée tandis qu'elles amorcent leur descente vers le ruisseau.

— De la mélasse chaude dans ton dîner. Peut-être même que j'en prendrai, moi aussi.

Encore quatre miles, songe-t-elle, regrettant de ne pas avoir pris un petit déjeuner plus copieux. Quand elle aura passé l'escarpement des Indiens, monté le sentier des pins jaunes et franchi deux vallées de plus, la vieille Nancy apparaîtra, chantant des cantiques comme elle le fait toujours, sa voix claire et forte résonnant dans toute la forêt tandis qu'elle marche, balançant les bras comme un enfant, pour aller à sa rencontre.

— Vous n'êtes pas obligée de parcourir cinq miles pour me rejoindre, dit-elle à Margery, toutes les deux semaines. C'est notre boulot. C'est pour ça que nous sommes à cheval.

— Oh, vous en faites assez comme ça, les filles.

Elle connaît la véritable raison. Nancy, pas plus que Jean, sa sœur, alitée dans leur minuscule chalet en bois à Red Lick, ne peut tolérer la possibilité de rater la prochaine tranche d'histoires. Elle a soixante-quatre ans, trois bonnes dents, et un faible pour un beau cowboy.

— Ce Mack McGuire, il fait virevolter mon cœur comme un drap propre sur une corde à linge. (Elle joint les mains et lève les yeux au ciel.) Vu comme Archer le décrit, eh bien, c'est comme s'il sortait directement des pages de ce livre pour m'emmener sur son cheval. (Elle se penche en avant d'un air conspirateur.) Il n'y a pas que ce canasson que je serais heureuse de chevaucher. Mon époux disait que j'avais une sacrée assise, quand j'étais jeune fille !

— Je n'en doute pas, Nancy, répond-elle invariablement.

Et la femme éclate de rire en se tapant les cuisses, comme si c'était la première fois qu'elle faisait cette plaisanterie.

Une brindille craque, et les oreilles de Charley s'agitent. Avec des oreilles de cette taille, il doit entendre à peu près jusqu'à Louisville.

— Par ici, mon garçon, dit-elle en le guidant à l'écart d'un affleurement rocheux. Tu entendras Nancy dans une minute.

— On va quelque part ?

Margery tourne brusquement la tête.

Il titube légèrement, mais son regard est calme et direct. Son fusil, constate-t-elle, est armé, et il le porte, comme un imbécile, avec le doigt sur la gâchette.

— Alors, tu vas me regarder maintenant, hein, Margery ?

Son esprit s'emballe, mais sa voix traduit un incroyable sang-froid.

— Je vous vois, Clem McCullough.

— *Je vous vois, Clem McCullough.*

Il répète en crachant, comme un sale gamin dans une cour d'école. Ses cheveux rebiquent d'un côté, comme s'il avait dormi dessus.

— Tu me vois alors que tu regardes ton nez. Tu me vois comme si tu examinais de la crasse sur ta chaussure. Comme si tu étais supérieure.

Elle n'a jamais eu peur de grand-chose, mais elle connaît assez ces hommes des montagnes pour savoir qu'il ne faut pas chercher la bagarre avec un ivrogne. En particulier s'il porte un fusil chargé.

Elle dresse mentalement une liste des gens qu'elle aurait pu offenser – Dieu sait qu'il semble y en avoir quelques-uns –, mais McCullough ? Elle ne trouve rien. Sauf l'évidence.

— Si votre famille a une dent contre mon père, qu'elle l'enterre avec lui. Il ne reste que moi, et les conflits ancestraux ne m'intéressent pas.

McCullough lui barre le chemin à présent, les jambes calées dans la neige, le doigt toujours sur la gâchette. Sa peau marbrée est violacée. Visiblement, il est trop saoul pour se rendre compte à quel point il a froid. Probablement trop saoul pour tirer droit, mais c'est un risque qu'elle préfère ne pas courir.

Elle ajuste son poids en ralentissant la mule, puis fait glisser son regard sur le côté. Les berges du ruisseau sont trop pentues, les arbres y sont trop denses pour les franchir. Elle devrait le persuader de se déplacer ou lui passer dessus, et la tentation de cette seconde option est forte.

Les oreilles de la mule pivotent brusquement en arrière. Dans le silence, Margery entend son cœur tambouriner jusque dans ses tempes. Elle pense distraitement qu'elle n'est pas sûre de l'avoir un jour entendu battre aussi fort.

— Je fais juste mon boulot, Mr McCullough. Je vous serais reconnaissante de me laisser passer.

Il sourcille, perçoit l'insulte potentielle dans l'excès de politesse, et, tandis qu'il déplace son fusil, elle prend conscience de son erreur.

— Ton *boulot*... Tu te crois tellement supérieure. Tu sais de quoi tu as besoin ? (Il crache bruyamment en attendant sa réponse.) J'ai dit : tu sais de quoi tu as besoin, gamine ?

— Quelque chose me dit qu'il y a un monde entre ma réponse et la vôtre.

— Oh, tu as réponse à tout. Tu crois qu'on ne sait pas ce que vous fabriquez, toutes autant que vous êtes ? Tu crois qu'on ne sait pas ce que vous avez propagé parmi d'honorables femmes dévotes ? On sait ce que vous mijotez. Tu as le diable en toi, Margery O'Hare, et il n'y a qu'une seule manière de le faire sortir d'une fille comme toi.

—Eh bien, ce serait un plaisir de faire halte pour le découvrir, mais je suis débordée avec mes tournées, alors nous pourrions peut-être poursuivre cette conversation…

—La ferme ! aboie McCullough en pointant vers elle son fusil. Ferme ta sale gueule.

Elle se tait.

Il s'approche de deux pas, les jambes écartées.

—Descends de la mule.

Charley s'agite nerveusement. Margery a le cœur tel un glaçon dans la bouche. Si elle se retourne pour s'enfuir, il l'abattra. La seule route ici suit le ruisseau ; le sol de la forêt est impraticable, jonché de silex durs. Les arbres sont trop compacts pour se frayer un chemin. Il n'y a personne aux alentours, personne à l'exception de la vieille Nancy qui parcourt lentement le sommet de la montagne.

Margery est livrée à elle-même, et il le sait.

Il parle plus bas.

—J'ai dit, descends, *maintenant*.

Il se rapproche encore de deux pas, faisant crisser la neige.

Et voilà la vérité brute, pour elle, ainsi que pour toutes les femmes des environs. Peu importe combien vous êtes maligne, brillante, indépendante – vous pouvez toujours tomber sur un abruti avec une arme à feu. Le canon de son fusil est désormais si près qu'elle se retrouve nez à nez avec les deux trous d'un noir infini. Il le lâche brusquement avec un grognement, le laissant se balancer derrière lui sur sa bandoulière, puis se saisit des rênes de Margery. La mule pivote, et la jeune femme vacille en avant sur son encolure. Elle sent McCullough essayer de lui agripper la cuisse tandis qu'il tend l'autre main en arrière pour prendre son arme. Il a l'haleine âcre des ivrognes et la main incrustée de saleté ; à son contact, chaque cellule du corps de Margery est révulsée.

Et puis elle l'entend, au loin, la voix de Nancy.

Oh, quelle paix souvent nous perdons!
Oh, quelle vaine douleur nous portons…

Il relève la tête. Elle entend crier « Non ! » avant de se rendre compte que c'est de sa bouche que l'exclamation a jailli. Les doigts de l'homme l'attrapent et la tirent. Un bras l'agrippe par la taille, lui faisant perdre l'équilibre. Entre cette violence déterminée et cette haleine fétide, elle sent son avenir se transformer en une chose noire et effroyable. Mais le froid a engourdi McCullough. Il cherche de nouveau son arme en tâtonnant, se détournant de Margery, et à cet instant elle saisit sa chance. Elle tend la main gauche vers sa sacoche derrière elle et, alors qu'il tourne la tête, elle lâche les rênes, attrape un énorme livre, puis, de ses deux mains, l'abat de toutes ses forces sur la tête de McCullough – *clac!* Le coup de fusil part, dans un *crac* en trois dimensions qui ricoche sur les arbres, les oiseaux prennent aussitôt leur envol, brièvement réduits au silence – une nuée noire et chatoyante d'ailes déployées. Tandis que McCullough s'effondre, la mule se cabre en trébuchant sur l'homme. Margery se cramponne au pommeau de la selle pour ne pas tomber.

Puis elle s'en va en suivant le lit du ruisseau, la gorge nouée, le cœur martelant sa poitrine, comptant sur les pieds infaillibles de la mule pour trouver prise dans l'eau glaciale qui gicle, sans oser se retourner pour voir si McCullough est parvenu à se relever pour la pourchasser.

Chapitre premier

Trois mois plus tôt

Tout le monde s'accordait à dire, en s'éventant devant le magasin ou en passant à l'ombre des eucalyptus, qu'il faisait exceptionnellement chaud pour un mois de septembre. Dans l'église de Baileyville, l'air était chargé des odeurs de lessive et de parfum éventé, de corps serrés les uns contre les autres dans leurs beaux habits, robes en popeline et costumes d'été. La chaleur avait même imprégné les murs à bardage, au point que le bois craquait et soufflait en signe de protestation. Suivant Bennett de près alors qu'il longeait en traînant les pieds la rangée de sièges compacte, présentant ses excuses tandis que chaque personne se levait de sa chaise avec un soupir d'exaspération à peine contenu, Alice jurait pouvoir sentir la chaleur de tous les corps imprégner le sien quand ils s'inclinaient en arrière pour les laisser passer.

Infiniment désolée. Infiniment désolée.

Bennett atteignit enfin deux sièges vides et Alice, honteuse, les joues embrasées, s'assit en essayant de faire abstraction des regards en coin.

Bennett baissa les yeux sur sa boutonnière, balayant de la main des peluches inexistantes, puis remarqua la jupe d'Alice.

— Tu ne t'es pas changée ? murmura-t-il.

— Tu as dit que nous étions en retard.

— Ce n'est pas une raison pour sortir dans cette tenue.

Elle avait essayé de faire un hachis de viande, pour encourager Annie à mettre autre chose que de la nourriture du Sud sur la table. Mais les pommes de terre avaient viré au vert, elle n'était pas parvenue à estimer la chaleur de la cuisinière, et la graisse avait giclé, l'éclaboussant copieusement, lorsqu'elle avait lâché la viande sur la grille. Et quand Bennett entra pour la chercher (elle avait, bien entendu, perdu la notion du temps), il lui reprocha de ne pas déléguer les affaires culinaires à la gouvernante quand approchait l'heure du service religieux.

Alice couvrit de sa main la tache de graisse la plus large sur sa jupe, et décida de l'y garder au cours de l'heure suivante. Parce que ça durerait une heure. Ou deux. Et peut-être même – que Dieu lui vînt en aide – trois.

Église et culte. Culte et église. Quelquefois, Alice Van Cleve avait l'impression d'avoir simplement troqué un passe-temps quotidien assommant contre un autre. Ce matin-là, à l'église, le pasteur McIntosh avait passé presque deux heures à disserter sur les pécheurs, apparemment sur le point de proclamer leur domination impie dans les environs de la petite ville. Il s'éventait à présent, l'air sombrement disposé à reprendre la parole.

— Remets tes chaussures, murmura Bennett. On pourrait te voir.

— C'est cette chaleur, expliqua-t-elle. Mes pieds anglais ne sont pas habitués à ces températures.

Elle sentit, plutôt qu'elle vit, la désapprobation lasse de son mari. Mais elle avait trop chaud et était trop fatiguée pour s'en soucier, et la voix du prêtre avait l'art de l'endormir. Elle ne saisissait qu'à peu près un mot sur trois – germination… cosses… balles… sacs en papier –, et ne prêtait pas beaucoup d'importance au reste.

La vie conjugale, lui avait-on dit, serait une aventure. Un voyage vers un nouveau pays ! Elle avait épousé un

Américain, après tout. Une nouvelle gastronomie ! Une nouvelle culture ! De nouvelles expériences ! Elle s'était imaginée à New York, impeccable en tailleur deux-pièces, dans des restaurants animés et sur des trottoirs fourmillants. Elle écrirait en Angleterre, se targuant de ses nouvelles expériences.

Oh, Alice Wright ? N'est-ce pas celle qui a épousé le magnifique Américain ? Oui, j'ai reçu une carte postale d'elle – elle était au Metropolitan Opera… ou au Carnegie Hall…

Personne n'avait prévenu que cela impliquerait tant de bavardages devant de la belle porcelaine avec de vieilles tantes, tant de raccommodage et de patchwork inutile, ou, pire encore, tant de sermons d'un ennui mortel. Des cultes et des sermons qui duraient des décennies, une éternité. Oh, mais ces hommes *adoraient* s'écouter parler ! Elle avait la désagréable impression de se faire réprimander des heures durant, quatre fois par semaine.

Les Van Cleve s'étaient arrêtés à non moins de treize églises en revenant ici, et le seul sermon qu'Alice avait apprécié s'était tenu à Charleston, où le pasteur avait poursuivi si longtemps que sa congrégation avait perdu patience et décidé, à l'unisson, de « l'anéantir par le chant » – de noyer ses paroles sous une chanson jusqu'à ce que, passablement énervé, il saisisse le message et ferme boutique pour la journée. Ses vaines tentatives de parler par-dessus leurs voix, tandis que celles-ci s'élevaient et enflaient avec détermination, avaient fait glousser Alice. Les congrégations de Baileyville, Kentucky, avait-elle observé une bonne heure plus tôt, semblaient d'un intérêt limité.

— Rechausse-toi, Alice. S'il te plaît.

Elle attira l'œil de Mrs Schmidt, dans le petit salon de laquelle elle avait pris le thé deux semaines auparavant, et regarda de nouveau devant elle en s'efforçant de ne pas paraître *trop* amicale, au cas où cette dame se sentirait encouragée à l'inviter une seconde fois.

— Eh bien, merci, Hank, pour vos précieux conseils sur le stockage des graines. Vous nous avez donné matière à réflexion.

Tandis qu'Alice glissait ses pieds dans ses chaussures, le pasteur ajouta :

— Oh non, ne vous levez pas, mesdames et messieurs. Mrs Brady a demandé un peu de votre temps.

Alice, résignée, se glissa de nouveau hors de ses chaussures. Une petite femme d'âge moyen remonta l'allée et se planta devant l'assemblée – du genre que son père aurait décrite comme « bien rembourrée », avec la garniture ferme et les solides courbes que l'on associait à un canapé de bonne facture.

— C'est au sujet de la bibliothèque itinérante, commença-t-elle, s'éventant le cou avec un éventail blanc et redressant son chapeau. Il y a eu des *développements* que j'aimerais soumettre à votre attention. Nous sommes tous conscients des… euh… effets *dévastateurs* de la Grande Dépression sur cet éminent pays. On s'est tellement concentré sur la survie que beaucoup d'autres éléments de nos vies ont dû passer au second plan. Certains d'entre vous sont peut-être conscients des efforts colossaux du Président et de son épouse, Mrs Roosevelt, visant à restaurer l'intérêt pour l'alphabétisation et le savoir. Eh bien, un peu plus tôt dans la semaine, j'ai eu le privilège de prendre le thé avec Mrs Lena Nofcier, présidente du service Bibliothèque pour l'Association des parents et enseignants du Kentucky. Elle nous a dit que, dans ce cadre, la Works Progress Administration a lancé un réseau de bibliothèques mobiles dans plusieurs États – il y en a même deux ou trois ici, dans le Kentucky. Certains parmi vous ont peut-être entendu parler de la bibliothèque du comté de Harlan. Oui ? Eh bien, elle s'est révélée être un *immense* succès. Sous l'égide de Mrs Roosevelt elle-même et de la WPA…

— Elle est épiscopalienne.

— Pardon ?

— Roosevelt. Elle est épiscopalienne.

Mrs Brady tiqua.

— Eh bien, nous ne lui en tiendrons pas rigueur. Elle est notre première dame et veille à faire de grandes choses pour notre pays.

— Elle devrait veiller à connaître sa place, pas à semer le désordre partout.

Un homme à bajoues et costume de lin pâle secoua la tête et regarda autour de lui, cherchant quelque assentiment.

De l'autre côté de l'allée, Peggy Foreman se pencha en avant pour ajuster sa jupe au moment précis où Alice la remarqua, ce qui donna l'impression qu'Alice l'avait dévisagée jusque-là. Peggy prit une mine renfrognée et leva son tout petit nez en l'air, puis marmonna quelque chose à sa voisine, qui se pencha en avant pour adresser à Alice le même regard hostile. Alice se rassit au fond de son banc, tentant de réprimer la couleur qui lui montait aux joues.

« Alice, tu ne vas pas t'adapter à moins de te faire des amies », ne cessait de lui répéter Bennett, comme si elle pouvait impressionner Peggy Foreman et sa bande de vieilles peaux.

— Ta chérie me jette encore des mauvais sorts, murmura Alice.

— Ce n'est pas ma chérie.

— Eh bien, elle pensait l'être.

— Je te l'ai dit. Nous n'étions que des enfants. Je t'ai rencontrée, et… bon, tout ça, c'est de l'histoire ancienne.

— J'aimerais bien que tu l'en informes.

Il s'inclina vers elle.

— Alice, à ta façon de rester en retrait, les gens commencent à penser que tu es un peu… froide.

— Je suis anglaise, Bennett. Nous n'avons pas vocation à être… *chaleureux*.

— Je pense juste que plus tu t'investis, mieux c'est pour nous deux. Papa le pense aussi.

— Oh. C'est ce qu'il pense, hein ?

— Ne sois pas comme ça.

Mrs Brady leur décocha un regard.

— Comme je disais, en raison du succès de telles initiatives dans les États voisins, la WPA a dégagé des fonds pour nous permettre de créer notre propre bibliothèque itinérante ici dans le comté de Lee.

Alice réprima un bâillement.

Chez eux, sur la crédence, il y avait une photo de Bennett dans sa tenue de base-ball. Il venait de faire un home run, et son visage affichait une joie et une intensité particulières, comme s'il était touché par la grâce. Si seulement il la regardait de nouveau comme ça !

Mais, lorsqu'elle s'autorisa à y songer, Alice Van Cleve s'aperçut que son mariage avait été l'aboutissement d'une série d'événements aléatoires, inaugurée par un chien de faïence cassé au cours d'une partie de badminton en intérieur avec Jenny Fitzwalter (il pleuvait – qu'étaient-elles censées faire d'autre ?), aggravée ensuite par son renvoi de l'école de secrétariat au motif de ses retards permanents, pour finir avec son explosion apparemment inconvenante envers le patron de son père durant la réception de Noël. (« Mais il m'a mis la main aux fesses pendant que je servais les vol-au-vent ! », avait-elle protesté. « Ne sois pas vulgaire, Alice », avait objecté sa mère en frissonnant.) Ces trois événements – ainsi qu'un incident impliquant les amis de son frère Gideon, trop de punch au rhum et un tapis ruiné (elle ne s'était pas rendu compte que le punch contenait de l'alcool ! Personne ne l'avait mise en garde !) – avaient amené ses parents à suggérer ce qu'ils appelaient une « période de réflexion », laquelle avait consisté à « garder Alice cloîtrée à la maison ». Elle les avait entendus parler dans la cuisine : « Elle a toujours été comme ça. Elle est comme ta tante Harriet », avait déclaré Père avec dédain, et Mère ne lui avait pas adressé la parole pendant deux jours entiers, comme si l'idée qu'Alice soit le produit de sa lignée génétique constituait en soi un crime de lèse-majesté.

Et donc, au fil de cet interminable hiver, tandis que Gideon se rendait à des bals et des cocktails, disparaissait durant de longs week-ends chez des amis ou faisait la fête à Londres, elle dévissa progressivement des listes d'invités de ses amis et resta chez elle, à travailler sans enthousiasme sur de la broderie décousue, ses uniques sorties consistant à accompagner sa mère en visite chez de vieilles parentes ou aux rassemblements de l'Institut des femmes, où les discussions avaient tendance à porter sur les gâteaux, la composition florale et *La Vie des saints* – c'était comme si elles essayaient de l'*ennuyer* jusqu'à ce que mort s'ensuive. Elle arrêta de demander les détails de ses sorties à Gideon, puisque cela ne faisait qu'assombrir son humeur. À la place, elle jouait à la canasta en boudant, trichait au Monopoly en bougonnant, et restait avachie à la table de la cuisine, la tête entre les avant-bras, en écoutant la radio, qui promettait un monde bien au-delà de son quotidien asphyxiant.

Deux mois plus tard, quand Bennett Van Cleve apparut inopinément un dimanche après-midi à la fête du printemps que donnait le pasteur – avec son accent américain, sa mâchoire carrée et ses cheveux blonds, exhalant les parfums d'un univers à mille lieues du Surrey –, même s'il avait été le Bossu de Notre-Dame en personne, elle aurait trouvé qu'emménager avec lui dans un clocher retentissant était une excellente idée, merci.

En général, les hommes dévisageaient Alice, et Bennett ne tarda pas à s'éprendre de la jeune Anglaise élégante aux yeux immenses et au carré ondulé blond, dont la voix sèche et claire ne ressemblait à rien de ce qu'il avait entendu à Lexington. Elle aurait aussi bien pu être une princesse britannique pour ses exquises manières et le raffinement avec lequel elle levait une tasse à thé, avait fait remarquer son père. Lorsque la mère d'Alice révéla que l'on pouvait revendiquer une duchesse par alliance dans la famille deux générations plus tôt, le vieux Van Cleve faillit mourir joie. « Une duchesse ? Une duchesse royale ? Oh, Bennett, cela n'aurait-il pas ravi ta chère mère ? »

Le père et le fils visitaient l'Europe avec une mission extérieure des ministères associés du Kentucky de l'Est sous l'autorité de Dieu, pour observer comment les pratiques des fidèles en dehors de l'Amérique. Mr Van Cleve avait financé le voyage de plusieurs participants, en hommage à sa défunte épouse, Dolores. Il ne manquait pas une occasion de le rappeler pour combler les blancs dans la conversation. Il était peut-être un homme d'affaires, mais cela ne signifiait rien, *rien*, si ce n'était pas accompli sous les auspices du Seigneur. Alice le trouva un peu atterré par les expressions modestes et guère pieuses de ferveur religieuse à St Mary's on the Common – et la congrégation avait certainement été déconcertée par les rugissements exubérants du pasteur McIntosh qui promettait enfer et damnation aux brebis galeuses (on avait dû escorter la pauvre Mrs Arbuthnot pour aller prendre l'air par une porte latérale). Mais les Anglais compensaient leur piété défaillante avec leurs églises, leurs cathédrales et toute leur « histoire », fit remarquer Mr Van Cleve. N'était-ce pas une expérience spirituelle en soi ?

Pendant ce temps, Alice et Bennett étaient absorbés par leur propre expérience, vaguement moins sacro-sainte. Ils se quittèrent avec les mains jointes et d'ardentes manifestations d'affection, de celles qui s'intensifient à la perspective d'une séparation imminente. Ils s'envoyèrent des lettres pendant ses haltes à Reims, Barcelone et Madrid. Leurs échanges atteignirent leur paroxysme lorsque Bennett arriva à Rome. Sur le chemin du retour, personne ne fut surpris qu'il demande Alice en mariage, et que la jeune femme, avec l'empressement d'un oiseau qui voit la porte de sa cage s'ouvrir, hésite à peine une demi-seconde avant de dire que oui, elle le voudrait, à son Américain à présent éperdu d'amour – et délicieusement bronzé. Qui ne dirait pas « oui » à un séduisant jeune homme à mâchoire carrée, qui la regardait comme si elle était la perfection faite femme ? Les autres l'avaient regardée comme une pestiférée pendant des mois.

« Enfin, tu es tout simplement parfaite », lui disait Bennett.

Il tenait son fin poignet entre le pouce et l'index alors qu'ils étaient assis sur la balancelle dans le jardin de ses parents, leurs cols remontés pour se protéger de la brise, et leurs pères les regardaient avec indulgence depuis la fenêtre de la bibliothèque, accueillant cette union avec soulagement, quoique pour des raisons différentes.

— Tu es si délicate et raffinée. Comme une aristocrate au sang bleu.

Il prononçait « raffinè ».

— Et tu es incroyablement beau. Comme une star de cinéma.

— Mère t'aurait adorée, dit-il en lui passant un doigt le long de sa joue. Tu es comme une poupée en porcelaine.

Six mois plus tard, Alice savait de source sûre qu'il ne la voyait plus comme une poupée en porcelaine.

Ils s'étaient mariés rapidement, justifiant leur hâte par la nécessité pour Mr Van Cleve de retourner à ses affaires. C'était une véritable révolution dans la vie d'Alice : elle était aussi heureuse et étourdie qu'elle avait été déprimée au cours de ce long hiver. Sa mère fit sa malle dans le même état d'excitation, presque indécent, avec lequel elle avait parlé à tout le monde autour d'elle de l'adorable époux américain d'Alice et de son riche industriel de père. Il n'aurait peut-être pas été malvenu qu'elle ait l'air vaguement affligée à l'idée que sa fille unique déménage dans une région de l'Amérique que personne de sa connaissance n'avait visitée. Mais Alice s'était probablement révélée aussi impatiente de partir. Seul son frère affichait sa tristesse, et elle était à peu près persuadée qu'il s'en remettrait avec son prochain week-end à la campagne. « Je viendrai te voir, évidemment », lui promit Gideon. Ils savaient tous les deux qu'il ne le ferait pas.

La lune de miel d'Alice et Bennett se résuma à cinq jours de traversée en bateau jusqu'aux États-Unis, puis par la route de New York au Kentucky. (Elle avait cherché le Kentucky dans l'encyclopédie et s'était passionnée pour toutes ces courses de chevaux. Ça donnait l'impression d'une journée de derby qui durait un an.) Elle couina d'excitation pour tout : leur énorme voiture, la taille de leur immense paquebot, le pendentif en diamant que Bennett lui avait acheté en cadeau dans un magasin de Burlington Arcade à Londres. Elle ne voyait pas d'inconvénient à ce que Mr Van Cleve les accompagne pendant tout le voyage. Après tout, il aurait été inconvenant de laisser le vieil homme seul, et elle était trop exaltée à l'idée de quitter le Surrey, ses salons poussiéreux plongés dans le silence dominical et l'atmosphère de désapprobation qui y régnait pour s'en soucier.

Mr Van Cleve les collait comme une sangsue, et si Alice en éprouvait un vague mécontentement, elle s'efforçait de l'étouffer, faisant de son mieux pour être la plus charmante version d'elle-même à laquelle les deux hommes semblaient s'attendre. Sur le paquebot entre Southampton et New York, Bennett et elle parvinrent au moins à flâner seuls sur les ponts au cours des heures suivant le souper, pendant que son père travaillait sur des documents pour ses affaires ou bavardait avec les personnes âgées à la table du capitaine. Bennett l'attirait plus près d'un bras puissant, et elle levait sa main gauche arborant l'anneau en or flambant neuf, et s'émerveillait du fait qu'elle, Alice, était désormais *une femme mariée*. Et lorsqu'ils seraient arrivés dans le Kentucky, se disait-elle, elle serait mariée *en bonne et due forme*, puisqu'ils n'auraient plus à partager une cabine tous les trois, avec un simple rideau séparant leurs couchettes.

— Ce n'est pas vraiment le trousseau que j'avais en tête, chuchota-t-elle, dans son maillot de corps et son bas de pyjama.

Depuis que Mr Van Cleve senior avait, dans un état de demi-sommeil, confondu le rideau de leur couchette avec celui de la porte de la salle de bains, Alice n'envisageait pas d'être plus légèrement vêtue.

Bennett lui embrassa le front.

— Ça ne serait pas correct alors que Papa est juste à côté de nous, répondit-il dans un murmure.

Il plaça le long traversin entre eux (« Autrement, je risque de ne pas pouvoir me contrôler »), et ils restèrent allongés côte à côte en se tenant chastement la main dans le noir, leurs respirations audibles tandis que l'énorme navire vibrait sous eux.

Quand elle y repensait, ce long voyage avait été empreint de son désir contenu, ponctué de baisers furtifs derrière les canots de sauvetage, son imagination s'emballant tandis que la mer montait et descendait sous leurs pieds.

— Tu es si jolie. Tu verras, ça n'aura rien à voir quand nous serons à la maison, lui murmurait-il à l'oreille.

Et elle contemplait son beau visage ciselé et enfouissait le sien dans son cou au doux parfum, en se demandant dans combien de temps elle pourrait laisser libre cours à son désir.

Puis, après l'interminable trajet en voiture, et les haltes avec ce prêtre-ci et ce pasteur-là sur toute la route entre New York et le Kentucky, Bennett avait annoncé qu'ils n'habiteraient pas à Lexington, comme elle l'avait supposé, mais dans un village plus au sud. Ils dépassèrent la ville et poursuivirent jusqu'à ce que les chemins se rétrécissent et deviennent poussiéreux, et que les constructions soient clairsemées, dispersées en petites grappes, dans l'ombre de vastes montagnes couvertes d'arbres. C'était très bien, lui assurait-elle, cachant sa déception à la vue de la rue principale de Baileyville, avec sa poignée de bâtiments en brique et ses routes étroites qui s'étiraient vers le néant. Elle aimait beaucoup la campagne. Et ils pourraient faire des virées en ville, comme le faisait sa mère chez Simpson's sur le Strand, n'est-ce pas ? Elle s'efforça de rester optimiste quand elle découvrit que, pour leur première année de vie commune au moins, Mr Van Cleve vivrait sous leur toit. (« Je ne peux pas laisser Papa tout seul alors qu'il porte le deuil de Maman. Pas tout de suite, en tout cas. N'aie pas l'air si consternée, ma chérie. C'est la deuxième plus grosse maison de la ville. Et nous aurons notre propre chambre. ») Une fois qu'ils furent enfin dans cette chambre, bien entendu, les choses étaient allées de travers, à tel point qu'elle n'était pas certaine d'avoir les mots pour l'expliquer.

Avec les dents aussi serrées que lorsqu'elle avait enduré le pensionnat et le Poney Club, Alice tenta de s'adapter à sa nouvelle vie dans cette petite ville du Kentucky. Ce fut une *sacrée* transition culturelle. Elle pouvait déceler, si elle faisait l'effort, une certaine beauté brute dans le paysage, avec ses cieux immenses, ses routes désertes et sa lumière changeante, ses montagnes aux milliers d'arbres parmi lesquels erraient de véritables ours sauvages, et dont les cimes étaient rasées par des aigles. Elle était émerveillée par le gigantisme de l'Amérique, les grands espaces, les vastes distances, comme si elle avait dû soudain changer de référentiel. Mais, en vérité, écrivait-elle, dans ses lettres hebdomadaires à Gideon, tout le reste était pratiquement insupportable.

Elle trouvait la vie étouffante dans la spacieuse demeure blanche, même si Annie, la gouvernante quasi muette, la soulageait de la plupart des tâches ménagères. C'était en effet l'une des maisons les plus imposantes de la ville, mais elle était remplie de lourds meubles d'époque, chaque surface couverte de photos de feue Mrs Van Cleve, de bibelots ou d'une infinie variété de poupées en porcelaine aux yeux fixes. Si Alice s'avisait d'en déplacer une d'un pouce, les deux hommes lui rappelaient qu'elles étaient « les favorites de Maman ». L'influence pieuse et austère de Mrs Van Cleve planait sur la maison comme un linceul.

Maman n'aurait pas aimé les traversins disposés ainsi, n'est-ce pas, Bennett ?

Oh, non. Maman avait des opinions très fermes sur les tissus d'ameublement.

Maman aimait vraiment ses broderies de psaumes. Enfin, le pasteur McIntosh n'a-t-il pas dit qu'il ne connaissait aucune femme dans tout le Kentucky dont le point de feston soit plus raffiné ?

Mr Van Cleve régnait sur les lieux en permanence, faisant sa loi : il décidait de ce qu'ils faisaient, de ce qu'ils mangeaient, de leurs tâches quotidiennes. Il ne supportait pas d'être à l'écart de ce qui se déroulait, quoi que ce fût. Si Bennett et Alice mettaient le gramophone dans leur chambre, il y faisait irruption sans s'annoncer : « Alors, on écoute de la musique maintenant, mmm ? Oh, tu devrais passer du Bill Monroe. Rien ne vaut ce vieux Bill. Vas-y, mon garçon, enlève ce vacarme et mets plutôt un disque de ce bon vieux Bill. »

S'il avait pris un ou deux verres de bourbon, les remarques désobligeantes fusaient, et Annie s'empressait de se tapir dans la cuisine avant qu'il ne puisse s'énerver et critiquer le dîner. Il était juste en deuil, murmurait Bennett. On ne pouvait pas en vouloir à un homme de refuser d'être seul avec ses pensées.

Bennett, ne tarda-t-elle pas à découvrir, ne contredisait jamais son père. Les rares occasions où elle avait posément exprimé son opinion, affirmant que non, en vérité, elle n'avait jamais été une grande amatrice de côtelettes de porc, ou que personnellement le jazz la faisait vibrer, les deux hommes avaient lâché leur fourchette, la dévisageant avec la même stupéfaction que si elle avait retiré tous ses vêtements et dansé une gigue sur la table du dîner.

— Pourquoi dois-tu être aussi contrariante, Alice ? murmurait Bennett, tandis que son père aboyait des ordres à Annie.

Elle s'aperçut vite qu'il était plus prudent de ne pas exprimer d'opinion du tout.

Ce n'était guère mieux en dehors de la maison : les citoyens de Baileyville la jaugeaient du regard comme tout ce qui était « étranger ». La plupart des gens en ville étaient fermiers ; ils semblaient passer toute leur vie dans un rayon de quelques miles, et la vie des autres habitants de Baileyville n'avait pas de secrets pour eux. Il y avait des étrangers, apparemment, à la Hoffman Mining qui abritait quelque cinq cents familles minières venant des quatre coins du monde, sous la supervision de Mr Van Cleve. Mais comme la plupart des mineurs vivaient là-haut dans des logements mis à disposition par la compagnie, allaient chez le médecin, à l'école et au magasin qui appartenaient à la compagnie, et étaient trop pauvres pour posséder des véhicules ou des chevaux, rares étaient ceux qui se rendaient à Baileyville.

Chaque matin, Bennett et son père partaient à la mine dans l'automobile de Mr Van Cleve, et rentraient peu après 18 heures. Durant cet intervalle, Alice se retrouvait à tuer le temps dans une maison qui n'était pas la sienne. Elle essaya de se lier d'amitié avec Annie, mais celle-ci lui avait fait comprendre, par une combinaison de silence et de ménage excessivement vigoureux, qu'elle n'avait aucune intention de lui faire la conversation. Alice avait proposé de cuisiner, mais Annie l'avait informée que Mr Van Cleve était *difficile* concernant son régime et n'aimait que la nourriture du Sud, devinant qu'Alice n'y connaissait rien en la matière.

La plupart des foyers cultivaient leurs propres fruits et légumes, et peu d'entre eux n'avaient pas un cochon ou deux, ou une volée de poules. Il y avait *un* magasin d'alimentation générale, avec d'énormes sacs de farine et de sucre alignés à l'entrée, et des rayons regorgeant de boîtes de conserve. Et il y avait un seul restaurant : le *Nice'N'Quick* avec sa porte verte, sa consigne stricte que les clients « sont tenus de porter des chaussures », et qui servait des plats dont elle n'avait jamais entendu parler, comme des beignets de tomate verte, des feuilles de chou cavalier, et des choses qu'ils appelaient des biscuits, et qui étaient en réalité un croisement entre un chausson aux pommes et un scone. Un jour, elle tenta d'en faire, mais ils ressortirent du fourneau capricieux non pas moelleux et spongieux comme ceux d'Annie, mais suffisamment solides pour émettre un bruit métallique quand on les lâchait sur une assiette (Annie leur avait probablement jeté un sort).

Elle avait été invitée à prendre le thé plusieurs fois par des dames des environs et avait essayé de discuter, mais elle s'aperçut qu'elle n'avait rien à dire, étant nulle en confection de patchwork, la préoccupation locale apparemment, et ne sachant rien de ceux sur qui elles colportaient des ragots. Chaque fois qu'elle recevait ces dames, si Alice avait le malheur de proposer des « biscuits » avec son thé au lieu de « gâteaux », elles s'esclaffaient comme si c'était la meilleure plaisanterie qu'elles avaient entendue depuis longtemps.

À la fin, il se révéla plus facile de rester juste assise sur le lit de la chambre qu'elle partageait avec Bennett, et de relire les quelques magazines qu'elle avait apportés d'Angleterre, ou d'écrire encore une lettre à Gideon, dans laquelle elle s'efforçait de ne pas révéler combien elle était malheureuse.

Elle finit par s'apercevoir qu'elle avait simplement troqué une prison domestique contre une autre. Certains jours, elle se sentait incapable d'affronter une soirée de plus à regarder le père de Bennett lire des textes sacrés depuis le rocking-chair grinçant du porche (« La parole de Dieu devrait être la seule stimulation mentale dont nous ayons besoin : n'est-ce pas ce que disait Maman ? »), pendant qu'elle se tenait là à inhaler les chiffons imbibés d'huile qu'ils brûlaient pour éloigner les moustiques en raccommodant les parties élimées des vêtements du vieil homme (« Dieu abhorre le gâchis – enfin, ce pantalon n'avait que quatre ans, Alice. Il avait encore de beaux jours devant lui »). Alice grommelait intérieurement que si Dieu avait dû repriser le pantalon de quelqu'un d'autre quasiment dans le noir, Il s'en serait probablement acheté un tout neuf chez Arthur J. Harmon's Gentleman's Store à Lexington, mais elle esquissa un sourire crispé et plissa davantage les yeux sur son ouvrage. Bennett, quant à lui, affichait souvent l'expression de qui se retrouve pris au piège, sans parvenir à déterminer ce que c'était ni comment c'était arrivé.

—Alors, expliquez-nous un peu en quoi consiste une bibliothèque itinérante ?

Un coup de coude de Bennett tira Alice de ses rêveries.

—Ils en ont lancé une dans le Mississippi, en utilisant des bateaux, lança une voix près du fond de l'église.

—Vous ne ferez pas naviguer des bateaux sur nos ruisseaux. Pas assez profonds.

—Je crois qu'ils ont l'intention d'utiliser des chevaux, intervint Mrs Brady.

—On va faire aller et venir des chevaux dans la rivière ? N'importe quoi !

La première cargaison de livres était arrivée de Chicago, poursuivait Mrs Brady, et d'autres étaient en cours d'acheminement. Il y aurait une large sélection de fiction, allant de Mark Twain à Shakespeare, et des ouvrages pratiques contenant des recettes, des astuces domestiques, et de l'aide à l'éducation des plus jeunes. Il y aurait même des bandes dessinées – une révélation qui suscita des cris enthousiastes chez certains enfants.

Alice consulta sa montre-bracelet, se demandant à quel moment elle aurait son granité. Le seul point positif du culte était qu'ils ne se retrouvaient pas coincés à la maison toute la soirée. Elle redoutait déjà l'arrivée de l'hiver, lorsqu'il deviendrait plus difficile de trouver des prétextes pour s'échapper.

—Quel homme a le temps de monter à cheval ? Nous devons travailler, pas rendre des visites de courtoisie avec la dernière édition du *Journal des femmes au foyer*.

Quelques rires fusèrent dans l'assemblée.

— Tom Faraday aime bien regarder les sous-vêtements pour femmes dans le catalogue Sears, toutefois. Il passe des heures et des heures dans les cabinets du jardin à lire ça !

— Mr Porteous !

— Ce ne sont pas des hommes, mais des femmes, déclara une voix.

S'ensuivit un court silence.

Alice se retourna pour regarder. Une femme était appuyée contre la porte du temple dans un manteau en coton bleu foncé, les manches retroussées. Elle portait des culottes de cuir, et ses bottes n'étaient pas cirées. Elle était peut-être à la fin de sa trentaine ou au début de sa quarantaine, avec un beau visage et de longs cheveux bruns négligemment noués en arrière.

— Ce sont des femmes qui montent à cheval pour aller distribuer les livres.

— Des femmes ?

— Toutes seules ? lança une voix d'homme.

— La dernière fois que j'ai vérifié, le Seigneur leur avait donné deux bras et deux jambes, exactement comme aux hommes.

Un bref murmure se propagea dans l'assemblée. Alice observa la femme de plus près, intriguée.

— Merci, Margery. Dans le comté de Harlan, ils ont six femmes et tout un réseau opérationnel. Et, comme je le disais, nous allons instaurer quelque chose de similaire ici. Nous avons déjà deux bibliothécaires, et Mr Guisler nous a très gentiment prêté deux de ses chevaux. J'aimerais profiter de cette occasion pour le remercier de sa générosité.

Mrs Brady fit signe à la jeune femme de venir.

— Beaucoup d'entre vous connaîtront aussi Miss O'Hare…

— Oh, ça, on connaît bien les O'Hare.

— Alors vous ne serez pas sans savoir qu'elle a travaillé ces dernières semaines pour nous aider à lancer ce projet. Nous avons également l'aide Beth Pinker – levez-vous, Beth… (Une fille avec des taches de rousseur, un nez retroussé et des cheveux blond cendré se leva, l'air gêné, avant de se rasseoir aussitôt.) J'ai programmé cette réunion parce que nous avons besoin d'autres femmes qui comprennent les rudiments de la littérature, afin que nous puissions avancer dans ce projet civique des plus louables.

Mr Guisler, le marchand de chevaux, leva la main. Il se mit debout et ôta son chapeau. Après un instant d'hésitation, il parla avec une calme assurance.

— Eh bien, je trouve que c'est une belle idée. Ma propre mère était une grande lectrice de livres, et j'ai proposé ma vieille grange à traire pour la bibliothèque. Je crois que tous les gens sensés ici présents devraient soutenir le projet. Merci.

Il se rassit.

Margery O'Hare appuya son postérieur contre le bureau à l'avant et scruta posément l'océan de visages. Alice remarqua qu'un murmure de vague mécontentement circulait dans la salle, et il semblait cibler la jeune femme. Elle remarqua également que Margery O'Hare y paraissait prodigieusement indifférente.

— Nous avons un vaste comté à couvrir, ajouta Mrs Brady. Nous n'y arriverons pas avec seulement deux filles.

Une femme à l'avant de l'église lança :

— Donc, qu'est-ce que ça voudrait dire ? Ce truc de bibliothèque à cheval ?

— Eh bien, ça impliquerait de chevaucher jusqu'aux maisons les plus reculées et de fournir de quoi lire à ceux qui ne sont pas capables de se rendre aux bibliothèques du comté, en raison, par exemple, d'une santé mauvaise ou fragile, ou par manque de moyens de transport. (Elle inclina la tête afin de voir par-dessus ses demi-lunes.) J'ajouterai que c'est pour contribuer au développement de l'éducation, aider à apporter le savoir dans ces endroits où il manque cruellement aujourd'hui. Notre Président et son épouse croient que ce projet peut ramener la connaissance et l'apprentissage au premier plan dans le monde rural.

— Hors de question de laisser ma bonne femme chevaucher seule dans les montagnes ! s'écria quelqu'un, au fond.

— Tu as juste peur qu'elle ne revienne pas, Henry Porteous ?

— Tu peux prendre la mienne, va. Je serais ravi si elle partait au galop et ne rentrait jamais à la maison !

Un éclat de rire parcourut la salle.

Contrariée, Mrs Brady éleva la voix.

— Messieurs, s'il vous plaît. Je demande que quelques-unes de nos dames contribuent à notre bien civique en s'inscrivant. La WPA fournira les chevaux et les livres, et il vous faudrait simplement vous engager à les distribuer au moins quatre jours par semaine. Il y aura des journées interminables qui commenceront de bonne heure, étant donné la topographie de notre beau comté, mais je crois aussi qu'il y aura d'immenses récompenses.

— Alors pourquoi ne le faites-vous pas ? lança quelqu'un au fond de la salle.

— Je me porterais volontaire, mais, comme beaucoup d'entre vous le savent, mes hanches me martyrisent. Le docteur Garnett m'a prévenue que faire de telles distances à cheval serait un défi physique trop important. Idéalement, nous recherchons des volontaires parmi nos plus jeunes dames.

— C'est pas prudent pour une jeune femme seule. J'suis contre.

— C'est pas convenable. Les femmes devraient s'occuper du foyer. Et puis quoi encore ? Des femmes dans les mines ? Au volant des camions ?

— Mr Simmonds, si vous ne vous rendez pas compte qu'il y a un monde entre un camion et un exemplaire de *La Nuit des rois*, alors que le Seigneur vienne en aide à l'économie du Kentucky, car j'ignore au-devant de quoi nous allons.

— Les familles devraient lire la Bible. Rien d'autre. Qui va surveiller le genre de livres qu'elles vont distribuer ? Vous savez comment ils sont, au nord. Elles pourraient propager toutes sortes d'idées folles.

— Ce sont des livres, Mr Simmonds. Les mêmes que ceux avec lesquels vous avez étudié quand vous étiez petit. Mais je crois me souvenir que vous étiez plus appliqué à tirer les nattes des filles qu'à lire.

Un autre éclat de rire.

Personne ne bougea. Une femme regarda son mari, mais il secoua furtivement la tête.

Mrs Brady leva une main.

— Oh, j'ai oublié de préciser. Ce n'est pas du bénévolat, il s'agit d'une mission *payée*. La rémunération sera aux alentours de vingt-huit dollars par mois. Alors, qui voudrait s'inscrire ?

Il y eut un bref murmure.

— Je ne peux pas, déclara une rousse tirée à quatre épingles. Pas avec quatre enfants de moins de cinq ans.

— Vraiment, je ne vois pas pourquoi le gouvernement gâche les deniers publics gagnés à la sueur de notre front pour distribuer des livres à des gens qui ne savent même pas lire, intervint Mr Bajoues. Enfin, la moitié d'entre eux ne vont même pas à l'église.

La voix de Mrs Brady s'était teintée d'un léger désespoir.

— Un mois d'essai. Allons, mesdames. Je ne peux pas retourner dire à Mrs Nofcier que nous n'avons pas une seule volontaire à Baileyville. De quoi aurions-nous l'air ?

Personne ne prit la parole. Le silence s'éternisa. À la gauche d'Alice, une abeille se cognait obstinément contre la fenêtre. Les gens commencèrent à remuer sur leurs sièges.

Sans se démonter, Mrs Brady observa l'assemblée.

— Allons. Évitons un autre incident comme la collecte de fonds pour les orphelins.

Il sembla qu'un grand nombre de paires de chaussures nécessitaient soudain une grande attention.

— Pas une personne ? Vraiment ? Eh bien… Izzy sera la première, alors.

Une fille, petite et presque parfaitement sphérique, à moitié cachée parmi la foule compacte, leva les mains à ses lèvres.

— Maman ! protesta-t-elle.

— Ça fait une volontaire. Ma petite fille n'aura pas peur d'accomplir son devoir pour notre pays, pas vrai, Izzy ? D'autres volontaires ?

Personne ne pipa mot.

— Aucune d'entre vous ? Vous ne pensez pas que l'apprentissage soit important ? Vous ne croyez pas nécessaire d'encourager nos familles les moins fortunées à s'instruire ? (Elle fusilla l'assemblée du regard.) Bien. Ce n'est pas la réaction à laquelle je m'attendais.

— Moi, je le ferai, lâcha Alice dans le silence.

Mrs Brady plissa les yeux en plaçant sa main en visière.

— Est-ce que c'est Mrs Van Cleve ?

— Oui. Alice.

— Tu ne peux pas t'inscrire, chuchota Bennett avec insistance.

Alice s'inclina en avant.

— Mon époux me disait à l'instant qu'il croyait avec ferveur en l'importance du devoir civique, exactement comme sa chère mère, je serais donc heureuse de me porter volontaire.

Sa peau picota tandis que tous les regards se braquaient sur elle.

Mrs Brady s'éventa un peu plus vigoureusement.

— Mais… Vous ne connaissez pas les routes de cette région, ma chère. Ce ne serait pas raisonnable.

— Eh oui, renchérit Bennett. Tu ne connais pas les routes, Alice.

— Je lui montrerai, dit Margery O'Hare en hochant la tête vers Alice. Je ferai les trajets avec elle une semaine ou deux. Nous pouvons la garder à proximité de la ville jusqu'à ce qu'elle prenne ses marques.

— Alice, je…, chuchota Bennett.

Il paraissait troublé et leva les yeux vers son père.

— Est-ce que vous savez monter à cheval ?

— Depuis que j'ai quatre ans.

Mrs Brady bascula sur ses talons de satisfaction.

— Eh bien, voilà, Miss O'Hare. Vous avez déjà deux bibliothécaires de plus.

— C'est un début.

Margery O'Hare adressa un sourire à Alice, qui le lui rendit presque, avant de comprendre ce qu'elle était en train de faire.

— Eh bien, je ne pense pas du tout que ce soit une idée judicieuse, déclara George Simmonds. Et j'écrirai au gouverneur Hatch demain pour lui en faire part. Je crois qu'envoyer de jeunes filles dehors toutes seules nous expose à un désastre. Et je ne vois dans cette initiative tordue que la garantie de pensées impies et de comportements déplacés, première dame ou pas. Je vous salue bien, Mrs Brady.

— Je vous salue bien, Mr Simmonds.

Les gens commencèrent à se lever de leurs sièges.

— Je vous verrai à la bibliothèque lundi matin, dit Margery O'Hare, alors qu'elles sortaient dans la lumière du soleil.

Elle tendit la main et serra vigoureusement celle d'Alice.

— Appelez-moi Marge.

Elle jeta un coup d'œil vers le ciel, se cala un chapeau en cuir à larges bords sur la tête et s'éloigna à grandes enjambées vers une imposante mule, qu'elle salua avec le même enthousiasme que s'il s'était agi d'une vieille amie qu'elle venait de croiser dans la rue.

Bennett la regarda partir.

— Mrs Van Cleve, je n'ai aucune idée de ce que vous croyez être en train de faire.

Il l'avait dit deux fois avant qu'elle se rappelle que, en vérité, c'était désormais son nom.

Chapitre 2

Baileyville était une ville ordinaire du sud des Appalaches. Nichée entre deux crêtes, elle comprenait deux routes principales faites d'un mélange bredouillant de bâtiments en brique et en bois, reliées en V, et qui se ramifiaient en une multitude de chemins et sentiers sinueux qui menaient, au niveau le plus bas, vers de lointaines petites vallées, qu'on connaissait sous le nom de *hollers*, et, au plus élevé, vers une poignée de maisons de montagne de l'autre côté des crêtes couvertes d'arbres. Ces maisons près du cours supérieur du ruisseau abritaient traditionnellement les familles les plus respectables et aisées – il était plus facile de gagner honnêtement sa vie sur des terres plates, et plus facile de cacher un alambic dans les zones plus reculées et sauvages –, mais, au fil des années, l'afflux de mineurs et de chefs des travaux, les changements subtils dans la démographie d'une petite ville et de son comté n'avaient plus permis de déduire à quelle catégorie appartenaient les gens en fonction du lieu où ils résidaient.

La bibliothèque itinérante de la WPA de Baileyville devait être basée dans le dernier chalet de bois en haut de Split Creek, à un tournant sur la droite en quittant la grande rue et sur une route où l'on trouvait des cols blancs, des marchands, et ceux qui gagnaient leur vie en vendant ce qu'ils cultivaient. Elle était de plain-pied, contrairement à la plupart des constructions, qui étaient sur pilotis pour se protéger des crues printanières. En partie plongée dans l'ombre par un chêne gigantesque sur sa gauche, la maison mesurait approximativement quinze foulées sur douze. À l'avant, on y entrait par une petite volée de marches en bois branlantes, et à l'arrière par une porte en bois qui avait un jour été assez large pour des vaches.

—Cela me donnera l'occasion de faire connaissance avec tout le monde en ville, avait-elle expliqué aux deux hommes pendant le petit déjeuner, alors que Bennett mettait une fois de plus en doute le bon sens de sa femme, désapprouvant le fait qu'elle se porte volontaire.

Alice ajouta :

—C'est précisément ce que tu voulais, non ? Comme ça, au moins, je ne serai pas dans les pattes d'Annie toute la sainte journée.

Elle avait découvert que, si elle exagérait son accent anglais, ils avaient plus de mal à la contredire. Les dernières semaines, elle avait commencé à s'exprimer comme la reine d'Angleterre en personne.

—Et, bien sûr, je serai aux premières loges pour voir qui a besoin de nourriture spirituelle.

—C'est un argument valable, arbitra Mr Van Cleve en retirant un bout de bacon coincé entre ses dents pour le disposer soigneusement à côté de son assiette. Elle pourrait le faire jusqu'à ce que les bébés arrivent.

Alice et son époux avaient délibérément évité de se regarder.

À présent, Alice s'approchait de la construction de plain-pied, ses bottes soulevant la terre meuble du chemin. Elle porta la main à son front et plissa les yeux. Sur un panneau fraîchement peint, on pouvait lire l'inscription « BIBLIOTHÈQUE ITINÉRANTE DES USA, WPA ». Un son de martèlement émergea de l'intérieur dans des salves saccadées. Mr Van Cleve s'était un peu trop laissé aller la veille au soir, et était d'humeur massacrante, déterminé à critiquer tout ce qu'on ferait sous son toit. Y compris respirer. Alice s'était faufilée sans bruit, avait réussi à entrer de force dans ses culottes, puis s'était mise à chanter doucement pendant le demi-mile de marche jusqu'à la bibliothèque, ravie de pouvoir trouver refuge ailleurs.

Elle recula de quelques pas, tentant de regarder dans le bâtiment ; ce faisant, elle remarqua le faible bourdonnement d'un moteur qui arrivait, accompagné d'un autre bruit plus discontinu qu'elle ne pouvait pas bien distinguer. Elle se retourna pour voir le camion, remarquant l'expression choquée du chauffeur.

— *Oh ! Attention !*

Alice fit volte-face au moment même où un cheval sans cavalier galopait sur le chemin vers elle, les étriers claquant dans le vide et les rênes emmêlées dans ses jambes. Alors que le camion faisait une embardée pour l'éviter, le cheval hennit et trébucha, faisant mordre la poussière à Alice.

Elle fut vaguement consciente d'une salopette qui passait en bondissant devant elle, du vacarme d'un klaxon et d'un fracas de sabots.

— Oooh… oooh. Tout doux, mon gars…

— Aïe.

Elle se frotta le coude, la tête sifflant suite au choc. Lorsqu'elle finit par se redresser, elle vit qu'à quelques pas de là un homme tenait la bride du cheval et lui caressait le cou pour essayer de le calmer. L'animal avait les yeux fous, presque révulsés, et des veines saillaient sur son encolure, comme une carte en relief.

— Quel imbécile ! cria une jeune femme qui trottinait sur le chemin dans leur direction. Le vieux Vance a klaxonné exprès, et mon cheval m'a désarçonnée sur la route.

— Ça va ? Vous avez fait une sacrée chute, dites donc.

Une main se tendit pour aider Alice à se relever. Elle cligna des yeux, et regarda à qui la main appartenait : un homme grand en salopette et chemise à carreaux. Son visage s'était adouci sous l'effet de la compassion. Un clou dépassait encore du coin de sa bouche. Il le cracha dans sa paume et le fourra dans sa poche avant de proposer une poignée de main.

— Frederick Guisler.

— Alice Van Cleve.

— La jeune mariée anglaise…

Il avait la main calleuse.

Haletante, Beth Pinker apparut entre eux et prit brusquement les rênes à Frederick Guisler avec un grognement.

— Bon Dieu, Scooter, tu as perdu la cervelle que tu avais à la naissance.

L'homme se tourna vers elle.

— Je te l'ai dit, Beth. Tu ne peux pas sortir un pur-sang d'ici au galop. Ça le tend comme un ressort. Passe les vingt premières minutes au pas, et il sera bon pour la journée.

— Qui a le temps de marcher ? Il faut que je sois à Paint Lick pour midi. Zut, il a fait un trou dans mes plus belles culottes.

Beth tira le cheval vers le montoir, toujours en marmonnant pour elle-même, puis se retourna brutalement.

— Oh. C'est vous, la nouvelle ? Marge m'a dit de vous prévenir qu'elle arrivait.

— Merci.

Alice leva une paume, avant de retirer l'assortiment de petits cailloux qui y étaient incrustés. Tandis qu'ils la regardaient, Beth vérifia ses sacoches, jura de nouveau, fit pivoter le cheval et repartit en montant la route dans un petit galop de côté.

Frederick Guisler se retourna vers Alice en secouant la tête.

— Vous êtes sûre que ça va ? Je peux aller vous chercher de l'eau.

Alice essaya de paraître désinvolte, comme si elle ne sentait pas son coude palpiter et ne venait pas de s'apercevoir qu'il lui restait un peu de terre au-dessus des lèvres.

— Ça va. Je vais juste... m'asseoir ici sur l'escalier.

— Le *perron* ? précisa-t-il en souriant.

— Oui, ça aussi, dit-elle.

Frederick Guisler la laissa là. Il posait des étagères en pin brut le long des murs de la bibliothèque, en dessous desquelles se trouvaient des cartons de livres en attente. L'un des murs était déjà rempli de divers ouvrages, soigneusement étiquetés, et une pile dans le coin laissait deviner qu'on en avait déjà rendu. Contrairement à la maison des Van Cleve, il semblait que ce bâtiment-là allait servir à quelque chose.

Alors qu'elle était assise, à frotter la terre de ses vêtements, deux jeunes femmes passèrent de l'autre côté de la route, toutes deux dans de longues jupes en crêpe et coiffées de chapeaux à larges bords pour se protéger des plus virulents rayons de soleil. Elles jetèrent un coup d'œil vers elle avant de se faire des messes basses. Alice sourit et leva une main timide pour les saluer, mais elles lui décochèrent un regard noir avant de se détourner. Alice prit conscience qu'elles étaient probablement des amies de Peggy Foreman. Parfois, elle se disait qu'elle pourrait juste fabriquer un panneau et se l'accrocher autour du cou : « Non, je ne savais pas qu'il avait une amoureuse. »

— Fred a dit que vous aviez fait une chute avant même d'être montée sur le cheval. Belle performance.

Alice releva les yeux et croisa le regard de Margery O'Hare. Elle était juchée sur un cheval aussi affreux qu'imposant, aux oreilles excessivement longues, et guidait un poney plus petit, marron et blanc.

— Hum, eh bien, je...

— Est-ce que vous avez déjà monté une mule ?

— Est-ce là une mule ?

— Oh oui. Mais ne lui dites pas. Elle se prend pour un pur-sang arabe. (Margery plissa les yeux vers elle par-dessous les larges bords de son chapeau.) Vous pouvez essayer ce petit cheval pie, Spirit. C'est une jument fougueuse, mais elle a le pied sûr, comme Charley ici présent, et elle ne recule devant rien. L'autre fille ne vient pas.

Alice se leva et caressa les naseaux blancs de la petite jument. Celle-ci ferma les yeux à demi. Elle avait les cils à moitié blancs et à moitié marron, et exhalait une agréable odeur d'herbe de prairie. Alice fut aussitôt ramenée aux étés passés à chevaucher dans le domaine de sa grand-mère dans le Sussex, quand elle avait quatorze ans et était libre de s'échapper des journées entières. C'était l'époque heureuse qui avait précédé celle où on lui rappelait sans cesse comment elle était supposée se comporter.

« Alice, tu es trop impulsive. »

Elle s'inclina en avant et huma les poils doux comme de la peau de bébé que la jument avait aux oreilles.

— Alors, vous allez lui faire l'amour ? Ou la monter et vous mettre en route ?

— Maintenant ?

— Vous attendez la permission de Mrs Roosevelt ? Allons, nous avons du chemin à faire.

Sans attendre, elle fit pivoter la mule et Alice dut grimper précipitamment tandis que le petit cheval pie se lançait à la suite de Margery.

Durant la première demi-heure, Margery O'Hare parla peu, et Alice chevaucha silencieusement derrière elle, s'efforçant de s'adapter à son style d'équitation. Le dos de Margery n'était pas raide, elle avait les talons baissés et le menton relevé, comme les filles avec qui Alice avait fait du cheval en Angleterre. Elle avait les membres relâchés, elle oscillait comme un jeune arbre quand elle dirigeait sa mule, absorbant chaque mouvement tandis qu'elle la faisait tourner, et monter ou descendre les pentes. Elle parlait plus souvent à sa monture qu'à Alice, la grondant ou lui chantant des chansons, pivotant occasionnellement à cent quatre-vingts degrés sur sa selle pour crier, comme si elle venait juste de se rappeler qu'elle avait de la compagnie :

— Tout va bien derrière ?

— Bien ! lançait Alice en essayant de ne pas chanceler alors que la jument tentait une nouvelle fois de se retourner pour déguerpir vers la ville.

— Ne vous en faites pas, elle essaie juste de savoir à qui elle a affaire, dit Margery après qu'Alice eut lâché un cri perçant. Dès que vous lui aurez fait comprendre que vous êtes aux commandes, elle sera aussi douce que de la mélasse.

Face aux réticences évidentes de sa jument, Alice n'était guère convaincue, mais elle ne voulait pas se plaindre, craignant que Margery ne l'estime pas à la hauteur de ce travail. Elles traversèrent la petite ville, dépassant de luxuriants jardins clôturés regorgeant de maïs, de tomates, de légumes verts. Margery tirait son chapeau aux quelques villageois qu'elle croisait. Les montures reculèrent en renâclant quand un énorme camion transportant du bois les dépassa, mais subitement elles se retrouvèrent hors de la ville, progressant vers un chemin étroit et escarpé. Margery ralentit un peu la cadence quand la route s'élargit, afin de pouvoir cheminer côte à côte avec Alice.

— Alors, comme ça, vous êtes la fille d'Angleterre, dit-elle en imitant son accent.

— Oui, répondit Alice en se penchant pour éviter une branche basse. Y êtes-vous déjà allée ?

Margery gardait le visage tourné vers l'avant, si bien qu'Alice avait du mal à l'entendre.

— Suis jamais allée plus à l'est que Lewisburg. C'est là que ma sœur habitait.

— Oh. Est-ce qu'elle a déménagé ?

— Elle est morte.

Margery tendit la main et arracha d'une branche une épaisse brindille dont elle retira les feuilles en relâchant les rênes sur l'encolure de la mule.

— Je suis sincèrement désolée. Vous avez d'autres frères et sœurs ?

— Oui, j'en avais. Quatre sœurs et cinq frères. Mais il ne reste plus que moi, maintenant.

— Vivez-vous à Baileyville ?

— À deux pas de la ville. Dans la maison qui m'a vue naître.

— Vous n'avez jamais vécu qu'à un seul endroit ?

— Oui, et c'est très bien comme ça.

— Vous n'êtes pas curieuse ?

— De quoi ?

Alice haussa les épaules.

— Je ne sais pas. D'aller ailleurs, de découvrir autre chose ?

— Pourquoi ? Est-ce que c'est mieux d'où vous venez ?

Alice songea au silence écrasant du salon de ses parents, au grincement sinistre de la porte d'entrée, à son père qui astiquait son automobile en sifflant faux entre ses dents tous les dimanches matin, à l'agencement minutieux des fourchettes et couteaux à poisson sur une nappe dominicale soigneusement repassée. Elle regarda les verts pâturages à perte de vue, les immenses montagnes qui se dressaient de chaque côté. Au-dessus d'elle, un faucon décrivait des cercles dans un ciel infiniment vide et bleu.

— Probablement pas.

Margery ralentit afin qu'Alice puisse arriver à sa hauteur.

— J'ai tout ce qu'il me faut ici. Je fais ce que je veux, et en général les gens me laissent tranquille. (Elle s'inclina et flatta l'encolure de la mule.) Ça me plaît comme ça.

La sentant légèrement sur la défensive, Alice se tut. Elles parcoururent les quelques miles suivants en silence, Alice consciente de la manière dont la selle lui irritait déjà l'intérieur des genoux, la chaleur de la journée cognant sur sa tête nue. Margery lui fit signe qu'elles tourneraient à gauche en traversant une clairière.

— Nous allons accélérer un peu, ici. Vous feriez mieux de vous agripper, au cas où elle ferait des siennes.

Alice sentit la petite jument s'élancer en avant sur un petit sentier rocailleux qui devint de plus en plus ombragé, jusqu'à ce qu'elles soient dans les montagnes, les bêtes étirant l'encolure, gravissant tête baissée les chemins abrupts qui serpentaient entre les arbres. Alice inspira l'air plus frais, les doux parfums de la forêt. Elle contempla le chemin moucheté de lumière devant elles, et les arbres ruisselants de chants d'oiseaux qui formaient une voûte au-dessus de leurs têtes. Alors qu'elles étaient lancées au galop, Alice se pencha sur l'encolure de la jument et se sentit soudain heureuse. Quand elle ralentit l'allure, elle se rendit compte qu'elle souriait sans même y penser. C'était une sensation frappante, comme être subitement capable d'utiliser un membre amputé.

— Voici la route nord-est. Je me suis dit qu'on pourrait se répartir la zone en huit sections.

— Mon Dieu, c'est tellement beau ! s'exclama Alice.

Elle riva les yeux sur les énormes rochers couleur sable qui semblaient surgir de nulle part, formant des abris naturels. Tout autour d'elles, ils émergeaient presque horizontalement du versant de la montagne en couches épaisses, ou créaient des arches naturelles en pierre, érodées par des siècles de vent et de pluie. Là-haut, elle était séparée de la ville, de Bennett et de son père par bien plus que la distance. Elle avait l'impression d'avoir atterri sur une autre planète, où la gravité n'opérait pas de la même manière. Elle se laissait traverser par tous les bruits du monde – les grillons dans l'herbe, les oiseaux qui planaient lentement en silence au-dessus de leurs têtes, le fouettement de la queue des chevaux chassant les mouches de leurs flancs.

Margery dirigea sa mule sous un surplomb et fit signe à Alice de la suivre.

— Vous voyez là ? Ce trou ? C'est un trou à gruau. Vous savez ce que c'est ? (Alice secoua la tête.) Les Indiens y broyaient le maïs. Si vous regardez bien, vous verrez deux zones usées dans la pierre, là où le vieux chef reposait son derrière pendant que les femmes travaillaient.

Alice sentit ses joues s'embraser et réprima un sourire. Elle leva les yeux vers les arbres, inquiète, et sa bonne humeur se volatilisa.

— Est-ce qu'ils… Est-ce qu'ils sont toujours dans les parages ?

Margery l'observa par-dessous son chapeau.

— Je pense que vous êtes en sécurité, Mrs Van Cleve. Ils ont tendance à aller déjeuner, à cette heure-ci.

Elles s'arrêtèrent pour manger leurs sandwichs, abritées sous un pont ferroviaire, puis chevauchèrent à travers les montagnes tout l'après-midi, les chemins serpentant de telle sorte qu'Alice ne pouvait être sûre des endroits où elles étaient passées ni de la direction qu'elles prenaient. Il était difficile de déterminer avec certitude où était le nord quand les arbres se dressaient haut au-dessus de leurs têtes, occultant le soleil et l'ombre. Elle demanda à Margery où elles pourraient faire halte pour se soulager, et celle-ci esquissa un geste de la main.

— N'importe quel arbre que vous voudrez, choisissez.

La conversation de sa nouvelle compagne était occasionnelle, concise, et semblait tourner essentiellement autour de qui était mort ou pas. Elle-même prétendait avoir du sang cherokee hérité de lointains ancêtres.

— Mon arrière-grand-père a épousé une Cherokee. J'ai des cheveux de Cherokee et un nez bien droit. On avait tous la peau un peu foncée dans la famille, bien que ma cousine soit née albinos.

— À quoi ressemble-t-elle ?

— Elle n'a pas vécu au-delà de deux ans. Elle s'est fait mordre par une vipère cuivrée. Tout le monde pensait qu'elle était juste grincheuse, jusqu'à ce qu'ils voient la morsure. Bien sûr, à ce moment-là, c'était trop tard. Soit dit en passant, il faudra que vous fassiez attention aux serpents. Vous vous y connaissez un peu, en serpents ?

Alice secoua la tête.

Margery cligna des yeux, comme s'il était impensable que quelqu'un soit à ce point ignorant en la matière.

— Eh bien, ceux qui sont venimeux ont tendance à avoir la tête en forme de pelle, vous voyez ce que je veux dire ?

— Compris. (Alice attendit quelques secondes.) Une pelle du genre carrée ? Ou celles pour creuser, avec l'extrémité pointue ? Mon père a même une pelle à drain, qui…

Margery soupira.

— Bon, il vaut mieux éviter tous les serpents pour l'instant. Vous apprendrez à les reconnaître plus tard.

Tandis qu'elles montaient, s'éloignant du ruisseau, Margery sautait à terre de temps à autre pour attacher un bout de ficelle rouge autour d'un tronc d'arbre ; elle se servait d'un canif pour le trancher ou le mordait avant d'en recracher les extrémités. Ceci, disait-elle, montrerait à Alice comment retrouver son chemin jusqu'à la voie à ciel ouvert.

— Vous voyez la maison du vieux Muller sur la gauche, là-bas ? Vous voyez la fumée ? C'est lui, sa femme et leurs quatre enfants. Elle ne sait pas lire, mais l'aîné sait, et il lui apprendra. Muller n'aime pas beaucoup l'idée qu'ils s'instruisent, mais il est au fond de la mine du matin au soir, alors je leur apporte quand même des livres.

— Ça ne le dérangera pas ?

— Il n'en saura rien. Il rentrera, se lavera de la poussière, mangera ce qu'elle aura préparé comme nourriture et sera endormi au coucher du soleil. C'est dur, dans la mine, et ils en reviennent épuisés. Elle cache les livres dans sa malle à vêtements. Il ne regarde jamais dedans.

Margery, semblait-il, gérait seule une bibliothèque ambulante depuis déjà plusieurs semaines. Elles passèrent devant de petites maisons sur pilotis bien entretenues, de minuscules chalets à toit en bardeau dans un piteux état qui menaçaient d'être balayés par la prochaine brise, des huttes avec des étals délabrés de fruits et légumes à vendre devant ; Margery pointait chaque habitation du doigt en expliquant qui vivait là, si ses occupants savaient lire, la meilleure façon de leur faire parvenir le matériel, et quelles maisons ne pas approcher. Celles des contrebandiers, surtout. Elle lui parla de l'alcool de contrebande qu'ils distillaient dans des alambics dissimulés dans les bois. Il y avait ceux qui le fabriquaient et vous auraient tiré dessus pour en avoir été témoin, et ceux qui le consommaient et couraient un risque si vous les surpreniez. Elle semblait tout savoir sur tout le monde, et livrait chaque renseignement du même ton tranquille et laconique. Là, c'était chez Bob Gillman – il avait perdu un bras dans une machine dans une usine de Detroit et était revenu vivre avec son père. Là, c'était la maison de Mrs Coghlan – son époux l'avait affreusement battue, jusqu'à ce qu'il rentre chez eux en louchant et qu'elle le couse en entier dans son drap puis l'attaque à coups de badine jusqu'à ce qu'il jure de ne plus jamais recommencer. Là, c'était l'endroit où deux alambics de contrebande avaient explosé avec un tel fracas qu'on avait entendu la détonation à travers deux comtés. Les Campbell en voulaient encore aux Mackenzie et passaient parfois en tirant sur la maison s'ils s'étaient assez saouls.

—Cela vous arrive-t-il d'avoir peur? demanda Alice.

—Peur?

—Quand vous êtes là-haut, toute seule. Vous donnez l'impression qu'il pourrait se produire n'importe quoi.

À l'expression de Margery, on aurait dit que cette pensée ne lui était jamais venue à l'esprit.

—J'ai commencé à chevaucher dans ces montagnes avant même de savoir marcher. J'évite les ennuis. (Alice dut paraître sceptique.) Ce n'est pas compliqué. Vous savez, quand vous avez un groupe d'animaux qui se rassemblent à un point d'eau?

—Hum, pas vraiment, non. Il n'y a pas beaucoup de points d'eau dans le Surrey.

—Vous allez en Afrique, vous avez l'éléphant qui boit à côté du lion, et lui, il boit à côté d'un hippopotame, et l'hippopotame boit à côté d'une gazelle. Et aucun d'eux ne dérange l'autre, pas vrai? Vous savez pourquoi?

—Non.

—Parce qu'ils se comprennent. Et cette bonne vieille gazelle voit que le lion est tout détendu, et qu'il veut juste boire un coup. Et l'hippopotame est tout tranquille, et alors tous, ils vivent et laissent vivre. Mais vous les mettez dans une plaine au crépuscule, et ce même lion rôde avec une lueur dans l'œil – eh bien, les gazelles vont décamper vite fait.

—Il y a des lions en plus des serpents?

—Vous déchiffrez les gens, Alice. Vous voyez quelqu'un au loin, c'est un mineur en chemin vers sa maison, et vous devinez à son pas qu'il est fatigué et que tout ce qu'il veut, c'est rentrer chez lui, se remplir la panse et se détendre. Vous voyez ce même mineur un vendredi devant un bar, qui a sifflé la moitié d'une bouteille de bourbon et vous regarde d'un œil noir ? Vous savez que vous devez l'esquiver, non ?

Elles poursuivirent un moment en silence.

— Alors… Margery ?

— Mmm.

— Si vous n'êtes jamais allée plus à l'est que… Où était-ce ? Lewisburg ? Comment se fait-il que vous en sachiez autant sur les animaux d'Afrique ?

Margery immobilisa sa mule et se tourna face à Alice.

— Vous plaisantez, j'espère ! (Alice la dévisagea.) Et vous voulez que je fasse de vous une bibliothécaire ?

C'était la première fois qu'elle avait vu rire Margery. Elle s'esclaffait en hululant comme une chouette effraie, et à la moitié du trajet pour redescendre à Salt Lick, elle riait encore.

— Alors, comment était-ce aujourd'hui ?

— C'était bien, merci.

Elle ne souhaitait parler ni de son postérieur ni de ses cuisses, si douloureux qu'elle avait retenu ses larmes en se baissant sur la cuvette des toilettes. Ni des minuscules chalets devant lesquels elles étaient passées, et dont les murs, à l'intérieur, étaient recouverts de papier journal pour « protéger des courants d'air en hiver », lui avait précisé Margery. Elle avait besoin de temps pour assimiler l'immense territoire qu'elle avait sillonné avec sa compagne de route. Elle s'émerveillait d'avoir traversé un paysage vertical en empruntant un chemin horizontal, d'être véritablement au contact de la nature pour la première fois de sa vie, et du spectacle auquel elle avait assisté : les énormes oiseaux, les cerfs qui trottinaient, les minuscules salamandres bleues. Elle se garderait bien de parler du vieil édenté qui leur avait lancé des injures sur la route, et de la jeune mère éreintée dont les quatre enfants en bas âge couraient en tous sens devant la maison, aussi nus que le jour de leur naissance. Mais, surtout, la journée s'était révélée si extraordinaire, si précieuse, qu'elle ne voulait surtout pas en partager la moindre miette avec les deux hommes.

— Ai-je bien entendu que vous étiez partie à cheval avec Margery O'Hare ? demanda Mr Van Cleve en prenant une gorgée de sa boisson.

— En effet. Et Isabelle Brady.

Elle jugea préférable de ne pas dire qu'Isabelle ne s'était pas jointe à l'expédition.

— Vous devez rester à distance de cette O'Hare. C'est une source d'ennuis.

— Comment ça ?

Elle saisit le regard que Bennett lui lança furtivement : *Ne dis rien.*

Mr Van Cleve pointa sa fourchette vers elle.

— Souvenez-vous de ce que je vous dis, Alice. Margery O'Hare est issue d'une mauvaise famille. Frank O'Hare était le plus gros contrebandier du Kentucky au Tennessee. Vous n'êtes pas arrivée en Amérique depuis assez longtemps pour comprendre ce que cela signifie. Oh, aujourd'hui, elle est peut-être bien déguisée avec ses livres et ses belles paroles, mais, en dessous, c'est toujours la même, exactement comme le reste de ces bons à rien. Je vous l'affirme, aucune femme convenable des environs ne prendrait le thé avec elle.

Alice essaya d'imaginer Margery se préoccuper de prendre le thé avec une seule de ces dames. Elle prit à Annie le plat de pain de maïs et en posa une tranche sur son assiette avant de le faire passer. Malgré la chaleur, elle était affamée.

— Ne vous inquiétez pas. Elle me montre simplement où distribuer les livres.

— Je dis ça comme ça. Prenez garde de ne pas trop la fréquenter. Il ne faudrait pas que ses manières déteignent sur vous.

Il prit deux tranches de pain de maïs, en enfourna une demie entre ses lèvres et mâcha une minute, la bouche ouverte. Alice se détourna en grimaçant.

— De quel genre de livres s'agit-il, d'ailleurs ?

Elle haussa les épaules.

— Juste... des livres. Il y a Mark Twain et Louisa May Alcott, des histoires de cowboys et des ouvrages de conseils domestiques, des recettes...

Mr Van Cleve secoua la tête.

— La moitié de ces gens des montagnes ne savent pas lire un mot. Le vieux Henry Porteous estime que c'est une perte de temps et un gaspillage de deniers publics, et je partage son point de vue. Toute combine impliquant Margery O'Hare est forcément une sale affaire.

Alice était sur le point de prendre la défense de Margery, mais une vive pression de la main de son époux sous la table l'en dissuada.

— En y réfléchissant, dit Mr Van Cleve en essuyant de la sauce à la commissure de ses lèvres, je suis assez persuadé que ma femme n'aurait pas approuvé un tel projet.

— Bennett m'a pourtant dit qu'elle croyait aux actes de charité, répliqua Alice.

Mr Van Cleve la regarda de l'autre côté de la table.

— Elle y croyait, oui. C'était une femme d'une grande piété.

— Eh bien, dit Alice après un instant, je crois fermement que si nous pouvons encourager les familles impies à lire, nous pouvons les encourager à se tourner vers les Saintes Écritures et la Bible. Cela aura des effets bénéfiques pour tout le monde.

Elle affichait un doux sourire. Elle se pencha en avant au-dessus de la table et reprit.

— Pouvez-vous imaginer toutes ces familles, Mr Van Cleve, enfin capables de saisir vraiment la parole de Dieu à travers une lecture correcte de la Bible ? Ne serait-ce pas merveilleux ? Je suis certaine que votre épouse aurait encouragé cette initiative.

S'ensuivit un long silence.

— Eh bien, oui, concéda Mr Van Cleve. Vous pourriez tenir un argument valable.

Il hocha la tête, pour suggérer que la discussion était close, du moins pour l'instant. Alice vit son époux soupirer de soulagement. Elle regrettait de le détester pour ça.

Trois jours plus tard, mauvaise famille ou pas, Alice s'était rendu compte qu'elle préférait côtoyer Margery O'Hare que presque n'importe qui d'autre dans le Kentucky. Margery parlait peu. Elle n'était absolument pas intéressée par les petits ragots, voilés ou non, qui semblaient alimenter les femmes lors des interminables séances thé et patchwork auxquelles Alice avait assisté jusque-là. Elle ne se souciait guère de l'apparence, des opinions ou de l'histoire d'Alice. Margery allait où elle voulait et disait ce qu'elle pensait, sans rien dissimuler derrière la politesse de courtois euphémismes que tout le monde trouvait si utiles.

« Oh, est-ce que c'est ça, la mode anglaise ? Comme c'est intéressant ! »

« Et Mr Van Cleve Junior accepte que son épouse parte à cheval seule dans les montagnes, vraiment ? Seigneur ! »

« Eh bien, peut-être arrivez-vous à le convertir à vos coutumes anglaises. Comme c'est… original. »

Margery se comportait, s'aperçut Alice dans un sursaut, *comme un homme*.

Cette idée lui parut si extraordinaire qu'elle finit par étudier sa compagne de loin, essayant de comprendre comment celle-ci en était arrivée à ce stupéfiant état de libération. Mais elle n'était pas encore assez hardie – ou peut-être encore trop anglaise – pour poser la question.

Alice se présentait à la bibliothèque peu après 7 heures, alors que l'herbe était encore lourde de la rosée du matin. Bennett avait proposé de la déposer en automobile, mais elle avait décliné son offre, le laissant au petit déjeuner avec son père. Elle échangeait des salutations avec Frederick Guisler, qu'elle surprenait régulièrement en train de parler aux chevaux, comme Margery, et contournait ensuite l'arrière du bâtiment où Spirit et la mule étaient attachées, leurs souffles dégageant de la vapeur qui s'élevait dans l'air froid de l'aube. Les étagères de la bibliothèque étaient presque finies à présent, chargées de livres qu'on avait donnés d'aussi loin que New York et Seattle. (La WPA avait lancé un appel au don aux bibliothèques, et des colis enveloppés de papier kraft arrivaient deux fois par semaine.) Mr Guisler avait réparé une vieille table donnée par une école à Berea, afin qu'ils aient un endroit où poser l'énorme registre à reliure de cuir qui répertoriait les livres rentrés et sortis. Les pages se remplissaient rapidement : Alice découvrit que Beth Pinker partait à 5 heures du matin, et qu'avant qu'elle-même retrouve Margery chaque jour, elle avait déjà passé deux heures sur sa mule, à déposer des livres dans des propriétés isolées au cœur des montagnes. Elle parcourait la liste pour voir où Beth et Margery étaient allées.

Mercredi 15

Les enfants Farley, Crystal – 4 bandes dessinées

Mrs Petunia Grant, la maison de la maîtresse d'école à Yellow Rock – 2 numéros Journal des femmes au foyer *(fév., avr. 1937), un exemplaire* Prince noir *d'Anna Sewell (traces d'encre p. 34-35)*

Mr F. Homer, Wind Cave – un exemplaire Médecine populaire *de J. C. Jarvis*

Les sœurs Fritz, la grange du bout, White Ash – un exemplaire Cimarron *d'Edna Ferber,* L'Obsession magnifique *de Lloyd C. Douglas (note : trois dernières pages manquantes, couverture endommagée par l'eau)*

Les livres étaient rarement neufs, et il leur manquait souvent des pages, parfois même ils étaient dépourvus de couverture, découvrit-elle en aidant Frederick Guisler à les mettre en rayon. Frederick était un homme filiforme au visage buriné, dont la trentaine touchait à sa fin. Son père lui avait légué quatre cents hectares et, comme lui, il élevait et dressait des chevaux, parmi lesquels Spirit, la petite jument qu'Alice montait.

— Elle a des avis sur tout, celle-là, dit-il en caressant son encolure. Figurez-vous que je n'ai rencontré aucune jument convenable qui n'en avait pas.

Il esquissa un sourire conspirateur, comme si jamais de sa vie il n'avait parlé aux chevaux.

Tous les jours de cette première semaine, Margery planifia l'itinéraire qu'elles prendraient avec Alice, et elles partaient dans le matin paisible, Alice humant l'air de la montagne à pleins poumons après l'atmosphère étouffante de la maison Van Cleve. En plein soleil, au fil de la journée, la chaleur s'élevait du sol par vagues moirées, et c'était un soulagement de grimper dans les montagnes, où les taons et les mouches ne bourdonnaient pas sans relâche autour de son visage. Sur les routes plus isolées, Margery descendait de selle pour nouer de la ficelle à un arbre sur quatre afin qu'Alice puisse s'orienter pour rentrer une fois qu'elle ferait le trajet toute seule. Elle attirait son attention sur des repères et des formations rocheuses reconnaissables pour l'aider.

— Si vous n'y arrivez pas, Spirit retrouvera le chemin du retour pour vous, dit-elle. C'est une jument très futée.

Alice s'était habituée au petit cheval pie. Elle savait exactement où Spirit essaierait de faire volte-face, et où elle aimait accélérer. Désormais, au lieu de crier, elle accompagnait le mouvement et se penchait en avant dans leur lancée en caressant l'encolure de la jument. Elle avait maintenant une vague idée d'où menait tel ou tel sentier, et avait dessiné des plans pour chacun, qu'elle fourrait dans ses poches en espérant pouvoir trouver d'elle-même chaque maison. Elle commençait à savourer le temps passé dans les montagnes, le silence inattendu du vaste paysage, la compagnie de Margery devant elle, voûtée pour éviter les branches basses, désignant les lointaines cabanes qui poussaient comme des champignons parmi des clairières.

— Regardez autour de vous, Alice, disait Margery d'une voix forte pour se faire entendre par-dessus la brise. Peu importe ce que la ville pense de vous – vous ne pouvez rien y faire, de toute façon. Mais quand vous vous tournez vers les grands espaces, la beauté s'offre à vous.

Pour la première fois depuis presque un an, Alice n'avait plus à se soucier du regard des autres. Il ne se trouvait personne pour faire des commentaires sur sa tenue ou sa posture, personne pour lui décocher des regards curieux ou rôder autour d'elle pour épier sa façon de parler. Elle avait commencé à comprendre pourquoi Margery tenait tant à ce qu'on la laisse tranquille. Elle fut tirée de ses pensées quand sa compagne s'arrêta dans un dérapage.

— C'est parti, Alice.

Elle bondit de sa selle devant un portail branlant. De l'autre côté, des poulets grattaient la poussière devant la maison, et un gros chien reniflait près d'un arbre.

— Il est temps de rencontrer les voisins, annonça-t-elle.

Alice l'imita, mit pied à terre et jeta les rênes par-dessus le poteau à côté du portail. Les chevaux se mirent aussitôt à brouter, et Margery prit l'une des sacoches sur sa selle, puis fit signe à Alice de la suivre. La maison était délabrée, avec ses planches à recouvrement qui s'affaissaient, comme un sourire de travers. Une épaisse couche de poussière s'était accumulée sur les fenêtres, laissant à peine filtrer la lumière du jour, et une cuve à lessive en fonte était posée dehors, au-dessus des braises d'un feu. Alice avait peine à croire que quiconque vivait là.

— Bonjour ! lança Margery en marchant jusqu'à mi-chemin de la porte d'entrée. Il y a quelqu'un ?

Dans le profond silence de la maison, une latte du plancher craqua, et un homme surgit à la porte, un fusil armé sur l'épaule. Il était vêtu d'une salopette qui n'avait pas été lavée depuis un certain temps, et une pipe en argile émergeait d'une moustache broussailleuse. Deux petites filles apparurent derrière lui, leurs têtes inclinées tandis qu'elles dévisageaient les visiteurs. Il jeta un regard méfiant aux deux femmes.

— Comment allez-vous, Jim Horner ?

Margery pénétra dans le petit enclos délimité par une barrière (on pouvait difficilement appeler ça un jardin) et referma le portail derrière elles. Elle parut ne pas remarquer le fusil ou, si c'était le cas, elle n'en tenait pas compte. Alice sentit son cœur s'emballer un peu, mais lui emboîta le pas sans discuter.

— C'est qui, ça ? s'enquit l'homme en hochant la tête vers Alice.

— C'est Alice. Elle m'aide pour la bibliothèque itinérante. Je me demandais si nous pouvions vous parler de ce que nous avons.

— Je ne veux rien acheter.

— Ça tombe bien, parce que nous n'avons rien à vendre. Je prendrai juste cinq minutes de votre temps. Pourriez-vous me donner un verre d'eau ? On meurt de chaud par ici.

Margery, le calme incarné, ôta son chapeau pour s'éventer la tête avec. Alice était sur le point de protester qu'elles venaient de boire un pichet d'eau à elles deux à peine un demi-mile plus tôt, mais elle s'interrompit. Horner la jaugea du regard.

— Attendez là, finit-il par dire en désignant un long banc à l'avant de la maison.

Il murmura à l'oreille de l'une des filles, une enfant maigrelette aux cheveux tressés, qui disparut dans l'obscurité de la maison, revenant avec un seau, le front plissé par l'effort de sa tâche.

— Elle va vous chercher de l'eau.

— Est-ce que tu aurais l'amabilité d'en apporter aussi pour mon amie qui est ici, s'il te plaît, Mae ? lui demanda Margery en hochant la tête vers elle.

— Ce serait très gentil, merci, dit Alice, dont l'accent fit sursauter l'homme.

Margery inclina la tête vers sa compagne.

— Oh, c'est celle qui vient d'Angleterre. Celle qui a épousé le fils Van Cleve ?

Il fit passer son regard impassiblement de l'une à l'autre. Le fusil resta à son épaule. Alice s'assit délicatement sur le banc tandis que Margery continuait de parler d'une voix détendue et chantante. De la même manière dont elle parlait à Charley quand il était « ronchon », comme elle disait.

— Alors, je ne sais pas si vous êtes au courant, mais nous avons une bibliothèque ambulante. C'est pour ceux qui aiment les histoires, ou pour aider vos enfants à s'instruire un peu, surtout s'ils ne vont pas à l'école. Et je suis passée parce que je me demandais si vous souhaiteriez faire découvrir certains de ces livres à vos enfants.

— Je vous ai dit qu'elles ne lisaient pas.

— Oui, en effet. Alors j'en ai apporté qui sont faciles d'accès, juste pour qu'elles se lancent. Ceux-ci comportent des images et toutes les lettres, donc elles peuvent apprendre toutes seules. Elles n'ont même pas besoin d'aller à l'école pour ça. Elles peuvent le faire de chez vous.

Elle lui tendit l'un des livres d'images. Il le prit avec précaution, comme si elle lui avait tendu une grenade dégoupillée et se mit à le feuilleter.

— J'ai besoin que les filles aident à la cueillette et à la mise en conserve.

— Bien sûr. Période chargée de l'année.

— Je ne veux pas qu'elles soient distraites.

— Je comprends. Vous ne pouvez pas vous permettre que quelque chose ralentisse la mise en conserve. J'ai comme l'impression que le maïs va être beau cette année. Pas comme l'an dernier, hein ?

Margery sourit alors que la fillette arrivait devant elles, déséquilibrée par le poids du seau à moitié plein.

— Oh, merci, mon ange.

Elle tendit la main pendant que la petite remplissait une vieille timbale. Elle but avec avidité, puis la proposa à Alice.

— Bonne et fraîche. Merci infiniment.

Jim Horner repoussa le livre vers elle.

— Ils veulent de l'argent pour ces trucs-là.

— Eh bien, c'est ça qui est beau, Jim. Pas d'argent, pas d'abonnement, rien. La bibliothèque existe juste pour encourager les gens à lire. Peut-être s'instruire un brin s'ils s'aperçoivent qu'ils ont le goût pour ça.

Jim Horner riva les yeux sur la couverture du livre. Alice n'avait jamais entendu Margery parler autant en une seule fois.

— Vous savez quoi ? Et si je laissais ceux-là ici, juste pour la semaine ? Vous n'êtes pas obligés de les lire, mais vous pouvez y jeter un coup d'œil si vous voulez. Nous passerons lundi prochain pour les récupérer. Si vous les aimez, demandez aux enfants de me le dire et j'en apporterai d'autres. Si vous ne les aimez pas, laissez-les simplement sur une caisse devant le piquet de clôture là-bas et nous n'en parlerons plus. Qu'en dites-vous ?

Alice regarda furtivement derrière elle. Un second petit visage s'évanouit aussitôt dans les ténèbres du bâtiment.

— Je n'y tiens pas.

— En toute franchise, vous me rendriez service. Ça voudrait dire que je n'aurai pas à porter ces maudites choses en redescendant toute la montagne. Bon sang, nos sacs sont lourds aujourd'hui ! Alice, vous avez fini votre eau, là ? Nous ne devons pas faire perdre davantage de temps à ce monsieur. Un plaisir de vous voir, Jim. Et merci, Mae. Tu as grandi comme un haricot vert depuis la dernière fois que je t'ai vue !

Alors qu'elles arrivaient au portail, Jim Horner lança d'une voix dure :

— Je ne veux plus qu'on vienne nous déranger ici. Je ne veux pas qu'on me dérange et je ne veux pas qu'on dérange mes enfants. Elles ont déjà assez à faire.

Margery ne se retourna même pas. Elle leva une main.

— Compris, Jim.

— Et nous n'avons pas besoin de charité. Je veux pas de visites des gens de la ville. Je ne sais même pas pourquoi vous êtes venues ici.

— Nous allons rendre visite à toutes les maisons entre ici et Berea. Mais c'est compris, on ne vous dérangera plus.

La voix de Margery porta dans la colline tandis qu'elles rejoignaient leurs chevaux.

Alice jeta un coup d'œil derrière elle pour voir qu'il avait relevé son fusil à son épaule. Elle sentit son cœur palpiter dans ses oreilles alors qu'elle pressait le pas. Elle avait peur de se retourner une nouvelle fois. Tandis que Margery s'élançait sur le dos de sa mule, elle prit les rênes, monta sur Spirit les jambes tremblantes, retenant son souffle, et ce fut seulement lorsqu'elle estima qu'elles étaient trop loin pour que Jim Horner leur tire dessus qu'elle se remit à respirer. Du talon, elle incita la jument à avancer afin de se retrouver à hauteur de Margery.

—Bon sang. Est-ce qu'ils sont tous aussi effroyables?

Elle avait les jambes en coton.

—Effroyables? Alice, ça s'est très bien passé.

Alice n'était pas certaine d'avoir correctement entendu.

—La dernière fois que je suis montée à Red Creek, Jim Horner m'a ôté mon chapeau d'un coup de feu.

Margery pivota vers elle et inclina son chapeau afin qu'Alice voie le minuscule trou qui le transperçait sur la partie supérieure, puis elle se le renfonça sur la tête.

—Allez, avançons un peu. Je veux vous emmener rencontrer Nancy avant que nous fassions une pause déjeuner.

Chapitre 3

« [...] et surtout l'énorme quantité de livres que, devenue plus grande, elle pouvait lire à son gré, tout cela faisait pour elle de la bibliothèque un vrai paradis. »

Louisa May Alcott, *Les Quatre Filles du docteur March.*

Deux bleus violacés sur les genoux, un sur sa cheville gauche et des ampoules à des endroits où elle ignorait qu'il pût s'en former, un amas de morsures infectées derrière l'oreille droite, quatre ongles cassés (légèrement crasseux, elle devait l'admettre) et des coups de soleil sur le cou et le nez. Une éraflure de deux pouces sur l'épaule droite qu'elle s'était faite contre un arbre, et une marque sur son coude gauche là où Spirit l'avait mordue quand elle avait essayé d'écraser un taon. Alice observa son visage crasseux dans le miroir en se demandant ce que feraient les Anglais de la cowgirl couverte de croûtes qui lui renvoyait son regard.

Il s'était écoulé deux semaines, et personne n'avait fait remarquer qu'Isabelle Brady n'était toujours pas arrivée pour rejoindre la petite équipe de bibliothécaires à cheval. Alice n'osait poser la question. Frederick ne disait pas grand-chose à part lui proposer du café et de l'aide avec Spirit, Beth – l'enfant du milieu parmi huit frères – entrait et sortait avec la vive énergie d'un garçon manqué, disant bonjour d'un hochement de tête enjoué, lâchant sa selle par terre, criant quand elle n'arrivait pas à trouver ses « foutues sacoches », et le nom d'Isabelle n'apparaissait simplement pas sur les petits cartons fixés au mur qu'elles émargeaient avant et après leurs tournées respectives. À l'occasion, une grosse automobile vert bouteille passait avec Mrs Brady à l'avant, et Margery saluait de la tête, mais elles n'échangeaient pas un mot. Alice commençait à penser que lancer le nom de sa fille avait été pour Mrs Brady un moyen d'inciter d'autres jeunes femmes à se manifester.

Aussi fut-ce quelque peu une surprise lorsque l'automobile se gara le jeudi après-midi, ses énormes roues projetant un nuage de sable et de poussière sur les marches quand elle s'arrêta. Mrs Brady était une conductrice enthousiaste, quoique facilement distraite, avec une tendance à faire détaler les gens du coin dans tous les sens quand elle tournait la tête pour saluer de la main quelque passant, ou faisait de grandes embardées pour éviter un chat sur la route.

— Qui est-ce ? demanda Margery sans lever les yeux.

Elle s'affairait laborieusement sur deux piles de livres rendus, essayant de déterminer lesquels étaient trop abîmés pour ressortir. Il y avait peu d'intérêt à remettre en circulation un livre dont il manquait la dernière page, comme c'était déjà arrivé un jour. « Perdu mon temps, avait conclu le métayer à qui l'on avait donné *La Terre chinoise* de Pearl Buck. Je ne lirai plus jamais de livre. »

— Ce doit être Mrs Brady.

Alice, qui soignait une ampoule sur son talon, regarda par la fenêtre en essayant de ne pas se faire remarquer. Elle vit Mrs Brady fermer la portière du conducteur et marquer une pause pour saluer quelqu'un de l'autre côté de la rue. Puis elle aperçut une femme plus jeune sortir du côté passager, ses cheveux roux tirés en arrière et épinglés dans des boucles impeccables : Isabelle Brady.

— Elles sont là toutes les deux, souffla Alice.

Elle remonta sa chaussette, en grimaçant.

— Je suis étonnée, dit Margery.

— Pourquoi ? demanda Alice.

Isabelle fit le tour de la voiture jusqu'à ce qu'elle soit à hauteur de sa mère. Alice vit alors qu'elle marchait avec un boitement prononcé, et que la partie inférieure de sa jambe gauche était encastrée dans une attelle en métal et cuir, la chaussure à son extrémité construite de telle sorte qu'elle ressemblait à une petite brique noire. Elle n'utilisait pas de canne, mais se déplaçait en chaloupant légèrement, et la concentration – ou peut-être l'inconfort – se lisait largement sur son visage constellé de taches de rousseur.

Alice recula, ne souhaitant pas qu'on la surprenne en train de regarder pendant qu'elles montaient lentement les marches. Elle entendit quelques bribes de conversation, puis la porte s'ouvrit.

— Miss O'Hare !

— Bonjour, Mrs Brady, Isabelle.

— Je suis tellement désolée de faire commencer Izzy en retard. Elle devait… s'occuper de certaines choses avant.

— Je suis contente de vous avoir. Nous sommes sur le point d'envoyer Mrs Van Cleve en mission toute seule, alors plus on est de folles, plus on rit. Je vais devoir vous trouver un cheval, par contre, Miss Brady. Je ne savais pas trop quand vous pourriez nous rejoindre.

— Je ne sais pas monter à cheval, avoua doucement Izzy.

— Je m'en doutais. Je ne vous ai jamais vue sur un cheval. Dans ce cas, Mr Guisler va vous prêter son vieux compagnon, Patch. C'est un animal un peu imposant, mais doux comme un agneau, il ne vous fera pas peur. Il sait ce qu'il fait et il ira à votre rythme.

— Je ne sais pas monter à cheval, répéta Izzy avec une légère crispation dans la voix.

Elle lança un regard noir à sa mère.

— C'est seulement parce que tu refuses d'essayer, chérie, répliqua celle-ci sans la regarder. (Elle joignit les mains.) Alors à quelle heure passons-nous demain ? Izzy, nous devrons t'amener à Lexington pour t'acheter de nouvelles culottes. À force de manger, tu ne rentres plus dans les anciennes.

— Eh bien, Alice ici présente se met en selle à 7 heures, alors pourquoi ne pas venir à ce moment-là ? Nous débuterons peut-être un peu plus tôt en répartissant nos itinéraires.

— Vous ne m'écoutez pas..., commença Izzy.

— Nous vous verrons demain, trancha Mrs Brady en balayant du regard la petite cabane. C'est agréable de voir que vous ayez déjà pris un tel départ. D'après le pasteur Willoughby, dimanche dernier les filles McArthur ont lu leurs versets bibliques brodés sans même qu'il les y invite, grâce aux livres que vous leur avez apportés. Merveilleux. Bon après-midi, Mrs Van Cleve, Miss O'Hare. Je vous suis très reconnaissante à toutes les deux.

Mrs Brady hocha la tête, puis sortit avec sa fille de la bibliothèque. On entendit le rugissement du moteur de sa voiture quand elle la démarra, puis un bruit de dérapage et un cri effrayé quand elle s'engagea sur la route.

Alice regarda Margery, qui haussa les épaules. Elles restèrent silencieuses jusqu'à ce que le son du moteur s'évanouisse.

— Bennett.

Alice monta prestement les marches du porche, où son époux était assis avec un verre de thé glacé. Elle jeta un coup d'œil au rocking-chair, exceptionnellement inoccupé.

— Où est ton père ?

— Il dîne avec les Lowes.

— C'est bien le couple dont la femme parle sans arrêt ? Bon sang, il sera là-bas jusqu'à une heure avancée de la soirée. Je suis stupéfaite que Mrs Lowes puisse suffisamment reprendre son souffle pour manger ! (Elle repoussa les cheveux de son front.) Oh, j'ai passé la plus extraordinaire des journées. Nous nous sommes rendues à cette maison au beau milieu de nulle part, et il y a même un homme qui a menacé de nous tirer dessus. Il ne l'a pas fait, bien sûr...

Elle ralentit, remarquant la manière dont Bennett avait baissé les yeux sur ses bottes dégoûtantes. Alice les regarda, ainsi que la boue sur son pantalon.

— Oh, ça... oui. Je n'ai pas bien évalué l'endroit où j'aurais dû traverser un ruisseau, et mon cheval a trébuché et m'a balancée par-dessus bord. C'était très drôle, en vérité. J'ai bien cru que Margery allait perdre connaissance. Par chance, j'ai séché en deux secondes. Cela dit, tu n'as pas vu mes bleus. Je suis carrément violette.

Elle monta les marches d'un pas vif jusqu'à lui et se pencha pour l'embrasser, mais il détourna le visage.

— Tu pues le cheval, ces temps-ci, dit-il. Tu devrais te laver pour faire partir cette odeur. Elle a tendance à... persister.

Alice était persuadée qu'il n'avait pas dit ça pour la blesser, mais elle ne put s'empêcher d'avoir un pincement au cœur. Elle renifla son épaule.

— Tu as raison, admit-elle avec un sourire forcé. Je sens le cowboy ! Et si je me rafraîchissais, que je mettais une jolie tenue ? Nous pourrions aller faire un tour en voiture jusqu'à la rivière. Je pourrais nous préparer un petit pique-nique avec de bonnes choses. Annie n'a-t-elle pas laissé de ce cake à la mélasse ? Et je crois qu'il nous reste le jambon. Dis oui, chéri... Juste toi et moi. Nous ne sommes pas sortis tous les deux depuis des semaines.

Bennett se leva de son fauteuil.

— En fait, je… hum… Je vais rejoindre les gars pour un match. J'attendais juste que tu rentres à la maison pour te prévenir.

Il se tenait devant elle, et elle s'aperçut qu'il portait le pantalon blanc qu'il mettait pour le sport.

— Nous allons au terrain de base-ball à Johnson.

— Oh. Très bien, alors. Je vais venir vous regarder. Je promets de me décrasser en moins d'une minute.

Il se passa la paume sur le sommet du crâne d'un air embarrassé.

— C'est un truc d'hommes. Les épouses ne sont pas conviées.

— Je ne dirai rien, Bennett chéri, je ne te dérangerais pas non plus.

— Ce n'est pas le problème…

— C'est juste que j'adorerais te voir jouer. Tu as l'air si… *joyeux* quand tu joues.

La façon dont son regard se posa furtivement sur elle avant de la fuir lui révéla qu'elle en avait trop dit. Ils gardèrent le silence un instant.

— Comme je disais… c'est un truc d'hommes.

Alice déglutit.

— Je vois. Une autre fois, alors.

— Bien sûr ! (Soulagé, il parut soudain heureux.) Un pique-nique, c'est une excellente idée. Peut-être que nous pourrions demander à d'autres copains de se joindre à nous. Pete Schrager ? Tu aimais bien sa femme, n'est-ce pas ? Patsy est marrante. Je suis sûr que tu t'en feras une bonne amie.

— Oh, oui, si tu le dis…

Ils restèrent plantés avec embarras l'un en face de l'autre encore un instant. Puis Bennett tendit la main et se pencha en avant comme pour embrasser Alice. Mais, cette fois, ce fut elle qui recula.

— Ça va, ne te sens pas obligé. Mon Dieu, c'est vrai que je pue ! Affreux ! Comment peux-tu supporter ça ?

Elle se retira, puis fit volte-face pour gravir quatre à quatre les marches de l'escalier afin qu'il ne puisse pas voir que ses yeux s'étaient remplis de larmes.

Les journées d'Alice avaient pris le rythme d'une sorte de routine depuis qu'elle avait commencé le travail. Elle se levait à 5 h 30, se lavait et s'habillait dans la petite salle de bains du couloir (elle s'en réjouissait, car elle s'était rendu compte que la moitié des demeures de Baileyville avaient des « cabinets de toilette extérieurs » – et encore, c'était dans le meilleur des cas.). Bennett dormait d'un sommeil de mort, remuant à peine quand elle enfilait ses bottes, et elle se penchait pour lui embrasser délicatement la joue avant de descendre sur la pointe des pieds. Dans la cuisine, elle récupérait les sandwichs qu'elle avait préparés la veille, s'emparait de quelques petits gâteaux qu'Annie laissait sortis sur le buffet, les emballait dans une serviette et les mangeait sur le chemin de la bibliothèque. Certains visages qu'elle croisait sur son chemin étaient devenus familiers : des fermiers sur leurs carrioles tirées par des chevaux, les camions qui transportaient du bois vers les gigantesques cours, et occasionnellement, le mineur qui s'était réveillé en retard, sa gamelle de déjeuner à la main. Elle avait commencé à saluer ceux qu'elle reconnaissait – les gens du Kentucky étaient tellement plus civils qu'en Angleterre, où l'on vous regardait facilement avec méfiance si vous aviez le malheur de saluer un inconnu de manière trop amicale. Quelques-uns s'étaient mis à lui lancer de l'autre côté de la rue : « Alors, comment ça se passe, cette bibliothèque ? » Et elle répondait : « Oh, pas trop mal, merci. »

Ils souriaient toujours, même si parfois elle les soupçonnait de lui adresser la parole simplement pour se moquer de son accent anglais. Dans tous les cas, elle commençait à trouver sa place, et elle s'en réjouissait.

De temps en temps, elle croisait Annie qui marchait à vive allure en regardant par terre, en route vers la demeure des Van Cleve – à sa grande honte, elle ignorait où habitait la gouvernante. Elle la saluait d'un geste enjoué, mais Annie se contentait de hocher la tête, le visage fermé, comme si Alice avait fait une entorse au règlement tacite régissant les rapports employeur-employé. Bennett, elle le savait, se levait seulement après l'arrivée d'Annie, réveillé avec du café sur un plateau, Annie ayant déjà apporté la même chose à Mr Van Cleve. Le temps que les deux hommes soient habillés, la table était parfaitement dressée, et le bacon, les œufs et le gruau les attendaient dans la salle à manger. À 7 h 45, ils partaient dans la Ford décapotable bordeaux de Mr Van Cleve, en direction des mines Hoffman.

Alice s'efforça de ne pas trop réfléchir à ce qui s'était passé la veille. Un jour, sa tante préférée lui avait dit que la meilleure manière d'avancer dans la vie était de ne pas s'appesantir sur les choses sans importance. Elle mit donc ces événements dans une valise et les relégua au fond de sa mémoire, où s'entassaient déjà de nombreuses malles. Il n'y avait aucun intérêt à s'attarder sur le fait que Bennett était allé se soûler bien après la fin de son match de base-ball. En rentrant, il s'était écroulé sur le lit près de la penderie, d'où elle l'avait entendu ronfler jusqu'à l'aube. Il s'était à présent écoulé plus de six mois, assez longtemps pour qu'elle soit forcée d'admettre qu'il ne s'agissait pas d'un comportement normal pour un jeune marié, mais à quoi bon s'appesantir là-dessus ? À l'évidence, ils n'arrivaient pas à parler de ce qui se passait entre eux. D'autant plus qu'elle n'était même pas certaine de *ce qui se passait*. Jusque-là, rien dans sa vie ne lui avait fourni le vocabulaire ni l'expérience. Et elle n'avait personne à qui se confier. Sa mère estimait que toute conversation ayant trait au corps – jusqu'au limage des ongles – était « vulgaire ».

Alice prit une inspiration. Non. Mieux valait se concentrer sur la route, droit devant, sur la longue journée qui s'annonçait, avec ses livres et ses registres, ses chevaux et ses forêts vertes et luxuriantes. Mieux valait mettre tout ça de côté et se concentrer sur ses longues chevauchées, sa nouvelle mission, la mémorisation des itinéraires, les adresses et les noms, le classement des livres. Ainsi, quand elle rentrerait à la maison, il lui resterait juste assez d'énergie pour dîner, prendre un long bain et sombrer dans un profond sommeil.

C'était une routine qui semblait leur convenir à tous les deux.

— Elle est là, dit Frederick Guisler en la croisant tandis qu'elle se dirigeait vers l'entrée.

Il souleva son chapeau, les yeux plissés.

— Qui ?

Elle posa sa gamelle à déjeuner et regarda vers la fenêtre à l'arrière.

— Miss Isabelle, répondit-il. (Il prit sa veste et alla à la porte.) Si vous voulez mon avis, c'est pas demain la veille qu'elle va courir le derby du Kentucky. Il y a du café qui infuse là-bas, Mrs Van Cleve. Je vous ai apporté de la crème, puisque c'est comme ça que vous l'aimez.

— C'est très gentil de votre part, Mr Guisler. Je dois dire que je n'arrive pas à le boire très noir, comme Margery. Le sien est si épais qu'on pourrait y planter une cuillère.

— Appelez-moi Fred. Et puis vous savez bien que Margery ne fait rien comme tout le monde.

Il ferma la porte en hochant la tête.

Alice se noua un mouchoir autour du cou pour le protéger du soleil et se versa une tasse de café, puis se rendit dans le petit enclos où les chevaux étaient attachés.

Là, elle pouvait voir Margery pliée en deux, tenant le genou d'Isabelle Brady tandis que celle-ci se cramponnait à la selle d'un robuste cheval bai. Il était immobile, ses mâchoires s'activant paisiblement autour d'une touffe d'herbe, comme s'il s'était trouvé là depuis un certain temps.

— Vous devez sauter, Miss Isabelle, disait Margery qui contenait mal son impatience. Si vous n'arrivez pas à passer votre pied dans l'étrier, il faut sauter pour grimper dessus. C'est simple, un, deux, trois et hop !

Rien ne bougea.

— Sautez !

— Je ne saute pas, dit Isabelle, avec colère. Je ne suis pas en caoutchouc.

— Penchez-vous juste vers moi, un, deux, trois, et lancez votre jambe par-dessus son dos. Allez-y. Je vous tiens.

Margery avait une prise ferme sur la jambe où Isabelle portait une attelle. Mais la fille semblait incapable de bondir. Margery aperçut Alice qui s'efforçait d'afficher une expression neutre.

— Ça ne va pas, dit la fille, en se redressant. Je n'y arrive pas. Ça ne sert à rien de s'acharner.

— Eh bien, ça fait une sacrée trotte pour aller dans ces montagnes, alors il va falloir que vous trouviez un moyen de grimper dessus, d'une façon ou d'une autre.

Elle se frotta subrepticement le bas du dos.

— J'ai dit à Maman que c'était une mauvaise idée. Mais elle n'a rien voulu entendre.

Isabelle vit Alice, ce qui parut la mettre encore plus en colère. Elle rougit, et le cheval fit un écart. Elle poussa un cri aigu quand il manqua de lui marcher sur le pied, et trébucha en tentant de s'écarter de son chemin.

— Oh, sale bête !

— Eh bien, ce n'est pas très poli, dit Margery. N'écoute pas, Patch.

— Je ne peux pas monter. Je n'en ai pas la force. Toute cette histoire est ridicule. Je ne sais pas pourquoi ma mère refuse de m'écouter. Pourquoi ne puis-je pas rester dans le chalet ?

— Parce que nous avons besoin que tu ailles distribuer des livres.

Alice remarqua alors les larmes aux coins des yeux d'Isabelle Brady, comme s'il ne s'agissait pas d'un simple caprice, mais d'une véritable angoisse. La fille se détourna, essuyant ses larmes d'une main pâle. Margery les avait vues aussi – elles échangèrent un bref regard gêné. Margery se frotta les coudes pour retirer la poussière de sa chemise. Alice sirota son café. La seule chose qui troublait le silence, c'était le bruit régulier et insouciant que Patch faisait en mastiquant avec désinvolture.

— Isabelle, puis-je vous poser une question ? dit Alice après un moment. Quand vous êtes assise ou que vous marchez sur de courtes distances, êtes-vous obligée de porter l'attelle ?

Soudain tout se figea, comme si le terme avait été tabou.

— Que voulez-vous dire ?

Flûte, j'ai encore mis les pieds dans le plat, se dit Alice.

Mais il était trop tard pour faire machine arrière.

— Cette attelle. Je veux dire que si nous l'ôtions, ainsi que vos bottes, vous pourriez porter, hum… des bottes d'équitation normales. Vous pourriez monter de l'autre côté de Patch en vous servant de l'autre jambe. Et peut-être vous contenter de lâcher les livres devant les portails au lieu de descendre et remonter en selle, comme nous le faisons. Ou peut-être que si le trajet à pied n'est pas trop long, ce ne serait pas grave ?

Isabelle sourcilla.

— Mais je… je n'enlève pas l'attelle. Je suis censée la porter toute la journée.

Margery fronça les sourcils à son tour, pensive.

— Mais vous ne serez pas debout, cependant, n'est-ce pas ?

— Eh bien, non, dit Isabelle.

— Vous voulez que je regarde si nous avons d'autres bottes ? proposa Margery.

— Vous voulez que je porte les bottes de quelqu'un d'autre ? dit Isabelle, dubitative.

— Seulement jusqu'à ce que votre mère vous en achète une jolie paire à Lexington.

— Quelle pointure faites-vous ? J'ai une paire de rechange, dit Alice.

— Mais même si je monte, ma... Enfin, j'ai une jambe qui est... Elle est plus courte. Je serai déséquilibrée, expliqua Isabelle.

Margery sourit.

— Voilà pourquoi nous avons des étrivières ajustables. La plupart des gens du coin montent à cheval de travers de toute façon, qu'ils soient saouls ou non.

Peut-être était-ce parce qu'Alice était britannique et qu'elle s'était adressée à Isabelle avec les mêmes intonations sèches qu'elle employait avec les Van Cleve lorsqu'elle désirait quelque chose, ou peut-être était-ce la nouveauté d'entendre qu'elle n'était pas contrainte de porter une attelle, mais, une heure plus tard, Isabelle Brady chevauchait Patch, les mains crispées sur les rênes, le corps raide de peur.

— Vous n'irez pas vite, hein ? demanda-t-elle, la voix chevrotante. Je ne veux vraiment pas aller vite.

— Vous venez, Alice ? Je pense que c'est un jour idéal pour faire le tour de la ville, l'école, tout ça. Tant que nous pouvons empêcher Patch de s'endormir, nous passerons une bonne journée. Prêtes, les filles ? C'est parti !

Isabelle ne dit pas un mot au cours de leur première heure de trajet. Alice, qui voyageait derrière elle, entendait à l'occasion un couinement quand Patch toussait ou bougeait la tête. Margery se penchait en arrière sur sa selle et lançait quelque encouragement. Mais il fallut quatre bons miles pour qu'Alice puisse voir qu'Isabelle semblait un peu plus rassurée, même si elle avait toujours l'air profondément contrariée, les yeux brillants de larmes, alors qu'elles avançaient d'un pas somnolent.

Même si elles étaient parvenues à la faire monter sur un cheval, Alice ne voyait pas comment cela allait pouvoir fonctionner. Cette fille ne voulait pas être là. Elle ne pouvait pas marcher sans attelle. Elle n'aimait pas les chevaux. Pour ce qu'elles en savaient, elle n'aimait peut-être même pas les livres. Alice se demandait si elle reparaîtrait le lendemain, et lorsqu'elle croisait de temps à autre le regard de Margery, elle devinait que celle-ci se posait la même question. La façon habituelle dont elles faisaient leurs tournées ensemble lui manquait, les silences complices, son impression d'apprendre quelque chose à chaque intervention désinvolte de Margery. Elle regrettait les galops exaltants dans les plaines, à se hurler des encouragements sur des chevaux effrénés tandis qu'elles contournaient des barrières et trouvaient des moyens ingénieux de traverser des rivières et de franchir des fossés pleins de rochers aux arêtes acérés. Peut-être aurait-ce été plus facile si la fille n'avait pas été si renfrognée : son humeur jetait un froid dans l'ambiance de la matinée, et pas même le magnifique soleil et la douce brise ne parvinrent à la réchauffer.

Tout sera rentré dans l'ordre demain, se dit Alice, et cette pensée la rassura.

Il était presque 9 h 30 quand elles firent halte à l'école, un petit bâtiment d'une pièce avec un placage de façade qui n'était pas sans rappeler la bibliothèque. Devant, il y avait un petit terrain herbeux à moitié dénudé en raison de son usage permanent, et un banc sous un arbre. Des enfants étaient assis dehors, les jambes croisées, penchés au-dessus d'ardoises, pendant qu'à l'intérieur d'autres répétaient des tables de multiplication dans un chœur décousu.

— Je vais attendre ici, déclara Isabelle.

— Non, rétorqua Margery. Vous venez dans la cour. Vous n'êtes pas obligée de descendre du cheval si vous n'en avez pas envie. Mrs Beidecker ? Vous êtes là ?

Une femme apparut à la porte ouverte, et s'ensuivit une clameur d'enfants.

Tandis qu'Isabelle, l'expression rebelle, entrait à leur suite dans la cour, Margery descendit de selle et présenta ses deux compagnes à la maîtresse d'école, une jeune femme avec des cheveux blonds impeccablement torsadés et un accent allemand, qui, expliqua ensuite Margery, était la fille de l'un des chefs d'équipe de la mine.

— Ils ont des gens qui viennent de partout dans le monde, là-haut, dit-elle. Toutes les langues que vous pouvez imaginer. Mrs Beidecker ici présente en parle quatre.

L'institutrice, qui se déclara ravie de les voir, fit sortir la classe entière de quarante et quelques élèves pour qu'ils disent bonjour à ces dames, caressent les chevaux et posent des questions. Margery sortit de sa sacoche une sélection de livres pour enfants qui étaient arrivés plus tôt cette semaine-là, leur expliquant l'histoire de chacun en les distribuant. Les enfants se bousculèrent pour les avoir et les examinèrent en groupes, assis dans l'herbe, têtes baissées. L'un d'eux, que la mule n'effrayait visiblement pas, mit le pied dans l'étrier de Margery et regarda dans sa sacoche vide, au cas où elle en aurait oublié un.

— Miss ? Miss ? Est-ce que vous avez d'autres livres ? s'enquit une fillette aux cheveux tressés qui avait les dents du bonheur.

— Pas cette fois, répondit Alice. Mais je promets que nous en apporterons d'autres la semaine prochaine.

— Est-ce que vous pouvez m'apporter une bande dessinée ? Ma sœur en a lu une et c'était fabuleux. Il y avait des pirates et une princesse et tout et tout.

— Je ferai de mon mieux, dit Alice.

— Vous parlez comme une princesse, déclara timidement la fillette.

— Eh bien, toi, tu ressembles à une princesse, répondit Alice à l'enfant qui gloussa et partit en courant.

Deux garçons d'environ huit ans allèrent voir Isabelle, qui attendait près du portail. Ils lui demandèrent son prénom, qu'elle leur donna à regret, sans sourire.

— C'est votre cheval, Miss ?

— Non, dit Isabelle.

— Vous avez un cheval ?

— Non. Je n'aime pas beaucoup ces bêtes.

Elle grimaça, mais ils ne semblèrent pas le remarquer.

— Comment il s'appelle ?

Isabelle hésita.

— Patch, finit-elle par répondre en jetant un coup d'œil derrière elle, comme si elle se préparait à ce qu'on lui dise qu'elle se trompait.

L'un des garçons parla à l'autre du cheval de son oncle qui pouvait apparemment sauter par-dessus un camion de pompiers sans transpirer d'une goutte, et l'autre lui raconta qu'un jour il avait chevauché une vraie licorne à la foire du comté, et elle avait une corne et tout ça. Puis, ayant caressé les naseaux de Patch pendant plusieurs minutes, ils saluèrent Isabelle et s'éloignèrent vers l'endroit où leurs camarades regardaient les livres.

— N'est-ce pas charmant, les enfants ? lança Mrs Beidecker. Ces honorables dames nous apporteront de nouveaux livres toutes les semaines ! Nous devons donc veiller à en prendre soin, à ne pas en plier les dos et, William Bryant… à ne pas les jeter sur nos sœurs. Même si elles nous mettent le doigt dans l'œil. Nous vous reverrons la semaine prochaine, mesdames ! Merci infiniment pour votre visite !

Les enfants les saluèrent gaiement de la main, leurs voix s'élevant dans un crescendo d'au revoir, et quand Alice se retourna quelques minutes plus tard, il restait quelques figures pâles qui les observaient, leur faisant signe avec enthousiasme par la fenêtre. Alice observa Isabelle tandis que celle-ci les regardait s'éloigner, et elle remarqua que la jeune fille esquissait un demi-sourire ; timide et mélancolique, certes, mais il s'agissait néanmoins d'un sourire.

Elles partirent en silence, dans les montagnes, suivant les sentiers étroits qui longeaient le ruisseau et toujours en file indienne, Margery gardant volontairement un rythme soutenu à l'avant. À l'occasion, elle les appelait et désignait des repères, peut-être dans l'espoir qu'Isabelle y trouve une distraction ou exprime enfin un semblant d'enthousiasme.

— Oui, oui, dit la jeune fille avec dédain. C'est le rocher de la Servante. Je connais.

Margery pivota sur sa selle.

— Vous connaissez le rocher de la Servante ?

— Papa m'emmenait marcher dans la montagne quand j'ai commencé ma convalescence après ma polio. Pendant des heures, tous les jours. Il pensait qu'à force de faire fonctionner mes jambes, ma situation allait s'améliorer.

Elles firent halte dans une clairière. Margery mit pied à terre, sortit une bouteille d'eau et des pommes de la sacoche accrochée à sa selle, les fit passer, puis prit une gorgée d'eau.

— Ça n'a pas fonctionné, donc, dit-elle en hochant la tête vers la jambe d'Isabelle. La marche.

Isabelle écarquilla les yeux.

— Rien ne va fonctionner, répondit-elle. Je suis infirme.

— Mais non. Pas du tout. (Margery frotta une pomme sur sa veste.) Si c'était le cas, vous ne pourriez pas marcher, ni monter à cheval. Vous êtes clairement capable des deux, même si vous êtes un peu butée.

Margery proposa l'eau à Alice, qui but avidement, puis la passa à Isabelle, qui secoua la tête.

— Vous devez avoir soif, protesta Alice.

La bouche de la jeune fille se crispa. Margery l'observa posément. Enfin, elle tendit la main, essuya le goulot de la bouteille avec un mouchoir, puis la passa à Isabelle. Elle leva les yeux au ciel en se tournant vers Alice.

Isabelle la porta à ses lèvres et but en fermant les yeux. Elle rendit la bouteille, sortit un petit mouchoir en dentelle de sa poche et s'épongea le front.

— Il fait affreusement chaud aujourd'hui, concéda-t-elle.

— Ouaip. Et il n'y a pas meilleur endroit sur terre que dans la fraîcheur des montagnes.

Margery descendit d'un pas vif au ruisseau et remplit sa bouteille, dont elle revissa ensuite fermement le couvercle.

— Donnez-nous deux semaines, à Patch et moi, Miss Brady, et je vous promets, jambes ou pas, que vous ne voudrez être nulle part ailleurs dans le Kentucky.

Isabelle ne semblait pas convaincue. Les femmes mangèrent leurs pommes en silence, donnèrent les trognons aux chevaux et à Charley, puis se remirent en selle. Cette fois, remarqua Alice, Isabelle grimpa toute seule sans se plaindre. Alice voyagea derrière elle un moment en la regardant.

— Vous avez apprécié la compagnie des enfants, observa-t-elle.

Elle alla se placer à sa hauteur alors qu'elles empruntaient le chemin bordant un long champ verdoyant. Margery les avait devancées, chantant pour elle-même ou bien pour sa monture.

— Je vous demande pardon ?

— Vous aviez l'air plus heureuse à l'école, au contact des enfants. (Alice sourit avec hésitation.) Je me disais que vous aviez peut-être davantage apprécié cette partie de la journée.

Le visage d'Isabelle se ferma. Elle rassembla ses rênes et se détourna à moitié.

— Je suis désolée, Miss Brady, dit Alice après un moment. Mon époux me répète que je devrais tourner sept fois ma langue dans ma bouche avant de parler. À l'évidence, j'ai encore fait une bourde. Je n'avais pas l'intention de me montrer intrusive ou grossière. Pardonnez-moi.

Elle ralentit son cheval afin d'être de nouveau derrière la jeune fille. Elle se maudit en silence, se demandant si elle serait un jour en mesure de trouver le bon équilibre avec ces gens. Il était clair qu'Isabelle ne souhaitait pas du tout se confier à elle. Elle songea à la clique de jeunes femmes de Peggy, dont elle reconnaissait la plupart en ville uniquement parce qu'elles lui jetaient des regards noirs. Elle songea à Annie, qui, la moitié du temps, la dévisageait comme si elle avait volé quelque chose. Margery était la seule qui ne lui donne pas l'impression d'être une extraterrestre. Et elle était elle-même un peu étrange.

Elles avaient parcouru un demi-mile de plus quand Isabelle tourna la tête, de telle sorte qu'elle regardait par-dessus son épaule.

— C'est Izzy, annonça-t-elle.

— Izzy ?

— Mon prénom. Les gens que j'aime bien m'appellent Izzy.

Alice eut à peine le temps de digérer cela quand la jeune fille reprit la parole.

— Et je souriais parce que… c'était la première fois.

Alice se pencha en avant, essayant de saisir ses paroles. La jeune fille parlait si doucement.

— La première fois que quoi ? Que vous faisiez du cheval dans les montagnes ?

— Non, répondit Izzy en se redressant un peu. La première fois que j'étais dans une école et que personne ne se moquait de ma jambe malade.

— Vous pensez qu'elle reviendra ?

Margery et Alice étaient assises sur la marche du haut du perron, regardant la chaleur s'élever de la route miroitante en chassant les mouches. Les chevaux avaient été pansés et lâchés dans le pâturage, et les deux femmes buvaient du café, étirant des membres qui craquaient et essayant de rassembler l'énergie nécessaire pour faire le compte des livres distribués pendant la journée sur le registre.

— Difficile à dire. Visiblement, ça n'a pas été une partie de plaisir pour elle.

Alice devait admettre qu'elle avait probablement raison. Elle regarda un chien marcher le long la route en jappant, puis se faufiler péniblement dans l'ombre d'un abri à bûches non loin.

— Pas comme vous.

Alice leva les yeux vers elle.

— Moi ?

— La plupart des matins, vous me faites l'effet d'une prisonnière qui retrouve sa liberté, déclara Margery en sirotant son café, les yeux rivés sur la route. Je crois bien que vous aimez ces montagnes autant que moi.

Alice donna un coup de talon dans un caillou.

— Je pense que je les aime sans doute plus que n'importe quel endroit au monde. Je me sens plus moi-même, là-haut.

Margery la regarda furtivement, esquissant un sourire complice.

— C'est ce que les gens ne voient pas, absorbés par leurs grandes villes, avec le bruit et la fumée, et les minuscules boîtes qui leur servent de maisons. Là-haut, vous pouvez respirer. Vous n'entendez pas l'incessant bavardage de la ville. Aucun regard sur vous, à part celui de Dieu. Il n'y a rien que vous, les arbres, les oiseaux, la rivière, le ciel et la liberté... Là-haut, c'est bon pour l'âme.

Une prisonnière qui retrouve sa liberté. Parfois, Alice se demandait si Margery en savait davantage sur sa vie avec les Van Cleve qu'elle ne le laissait paraître. Elle fut tirée de ses réflexions par un klaxon tonitruant. Au volant de l'automobile de son père, Bennett se dirigeait vers la bibliothèque. Il freina avec brusquerie, faisant sursauter le chien. Bennett fit signe à Alice, avec un grand sourire. Elle ne put s'empêcher de le lui rendre : il était aussi beau qu'une star de cinéma sur une réclame pour des cigarettes.

— Alice !... Miss O'Hare, dit-il en l'apercevant.

— Mr Van Cleve, répondit celle-ci.

— Je suis venu te chercher. Que dirais-tu d'aller faire ce pique-nique ?

Alice cligna les yeux.

— Vraiment ?

— On a des problèmes avec le culbuteur de charbon qui ne seront pas réglés avant demain, et Papa est au bureau pour essayer de les résoudre. Alors j'ai filé à la maison et demandé à Annie de nous préparer de quoi pique-niquer. Je pensais te ramener en voiture, pour que tu puisses te changer rapidement et qu'on profite des dernières heures de jour. Papa nous prête la voiture pour la soirée.

Alice se leva, ravie, puis son visage s'affaissa.

— Oh, Bennett, je ne peux pas. Nous n'avons pas encore trié les livres, et nous avons pris beaucoup de retard. Nous venons à peine de finir les soins des chevaux.

— Allez-y, intervint Margery.

— Mais c'est injuste envers vous. Beth est partie, et Izzy s'est volatilisée quand on est rentrées ; je ne vais quand même pas vous laisser terminer toute seule…

— Allez-y tout de suite, lui dit Margery en faisant un geste de la main. Je vous verrai demain.

Alice lui jeta un coup d'œil pour vérifier qu'elle était sincère, puis rassembla ses affaires et dévala les marches en poussant de petits cris de joie.

— Je dois encore sentir le cowboy, avertit-elle son époux tandis qu'elle montait côté passager et l'embrassait sur la joue.

Il sourit.

— Pourquoi crois-tu que j'ai rabattu la capote ?

Il fit un rapide demi-tour, laissant un nuage de poussière derrière lui, et Alice poussa un cri strident tandis qu'ils rentraient chez eux dans un vrombissement.

Charley n'était pas une mule sujette aux démonstrations exagérées d'humeur ou de grande émotion, mais Margery rentra chez elle sur son dos d'un pas lent. Il avait travaillé dur et elle avait tout son temps. Elle soupira en songeant à la journée. Une Anglaise frivole qui ne connaissait pas la région, en qui les gens des montagnes n'auraient peut-être pas confiance et que son fanfaron de mari dissuaderait sans doute de poursuivre sa mission, et une estropiée qui ne savait pas monter à cheval et n'avait aucune envie d'être là. Beth travaillait quand elle pouvait, mais sa famille aurait besoin d'elle pour la récolte pendant une bonne partie du mois de septembre. Pas vraiment un départ sous les meilleurs auspices pour une bibliothèque itinérante. Elle ignorait combien de temps les unes ou les autres tiendraient.

Ils atteignirent la grange délabrée où le sentier se divisait, et elle lâcha les rênes sur l'encolure de Charley, sachant qu'il connaissait par cœur le chemin jusqu'à la maison. Ce fut alors que le chien de Margery, un jeune lévrier tacheté aux yeux bleus, se rua vers elle en manifestant sa joie de la retrouver.

— Bon sang, mais qu'est-ce que tu fais là, mon Bluey ? Hein ? Pourquoi tu n'es pas dans la cour ?

Elle arriva au portillon du petit enclos et mit pied à terre, remarquant que la douleur dans ses reins et ses épaules résultait probablement plus d'avoir porté Isabelle Brady que d'avoir parcouru une longue distance. Le chien bondissait près d'elle, se calmant seulement quand elle le caressa des deux mains et lui confirma qu'il était un bon chien, oh que oui. À ce moment-là, il se rua dans la maison. Elle relâcha Charley, le regardant s'affaisser au sol, plier ses genoux sous lui, puis se rouler dans la terre avec un grognement de satisfaction.

Elle ne pouvait l'en blâmer : elle-même avait les pieds lourds en montant les marches. Elle tendit le bras vers la porte, puis suspendit son geste. Le verrou avait été enlevé. Elle le regarda un instant en réfléchissant, puis marcha calmement vers le tonneau vide à côté de la grange où elle conservait son fusil de secours sous un pan de toile à sac. Elle ôta précautionneusement le cran de sûreté et épaula son arme. Puis elle remonta les marches sur la pointe des pieds, inspira et ouvrit doucement la porte avec l'extrémité de sa botte.

— Qui est là ?

À l'autre bout de la pièce, Sven Gustavsson était assis sur le rocking-chair de Margery, les pieds sur la petite table et un exemplaire de *Robinson Crusoé* dans les mains. Il ne broncha pas, mais attendit un instant qu'elle baisse le fusil. Il posa le livre avec précaution sur la table et se mit debout lentement, les mains dans le dos, dans une posture d'une courtoisie excessive. Elle le dévisagea quelques secondes, puis cala son arme contre la table.

— Je me demandais pourquoi le chien n'aboyait pas.

— Ouais, bon. Lui et moi. Tu sais comment c'est.

Bluey, ce traître frétillant, se nichait maintenant sous le bras de Sven, le poussant du bout de son long museau, implorant qu'on le câline.

Margery retira son chapeau et le suspendit au crochet, puis repoussa de son front les cheveux humides de sueur.

— Je ne m'attendais pas à te voir.

— C'est bien ce qu'il m'a semblé.

Sans croiser son regard, elle passa devant lui pour aller vers la table, où elle ôta la protection d'un pichet d'eau pour s'en servir un verre.

— Tu ne vas pas m'en proposer ?

— Je ne t'ai jamais connu buvant de l'eau.

— Et tu ne vas rien m'offrir de plus fort ?

Elle posa le verre.

— Qu'est-ce que tu fais ici, Sven ?

Il la regarda droit dans les yeux. Il portait une chemise à carreaux propre et dégageait une odeur de savon au goudron de pin, rehaussée de la note soufrée de la mine, de la fumée, de la virilité.

— Tu me manquais.

Sentant quelque chose céder légèrement en elle, Margery porta le verre à ses lèvres pour se donner une contenance.

— Il me semble que tu te portes très bien sans moi.

— Nous savons tous les deux que je me porte très bien sans toi. Seulement, voilà : je n'en ai pas envie.

— On a déjà eu cette discussion.

— Et je ne comprends toujours pas. Je te l'ai dit, si nous nous marions, je n'essaierai pas de te priver de ta liberté. Je ne te contrôlerai pas. Je te laisserai vivre exactement comme tu le fais maintenant, sauf que toi et moi…

— Tu me « laisseras vivre », hein ?

— Bon Dieu, Marge, tu vois où je veux en venir, dit-il, les dents serrées. Je te laisserai tranquille. On pourra rester exactement comme on est en ce moment.

— Alors quel intérêt pour nous de passer par un mariage ?

— L'intérêt, c'est qu'on sera mariés aux yeux de Dieu, pas obligés de se voir en cachette, comme deux foutus gamins. Tu crois que ça me plaît ? Tu crois que j'ai envie de cacher à mon frère et au reste de la ville que je suis fou de toi ?

— Je ne t'épouserai pas, Sven. Je t'ai toujours dit que je n'épouserais personne. Et chaque fois que tu repars là-dessus, j'ai l'impression que ma tête va exploser comme de la dynamite dans l'un de tes tunnels. Je refuse de continuer à te parler si c'est pour que tu remettes toujours le même problème sur la table, encore et encore.

— Tu ne me parles plus, de toute façon. Alors qu'est-ce que je suis censé faire, bon Dieu ?

— Laisse-moi tranquille. Comme on l'a décidé.

— Comme *tu* l'as décidé.

Elle se détourna de lui et alla à la cuvette dans l'angle, où elle avait recouvert des haricots qu'elle avait cueillis tôt ce matin-là. Elle commença à leur enlever les fils, un par un, en cassant les bouts avant de les jeter dans une casserole, attendant que le sang cesse de tambouriner dans ses tempes.

Elle le perçut avant de le voir. Il traversa la pièce sans un bruit et se plaça juste derrière elle, de telle sorte qu'elle sentait son souffle dans son cou. Elle savait que sa peau rougissait là où le souffle de Sven l'effleurait.

— Je ne suis pas comme ton père, Margery, murmura-t-il. Si tu ne sais pas ça à mon sujet depuis le temps, alors c'est impossible de te le dire.

Elle garda les mains occupées.

Clac. Clac. Clac. Garde les haricots. Jette les fils.

Le plancher craqua sous ses pieds.

— Dis-moi que je ne te manque pas.

Dix de faits. Retire cette feuille. Clac. Et un autre.

Il était si proche à présent qu'elle pouvait sentir son torse contre elle tandis qu'il parlait.

Il baissa la voix.

— Dis-moi que je ne te manque pas et je sors d'ici tout de suite. Je ne te dérangerai plus. Je le promets.

Elle ferma les yeux, puis laissa tomber le couteau et posa les mains sur le plan de travail, la tête inclinée en avant. Il attendit un instant, puis plaça délicatement les siennes par-dessus, de telle sorte qu'elles couvraient entièrement celles de Margery. Elle ouvrit les yeux et les observa : des mains puissantes, sur lesquelles on distinguait nettement des cicatrices de brûlures. Des mains qu'elle avait adorées durant près de dix ans.

— Dis-le-moi, lui répéta-t-il doucement à l'oreille.

Elle se tourna alors, lui prenant prestement le visage entre ses mains pour l'embrasser avec fougue. Oh, comme le contact de ses lèvres sur les siennes, de sa peau contre la sienne, lui avait manqué. La chaleur monta entre eux, sa respiration s'accéléra, et tous les arguments logiques qu'elle s'était répétés en boucle pendant les heures sombres s'évaporèrent à l'instant où il glissa son bras autour d'elle pour l'attirer contre lui. Elle l'embrassa de plus belle, étreignant son corps qu'elle connaissait si bien mais retrouvait depuis peu. Sa raison se volatilisa, ainsi que les douleurs et les contrariétés de la journée. La casserole contenant les haricots tomba par terre dans un fracas métallique. Il ne resta plus alors que le souffle de Sven, ses lèvres, sa peau. Et Margery O'Hare, qui ne voulait appartenir à personne et refusait d'obéir à un homme, se laissa attendrir. Son corps céda du terrain, peu à peu, et son amant finit par la plaquer contre le buffet en bois.

— Quelle espèce d'oiseau est-ce là ? Regarde sa couleur. Il est tellement beau.

Bennett était allongé sur la couverture, les yeux levés vers le ciel alors qu'Alice désignait les branches de l'arbre au-dessus de leurs têtes. Ils étaient entourés des restes de leur pique-nique.

— Chéri ? Est-ce que tu sais quel est cet oiseau ? Je n'ai jamais rien vu d'aussi rouge. Regarde ! Même son bec est rouge.

— Je ne suis pas du genre à étudier les oiseaux et ces choses-là, mon ange.

Elle vit qu'il avait les yeux fermés. Il se claqua la joue pour chasser un insecte et tendit la main pour reprendre de la limonade au gingembre.

Margery connaissait toutes les variétés d'oiseaux, songea Alice en tendant le bras vers le panier. Elle était résolue à lui poser la question le lendemain matin. Au cours de leurs trajets, Margery parlait à Alice d'asclépiade et de gerbe d'or, attirant son attention sur un petit-prêcheur ou sur les fleurs minuscules et fragiles des balsamines. Alice n'avait vu d'abord qu'un océan de verdure, et Margery lui en avait révélé tous les secrets.

En contrebas, le ruisseau s'écoulait paisiblement ; ce même ruisseau, l'avait mise en garde Margery, deviendrait un torrent destructeur au printemps. Cela paraissait si peu probable. Pour l'instant la terre était sèche, l'herbe tel du chaume souple, les grillons un bourdonnement constant dans la prairie. Alice tendit la bouteille de limonade à son époux tandis qu'il se redressait sur un coude pour en prendre une gorgée, espérant à moitié qu'il se pencherait simplement au-dessus d'elle pour ensuite la soulever. Lorsqu'il se rallongea, elle se cala au creux de son bras et posa une main sur sa chemise.

— Eh bien, je pourrais rester comme ça toute la journée, dit-il avec sérénité.

Elle tendit le bras en travers de son torse. Son mari sentait meilleur que tous les hommes qu'elle avait pu rencontrer. C'était comme s'il portait sur lui la douceur suave de l'herbe du Kentucky. Les autres hommes transpiraient et leur odeur virait à l'aigre et au crasseux. Bennett revenait toujours de la mine comme s'il sortait d'une publicité de magazine. Elle regarda son visage, les courbes puissantes de son menton, la façon dont ses cheveux couleur miel étaient coupés court autour des oreilles.

— Est-ce que tu me trouves jolie, Bennett ?

— Tu sais bien que oui.

Il avait la voix somnolente.

— Tu es content qu'on se soit mariés ?

— Évidemment.

Alice promena un doigt autour de son bouton de chemise.

— Alors pourquoi...

— Ne gâchons pas ce moment avec des discussions sérieuses, Alice... À quoi bon ressasser. On ne peut pas profiter de la soirée, tout simplement ?

Alice ôta sa main de la chemise de Bennett et s'allongea sur la couverture de sorte que seules leurs épaules se touchent.

— Bien sûr.

Ils restèrent dans l'herbe, côte à côte, regardant le ciel en silence. Lorsqu'il reprit la parole, sa voix était douce.

— Alice ?

La gorge nouée, le cœur martelant sa poitrine, elle le regarda furtivement. Elle plaça une main sur la sienne pour l'encourager à parler, pour lui faire comprendre sans un mot qu'elle pouvait tout entendre, que ce n'était pas grave, quoi qu'il dise. Elle était son épouse, après tout.

Elle attendit un instant.

— Oui ?

— C'est un cardinal. Le rouge. Je suis quasiment certain que c'est un cardinal.

Chapitre 4

« Le mariage, dit-on, réduit de moitié les droits de l'un et double les devoirs de l'autre. »

Louisa May Alcott,
Les Quatre Filles du docteur March.

Le premier souvenir qu'avait Margery O'Hare était d'être recroquevillée sous la table de la cuisine et de regarder, horrifiée, son père battre Jack, son frère. D'un coup de poing, il avait envoyé valser à l'autre bout de la pièce l'adolescent de quatorze ans, lui cassant deux dents. Tout ça parce que Jack s'était interposé pour protéger leur mère. Elle avait été tabassée bien trop souvent, mais elle ne tolérait pas que ses enfants subissent le même sort. Alors elle avait envoyé une chaise dans la tête de son mari, lui laissant une balafre irrégulière sur le front qui lui resta jusqu'à sa mort. Bien entendu, il lui rendit la pareille avec le pied cassé de la chaise, une fois qu'il fut capable de se tenir droit, et la bagarre avait seulement pris fin quand Papi O'Hare était arrivé en titubant de la maison d'à côté, le fusil à l'épaule et les yeux assassins, et avait menacé Frank O'Hare de faire sauter sa foutue cervelle s'il n'arrêtait pas tout de suite. Margery découvrit plus tard que son grand-père n'était pas particulièrement révolté par la violence de son père envers sa mère. En fait, ses parents hurlaient si fort que Mamie O'Hare n'arrivait pas à écouter la radio. Il fallait mettre fin à ce pugilat. Il y eut un trou dans le mur en pin dans lequel Margery put passer le poing entier pour le restant de son enfance.

Jack partit pour de bon ce jour-là, une compresse de coton ensanglantée dans la bouche et sa seule chemise convenable dans son sac. Partir était considéré comme un acte de traîtrise familiale, et il fut purement et simplement effacé de l'histoire de leur clan. Elle n'entendit plus parler de lui jusqu'à ce que, huit ans plus tard, un télégramme leur parvienne : Jack avait été percuté par un bogie, il était mort. Sa mère avait pleuré des larmes salées de chagrin dans son tablier, mais son père lui avait envoyé un livre à la figure. Elle avait intérêt à se reprendre avant qu'il ne lui donne une vraie raison de chialer. Puis il était retourné à ses alambics. Le livre, c'était *Prince noir*, et Margery ne lui pardonna jamais d'en avoir arraché la couverture en le jetant sur sa mère. D'une certaine manière, l'amour qu'elle éprouvait pour son frère perdu et son désir de se soustraire à son quotidien à travers les livres se cristallisèrent sur cet exemplaire de *Prince noir* dépourvu de couverture.

« Ne vous avisez pas d'épouser un de ces imbéciles, leur chuchotait sa mère, à sa sœur et elle, quand elle les bordait sur la paillasse de la chambre du fond. Promettez-moi de partir le plus loin possible de cette fichue montagne dès que vous le pourrez. »

Les filles avaient acquiescé solennellement.

Virginia avait bien pris la fuite, mais elle n'avait atterri à Lewisburg que pour épouser un homme qui s'était révélé aussi adroit de ses poings que l'avait été leur père. Sa mère, Dieu merci, n'était plus en vie pour voir ça, ayant succombé à une pneumonie six mois après le mariage. La même maladie emporta également trois des frères de Margery. Leurs tombes étaient marquées par trois petites pierres sur une colline surplombant la vallée.

Lorsque son père mourut, dans une bagarre d'ivrognes avec Bill McCullough – l'ultime et pitoyable épisode d'une guerre de clans qui s'étendait sur plusieurs générations –, les habitants de Baileyville remarquèrent que Margery O'Hare ne versa pas une larme.

« Pourquoi pleurerais-je ? dit-elle quand le pasteur McIntosh lui demanda si elle allait vraiment bien. Je suis contente qu'il soit mort. Il ne peut plus faire de mal à personne. » Même si Frank O'Hare était détesté en ville, et que tout le monde savait qu'elle avait de bonnes raisons de ne pas regretter son père, les villageois estimèrent malgré tout que la fille O'Hare était aussi bizarre que le reste de sa famille. Moins il restait de O'Hare dans les parages, mieux c'était.

— Est-ce que je peux vous poser des questions sur votre famille ? avait demandé Alice, alors qu'elles sellaient les chevaux, peu après l'aube.

Margery, distraite à la pensée du corps ferme et puissant de Sven, avait eu besoin qu'Alice répète deux fois sa question avant de comprendre ce qu'elle lui disait.

— Posez-moi les questions que vous voulez, répondit-elle en lui jetant un coup d'œil. Laissez-moi deviner. Quelqu'un vous a recommandé de garder vos distances avec moi à cause de mon père ?

— Eh bien, oui, avoua Alice après un instant d'hésitation.

Mr Van Cleve l'avait gratifiée la veille au soir d'un sermon sur ce sujet, le tout copieusement agrémenté de postillons. Alice avait brandi le nom respectable de Mrs Brady comme bouclier, mais l'échange s'était révélé désagréable.

Margery hocha la tête, comme si cela n'avait rien de surprenant. Elle posa lourdement sa selle sur le rail et passa les doigts sur le dos de Charley, vérifiant qu'il n'avait pas de plaies.

— Frank O'Hare a fourni de l'alcool de contrebande à la moitié du comté. Il flinguait tous ceux qui empiétaient sur ses plates-bandes. Il les flinguait s'il pensait qu'ils y avaient même songé. Il a tué plus de gens que je n'en connais, et il a laissé des cicatrices sur tous ceux dont il était proche.

— Tous ?

Margery hésita un instant, puis fit quelques pas vers Alice. Elle retroussa sa manche de chemise, la tira au-dessus du coude, révélant une cicatrice ronde, de la taille d'une pièce, sur le haut de son bras.

— Il m'a tiré dessus avec son fusil de chasse quand j'avais onze ans parce que j'avais été insolente avec lui. Si mon frère ne m'avait pas mise hors de portée, il m'aurait tuée.

Alice mit un moment à prendre la parole.

— La police n'a rien fait ?

— La police ? répéta-t-elle. Par ici, on lave son linge sale en famille. Quand Mamie a découvert ce qu'il avait fait, elle l'a fouetté avec une cravache. Les deux seules personnes dont il avait peur, c'étaient son père et sa mère.

Margery baissa la tête de sorte que ses épais cheveux bruns retombent en avant. Elle passa agilement ses doigts sur son crâne jusqu'à ce qu'elle trouve ce qu'elle cherchait et ramena ses cheveux d'un côté, pour dévoiler une zone de peau dénudée.

— Ça, c'est quand il m'a hissée sur deux volées de marches en me tirant par les cheveux, trois jours après la mort de Mamie. Il m'a scalpée, en quelque sorte. Quand il a lâché la mèche, la peau y était encore attachée.

— Vous ne vous en souvenez pas ?

— Eh non. Il m'avait assommée avant.

Alice en resta sans voix. Margery parlait aussi posément que d'habitude, on ne devinait aucune tristesse dans ses paroles.

— Je suis tellement navrée, bafouilla-t-elle.

— Il ne faut pas. Il n'y a que deux personnes à Baileyville qui sont venues à ses funérailles, et l'une des deux l'a fait uniquement parce qu'elle était désolée pour moi. Les gens du coin sautent sur la première occasion de se réunir. Vous imaginez un peu à quel point ils le détestaient pour ne même pas venir à son enterrement ?

— Il… ne vous manque pas, donc.

— Ah ! Par ici, Alice, on trouve beaucoup de ce qu'on appelle des trinqueurs. Pendant la journée, ce sont des bons gars. Mais, une fois la nuit tombée, quand ils se mettent à boire, ils se résument à une paire de poings qui cherche une cible.

Alice songea aux diatribes imbibées de bourbon de Mr Van Cleve et frissonna, malgré la chaleur.

— Eh bien, poursuivit Margery, mon père n'était même pas un trinqueur. Il n'avait pas besoin de boire. Froid comme la glace. Je n'ai pas un seul bon souvenir de lui.

— Pas un seul ?

Margery réfléchit un instant.

— Ah, si. Il y en a eu un. (Alice attendit.) Ouaip. Le jour où le shérif est passé m'annoncer qu'il était mort.

Margery se détourna de la mule, et les deux femmes achevèrent de seller les chevaux en silence.

Alice se sentait complètement dépassée. Pour n'importe qui d'autre, elle se serait apitoyée. Elle n'avait jamais rencontré quelqu'un qui semblait avoir aussi peu besoin de compassion que cette femme.

Peut-être que Margery décela le trouble d'Alice, ou peut-être sentait-elle qu'elle avait été un peu brutale, car elle se tourna vers elle et lui sourit. Ce fut la première fois qu'Alice remarqua à quel point elle était belle.

— Vous m'avez demandé l'autre fois s'il m'arrivait d'avoir peur, là-haut dans les montagnes, toute seule, dit Margery. (La main d'Alice s'immobilisa sur la sangle.) Eh bien, je vais vous avouer quelque chose. Je n'ai peur de rien depuis que mon père est mort. Vous voyez ça, là-bas ? dit-elle en désignant les montagnes qui se dressaient au loin. C'est ce dont je rêvais quand j'étais enfant. Charley et moi, là-haut, c'est mon paradis, Alice. Je peux vivre au paradis tous les jours.

Tandis qu'Alice était toujours absorbée par son expression adoucie et l'étrange luminosité de son sourire, Margery pivota et claqua l'arrière de sa selle.

— Bien. Vous êtes prête ? Grand jour pour vous. Grand jour pour nous toutes.

C'était la première fois que les quatre femmes se séparaient pour distribuer des livres sur la zone qui leur était confiée. Elles se retrouveraient à la bibliothèque au début et à la fin de chaque semaine, pour faire le bilan, essayer de garder les livres en ordre et vérifier l'état de ceux qui avaient été restitués. Margery et Beth effectuaient les trajets les plus longs, laissant souvent leurs livres dans une école qui leur servait d'espace de stockage intermédiaire, pour les rapporter toutes les deux semaines. Alice et Izzy, quant à elles, se chargeaient des zones les plus proches de chez elles. Izzy avait gagné en assurance, et plusieurs fois, Alice était arrivée alors qu'Izzy était déjà en selle, portant des bottes flambant neuves et fredonnant le long de la grand-rue.

— Bonjour, Alice, lançait-elle, accompagnant son salut d'un geste un peu hésitant, comme si elle n'était pas encore certaine de la réponse qu'elle allait recevoir.

Alice était morte d'inquiétude. Il ne s'agissait pas simplement de sa peur de se perdre ou de se ridiculiser, mais de la conversation qu'elle avait surprise entre Beth et Mrs Brady, la semaine précédente, alors qu'elle dessellait Spirit.

« Oh, vous êtes toutes simplement merveilleuses. Mais j'avoue que je m'inquiète un peu au sujet de l'Anglaise.

— Elle s'en sort bien, Mrs Brady. Marge dit qu'elle maîtrise la plupart des itinéraires.

— Ce n'est pas ça, ma chère Beth. L'intérêt d'employer des filles du coin pour cette mission, c'est que les gens auxquels vous rendez visite vous connaissent. Ils comptent sur vous pour ne pas les regarder de haut, ni donner à leur famille des lectures inadaptées. Face à une inconnue qui parle comme la reine d'Angleterre, eh bien, ils vont être sur leurs gardes. Je crains que cela ne compromette la mission… »

Spirit avait renâclé, et elles s'étaient brusquement tues, se rendant compte qu'elles n'étaient peut-être pas seules. Alice, se glissant rapidement derrière la fenêtre, avait ressenti une profonde angoisse. Si les gens de la région refusaient de prendre ses livres, on ne la laisserait jamais faire ce travail. Elle s'imagina soudain de retour dans la maison des Van Cleve, son silence pesant, les regards perçants d'Annie. Là où les heures s'étiraient à l'infini dans l'ennui. Elle pensa à Bennett, qui dormait en lui tournant le dos, dressant un mur entre eux, refusant d'évoquer les difficultés qu'ils rencontraient. Elle pensa à Mr Van Cleve qui leur rappelait avec une insistance exaspérée qu'ils ne lui avaient pas encore « donné de petits-enfants ».

Si je perds ce travail, je n'aurai plus rien, se dit-elle.

Et l'angoisse pesa comme une enclume sur son estomac.

— Bonjour !

Tout le temps où elle gravissait la montagne, Alice s'était entraînée en boucle en parlant à Spirit : « Bien le bonjour !

Et comment allez-vous en cette belle journée ? » Elle enroulait sa bouche autour des voyelles, luttait contre la sévérité de ses intonations anglaises. Une jeune femme, probablement guère plus âgée qu'elle, émergea d'un chalet et la regarda, une main en visière. Dans le carré d'herbe baigné de soleil à l'avant de la maison, deux enfants relevèrent le nez vers elle. Ils reprirent leur bagarre décousue au sujet d'un bâton, sous l'œil attentif d'un chien. Une bassine d'épis de maïs traînait non loin, comme attendant d'être transportée, et une pile de linge était posée sur un drap par terre. Des mauvaises herbes arrachées s'amoncelaient à côté du potager, leurs racines encore chargées de terre. Les corvées inachevées se multipliaient autour de la maison. À l'intérieur, Alice entendait un bébé pleurer, un vagissement inconsolable et furieux.

— Mrs Bligh ?

— Est-ce que je peux vous aider ?

Alice prit une inspiration.

— B'jour ! J'suis d'la bibliothèque itinérante, s'appliqua-t-elle à dire. J'me d'mandais s'vous voudriez que'ques livres, pour vous et les p'tits. Pour s'faire un peu d'éducation.

Le sourire de la jeune femme se dissipa.

— C'est bon. Y coûtent rien, ajouta Alice en souriant avant de sortir un livre de sa sacoche. Vous pouvez en emprunter quat', et j'viendrai simplement les r'prendre la s'maine prochaine.

La femme garda le silence. Elle plissa les yeux, pinça les lèvres et regarda ses chaussures. Puis elle s'essuya les mains sur son tablier et releva la tête.

— Miss, est-ce que vous vous moquez de moi ?

Alice écarquilla les yeux.

— Vous êtes l'Anglaise, n'est-ce pas ? Mariée au gars Van Cleve ? Parce que si vous venez vous moquer de moi, vous pouvez redescendre tout de suite de cette montagne et aller au diable.

— Je ne me moque pas de vous, s'empressa de dire Alice.

— Vous avez un problème avec votre mâchoire ou quoi ?

Alice déglutit. La femme la regardait en sourcillant.

— Je suis tellement désolée. On m'a dit que les gens ne me feraient pas assez confiance pour me prendre des livres si je parlais trop comme une Anglaise. J'essayais juste…

Sa voix s'évanouit.

— Vous essayiez de parler comme si vous étiez du coin ?

— Je sais. Dit comme ça, ça fait plutôt… Je…

Alice ferma les yeux et grommela intérieurement. La jeune mère s'esclaffa. Alice rouvrit subitement les yeux. La femme se remit à rire, penchée sur son tablier.

— Vous essayiez de parler comme si vous étiez du coin… Garrett ? Tu entends ça ?

— J'ai entendu, lança une voix d'homme, suivie par une quinte de toux.

Mrs Bligh rit tant et si bien qu'elle en pleura. Les enfants, en la regardant, se mirent à glousser aussi, avec l'expression perplexe et pleine d'espoir de ceux qui ne savaient pas trop de quoi ils riaient.

— Oh, mon Dieu. Oh, Miss, je n'avais pas ri comme ça depuis bien longtemps. Entrez donc. Je vous prendrais des livres même si vous veniez de l'autre bout du monde. Je m'appelle Kathleen. Entrez, entrez. Vous voulez un verre d'eau ? Il fait assez chaud pour frire un serpent, dehors.

Alice attacha Spirit à l'arbre le plus proche et sortit une sélection de livres de sa sacoche. Elle suivit la jeune femme jusqu'au chalet, remarquant qu'il n'y avait pas de vitres aux fenêtres, juste des volets en bois, et se demanda distraitement ce que cela devait être en hiver. Elle attendit à la porte, tandis que ses yeux s'accoutumaient à l'obscurité, et l'intérieur se révéla progressivement. Le logement paraissait se diviser en deux pièces. Les murs de celle à l'avant étaient revêtus de papier journal, et du côté le plus éloigné était disposé un poêle à bois, auprès duquel se trouvait une pile de bûches. Au-dessus de la cheminée étaient suspendus une guirlande de bougies et un imposant fusil de chasse au mur. Il y avait une table et deux chaises dans le coin, et un bébé était allongé dans une sorte de caisse à leurs pieds, ses petits poings martelant l'air tandis qu'il pleurait. La jeune femme se pencha pour le prendre, l'air vaguement épuisé, et les pleurs cessèrent.

Ce fut alors qu'Alice remarqua l'homme dans le lit à l'autre bout de la pièce. Les couvertures matelassées remontées jusqu'au torse, il était jeune et beau, mais avait le teint cireux. Il ne faisait aucun doute qu'il était malade. L'air était figé et vicié autour de lui, malgré les fenêtres ouvertes, et à peu près toutes les trente secondes, il toussait.

— Bonjour, dit-elle lorsqu'elle vit qu'il la regardait.

— Bonjour, dit-il, la voix faible et rauque. Garrett Bligh. Désolé, je ne peux pas me lever tout de suite pour…

Elle secoua la tête, comme si cela n'avait aucune importance.

— Est-ce que vous avez un exemplaire de *La Fée du logis* ? s'enquit la jeune femme. Mon bébé est un vrai démon en ce moment, et je me demandais si ces magazines pouvaient m'apprendre quelques astuces pour le calmer. Je lis assez bien, n'est-ce pas, Garrett ? Miss O'Hare m'avait apporté quelques-uns de ces magazines il y a un bout de temps, et c'était plein de bons conseils. Je crois que c'est les dents, il ne veut rien mâcher, ce petit.

Alice sursauta, ramenée à l'action. Elle commença à passer en revue les livres et magazines, et finit par en sortir deux qu'elle lui donna.

— Est-ce que les enfants voudraient quelque chose ?

— Est-ce que vous avez de ces livres illustrés ? Pauly a appris son alphabet, mais sa sœur regarde juste les images. Elle les adore, par contre.

— Bien sûr.

Alice trouva deux abécédaires et les lui tendit.

Kathleen sourit, les plaça respectueusement sur la table, et tendit à Alice une timbale d'eau.

— J'ai des recettes. J'en ai une d'un gâteau aux pommes et au miel que m'a transmise ma maman. Si vous la voulez, je serais ravie de la noter pour vous la donner.

Les gens des montagnes, l'avait informée Margery, étaient fiers. Beaucoup d'entre eux n'étaient pas à l'aise à l'idée de recevoir sans donner en retour.

— J'adorerais. Merci beaucoup.

Alice but l'eau et rendit la timbale. Elle s'apprêtait à partir, marmonnant quelque chose au sujet de l'heure qui tournait, quand elle s'aperçut que Kathleen et son époux échangeaient un regard. Elle se leva, se demandant si elle avait raté quelque chose. Ils reportèrent leur attention sur elle, et la jeune mère afficha un sourire radieux. Aucun d'eux ne prononça un mot. Alice attendit un moment, jusqu'à ce que cela devienne gênant.

— Bon, c'était un plaisir de tous vous rencontrer. Je reviendrai la semaine prochaine, et je penserai à vous si je trouve quoi que ce soit sur les bébés qui font leurs dents. Nous recevons des nouveautés toutes les semaines.

Elle rassembla les ouvrages restants.

— À la prochaine fois, alors.

— Merci infiniment, dit la voix chuchotante depuis le lit, et ses paroles se perdirent dans une autre quinte de toux.

L'extérieur semblait incroyablement éclatant après l'obscurité du chalet. Alice se retrouva à loucher tandis qu'elle saluait de la main les enfants et traversait la pelouse pour rejoindre Spirit. Elle n'avait pas mesuré combien la maison était haut perchée : elle avait vue sur la moitié du comté. Elle s'arrêta une minute, se délectant du spectacle.

— Miss ?

Elle se retourna. Kathleen Bligh courait vers elle. Elle s'arrêta près d'Alice, puis comprima brièvement les lèvres comme si elle avait peur de parler.

— Est-ce que vous avez besoin d'autre chose ?

— Miss, mon mari, il adore lire, mais ses yeux ne sont pas très bons dans le noir, et, pour être honnête, il a du mal à se concentrer à cause de l'anthracose. Il souffre toute la sainte journée. Est-ce que vous pourriez lui faire un peu la lecture ?

— Lui faire la lecture ?

— Ça lui vide la tête. Je ne peux pas le faire parce que je dois me charger de la maison et du bébé, et j'ai du bois à couper. Je n'aurais pas demandé, mais Margery l'a fait l'autre semaine, et si vous pouviez consacrer une demi-heure juste à lui lire un chapitre ou autre, eh bien... ça nous ferait vraiment plaisir.

Maintenant que son mari ne pouvait plus la voir, l'épuisement et l'inquiétude se lisaient sur le visage de Kathleen, comme si elle s'efforçait de faire bonne figure devant lui. Ses yeux luisaient. Elle releva brusquement le menton, comme si elle était embarrassée de réclamer quelque chose.

— Bien sûr, si vous êtes trop occupée...

Alice lui posa une main sur le bras.

— Pourquoi ne pas me dire un peu ce qu'il aime ? J'ai là un recueil de nouvelles qui pourrait faire l'affaire. Qu'en pensez-vous ?

Quarante minutes plus tard, Alice se mit en route pour redescendre la montagne. Garrett Bligh avait fermé les yeux pendant qu'elle lisait et, sans surprise, vingt minutes après avoir commencé l'histoire – le récit vibrant d'un marin faisant naufrage en haute mer–, elle avait jeté un coup d'œil depuis le tabouret à côté du lit et observé que les muscles de son visage, jusque-là crispés par la douleur, s'étaient détendus. Le malade donnait l'impression d'être dans une autre dimension. Elle poursuivit sa lecture d'une voix basse, murmurante, qui parut même apaiser le bébé. Dehors, Kathleen était une tache floue et pâle, qui s'affairait sans relâche. Elle coupait du bois, allait chercher ceci, ramassait cela, empêchait les enfants de se disputer, les grondait parfois. À la fin de l'histoire, Garrett dormait. Un son rauque s'élevait de sa poitrine à chaque respiration.

—Merci, dit Kathleen, tandis qu'Alice chargeait ses sacoches.

Elle lui tendit deux grosses pommes et un bout de papier sur lequel elle avait soigneusement noté une recette.

—C'est le gâteau dont je vous parlais. Ces pommes sont bonnes pour la cuisson parce qu'elles ne finissent pas en bouillie. Seulement, ne les faites pas trop cuire.

Son visage avait retrouvé son éclat, elle avait repris courage.

—C'est très gentil de votre part. Merci, dit Alice en les glissant dans ses poches avec précaution.

Kathleen hocha la tête, comme si une dette venait d'être remboursée, et Alice se mit en selle. Elle la remercia une fois encore avant de partir.

—Mrs Van Cleve ? cria Kathleen quand Alice eut descendu une vingtaine de mètres.

Alice pivota sur sa selle.

—Oui ?

La jeune mère croisa les bras sur sa poitrine et releva le menton.

—Votre voix est très bien comme elle est.

Le soleil était virulent et les mouches s'agitaient frénétiquement, sans répit. Alice se félicitait de porter le chapeau à larges bords que Margery lui avait prêté, mais elle se donnait régulièrement des tapes dans le cou en jurant contre les mouches qui l'assaillaient tout au long de l'après-midi. Elle parvint à convaincre des sœurs jumelles qui habitaient en bas près du ruisseau d'emprunter un abécédaire en broderie – ce simple ouvrage semblait déjà éveiller leur méfiance –, elle fut chassée d'une grande maison par un chien à l'air féroce et donna un recueil de passages de la Bible à une famille de onze personnes dans la plus petite maison qu'elle eût jamais vue, où des paillasses étaient alignées sur le perron.

— Mes enfants ne lisent rien d'autre que les Saintes Écritures, avait déclaré la mère, derrière une porte à demi fermée, avant de serrer les mâchoires, sur la défensive, comme si elle s'attendait à être contredite.

— Dans ce cas, je guetterai d'autres histoires bibliques pour vous la semaine prochaine, dit Alice en s'efforçant de sourire avec entrain tandis qu'on lui claquait la porte au nez.

Après la petite victoire chez les Bligh, elle avait commencé à se décourager. Elle n'arrivait pas à déterminer si c'était d'elle ou des livres que les gens se méfiaient le plus. Elle se remémorait sans cesse les réserves de Mrs Brady à son égard, en raison de ses « origines étrangères ». Elle était si déconcertée qu'elle finit par s'apercevoir qu'elle avait cessé de prêter attention aux fils rouges de Margery sur les arbres, et qu'elle était à présent perdue. Elle fit halte dans une clairière pour essayer d'évaluer à partir des cartes dessinées à la main où elle était supposée être, mais elle ne parvenait pas à déterminer la position du soleil au travers de l'épaisse canopée vert foncé. Spirit resta figée, la tête basse, dans la chaleur étouffante de l'après-midi qui se frayait un chemin entre les branches.

— N'es-tu pas censée savoir comment rentrer chez toi ? lança Alice d'un ton grincheux à sa jument.

Force était de reconnaître qu'elle n'avait pas la moindre idée d'où elle était. Elle allait devoir revenir sur ses pas jusqu'à retrouver un repère. Elle rebroussa chemin avec lassitude vers l'autre versant de la montagne.

Il se passa une bonne demi-heure avant qu'elle reconnaisse quoi que ce soit. Elle craignait de devoir rentrer en pleine nuit, à flanc de montagne, dans le noir, avec des serpents, des couguars et Dieu seul savait quoi alentour. Ou pire encore d'arriver près d'une des adresses où elle ne devait s'arrêter sous aucun prétexte : « Beever, sur Frog Creek (fou comme un chapelier), la maison McCullough (contrebandiers, la plupart ivrognes, rien de sûr pour les filles puisque personne ne les voit jamais), les frères Garside (alcooliques, et hargneux avec ça). » Elle ne savait pas ce qu'elle craignait le plus : la perspective d'être abattue pour avoir fait intrusion sur une de ces propriétés, ou la réaction de Mrs Brady lorsqu'il apparaîtrait que l'Anglaise, au bout du compte, avait failli à sa mission.

Autour d'elle, le paysage semblait s'être étendu, révélant son immensité. Alice avait l'impression d'être au milieu de nulle part. Pourquoi n'avait-elle pas prêté davantage attention aux consignes de Margery ? Elle observait les ombres en plissant les yeux, tentant de calculer où elle pouvait être en fonction de leur orientation, puis se mettait à jurer quand les nuages ou le mouvement des branches les faisaient disparaître. Elle éprouva un tel soulagement en repérant un nœud rouge sur le tronc d'un arbre qu'il lui fallut un moment avant de comprendre à côté de quelle maison elle se trouvait.

Alice passa devant le portail en baissant la tête. La cahute était silencieuse. La marmite en fonte était posée dehors, sur un tas de cendre froide. Une énorme hache avait été abandonnée dans une souche. Deux fenêtres aux vitres sales la dévisageaient fixement. Et ils étaient là, quatre livres impeccablement empilés à côté du poteau, à l'endroit précis où Margery avait dit à Jim Horner de les laisser s'il estimait finalement qu'il ne voulait pas de livres dans sa maison. Elle arrêta Spirit et descendit de selle, jetant un regard méfiant vers la fenêtre, quand elle se souvint du trou que la balle avait percé dans le chapeau de Margery. Les livres ne semblaient pas avoir été feuilletés. Elle les prit sous un bras, les rangea soigneusement dans ses sacoches, puis vérifia la sangle de la jument. Elle avait un pied dans l'étrier, le cœur battant, lorsqu'elle entendit la voix de l'homme résonner dans toute la vallée.

— Hé !

Elle s'immobilisa.

— Hé… Vous !

Alice ferma les yeux.

— C'est vous la fille de la bibliothèque qui s'est arrêtée ici l'autre jour ?

— Je ne voulais pas vous déranger, Mr Horner, lança-t-elle. Je venais juste récupérer les livres. Je serai partie en un rien de temps. Personne d'autre ne viendra vous importuner.

— Alors vous m'avez raconté des mensonges ?

— Comment ça ?

Alice retira son pied de l'étrier et fit volte-face.

— Vous disiez que vous alliez nous en apporter d'autres.

Alice cligna les yeux. Il ne souriait pas, mais il ne tenait pas d'arme non plus. Il était debout sur le seuil de sa maison, les bras ballants, puis il désigna le poteau de la barrière.

— Vous voulez encore des livres ?

— Eh bien, oui. En quelle langue faut-il le dire ?

— Oh, Seigneur. Bien sûr. Hum…

La nervosité la rendait maladroite. Elle fouilla dans le sac, tirant et rejetant ce qui lui tombait sous la main.

— Oui. Bon. J'ai apporté du Mark Twain et un livre de recettes. Oh, et ce magazine donne des astuces pour la mise en conserve. Vous étiez en train d'en faire la dernière fois, n'est-ce pas ? Je peux laisser ça, si vous le souhaitez.

— Je veux un livre d'orthographe, dit-il. Pour les filles. J'en veux un de ceux qui ont juste des mots et une image à chaque page. Rien de compliqué.

— Je crois que j'ai quelque chose de ce genre... Attendez.

Alice fourragea dans sa sacoche et finit par en extirper un livre de lecture pour les enfants.

— Comme ça ? demanda-t-elle. Celui-ci est très populaire parmi...

— Laissez-les juste à côté du poteau.

— Ça y est ! Les voilà !... Parfait !

Alice se baissa pour disposer les livres en une pile bien nette, puis s'éloigna et se tourna pour bondir sur son cheval.

— Bien. Je... J'y vais maintenant. N'oubliez pas de me faire savoir si vous voulez que j'apporte quelque chose en particulier la semaine prochaine.

Elle leva une main. Jim Horner se tenait dans l'encadrement de la porte, deux fillettes derrière lui, sans la quitter du regard. Une fois qu'elle fut arrivée en bas du chemin de terre, même si son cœur battait encore frénétiquement, elle s'aperçut qu'elle avait le sourire aux lèvres.

Chapitre 5

« Chaque mine, ou groupe de mines, est devenue un centre social sans propriété privée à l'exception de la mine, ni lieux publics ou axes routiers publics, à l'exception du lit du ruisseau qui coulait entre les versants de la montagne. Ces groupements de villages parsèment les flancs de la montagne dans les vallées fluviales, et il ne leur manque que des châteaux, des ponts-levis et des donjons pour restituer à notre œil une vue de l'époque féodale. »

Commission de l'industrie charbonnière
des États-Unis en 1923.

Margery était peinée de l'admettre, mais la petite bibliothèque sur Split Creek Road était sens dessus dessous, confrontée à une demande qui ne cessait de s'accroître, et aucune des quatre bibliothécaires n'avait le temps d'y faire grand-chose. Malgré la méfiance initiale de certains habitants du comté de Lee, la nouvelle s'était répandue concernant les « dames des livres », comme on les appelait désormais, et en l'espace de quelques semaines elles furent plus souvent accueillies par des visages impatients que par des portes claquées. On leur réclamait La Fée du logis pour les femmes, et le Sillon pour les hommes. Leur cargaison, de Charles Dickens aux romans-feuilletons, leur était arrachée des mains à l'instant où elles sortaient les livres et revues de leurs sacoches. Les bandes dessinées, extrêmement populaires parmi les enfants du comté, souffraient beaucoup, feuilletées par des dizaines de mains avides, et certaines revenaient déchirées quand les enfants se les disputaient. Les magazines étaient parfois restitués avec une page favorite discrètement arrachée. Et on demandait sans cesse aux dames des livres : « Miss, avez-vous de nouveaux livres pour nous ? »

Lorsque les bibliothécaires retournaient à leur base dans le chalet de Frederick Guisler, au lieu de prendre des livres scrupuleusement organisés sur les étagères, on les trouvait plus souvent par terre, à parcourir d'innombrables piles à la recherche des titres demandés, s'emportant contre leurs collègues si l'une d'elles se révélait assise sur l'ouvrage dont elles avaient besoin.

— Je crois bien que nous sommes victimes de notre succès, affirma Margery en jetant un coup d'œil aux piles de livres jonchant le sol.

— Devrions-nous commencer à les trier ?

Beth fumait une cigarette – son père l'aurait fouettée s'il l'avait vue, et Margery fit comme si elle n'avait rien remarqué.

— Pas la peine. On ne saurait pas par où commencer, et il faudrait recommencer tous les jours. Il conviendrait que quelqu'un s'en occupe ici à plein temps.

Beth regarda Izzy.

— Vous vouliez rester ici, non ? D'ailleurs, elle n'est pas la plus robuste des cavalières.

Izzy se hérissa.

— Non, merci, Beth. Les familles auxquelles je rends visite me connaissent, maintenant. Elles n'apprécieraient pas que quelqu'un d'autre reprenne mes tournées.

Elle marquait un point. Malgré les piques sournoises de Beth, en l'espace de six semaines, Izzy Brady était devenue une cavalière compétente, sinon formidable, son équilibre compensant sa jambe malade, et son handicap passait inaperçu dans ses bottes de cuir acajou foncé impeccablement cirées. Elle s'était mise à transporter sa canne à l'arrière de sa selle pour s'aider lorsqu'elle devait monter à pied les derniers mètres menant à une maison, et s'aperçut qu'elle était pratique pour donner des coups dans les branches, garder à distance les chiens méchants et faire fuir les serpents qu'elle croisait parfois sur son chemin. La plupart des familles aux alentours de Baileyville étaient un peu impressionnées par Mrs Brady, tandis qu'Izzy recevait en général un bon accueil une fois qu'elle s'était présentée.

— Vous savez que, si je reste ici, ajouta Izzy en jouant malicieusement son atout, vous subirez ma mère qui fera des histoires sans arrêt. La seule chose qui la tienne à l'écart de la bibliothèque, c'est de penser que je m'absente toute la journée.

— Oh, je préférerais également continuer à faire mes tournées, dit Alice, alors que Margery se tournait vers elle. Mes familles s'en sortent bien aussi. L'aînée de Jim Horner a lu *La Fille américaine* en entier la semaine dernière. Il était si fier qu'il en a oublié de m'aboyer dessus.

— Dans ce cas, j'imagine que ce sera Beth qui restera à la bibliothèque, conclut Izzy.

Beth écrasa sa cigarette sur le plancher avec le talon de sa botte.

— Ne me regardez pas. Je déteste faire le ménage. J'en fais assez comme ça pour mes satanés frères.

— Est-ce que vous êtes obligée de parler ainsi ? demanda Izzy avec une moue dédaigneuse.

— Il ne s'agit pas seulement de ranger, expliqua Margery en ramassant un exemplaire des *Papiers posthumes du Pickwick Club*, dont l'intérieur pendait en lambeaux. Ces livres étaient miteux au départ et à présent ils se désagrègent. Il nous faut quelqu'un qui sache recoudre les reliures et peut-être même constituer des recueils avec ceux dont toutes les feuilles sont détachées. Ils font ça à Hindman, et ils ont beaucoup de succès. Ils contiennent des recettes, des histoires, et tout et tout.

—Je couds atrocement mal, s'empressa de préciser Alice.

Les autres firent aussitôt valoir le fait qu'elles aussi étaient lamentables en la matière.

—Eh bien, je ne m'en occuperai pas, déclara Margery, l'air exaspérée. J'ai des pattes à la place des mains. (Elle réfléchit une minute.) Mais je crois que j'ai une idée.

Elle se leva et prit son chapeau.

—Quoi ? dit Alice.

—Où est-ce que tu vas ? demanda Beth.

—Aux mines. Beth, peux-tu reprendre quelques-unes de mes tournées ? Je vous retrouverai plus tard.

On pouvait entendre les sons menaçants de la Hoffman Mining Company deux bons miles avant de la voir : le grondement des camions miniers, le « boum » lointain des explosions qui vibraient dans vos pieds, le bruit métallique de la sonnerie de la mine. Pour Margery, les mines d'Hoffman étaient une vision infernale, ses puits rongeant les flancs de coteau évidés et balafrés autour de Baileyville, telles des pustules géantes. Quant aux ouvriers qui émergeaient de ses entrailles, on ne distinguait que le blanc de leurs yeux dans leurs visages charbonneux. Le tout était accompagné du vrombissement des machines dévastant la nature. Aux environs de la mine, l'air était irrespirable, chargé de poussière de charbon. Il y flottait une sensation permanente de danger, et les explosions recouvraient toute la vallée d'une épaisse croûte grisâtre. Même Charley regimbait quand elle arrivait sur ces terres désolées. Margery, qui s'émerveillait devant les beautés de la nature, ne voyait là que le symbole du dollar.

Hoffman était une ville régie par ses propres règles. Le salaire suffisait à peine à payer de quoi se nourrir et se loger, on vivait dans la crainte de l'endettement, d'une mesure de dynamite mal évaluée, d'une collision avec un chariot hors de contrôle ou pire : la fin de tout, à quelques centaines de pieds sous terre, auquel cas la famille des disparus n'avait même une dépouille à pleurer.

Depuis un an, l'atmosphère de la mine était imprégnée de tensions nouvelles ; les antisyndicalistes arrivèrent avec pour objectif de chasser ceux qui avaient la témérité de militer en faveur de meilleures conditions de travail. Les patrons de mine n'aimaient guère le changement, et ils l'avaient montré, non pas par le débat et des poings levés, mais à grand renfort de menaces de représailles, d'assauts, d'armes et, à présent, des familles en deuil.

— C'est toi, Margery O'Hare ?

Le gardien fit deux pas vers elle, la main en visière pour se protéger du soleil, tandis qu'elle montait.

— Eh oui, Bob.

— Tu sais que Gustavsson est ici ?

— Tout va bien ?

Elle sentit le goût familier qui lui venait à la bouche dès qu'elle entendait le nom de Sven.

— Tout le monde est là. Je crois qu'ils cassent la croûte avant de partir. La dernière fois que je les ai vus, ils étaient devant le bloc B.

Elle mit pied à terre et attacha la mule, puis franchit les grilles, ignorant les regards des mineurs sur son passage. Elle passa d'un bon pas devant l'économat, les fenêtres couvertes de réclames pour diverses bonnes affaires dont chacun savait qu'elles n'étaient en rien intéressantes. Il était situé à flanc de colline, au même niveau que l'immense culbuteur de charbon. Au-dessus se trouvaient les vastes demeures des patrons et de leurs contremaîtres, bien entretenues, la plupart donnant sur des jardins soignés. Voilà où Van Cleve aurait habité, si Dolores n'avait pas refusé de quitter sa maison de famille à Baileyville. Ce n'était pas le campement minier le plus étendu, comme celui de Lynch, où quelque dix mille logements parsemaient les collines. Ici, les cabanes de plusieurs centaines de mineurs s'égrenaient le long des chemins, leurs toits couverts de papier goudronné, à peine rafraîchis au cours de leurs quatre décennies d'existence. Une poignée d'enfants, pieds nus pour la plupart, jouaient dans la boue à côté d'un cochon qui la fouillait du groin. Des pièces d'automobiles et des seaux de ménage gisaient, épars, devant les portes d'entrée, et des chiens errants trottinaient en les contournant sur des sentiers improvisés. Margery prit à droite, s'éloignant de la zone résidentielle, et traversa prestement le petit pont qui menait aux mines.

Elle repéra d'abord son dos. Il était assis sur une caisse retournée, son casque niché entre ses pieds pendant qu'il mangeait un bout de pain. Elle le reconnaîtrait n'importe où, songea-t-elle. La façon dont son cou rejoignait ses épaules, et sa manière d'incliner légèrement la tête sur la gauche quand il parlait. Sa chemise était couverte de suie et son gilet, sur lequel figurait l'inscription « INCENDIE », était légèrement de guingois.

— Salut.

Il pivota au son de la voix de Margery, se mit debout et leva les mains quand ses collègues se lancèrent dans une série de sifflements bas, comme s'il tentait d'étouffer un feu.

— Marge ! Qu'est-ce que tu fais ici ?

Il lui prit la main, et l'entraîna à l'abri des railleries et des regards indiscrets.

Elle regarda les paumes noircies de Sven.

— Tout le monde va bien ?

Il haussa les sourcils.

— Ça peut aller, aujourd'hui.

Il décocha un regard vers les bureaux administratifs qui révéla à Margery tout ce qu'elle avait besoin de savoir.

Du pouce, elle lui essuya une trace noirâtre sur le visage. Il voulut l'en empêcher et lui pressa la main contre ses lèvres. Ce geste la faisait toujours chavirer, même si elle se gardait bien de laisser paraître son trouble.

— Je t'ai manqué, donc ?

— Non.

— Menteuse !

Ils se sourirent.

— Je suis venue voir William Kenworth. Je dois parler à sa sœur.

— William, le Noir ? Il n'est plus là, Marge. Il a été blessé, il y a six ou sept mois de ça.

Elle parut surprise.

— Je pensais te l'avoir dit. Un lascar boutefeu s'est emmêlé les fils, et il était dans le passage quand ils ont fait exploser ce tunnel à travers Feller's Top. Un rocher lui a arraché la jambe.

— Il est où maintenant ?

— Aucune idée. Mais je peux trouver.

Elle attendit à l'extérieur des bureaux administratifs pendant que Sven y entrait pour enjôler Mrs Pfeiffer, dont le mot préféré était « non », mais elle l'employait rarement avec Sven. D'un bout à l'autre de la mine du comté de Lee, on adorait Sven. Il avait, en plus de solides épaules et de poings gros comme des jambons, un air d'autorité tranquille, une lueur dans l'œil qui disait aux hommes qu'il était l'un d'eux et aux femmes qu'il les appréciait, pas seulement de cette façon-*là*. Il était bon dans son travail, gentil quand il estimait devoir l'être, et il parlait à chacun avec la même civilité peu commune, qu'il s'agisse d'un gamin en guenilles de la vallée d'à côté ou des grands patrons à la mine. La liste des qualités que Margery appréciait chez Sven Gustavsson était longue comme le bras, même si elle se garderait bien de le lui avouer.

Il redescendit du bureau un papier à la main.

— Il est à Monarch Creek, chez sa défunte mère. Il est dans un sale état. On a accepté de le soigner à l'hôpital seulement les deux premiers mois, ensuite on l'a foutu dehors.

— Bien aimable de leur part.

Sven savait bien le peu de considération que Margery avait pour Hoffman.

— Qu'est-ce que tu lui veux, de toute façon ?

— Je cherche sa sœur. Mais, s'il est malade, je ferais mieux de ne pas le déranger. La dernière fois que j'en ai entendu parler, elle travaillait à Louisville.

— Oh, non. Mrs Pfeiffer vient de me dire que c'est sa sœur qui s'occupe de lui. Il y a des chances qu'en allant là-bas tu la trouves, elle aussi.

Elle lui prit le papier et le regarda droit dans les yeux. Le visage noir de charbon de Sven s'attendrit.

— Alors, quand est-ce que je te vois ?

— Quand tu arrêteras de ressasser cette sombre histoire de mariage.

Il jeta un coup d'œil derrière lui, puis l'attira derrière l'angle du bâtiment et la plaqua contre le mur.

— OK, que dis-tu de ça ? Margery O'Hare, je promets solennellement de ne jamais t'épouser.

— Et ?

— Et je n'en parlerai plus. Je ne chanterai plus de chansons à ce sujet. Je renonce à tout jamais à cette idée.

— J'aime mieux ça.

Il jeta un coup d'œil autour de lui, puis baissa la voix et se mit à murmurer à son oreille.

— Mais je passerai faire des choses immorales à ce joli corps qui est le tien, si tu m'y autorises.

— Immorales ? À quel point ? chuchota-t-elle.

— Oh. Absolument condamnables. Des choses impies.

Elle glissa la main dans la salopette de Sven et sentit la sueur sur sa peau chaude. L'espace d'un instant, il n'y eut qu'eux deux. Les bruits et les odeurs de la mine se dissipèrent, et la seule sensation dont elle fût consciente était le martèlement sourd de son cœur, la palpitation de la peau de son amant contre la sienne et le désir brûlant que lui inspirait cet homme.

— Dieu aime le pécheur, Sven.

Elle se hissa sur la pointe des pieds pour l'embrasser, puis lui mordit furtivement la lèvre inférieure.

— Mais pas autant que moi, ajouta-t-elle.

Il éclata de rire, et, à la grande surprise de Margery, alors que les sifflements de l'équipe de sécurité résonnaient toujours, ses joues rosirent à vue d'œil.

La journée avait été interminable. Lorsque Margery atteignit le petit chalet à Monarch Creek, elle était aussi épuisée que sa mule. Elle descendit de selle et jeta ses rênes par-dessus le poteau.

— Ohé, il y a quelqu'un ?

Personne n'apparut. À gauche de l'habitation, il y avait un potager soigneusement entretenu au bout duquel se trouvait un petit appentis, deux paniers suspendus au porche. Contrairement à la plupart des maisons dans les environs de cette vallée, celle-ci était fraîchement peinte, la pelouse taillée et les mauvaises herbes battues. À côté de la porte, un rocking-chair rouge contemplait la prairie.

— Il y a quelqu'un ?

Le visage d'une femme apparut derrière la moustiquaire. Elle jeta un coup d'œil dehors, comme pour vérifier quelque chose, puis se détourna en parlant à quelqu'un à l'intérieur.

— C'est vous, Miss Margery ?

— Bonjour, Miss Sophia. Comment allez-vous ?

La moustiquaire s'ouvrit et la femme s'effaça sur le passage de Margery, les mains sur les hanches, d'épaisses spirales de cheveux bruns épinglées à son crâne. Elle leva la tête comme si elle l'examinait attentivement.

— Bien. Bon. Je ne vous ai pas vue depuis quoi… huit ans ?

— Quelque chose comme ça. Vous n'avez pas du tout changé, cela dit.

— Entrez donc.

Son visage, si mince et austère au repos, s'épanouit dans un charmant sourire, et Margery le lui rendit pleinement. Pendant plusieurs années, Margery avait accompagné son père dans ses tournées de contrebande à Hoffman, l'une des plus lucratives. Frank O'Hare se disait que personne ne se méfierait d'une fillette et de son père ; c'était la couverture idéale pour livrer la marchandise dans la région. Il avait vu juste. Pendant que son père faisait son chemin dans la partie résidentielle, à négocier des bocaux et soudoyer des agents de sécurité, elle se rendait discrètement au bloc des gens de couleur, où Miss Sophia lui prêtait des livres provenant de la petite collection de sa famille.

Margery n'avait pas eu le droit d'aller à l'école – Frank y avait veillé. Il ne croyait pas à l'apprentissage par les livres. Il était resté sourd aux supplications de la mère de Margery. Mais Miss Sophia et sa mère, Miss Ada, avaient nourri chez elle un amour de la lecture qui, de nombreux soirs, l'avait emmenée à mille lieues des ténèbres et de la violence de son foyer. Et ce n'était pas seulement les livres : Miss Sophia et Miss Ada étaient toujours impeccables, leurs ongles parfaitement entretenus, leurs cheveux enroulés et tressés avec une précision chirurgicale. Pour Margery, la famille de Miss Sophia était une sorte de modèle, c'était la preuve qu'on pouvait vivre autrement, loin du bruit, du chaos et de la peur qui régissaient la sienne.

— Vous raffoliez tellement de ces livres que j'avais peur que vous ne finissiez par les dévorer littéralement. Jamais connu une fille qui lisait autant, aussi vite.

Elles se sourirent. Puis Margery aperçut William. Il était assis dans un fauteuil devant la fenêtre, et la jambe gauche de son pantalon était épinglée avec soin sous le moignon. Elle essaya de ne pas laisser transparaître le choc, ne fût-ce que par un tressautement sur son visage.

— Bonjour, Miss Margery.

— Je suis vraiment désolée pour votre accident, William. Est-ce que vous souffrez beaucoup ?

— C'est supportable. Je n'aime pas être incapable de travailler, c'est tout.

— Il est plus grincheux que jamais, déclara Sophia en levant les yeux au ciel. Il regrette sa jambe, c'est sûr, mais il déplore surtout le fait de devoir rester à la maison. Asseyez-vous, je vais vous chercher à boire.

— Elle me dit qu'à cause de moi cet endroit a l'air mal rangé, déclara William avec un haussement d'épaules.

Le chalet des Kenworth était pourtant le mieux entretenu des environs. Il n'y avait pas un grain de poussière ni un objet qui ne soit à sa place, preuve du redoutable talent d'organisation de Sophia. Margery s'assit et but un verre de boisson à la salsepareille. William lui raconta comment la mine l'avait licencié après l'accident.

— Le syndicat a tenté de défendre mes intérêts, mais, depuis les fusillades, eh bien, personne ne veut trop se mouiller pour un Noir. Vous voyez ce que je veux dire…

— Ils ont abattu deux autres syndicalistes le mois dernier.

— J'ai entendu ça, dit-il en secouant la tête, l'air dépité.

— Les frères Stone ont tiré sur les pneus de trois camions qui partaient du culbuteur. Quand ils sont allés à l'économat de Friars pour encourager les gars à se syndiquer, une bande de voyous les ont piégés à l'intérieur et un groupe entier a dû venir de chez Hoffman pour les sortir de là. Il envoie un avertissement.

— Qui ?

— Van Cleve. Vous savez qu'il est derrière ça.

— Tout le monde le sait, intervint Sophia. Tout le monde sait ce qui se passe dans cet endroit, mais personne ne veut rien faire.

Ils restèrent assis tous les trois en silence, si longtemps que Margery oublia presque pourquoi elle était venue. Elle finit par poser son verre.

— Ceci n'est pas une simple visite de courtoisie, déclara-t-elle.

— Tiens donc, répliqua Sophia.

— Je ne sais pas si vous en avez entendu parler, mais je coordonne une bibliothèque à Baileyville. Nous sommes quatre bibliothécaires – juste des filles du coin –, avec tout un tas de revues et de livres qu'on nous a donnés, certains en bout de course. On aurait besoin de quelqu'un pour se charger de notre organisation et réparer les livres, parce qu'on ne peut pas passer quinze heures par jour à cheval et garder la bibliothèque en ordre.

Sophia et William échangèrent un regard.

— Je ne vois pas trop en quoi ça nous concerne, dit Sophia.

— Eh bien, je me demandais si vous accepteriez de travailler avec nous. Nous avons le budget pour cinq bibliothécaires, et la WPA offre un salaire décent. L'argent est assuré pour au moins un an.

Sophia se renfonça dans son siège.

Margery insista :

— Je sais que vous adoriez travailler à la bibliothèque de Louisville. Et vous pourriez être de retour ici en une heure chaque jour. Nous serions heureuses de vous compter parmi nous.

— C'est une bibliothèque pour nous autres, rétorqua Sophia d'un ton plus dur, les mains croisées sur ses genoux. Celle à Louisville. C'est pour les gens de couleur. Vous devez être consciente de ça, Miss Margery. Je ne peux pas venir travailler dans la bibliothèque d'une Blanche. Sauf si vous me demandez de faire les tournées à cheval avec vous, et ça, je peux vous jurer que je ne le ferai pas.

— C'est une bibliothèque itinérante. Pas de celles où les gens vont et viennent pour emprunter des livres. C'est nous qui allons jusqu'à eux.

— Et alors ?

— Alors personne n'a de raison de savoir que vous y travaillez. Écoutez, Miss Sophia, nous avons désespérément besoin de votre aide. Il me faut quelqu'un de confiance pour réparer les livres et remettre de l'ordre chez nous, et vous êtes, à tout point de vue, la plus remarquable bibliothécaire de la région.

— Mais puisque je vous dis que c'est une bibliothèque pour Blancs…

— Les choses changent.

— Allez dire ça aux encapuchonnés quand ils viendront défoncer notre porte.

— Alors que faites-vous ici ?

— Je m'occupe de mon frère.

— Je sais bien. Je vous demande simplement ce que vous faites pour gagner votre vie.

Le frère et la sœur échangèrent un regard.
— Voilà une question bien indiscrète.
William soupira.
— On ne s'en sort pas très bien. On vit sur nos économies et ce que maman a laissé. Mais ça ne fait pas beaucoup.
— William ! le réprimanda Sophia.
— Enfin… c'est la vérité ! Nous connaissons Miss Margery. Et elle nous connaît.
— Donc tu veux que je me prenne une balle dans la tête en prenant le risque d'aller travailler dans une bibliothèque pour Blancs ?
— Je ne permettrai pas que ça se produise, déclara calmement Margery.
C'était la première fois que Sophia ne répondait pas. Il existait peu d'avantages à être un rejeton de Frank O'Hare, mais ceux qui l'avaient connu savaient que quand Margery promettait quelque chose, elle tenait parole. Si vous aviez survécu à une enfance passée auprès de Frank O'Hare, il n'existait presque rien qui puisse entraver votre chemin.
— Oh, et c'est payé vingt-huit dollars par mois, précisa Margery. Le même salaire que nous autres.
Sophia regarda son frère, puis ses genoux. Enfin, elle releva la tête.
— Nous allons devoir y réfléchir.
— OK.
Sophia pinça les lèvres.
— Vous êtes toujours aussi désordonnée qu'avant ?
— C'est sans doute pire.
Sophia se mit debout et lissa sa jupe.
— Bon, eh bien, comme je vous le disais, nous allons y réfléchir.

William raccompagna Margery. Il insista, se levant laborieusement de son fauteuil pendant que Sophia lui tendait ses béquilles. Les efforts qu'il déploya pour atteindre la porte en traînant le pied le firent grimacer, et Margery feignit de ne pas s'en rendre compte. Ils se tinrent à l'entrée et contemplèrent la paix relative du ruisseau.

— Vous savez qu'ils comptent retirer une portion du côté nord de la crête ?

— Quoi ?

— Le gros Cole me l'a dit. Ils vont faire sauter six trous directement à travers. Ils pensent qu'il y a de bons filons là-dedans.

— Mais cette partie de la montagne est occupée. Il y a quatorze, quinze familles rien qu'en bas du versant nord.

— Ils le savent aussi bien que nous. Vous pensez vraiment que ça va les arrêter, une fois qu'ils auront flairé les billets de banque ?

— Que va-t-il arriver aux familles ?

— La même chose que d'habitude ! répondit-il en se frottant le front. Le Kentucky, hein ? Le plus bel endroit du monde, et le plus brutal aussi. Parfois, je me dis que le Seigneur a voulu nous montrer toutes Ses voies en une seule fois.

William s'appuya contre l'encadrement de la porte, ajustant sa béquille en bois sous son aisselle, pendant que Margery digérait ses paroles.

— Ça fait plaisir de vous voir, Miss Margery. Maintenant, prenez soin de vous.

— Vous aussi, William. Et dites à votre sœur de venir travailler à notre bibliothèque.

Il haussa un sourcil.

— Ha ! Elle est comme vous. Elle ne laissera jamais un homme lui dire ce qu'elle doit faire.

Elle l'entendit glousser tandis qu'il refermait la porte.

Chapitre 6

« Ma mère n'aimait pas que les tartes soient de la veille, à part celles aux fruits secs. Elle se levait une heure plus tôt afin d'en préparer une avant le petit déjeuner, mais elle n'en faisait aucune à base de crème ou de fruits, même de la citrouille, un jour avant qu'elle soit servie, et si elle l'avait fait, mon père n'en aurait pas mangé. »

Della T. Lutes, *Journal de la ferme.*

Les premiers mois qui suivirent son emménagement à Baileyville, Alice avait presque apprécié les dîners hebdomadaires de la paroisse. Avoir une quatrième ou cinquième personne à leur table semblait alléger l'atmosphère de la lugubre demeure, et la nourriture était souvent meilleure que l'habituelle cuisine grasse d'Annie. Mr Van Cleve avait tendance à se montrer sous son meilleur jour, et le pasteur McIntosh, qui était souvent invité à leur table, était un homme intrinsèquement bon, malgré sa tendance à radoter. La principale source de divertissement en société dans le Kentucky, observait-elle, était les histoires sur les infortunes de certaines familles, des ragots sur les voisins – on servait chaque anecdote joliment formulée et avec une chute qui laissait la tablée hilare. S'il se trouvait plus d'un conteur dans l'assemblée, l'exercice tournait vite à la compétition. Mais, par-dessus tout, ces histoires invraisemblables permettaient à Alice de manger son repas en toute quiétude.

Du moins fut-ce le cas au début.

— Bon, alors, les jeunes, quand est-ce que vous allez accorder à mon vieil ami ici présent le bonheur d'un ou deux petits-enfants, hein ?

— C'est ce que je ne cesse de leur demander, renchérit Mr Van Cleve, pointant son couteau vers Bennett, puis Alice. Une maison n'est pas un foyer sans des enfants qui courent partout.

Peut-être que ça viendra quand notre chambre ne sera plus si près de la tienne et que je ne t'entendrai plus péter de l'autre côté du mur, répliqua Alice en silence en se servant de purée. *Peut-être que ça viendra quand je serai libre d'aller à la salle de bains sans me couvrir de la tête aux pieds. Peut-être que ça viendra quand je n'aurai plus à subir ce refrain deux fois par semaine.*

Pamela, la sœur du pasteur McIntosh, qui lui rendait visite de Knoxville, fit remarquer que son fils avait mis sa jeune épouse enceinte dès leur nuit de noces.

— Les jumeaux sont arrivés neuf mois après, jour pour jour. Pouvez-vous croire ça ? Figurez-vous que sa boutique tourne comme une horloge. Vous verrez, elle va sevrer ces deux-là, et le lendemain elle sera de nouveau enceinte.

— N'êtes-vous pas l'une de ces bibliothécaires itinérantes, Alice ?

Le mari de Pamela observait le monde avec méfiance, par-dessous ses sourcils broussailleux.

— En effet, répondit-elle.

— Cette fille est par monts et par vaux à longueur de journée ! s'exclama Mr Van Cleve. Certains soirs, elle rentre si épuisée qu'elle parvient à peine à garder les yeux ouverts.

— Avec un rude gaillard comme vous, Bennett, notre jeune Alice devrait être trop fatiguée dès le matin, et ne devrait plus avoir assez de force pour monter à cheval !

— Elle devrait avoir les jambes arquées comme un cowboy!

Les deux hommes rugirent de rire. Alice ébaucha un sourire forcé. Elle jeta un coup d'œil à Bennett, qui déplaçait des haricots noirs autour de son assiette avec un air d'intense concentration. Puis elle regarda Annie, qui tenait le plat de patates douces et la dévisageait avec satisfaction. Alice durcit son regard jusqu'à ce que l'autre femme détourne le sien.

— Vous avez des taches de menstrues sur vos culottes d'équitation, avait fait remarquer Annie en apportant à Alice une pile de linge plié la veille au soir. Je n'ai pas réussi à tout enlever, il reste encore une petite trace.

Elle avait marqué une pause, avant d'ajouter:

— Exactement comme le mois dernier.

Alice s'était hérissée à l'idée que cette femme tienne ainsi le compte de ses « menstrues ». Elle eut soudain la désagréable impression que la moitié de la ville discutait de son apparente incapacité à tomber enceinte. Ce ne pouvait être la faute de Bennett, bien sûr. Pas le champion de base-ball. Pas leur prodige.

— Vous savez, ma cousine, celle qui vit à Berea, elle n'arrivait pas à tomber enceinte malgré tous ses efforts. Je jure que son mari ne la quittait pas d'une semelle, comme un *chien*. Elle est allée dans l'une des églises où l'on pratique la manipulation de serpents – pasteur, je sais que vous désapprouvez, mais écoutez-moi. On lui a mis une couleuvre verte autour du cou et elle s'est retrouvée enceinte la semaine suivante. Mon cousin a dit que le bébé avait les yeux aussi dorés qu'une vipère cuivrée. Mais bon, il a toujours eu beaucoup d'imagination.

— Ma tante Lola avait le même problème. Son pasteur a demandé à la congrégation entière de prier pour que Dieu comble son ventre. Ça leur a pris un an, mais aujourd'hui ils ont cinq enfants.

— S'il vous plaît, ne vous sentez pas obligé de faire la même chose, intervint Alice.

— Je pense que ce sont toutes ces heures que cette fille passe à cheval. Ce n'est pas bon pour une femme d'être à califourchon toute la journée. Le docteur Freeman dit que ça ballotte les entrailles d'une dame.

— Eh bien, oui, je crois l'avoir lu aussi.

Mr Van Cleve prit sa salière et la fit tournoyer entre ses doigts.

— C'est comme quand vous agitez trop une bouteille de lait, il finit par tourner et devient aigre.

— Mes entrailles n'ont pas tourné, je vous remercie, dit sèchement Alice.

Après un instant, elle ajouta d'une voix plus douce :

— Mais je serais curieuse de consulter l'article.

— L'article ? répéta le pasteur McIntosh.

— Auquel vous faisiez référence. Où il est dit qu'une femme ne devrait pas monter à cheval au risque d'être « ballottée ». Je n'avais encore jamais entendu ce terme médical.

Les deux hommes échangèrent un regard.

Alice fit glisser son couteau sur un morceau de poulet, sans lever les yeux de son assiette.

— Le savoir est essentiel, n'est-ce pas ? À la bibliothèque, nous nous accordons à dire que c'est notre seule boussole. Si je mets ma santé en danger en montant à cheval, alors il est de mon devoir de lire l'article dont vous parlez. Peut-être pourriez-vous l'apporter dimanche prochain, révérend, déclara-t-elle avec un sourire radieux.

— Eh bien, dit le pasteur McIntosh, je ne suis pas sûr de pouvoir mettre la main dessus comme ça.

— Le pasteur a un tas de documents, intervint Mr Van Cleve.

— Ce qui est drôle, poursuivit Alice en agitant une fourchette pour accentuer ses propos, c'est qu'en Angleterre la plupart des dames bien éduquées font de l'équitation. Elles vont chasser, sauter des fossés, des barrières, toutes sortes de choses. C'est quasiment obligatoire. Et pourtant elles pondent des bébés avec une extraordinaire efficacité. Même la famille royale. Un œuf, et deux, et trois ! Comme on écosse des petits pois ! La reine Victoria a eu un nombre incalculable d'enfants, et elle était *toujours* à cheval. On n'arrivait pas à lui faire mettre pied à terre.

Plus personne ne parlait autour de la table.

— Eh bien…, hésita le pasteur McIntosh. Voilà qui est… très intéressant.

— Cependant, ça ne peut pas être bon pour vous, ma chère, déclara la sœur du pasteur avec gentillesse. Une activité physique éprouvante ne peut avoir que des effets nocifs sur une jeune femme.

— Seigneur ! Vous devriez le dire à certaines des filles des montagnes que je vois tous les jours. Ces femmes coupent du bois de chauffage, binent des potagers, nettoient des maisons pour des hommes trop malades ou trop paresseux pour se lever de leur lit. Et, étrangement, elles aussi collectionnent les bébés.

— Alice, intervint calmement Bennett.

— J'ai du mal à imaginer qu'elles se contentent de déambuler, de faire de la composition florale et passent leur temps à se détendre. Ou peut-être qu'elles ont une constitution biologique différente. Ce doit être ça. Peut-être y a-t-il une raison médicale dont je n'ai pas eu connaissance.

— Alice, tempéra de nouveau Bennett.

— Je suis parfaitement normale, chuchota-t-elle avec colère.

Elle était furieuse de percevoir le chevrotement dans sa voix. C'était ce qu'ils attendaient. Les deux hommes âgés échangèrent des regards bienveillants.

— Oh, ne vous emportez pas. Nous ne vous critiquons pas, chère Alice, dit Mr Van Cleve, en tendant sa main dodue par-dessus la table pour la placer sur celle de sa belle-fille.

— Nous comprenons que ce soit une déception quand le Seigneur ne vous accorde pas tout de suite cette bénédiction. Mais mieux vaut ne pas devenir trop *émotive* sur le sujet, objecta le pasteur. Je dirai une petite prière pour vous deux la prochaine fois que vous serez à l'église.

— C'est extrêmement gentil de votre part, conclut Mr Van Cleve. Il arrive qu'une jeune dame ne sache pas ce qui est dans son propre intérêt. Nous sommes là pour ça, Alice : veiller à ce qui est le mieux pour vous. Bon, Annie, où sont ces patates douces ? Ma sauce est en train de refroidir.

— Quel besoin avais-tu de faire ça ?

Bennett était assis à côté d'elle sur la balancelle tandis que les hommes plus âgés se retiraient au petit salon pour siroter une bouteille du meilleur bourbon de Mr Van Cleve. Leurs voix s'élevaient et retombaient, ponctuées d'éclats de rire.

Alice se tenait les bras croisés. Les soirées étaient de plus en plus fraîches, mais elle se plaça à l'autre bout du siège, à neuf bons pouces de la chaleur du corps de Bennett, un châle autour des épaules.

— Faire quoi ?

— Tu le sais très bien. Papa se faisait juste du souci pour toi.

— Bennett, tu sais bien que ce n'est pas à cause du cheval que je ne tombe pas enceinte. (Il garda le silence.) J'aime profondément mon travail. Je ne vais pas y renoncer simplement parce que ton père a l'impression que mes entrailles sont « ballottées ». Y a-t-il quelqu'un pour te reprocher de trop jouer au base-ball ? Non. Bien sûr que non. Mais tes parties sont ballottées dans tous les sens trois fois par semaine.

— Parle moins fort !

— Oh, j'oubliais. Nous ne pouvons rien dire à voix haute, n'est-ce pas ? Pas sur tes *parties ballottantes*. Nous ne pouvons pas parler de ce qui se passe *vraiment*. Mais je suis celle dont tout le monde parle. Je suis celle que tout le monde croit stérile.

— Pourquoi te soucies-tu de ce que les gens croient ? Tu te comportes comme si tu te fichais de leur avis, de toute façon.

— Je m'en soucie parce que ta famille et tes voisins me chantent sans cesse le même refrain ! Et ils vont continuer, à moins que tu ne leur expliques ce qui se passe ! Ou que tu ne... *fasses* quelque chose pour régler ça !

Elle était allée trop loin. Bennett se leva brusquement de la balancelle et s'éloigna d'un pas vif, claquant la moustiquaire derrière lui. Le silence retomba soudain sur le petit salon. Tandis que les voix masculines repartaient lentement, Alice, toujours assise, écoutait les grillons en se demandant comment elle pouvait se trouver dans une maison pleine de monde et se sentir si seule.

La semaine n'avait pas été bonne à la bibliothèque. Les montagnes passaient d'un vert luxuriant à un rouge ardent, les feuilles formant un épais tapis cuivré sur le sol qui étouffait le son des sabots des chevaux, les vallées se gorgeant de denses brumes matinales. Margery remarqua que la moitié de ses bibliothécaires ne se sentaient pas très bien. Elle observait chez Alice une crispation de mâchoires et une ombre dans les yeux qui ne lui ressemblaient pas, et elle aurait peut-être fait l'effort de la sortir de cette humeur, si elle-même n'avait pas été préoccupée, toujours sans nouvelles de Sophia. Tous les soirs elle tentait de réparer les livres les plus abîmés parmi ceux qu'elles avaient récoltés, mais la pile était si haute qu'elle menaçait de s'effondrer, et la perspective de tout le travail, ou de tous ces ouvrages perdus, la consternait plus encore. Elle n'avait pas le temps de faire quoi que ce soit d'autre que remonter sur sa mule et emporter un autre chargement.

L'appétit pour les livres était devenu implacable. Les enfants les suivaient dans la rue, les suppliant pour avoir quelque chose à lire. Les familles qu'elles voyaient toutes les deux semaines les imploraient de bénéficier de la même prestation que celles situées sur les trajets plus courts, et les bibliothécaires devaient expliquer qu'elles n'étaient que quatre, et qu'elles étaient déjà dehors toute la journée. Les chevaux boitaient régulièrement en raison des longues heures à monter péniblement des chemins rocailleux (« Si je dois encore obliger Billy à monter Fern Gully en latéral, je jure qu'il va finir avec deux jambes plus longues que les autres »), et Patch développa des plaies au niveau de la sous-ventrière de telle sorte qu'on dut le mettre au repos des jours durant.

Malgré leurs efforts, elles n'arrivaient plus à tenir le rythme. Et la fatigue commençait à se lire sur les visages. Alors qu'elles rentraient le vendredi soir, les bottes couvertes de boue et de feuilles mortes, Izzy s'emporta contre Alice qui avait trébuché sur sa sacoche et en avait cassé la courroie.

— Vous ne pouvez pas faire attention, bon sang !

Alice se pencha pour la ramasser tandis que Beth regardait la sacoche.

— Eh bien, vous n'auriez pas dû la laisser par terre…, dit-elle sèchement.

— Elle n'y est restée qu'une minute. J'essayais de poser mes livres et j'avais besoin de ma canne. Comment suis-je censée m'y prendre, maintenant ?

— Je ne sais pas. Vous n'avez qu'à demander à votre maman de vous en acheter une autre.

Izzy chancela comme si elle avait reçu une gifle et jeta un regard noir à Beth.

— Retirez ça tout de suite.

— Retirer quoi ? C'est la fichue vérité, que ça vous plaise ou non…

— Izzy, je suis désolée, intervint Alice après quelques secondes. C'était un accident. Écoutez, je vais voir si je peux trouver quelqu'un pour réparer votre sacoche pendant le week-end.

— Pas la peine d'être méchante, Beth Pinker, lança Izzy.

— Mince. Qu'est-ce que vous pouvez être soupe au lait…

— Est-ce que vous pouvez arrêter de vous chamailler, toutes les deux, et enregistrer vos livres ? J'aimerais être sortie d'ici avant minuit.

— Je ne peux pas entrer les miens tant que vous n'avez pas entré les vôtres, et si j'apporte mes livres là-bas, nous risquons de mélanger ceux-ci avec ceux qui sont à vos pieds, expliqua Izzy.

— Ceux qui sont à mes pieds, Izzy Brady, sont ceux que vous avez laissés hier parce que vous ne vouliez pas vous embêter à les mettre en rayon, lança Beth.

— Je vous ai dit que Maman devait venir me chercher de bonne heure afin de pouvoir aller à son club de patchwork !

— Oh, bien. Nous ne voudrions surtout pas contrarier l'organisation de son satané *club de patchwork*, n'est-ce pas ?

Leurs voix étaient montées dans les aigus. Beth lançait des regards courroucés à Izzy depuis l'angle de la pièce où elle venait de déposer le contenu de ses propres sacoches, ainsi qu'une gamelle à déjeuner et une bouteille de limonade vide.

— Ah, zut. Vous savez ce qu'il nous faut ?

— Quoi ? dit Izzy, avec méfiance.

— Nous avons toutes besoin de nous détendre un peu. Nous passons notre temps à travailler sans jamais nous divertir, dit-elle en souriant. Je pense que nous devrions faire une réunion.

— Nous sommes en réunion, fit remarquer Margery.

— Pas ce genre-là, objecta Beth, passant devant elles en enjambant les livres d'un pas vif.

Elle ouvrit la porte et alla dehors, où son petit frère était assis sur les marches, à attendre. Les femmes achetaient de temps à autre une pochette de bonbons à Bryn en échange d'une course, et il leva des yeux pleins d'espoir.

— Bryn, va dire à Mr Van Cleve qu'Alice doit rester tard pour une réunion sur le règlement de la bibliothèque et que nous la raccompagnerons chez elle quand nous aurons fini. Ensuite, va chez Mrs Brady et dis-lui la même chose – en fait, ne lui dis pas que c'est à propos du règlement, sinon elle risque de rappliquer. Dis-lui… Dis-lui que nous devons graisser nos selles. Ensuite, tu dis pareil à Maman, et je t'achèterai un rouleau de caramels.

Margery plissa les yeux.

— Il ne vaudrait mieux pas que ce soit…

— Je reviens tout de suite. Et… hé – Bryn ? Bryn ! Si tu dis à Papa que tu m'as vue en train de fumer, je t'arrache tes maudites oreilles, l'une après l'autre. C'est compris ?

— Qu'est-ce qui se passe ? demanda Alice, tandis qu'elles entendaient les pas de Beth disparaître sur la route.

— Je me posais la même question, dit une voix.

Margery releva les yeux pour voir Sophia qui se tenait dans l'entrée, les mains jointes et son sac calé sous le bras. Elle haussa un sourcil à la vue du chaos.

— Oh, bon sang ! Vous aviez dit que c'était déplorable. Pas que j'allais vouloir repartir en hurlant à Louisville.

Alice et Izzy dévisagèrent la grande femme dans sa robe bleue immaculée. Sophia reporta son attention sur elles.

— Bon, je ne sais pas pourquoi vous restez toutes assises là à regarder voler les mouches. Vous devriez être au boulot ! (Elle posa son sac et défit son écharpe.) Je l'ai dit à William, et je vais vous le dire à vous. Je travaillerai le soir, et je le ferai avec la porte verrouillée, donc ça n'énervera personne que je me trouve ici. Ce sont mes conditions. Et je veux le salaire dont nous avons parlé.

— Ça me va, dit Margery.

Les deux plus jeunes femmes, perplexes, se retournèrent et regardèrent Margery. Celle-ci sourit.

— Izzy, Alice, voici Miss Sophia. Notre cinquième bibliothécaire.

Sophia Kenworth, les informa Margery alors qu'elles s'attaquaient aux piles de livres, avait travaillé huit ans à la bibliothèque pour les gens de couleur à Louisville, un bâtiment si grand qu'on avait séparé ses livres non pas en rubriques, mais en étages entiers. Elle était fréquentée par des professeurs, des maîtres de conférences de l'université du Kentucky, et elle fonctionnait avec un système de cartes et tampons, qui servait à laisser une trace des dates dès qu'un ouvrage entrait ou sortait. Sophia avait suivi une formation officielle et un stage, et son travail n'avait pris fin que quand sa mère était morte et que William avait eu son accident, l'obligeant à quitter Louisville pour s'occuper de lui.

— Voilà ce dont nous avons besoin ici, dit Sophia, tandis qu'elle passait les livres en revue, soulevant chacun pour en examiner la tranche. Il nous faut un peu de méthode et d'organisation. Laissez-moi m'en charger.

Une heure plus tard, les portes de la bibliothèque étaient verrouillées, la plupart des ouvrages avaient trouvé leur place sur les étagères et Sophia feuilletait les pages du registre en émettant de petits sons de désapprobation. Beth, pendant ce temps-là, était revenue et tenait à présent un gros bocal rempli d'un liquide coloré sous le nez d'Alice.

— Je ne sais pas…, dit celle-ci.

— Prenez juste une gorgée. Allez-y. Ça ne va pas vous tuer. C'est de la liqueur de pommes de contrebande.

Alice regarda Margery, qui avait déjà décliné. Personne ne parut surpris que Margery ne boive pas de contrebande.

Alice porta le bocal à ses lèvres, hésita, puis son courage l'abandonna de nouveau.

— Que va-t-il se passer si je rentre ivre à la maison ?

— Eh bien, j'imagine que vous rentrerez ivre à la maison, dit Beth.

— Je ne sais pas… Est-ce que quelqu'un d'autre pourrait essayer en premier ?

— Hum, ce ne sera pas Izzy, si ?

— Ah oui, et pourquoi ça ? rétorqua l'intéressée.

— Oh, bon sang. C'est reparti pour un tour, lança Beth en riant.

Elle prit le bocal à Alice et le passa à Izzy. Avec un sourire espiègle, celle-ci s'en empara à deux mains et le leva à sa bouche. Elle prit une bonne lampée, toussant et crachotant, les yeux exorbités tandis qu'elle rendait le bocal à Beth.

— Vous n'êtes pas censée l'avaler d'un trait ! dit Beth, qui en prit une petite gorgée. Si vous continuez à boire comme ça, vous serez aveugle d'ici mardi.

— Donnez, dit Alice.

Elle regarda le contenu et inspira profondément.

Tu es trop impulsive, Alice.

Elle en prit une petite quantité, sentant l'alcool tracer un chemin brûlant dans sa gorge. Elle ferma les yeux, attendant qu'ils cessent de larmoyer. En vérité, c'était délicieux.

— C'est bon ?

Le regard malicieux de Beth était posé sur elle lorsqu'elle rouvrit les yeux. Elle acquiesça sans un mot et déglutit.

— Étonnamment, répondit-elle d'une voix rauque. Oui. Laissez-moi en prendre une autre gorgée.

Quelque chose changea chez Alice ce soir-là. Elle était fatiguée du regard de la ville sur elle, elle en avait assez qu'on la contrôle, qu'on parle d'elle, qu'on la juge. Assez d'être mariée à un homme dont tous les autres pensaient qu'il était Dieu tout-puissant, et qui pouvait à peine se résoudre à poser les yeux sur elle.

Alice avait parcouru la moitié de la planète pour découvrir que, une fois de plus, on considérait qu'elle n'était *pas comme il faut*. Eh bien, songea-t-elle, si c'était ce que les gens pensaient, autant leur donner une bonne raison de le penser !

Elle prit une autre gorgée, puis une autre, repoussant les mains de Beth d'un geste quand celle-ci cria :

— Du calme, jeune fille !

Quand elle rendit enfin le bocal, elle se sentait « agréablement pompette », avoua-t-elle à ses compagnes.

— *Agréablement pompette !* l'imita Beth, et les filles se tordirent de rire.

Margery sourit malgré elle.

— Eh bien, c'est une drôle de bibliothèque que vous tenez là, fit remarquer Sophia.

— Elles ont juste besoin de se détendre, rien de plus, dit Margery. Elles travaillent dur.

— Nous travaillons dur ! Et maintenant, il nous faut de la musique ! s'exclama Beth, une main en l'air. Allons chercher le gramophone de Mr Guisler. Il nous le prêtera.

Margery secoua la tête.

— Laissez Fred en dehors de ça. Il n'a pas besoin d'assister à ce spectacle.

— Vous voulez dire qu'il n'a pas besoin de voir Alice complètement éméchée, dit Beth avec malice.

— Quoi ? demanda Alice en relevant les yeux.

— Arrêtez de la taquiner, dit Margery. Elle est mariée, de toute façon.

— En théorie, marmonna Alice, qui avait du mal à fixer son attention.

— Ouais. Soyez exactement comme Margery et faites ce que vous voulez quand vous voulez, railla Beth en jetant un regard en coin. Avec qui vous voulez.

— Tu veux que j'aie honte de la manière dont je vis ma vie, Beth Pinker ? Parce que si c'est le cas, tu risques d'attendre longtemps !

— Hé, dit Beth. Si un gars aussi séduisant que Sven Gustavsson venait me faire la cour, j'aurais une bague au doigt tellement vite qu'il ne saurait même pas comment il s'est retrouvé à l'église. Vous voulez croquer une bouchée de la pomme avant de la mettre dans le panier, c'est votre choix. Veillez juste à ne pas le lâcher.

— Et si je ne veux pas de panier ?

— Tout le monde veut un panier.

— Pas moi. Jamais voulu de ça. Pas de panier.

— De *quoi* êtes-vous en train de parler ? s'enquit Alice, avant de se mettre à glousser.

— Elles m'ont perdue à Mr Guisler, déclara Izzy avant de roter discrètement. Doux Jésus, je me sens fabuleusement bien. Je ne pense pas m'être sentie comme ça depuis que j'ai fait trois tours de grande roue à la foire du comté à Lexington. Sauf que… non. Ça ne s'était pas bien fini.

Alice se pencha vers Izzy et lui mit une main sur le bras.

— Je suis vraiment désolée pour la sangle de votre sacoche, Izzy. Je ne voulais pas la casser.

— Oh, ne vous inquiétez pas. Je demanderai juste à Maman de m'en acheter une autre.

L'une comme l'autre trouva sa remarque à pleurer de rire.

Sophia regarda Margery d'un air perplexe.

Margery alluma les lampes à huile disposées aux extrémités de chaque étagère en essayant de ne pas sourire. Elle n'était pas très à son aise en groupe, mais elle aimait cela, la complicité des femmes, les plaisanteries, l'hilarité. C'était une vraie amitié qui était en train de germer.

— Hé, les filles, dit Alice, lorsqu'elle fut parvenue à maîtriser ses gloussements. Que feriez-vous si vous pouviez faire absolument tout ce que vous vouliez ?

— Moi, je mettrais de l'ordre dans cette bibliothèque, grommela Sophia.

— Je suis sérieuse. Si vous pouviez faire tout ce que vous voulez, qu'est-ce que vous feriez ?

— Je parcourrais le monde, dit Beth, qui s'était fabriqué un dossier avec des livres, et élaborait à présent les accoudoirs pour aller avec. Je voyagerais en Inde, en Afrique, en Europe et peut-être en Égypte, et j'irais voir comment ça se passe là-bas. Je n'ai pas l'intention de rester dans les parages toute ma vie. Mes frères vont m'obliger à m'occuper de mon père jusqu'à ce qu'il bave. Je veux voir le Taj Mahal et la Grande Muraille de Chine, et cet endroit où l'on construit de petites huttes rondes dans des blocs de glace, et tout un tas d'autres lieux qui sont décrits dans les encyclopédies. J'allais dire que j'irais en Angleterre pour rencontrer le roi et la reine, mais nous avons Alice, alors c'est inutile.

Les autres femmes éclatèrent de rire.

— Izzy ?

— Oh, j'ai des rêves un peu fous…

— Plus fous que ceux de Beth ?

— Allez, dites-nous de quoi vous rêvez, l'encouragea Alice.

— Je... Eh bien, je serais chanteuse, déclara la jeune fille. Je chanterais à la radio, ou sur un disque de gramophone. Comme Dorothy Lamour ou... (Elle jeta un coup d'œil vers Sophia, qui s'efforça de ne pas trop hausser les sourcils.)... Billie Holliday.

— Votre père pourrait certainement vous arranger ça. Il connaît du beau monde, non ? dit Beth.

Izzy parut soudain mal à l'aise.

— Les gens comme moi ne deviennent pas chanteurs.

— Pourquoi ? s'étonna Margery. Vous ne savez pas chanter ?

— Ça fera l'affaire, dit Beth.

— Vous voyez ce que je veux dire.

Margery haussa les épaules.

— La dernière fois que j'ai regardé, vous n'aviez pas besoin de votre jambe pour chanter.

— Mais personne n'écouterait. On serait trop occupé à examiner mon attelle.

— Oh, n'en faites pas toute une histoire, ma petite Izzy. Il y a assez de gens par ici qui ont des attelles aux jambes, entre autres handicaps. Vous n'avez qu'à porter une robe longue.

— Que chantez-vous, Miss Izzy ? demanda Sophia, qui disposait les tranches des livres par ordre alphabétique.

Izzy avait repris son sérieux. Ses joues s'étaient embrasées.

— Oh, j'aime les cantiques, le bluegrass, le blues – tout, en fait. J'ai même essayé l'opéra, une fois.

— Eh bien, vous devez chanter, maintenant, dit Beth, qui alluma une cigarette et souffla avant que l'allumette ne lui brûle les doigts. Allez, montrez-nous ce que vous avez dans le ventre.

— Oh non, dit Izzy. Je ne chante que pour moi.

— Ça va donner une salle de concert plutôt vide, alors, dit Beth.

Izzy les regarda. Puis elle se leva. Elle prit une inspiration saccadée et se lança :

Chaque fois qu'il pleut, il pleut des pennies du ciel
Ignorez-vous que chaque nuage contient des pennies du ciel ?
Votre fortune tombera du ciel sur toute la ville

Elle ferma les yeux, sa voix emplit la petite pièce, douce et mélodieuse, comme si on l'avait trempée dans du miel. Sous leurs yeux, Izzy commença à devenir une toute nouvelle personne, déployant la poitrine, ouvrant plus grand la bouche pour atteindre les notes. Elle se trouvait à présent dans un endroit assez lointain, un endroit qui lui était cher. Beth se balança doucement et ébaucha un sourire. Il s'élargit sur son visage – un ravissement pur et radieux devant cette tournure inattendue que prenaient les événements. Elle lâcha un « Bon Dieu, oui ! », comme si elle ne pouvait le contenir. Et alors, après un moment, Sophia se mit à l'accompagner, sa propre voix plus profonde, suivant le chemin qu'avait tracé celle d'Izzy pour la compléter. Izzy ouvrit les yeux, et les deux femmes se sourirent en chantant, leurs voix s'élevant, leurs corps oscillant en rythme, et l'atmosphère de la petite bibliothèque vibra à l'unisson.

Assurez-vous que votre parapluie est à l'envers
Échangez-le contre un bouquet de soleil et de fleurs
Si vous voulez les choses que vous aimez,
Vous devez rester sous les ondées…

Alice observait ce spectacle avec émotion ; l'alcool, la chaleur et la musique circulaient dans ses veines. Elle sentit quelque chose céder en elle, quelque chose qu'elle n'avait pas voulu s'avouer, quelque chose de primordial ayant trait à l'amour, la perte et la solitude. Elle regarda Margery, dont l'expression s'était détendue, perdue dans ses rêveries, et pensa aux commentaires de Beth sur le fameux Sven. Peut-être consciente qu'on l'observait, Margery se tourna vers elle et sourit, et Alice s'aperçut avec horreur que ses joues étaient baignées de larmes.

Les sourcils haussés de Margery formèrent une question silencieuse.

— Juste un peu le mal du pays, répondit Alice.

C'était la vérité, même si elle n'était pas certaine d'avoir découvert l'endroit dont elle était nostalgique.

Margery la prit par le coude et elles sortirent dans le crépuscule, marchant jusqu'à l'enclos où les chevaux broutaient paisiblement devant la barrière, sans se soucier du bruit à l'intérieur.

Margery tendit son mouchoir à Alice.

— Ça va ?

Alice se moucha. Elle avait tout de suite commencé à se calmer, à l'air frais.

— Bien. Bien… (Elle leva les yeux vers le ciel.) En fait, non. Pas vraiment.

— Est-ce que je peux être utile ?

— Je crois que c'est une chose pour laquelle personne ne peut m'aider.

Margery s'adossa contre le mur, de telle sorte qu'elle regardait les montagnes derrière elles.

— Il y a peu de choses que je n'aie vues ou entendues ces trente-huit dernières années. Je peux tout entendre, je vous promets de ne pas tomber à la renverse.

Alice ferma les yeux. Si elle le révélait, cela deviendrait réel, et il faudrait faire quelque chose. Elle fit papillonner son regard vers Margery, puis le détourna de nouveau.

— Et si vous pensez que je suis du genre à aller répéter, Alice Van Cleve, c'est que vous me connaissez mal.

— Mr Van Cleve me reproche de ne pas avoir d'enfants.

— Bon Dieu, ça fait partie du jeu, ici. Dès l'instant où vous mettez une bague à ce doigt, ils commencent tous le compte à rebours avant l'arrivée du premier bébé…

— Mais c'est justement ça. C'est Bennett, dit Alice en se tordant les mains. Ça fait des mois, et il ne… il refuse…

Margery laissa sa phrase en suspens. Elle attendit, comme pour vérifier qu'elle avait bien entendu.

— Il refuse… ?

Alice inspira profondément.

— Tout a assez bien commencé. Nous attendions depuis si longtemps, avec le voyage et tout ça, et en vérité c'était charmant. Et juste au moment où les choses étaient sur le point de… eh bien… Mr Van Cleve a crié quelque chose à travers le mur – sans doute pour nous encourager –, et nous avons tous les deux été un peu surpris, et ensuite tout s'est arrêté. Quand j'ai rouvert les yeux, Bennett ne me regardait même pas, et il semblait très en colère. Quand je lui ai demandé si tout allait bien, il m'a dit que ce n'était… pas digne d'une dame de poser la question, ajouta-t-elle, des sanglots dans la voix.

Margery attendit.

— Alors je me suis rallongée et j'ai patienté. Et il… enfin, je pensais que ça allait arriver. Mais ensuite nous entendions Mr Van Cleve marcher bruyamment dans la chambre voisine, et… eh bien… c'était tout. Et j'ai essayé de chuchoter quelque chose pour le rassurer, mais ça l'a énervé et il s'est comporté comme si tout était ma faute. Mais je n'en sais rien. Parce que je n'ai jamais… alors je ne peux pas être certaine qu'il s'agisse de quelque chose que je fais mal, ou qu'il fait mal. Quoi qu'il en soit, son père est toujours dans la chambre à côté et les murs sont très minces. Depuis, Bennett garde ses distances avec moi. Et ce n'est pas comme si c'était l'une de ces choses dont vous pouvez discuter.

Les mots se bousculèrent, hors de contrôle. Elle sentit que son visage s'embrasait.

— Je veux être une bonne épouse. Vraiment. Mais ça me semble… impossible.

— Donc, laissez-moi résumer. Vous n'avez…

— Je ne sais pas ! Parce que je ne sais pas comment c'est censé être !

Elle secoua la tête, puis se couvrit le visage avec les mains, comme horrifiée de prononcer ces mots à voix haute.

Margery regarda ses bottes en fronçant les sourcils.

— Ne bougez pas, dit-elle.

Elle disparut dans le chalet, où les chants avaient atteint une nouvelle tonalité. Alice écouta avec angoisse, craignant la soudaine interruption des voix qui suggérerait que Margery l'avait trahie. Mais, au lieu de ça, la chanson s'éleva, une envolée musicale fut accueillie par un petit éclat d'applaudissements, et elle perçut l'acclamation étouffée de Beth. Puis la porte s'ouvrit, laissant les voix s'amplifier brièvement, et Margery redescendit les marches d'un pas léger. Elle tenait un petit livre bleu, qu'elle tendit à Alice.

— Très bien, donc, ceci ne rentre pas dans le registre. Celui-ci, nous le faisons tourner parmi les femmes qui, peut-être, ont besoin d'un peu d'aide dans certains des domaines que vous avez évoqués.

Alice riva les yeux sur le livre à reliure de cuir.

— Ce ne sont que des données. Je l'ai promis à une femme à Miller's Creek, sur mon itinéraire du lundi, mais vous pouvez y jeter un coup d'œil pendant le week-end, et voir s'il y a quelque chose là-dedans qui pourrait être utile.

Alice le feuilleta, tressaillant aux termes « sexe », « nu », « utérus ». Elle s'empourpra.

— Ce livre appartient à la bibliothèque ?

— Disons simplement qu'il en constitue une partie officieuse, étant donné qu'il a une histoire un peu mouvementée auprès de nos tribunaux. Il n'est pas répertorié dans le registre, et n'est pas exposé sur les étagères. Nous le gardons juste entre nous.

— Vous l'avez lu ?

— De la première à la dernière page, et plus d'une fois. Et je peux vous dire qu'il m'a donné bien de la joie. (Elle haussa un sourcil avec espièglerie.) Et pas seulement à moi, soit dit en passant.

Alice cligna des yeux. Elle ne pouvait s'imaginer trouver de la joie dans sa situation actuelle, même avec tous les efforts du monde.

— Bonsoir, mesdames.

Les deux femmes se retournèrent pour voir Fred Guisler qui descendait le chemin vers elles, une lampe à huile à la main.

— On dirait qu'il y a une sacrée fête.

Alice hésita, et s'empressa de remettre le livre entre les mains de Margery.

— Je… je ne crois pas.

— Ce ne sont que des faits, Alice. Rien de plus.

Alice passa en hâte devant elle pour retourner à la bibliothèque.

— Je peux gérer ça toute seule. Merci.

Elle remonta les marches en courant presque et claqua la porte derrière elle.

Fred s'arrêta lorsqu'il eut rejoint Margery. Il était visiblement déçu.

— J'ai dit quelque chose de mal ?

— Tu es encore très loin du compte, Fred, dit-elle, avant de lui mettre une main sur le bras. Mais pourquoi ne viens-tu pas plutôt te joindre à nous ? À part ces quelques poils de barbe supplémentaires sur ton menton, tu es toi-même plus ou moins bibliothécaire à titre honorifique.

Après la soirée, Beth jura que c'était la plus agréable réunion de bibliothécaires qui se fût jamais tenue dans le comté de Lee. Izzy et Sophia avaient chanté toutes les chansons dont elles pouvaient se souvenir, s'apprenant mutuellement celles qu'elles ne connaissaient pas et en inventant quelques-unes sur place, leurs voix débridées et rauques à mesure qu'elles gagnaient en assurance, piétinant et braillant, les filles tapant des mains en rythme. Fred Guisler, effectivement ravi d'aller chercher son gramophone, s'était laissé persuader de danser avec chacune d'elles, se penchant de sa haute stature pour s'adapter à Izzy, dissimulant le boitement avec quelques balancements en temps opportun, de telle sorte qu'elle oublia sa gêne et se mit à rire aux larmes. Alice sourit, battant la mesure avec les autres, mais refusait de croiser le regard de Margery, comme si elle s'en voulait d'en avoir trop dit. Margery comprit qu'elle n'y pouvait rien. Elle n'avait plus qu'à attendre que le sentiment d'humiliation de la jeune femme, aussi injustifié fût-il, s'estompe. Et au milieu de tout ceci, Sophia chantait et se déhanchait, comme si même sa rigueur et sa retenue ne pouvaient résister à la musique.

Fred, qui avait décliné toutes les propositions de liqueur de contrebande, les avait ramenées en voiture dans le noir, toutes entassées sur la banquette arrière de son camion, emmenant Sophia en premier sous le couvert des autres, et ils l'avaient entendue chanter encore alors qu'elle descendait, en marquant la mesure, le sentier qui menait à la petite maison soigneusement entretenue de Monarch Creek. Ils avaient ensuite déposé Izzy, les pneus de l'automobile dérapant dans l'immense allée, et avaient vu la stupéfaction de Mrs Brady devant les cheveux humides de sueur et la figure hilare de sa fille.

— Je n'ai jamais eu d'amies comme vous avant ! s'était exclamée Izzy, tandis qu'ils parcouraient à vive allure la route sombre – conscients que c'était en partie l'alcool qui parlait. Honnêtement, je ne pensais même pas apprécier les autres filles avant de devenir bibliothécaire.

Elle avait étreint chacune d'elles avec enthousiasme.

Alice avait entièrement retrouvé ses esprits au moment où ils la déposèrent, et parla peu. Les deux messieurs Van Cleve étaient assis sur le perron, malgré la fraîcheur de l'air et l'heure avancée, et Margery décela une réticence distincte dans son pas tandis qu'Alice avançait vers eux dans l'allée. Aucun d'eux ne prit la peine de se lever. Personne ne lui sourit sous la lumière vacillante du porche, ni ne se pencha pour la saluer.

Margery et Fred effectuèrent le reste du trajet jusqu'à son chalet en silence, chacun perdu dans ses pensées.

— Passe le bonjour à Sven, dit-il tandis qu'elle ouvrait le portail et que Bluey descendait la pente en bondissant pour venir à sa rencontre.

— Je n'y manquerai pas.

— C'est un homme bien.

— Tout comme toi. Il faut que tu te trouves quelqu'un d'autre, Fred. Ça fait assez longtemps.

Il ouvrit la bouche comme pour prendre la parole, puis la referma.

— Repose-toi bien de ta soirée, finit-il par dire.

Puis il inclina le front, comme s'il portait toujours un chapeau, tourna le volant et redescendit la route.

Chapitre 7

« À la fin du XIXe siècle et au début du XXe, des agents de compagnies foncières avaient parcouru la région montagneuse [du Kentucky] pour acheter aux résidents des titres miniers, parfois pour des sommes aussi dérisoires que cinquante cents l'arpent… Les actes dans leur formule étendue cédaient souvent les droits de "jeter, stocker et laisser sur ledit terrain tout type et quantité de boue, ossements, schiste, eau ou autre déchet", d'utiliser et polluer les cours d'eau de n'importe quelle manière, et de faire tout ce qui s'avérait nécessaire et "pratique" pour extraire des minéraux souterrains. »

Chad Montrie, *L'Environnement et le militantisme environnemental dans les Appalaches.*

— Le prince lui dit qu'elle était la plus belle fille qu'il ait jamais vue, et ensuite, il lui demanda si elle voulait bien l'épouser. Et ils vécurent tous heureux pour le restant de leurs jours.

Mae Horner referma brusquement le livre qui claqua avec un *clap* satisfaisant.

— C'était vraiment très bien, Mae.

— Je l'ai lue quatre fois hier après avoir ramassé le bois.

— Eh bien, ça s'entend. Je crois sincèrement que ta lecture est aussi bonne que celle de n'importe quelle fille du comté.

— C'est vrai qu'elle est maligne.

Alice leva les yeux vers l'entrée, où se tenait Jim Horner.

— Comme sa maman, poursuivit-il. Elle a su lire dès l'âge de trois ans. Elle a grandi dans une maison remplie de livres près de Paintsville.

— Je sais lire aussi, intervint Millie, qui était assise aux pieds d'Alice.

— Je sais bien, Millie, dit Alice. Et ta lecture est très bonne aussi. Honnêtement, Mr Horner, je ne crois pas avoir déjà rencontré deux enfants qui y prenaient autant goût que les vôtres.

Il réprima un sourire.

— Raconte-lui ce que tu as fait, Mae, l'encouragea-t-il.

La fillette le regarda, juste pour s'assurer d'avoir son approbation.

— Vas-y.

— J'ai fait une tarte.

— Tu as fait une tarte ? Toute seule ?

— À partir d'une recette. Dans ce numéro de *La Vie rurale* que vous nous avez laissé. Une tarte aux pêches. Je vous proposerais bien une part, mais on a tout mangé.

— Papa en a mangé trois morceaux, précisa Millie en gloussant.

— Je chassais à North Ridge, et elle a mis la vieille cuisinière en route et tout ça. Et j'ai passé la porte, et il y avait comme une odeur de…

Il releva le nez et ferma les yeux, se remémorant le parfum. Son visage perdit un instant sa dureté habituelle.

— Je suis entré, et elle était là, avec tous les ingrédients étalés sur la table. Elle avait suivi chacune de ces indications à la lettre.

— J'ai un peu brûlé les bords.

— Eh bien, ta maman faisait toujours ça aussi.

Ils restèrent un instant en silence tous les trois.

— Une tarte aux pêches, dit Alice. Je ne suis pas sûre que nous puissions rivaliser avec toi, ma petite Mae. Que puis-je vous faire découvrir cette semaine, les filles ?

— Est-ce que vous avez rentré *Prince noir* ?

— Oui ! Et je me suis rappelé que tu le voulais, alors je l'ai apporté. Que dis-tu de ça ? Bon, le vocabulaire est plus élaboré dans celui-ci, alors tu le trouveras peut-être un peu plus compliqué. Et c'est triste par moments.

Jim Horner changea d'expression.

— Je veux dire, pour les chevaux. Il y a des passages tristes pour les chevaux. Les chevaux parlent. Ce n'est pas facile à expliquer.

— Je peux peut-être te faire la lecture, Papa.

— Mes yeux ne sont plus très vaillants, précisa-t-il. Je ne suis plus capable de viser comme avant. Mais on se débrouille.

— Je vois ça.

Alice était assise au centre du petit chalet qui l'avait un jour tant effrayée. Mae, bien qu'âgée de onze ans à peine, paraissait en avoir pris les rênes, balayant et organisant le foyer de telle sorte que, là où l'ambiance avait semblé autrefois sombre et sinistre, il régnait à présent une atmosphère conviviale. Une corbeille de pommes trônait au milieu de la table. Alice rangea ses livres et vérifia que tout le monde était content de ce qu'elle avait apporté. Millie se jeta à son cou et l'étreignit férocement. Personne ne l'avait prise dans ses bras d'aussi près depuis un certain temps, et elle en éprouva des sentiments étranges et contrastés.

— Et dire qu'il faudra attendre sept jours entiers avant de vous revoir, annonça solennellement la fillette.

Ses cheveux sentaient la fumée, et on y devinait aussi une note sucrée, boisée, une odeur de forêt. Alice la huma.

— C'est sûr. Et j'ai hâte de voir combien de livres tu auras lus entre-temps.

— Regarde, Millie ! Il y a des dessins dans celui-ci aussi ! lança Mae.

Millie lâcha Alice et s'accroupit à côté de sa sœur. Alice les observa un instant, puis se dirigea vers la porte, enfila son manteau, qui avait un jour été un élégant blazer en tweed et était désormais couvert de mousse, de boue et d'accrocs aux endroits où les mailles du tissu s'étaient prises dans les buissons ou les branches. La montagne s'était refroidie ces derniers jours, comme si l'hiver s'installait.

— Miss Alice ?

— Oui ?

Les filles étaient penchées sur *Prince noir*, les doigts de Millie suivant les mots tandis que sa sœur lisait à voix haute.

Jim regarda derrière lui, comme pour s'assurer qu'elles ne faisaient pas attention à lui.

— Je voulais vous présenter mes excuses.

Alice, qui nouait son écharpe, s'interrompit.

— Après la mort de ma femme, je n'ai plus été moi-même pendant un moment. J'avais l'impression que le ciel me tombait sur la tête. Et je n'ai pas été… accueillant, les premières fois que vous êtes passée. Mais, ces derniers mois, le fait de voir les filles arrêter de pleurer la mort de leur mère, de les voir attendre avec impatience toutes les semaines, c'est… c'est… Enfin, je voulais juste vous dire que c'est très apprécié.

Alice tint ses mains devant elle.

— Mr Horner, je peux vous dire en toute honnêteté que j'ai autant hâte de voir vos filles qu'elles attendent mes visites.

— Eh bien, c'est bon pour elles de voir une dame. Je n'avais pas conscience, jusqu'à ce que ma Betsy nous quitte, de combien un enfant a besoin de… la part plus féminine des choses. (Il se gratta la tête.) Elles parlent de vous, vous savez, de la façon dont vous vous exprimez, et tout. Mae dit qu'elle voudrait devenir bibliothécaire plus tard.

— Vraiment ?

— Ça m'a fait comprendre… Je ne peux pas les garder éternellement près de moi. Je veux plus que ça pour elles. Vu comme elles sont malignes, toutes les deux.

Il demeura silencieux un instant, puis dit :

— Miss Alice, que pensez-vous de cette école ? Celle avec la dame allemande ?

— Mrs Beidecker ? Mr Horner, je pense que vos filles l'adoreraient.

— Elle ne fouette pas les enfants ? On entend de ces choses… Betsy a été salement battue à l'école, alors elle n'a jamais voulu que les filles y aillent.

— Je serais ravie de vous la présenter, Mr Horner. C'est une femme adorable, et ses élèves semblent beaucoup l'aimer. Elle n'est pas du genre à lever la main sur les enfants.

Il prit cela en considération.

— C'est difficile, déclara-t-il en regardant la montagne au loin, de devoir gérer toutes ces histoires. Je pensais que je ferais juste un boulot d'homme. Mon propre père ramenait juste de quoi nous nourrir, se détendait et laissait ma mère faire tout le reste. Et aujourd'hui je dois être père et mère à la fois. Prendre toutes ces décisions.

— Regardez ces filles, Mr Horner.

Ils jetèrent un coup d'œil vers l'endroit où les filles, à présent allongées sur le ventre, s'exclamaient au sujet d'une chose qu'elles venaient de lire.

Alice sourit.

— J'ai l'impression que vous vous en sortez très bien.

Finn Mayburg, Upper Pinch Me – un exemplaire du Sillon, *daté de mai 1937*

Deux exemplaires du magazine Étranges récits, *datés de décembre 1937 et février 1938*

Ellen Prince – Eagles Top (chalet du bout) – Les Quatre Filles du docteur March *par Louisa May Alcott*

De la ferme à la table *par Edna Roden*

Nancy et Phyllis Stone, North Ridge – Mack Maguire et l'Indienne *par Amherst Archer*

Mack Maguire porte le chapeau *par Amherst Archer (note : elle a lu toutes les éditions actuelles, demande qu'on vérifie s'il en existe d'autres)*

Margery feuilleta le registre, l'élégante écriture de Sophia transcrivant soigneusement la date et les itinéraires en haut de chaque page. À côté se trouvait une pile de livres récemment réparés, leurs reliures recousues et leurs couvertures arrachées rapiécées avec des pages d'ouvrages qui n'avaient pu être sauvés. À côté de celle-ci se trouvait un nouveau spicilège – *Le Bonus de Baileyville* –, cette édition comprenant quatre pages de recettes tirées d'exemplaires abîmés de *La Fée du logis*, une nouvelle intitulée *Ce qu'elle refusait de dire*, et un long article sur la collection de fougères. La bibliothèque était à présent impeccablement organisée, avec un système d'étiquettes au dos de chaque livre en rayon, de telle sorte qu'il leur était facile de trouver leur place, les ouvrages précisément rangés dans l'ordre et par catégorie.

Sophia arrivait autour de 17 heures, et avait généralement travaillé quelques heures le temps que les filles rentrent de leurs tournées. Les jours raccourcissaient à présent, elles devaient donc revenir plus tôt à cause de la lumière déclinante.

Quelquefois, elles s'asseyaient simplement pour bavarder entre elles tout en vidant leurs sacs et se racontant leur journée avant de rentrer chez elles. Fred installait un poêle à bois dans l'angle sur son temps libre, mais il n'était pas encore terminé : l'espace autour du conduit de fumée était toujours bourré de chiffons pour empêcher la pluie de s'infiltrer. Malgré cela, toutes les femmes semblaient trouver des raisons de traîner un peu plus tard chaque jour, et Margery suspectait que, une fois le poêle mis en route, elle aurait du mal à les persuader de regagner leurs foyers.

Personne à part Mrs Brady ne paraissait avoir connaissance du rôle de Sophia dans la bibliothèque. Elle avait eu l'air un peu décontenancée quand Margery lui avait expliqué qui était leur nouvelle recrue, mais, ayant assisté à la métamorphose du petit bâtiment, elle s'était contentée de pincer les lèvres et de porter les doigts à ses tempes.

— Est-ce que quelqu'un s'est plaint ?

— Personne ne l'a vue pour pouvoir s'en plaindre. Elle entre à l'arrière, par la maison de Mr Guisler, et repart chez elle de la même façon.

Mrs Brady réfléchit un instant.

— Les paroles de Mrs Nofcier vous sont-elles familières ? Vous connaissez Mrs Nofcier, bien entendu.

Margery sourit. Elles avaient toutes entendu parler de Mrs Nofcier. Mrs Brady aurait introduit son nom au chausse-pied dans une conversation sur les pommades pour chevaux si elle avait pu.

— Eh bien, j'ai récemment eu la chance d'assister à un discours dans lequel cette noble dame s'adressait aux enseignants et aux parents, et disait – attendez, j'ai noté cette partie, dit-elle en parcourant rapidement son petit cahier : « Un service de bibliothèque devrait être assuré pour toutes les populations, rurales comme urbaines, quelle que soit leur couleur de peau. » Là. « Quelle que soit leur couleur de peau. » C'est comme ça qu'elle l'a formulé. Je crois que nous devons être attentifs à l'importance du progrès et de l'égalité, tout comme l'est Mrs Nofcier. Je ne vois donc aucun inconvénient pour ma part au fait d'employer une femme de couleur ici. (Elle frotta une trace sur le bureau, puis examina son doigt.) Cependant, peut-être que… nous ne devrions peut-être pas l'annoncer tout de suite. Inutile de provoquer une polémique, vu que notre projet n'en est encore qu'à ses débuts. Je suis sûre que vous me suivez.

— Je suis de votre avis, Mrs Brady, dit Margery. Je ne voudrais pas attirer d'ennuis à Sophia.

— Elle fait du beau travail. Je dois le reconnaître.

Mrs Brady regarda autour d'elle. Sophia avait brodé un carré de tissu, qui était suspendu au mur à côté de la porte – « S'instruire, c'est agrandir son univers » –, et Mrs Brady le tapota avec satisfaction.

— Je dois dire, Miss O'Hare, que je suis extrêmement fière de ce que vous avez accompli en l'espace de quelques mois. Cela a dépassé toutes nos attentes. J'ai écrit plusieurs fois à Mrs Nofcier pour l'en informer, et je suis sûre qu'elle fera part de vos exploits à Mrs Roosevelt en personne… Il est parfaitement honteux que tout le monde ne soit pas du même avis dans cette ville. (Elle détourna le regard, comme si elle décidait de ne rien ajouter.) Il me semble que nous avons ici un véritable modèle de bibliothèque itinérante. Et vous devriez être fières de vous, mesdemoiselles.

Margery hocha la tête. Il valait probablement mieux ne pas parler à Mrs Brady de l'initiative officieuse de la bibliothèque. Chaque jour, elle s'asseyait au bureau, aux petites heures du jour, avant l'aube, et elle rédigeait, selon son courrier type, une demi-douzaine des lettres qu'elle distribuait aux habitants de North Ridge.

Cher voisin,

Nous nous sommes rendu compte que les propriétaires de Hoffman cherchent à créer de nouvelles mines dans votre quartier. Cela impliquerait la suppression de centaines d'hectares de bois, l'explosion de nouveaux puits et, dans de nombreux cas, la perte de logements et d'emplois. Je vous écris en toute confidentialité, car les mines sont connues pour employer des individus sournois et sans merci dans le but d'arriver à leurs fins, mais je crois qu'il est à la fois illégal et immoral qu'ils fassent ce qu'ils ont prévu, que ce serait la cause d'une souffrance et d'un dénuement abjects.

À cet égard, selon les livres de droit que nous avons consultés, il apparaît qu'il existe une jurisprudence pour empêcher la défiguration à grande échelle de notre paysage et protéger nos foyers. Je vous incite vivement à lire l'extrait fourni ci-dessous, ou, si vous en avez les moyens, de consulter le représentant juridique aux greffes de Baileyville, afin de mettre de telles obstructions en place, comme il pourrait être requis pour éviter cette destruction. Entre-temps, ne signez aucun CONTRAT DE CESSION D'INTÉRÊTS, *car ceux-ci, malgré l'argent et les garanties proposés, donneraient aux propriétaires miniers le droit d'exploiter un gisement sous votre maison.*

S'il est besoin d'aide pour la lecture de tels documents, les bibliothécaires itinérantes seront heureuses de vous assister, et le feront, bien entendu, avec discrétion.

En toute confidentialité,

Un ami

Elle termina, plia soigneusement les lettres, et en plaça une dans chaque sacoche, sauf celle d'Alice. Elle distribuerait la lettre supplémentaire elle-même. Inutile de rendre les choses plus compliquées qu'elles ne l'étaient déjà pour la jeune femme.

Le garçon s'était enfin arrêté de crier, il émettait à présent une série de gémissements, comme s'il s'était rappelé qu'il se trouvait parmi des hommes et devait garder sa dignité à tout prix. Ses vêtements et sa peau étaient ressortis complètement noirs de là où le charbon l'avait presque enterré – seul le blanc de ses yeux était visible. On pouvait y lire le choc et la douleur. Sven regarda les brancardiers soulever le blessé avec précaution, tâche rendue ardue par la hauteur du tunnel qui ne leur permettait pas de se tenir debout. Courbés en avant, ils se dirigèrent d'un pas traînant vers la sortie, se criant des consignes en chemin. Sven s'adossa contre le mur rugueux pour les laisser passer, puis dirigea sa lumière sur ces mineurs qui installaient des étais là où la galerie s'était effondrée, calant avec force jurons les lourds cadres de boisage.

C'était du charbon de veine basse, les chambres des mines si peu profondes à certains endroits que les hommes étaient à peine capables de se dresser sur les genoux. Il s'agissait du pire genre d'extraction minière ; Sven avait des amis déjà estropiés à l'âge de trente ans, tributaires de cannes juste pour se tenir droit. Il détestait ces garennes, où votre esprit vous jouait des tours dans la quasi-obscurité pour vous dire que l'étendue noire et humide au-dessus de votre tête se refermait en ce moment même sur vous. Il avait assisté à trop d'accidents, après lesquels seule une paire de bottes restée apparente permettait de déterminer l'endroit où le corps devait se trouver.

— Patron, vous devriez jeter un coup d'œil par ici.

Sven se retourna – une manœuvre délicate en soi – et suivit le gant de Jim McNeil qui lui faisait signe de venir. Les chambres souterraines communiquaient, plutôt que d'être accessibles par de nouveaux puits depuis l'extérieur – rien d'étonnant dans une mine dans laquelle le profit primait toujours la sécurité. Il avança maladroitement dans la galerie jusqu'à la chambre suivante et ajusta sa lampe frontale. Quelque huit étais se tenaient dans une ouverture peu profonde, chacun ployant visiblement sous le poids du toit qu'il supportait. Sven bougea lentement la tête, scrutant l'espace vide, la surface noire scintillant autour de lui en rencontrant la lampe à carbure.

— Est-ce que tu peux voir combien ils en ont retiré ?

— On dirait qu'il en reste environ la moitié.

Sven jura.

— Ne va pas plus loin, ordonna-t-il.

Puis, en se tortillant, il se retourna vers les hommes derrière lui.

— Aucun homme ne doit aller dans la numéro 2. Vous m'entendez ?

— Dis ça à Van Cleve, répliqua une voix derrière lui. On doit traverser la 2 pour atteindre la 8.

— Dans ce cas, personne ne va dans la 8. Pas avant que tout soit bien consolidé.

— Il ne voudra rien entendre.

— Oh, il entendra.

L'air était chargé de poussière, et il cracha derrière lui, le bas de son dos déjà labouré de douleurs. Il pivota vers les mineurs.

— Il nous faut au moins dix étais de plus dans la 7 avant que quiconque y retourne. Et demandez à votre chef de sécurité incendie de vérifier la présence de méthane avant la reprise du travail.

S'ensuivit un murmure d'approbation – Gustavsson étant l'une des quelques figures d'autorité populaires auprès des mineurs –, et Sven fit signe à son équipe de s'engager dans la voie de roulage pour sortir, déjà soulagé à la perspective de revoir le soleil.

— Alors, quels sont les dégâts, Gustavsson ?

Sven se tenait dans le bureau de Van Cleve, les narines encore emplies de l'odeur de soufre, ses bottes laissant un fin contour poussiéreux sur l'épais tapis rouge, et attendait que Van Cleve, dans son costume pâle, lève les yeux de ses papiers. De l'autre côté du couloir, il voyait le jeune Bennett jeter des coups d'œil de derrière son bureau, ses manches de chemise en coton bleu marquées par un pli net. Le fils Van Cleve n'avait jamais l'air vraiment à l'aise à la mine. Il mettait rarement un pied hors du bloc administratif, comme si la terre et sa nature imprévisible étaient pour lui une abomination.

— Eh bien, nous avons sorti le garçon, même s'il s'en est fallu de peu. Sa hanche est bousillée.

— Voilà d'excellentes nouvelles. Je vous suis très reconnaissant à tous.

— Je l'ai fait envoyer chez le médecin de la compagnie.

— Oui, oui. Très bien.

Van Cleve semblait croire que la conversation s'arrêtait là. Il adressa un sourire à Sven, le maintenant quelques secondes de trop, comme pour demander pourquoi il était encore planté là, puis brassa ses papiers avec emphase.

Sven prit son mal en patience.

— Vous voulez peut-être savoir ce qui a causé la chute du toit.

— Oh. Oui. Bien sûr.

— Il semble que les étais qui soutenaient le toit ont été retirés des sections désaffectées pour supporter la nouvelle chambre dans la numéro 7. Cela a rendu toute la zone impraticable.

Lorsqu'il releva les yeux, Van Cleve affichait exactement l'expression faussement surprise à laquelle s'attendait Sven.

— Eh bien. Les hommes ne devraient pas réutiliser les étais. Nous le leur avons dit plus d'une fois. N'est-ce pas, Bennett ?

Celui-ci, derrière son bureau, baissa les yeux, trop lâche pour formuler un mensonge. Sven ravala les paroles qu'il voulait prononcer et réfléchit soigneusement à celles qui suivirent.

— Monsieur, je devrais également signaler que la quantité de poussière de charbon au sol est un danger dans chacune de vos mines. Il vous faut plus de roche non combustible par-dessus. Et une meilleure aération, si vous voulez éviter d'autres incidents.

Van Cleve griffonna quelque chose sur un bout de papier. Il ne paraissait plus écouter.

— Mr Van Cleve, de toutes les mines dont s'occupe notre équipe de sécurité, je dois vous informer que les conditions de celle d'Hoffman sont de loin les moins… satisfaisantes.

— Oui, oui. C'est ce que j'ai dit aux hommes. Dieu seul sait pourquoi ils refusent de s'y mettre pour rectifier le tir. Mais ne faisons pas une trop grosse affaire de tout ça, Gustavsson. C'est une négligence temporaire. Bennett va réveiller le contremaître et nous… hum… nous réglerons ça. N'est-ce pas, Bennett ?

Sven aurait pu raisonnablement souligner que Van Cleve avait fait précisément la même déclaration la dernière fois que les sirènes s'étaient déclenchées quelque dix-huit jours plus tôt, à cause d'une explosion dans l'entrée de la galerie 9, provoquée par un jeune abatteur ignorant qu'il ne fallait surtout pas y pénétrer avec une lampe ouverte. Le garçon avait eu de la chance de s'en sortir avec des brûlures superficielles. Mais les ouvriers ne revenaient pas cher, après tout.

— Bref, tout va bien, Dieu merci, conclut Van Cleve.

Il s'extirpa de son fauteuil avec un grognement et contourna son grand bureau en acajou pour se diriger vers la porte, signifiant que l'entretien était terminé.

— Comme toujours, ajouta-t-il, merci à vous et vos hommes pour votre service. Il vaut chaque cent que notre mine verse à votre équipe.

Sven ne bougea pas. Van Cleve ouvrit la porte. Un long et pénible instant s'écoula. Sven le regarda en face.

— Mr Van Cleve. Vous savez que je ne fais pas de politique. Mais vous devez comprendre que ce sont des conditions comme celles-ci qui préparent le terrain à ceux qui font campagne pour la syndicalisation.

Le visage de Van Cleve s'assombrit.

— J'espère que vous n'êtes pas en train de suggérer que…

Sven leva les paumes en l'air.

— Je n'adhère à rien. Je veux juste que vos ouvriers soient en sécurité. Mais je dois dire que ce serait une honte si cette mine était considérée comme trop dangereuse pour que mes hommes s'y rendent. Je ne suis pas certain que ça plaise dans la localité.

Le sourire de Van Cleve, déjà mitigé, avait désormais complètement disparu.

— Eh bien, je vous remercie assurément de vos conseils, Gustavsson. Et, comme je disais, je vais demander à mes hommes de s'en occuper. Maintenant, si vous permettez, je dois vaquer à des affaires pressantes. Le contremaître ira chercher pour votre équipe et vous toute l'eau dont vous aurez besoin.

Van Cleve continua de tenir la porte. Sven hocha la tête, puis, en passant, tendit brusquement une main noire, de telle manière que le vieil homme, après un instant d'hésitation, fut forcé de la prendre. Après l'avoir serrée suffisamment pour être certain d'y avoir laissé au moins une forme d'empreinte, Sven la relâcha et s'éloigna dans le couloir.

Avec les premières gelées à Baileyville vint la période d'abattage des porcs. À ces seuls mots, Alice, incapable de marcher sur un insecte, se sentit légèrement défaillir, surtout lorsque Beth décrivit, avec délectation, ce qui se produisait dans sa propre maison tous les ans : on assommait le cochon qui couinait, on lui tranchait la gorge tandis que les garçons s'asseyaient fermement sur lui, alors que ses pattes pédalaient dans le vide et que le sang chaud, d'un rouge sombre, se répandait sur la planche de raclage. Elle mima les hommes en train de verser de l'eau bouillante dessus, d'attaquer les soies avec des lames plates et de le réduire à un tas de chair, de cartilage et d'os.

— Ma tante Lina attendra là avec un tablier ouvert, prête à attraper la tête. Elle prépare la meilleure saumure – qui se cuisine à partir de la langue, des oreilles et des pieds – de ce côté du Cumberland Gap. Mais mon moment préféré de la journée, depuis que je suis petite, c'est quand Papa vide toutes les tripes dans une bassine et qu'on a le droit de choisir le meilleur morceau à rôtir. Je donne des coups de coude à mes frères pour pouvoir attraper le foie. Puis je l'embroche au bout d'un bâton et le fais rôtir dans le feu. Oh, là, là, rien de tel. Un foie de porc frais rôti. Mmm.

Elle s'esclaffa tandis qu'Alice se couvrait la bouche et secouait la tête sans un mot.

Mais, comme Beth, la ville semblait accueillir cette perspective avec un ravissement presque inconvenant, et, partout où elles allaient, les bibliothécaires se voyaient proposer une lichette de bacon ou – à une occasion – de la cervelle de porc brouillée avec des œufs, une spécialité montagnarde. L'estomac d'Alice se retourna rien que d'y penser.

Mais ce n'était pas juste l'abattage des porcs qui déclenchait un frisson d'impatience dans toute la ville :

Tex Lafayette allait venir. Des affiches du cowboy vêtu de blanc avec son fouet à la main étaient partout, punaisées en vitesse sur des poteaux et scrutées par des garçonnets fascinés comme par des femmes en mal d'amour. Dans un hameau sur deux, le nom du cowboy chanteur était prononcé comme un talisman, suivi de : « C'est vrai ? Vous y allez ? »

La demande était si grande qu'il n'était plus engagé pour se produire à la salle de spectacle, comme c'était initialement prévu, mais sur la grand-place de la ville, où l'on construisait déjà une scène à partir de vieilles palettes et planches, et, les jours précédant l'événement, des garçons la traversaient en courant, poussant des cris de joie, faisant mine de jouer du banjo, inclinant la tête pour esquiver le plat des mains d'ouvriers irrités à leur passage.

— Est-ce qu'on peut finir de bonne heure ce soir ? Ce n'est pas comme si quelqu'un s'apprêtait à lire. Tous les habitants sur dix miles sont déjà en route vers la grand-place, dit Beth en sortant son dernier livre de sa sacoche. Mince ! Regardez ce qu'ont fait les gamins Mackenzie à ce vieil exemplaire de *L'Île au trésor*.

Elle se baissa en jurant pour ramasser les pages éparpillées par terre.

— Je ne vois aucune raison de refuser, dit Margery. Sophia a la situation en main, et il fait déjà nuit de toute façon.

— Qui est Tex Lafayette ? demanda Alice.

Les quatre femmes se tournèrent pour la dévisager.

— *Qui est Tex Lafayette ?*

— N'as-tu pas vu *Plus verte est ma montagne* ? Ni *Un lasso dans mon cœur* ?

— Oh, j'adore *Rallie mon cœur*. Cette chanson, vers la fin… Elle m'a quasiment fait verser des larmes, déclara Izzy en poussant un soupir vibrant d'émotion.

— *Tu n'étais pas obligée de m'enfermer…*

— *Car je suis ton prisonnier consentant…*, intervint Sophia.

— *Tu n'as pas eu à me dompter pour m'apprivoiser…*, chantèrent-elles à l'unisson, chacune perdue dans sa rêverie.

Alice paraissait déconcertée.

— Tu ne vas pas au cinéma ? s'étonna Izzy. Tex Lafayette a joué dans *tout*.

— Il peut éteindre d'un coup de fouet une cigarette allumée à la bouche d'un homme sans lui laisser une égratignure.

— C'est un apollon de premier choix.

— Je suis souvent trop fatiguée pour sortir le soir. Bennett va parfois au cinéma.

En vérité, Alice aurait trouvé trop étrange d'être à côté de son mari dans le noir à présent. Elle le soupçonnait d'éprouver le même inconfort en sa présence. Depuis des semaines, ils veillaient à se croiser le moins possible. Elle quittait la maison bien avant le petit déjeuner, et il était rarement rentré à l'heure du dîner – il s'absentait pour faire des commissions professionnelles pour Mr Van Cleve ou pour jouer au base-ball avec ses amis. Il passait la plupart des nuits sur le lit de repos dans leur dressing, de telle sorte que même sa silhouette était devenue étrangère à Alice. Si Mr Van Cleve s'étonnait de leur attitude, il n'en disait rien. La plupart du temps, il restait à la mine tard le soir et semblait grandement préoccupé par ce qui s'y déroulait, quoi que ce fût. Désormais, Alice détestait cette maison, sa morosité, son climat étouffant. Elle était si soulagée de ne pas avoir à passer ses soirées coincée dans le petit salon obscur avec les deux hommes qu'elle n'avait pas envie de se poser la moindre question.

— Tu viens voir Tex Lafayette, n'est-ce pas ? demanda Beth.

Elle se brossait les cheveux et ajusta son chemisier dans le miroir. Apparemment, Beth avait un faible pour un garçon de la station-service, mais elle lui avait témoigné son affection en lui donnant deux virulents coups de poing dans le bras, et ne savait pas très bien comment s'y prendre pour la suite des événements.

— Oh, je ne crois pas. Je ne connais vraiment pas grand-chose de lui.

— Tout pour le travail et jamais de loisirs, Alice. Allez. Toute la ville y va. Izzy va nous rejoindre devant le magasin et sa mère lui a même donné un dollar pour acheter de la barbe à papa. C'est seulement cinquante cents si tu veux une place assise. Ou bien tu peux rester debout derrière et regarder gratuitement. C'est ce que nous faisons.

— Je ne sais pas. Bennett travaille tard chez Hoffman. Je devrais peut-être simplement rentrer à la maison.

Sophia et Izzy se remirent à chanter, Izzy s'empourprant comme toujours lorsqu'elle avait un public.

Ton sourire est un lasso autour de mon cœur
Je suis à toi depuis que tu m'as trouvé
Tu n'as pas eu à me dompter pour m'apprivoiser

Margery prit le petit miroir à Beth pour voir si elle avait des traces sur le visage, se frottant la pommette avec un mouchoir humidifié jusqu'à être satisfaite.

— Eh bien, Sven et moi, nous serons au *Nice'N'Quick*. Il nous a réservé une table à l'étage pour nous permettre d'avoir une bonne vue. Tu peux te joindre à nous.

— J'ai encore à faire ici, dit Alice. Mais merci. Je vous rejoindrai peut-être plus tard.

Elle avait dit cela pour les dissuader d'insister davantage, et elles le savaient. Elle voulait juste rester assise en paix dans la petite bibliothèque. Elle aimait y être sans personne d'autre le soir, lire seule, dans la faible lumière de la lampe à huile, s'échapper vers la blancheur tropicale de l'île de Robinson Crusoé ou les couloirs poussiéreux de la Brookfield School de Mr Chips. Si Alice était encore là quand Sophia arrivait, celle-ci la laissait lire tranquillement, l'interrompant seulement pour lui demander de poser son doigt sur tel morceau de tissu pendant qu'elle y ajoutait quelques points, ou si elle pensait que cette couverture de livre restaurée paraissait acceptable. Sophia n'était pas une femme qui avait besoin de public, mais elle semblait plus à l'aise avec de la compagnie, alors, même si elles se parlaient peu, ce fonctionnement avait convenu à l'une comme à l'autre les dernières semaines.

— Très bien. À plus tard, alors !

Avec un joyeux signe de la main, les deux femmes traversèrent le parquet d'un pas lourd pour sortir et descendre les marches, toujours vêtues de leurs culottes d'équitation et de leurs bottes. Alors que la porte s'ouvrait, un bruit d'impatience qui enflait porta jusque dans la petite pièce. La place était déjà pleine à craquer, un des musiciens du coin jouait du violon pour entretenir la bonne humeur de la foule qui patientait, et l'air était chargé d'éclats de rire et de sifflets.

— Tu n'y vas pas, Sophia ? demanda Alice.

— J'écouterai un peu depuis l'extérieur. Le vent porte dans cette direction.

Elle passa du fil dans une aiguille, souleva un autre livre abîmé et ajouta doucement :

— Je ne raffole pas des endroits qui grouillent de monde.

Peut-être en guise de concession, Sophia maintint la porte de derrière ouverte avec un livre et permit au son du violon de s'infiltrer, incapable de ne pas battre la mesure du pied de temps à autre. Alice était assise sur la chaise dans le coin, son papier à lettres sur les genoux, essayant de rédiger un courrier pour Gideon, mais la main tenant son stylo ne cessait de se figer. Elle ne savait absolument pas quoi lui raconter. Tout le monde en Angleterre croyait qu'elle menait une vie palpitante dans une Amérique dont le quotidien était fait d'énormes voitures et de grands moments. Elle ignorait comment révéler à son frère la vie qu'elle menait ici.

Derrière elle, Sophia, qui semblait connaître tous les airs, accompagnait le violon en fredonnant, apportant parfois sa touche de soprano, ajoutant ici et là quelques paroles. Elle avait une voix douce, veloutée, apaisante. Alice posa son stylo et songea avec une pointe de mélancolie qu'il serait agréable d'être dehors avec son époux d'autrefois, celui qui l'avait prise dans ses bras, lui avait chuchoté de jolies choses à l'oreille, et dont les yeux lui avaient promis un avenir rempli de douceur et de romantisme, au lieu de celui qu'elle surprenait de temps à autre en train de la regarder avec perplexité, comme s'il ne parvenait pas à comprendre comment elle était arrivée là.

— Bonsoir, mesdames.

La porte se ferma doucement derrière Fred Guisler. Il portait une chemise bleue impeccablement repassée et un pantalon de costume, et il ôta son chapeau en les voyant. Alice sursauta légèrement en le voyant sur son trente et un alors qu'elle le voyait tous les jours en salopette et chemise à carreaux.

— J'ai vu qu'il y avait de la lumière, poursuivit-il, mais je n'imaginais pas vous trouver ici ce soir. Pas avec le programme de la soirée.

— Oh, je ne suis pas vraiment fan, dit Alice, qui replia son bloc d'écriture.

— On ne peut pas vous convaincre ? Même si vous n'appréciez pas les tours de cowboys, Tex Lafayette a une sacrée voix. Et c'est une belle soirée. Trop belle pour la passer dans cette pièce.

— C'est très gentil, mais je suis bien ici. Merci, Mr Guisler.

Alice attendit qu'il propose la même chose à Sophia avant de se rendre compte, avec un léger malaise, que, bien entendu, il n'allait pas le faire. Les autres n'avaient pas insisté pour qu'elle les accompagne à la fête non plus. C'était une évidence pour tout le monde sauf pour elle. Sophia ne serait pas en sécurité sur une place publique pleine de jeunes Blancs ivres et chahuteurs. Mais existait-il vraiment des endroits où Sophia était en sécurité ?

— Eh bien, je vais descendre faire un petit tour pour regarder. Mais je passerai plus tard pour vous ramener chez vous, Miss Sophia. Il y a une bonne quantité d'alcool qui circule sur cette place ce soir, et je doute que ce soit un endroit plaisant pour une dame, passé 21 heures.

— Merci, Mr Guisler, dit Sophia. C'est gentil de votre part.

— Tu devrais y aller, dit Sophia, sans lever les yeux de sa couture, tandis que le bruit des pas de Fred s'estompait dans le chemin sombre.

Alice brassa quelques feuilles de papier volantes.

— C'est compliqué.

— La vie est compliquée. C'est pourquoi il est important de trouver un peu de joie où tu le peux. (Elle examina l'un de ses points en fronçant les sourcils et le défit.) C'est difficile d'être différente de tous les gens du coin. Je suis bien placée pour le savoir. Je n'avais pas du tout la même vie à Louisville. (Elle soupira.) Mais ces filles tiennent à toi. Ce sont tes amies. Et ce n'est pas en te tenant à l'écart que tu vas te simplifier la vie.

Alice observa un papillon de nuit qui voletait autour de la lampe à huile. Après un instant, n'y tenant plus, elle le prit avec précaution dans ses mains en coupe, alla à la porte entrouverte et le relâcha.

— Je ne vais pas te laisser toute seule ici.

— Je suis une grande fille. Et Mr Guisler va revenir me chercher.

Elle entendait la musique sur la place, les acclamations de la foule. Le cowboy chanteur avait fait son entrée en scène. Elle regarda par la fenêtre.

— Tu crois vraiment que je devrais y aller ?

Sophia reposa sa couture.

— Bon sang, Alice, tu as vraiment besoin que j'écrive une chanson là-dessus ? Attends, lança-t-elle alors qu'Alice se dirigeait vers la porte d'entrée. Laisse-moi arranger tes cheveux avant que tu partes. Les apparences sont importantes.

Alice revint en courant et leva le petit miroir en l'air. Elle se frotta la figure avec son mouchoir pendant que Sophia lui passait un peigne dans les cheveux, les épinglant en émettant des *tss* tandis qu'elle œuvrait de ses doigts agiles. Quand Sophia se recula, Alice chercha son rouge dans son sac pour se colorer les lèvres d'un rose corail, les avançant et les pinçant l'une contre l'autre.

Satisfaite, elle baissa les yeux, et épousseta sa chemise et son pantalon.

— Pas grand-chose que je puisse faire pour améliorer ma tenue.

— Mais le haut est beau comme un tableau. Et c'est tout ce qu'on remarquera.

Alice sourit.

— Merci, Sophia.

— Tu me raconteras tout en rentrant.

Elle reprit place au bureau et recommença à battre la mesure, déjà à moitié perdue dans la musique lointaine.

Alice était à mi-chemin lorsqu'elle aperçut la créature. Elle traversait la route sombre d'un pas vif, et il fallut un instant à son esprit, déjà à un quart de mile de là, sur la place, pour se rendre compte que quelque chose se trouvait devant elle. Elle ralentit : un écureuil ! Elle avait l'étrange impression que d'avoir parlé de tous les porcs massacrés avait fait planer un triste brouillard sur la semaine, amplifiant son sentiment de déprime. Pour des gens qui vivaient au plus profond de la nature, les habitants de Baileyville ne lui manifestaient pas beaucoup de respect. Elle s'arrêta, attendant que l'écureuil passe devant elle. Il était gros, avec une énorme queue touffue. À ce moment-là, la lune émergea de derrière un nuage, révélant à Alice qu'il ne s'agissait pas du tout d'un écureuil finalement, mais d'un animal plus sombre, plus robuste, rayé blanc et noir. Elle l'observa en sourcillant, perplexe, et alors qu'elle s'apprêtait à avancer d'un pas, il lui tourna le dos, leva la queue et l'aspergea de liquide. Puis elle sentit la plus nauséabonde des odeurs qu'elle eût jamais respirées. Elle suffoqua, prise d'un haut-le-cœur, et se couvrit la bouche en hoquetant. Mais impossible d'y échapper. La créature décampa nonchalamment dans la nuit, laissant Alice éventer ses vêtements, comme si agiter les mains en hurlant allait lui permettre de se débarrasser de cette odeur pestilentielle.

L'étage supérieur du *Nice'N'Quick* était bondé de corps pressés contre la fenêtre, sur trois rangs, certains criant leur engouement pour le cowboy au costume blanc en contrebas. Margery et Sven étaient les seuls encore assis, tous les deux dans un box l'un à côté de l'autre. Entre eux se trouvaient deux verres de thé glacé. Une quinzaine de jours plus tôt, un photographe local était passé et avait persuadé les dames d'enfourcher leurs bêtes devant le panneau de la bibliothèque itinérante de la WPA, et Izzy, Margery, Alice et Beth avaient posé toutes les quatre, côte à côte, sur leurs montures. Un exemplaire de cette photo occupait désormais une place de choix sur le mur du petit restaurant, avec les femmes regardant à l'horizon, décoré par des serpentins, et Margery ne pouvait en détacher les yeux. Elle n'était pas certaine d'avoir déjà été aussi fière de quoi que ce soit dans sa vie.

— Mon frère parle d'acheter une partie de ce terrain là-haut sur North Ridge. Bore McCallister dit qu'il lui fera un bon prix. J'envisage de m'associer avec lui. Je ne peux quand même pas travailler au fond de ces mines toute ma vie.

Elle ramena son attention vers Sven.

— De quel genre de superficie tu parles ?

— Environ deux cents hectares. Il y a de la bonne chasse.

— Tu n'es pas au courant, alors.

— De quoi ?

Margery se retourna pour sortir la lettre type de son sac. Sven la déplia soigneusement et la lut, avant de la reposer sur la table devant elle.

— Où est-ce que tu as entendu ça ?

— Tu as des infos ?

— Eh non. Partout où nous allons, ils ne parlent que de réduire à néant l'influence du Syndicat des mineurs unis d'Amérique en ce moment.

— Ça fait partie de leurs plans. Daniel McGraw, Ed Siddly, les frères Bray – tous des délégués syndicaux –, ils vivent tous sur North Ridge. Si la nouvelle mine déloge ces hommes de leurs foyers, ainsi que leurs familles, ils auront du mal à organiser leur action. Ils ne veulent pas finir comme Harlan, avec une foutue guerre entre les mineurs et leurs patrons.

Sven se cala dans son siège. L'air soucieux, il étudia l'expression de Margery.

— Je suppose que la lettre est de toi.

Elle lui sourit gentiment.

Il se passa une paume sur le front.

— Bon sang, Marge. Tu sais comment sont ces voyous. Est-ce que les ennuis coulent dans tes veines ?… Non, ne réponds pas.

— Je ne peux pas rester sans rien faire pendant qu'ils saccagent ces montagnes, Sven. Tu sais ce qu'ils ont fait à Great White Gap ?

— Oui.

— Ils ont pulvérisé la vallée, pollué l'eau et disparu, du jour au lendemain, quand le charbon a été épuisé. Toutes ces familles laissées sans travail ni maisons. Pas question qu'ils fassent la même chose ici.

Il prit la lettre et la relut.

— Est-ce que quelqu'un d'autre est au courant ?

— Deux familles m'ont déjà garanti qu'elles allaient se rendre aux services juridiques. J'ai consulté des textes de loi, qui disent que les propriétaires miniers ne peuvent pas faire exploser de terres si les propriétaires des lieux n'ont pas signé des contrats cédant l'ensemble de leurs droits aux mines. Casey Campbell a aidé son père à lire tous les papiers. (Elle soupira de satisfaction en tapotant la table du doigt.) Rien de plus dangereux qu'une femme armée d'un peu de connaissances. Même si elle n'a que douze ans.

— Si quelqu'un chez Hoffman découvre que tu es derrière tout ça, il va y avoir du grabuge.

Elle haussa les épaules et prit une gorgée de sa boisson.

— Je suis sérieux. Fais attention, Marge. Je ne veux pas qu'il t'arrive quoi que ce soit. Van Cleve a recruté des sales types pour venir à bout des syndicats – des gars qui ne sont pas du coin. Tu as vu ce qui s'est passé à Harlan. Je ne supporterais pas qu'il t'arrive quoi que ce soit.

Elle releva les yeux vers lui.

— Tu ne serais pas en train de devenir sentimental avec moi, par hasard ?

— S'il t'arrivait quoi que ce soit, je ne me le pardonnerais pas, dit-il en se tournant vers elle. Je t'aime, Marge.

Elle était d'humeur à plaisanter, mais il affichait un air empreint de quelque chose d'inhabituel, sérieux et vulnérable, et les mots se figèrent sur ses lèvres. Les yeux de Sven sondèrent les siens, et il referma les doigts sur ceux de Margery, comme si sa main allait peut-être exprimer ce dont il était incapable. Elle soutint son regard, puis, alors qu'un grondement s'élevait dans le restaurant, se détourna. En bas, Tex Lafayette entonnait « Je suis né dans la vallée », et la foule l'acclamait avec enthousiasme.

— Oh, bon Dieu, les filles vont devenir folles, murmura-t-elle.

— Je pense que ce que tu voulais répondre, c'est : « Moi aussi, je t'aime », dit-il après une minute.

— Ces bâtons de dynamite t'ont rendu sourd, ma parole. Je suis certaine de l'avoir dit il y a des siècles, répliqua-t-elle.

En secouant la tête, il l'attira de nouveau vers lui et l'embrassa jusqu'à ce qu'elle cesse de sourire.

Peu importait où elles avaient dit qu'elles se retrouveraient, songea Alice, tandis qu'elle se frayait un chemin sur la place bondée de spectateurs : l'endroit était si noir de monde qu'elle n'avait presque aucune chance de retrouver ses amies. L'air était chargé de l'odeur de cordite provenant des pétards, d'effluves de tabac, de bière et du parfum sucré des barbes à papa aux stands qui avaient poussé pour la soirée, mais elle ne pouvait presque rien distinguer de tout ça. Où qu'elle aille, les gens retenaient leur souffle avant de s'éloigner en se pinçant le nez.

— Madame, vous vous êtes fait asperger par un putois! hurla un jeune à taches de rousseur, tandis qu'elle passait devant lui.

— Sans rire! rétorqua-t-elle avec colère.

— Oh, doux Jésus, dirent deux filles qui regardèrent Alice en grimaçant. Est-ce que c'est l'épouse anglaise de Van Cleve?

Alice sentit les gens se séparer comme des vagues autour d'elle alors qu'elle se rapprochait de la scène. Il lui fallut une minute avant de le voir. Bennett se tenait à l'angle du bar temporaire, battant joyeusement la mesure, une bière Hudepohl à la main. Elle riva les yeux sur lui, son sourire facile, ses épaules relâchées et détendues dans sa belle chemise bleue. Il semblait tellement plus à l'aise lorsqu'il n'était pas avec elle. D'abord surprise qu'il ne soit pas au travail, elle éprouva une profonde nostalgie au souvenir de l'homme dont elle était tombée amoureuse. Alors qu'elle le regardait en se demandant si elle devait le rejoindre et lui avouer sa mésaventure avec le putois, une fille qui se tenait juste à la gauche de Bennett se tourna et leva une bouteille de Coca. C'était Peggy Foreman. Elle se pencha près de lui et glissa à l'oreille quelque chose qui le fit rire. Il acquiesça, les yeux toujours rivés sur Tex Lafayette, puis il reporta son attention sur elle et la regarda avec un sourire béat. Alice voulut alors courir jusqu'à lui et pousser cette fille du passage. Prendre sa place dans les bras de son mari, pour qu'il lui sourie tendrement comme il l'avait fait avant leur mariage. Mais, alors qu'elle se tenait là, les gens s'écartaient d'elle, hilares ou marmonnant « putois ». Ses yeux se remplirent de larmes, et, tête baissée, elle commença à pousser les gens pour se frayer un chemin dans la foule.

— *Hé!*

Alice se faufila, la mâchoire serrée, parmi les corps qui se bousculaient, faisant fi des railleries et des rires qui semblaient monter par salves autour d'elle, la musique s'évanouissant au loin. À son soulagement, à la faveur de l'obscurité, elle put essuyer ses larmes sans craindre d'être reconnue.

— Beurk. Est-ce que vous avez senti cette odeur ?

— Hé ! Alice !

Tournant brusquement la tête, elle vit Fred Guisler se frayer un chemin dans la foule pour la rejoindre, le bras tendu.

— Ça va ?

Il lui fallut quelques secondes pour se rendre compte de la puanteur ; elle vit le choc passer furtivement sur son visage ; après quoi il déploya des efforts surhumains pour ne pas avoir l'air indisposé. Il passa un bras autour des épaules d'Alice pour la guider résolument dans l'attroupement.

— Allez. On vous ramène à la bibliothèque. Voulez-vous bien vous pousser par là ? Laissez passer.

Il leur fallut dix minutes pour remonter le chemin sombre. Dès qu'ils se furent éloignés du centre de la ville et de la foule, Alice s'écarta du bras qui l'abritait et se déporta sur le côté de la route.

— Vous êtes très gentil. Mais ce n'est vraiment pas nécessaire.

— Ça ne me dérange pas. Je n'ai presque aucun odorat, de toute façon. Le premier cheval que j'ai dressé m'a mis un coup de sabot dans le nez, et je n'ai jamais plus été le même.

Elle savait qu'il mentait, mais c'était aimable, et elle lui adressa un sourire piteux.

— Je n'ai pas pu voir avec certitude, mais je pense qu'il s'agissait d'un putois. Il s'est juste arrêté devant moi, et…

— Oh, c'était incontestablement un putois, confirma-t-il en réprimant un éclat de rire.

Alice le dévisagea, les joues en feu. Elle crut qu'elle allait éclater en sanglots pour de bon, mais quelque chose dans l'expression qu'il arborait la terrassa, et, à sa grande surprise, elle se mit à rire.

— Le pire truc du monde, hein ? poursuivit-il.

— Sincèrement ? On est encore loin du compte.

— Eh bien, me voilà intrigué. Alors, qu'est-ce qui était pire que tout ?

— Je ne peux pas vous le dire.

— Deux putois ?

— Cessez de vous moquer de moi, Mr Guisler.

— Je n'ai pas l'intention de vous blesser, Mrs Van Cleve. C'est juste tellement improbable – une fille comme vous, si jolie, raffinée et tout… et cette odeur…

— Vous ne m'aidez pas beaucoup.

— Désolé. Écoutez, venez chez moi avant de retourner à la bibliothèque. Je vais vous trouver des vêtements propres afin que vous puissiez au moins rentrer chez vous sans vous faire chahuter.

Ils parcoururent en silence les cent derniers mètres, quittant la route principale pour monter le chemin qui menait à la maison de Fred Guisler ; celle-ci étant située derrière la bibliothèque et en retrait de la route, Alice prit conscience qu'elle s'était à peine aperçue de sa présence jusque-là. La lumière était allumée sur le perron, et elle le suivit en haut des marches en bois, jetant un coup d'œil sur la gauche : à cent mètres de là, la lumière luisait encore dans la bibliothèque, seulement visible de ce côté de la route à travers une minuscule fente dans la porte. Elle imagina Sophia à l'intérieur, s'acharnant à coudre de nouveaux livres à partir d'anciens, suivant la musique en fredonnant, puis il ouvrit la porte et recula pour la laisser entrer.

Les hommes qui vivaient seuls dans les environs de Baileyville, autant qu'elle avait pu le constater, menaient de rudes existences, leurs chalets étaient fonctionnels et sommairement meublés, ils avaient leurs petites habitudes et une hygiène souvent discutable. La maison de Fred avait un parquet poncé, ciré et lustré par des années d'utilisation ; un rocking-chair était disposé dans un coin, avec un tapis bleu devant, et une grosse lampe en laiton diffusait une douce lueur sur une étagère de livres. Des tableaux recouvraient le mur et il y avait un fauteuil tapissé en face, avec une vue sur l'arrière du bâtiment et la grande écurie de Fred remplie de chevaux. Le gramophone trônait sur une table en acajou extrêmement bien cirée, et une courtepointe élaborée était disposée avec soin à côté.

— Comme c'est beau ! s'exclama-t-elle.

En s'extasiant ainsi, elle craignit qu'il ne se sente insulté à l'idée de ce qu'elle s'était attendue à trouver. Il ne sembla pas la saisir.

— J'essaie de bien entretenir ma maison. Attendez.

Elle se sentait mal à l'aise d'empuantir son confortable foyer aux doux parfums. Elle croisa les bras et grimaça tandis qu'il montait à l'étage en trottinant, comme si cela pouvait retenir l'odeur. Il fut de retour au bout de quelques minutes, avec deux robes étalées sur le bras.

— L'une d'elles devrait convenir.

Elle leva les yeux vers lui.

— Vous avez des robes ?

— Elles appartenaient à mon épouse.

Elle cligna des yeux.

— Donnez-moi vos vêtements et je les ferai tremper dans du vinaigre. Ça devrait les débarrasser de l'odeur. Quand vous les rapporterez chez vous, demandez à Annie de mettre du bicarbonate de soude dans la bassine avec le savon. Oh, et il y a un gant de toilette propre sur le lavabo.

Elle se retourna, et il désigna une salle de bains, dans laquelle elle entra. Elle se déshabilla, poussa ses vêtements à l'extérieur par l'entrebâillement de la porte, puis se lava le visage et les mains, se frottant la peau avec le gant et du savon de lessive. L'odeur âcre refusait de se dissiper ; confinée dans la petite pièce chaude, elle en eut presque un haut-le-cœur, et elle frotta aussi fort qu'elle le pouvait sans s'arracher la peau. Après réflexion, elle se versa un pichet d'eau sur la tête, se savonna les cheveux et les rinça, puis les sécha succinctement avec une serviette. Enfin, elle se glissa dans la robe verte. C'était ce que sa mère aurait appelé une robe de thé, à manches courtes et motif floral avec un col en dentelle blanche, un peu ample autour de la taille, mais, au moins, elle sentait le propre. Il y avait un flacon de parfum en haut d'un meuble de rangement. Elle le huma, puis en aspergea ses cheveux mouillés.

Elle apparut quelques minutes plus tard et trouva Fred debout devant la fenêtre, les yeux baissés vers la grand-place illuminée. Il se retourna, l'esprit ailleurs, et peut-être à cause de la robe de sa femme, il sembla soudain perturbé. Il se ressaisit vite et lui tendit un verre de thé glacé.

—Je me disais que vous pourriez avoir besoin de ça.

—Merci, Mr Guisler. (Elle but une gorgée.) Je me sens vraiment idiote.

—Appelez-moi Fred, s'il vous plaît. Et ne soyez pas gênée. Pas une seule seconde. On s'est tous fait avoir.

Elle resta immobile un instant, soudain mal à l'aise. Elle se trouvait dans la maison d'un inconnu, vêtue de la robe de sa défunte épouse. Elle ne savait pas quoi faire pour se donner une contenance. Une clameur s'éleva quelque part en ville, et elle grimaça.

—Oh, Seigneur. Non seulement j'ai répandu mon horrible odeur dans votre maison, mais en plus vous avez manqué Tex Lafayette à cause de moi. Je suis tellement désolée.

Il secoua la tête.

— Ce n'est rien. Je ne pouvais pas vous laisser dans cette…

— … marinade, hein ! dit-elle gaiement.

Il semblait s'inquiéter pour elle, comme s'il se rendait compte que l'odeur n'était pas à l'origine de sa contrariété.

— Mais bon ! Vous pouvez probablement voir la fin si nous repartons tout de suite, dit-elle. (Elle s'était mise à parler vite.) Je veux dire, il semblerait qu'il chante encore un bout de temps. Vous aviez tout à fait raison. Il est *très* bon. Non que j'en aie entendu beaucoup, mais je comprends pourquoi il est aussi apprécié ici. Le public l'adore.

— Alice…

— Seigneur. Regardez l'heure. Je ferais mieux de rentrer. (Elle se dirigea vers la porte en passant devant lui, tête baissée.) Vous devriez absolument retourner au spectacle. Je marcherai jusque chez moi. Ce n'est pas loin.

— Je vais vous conduire.

— Au cas où je croiserais d'autres putois sur le trajet ?

Son rire était aigu et nerveux. Même sa voix semblait avoir changé.

— Honnêtement, Mr Guisler – Fred –, vous avez déjà été si gentil, je ne veux pas vous importuner davantage. Vraiment. Je ne…

— Je vous ramène, dit-il fermement.

Il prit sa veste sur le dossier d'une chaise, puis d'une autre il retira une petite couverture pour la placer autour des épaules d'Alice.

— Ça s'est rafraîchi dehors.

Ils sortirent sur le perron. Elle fut soudain extrêmement consciente de Frederick Guisler, de la façon qu'il avait de l'observer, comme s'il scrutait tout ce qu'elle disait ou faisait pour en évaluer le véritable objectif. C'était étrangement déconcertant. Elle descendit les marches d'un pas mal assuré, et il tendit la main pour la stabiliser. Elle s'y agrippa, puis la lâcha immédiatement, comme si elle s'était fait piquer.

S'il vous plaît, ne dites plus rien, supplia-t-elle mentalement.

Ses joues étaient de nouveau embrasées, ses pensées en vrac. Mais, lorsqu'elle releva les yeux, il ne la regardait pas.

— Est-ce que cette porte était comme ça quand nous sommes entrés ?

Il observait intensément l'arrière de la bibliothèque. La porte, qu'on avait juste entrouverte pour laisser filtrer la musique, était à présent grande ouverte. À l'intérieur, on entendait des bruits sourds, irréguliers, étouffés. Il se figea, puis se tourna vers Alice, son aisance des minutes précédentes évanouie.

— Ne bougez pas.

Il repartit à vive allure chez lui, puis, un instant plus tard, émergea de sa maison armé d'un imposant fusil à deux coups. Alice recula sur son passage, le regardant marcher vers la bibliothèque. Puis, incapable de s'en empêcher, elle le suivit en restant en retrait.

— Qu'est-ce qui se passe ici, les garçons ?

Frederick Guisler se tenait à l'entrée. Derrière lui, Alice, le cœur battant, pouvait seulement distinguer les livres éparpillés par terre, une chaise renversée. Il y avait deux, non trois jeunes hommes dans la bibliothèque, en jean et chemise. L'un d'eux tenait une bouteille de bière, et un autre, les bras chargés de livres, les lâcha sous les yeux de Fred pour le provoquer. Alice pouvait juste distinguer Sophia debout, pétrifiée, dans le coin, le regard rivé sur le sol.

— Vous avez une négresse dans votre bibliothèque.

La voix du garçon était agrémentée d'un sifflement nasal et bredouillante d'alcool.

— Ouais. Et je vois pas en quoi ce sont vos affaires.

— Cet endroit est réservé aux Blancs. Elle n'a rien à faire ici.

— Dehors, la négresse ! huèrent en écho les deux autres jeunes gens, enhardis par la bière.

— Est-ce que c'est toi qui diriges cette bibliothèque maintenant ?

La voix de Fred était glaciale. Alice ne l'avait jamais entendu employer ce ton.

— Je ne…

— J'ai dit : est-ce que tu diriges cette bibliothèque, Chet Mitchell ?

Les yeux du garçon dérivèrent sur le côté, comme si le fait d'entendre son nom le forçait à assumer les conséquences de ses actes.

— Non.

— Dans ce cas, je vous suggère de partir, tous les trois. Avant que cette arme me glisse dans la main et que je fasse quelque chose que je regretterais.

— Vous me menacez pour une négresse ?

— Je te dis ce qui se passe quand un homme trouve trois abrutis ivres sur sa propriété. Et si vous voulez, je vous dirai aussi ce qui se passe si un homme se rend compte qu'ils ne décampent pas après la première sommation. Vous risquez de ne pas aimer, cependant.

— Je ne vois pas pourquoi vous la défendez. Vous avez un faible pour Miss Brownie, là-bas ?

Rapide comme un éclair, Fred attrapa le garçon à la gorge et le cloua au mur. Alice fit un bond en arrière, le souffle coupé.

— Ne me cherche pas, Mitchell.

Le garçon déglutit, leva les paumes.

— C'était juste une blague, articula-t-il en suffoquant. Vous n'avez plus d'humour, Mr Guisler ?

— Je ne vois pas en quoi c'est drôle. Maintenant, dégage.

Fred lâcha le garçon, dont les genoux se dérobèrent. Il se frotta la gorge, jeta un coup d'œil nerveux à ses amis, puis, lorsque Fred avança d'un pas, s'esquiva par la porte arrière. Alice, le cœur martelant, recula tandis que les trois compères sortaient en titubant, ajustant leurs vêtements avec une bravade silencieuse, puis redescendirent sans un mot le chemin de gravier. Leur courage revint lorsqu'ils furent suffisamment hors de portée.

— Vous avez un faible pour Miss Brownie, Frederick Guisler ? C'est pour ça que votre femme est partie ?

— Vous tirez comme un manche de toute façon. Je vous ai vu chasser !

Alice crut qu'elle allait avoir un malaise. Elle s'appuya au mur arrière de la bibliothèque, la sueur lui picotant le dos, son cœur s'apaisant seulement lorsqu'elle vit leurs silhouettes disparaître à l'angle. Elle entendait Fred à l'intérieur, en train de ramasser les livres pour les remettre sur la table.

— Je suis tellement navré, Miss Sophia. J'aurais dû revenir plus tôt.

— Pas du tout. C'est ma faute, j'ai laissé la porte ouverte.

Alice monta lentement les marches. Sophia, en apparence, était impassible. Elle se pencha, ramassant les livres et évaluant les dégâts subis, époussetant leur couverture et émettant des sons désapprobateurs à la vue des étiquettes déchirées. Mais lorsque Fred se détourna pour arranger une étagère qu'on avait arrachée de ses chevilles, elle vit Sophia tendre la main vers le bureau pour se soutenir, ses articulations un instant crispées sur le bord. Alice entra et, sans un mot, commença à ranger aussi. Les spicilèges si soigneusement assemblés par Sophia avaient été réduits en lambeaux sous ses yeux. Les ouvrages méticuleusement réparés avaient été de nouveau déchirés et projetés dans toute la pièce, où des pages détachées flottaient encore.

—Je resterai tard cette semaine pour t'aider à les remettre en état, dit Alice.

Puis, comme Sophia ne répondait pas, elle ajouta :

—Enfin… si tu reviens… ?

—Tu crois qu'une bande de morveux va me dissuader de faire mon travail ? Ça va aller, Alice. (Elle marqua une pause et lui adressa un sourire.) Mais ton aide serait appréciée, merci. Nous avons du retard à rattraper.

—Je parlerai aux Mitchell, dit Fred. Je ne permettrai pas que ça se reproduise.

Sa voix s'était adoucie, et il évoluait dans le petit chalet avec des mouvements décontractés. Mais Alice remarqua qu'il jetait régulièrement des coups d'œil inquiets vers la fenêtre. Il se détendit seulement une fois qu'il eut les deux jeunes femmes dans son camion, prêt à les conduire chez elles.

Chapitre 8

« Jusqu'à ce jour, Jody avait été un petit garçon habillé d'une salopette et d'une chemise bleue – plus calme que la plupart des autres, soupçonné même d'être un peu couard. Et maintenant, il n'était plus le même. Du fond d'un millier de siècles, ils tiraient l'antique admiration du piéton pour le cavalier. Ils savaient par instinct qu'un homme à cheval est, spirituellement aussi bien que physiquement, plus grand qu'un homme à pied. Ils savaient que Jody avait été miraculeusement soulevé hors de toute égalité avec eux et avait été placé au-dessus d'eux. »

John Steinbeck, *Le Poney rouge.*

Étant donné la vitesse à laquelle les nouvelles faisaient le tour de Baileyville, ses bribes de ragot s'amorçant comme un filet d'eau, puis déferlant sur ses habitants comme un torrent inarrêtable, on jugea bientôt qu'il fallait organiser une réunion municipale pour évoquer le recrutement de Sophia Kenworth à la bibliothèque itinérante et le saccage de celle-ci par trois hommes des environs.

Alice se tenait coude à coude avec Margery, Beth et Izzy, au fond de la pièce, pendant que Mrs Brady s'adressait à l'assemblée. Bennett était assis deux rangs derrière, à côté de son père.

— Vous allez vous asseoir, jeune fille ? avait demandé Mr Van Cleve, l'examinant de la tête aux pieds en entrant.

— Je suis très bien là, merci, avait-elle répondu en le regardant se tourner avec un air désapprobateur vers son fils.

— Baileyville est une ville agréable où il fait bon vivre, disait Mrs Brady. Nous refusons de laisser agir impunément des voyous. J'ai parlé aux parents des jeunes hommes concernés et leur ai clairement fait savoir que ces comportements ne sauraient être tolérés. Une bibliothèque est un lieu sacré – un lieu d'apprentissage. De plus, il est lâche de s'en prendre à une bibliothèque dont le personnel est exclusivement composé de femmes.

— J'aimerais ajouter quelque chose à cela, Mrs Brady, dit Fred en s'avançant.

Alice se remémora la manière dont il l'avait regardée le soir du concert de Tex Lafayette, l'étrange intimité de sa salle de bains, et sentit sa peau la picoter en s'embrasant, comme si elle avait fait une chose dont elle devait avoir honte. Elle avait raconté à Annie que la robe verte appartenait à Beth. Le sourcil gauche de la domestique s'était haussé au-delà du plafond.

— Cette bibliothèque est installée à l'emplacement de mon ancienne étable, expliqua Fred. Ce qui signifie, pour dire les choses clairement, qu'elle se situe sur ma propriété. Je ne puis être responsable de ce qui arrive aux intrus. (Il parcourut lentement la salle des yeux.) Si qui que ce soit pense avoir le droit d'entrer dans ce bâtiment sans ma permission, ou celle de l'une de ces dames, c'est à moi qu'il devra rendre des comptes.

Il croisa le regard d'Alice alors qu'il se retirait, et elle sentit ses joues s'enflammer de nouveau.

— Je comprends que votre propriété vous tienne à cœur, Fred, intervint Henry Porteous en se levant. Mais nous avons de plus vastes problèmes à débattre ici. Je suis, comme bon nombre de nos voisins, inquiet de l'impact qu'a cette bibliothèque sur notre petite ville. Il a été rapporté que certaines épouses n'entretiennent plus leur maison parce qu'elles sont trop occupées à lire des magazines féminins et de la romance bon marché. Certains enfants glanent des idées néfastes dans les bandes dessinées. Nous avons du mal à contrôler quelles influences s'introduisent dans nos foyers.

— Ce ne sont que des livres, Henry Porteous ! Comment croyez-vous que les grands érudits d'autrefois s'instruisaient ?

Mrs Brady croisa les bras sur sa poitrine, formant une étagère solide et infranchissable.

— Je parierais à dix contre un que les grands érudits ne lisaient pas *Le Sultan et ses amours*, ou je ne sais quel grotesque roman à l'eau de rose avec lequel ma fille perdait son temps l'autre jour. Est-ce que nous voulons vraiment que leurs esprits soient pollués par ces bêtises ? Je refuse que ma fille pense pouvoir s'enfuir avec un de ces *Égyptiens*.

— Votre fille a autant de chance de se faire tourner la tête par un sultan que moi de devenir Cléopâtre.

— Mais vous ne pouvez pas en être *certaine*.

— Vous souhaitez que je passe en revue chaque livre de cette bibliothèque à la recherche des choses que vous pourriez trouver fantasques, Henry Porteous ? Il y a des histoires plus provocatrices dans la Bible que dans les magazines féminins, et vous le savez.

— Eh bien, à présent, vous tenez des propos aussi hérétiques qu'eux.

Mrs Beidecker se leva.

— Puis-je prendre la parole ? Je voudrais remercier les dames de la bibliothèque. Nos élèves ont beaucoup apprécié les nouveaux livres et outils de lecture, et les manuels scolaires se sont avérés très utiles pour les aider à progresser. Je passe en revue toutes les bandes dessinées avant que nous les distribuions, afin d'en vérifier le contenu, et je n'y ai absolument rien trouvé qui puisse perturber les esprits, même les plus sensibles.

— Mais vous êtes étrangère ! l'interrompit Mr Porteous.

— Mrs Beidecker est arrivée dans notre école avec les plus hautes qualifications, s'exclama Mrs Brady. Et vous le savez bien, Henry Porteous. Votre nièce n'est-elle pas en cours avec elle ?

— Eh bien, peut-être qu'elle ne devrait pas.

— Calmez-vous ! Calmez-vous, lança le pasteur McIntosh en se mettant debout. Je comprends que cela déchaîne les passions. Et, oui, Mrs Brady, certains d'entre nous ont en effet quelques réserves concernant l'impact de cette bibliothèque sur les jeunes esprits, mais…

— Mais quoi ?

— Il y a clairement un autre souci ici… Le recrutement d'une femme de couleur.

— En quoi est-ce un souci, révérend ?

— Vous êtes peut-être favorable aux principes progressistes, Mrs Brady, mais nombreux sont ceux qui, dans cette ville, estiment que les gens de couleur n'ont rien à faire dans nos bibliothèques.

— C'est exact, intervint Mr Van Cleve, qui se leva et scruta l'océan de visages blancs. La loi de 1933 concernant les lieux publics autorise – je cite – « la fondation de *bibliothèques ségréguées* pour les différentes races ». Cette femme de couleur ne devrait donc pas être dans notre bibliothèque. Vous vous croyez au-dessus des lois, maintenant, Margery O'Hare ?

Alice avait la gorge nouée, mais Margery paraissait prodigieusement sereine.

— Eh nan.

— Nan ?

— Non. Parce que Miss Sophia *n'utilise* pas la bibliothèque. Elle se contente d'y travailler. (Elle sourit gentiment au vieil homme.) Nous lui avons indiqué *très* fermement qu'elle n'avait le droit sous aucun prétexte d'ouvrir ni de lire un seul de nos livres.

S'ensuivit une vague discrète de rires.

Le visage de Mr Van Cleve s'assombrit.

— Vous ne pouvez pas employer une femme de couleur dans une bibliothèque pour Blancs. C'est contre la loi, et contre nature.

— Vous ne croyez pas à leurs compétences professionnelles, hein ?

— Il n'est pas question de moi. Mais de la *loi*.

— Je suis extrêmement surprise de vous entendre vous plaindre, Mr Van Cleve, dit-elle.

— Qu'insinuez-vous ?

— Eh bien, compte tenu du nombre de gens de couleur que vous avez à votre mine là-bas...

La salle retint son souffle.

— Ce n'est pas vrai.

— Je connais personnellement la plupart d'entre eux, comme la moitié des braves gens ici présents. Le fait que vous les répertoriez comme métisses dans vos livres ne change rien aux faits.

— Oh, bon Dieu ! s'exclama Fred dans sa barbe. Elle n'y va pas de main morte.

Margery s'appuya contre la table.

— Les temps changent, et on confie toutes sortes d'emplois à des personnes de couleur. Voyez-vous, Miss Sophia est entièrement formée et elle remet en état des publications qui ne seraient plus en circulation sans ses bons soins. Ces magazines, *Le Bonus de Baileyville* ? Vous les appréciez tous, n'est-ce pas ? Avec les recettes, les histoires et tout ça ?

Il y eut un murmure d'approbation.

— Eh bien, c'est au travail de Miss Sophia que nous les devons. Elle prend des livres et des revues qui ont été abîmés et les raccommode pour qu'on puisse les mettre à votre disposition. (Elle se pencha pour ôter d'une chiquenaude quelque chose sur sa veste.) Moi, je ne sais pas coudre comme ça, mes filles non plus, et, comme vous le savez, les volontaires ne se bousculent pas au portillon. Miss Sophia ne sort pas à cheval, ne rend pas visite aux familles et ne choisit même pas les livres. Elle entretient le local pour nous, rien de plus. Alors, tant qu'il n'y aura pas une règle valable pour tout le monde, Mr Van Cleve, je continuerai de l'employer. J'espère que ça vous paraît acceptable.

Avec un hochement de tête, Margery partit en traversant le centre de la salle, d'un pas tranquille et le front haut.

La moustiquaire claqua derrière eux. Alice n'avait rien dit de tout le trajet en rentrant de la salle de conseil, se tenant à quelques pas derrière les deux hommes. Elle les entendait jurer à voix basse et s'attendait à une éruption volcanique imminente. Elle n'eut pas longtemps à attendre.

— Mais pour qui se prend cette femme, que diable ? À essayer de me mettre dans l'embarras devant toute la ville ?

— Je doute qu'on ait eu l'impression que tu étais…

Bennett n'eut pas le temps de terminer sa phrase ; son père jeta son chapeau sur la table en l'interrompant.

— C'est un fauteur de troubles, voilà à quoi elle passe sa vie. Comme son criminel de père avant elle. Et maintenant, oser me tenir tête et me ridiculiser devant mes concitoyens ?

Alice hésita dans l'entrée, se demandant si elle pourrait se faufiler à l'étage sans se faire remarquer. Selon son expérience, les colères de Mr Van Cleve duraient longtemps – il les alimentait au bourbon et continuait d'aboyer jusqu'à une heure avancée de la nuit, avant de perdre connaissance.

— Tout le monde se moque de ce que dit cette femme, Papa, reprit Bennett.

— Ces gens de couleur sont répertoriés en tant que mulâtres à ma mine parce qu'ils sont clairs de peau. Clairs de peau, je te dis !

En se remémorant la peau foncée de Sophia, qui était la sœur d'un mineur, Alice se demanda comment on pouvait être de couleur si différente au sein d'une même fratrie. Mais elle s'abstint de tout commentaire.

— Je monte dans ma chambre, annonça-t-elle doucement.

— Vous ne pouvez pas rester là-bas, Alice.

Oh, Seigneur, pensa-t-elle. *Ne m'obligez pas à m'asseoir sur le perron avec vous.*

— Alors je viendrai…

— Cette bibliothèque. Vous n'y travaillerez plus. Pas avec cette fille.

— Quoi ?

Elle sentit ses paroles se refermer sur elle comme un étau.

— Vous allez lui donner votre démission. Je refuse que ma famille ait quoi que ce soit à voir avec Margery O'Hare. Je me fiche de ce que pense Patricia Brady – elle a perdu la tête comme tous les autres. (Il alla à l'armoire à alcools et se versa un généreux verre de bourbon.) Et comment cette fille a-t-elle vu qui figurait dans les livres de la mine, d'ailleurs ? Ça ne m'étonnerait pas qu'elle y soit entrée en douce. Je vais interdire qu'elle s'approche de Hoffman.

S'ensuivit un silence. Puis Alice entendit sa propre voix.

— Non.

Van Cleve leva les yeux.

— Quoi ?

— Non. Je ne quitterai pas la bibliothèque. Vous n'êtes pas mon époux, et vous n'avez pas à me dire ce que je dois faire.

— Vous ferez ce que je vous dis ! Vous vivez sous mon toit, jeune fille !

Elle ne cilla pas.

Mr Van Cleve la dévisagea d'un œil noir, puis se tourna vers Bennett et agita une main.

— Bennett ? Fais obéir ta bonne femme.

— Je ne quitterai pas la bibliothèque.

Mr Van Cleve devint écarlate.

— Vais-je avoir besoin de vous gifler ?

L'air sembla aspiré de la pièce. Elle regarda son mari.

Ne pense même pas à poser une main sur moi, l'avertit-elle silencieusement.

Le visage de Mr Van Cleve était crispé, il haletait.

N'y songe même pas.

Son esprit s'emballa, se demandant soudain ce qu'elle ferait si, en vérité, il levait la main sur elle. Devrait-elle riposter ? Y avait-il quelque chose qu'elle pourrait utiliser pour se protéger ?

Que ferait Margery ?

Elle se remémora aussitôt le couteau sur la planche à pain, le tisonnier à côté de la cuisinière. Mais Bennett baissa les yeux vers ses pieds, l'air très embarrassé.

— Elle devrait rester à la bibliothèque, Papa.

— Quoi ?

— Elle se plaît là-bas. Elle fait du bon travail. Elle aide les gens, tout ça.

Van Cleve dévisagea son fils. Ses yeux exorbités ressortaient de sa figure rouge betterave, comme s'il était sur le point de s'étrangler.

— Bon Dieu, est-ce que tu as perdu la raison, toi aussi ?

Il les regarda tous les deux, les joues gonflées, les poings serrés, contenant tant bien que mal sa colère. Il finit par envoyer les dernières gouttes de bourbon au fond de sa gorge, reposa violemment son verre et sortit en claquant violemment la porte, manquant de la faire sortir de ses gonds.

Bennett et Alice se tenaient dans la cuisine silencieuse, écoutant la Ford de Mr Van Cleve démarrer puis vrombir au loin.

— Merci, dit-elle.

Il lâcha un profond soupir avant de se détourner. Elle se demanda alors si quelque chose allait changer. Si le fait de s'opposer à son père allait réparer ce qui s'était brisé entre eux, quoi que ce fût. Elle pensa à Kathleen Bligh et à son mari, à la façon dont, même quand Alice lui faisait la lecture, Kathleen lui caressait la tête en passant ou lui prenait la main. La façon dont, malade et fragile comme il était, Garrett lui manifestait sa tendresse. Malgré son visage émacié, il n'était jamais à court de sourires pour son épouse.

Elle fit un pas vers Bennett, se demandant si elle allait lui prendre la main. Mais, comme s'il lisait dans ses pensées, il enfonça les siennes dans ses poches.

— Eh bien, j'apprécie, dit-elle doucement en reculant de nouveau.

Puis, comme il ne disait pas un mot, elle lui prépara un verre et monta.

Garrett Bligh mourut deux jours plus tard, après des semaines à se maintenir dans une sorte d'arrière-pays étrange et rauque, pendant que ceux qui l'aimaient essayaient de deviner si c'était son cœur ou ses poumons qui allaient l'abandonner en premier. La nouvelle se répandit dans la montagne, la cloche sonna trente-quatre fois, de telle sorte que tous les habitants des environs purent savoir qui était mort. Après avoir fini leur journée de travail, les hommes du voisinage se rassemblèrent au domicile des Bligh, apportant de beaux vêtements au cas où Kathleen n'en aurait pas, prêts à laver et habiller la dépouille, comme le voulait la coutume du village. D'autres se mirent à construire le cercueil qui serait doublé de coton et de soie.

La nouvelle arriva à la bibliothèque itinérante le lendemain. Margery et Alice, par accord tacite, confièrent leurs tournées à Beth et Izzy, puis se mirent en route ensemble vers la maison de la famille Bligh. Il soufflait un vent vif qui, au lieu d'être arrêté par les montagnes, s'y engouffrait comme dans un entonnoir, et Alice parcourut tout le trajet avec le menton enfoui dans le col de sa veste, se demandant quelles paroles de réconfort elle pourrait dire en arrivant à la maisonnette. Elle regretta de ne pas avoir de carte de condoléances, ou peut-être un petit bouquet à offrir. En Angleterre, un foyer endeuillé était plongé dans le silence, on se parlait en chuchotant, et l'atmosphère était assombrie par une chape de tristesse, ou de gêne, selon le degré de proximité qu'on avait avec le défunt. Alice, qui craignait toujours de dire quelque chose de maladroit, trouvait ce genre d'occasions feutrées oppressantes, tel un piège dans lequel elle tomberait immanquablement.

Lorsqu'elles atteignirent le sommet de Hellmouth Ridge, cependant, l'atmosphère n'avait rien de silencieux. Elles passèrent devant des voitures et des chariots parsemés un peu plus bas sur le chemin, abandonnés sur l'accotement quand il devenait impossible de se croiser, et, quand elles arrivèrent à la maison, des têtes de chevaux hennissant à qui mieux mieux émergeaient de l'écurie, et des chants s'élevaient de l'intérieur. Alice regarda vers un petit massif de pins, où trois hommes en lourds manteaux creusaient, leurs pioches émettant des sons métalliques quand elles se heurtaient à de la pierre. Ils avaient le visage écarlate et leur souffle formait de petits nuages de condensation.

— Est-ce qu'elle va l'enterrer ici ? demanda-t-elle à Margery.

— Oui. Il a toute sa famille là-haut.

Alice put seulement distinguer une succession de dalles en pierre, certaines imposantes, d'autres minuscules, des tombes d'enfants en bas âge, témoignant de la longue histoire de la famille Bligh dans la montagne depuis des générations.

À l'intérieur, le petit chalet était plein à craquer. Le lit de Garrett Bligh avait été poussé d'un côté et recouvert d'un plaid pour que les gens puissent s'y asseoir. La maison était pleine à craquer, entre les enfants, les plateaux de nourriture ou les matriarches qui chantaient, et saluèrent Alice et Margery d'un hochement de tête lorsqu'elles entrèrent. Les fenêtres qui, se rappelait Alice, étaient dépourvues de carreaux, étaient fermées, et des lampes à carbure et des bougies éclairaient l'obscurité, de telle sorte qu'il était difficile de savoir s'il faisait jour ou nuit à l'extérieur. L'un des enfants Bligh était assis sur les genoux d'une femme au menton proéminent et aux yeux doux, et les autres se blottissaient contre Kathleen, tandis qu'elle fermait les yeux et chantait, elle aussi, la seule du chœur à avoir l'esprit ailleurs. On avait monté une table à tréteaux, sur laquelle reposait un cercueil en pin, et Alice pouvait seulement y discerner le corps de Garrett Bligh, le visage détendu dans la mort, à tel point que, l'espace d'un instant, elle se demanda si c'était bien de lui qu'il s'agissait. Ses joues creusées s'étaient adoucies, son front était maintenant lisse sous des cheveux bruns et souples. Seul son visage était visible, le reste de sa dépouille recouvert d'un patchwork élaboré, et parsemé de fleurs et d'herbes aromatiques qui parfumaient l'atmosphère. Alice n'avait jamais vu de cadavre, mais ici, étrangement, parmi les chants et la chaleur des gens qui entouraient le défunt, elle n'éprouvait pas le moindre inconfort à se trouver près de lui.

— Toutes mes condoléances, ma chère, dit Alice.

C'était la seule phrase qu'on l'avait entraînée à dire, et en ces lieux, ces mots semblaient sonner creux. Kathleen ouvrit les yeux, et, prenant un instant pour assimiler, sourit vaguement à Alice. Elle avait les paupières rougies, l'épuisement se lisait sur son visage.

— C'était un homme et un père admirable, déclara Margery, qui l'étreignit fermement.

Alice n'était pas sûre de l'avoir déjà vue étreindre qui que ce soit.

— Il avait assez souffert, murmura Kathleen.

La fillette qu'elle tenait dans ses bras la regarda d'un œil vide, le pouce profondément enfoncé dans la bouche.

— Je ne pouvais pas le retenir indéfiniment, ajouta-t-elle. Il est avec le Seigneur, maintenant.

Le relâchement de sa mâchoire et la profonde tristesse de son regard ne reflétaient pas la sérénité de ses paroles.

— Est-ce que vous connaissiez Garrett ?

Une vieille dame avec deux châles au crochet autour des épaules tapota le petit d'espace à côté d'elle sur le lit, invitant Alice à s'asseoir près d'elle.

— Oh, un peu. Je… je suis juste la bibliothécaire. (La femme l'observa, en sourcillant.) Je ne l'ai côtoyé qu'au cours de mes visites, dit-elle d'une voix contrite, comme si elle s'excusait d'être là.

— Vous êtes la dame qui lui faisait la lecture ?

— Oui.

— Oh, ma chère enfant ! C'était un tel réconfort pour mon fils !

La vieille femme serra Alice dans ses bras. Celle-ci se raidit avant de se laisser aller à cette étreinte.

— Je sais combien Garrett attendait vos visites avec impatience. Chaque fois que vous veniez, il pouvait s'évader. Vos lectures lui ont fait beaucoup de bien.

— Votre fils ? Oh, mon Dieu. Je suis tellement désolée, dit-elle avec sincérité. Il avait vraiment l'air d'être le plus gentil des hommes. Et Kathleen et lui s'aimaient tant.

— Je vous suis très reconnaissante, Miss…

— Mrs Van Cleve.

— Mon Garrett était un beau jeune homme. Oh, vous ne l'aviez pas vu avant. Il avait les plus larges épaules de ce côté du Cumberland Gap, n'est-ce pas, Kathleen ? Quand elle l'a épousé, il y a eu une bonne centaine de filles en pleurs entre ici et Berea.

À ce souvenir, la jeune veuve sourit.

— Je me demandais comment il arrivait à se frayer un chemin dans la mine avec une telle carrure. Évidemment, aujourd'hui, je regrette qu'il ait passé sa vie sous terre. Mais bon, dit la vieille dame, en déglutissant et relevant le menton, ce n'est pas à nous de remettre en question la volonté de Dieu. Il a rejoint son propre père, et Dieu le Père. Nous devons juste nous habituer à être sur terre sans lui, pas vrai, mon ange ?

Elle tendit la main pour serrer celle de sa belle-fille.

— Amen, lança quelqu'un.

Alice avait supposé qu'elles passeraient simplement présenter leurs condoléances, mais le matin laissa place à l'après-midi, et le crépuscule lui succéda bientôt. Le petit chalet était plein à craquer de mineurs qui rentraient du travail et de leurs épouses, les bras chargés de tartes, de saumure et de gelées de fruits. Alors que les heures s'écoulaient lentement dans la faible lueur, les visiteurs venus apporter leur soutien se multipliaient, et personne ne prenait congé. On déposa du poulet sur la table devant Alice, puis des biscuits moelleux, des pommes de terre frites et encore du poulet. On fit tourner une bouteille de bourbon, et il y eut des éclats de rire, des larmes et des chants. L'atmosphère se réchauffa dans la minuscule maison, chargée d'effluves de viande rôtie et de liqueur. Quelqu'un sortit un violon et joua des airs écossais qui donnèrent à Alice le mal du pays. Margery lui jetait un coup d'œil de temps à autre, comme pour vérifier qu'elle allait bien. Entourée de gens qui lui donnaient une tape dans le dos à l'occasion et la remerciaient pour les services rendus, comme si elle était une des leurs, et pas juste une étrangère venue distribuer des livres, Alice se sentait curieusement heureuse d'être là, parmi eux.

Alors Alice Van Cleve s'abandonna aux rythmes étranges de la soirée. À quelques pas du cadavre, elle mangea, but, entonna en chœur des cantiques qu'elle connaissait à peine, serra les mains d'inconnus qu'il lui sembla connaître depuis toujours. Et quand la nuit tomba et que Margery lui chuchota à l'oreille qu'il était temps d'y aller pour éviter les fortes gelées matinales, Alice fut surprise de découvrir qu'elle avait l'impression de quitter son foyer, et non de rentrer chez elle. Elle ne parvint pas à chasser cette pensée de son esprit pendant tout le trajet du retour, dans le froid, à cheval et éclairée à la lanterne.

Chapitre 9

« Beaucoup d'hommes de science reconnaissent maintenant que de nombreuses maladies nerveuses et autres sont associées au manque de soulagement des pulsions sexuelles stimulées ou naturelles chez les femmes. »

Dr Marie Stopes, *L'Amour conjugal.*

Selon les sages-femmes de la région, il y avait une raison pour que la plupart des bébés naissent l'été, et c'était parce qu'on n'avait pas mille choses à faire à Baileyville une fois la nuit tombée. La salle de cinéma avait tendance à diffuser des films qui n'étaient plus à l'affiche partout ailleurs. Même lorsqu'ils arrivaient, Mr Rand, qui gérait le cinéma, avait un tel penchant pour l'alcool qu'on ne pouvait jamais être certain de voir la fin du film avant qu'une bobine se froisse ou brûle à l'écran, victime de ses siestes impromptues, suscitant huées et déception dans le public. La fête des récoltes et le massacre des porcs étaient vite passés, et il était trop tôt pour Thanksgiving, ce qui laissait un long mois sans rien d'autre que des cieux obscurcis, l'odeur de feu de bois qui flottait dans l'air et le froid qui gagnait du terrain.

Et pourtant. Il était évident pour quiconque prêtant attention à de telles choses (et les habitants de Baileyville faisaient des carrières entières dans cette activité) que cet automne, un nombre démesuré d'hommes semblait étrangement joyeux dans la région. Ils fonçaient chez eux dès que possible et passaient leurs journées à siffloter, les yeux exorbités par le manque de sommeil, mais amputés de leur habituelle irascibilité. Jim Forrester, chauffeur pour la scierie Mathews, n'était quasiment pas vu dans les bastringues, où il passait généralement ses heures de repos. Sam Torrance et son épouse s'étaient mis à se balader main dans la main en se souriant. Et Michael Murphy, dont la bouche était soudée en une ligne mince d'insatisfaction depuis plus de trente ans, avait été aperçu en train de chanter – véritablement chanter – à l'intention de sa femme sur son perron.

Il ne s'agissait pas là de faits nouveaux dont les anciens de la ville se sentaient exactement en mesure de se plaindre, mais qui amplifiaient certainement, se confiaient-ils avec un vague émoi, l'impression que les choses changeaient d'une manière qu'ils avaient bien du mal à comprendre.

Les occupantes de la bibliothèque itinérante n'étaient pas aussi perplexes. Le petit livre bleu – qui s'était révélé plus populaire et utile que n'importe quel roman à succès, et nécessitait des soins permanents pour ne pas se disloquer tout à fait – était prêté et restitué, semaine après semaine, sous des piles de magazines, avec de furtifs sourires reconnaissants, et des murmures tels que : « Mon Joshua n'avait jamais entendu parler d'une chose pareille, mais ça semble lui plaire ! », ou encore : « Pas de bébé pour nous ce printemps. Quel soulagement ! » Les confidences des jeunes épouses s'accompagnaient de joues empourprées ou d'un regard espiègle. Seule une femme restitua l'ouvrage d'un air impassible en jurant tous ses grands dieux qu'elle « n'avait jamais vu l'œuvre du diable imprimée noir sur blanc auparavant ». Mais, même cette fois-là, Sophia avait remarqué que quelques pages avaient été cornées.

Margery rangeait le petit livre bleu à l'abri, dans la malle en bois où les bibliothécaires conservaient les produits d'entretien, la pommade contre les ampoules et les étrivières de rechange. Un ou deux jours plus tard, on passerait le mot à un autre chalet isolé, et la requête serait formulée, timidement, auprès d'une autre bibliothécaire : « Hum, avant que vous partiez, ma cousine à Chalk Hollow dit que vous avez un livre qui traite de sujets… assez délicats… », et le petit livre bleu poursuivait son voyage, de foyer en foyer.

— Qu'est-ce que vous faites, les filles ?

Izzy et Beth surgirent d'un bond tandis que Margery entrait, tapant les talons de ses bottes pour en ôter la boue, ce qui avait l'art d'exaspérer Sophia. Beth était pliée de rire, et les joues d'Izzy étaient singulièrement roses. Alice était installée au bureau, en train de remplir le registre en feignant de ne pas les remarquer.

— Est-ce que vous regardez ce que je pense que vous regardez ?

Beth brandit le livre.

— Est-ce vrai ? Que « les animaux femelles sont susceptibles de mourir si on les prive de sexualité » ? demanda-t-elle, bouche bée. Parce que je n'ai pas d'homme dans ma vie, et que je ne m'en porte pas plus mal…

— Mais de quoi meurt-on au juste ? s'enquit Izzy, effarée.

— Peut-être que ton orifice se referme et alors tu ne peux plus respirer convenablement. Comme les dauphins.

— Beth ! s'exclama Izzy.

— Si c'est par là que tu respires, Beth Pinker, alors le manque de rapports sexuels n'est pas ce dont nous devrions nous inquiéter, intervint Margery. Dans tous les cas, vous ne devriez rien lire sur ce sujet, les filles. Vous n'êtes même pas mariées.

— Toi non plus, pourtant tu l'as lu deux fois.

Margery fit la moue. La jeune fille marquait un point.

— Seigneur, que sont les « bienfaits naturels des fonctions sexuelles de la femme » ? demanda Beth en gloussant de plus belle. Oh, la vache ! Écoutez, ça dit que les femmes qui ne sont pas satisfaites pourraient souffrir de « dépression nerveuse ». Est-ce que vous pouvez croire ça ? Mais si elles sont sexuellement satisfaites, « chaque organe de leur corps est influencé et stimulé, alors que leur esprit, après s'être élevé dans les sommets étourdissants de l'extase, est transporté vers l'oubli ».

— Mince alors, mes organes vont être transportés ? demanda Izzy.

— Beth Pinker, est-ce que tu veux bien te taire cinq minutes ? s'agaça Alice en posant violemment son livre sur le bureau. Il y en a qui essaient de travailler, ici.

S'ensuivit un bref silence. Les femmes échangèrent des regards en coin.

— Du calme, c'était simplement pour plaisanter…

— Eh bien, certaines d'entre nous se passeraient bien de tes affreuses blagues. Est-ce que tu peux arrêter ? Ce n'est pas drôle.

Beth jeta un regard en coin à Alice. Elle tira nonchalamment un fil qui dépassait de son pantalon.

— Je suis tellement désolée, Miss Alice. Je déteste l'idée d'avoir pu causer votre désarroi, dit-elle d'un ton solennel, avant qu'un sourire espiègle s'étale sur son visage. Tu n'es pas… Tu n'es pas en « dépression nerveuse », n'est-ce pas ?

Vive comme l'éclair, Margery réussit à s'interposer entre elles juste avant que le poing d'Alice ne s'abatte sur Beth. Les paumes en l'air, elle les sépara et indiqua la porte à Beth.

— Beth, pourquoi ne vas-tu pas vérifier que les chevaux ont de l'eau fraîche ? Izzy, remets ce livre dans la malle et va plutôt balayer ce chantier. Sophia revient de chez sa tante demain, et ce désordre risque de ne pas lui plaire.

Elle regarda Alice, qui s'était rassise et consultait à présent le registre avec une intense concentration. Tout dans son attitude avertissait Margery de ne pas dire un mot de plus. Elle allait rester là bien après que les autres seraient rentrées chez elles, comme chaque soir où elle travaillait. Et Margery savait qu'elle n'arriverait pas à se concentrer sur sa lecture.

Alice attendit que Margery et les autres s'en aillent, levant la tête pour marmonner un au revoir. Elle savait que les filles la critiqueraient dès qu'elle aurait le dos tourné, mais elle s'en moquait. Elle ne manquerait pas à Bennett : il serait sorti avec des amis. Mr Van Cleve resterait tard à la mine, comme la plupart des soirées, et Annie jetterait un regard dépité au contenu desséché et ratatiné des trois assiettes dans la cuisinière.

Malgré la compagnie des autres femmes, sa solitude était si pesante qu'elle lui donnait envie de pleurer. Elle passait le plus clair de son temps dans les montagnes et, certains jours, elle parlait davantage à son cheval qu'à ses semblables. Là où elle avait jadis bénéficié d'une sensation de liberté bienvenue, les vastes étendues semblaient désormais accentuer son impression d'isolement. Elle remontait son col contre le froid, calait ses doigts dans ses gants, avec des miles de chemins rocheux devant elle et la douleur dans ses muscles pour seule distraction. Parfois, elle avait l'impression que son visage s'était pétrifié, sauf lorsqu'elle s'arrêtait pour distribuer ses livres. Quand les filles de Jim Horner se jetaient à son cou, elle avait toutes les peines du monde à ne pas s'agripper fermement à elles. Mais, si elle le faisait, elle n'arriverait pas à retenir ses larmes. Elle ne s'était jamais considérée comme quelqu'un ayant besoin de contact physique, mais nuit après nuit, loin du corps de Bennett, elle avait l'impression de se changer en pierre.

— Toujours pas rentrée, hein ?

Elle sursauta.

Fred Guisler avait passé la tête par la porte.

— Je suis juste venu apporter une nouvelle cafetière. Marge m'a dit que l'ancienne fuyait.

Alice s'essuya les yeux et lui adressa un sourire radieux.

— Oh, oui ! Allez-y.

Il hésita sur le seuil.

— Est-ce que je vous dérange ?

— Pas du tout ! s'exclama-t-elle d'une voix forcée, trop enjouée.

— J'en ai pour une minute.

Il alla sur le côté, pour remplacer la cafetière en métal et examiner la boîte à fournitures. Il ravitaillait les femmes en café toutes les semaines et rentrait des bûches pour alimenter le feu afin qu'elles puissent se réchauffer entre leurs tournées. « Frederick Guisler, affirmait Beth chaque matin en envoyant un baiser sonore à sa première tasse, est un saint homme. »

— Je vous ai aussi apporté des pommes. Je me disais que vous pourriez en emporter deux chacune le matin pour partir travailler. Vous allez avoir plus faim maintenant que les journées se sont refroidies.

Il sortit un sac de l'intérieur de son pardessus et posa les pommes sur la table. Il portait toujours ses vêtements de travail, ses bottes ourlées d'une couche de boue autour de la semelle. Quelquefois elle l'entendait dehors en arrivant, s'adressant à ses jeunes chevaux comme s'ils étaient ses amis, au même titre que les bibliothécaires dans le chalet. Elle le surprenait parfois, les bras croisés, s'entretenant avec un élégant propriétaire de chevaux venu tout droit de Lexington, en train de parler dressage et de négocier les prix.

— Ces pommes, là, sont des beautés de Rome. Elles mûrissent un peu plus tard que les autres, expliqua-t-il en fourrant la main dans ses poches. J'apprécie toujours… d'avoir quelque chose dont je peux me réjouir à l'avance.

— C'est très gentil de votre part.

— Ce n'est rien. Vous travaillez dur, les filles… et ne récoltez pas toujours la reconnaissance que vous méritez.

Elle pensait qu'il allait rentrer chez lui, mais il hésita devant le bureau, se mordillant nerveusement la lèvre. Elle baissa son livre et attendit.

— Alice ? Est-ce que… ça va ?

Il prononça les mots comme s'il s'agissait d'une question qu'il avait déjà retournée vingt, trente fois dans sa tête. Il reprit :

— C'est juste que… eh bien, j'espère que ça ne vous dérange pas que je l'évoque, mais vous paraissez… Enfin, vous paraissez moins heureuse qu'avant. Je veux dire… moins heureuse que quand vous êtes arrivée ici.

Elle sentit ses joues s'embraser. Elle voulait dire : « Je vais bien, ne vous en faites pas », mais sa bouche s'était asséchée et les mots se refusaient à elle.

Il étudia son visage un instant, puis traversa lentement la pièce en direction des étagères à gauche de la porte d'entrée. Il les scruta, laissant échapper un hochement de satisfaction lorsqu'il trouva ce qu'il cherchait. Il tira un livre du rayon et l'apporta à Alice.

— Cette femme était un peu une marginale, mais j'aime le feu dans ses propos. Quand je n'avais pas le moral, il y a quelques années, ce livre m'a été d'un grand secours. (Il prit un bout de papier, marquant la page qu'il avait cherchée, et lui tendit l'ouvrage.) Je veux dire, vous n'aimerez peut-être pas. La poésie est une chose un peu personnelle. Je me disais juste…

Il donna un coup de pied dans un clou qui traînait par terre. Puis il finit par relever les yeux vers elle.

— Bref. Je vais vous laisser.

Puis, comme s'il y était contraint, il ajouta :

— Mrs Van Cleve.

Elle ne savait pas quoi dire. Il marcha jusqu'à la porte, levant la main dans un salut maladroit. Ses vêtements sentaient le feu de bois.

— Mr Guisler ?... Fred ?

— Oui ?

Elle resta paralysée, saisie par le besoin de se confier à un autre être humain. Elle voulait lui raconter les nuits où elle sentait qu'on la vidait de tout ce qui la rendait vivante. Rien de ce qui lui était arrivé jusque-là dans sa vie ne l'avait laissée avec le sentiment d'avoir le cœur aussi lourd, d'être aussi perdue, comme si elle avait commis une erreur aux conséquences irréparables. Elle avait envie de lui avouer qu'elle redoutait les jours où elle ne travaillait pas comme elle redoutait la fièvre, parce que, en dehors des collines, des chevaux et des livres, elle n'avait rien du tout.

— Merci, dit-elle en déglutissant. Pour les pommes, je veux dire.

Sa réponse arriva une demi-seconde trop tard.

— Tout le plaisir est pour moi.

La porte se referma silencieusement derrière lui, et elle entendit ses pas remonter l'allée vers sa maison. Fred s'arrêta à mi-chemin, et Alice se figea sur son siège, sans savoir au juste ce qu'elle attendait, puis les pas s'éloignèrent avant de s'évanouir complètement.

Elle baissa les yeux sur le petit livre de poésie et l'ouvrit.

« Le donneur d'étoiles » par Amy Lowell

Tiens ton âme ouverte pour m'accueillir
Laisse la quiétude de ton esprit m'inonder
Avec sa fraîcheur limpide et ondulée,
Que, de mes membres las et lâches, je trouve repos,
Étendue sur ta sérénité, comme sur un lit d'ivoire.

Elle riva les yeux sur les mots, le cœur tambourinant dans ses oreilles, sa peau picotant tandis qu'ils se formaient et reformaient dans son imagination. Elle songea soudain à la voix stupéfaite de Beth : « Est-ce vrai que certains animaux femelles sont susceptibles de mourir si on les prive de sexualité ? »

Alice resta assise un long moment, concentrée sur la page devant elle. Elle ignorait combien de temps elle demeura ainsi. Elle pensa à Garrett Bligh, tendant la main vers celle de sa femme, à la manière dont leurs regards empreints de complicité se trouvaient, même lors de ses derniers jours. Elle finit par se lever et marcha vers la malle en bois. Jetant un coup d'œil derrière elle, comme si quelqu'un aurait pu la surprendre à cette heure-ci, elle y fouilla jusqu'à en sortir le petit livre bleu. Elle s'assit au bureau, l'ouvrit et commença à lire.

Il était presque 21 h 45 quand elle rentra chez elle. La Ford était dehors et Mr Van Cleve dans sa chambre, ouvrant et fermant ses tiroirs avec une telle force qu'elle les entendait claquer depuis l'entrée. Elle ferma la porte derrière elle et monta discrètement à l'étage, l'esprit fredonnant, promenant ses doigts avec légèreté sur la rampe. Elle arriva à la salle de bains, verrouilla la porte, laissa ses vêtements tomber autour de ses chevilles, et fit sa toilette avec un gant afin que sa peau retrouve sa douceur et son agréable odeur. Puis elle retourna dans sa chambre et chercha sa chemise de nuit en soie dans sa malle. Le tissu couleur pêche, lisse et fluide, épousa les courbes de son corps.

Elle vit seulement le dos puissant de Bennett, allongé sur le lit, sur le côté gauche, le plus loin possible d'elle. Il avait perdu son bronzage d'été, et sa peau était pâle dans la pénombre, le tracé de ses muscles s'animant délicatement à chacun de ses gestes. Bennett, pensa-t-elle. Bennett, qui avait un jour embrassé l'intérieur de son poignet et lui avait dit qu'elle était la plus belle chose qu'il eût jamais vue. Qui lui avait promis la lune dans des chuchotements. Qui lui avait dit tout aimer d'elle. Elle se glissa sans un bruit sous le couvre-lit.

Bennett ne bougea pas, mais ses longues respirations tranquilles lui indiquèrent qu'il était profondément endormi.

Laisse la flamme vacillante de ton âme danser tout autour de moi

Que dans mes membres puisse s'infiltrer l'ardeur du feu…

Elle se rapprocha, à tel point qu'elle sentait son propre souffle sur la peau de Bennett. Elle huma le parfum qu'il dégageait, le savon mêlé à l'odeur mâle de sa peau dont même son hygiène stricte ne pouvait venir à bout. Elle tendit le bras, hésita un instant, puis le mit sur le corps de son époux, trouvant les doigts de celui-ci pour les entrelacer avec les siens. Elle attendit, sentit la main de Bennett se refermer sur la sienne et posa la joue contre son dos, fermant les yeux.

— Bennett, chuchota-t-elle, je suis désolée.

Même si elle ne savait pas exactement de quoi.

Il lui lâcha la main, et son cœur se pétrifia. Mais Bennett se tourna vers elle et la regarda intensément. Les yeux d'Alice formaient deux grandes mares tristes, elle suppliait d'être aimée. Aucun homme sain d'esprit ne pouvait lui refuser cela. Avec un soupir, Bennett passa un bras autour d'elle et l'invita à se blottir contre lui. Elle posa délicatement les doigts sur sa clavicule, le souffle court, oscillant entre le désir et le soulagement.

— Je veux te rendre heureux, murmura-t-elle, si doucement qu'elle n'était pas certaine qu'il l'ait entendue. Je le veux vraiment.

Elle leva les yeux. Ceux de Bennett cherchèrent les siens, puis il baissa sa bouche vers elle et l'embrassa. Alice ferma les yeux et accueillit son baiser, laissant libre cours aux émotions qui déferlaient en elle. Il l'embrassa et lui caressa les cheveux avec sa large paume, et elle eut envie de rester éternellement dans cet instant, où elle retrouvait ce qu'ils étaient auparavant, lorsque leur histoire d'amour ne faisait que commencer.

La vie et la joie de langues enflammées,
Et que, quittant ton antre, enchaînés en harmonie,
Je puisse éveiller le monde aux yeux troubles, et m'y déverser

Elle sentit le désir monter en elle. La poésie et les propos inhabituels du petit livre bleu avaient mis le feu aux poudres, faisant jaillir dans son esprit des images auxquelles elle brûlait de donner corps. Elle abandonna ses lèvres à celles de Bennett, et sa respiration s'accéléra. Elle ressentit une décharge électrique quand il laissa échapper un râle de plaisir. Il était désormais sur elle, ses jambes musclées entre les siennes. Elle remua contre lui, incapable de penser, prête à s'abandonner au plaisir. Maintenant, se dit-elle, et même cette pensée était embuée d'une urgente volupté.

Maintenant. Enfin. Oui.

— Qu'est-ce que tu fais ?

Il lui fallut un instant pour comprendre ce qu'il disait.

— Qu'est-ce que tu fais ? répéta Bennett.

Elle retira sa main. Regarda plus bas.

— Je... J'étais juste en train de te toucher... ?

— *Là ?*

— Je… pensais que ça te plairait.

Il s'écarta, tirant la couverture sur son aine, et laissant Alice exposée. Elle était encore fourmillante de désir, ce qui la gonfla d'audace. Elle baissa la voix, et caressa la joue de son époux.

— J'ai lu un livre ce soir, Bennett. Il parle de ce que peut être l'amour entre un homme et sa femme. Il a été écrit par un médecin. Et cela dit que nous devrions nous sentir libres de nous procurer l'un à l'autre du plaisir de très diverses…

— Tu lis *quoi* ? demanda-t-il en se redressant. Mais qu'est-ce qui *déraille* chez toi ?

— Bennett, ça parle des couples mariés. Ce livre a été conçu pour aider les couples à se donner du plaisir dans la chambre et… Eh bien, apparemment, les hommes aiment beaucoup être touchés…

— Arrête ! Pourquoi ne peux-tu pas simplement être… une dame ?

— Qu'est-ce que tu veux dire ?

— Pourquoi veux-tu à tout prix me toucher et lire des obscénités ? Qu'est-ce qui ne va pas chez toi, bon Dieu, Alice ? Tu… Tu rends les choses impossibles !

Alice bondit.

— Je rends les choses impossibles ? Bennett, il ne s'est rien passé en presque un an ! Rien ! Et, dans nos vœux, nous avons promis de nous aimer, dans nos corps et dans nos cœurs. Ce sont des vœux que nous avons prononcés devant Dieu ! Ce livre dit qu'il est parfaitement normal pour un mari et sa femme de se toucher partout où ils en ont envie ! Nous sommes mariés ! Voilà ce que ça dit !

— La ferme !

Elle sentit les larmes lui monter aux yeux.

— Pourquoi es-tu si méchant alors que j'essaie simplement de te rendre heureux ? Je veux juste que tu m'aimes ! Je suis ta femme !

— Arrête de parler ! Pourquoi faut-il que tu parles comme une prostituée ?

— Comment connais-tu la façon de parler d'une prostituée ?

— La ferme, c'est tout !

Il jeta la lampe de chevet avec une telle violence qu'elle vola en éclats par terre.

— La ferme ! Est-ce que tu m'entends, Alice ? Ne vas-tu jamais t'arrêter de parler ?

Alice resta pétrifiée. De la chambre voisine, ils entendirent Mr Van Cleve sortir en grognant de son lit, les ressorts grinçant de protestation, et elle enfouit son visage dans ses mains, préparée à ce qui allait inévitablement suivre. Sans surprise, quelques courtes secondes plus tard, on frappa bruyamment à la porte de leur chambre.

— Qu'est-ce qui se passe, là-dedans, Bennett ? Bennett ? C'est quoi ce vacarme ? Est-ce que tu as cassé quelque chose ?

— Va-t'en, Papa ! Tu m'entends ? Laisse-moi tranquille !

Alice dévisagea son époux, choquée. Elle attendit le grésillement de la mauvaise humeur qu'on rallumait chez le vieil homme, mais – peut-être aussi étonné par la réaction inhabituelle de son fils – il n'y eut que du silence. Mr Van Cleve resta planté de l'autre côté de la porte un instant, toussa à deux reprises, puis ils l'entendirent retourner à sa chambre d'un pas traînant.

Cette fois, ce fut Alice qui se leva. Elle descendit du lit, ramassa les débris de lampe afin de ne pas se blesser en marchant dessus et les disposa avec précaution sur la table de chevet. Puis, sans regarder son mari, elle lissa sa chemise de nuit, enfila sa liseuse et s'installa dans le dressing. Son visage redevint de marbre une fois qu'elle se fut allongée. Elle tira une couverture sur elle et attendit le matin, ou que le silence de la pièce voisine cesse de peser comme un poids mort sur sa poitrine.

Chapitre 10

« L'une des plus célèbres querelles des montagnes du Kentucky commença… à Hindman, à la suite du meurtre de Linvin Higgins. Dolph Drawn, shérif adjoint du comté de Knott, organisa une faction et se mit en route pour le comté de Letcher, muni de mandats d'arrêt à l'encontre de William Wright et deux autres hommes accusés du meurtre… Dans la bagarre qui suivit, plusieurs individus furent blessés, et le cheval du shérif fut tué. La querelle dura quelques années et entraîna la mort de cent cinquante hommes.

"John le Diable" Wright, meneur de la faction Wright, paya plus tard pour l'animal, parce qu'il "regrettait le meurtre d'un beau cheval". »

WPA, *Le Guide du Kentucky*.

Un hiver cinglant s'était abattu sur la montagne, et Margery se blottit contre le torse de Sven dans l'obscurité, l'encerclant de sa jambe pour se tenir chaud, sachant que, dehors, il y aurait quatre pouces de glace à briser et évacuer du haut du puits et tout un tas d'animaux groggy, attendant d'être nourris, et que ces deux faits, tous les matins, rendaient encore plus douces les cinq dernières minutes passées sous l'édredon.

— Est-ce que tu fais ça pour me convaincre de préparer le café ? murmura Sven d'une voix endormie.

Il déposa un baiser sur son front et se serra contre elle, pour qu'elle sache combien il trouvait cela agréable aussi.

— Je dis juste bonjour, répondit-elle en lâchant un long soupir satisfait.

La peau de Sven sentait prodigieusement bon. Parfois, lorsqu'il n'était pas là, elle dormait enroulée dans sa chemise, juste pour le sentir près d'elle. Elle caressa sa poitrine, et il répondit sans un mot à son invitation silencieuse. Les minutes s'écoulèrent plaisamment, jusqu'à ce qu'il reprenne la parole.

— Quelle heure est-il, Marge ?

— Hum… 4 h 45.

Il grogna.

— Tu es bien consciente que si tu consentais à vivre avec moi, nous pourrions nous lever une demi-heure plus tard ?

— Et ce serait tout aussi dur. Et Van Cleve ne me laisserait pas plus approcher de sa mine, ces temps-ci.

Sven dut admettre qu'elle avait un bon argument. La dernière fois qu'elle était venue le voir – pour lui apporter une gamelle de déjeuner qu'il avait oubliée –, Bob, au portail de chez Hoffman, l'avait informée à regret qu'il avait l'ordre de ne pas la laisser entrer. Van Cleve n'avait aucune preuve, bien entendu, que Margery O'Hare eût quoi que ce soit à voir avec les courriers concernant le blocage de l'extraction à ciel ouvert de North Ridge, mais il existait assez peu de gens ayant les ressources – et le courage – de s'opposer ouvertement à l'empire Hoffman. Et sa sortie publique sur les mineurs de couleur avait durablement terni ses relations avec Mr Van Cleeve.

— Alors j'imagine que ce sera Noël ici, dans ce cas, dit-il.

— Tous les proches comme d'habitude. Une maison bondée, murmura-t-elle contre ses lèvres. Moi, toi, mmm… Bluey là-bas. Couché, Blue !

Entendant son nom, le chien considéra que c'était l'heure de son repas et bondit sur le lit, ses pattes décharnées escaladant leurs corps entrelacés. Il se mit à leur lécher la figure.

— Oh ! Du calme, Blue ! s'écria-t-elle. Tout doux, tout doux. D'accord. Je vais faire le café.

Elle s'assit et repoussa l'animal. Elle se frotta les yeux pour en chasser le sommeil, et retira à contrecœur la main qui s'était posée sur son ventre.

— Alors comme ça, tu me sauves de moi-même, mon vieux Blue ? demanda Sven.

Le chien roula sur le dos entre eux, la langue pendante, pour se faire chatouiller le ventre.

— Vous deux, hein ? ajouta-t-il.

Margery sourit en l'entendant cajoler le chien, et son sourire ne la quitta pas jusqu'à la cuisine, où elle se baissa, frissonnante, pour allumer le fourneau.

— Alors, dis-moi une chose, lança Sven, tandis qu'ils mangeaient leurs œufs, leurs bottes emmêlées sous la table. Nous passons presque toutes nos soirées ensemble. Nous mangeons ensemble. Nous dormons ensemble. Je sais comment tu aimes tes œufs, à quel point tu bois ton café fort, que tu n'aimes pas la crème. Je sais à quelle température tu fais couler ton bain, la façon dont tu te passes quarante coups de brosse dans les cheveux, dont tu les attaches en arrière pour ensuite ne plus avoir à t'en préoccuper pendant la journée. Bon sang, je connais le nom de tous tes animaux, même de cette poule au bec émoussé. Minnie.

— Winnie, rectifia Margery.

— Bon. De presque tous tes animaux. Alors est-ce que tu peux me dire quelle différence ça ferait si je te passais la bague au doigt ?

Margery but une grande rasade de café.

— Tu avais promis de ne pas remettre le sujet sur la table.

Elle essaya de sourire, mais il y avait un avertissement derrière cela.

— Je ne suis pas en train de demander ta main, je te le promets. J'essaie simplement de comprendre. Parce qu'il me semble qu'il n'existe pas une énorme différence.

Margery posa ses couverts sur son assiette.

— Eh bien, il y en a une. Parce qu'aujourd'hui je peux faire ce que je veux, et je n'ai de comptes à rendre à personne.

— Je t'ai dit que ça ne changerait pas. J'aurais espéré qu'après dix ans tu saurais que je suis un homme de parole.

— C'est le cas. Mais ce n'est pas seulement la liberté d'agir sans avoir à demander la permission, c'est ma liberté d'esprit. Savoir que je peux disposer de moi-même. Aller où je veux. Faire ce que je veux. Dire ce que je veux. Je t'aime, Sven, mais je t'aime en tant que femme libre. (Elle se pencha et lui prit la main.) Le fait que je sois avec toi par pure envie – et non parce qu'une bague me rappelle que j'y suis obligée – est une plus grande forme d'amour, tu ne crois pas ?

— Je comprends ton raisonnement.

— Alors quoi ?

— Je pense… (Il repoussa son assiette.) Je suppose que j'ai juste… peur.

— De quoi ?

Il soupira et retourna la main de Margery dans la sienne.

— Qu'un jour tu ne veuilles plus de moi.

Comment lui faire comprendre qu'il se trompait ? Comment lui faire savoir qu'il était de loin le meilleur des hommes qu'elle eût connu ? Que leur séparation de quelques mois lui avait donné l'impression de traverser chaque jour le plus rude des hivers ? Comment pouvait-elle le rassurer sur le fait que même maintenant, après dix ans de relation, il suffisait qu'il pose une main sur sa taille pour que le désir déferle en elle ?

Elle se leva de table et s'assit à califourchon sur lui, les bras autour de son cou. Joue contre joue, elle murmura à son oreille.

— Je ne pourrai jamais me passer de toi. Il n'y a aucune chance que cela se produise, Mr Gustavsson. Je serai avec toi, jour et nuit, aussi longtemps que tu pourras me supporter. Et tu es bien placé pour savoir que je ne dis jamais rien que je ne pense pas.

Il arriva en retard au travail, bien entendu. Pourtant, il eut du mal à s'en vouloir.

Une guirlande de houx, une poupée en feuilles de maïs, un pot de fruits en conserve ou un bracelet de pierres polies ; tandis que Noël approchait, les filles revenaient chaque jour avec de petits cadeaux qu'on leur offrait dans les maisons où elles apportaient des livres. Elles les mettaient en commun à la bibliothèque, s'accordant à dire qu'elles devraient offrir quelque chose à Fred Guisler pour son soutien inconditionnel au cours des six derniers mois. Mais il risquait de ne pas trouver à son goût les bracelets et les poupées. Margery suspectait qu'un seul cadeau lui ferait plaisir, et il était peu probable qu'il ose le faire figurer sur sa liste de Noël.

L'existence d'Alice semblait désormais tourner autour de la bibliothèque. Elle était furieusement efficace, avait mémorisé chaque itinéraire de Baileyville à Jeffersonville, ne rechignant jamais devant les miles supplémentaires que Margery ajoutait à ses tournées. Elle était la première arrivée le matin, parcourant à grands pas la route sombre et couverte de givre, et la dernière à partir le soir, cousant avec détermination des livres que Sophia défaisait et repiquait après son départ. Elle avait maigri, les muscles étaient visibles depuis peu sur ses bras, elle avait le teint hâlé après ces longues journées au grand air, et son ravissant sourire s'était fait de plus en plus rare.

— Cette fille est la chose la plus triste que j'aie jamais vue, remarqua Sophia, tandis qu'Alice rentrait sa selle et ressortait aussitôt dans le noir pour étriller Spirit. Il y a quelque chose qui ne va pas chez elle.

Elle secoua la tête en suçant l'extrémité d'un fil, prête à renfiler son aiguille.

— Avant, je pensais que Bennett Van Cleve était le meilleur parti de Baileyville, dit Izzy. Mais je le regardais sortir de l'église avec Alice l'autre jour, et il la traite comme une pestiférée. Il refusait même de lui prendre le bras.

— C'est un porc, déclara Beth. Et cette maudite Peggy Foreman lui tourne autour, tirée à quatre épingles, avec sa bande de filles. Elle essaie de lui faire du charme, c'est clair.

— Chut, dit Margery avec mesure. Pas besoin de ragots. Alice est notre amie.

— Je ne disais pas ça méchamment, protesta Izzy.

— N'empêche, c'est quand même un ragot, répliqua Margery.

Elle jeta un coup d'œil à Fred, qui était extrêmement concentré à encadrer trois cartes des nouveaux itinéraires qu'elles avaient pris en charge cette semaine-là. Il restait souvent tard, bien après avoir terminé de prendre soin de ses chevaux, trouvant des excuses pour réparer des objets qui n'en avaient pas vraiment besoin, empilant des bûches près du poêle ou calant des chiffons ici et là pour éviter les courants d'air. Il ne fallait pas être un génie pour deviner pourquoi il se donnait tant de mal.

— Comment ça va, Kathleen ?

Kathleen Bligh s'essuya le front et tenta d'ébaucher un sourire.

— Oh, vous savez. On se débrouille…

L'absence de Garrett Bligh avait lesté le silence d'un poids singulier. Il y avait sur la table une sélection de bols et de paniers remplis, des denrées offertes par les voisins. Des cartes de condoléances étaient posées sur la cheminée. À l'extérieur, deux poules froissaient leurs plumes sur un énorme tas de bois de chauffage qui avait été livré, sans tambour ni trompette, pendant la nuit. Un peu plus haut sur la côte, le blanc de la pierre tombale fraîchement taillée contrastait avec celui de celles qui se dressaient à proximité. Les gens de la montagne, quoi qu'on en dise, savaient prendre soin des leurs. Il faisait bon dans le chalet, et il y avait de quoi manger, mais la maisonnée était figée, des particules flottant dans l'air statique, et les enfants ne bougeaient pas dans le petit lit, comme si la sieste devait se prolonger indéfiniment. Le temps semblait suspendu entre ces murs.

— Je vous ai apporté des magazines. Je sais que vous n'aviez pas le courage de lire les derniers, mais je vous ai apporté quelques nouvelles, à tout hasard. Voulez-vous quelque chose pour les enfants ?

— Vous êtes très gentille, dit Kathleen.

Alice la regarda furtivement. Elle ne savait pas quoi faire, face au deuil de cette femme. Sa tristesse se lisait sur son visage, dans ses yeux baissés et les rides qui étaient apparues autour de sa bouche. Le moindre geste lui demandait désormais des efforts. Elle paraissait accablée d'une fatigue presque insoutenable, comme si elle voulait juste s'allonger et dormir un million d'années.

— Est-ce que vous voulez boire quelque chose ? proposa soudain Kathleen, revenant à elle.

Elle jeta un coup d'œil par-dessus son épaule et reprit :

— Je crois que j'ai du café. Il devrait être encore chaud. Je suis sûre d'en avoir fait ce matin.

— Ça ira. Merci.

Elles s'assirent dans la petite pièce, et Kathleen resserra son châle autour d'elle. Dehors, la nature était silencieuse, les arbres nus, et le ciel gris était bas sur les branches chétives. Un corbeau solitaire brisa le silence, son cri rauque s'élevant au sommet de la montagne. Spirit, attachée au poteau de la barrière, tapa d'un pied, de la vapeur se dégageant de ses naseaux.

Alice sortit les livres de sa sacoche.

— Je sais que le petit Pete adore les histoires de lapins. Nous venons de recevoir celui-ci. C'est la maison d'édition qui nous l'a fait parvenir. J'ai aussi indiqué quelques passages bibliques dans cet ouvrage, qui pourraient vous apporter du réconfort, si vous ne voulez rien lire de plus long. Et il y a de la poésie. Avez-vous entendu parler de George Herbert ? La poésie, ça fait toujours du bien de s'y plonger. Moi-même, j'en lis beaucoup, ces derniers temps.

Elle plaça soigneusement les livres sur la table.

— Et vous pouvez garder ceux-ci jusqu'au nouvel an.

Kathleen considéra la petite pile un instant. Elle tendit la main vers le livre qui était au-dessus de la pile pour en lire le titre avant de le reposer.

— Miss Alice, vous feriez mieux de remporter tout ça, dit-elle en repoussant ses cheveux de son visage. Je ne voudrais pas les gâcher. Tout le monde veut désespérément lire, dans le coin. Je ne voudrais pas faire attendre d'autres familles.

— Ça ne pose aucun problème.

Le sourire de Kathleen flancha.

— En fait, je ne vois pas en quoi cela vaut la peine que vous perdiez votre temps à grimper tout le chemin jusqu'ici, en ce moment. À vrai dire, je n'arrive pas à penser, et les enfants… Eh bien, je n'ai ni le temps ni l'énergie nécessaire pour leur faire la lecture.

— Ne vous inquiétez pas. Il y a largement assez de livres et de magazines pour tout le monde. Je laisserai juste des livres d'images pour les enfants. Vous n'aurez rien besoin de faire, et ils peuvent…

— Je n'arrive… Je crois que je n'arrive pas à décider de grand-chose. Je ne peux rien faire. Je me lève tous les matins et j'accomplis mes corvées, je nourris les enfants, je m'occupe des animaux, mais tout me paraît…

Son sourire s'évanouit. Elle plongea le visage dans ses mains, et un soupir tremblant lui échappa. Un instant s'écoula. Ses épaules furent secouées par des sanglots silencieux. Alice se demandait ce qu'elle devait dire lorsque Kathleen poussa un gémissement presque animal. C'était le son le plus douloureux qu'Alice eût jamais entendu. Il s'éleva et redescendit sur une vague de chagrin, comme s'il venait tout droit d'un cœur anéanti.

— Il me manque, disait Kathleen entre deux sanglots, les mains fermement plaquées sur son visage. Il me manque, c'est tout. Il me manque tellement. Son contact me manque, ses cheveux, sa façon de prononcer mon prénom, et je sais qu'il était malade depuis si longtemps et qu'à la fin il n'était plus que l'ombre de lui-même, mais, ô Seigneur, comment suis-je censée vivre sans lui ? Oh, mon Dieu. Oh, mon Dieu, je ne peux pas. Je ne m'en sens pas capable. Oh, Miss Alice, je veux que mon Garrett revienne. Je veux juste qu'il revienne.

C'était doublement choquant parce que, en dehors de la colère, Alice n'avait jamais vu aucune des familles de la région exprimer de plus forte émotion qu'une légère désapprobation ou de l'amusement. Les gens de la montagne se montraient stoïques. Ils n'avaient pas l'habitude de manifester leur vulnérabilité, ce qui, d'une certaine manière, rendait la scène encore plus insoutenable. Alice se pencha en avant et prit Kathleen dans ses bras, le corps de la jeune femme agité de sanglots si violents que celui d'Alice se mit à vibrer à l'unisson. Elle la serra contre elle et la laissa pleurer. La tristesse qui s'épanchait de Kathleen devenait presque palpable, Alice pouvait la sentir peser au-dessus d'elles. Elle appuya sa tête contre celle de Kathleen, essayant de l'alléger un peu de sa peine, de lui dire en silence qu'il restait de la beauté dans ce monde, même si, certains jours, il fallait déployer beaucoup d'énergie pour la trouver. À la fin, telle une vague s'écrasant sur le rivage, les sanglots de Kathleen s'apaisèrent, laissant place à des reniflements et des hoquets. Gênée, elle secoua la tête et s'essuya les yeux.

— Je suis désolée, je suis désolée, je suis tellement désolée…

— Ne le soyez pas, répondit Alice en chuchotant. Je vous en prie, ne soyez pas désolée. (Elle prit les mains de Kathleen dans les siennes.) C'est merveilleux que vous ayez eu la possibilité d'aimer un homme à ce point.

Kathleen leva alors la tête, et ses yeux rougis et gonflés cherchèrent ceux d'Alice. Elle serra les mains de celle-ci. Elles étaient fines, puissantes, et son travail les avait rendues rugueuses.

— Je suis désolée, répéta-t-elle.

Et cette fois, Alice comprit qu'elle voulait dire une chose tout à fait différente. Elle soutint le regard de la jeune femme, jusqu'à ce que Kathleen finisse par la lâcher et sèche ses larmes du plat de sa paume en jetant un coup d'œil vers les enfants toujours endormis.

— Mon Dieu. Vous feriez mieux de vous mettre en route, dit-elle. Je ne veux pas vous mettre en retard dans votre tournée, d'autant plus que le temps se gâte. Je ferais mieux de réveiller mes enfants, sinon ils ne me laisseront pas fermer l'œil de la nuit.

Alice ne bougea pas.

— Kathleen ?

— Oui ?

De nouveau ce sourire éclatant et désespéré, vacillant et pourtant déterminé. Il semblait lui coûter tous les efforts du monde.

Alice souleva les livres pour les poser sur ses genoux.

— Voudriez-vous… Voudriez-vous que je vous fasse la lecture ?

Il existe une saison pour tout, et un temps pour chaque question sous le ciel : un temps pour naître, et un temps pour mourir ; un temps pour planter, et un temps pour arracher ce qui a été planté ; un temps pour tuer, et un temps pour guérir ; un temps pour démolir, et un temps pour construire ; un temps pour pleurer, et un temps pour rire ; un temps pour porter le deuil, et un temps pour danser.

Deux femmes étaient assises dans un minuscule chalet sur le versant d'une vaste montagne alors que le ciel s'assombrissait lentement, et, à l'intérieur, les lampes envoyaient des éclats de lumière dorée par les interstices des larges planches en chêne. L'une lisait, d'une voix douce et précise, et l'autre avait ses pieds repliés sous elle dans le fauteuil, la tête reposant contre sa paume ouverte, perdue dans ses pensées. Le temps passait lentement, et aucune des deux ne s'en souciait, et les enfants, lorsqu'ils s'éveillèrent en remuant, ne pleurèrent pas, mais s'assirent en silence et écoutèrent, même s'ils ne comprenaient pas grand-chose. Une heure plus tard, les deux femmes se tenaient à la porte, et, presque sur une impulsion, elles se tombèrent dans les bras.

Elles se souhaitèrent un joyeux Noël et échangèrent un sourire entendu : Noël ne serait pas une partie de plaisir cette année.

— À des jours meilleurs, dit Kathleen.

— Oui, répondit Alice. À des jours meilleurs.

Et, sur cette pensée, elle s'emmitoufla dans son écharpe, de telle sorte qu'elle lui couvrait tout sauf les yeux, se hissa sur le petit cheval pie, et se remit en route vers la ville.

Peut-être était-ce l'ennui d'être coincé à la maison après des années de longues journées dans la camaraderie d'autres mineurs, mais William aimait que Sophia lui raconte jour après jour ce qui s'était passé à la bibliothèque. Il savait tout des lettres anonymes de Margery adressées aux familles de North Ridge, il savait qui avait emprunté quels livres, il savait que Mr Frederick avait un faible pour Miss Alice ; il savait aussi que cette dernière semblait s'être fermée, tandis que cet imbécile de Bennett Van Cleve la traitait avec distance, asphyxiant peu à peu l'amour qu'elle éprouvait pour lui.

— Tu penses qu'il est l'un *d'eux* ? demanda William. Les hommes qui aiment… les autres hommes ?

— Qui sait ? Autant que je sache, ce garçon n'aime rien d'autre que son propre reflet. Ça ne me surprendrait pas qu'il se plante devant son miroir et l'embrasse tous les jours au lieu de son épouse, rétorqua-t-elle en profitant du rare spectacle de son frère plié en deux de rire.

Mais elle aurait été bien en peine de trouver grand-chose à lui raconter ce jour-là. Alice s'était laissée choir dans le petit siège en rotin dans le coin, et ses épaules s'étaient affaissées comme si elle portait tout le poids du monde.

La fatigue ne vous fait pas ressembler à cela. Quand elles étaient physiquement épuisées, les filles ôtaient leurs bottes, se plaignaient, râlaient, se frottaient les yeux et se moquaient les unes des autres. Alice se contenta de rester assise là, immobile telle une statue, ses pensées à mille lieues du petit chalet. Fred s'en aperçut. Sophia se rendit compte qu'il brûlait d'envie de la rejoindre et de la réconforter, mais, au lieu de ça, il se contenta d'aller à son pot à café et lui en prépara une tasse, pour la placer devant elle si délicatement qu'il fallut un instant à Alice avant de s'en rendre compte. Vous auriez eu le cœur brisé en voyant avec quelle tendresse il la regardait.

— Ça va, jeune fille ? demanda doucement Sophia quand Fred fut sorti chercher d'autres bûches.

Elle ne dit rien durant un instant, puis s'essuya les yeux d'un geste rapide.

— Je vais bien, Sophia. Merci. (Elle regarda par-dessus son épaule vers la porte.) Je ne suis pas à plaindre, n'est-ce pas ?

Elle prononça cette phrase comme quelque chose qu'elle s'était répété à maintes reprises. Comme si elle essayait de s'en convaincre.

— N'est-ce pas toujours la vérité ? répondit Sophia.

Mais ensuite il y eut Margery. Elle s'était engouffrée comme une tornade au crépuscule, les yeux hagards, le manteau saupoudré de neige et dégageant une énergie étrange et fragile, qui lui fit oublier de fermer la porte, et Sophia dut la réprimander pour lui rappeler que c'était toujours le blizzard dehors, était-elle née dans une étable, par hasard ?

— Quelqu'un est passé ici ? demanda-t-elle.

La jeune femme avait le visage aussi blanc que si elle avait vu un fantôme.

— Tu attends qui ?

— Personne, répondit-elle rapidement.

Ses mains tremblaient, mais ce n'était pas dû au froid.

Sophia reposa son livre.

— Ça va, Margery ? Tu n'as pas l'air d'être toi-même.

— Ça va. Ça va.

Elle regarda dehors par la porte, comme si elle attendait quelque chose.

Sophia examina son sac.

— Tu veux me donner ces livres, pour que je puisse les enregistrer ?

Margery ne répondit pas, son attention toujours fixée sur la porte, Sophia se leva donc pour les sortir elle-même, les plaçant sur le bureau un par un.

— *Mack Maguire et le chef indien* ? Est-ce que tu ne l'apportais pas aux sœurs Stone à Arnott's Ridge ?

Margery tourna brusquement la tête.

— Quoi ? Oh, oui. Je… je les apporterai demain.

— La crête n'était pas praticable ?

— Non.

— Alors comment vas-tu monter là-haut demain ? Il neige encore.

Margery parut momentanément à court de mots.

— Eh bien… Je me débrouillerai.

— Où sont *Les Quatre Filles du Docteur March* ? Tu as signé la sortie de celui-là aussi, tu te souviens ?

Son comportement était vraiment curieux. Et alors, raconta Sophia à William, Mr Frederick entra et cela prit une tournure vraiment bizarre.

— Fred, est-ce que tu as des fusils de rechange ?

Il posa un panier de bûches à côté du poêle.

— Des fusils ? Pourquoi veux-tu des fusils, Marge ?

— Je me disais juste… Je me disais que ce serait bien que les filles apprennent à tirer. Qu'elles aient une arme à feu sur elles quand elles empruntent des routes isolées. Au cas où. (Elle cligna deux fois des yeux.) Il y aurait des serpents.

— En hiver ?

— Ou bien des ours.

— En hibernation. Par ailleurs, personne n'a vu d'ours dans ces montagnes depuis cinq, dix ans. Tu le sais aussi bien que moi.

Sophia parut incrédule.

— Vous pensez que Mrs Brady va laisser sa petite fille porter un fusil ? Vous êtes censées porter des livres, Marge, pas des armes. Tu crois qu'une famille qui n'a déjà pas confiance en vous vous acceptera mieux si vous débarquez avec un fusil de chasse sanglé à votre dos ?

Fred fronça les sourcils et échangea un regard perplexe avec Sophia.

Margery parut s'extirper subitement de l'espèce d'étrange déprime dans laquelle elle était.

— Tu as raison. Tu as raison. Je ne sais pas ce qui m'a pris.

Elle ébaucha un sourire peu convaincant.

Mais voilà le problème, expliqua Sophia à William, tandis qu'ils dînaient, assis à la petite table. Deux jours plus tard, quand Margery revint, Sophia ramassa sa sacoche pour la vider pendant que la jeune femme était allée aux toilettes dehors. Les journées étaient froides et rudes, et elle venait en aide aux filles autant que possible. Elle sortit le dernier des livres, puis elle tomba sur quelque chose qui la fit sursauter, et elle crut que la sacoche allait lui échapper des mains. Au fond, soigneusement emballé dans un mouchoir rouge, elle pouvait distinguer la crosse en corne d'un Colt .45.

— Bob m'a dit que tu attendais là. Je me demandais pourquoi tu avais annulé hier soir.

Sven Gustavsson émergea des portes de la mine, toujours dans sa combinaison de travail, mais avec son épaisse veste de flanelle par-dessus, et les mains enfoncées dans ses poches. Il marcha jusqu'à la mule et lui flatta l'encolure, laissant les doux naseaux de Charley explorer ses poches à la recherche de friandises.

— Tu as eu mieux à faire, c'est ça ?

Il sourit et posa sa main sur la jambe de Margery. Elle tressaillit.

Il la retira et son sourire se dissipa.

— Ça va ?

— Tu peux me rejoindre chez moi quand tu auras fini ?

Il étudia son visage.

— Bien sûr. Mais je pensais qu'on ne se voyait pas avant vendredi.

— S'il te plaît.

Elle ne disait jamais « s'il te plaît ».

Malgré les températures glaciales, il la retrouva dans le rocking-chair sur le perron, son fusil en travers des jambes dans l'obscurité, la lueur de la petite lampe à huile vacillant sur son visage. Elle était raide, les yeux rivés sur l'horizon, la mâchoire crispée. Bluey était assis à ses pieds, lui jetant des coups d'œil d'une minute à l'autre comme si l'angoisse de sa maîtresse avait déteint sur lui, et frissonnant de froid par brefs épisodes.

— Qu'est-ce qui se passe, Marge ?

— Je crois que Clem McCullough me traque.

Sven la rejoignit.

Elle restait vigilante tout en lui parlant, aux aguets, comme à peine consciente de la présence de Sven. Ses dents claquaient dans la nuit froide.

— Marge ?

Il allait mettre la main sur son genou, mais, se rappelant sa réaction un peu plus tôt, il se contenta de lui toucher légèrement le dos de la main. Elle était congelée.

— Marge ? Il fait trop froid pour rester ici. Viens, on rentre.

— Je dois me tenir prête pour lui.

— Le chien aboiera si quelqu'un arrive. Allons. Qu'est-ce qui s'est passé ?

Elle finit par se lever et le laissa la guider à l'intérieur. Le chalet était glacial, et il se demanda si elle y était même entrée.

Il alluma le poêle et apporta d'autres bûches tandis qu'elle scrutait la nuit dehors, plantée devant la fenêtre. Puis il nourrit Bluey et fit bouillir de l'eau.

— Tu es restée debout comme ça toute la nuit dernière ?

— Je n'ai pas fermé l'œil.

Finalement, il s'assit à côté d'elle et lui tendit un bol de soupe. Elle la regarda comme si elle n'en voulait pas, mais, ensuite, la but dans de courtes et avides gorgées. Et, lorsqu'elle eut terminé, elle lui raconta son trajet à Red Lick d'une voix inhabituellement hésitante, les jointures blanches et tremblantes, comme si même maintenant, elle sentait encore la prise de McCullough sur elle, son haleine chaude sur sa peau. Et Sven Gustavsson, connu pour son tempérament d'une constance singulière dans une ville regorgeant de sanguins, qui s'interposait dans les bagarres d'ivrognes alors qu'un autre n'aurait pas résisté à la satisfaction du coup de poing bien envoyé, se trouva saisi d'une rare colère, une brume rouge qui s'abattit et lui donna envie d'aller trouver McCullough pour lui servir la vengeance comme un plat qui se mange froid – avec du sang, des poings et des dents cassées.

Rien de tout cela ne transparut sur son visage, ni dans le calme de sa voix lorsqu'il reprit la parole.

— Tu es épuisée. Va te coucher.

Elle leva les yeux vers lui.

— Tu ne viens pas ?

— Non, je resterai sur le perron pendant que tu dormiras.

Margery O'Hare n'était pas une femme qui aimait dépendre de qui que ce soit. Mais elle le remercia doucement et alla se coucher sans un mot de protestation. C'était dire combien elle était bouleversée par ce qui s'était passé.

Chapitre 11

« Fair Oaks fut construite autour de 1845 par le docteur Guildford D. Runyon, un protestant orthodoxe qui renonça à son vœu de célibat et bâtit la maison en prévision de son mariage avec Miss Kate Ferrel, qui mourut avant que la maison soit achevée. Le docteur Runyon resta célibataire jusqu'à sa mort en 1873. »

WPA, *Le Guide du Kentucky*.

Il y avait quinze poupées sur la commode. Elles étaient assises côte à côte, comme une famille dépareillée, leurs figures de porcelaine pâles et roses, et leurs cheveux véritables (d'où venaient-ils ? Alice frissonna) enroulés dans des boucles luisantes et immaculées. Elles étaient la première chose qu'Alice voyait lorsqu'elle se réveillait le matin dans le petit lit de repos, leurs expressions vides l'observant impassiblement, leurs lèvres cerise retroussées dans l'ébauche de sourires méprisants, des culottes blanches à froufrous dépassant de jupes longues victoriennes. Mrs Van Cleve avait adoré ses poupées. Comme elle avait adoré ses petits ours en peluche, ses minuscules bibelots en porcelaine, ses tabatières en porcelaine, et ses psaumes soigneusement brodés qui étaient accrochés partout dans la maison, chacun résultant d'heures de complexes travaux d'aiguille.

Tous les jours, il était rappelé à Alice une vie qui avait été centrée autour du foyer, un quotidien fait de tâches insignifiantes, microscopiques, qui ne pouvaient satisfaire aucune femme adulte : poupées, broderie, faire la poussière et réarranger avec précision les bibelots qu'aucun homme ne remarquait de toute façon. Jusqu'à sa mort, du moins. Après quoi, on avait fait de la maison un sanctuaire dédié à une femme qu'on idolâtrait.

Alice détestait ces poupées. Comme elle détestait le silence pesant dans l'air, la sempiternelle inertie d'une maison dans laquelle rien ne pouvait avancer, ni changer. Elle aurait aussi bien pu être l'une de ces poupées, se disait-elle. Souriante, immobile, décorative et muette.

Elle baissa les yeux sur la photo de Dolores Van Cleve, qui trônait dans un grand cadre doré sur la table de chevet de Bennett. Elle tenait une petite croix en bois entre ses mains dodues en affichant une réprobation affligée, qui semblait, pour Alice, se poser sur eux dès qu'ils étaient seuls. « Nous pourrions peut-être mettre ta mère un peu plus loin ? Juste pour la nuit ? », avait-elle hasardé lorsqu'on lui avait montré leur chambre pour la première fois. Mais Bennett avait froncé les sourcils, aussi incrédule que si elle avait joyeusement suggéré de creuser la tombe de sa mère.

Elle sortit brusquement de ses pensées, suffoquant sans un bruit tandis qu'elle s'aspergeait le visage d'eau glaciale et se glissait en hâte dans ses multiples épaisseurs. Les bibliothécaires faisaient une demi-journée de tournée ce jour-là, afin de leur accorder à toutes du temps pour leurs emplettes de Noël. Elle ne pouvait pas s'empêcher d'être déçue à l'idée d'être provisoirement privée de ses tournées.

Elle verrait les filles de Jim Horner ce matin-là. Cela aidait. La façon dont elles attendraient à la fenêtre de voir Spirit monter le chemin, puis fonceraient par la porte en bois, sautillant sur la pointe des pieds jusqu'à ce qu'elle mette pied à terre, leurs voix pétillant les unes par-dessus les autres, tandis qu'elles réclameraient de voir ses nouveautés, lui demanderaient où elle était allée, si elle resterait un peu plus longtemps que la dernière fois. La manière dont elles se pendraient nonchalamment à son cou pendant qu'elle leur ferait la lecture, lui caressant les cheveux de leurs petits doigts ou lui déposant des baisers sur les joues comme si, malgré le lent rétablissement de la petite famille, elles cherchaient désespérément l'une comme l'autre un contact féminin d'une manière qu'elles comprenaient à peine. Et Jim, dont l'expression n'arborait plus dureté ni méfiance, poserait une tasse de café à côté d'elle, puis profiterait de sa présence pour couper du bois ou – ça lui arrivait maintenant – juste s'asseoir et regarder, comme s'il prenait plaisir à voir ses filles montrer fièrement ce qu'elles avaient appris à lire cette semaine-là (et elles étaient brillantes : leur niveau de lecture était largement en avance sur celui des autres enfants, grâce aux cours avec Mrs Beidecker). Indéniablement, les filles Horner étaient un réconfort. Alice regrettait simplement que ces filles s'apprêtent à passer Noël sans cadeaux, ou presque.

Alice enroula son écharpe autour du cou et enfila ses gants d'équitation en se demandant brièvement si elle devait ou non prévoir une paire de chaussettes supplémentaire pour son trajet dans la montagne. Toutes les bibliothécaires avaient à présent des engelures, les orteils roses et gonflés à cause du froid, les doigts souvent d'un blanc cadavérique par manque de sang. Elle regarda par la fenêtre le ciel gris et glacial. Elle n'inspectait plus son reflet dans le miroir. Elle prit l'enveloppe sur le buffet, où elle se trouvait depuis la veille, et la fourra dans son sac. Elle lirait ça plus tard, une fois qu'elle aurait fini ses tournées. Inutile de s'énerver quand on a deux heures silencieuses à cheval devant soi.

Elle regarda la commode alors qu'elle était sur le point de partir. Les poupées la dévisageaient toujours.

— Quoi ? demanda-t-elle.

Mais, cette fois, elles semblaient dire quelque chose de tout à fait différent.

— Pour *nous* ?

Millie ouvrit tellement grand la bouche qu'Alice put presque entendre Sophia la mettre en garde contre les mouches qui allaient s'y engouffrer.

Elle tendit l'autre poupée à Mae, ses jupons bruissant tandis que l'enfant l'attirait sur ses genoux.

— Une chacune. Nous avons eu une petite conversation ce matin, et elles m'ont dit en toute confidentialité qu'elles seraient bien plus heureuses ici avec vous que là où elles vivent.

Ébahies, les deux filles contemplèrent les visages angéliques en porcelaine, puis, simultanément, leurs têtes se tournèrent vers leur père. L'expression de Jim Horner était indéchiffrable.

— Elles ne sont pas neuves, Mr Horner, dit Alice avec précaution. Mais elles ne sont pas vraiment utiles d'où elles viennent. C'est… une maison d'hommes. Ça ne paraissait pas naturel qu'elles se trouvent là-bas.

Elle discernait son indécision, le « je ne sais pas… » se former sur ses lèvres. L'atmosphère dans le chalet sembla se figer tandis que les filles retenaient leur souffle.

— S'il te plaît, Papa ?

La voix de Mae émergea dans un chuchotement. Elles étaient assises jambes croisées, et la main de Millie caressait distraitement les boucles châtains et brillantes, laissant chacune rebondir dans sa forme initiale, le regard de l'enfant vacillant entre le visage peint et celui de son père. Les poupées, après lui avoir paru sinistres, pleines de reproches pendant des mois, devenaient soudain des choses joyeuses et bienveillantes. Parce qu'elles étaient là où elles étaient censées être, pas dans un mausolée.

— Elles sont très chics, ces poupées, dit-il enfin.

— Eh bien, je crois que toutes les filles méritent quelque chose d'un peu chic dans leur vie, Mr Horner.

Il se passa une main rugueuse sur le sommet du crâne et se détourna. Le visage de Mae s'allongea, appréhendant la décision de son père. Il désigna la porte.

— Voulez-vous bien sortir avec moi un instant, Mrs Van Cleve ?

Elle entendit des soupirs de désarroi provenant des filles pendant qu'elle le suivait à l'arrière du chalet, les bras croisés sur son buste pour se protéger du froid, se repassant mentalement les divers arguments qu'elle emploierait pour tenter de le faire changer d'avis.

Toutes les petites filles ont besoin d'une poupée.

Elles seraient sans doute jetées si les filles ne les prenaient pas.

Oh, pour l'amour du ciel, pourquoi votre misérable fierté doit-elle entraver une…

— Qu'en pensez-vous ?

Alice s'arrêta net. Jim Horner souleva un bout de sac en toile de jute pour révéler la tête d'un grand cerf quelque peu élimée, ses bois s'élançant à trois pieds en l'air de chaque côté, ses oreilles cousues n'importe comment à la tête. Elle était montée sur un support en chêne grossièrement sculpté, qui avait été peint avec de la poix.

Elle étouffa le bruit étranglé qui émergea spontanément de sa gorge.

— Je l'ai abattu à Rivett's Creek il y a deux mois. Je l'ai empaillé et monté moi-même. J'ai demandé à Mae de m'aider à me faire envoyer ces yeux de verre par correspondance. Ils sont assez réalistes, vous ne trouvez pas ?

Alice regarda bouche bée les énormes yeux vitreux du cerf, dont le gauche louchait clairement. L'animal avait l'air fou ; une bête cauchemardesque, tout droit sortie d'une nuit de fiévreuse.

— Elle est très… imposante.

— C'est mon premier essai. Je me suis dit que je pourrais peut-être en faire commerce. Je pourrais en fabriquer un toutes les deux ou trois semaines et le vendre en ville. Pour nous aider à passer l'hiver.

— C'est une idée. Vous pourriez peut-être faire aussi des créatures plus petites. Un lapin ou un écureuil.

Il y réfléchit, puis acquiesça.

— Alors. Vous allez la prendre ?

— Pardon ?

— Pour les poupées. Un échange.

Alice leva les mains.

— Oh, Mr Horner, vous n'avez vraiment pas besoin de…

— Je ne peux pas accepter les poupées sans vous donner ça.

Il croisa fermement les bras sur sa poitrine et attendit.

— Non mais qu'est-ce que c'est que *ça* ? dit Beth, tandis qu'Alice mettait pied à terre avec lassitude, retirant des bouts de feuillage des bois du cerf.

La tête s'était accrochée dans un arbre sur deux pendant toute la redescente de la montagne, manquant de la faire tomber à plusieurs reprises, et paraissait à présent encore plus ébouriffée et bancale que sur la crête, garnie d'une variété de brindilles et de feuilles perdues. Elle monta les marches et la plaça soigneusement contre le mur en se rappelant, comme elle l'avait fait cent fois maintenant, la joie sur les visages des filles en apprenant que les poupées étaient à elles pour de bon, la façon dont elles les avaient bercées en chantant pour elles, leurs interminables remerciements et leurs tendres baisers. Les traits adoucis de Jim Horner tandis qu'il assistait à la scène.

— C'est notre nouvelle mascotte.

— Notre quoi ?

— Touche un poil de sa tête et je t'empaille encore plus lamentablement que Mr Horner a empaillé ce cerf.

— Mince, dit Beth à Izzy, alors que leur amie sortait rejoindre son cheval à grands pas. Tu te souviens de l'époque où Alice se faisait passer pour une dame ?

Le service du déjeuner était presque terminé au *White Horse Hotel*, à Lexington, et le restaurant avait commencé à se vider, laissant les tables parsemées de déchets, de serviettes sales et de verres vides, alors que, revigorés, les clients s'enveloppaient dans des écharpes et des chapeaux. Ils étaient prêts à retourner s'aventurer dehors sur des trottoirs fourmillant de gens qui faisaient leurs courses de dernière minute pour Noël. Mr Van Cleve, qui s'était copieusement nourri d'un faux-filet accompagné de pommes de terre sautées, se renfonça dans sa chaise et se caressa l'estomac à deux mains, un geste traduisant une satisfaction qu'il éprouvait de moins en moins dans les autres domaines de sa vie.

Cette fille lui donnait des aigreurs d'estomac. Dans n'importe quelle autre ville, de tels écarts de conduite pouvaient finir par être oubliés, mais, à Baileyville, une rancœur pouvait durer un siècle sans faiblir. Les habitants de Baileyville descendaient des Celtes, d'Écossais et de familles irlandaises, qui pouvaient s'agripper à leur rancune jusqu'à ce qu'elle soit desséchée comme une lanière de bœuf et n'ait plus aucune ressemblance avec ce qu'elle était à l'origine. Et Mr Van Cleve, même s'il était à peu près aussi celtique que le panneau cherokee à l'extérieur de la station-service, avait la rancune tenace. Plus que ça, il avait la même habitude que son père de se focaliser sur une personne et de l'accuser de tous ses maux. Cette personne était Margery O'Hare. Il se levait en la maudissant, et, quand il allait se coucher, il la revoyait en train de le narguer.

Auprès de lui, Bennett tapotait par intermittence le bord de la table du bout des doigts. Il voyait bien que le garçon avait envie d'être ailleurs ; en vérité, il ne semblait pas avoir l'intérêt requis pour les affaires. Quelques jours plus tôt, il avait surpris une bande de mineurs en train de moquer son obsession pour la propreté, feignant de frotter leurs combinaisons noircies alors qu'il passait. Ils se redressèrent quand ils virent que le patron les regardait, mais le spectacle de son fils raillé le peina. Au départ, il s'était révélé presque fier de la détermination de Bennett à épouser l'Anglaise. Il avait paru savoir ce qu'il voulait, enfin ! Dolores avait tant dorloté le garçon, le couvant comme s'il était une fille. Il avait un peu gagné en assurance lorsqu'il avait informé Van Cleve qu'Alice et lui allaient se marier et que, bon, c'était dommage pour Peggy, mais tant pis. C'était agréable de le voir avec une opinion ferme, pour une fois. À présent, il regardait son fils se faire progressivement émasculer par l'Anglaise à la langue de vipère et aux drôles de manières. Il regrettait le jour où on l'avait convaincu de faire ce satané voyage en Europe. Les mélanges ne donnaient jamais rien de bon. Ni avec les gens de couleur ni avec les Européens.

— Vous avez laissé des miettes ici, jeune homme.

Il tapa d'un doigt boudiné sur la table afin que le serveur s'en excuse et se hâte de les ramasser sur une assiette.

— Un bourbon, gouverneur Hatch ? Pour clore tout ça ?

— Eh bien, si vous insistez, Geoff…

— Bennett ?

— Pas pour moi, Papa.

— Apportez-moi deux bourbons du comté de Boone. Secs. Sans glace.

— Oui, monsieur.

— Bennett. Tu veux aller chez le tailleur pendant que le gouverneur et moi parlons affaires ? Demande-lui s'il a encore de ces chemises de soirée, veux-tu ? Je serai là sous peu.

Il attendit que son fils disparaisse avant de se pencher en avant et reprendre la parole.

— Bon, gouverneur, je désirais m'entretenir avec vous d'un sujet délicat.

— Pas d'autres ennuis à la mine, Mr Van Cleve ? J'espère que vous n'êtes pas confronté à la même pagaille qu'à Harlan. Rendez-vous compte : ils ont des policiers prêts à intervenir s'ils n'arrivent pas à se débrouiller seuls. Il y a des mitrailleuses et autres qui vont et viennent aux frontières.

— Oh, vous savez que nous nous efforçons de garder le contrôle chez Hoffman. Rien de bon ne peut sortir des syndicats, ça ne fait aucun doute. Nous nous sommes assurés de prendre des mesures pour protéger notre mine à la première incartade.

— Je vous en félicite. Alors… hum… de quoi s'agit-il ?

Mr Van Cleve se pencha vers lui par-dessus la table.

— C'est cette histoire de bibliothèque. (Le gouverneur fronça les sourcils.) La bibliothèque de femmes. L'initiative de Mrs Roosevelt. Ces filles qui apportent des livres aux familles rurales, *et cætera*.

— Ah, oui. Une initiative de la WPA, je crois.

— Celle-là même. Si je suis en général un grand partisan de telles entreprises, et que je suis absolument d'accord avec notre Président et la première dame sur le fait que nous devons tout entreprendre pour éduquer notre population, je dois dire que les femmes – enfin, certaines – de notre comté causent des ennuis.

— Des ennuis ?

— Cette bibliothèque itinérante incite à l'agitation. Elle encourage toutes sortes de comportements anormaux. Par exemple : les mines Hoffman prévoyaient d'explorer de nouvelles zones sur North Ridge. Le genre de choses que nous pratiquons tout à fait légitimement depuis des décennies. Alors voilà, je crois que ces bibliothécaires colportent des rumeurs et des mensonges sur le sujet, parce que nous avons été frappés par la suite d'une série d'ordonnances juridiques nous privant de nos habituels droits miniers dans la région. Et ce n'est pas un acte de résistance isolé : de nombreuses familles ont signé pour nous bloquer le passage.

— C'est fâcheux.

Le gouverneur alluma une cigarette, présentant le paquet à Mr Van Cleve, qui déclina.

— En effet. S'ils font ça avec d'autres familles, nous allons finir par ne plus pouvoir exploiter aucun site. Et alors, que sommes-nous censés faire ? Nous sommes un employeur majeur dans cette partie du Kentucky. Nous fournissons une ressource vitale à notre grande nation.

— Ah, Geoff, vous savez que, de nos jours, il ne faut pas grand-chose pour provoquer une levée de boucliers parmi le peuple quand il est question de mines. Avez-vous des preuves que ce sont ces bibliothécaires qui ont échauffé les esprits ?

— Eh bien, voilà le problème. La moitié des familles qui nous bloquent aujourd'hui par le biais des tribunaux ne savaient pas lire un mot l'année dernière. Où auraient-elles trouvé les informations sur les aspects juridiques sans ces livres de bibliothèque ?

Les bourbons arrivèrent. Le serveur les prit sur son plateau pour les poser chacun cérémonieusement devant les deux hommes.

— Je l'ignore. D'après ce que j'ai compris, il s'agit juste d'une poignée de filles à cheval qui apportent des fiches de recettes ici et là. Leur pouvoir de nuisance me paraît limité. Je pense que vous feriez mieux de mettre ça sur le compte de la malchance, Geoff. Avec les difficultés que nous rencontrons autour des mines en ce moment, enfin, ça aurait pu être n'importe qui.

Mr Van Cleve sentait que l'attention du gouverneur commençait à baisser.

— Il ne s'agit pas seulement des mines. Elles changent la dynamique même de notre société. Elles sont déterminées à modifier les lois de la nature.

— Les lois de la nature ?

Face à l'incrédulité du gouverneur, il précisa :

— Il a été rapporté que nos femmes s'engagent dans des pratiques contre nature.

À présent, il avait son attention. Le gouverneur se pencha en avant. Mr Van Cleve reprit :

— Mon fils, Dieu le bénisse, nous l'avons élevé ma femme et moi selon des principes pieux, alors j'admets qu'il n'est pas entièrement expérimenté dans le domaine conjugal. Mais il m'a raconté que sa jeune épouse – qui occupe un emploi à cette bibliothèque – lui avait parlé d'un livre qui circule entre les femmes. Un livre au contenu sexuel.

— Au contenu sexuel !

— Parfaitement !

Le gouverneur but une gorgée de son spiritueux.

— Et… euh… Qu'entendez-vous au juste par « contenu sexuel » ?

— Eh bien, je ne veux pas vous choquer, gouverneur. Je ne vais pas entrer dans les détails…

— Oh, j'en ai vu d'autres, Geoff. Entrez dans tous les… détails que vous voudrez.

Mr Van Cleve jeta un coup d'œil derrière lui et baissa la voix.

— Il m'a confié que son épouse – qui a été, aux dires de tous, élevée comme une princesse, issue d'une *très* bonne famille, vous voyez –, eh bien, elle suggérait de le gratifier de choses au lit auxquelles on pourrait s'attendre dans un bordel français.

— Un bordel français, répéta le gouverneur en déglutissant avec difficulté.

— Au début, j'ai pensé que c'était peut-être typique des Anglais. En raison de leur proximité avec les pratiques européennes, vous savez. Mais Bennett m'a raconté qu'elle lui avait dit que ça venait de la bibliothèque. Ces femmes propagent des obscénités. Des insinuations qui feraient rougir un homme adulte. Je veux dire, où est-ce que ça va nous mener ?

— C'est la jolie blonde ? Celle que j'ai rencontrée l'année dernière à un dîner.

— Elle-même. Alice. Plus mince qu'un fil. Quel scandale d'entendre des grivoiseries proposées par une fille comme ça… Enfin…

Le gouverneur prit une autre très longue gorgée de sa boisson. Ses yeux étaient devenus un peu vitreux.

— Est-ce qu'il a fourni… euh… des détails au sujet des activités qu'elle proposait ? Histoire que je puisse me faire une idée de la menace qui pèse sur nous.

Mr Van Cleve secoua la tête.

— Le pauvre Bennett était tellement choqué qu'il a mis des semaines à se décider à se confier à moi. Il se sent incapable de poser un doigt sur elle depuis. Je veux dire, ce n'est pas normal, gouverneur. Que des épouses dévotes suggèrent une telle déviance.

Le gouverneur parut absorbé dans ses pensées.

— Gouverneur ?

— Des obscénités… Bien. Désolé, oui… Je veux dire, non.

— Bref. J'apprécierais de savoir si d'autres comtés rencontrent les mêmes problèmes avec leurs femmes et ces prétendues bibliothèques. Je ne puis croire que ce soit une bonne chose, pour notre main-d'œuvre ni nos familles chrétiennes. Pour ma part, je pencherais pour mettre fin à ce projet. Et je m'occuperai personnellement de ces histoires de permis d'exploitation.

Mr Van Cleve plia sa serviette et la posa sur la table. Apparemment, le gouverneur méditait encore tout cela avec beaucoup d'attention.

— Ou peut-être pensez-vous que la meilleure voie à suivre serait simplement… de nous occuper de cette question de la manière que nous estimions adéquate, quelle qu'elle soit.

Il confia à Bennett que, après cela, il s'était demandé si, en vérité, le bourbon du gouverneur ne lui était pas monté à la tête. Il semblait distrait quand le déjeuner toucha à sa fin.

— Alors, qu'est-ce qu'il a dit ? s'enquit Bennett, à qui l'achat d'un nouveau pantalon en velours côtelé et d'un pull à rayures avait rendu le sourire.

— Je lui ai dit que je devrais peut-être gérer ces affaires comme je l'entendais, et il a juste répondu « Mmm, oui, parfaitement », avant de prendre congé.

Chère Alice,

Je suis désolée que la vie maritale ne soit pas à la hauteur de tes attentes. Je ne suis pas certaine de ce qu'est ta conception du mariage, et tu ne nous as donné aucun détail de ce que tu trouves si démoralisant, mais Papa et moi nous demandons si nous ne t'avons pas donné de fausses espérances. Tu as un mari séduisant, doté d'une sécurité financière et capable de t'offrir un bel avenir. Tu as intégré par alliance une famille convenable avec d'importantes ressources. Je pense que tu dois apprendre à te satisfaire de tout ce que tu as.

Dans la vie, il n'est pas toujours question de bonheur, il est aussi question de devoir. Nous espérions que tu avais dompté ton caractère impulsif ; eh bien, tu as semé le vent, et tu vas maintenant devoir apprendre à tenir le coup dans la tempête que tu vas récolter.
Peut-être que cela te changerait les idées d'avoir un bébé, afin de ne plus ressasser autant les choses.
Si tu choisis malgré tout de revenir sans ton époux, je dois t'informer que tu ne seras pas la bienvenue ici.

Ta mère qui t'aime

Alice avait repoussé le moment d'ouvrir la lettre, peut-être parce qu'elle savait quels propos elle allait y trouver. Elle sentit ses mâchoires se serrer, puis replia soigneusement le courrier et le remit dans son sac, remarquant que ses ongles, jadis remarquablement limés et vernis, étaient à présent irréguliers, ou cassés, et Alice ne put s'empêcher de se demander si c'était à cause de ça que son mari refusait de la toucher.

— Bien, dit Margery, qui apparut derrière elle. J'ai commandé deux nouvelles sangles et un tapis de selle chez Crompton, et je pourrais offrir ça à Fred, pour le remercier. Tu penses que ça lui plaira ?

Elle brandit une écharpe vert foncé. La vendeuse du grand magasin, fascinée par les culottes et le chapeau de cuir massacrés de Margery (elle ne voyait pas l'intérêt de s'habiller élégamment pour se rendre à Lexington, avait-elle expliqué à Alice, cela la contraindrait à se changer à son retour, alors à quoi bon ?), avait eu un instant d'inattention avant de récupérer l'écharpe pour l'emballer dans du papier de soie.

— Nous allons devoir la cacher à Fred sur le trajet retour.

— Bien sûr.

Margery plissa les yeux vers elle.

— Tu ne l'as même pas regardée… Tu peux me dire ce qui t'arrive, Alice ?

— Regarder quoi ?… Oh, Seigneur – Bennett. Il faut que je trouve quelque chose pour lui.

Alice porta brusquement les mains à son visage en prenant conscience qu'elle ne savait plus ce que son mari aimait. Elle tendit la main pour attraper une paire de mouchoirs en coffret sur l'étagère, décorés avec un brin de houx. Est-ce que des mouchoirs étaient un cadeau trop impersonnel pour son époux ? À quel point un cadeau pouvait-il être intime quand vous n'aviez rien vu de plus qu'un pouce de sa peau nue depuis près de deux mois ?

Elle sursauta quand Margery lui prit le bras et l'entraîna dans une allée déserte du rayon homme :

— Alice, est-ce que ça va ? Ces derniers temps, tu as une mine de lait caillé.

— On ne s'en plaint pas, si ? rétorqua la jeune femme en baissant les yeux sur les mouchoirs.

Devait-elle faire broder les initiales de Bennett dessus ? Elle essaya de l'imaginer les déballant le matin de Noël. Elle ne parvenait pas à l'imaginer en train de sourire. Elle ne parvenait plus à l'imaginer en train de lui sourire, quoi qu'elle fît.

— Et puis tu peux parler, reprit Alice, sur la défensive. Tu as à peine prononcé un mot ces deux derniers jours.

Margery parut un peu prise de court, puis secoua la tête.

— J'ai juste… juste eu une petite indisposition sur l'une de mes tournées. Ça m'a un peu remuée.

Alice songea à Kathleen Bligh, à la façon dont le chagrin de la jeune veuve jetait un froid sur sa journée.

— Je comprends. C'est un travail plus dur que ce qu'on pense, parfois, n'est-ce pas ? Il ne s'agit pas seulement de distribuer des livres, en fait. Je suis désolée si j'ai été déprimée. Je vais me ressaisir.

La vérité, c'était que la perspective de Noël donnait à Alice envie de pleurer. L'idée d'être assise à cette table sous tension en compagnie de Mr Van Cleve, en face d'elle, lui lançant des regards noirs, de Bennett, muet et bouillonnant, trouvant toujours quelque chose à lui reprocher, et d'Annie, sans arrêt à l'affût, qui semblait se réjouir de voir l'ambiance se dégrader.

Atterrée à cette pensée, il fallut une minute à Alice pour s'apercevoir que Margery l'examinait avec attention.

— Je ne m'en prends pas à toi, Alice. Je… (Elle haussa les épaules, comme si les mots ne lui étaient pas familiers.) Je te le demande comme une amie. (*Une amie.*) Tu me connais. J'ai toujours apprécié ma solitude. Mais ces derniers mois, je… Eh bien, je me suis mise à apprécier ta compagnie. J'aime ton sens de l'humour. Tu traites les gens avec gentillesse et respect. Alors j'aimerais penser que nous sommes amies. Nous toutes à la bibliothèque, mais surtout toi et moi. Et te voir si triste chaque jour me brise le cœur.

À un autre moment, Alice aurait peut-être souri. C'était un sacré aveu de la part de Margery, après tout. Mais quelque chose en elle s'était refermé au fil des derniers mois, et elle ne semblait plus rien éprouver de la même manière qu'avant.

— Tu veux aller prendre un verre ? finit par proposer Margery.

— Tu ne bois pas.

— Eh bien, je n'en parlerai à personne si tu en fais autant.

Elle lui offrit son bras. Après un instant, Alice le lui prit, et elles sortirent du grand magasin pour se diriger vers le bar le plus proche.

— Bennett et moi…, commença Alice par-dessus la musique et les hurlements de deux hommes dans l'angle, nous n'avons rien en commun. Nous ne nous comprenons pas. Nous ne nous parlons pas. Nous ne rions jamais ensemble, nous ne nous manquons pas, nous ne comptons pas les heures quand nous sommes séparés…

— Eh bien, vu comme ça, c'est un peu l'idée que je me fais du mariage, affirma Margery.

— Et, bien entendu, il y a… l'autre chose.

Alice parut gênée même de prononcer les mots.

— Toujours ? Eh bien, ça, oui, c'est ennuyeux.

Margery se rappela le réconfort procuré par le corps de Sven enroulé autour du sien le matin même. Elle se sentait stupide maintenant, pour la peur qu'elle avait eue, au point de demander à son compagnon de rester, tremblante comme l'un des chevaux farouches de Fred.

McCullough ne s'était pas montré. Apparemment, il était tellement saoul qu'il n'aurait pas retrouvé son nez au milieu de sa figure, avait fait remarquer Sven. Il était fort probable qu'il ne se souvienne même pas de ce qu'il avait fait.

— J'ai lu ce livre. Celui que tu m'as recommandé.

— Ah oui ?

— Mais ça… ça n'a fait qu'empirer les choses, déplora Alice. (Elle jeta les mains en l'air.) Oh, qu'y a-t-il à dire ? Je déteste être mariée. Je déteste vivre dans cette maison – j'ignore lequel d'entre nous est le plus pitoyable. Mais il est tout ce que j'ai. Je ne vais pas avoir de bébé, ce qui aurait peut-être rendu tout le monde plus heureux, parce que… Enfin, tu sais pourquoi. Et je ne suis même pas sûre d'en vouloir un, parce qu'alors je ne pourrais plus faire mes tournées. Ce qui est la seule chose qui m'apporte la moindre joie. Donc, je suis piégée.

Margery fronça les sourcils.

— Tu n'es pas piégée.

— Facile à dire pour toi. Tu as une maison. Tu sais te débrouiller toute seule.

— Tu n'es pas obligée de suivre leurs règles, Alice. Tu n'as pas à suivre les règles de qui que ce soit. Que diable, si tu le voulais, tu pourrais faire tes valises aujourd'hui et rentrer en Angleterre.

— Je ne peux pas.

Alice plongea la main dans son sac pour en sortir la lettre.

— Eh bien, bonjour, jolies dames.

Un homme dans un costume large d'épaules, la moustache gominée à la cire, l'air bonhomme, se planta contre le bar juste entre elles.

— Vous paraissiez si absorbées par votre conversation que j'ai failli ne pas vous déranger. Mais ensuite je me suis dit, mon petit Henry, ces jolies dames donnent l'impression qu'elles n'auraient rien contre un verre. Et je ne me pardonnerais jamais de laisser mourir de soif deux jolies plantes comme vous. Alors qu'est-ce que ce sera, hein ?

Il passa un bras autour des épaules d'Alice, ses yeux papillonnant sur la poitrine de la jeune femme.

— Laissez-moi deviner votre prénom, beauté. C'est l'un de mes talents. L'un de mes *nombreux* et précieux talents. Mary Beth. Vous êtes assez jolie pour être une Mary Beth. Est-ce que j'ai raison ?

Alice bégaya un « non ». Margery riva les yeux sur la faible distance qui séparait les doigts de l'homme du sein d'Alice. Il se comportait avec elle comme si elle lui appartenait.

— Non. Ça ne vous rend pas justice. Laura. Non… Loretta. J'ai connu autrefois une très belle fille qui s'appelait Loretta. Ce doit être ça.

Il se pencha vers Alice, qui tourna la tête, le sourire hésitant comme si elle ne voulait pas le vexer.

— Vous allez me dire que j'ai raison ? J'ai raison, pas vrai ?

— En fait, je…

— Henry, c'est ça ? intervint Margery.

— Oui, c'est ça. Et vous seriez une… Laissez-moi deviner !

— Henry, est-ce que je peux vous dire quelque chose ? demanda-t-elle en souriant gentiment.

— Vous pouvez tout me dire, chérie, répondit-il avec un sourcil arqué et un sourire entendu. Tout ce que vous voulez.

Margery se pencha en avant de telle façon qu'elle lui chuchotait à l'oreille.

— La main que j'ai dans la poche ? Elle est posée sur mon pistolet. Et si tu n'ôtes pas tes pattes de mon amie ici présente, quand j'aurai fini de parler, je vais appuyer sur la gâchette et te faire sauter le caisson.

Elle sourit avec douceur, puis approcha les lèvres encore plus près de son oreille.

— Et… Henry ? Je suis une fine gâchette…

L'homme trébucha sur les pieds du tabouret où elle était assise. Sans un mot, il s'empressa de retourner à l'autre bout du bar, jetant des coups d'œil derrière lui en chemin.

— Oh, et c'est très gentil de votre part, mais ça ira pour les boissons ! lança Margery, plus fort. Merci quand même !

— Waouh ! dit Alice, ajustant son chemisier en le regardant partir. Que lui as-tu dit ?

— Juste que… aussi aimable que soit son offre, je n'estimais pas très galant de poser ses mains sur une dame sans y être invité.

— Voilà qui est bien dit, déclara Alice. Je n'ai jamais eu le sens de la repartie.

— Ouais. Eh bien… (Margery prit une gorgée de son verre.) J'ai de l'entraînement ces temps-ci.

Elles restèrent assises là un moment en laissant les bavardages du bar s'élever et retomber autour d'elles. Margery demanda au serveur un autre bourbon, puis changea d'avis et annula sa commande.

— Continue, dit-elle. Ce que tu racontais.

— Oh. Juste que je ne peux pas rentrer chez moi. C'est ce que disait la lettre. Mes parents ne veulent pas que je retourne chez eux.

— Quoi ? Mais pourquoi ? Tu es leur seule fille.

— Je ne *conviens* pas. J'ai toujours été un peu une gêne pour eux. C'est comme… Je ne sais pas. Les apparences sont plus importantes que tout le reste à leurs yeux. C'est comme… C'est comme si nous parlions des langues différentes. Je pensais sincèrement que Bennett était la seule personne à m'aimer telle que j'étais. (Elle soupira.) Et maintenant, je suis prise au piège.

Elles restèrent silencieuses un moment. Henry quitta le bar et leur lança des regards furieux teintés d'inquiétude tandis qu'il tirait la porte.

— Je vais te dire une chose, Alice, dit Margery, alors que le battant se refermait derrière lui. (Elle prit le bras de son amie et l'agrippa avec une fermeté inhabituelle.) Il y a toujours un moyen de s'en sortir. Ça peut être moche. Ça peut te laisser avec l'impression que la terre s'est dérobée sous tes pieds. Mais tu n'es jamais prise au piège, Alice. Tu m'entends ? Il y a toujours moyen de contourner un obstacle.

— Pas possible !

— Quoi ?

Bennett examinait les plis de son nouveau pantalon. Mr Van Cleve, qui se tenait jusque-là les bras tendus, se faisant couvrir d'épingles pour un nouveau gilet, désigna brusquement la porte, et l'une d'elles le piqua dans l'aisselle, lui tirant un juron.

— Bon sang ! Là-dehors, Bennett !

Bennett leva les yeux et regarda par la vitrine du tailleur. À sa grande stupéfaction, Alice, bras dessous bras dessous avec Margery O'Hare, sortait du *Todd's Bar*, un établissement miteux qui annonçait « Bière Buckeye en vente ici » sur un panneau rouillé devant la porte. Elles avaient leurs visages penchés l'un vers l'autre et riaient à s'en briser les côtes.

— O'Hare, dit Van Cleve en secouant la tête.

— Elle a dit qu'elle voulait faire des courses, Papa, expliqua Bennett avec lassitude.

— Est-ce que ça ressemble à des emplettes de Noël d'après toi ? Elle se fait dépraver par cette misérable femme. Ne t'avais-je pas dit qu'elle était de la même étoffe que son bon à rien de père ? Dieu seul sait à quelles frasques elle encourage Alice. Retirez les épingles, Arthur. Nous allons la ramener à la maison.

— Non, dit Bennett.

Van Cleve pivota la tête.

— Quoi ? Ta femme buvait dans un foutu tripot ! Il faut que tu commences à prendre le contrôle de la situation, mon fils !

— Laisse-la donc.

— Cette fille t'a arraché les couilles ou quoi ? beugla Van Cleve dans le silence de la boutique.

Bennett lança un regard furtif au tailleur. À son expression, il était évident que cet épisode serait fiévreusement évoqué en compagnie de ses collègues par la suite.

— Je lui parlerai. Pour l'instant… rentrons à la maison.

— Cette fille sème le chaos. Crois-tu que ça fasse du bien à la réputation de cette famille qu'elle entraîne ton épouse dans un bar de crapules ? Elle a besoin d'être remise dans le droit chemin, et si tu ne t'en charges pas, Bennett, je le ferai.

Alice était allongée sur le lit de repos dans le dressing, les yeux rivés au plafond, pendant qu'Annie préparait le dîner en bas. Elle avait depuis longtemps renoncé à proposer son aide, puisque tout ce qu'elle avait pu faire – éplucher, couper, frire – n'avait rencontré qu'une désapprobation à peine masquée, et elle était lasse des commentaires sournois de la gouvernante.

Alice ne voyait plus d'inconvénient à ce qu'Annie sache qu'elle dormait dans le dressing. Elle avait sans doute révélé cette information à la moitié de Baileyville, aussi. Ni qu'il soit évident qu'elle avait toujours ses règles. À quoi bon faire semblant ? En dehors de la bibliothèque, il y avait peu de gens qu'elle se souciait d'impressionner, de toute façon. Elle entendit le bruit des hommes qui rentraient, le rugissement exubérant de la Ford de Mr Van Cleve tandis qu'elle faisait halte en grinçant dans l'allée de graviers, le claquement de la moustiquaire qu'il se sentait manifestement incapable de fermer avec discrétion, et elle lâcha un soupir silencieux. Elle ferma les yeux un instant. Puis elle se leva et se rendit dans la salle de bains, prête à se faire belle pour le repas du soir.

Ils étaient déjà assis quand Alice descendit, les deux hommes l'un en face de l'autre à la table du dîner, leurs assiettes et couverts disposés avec soin devant eux. De petites bouffées de vapeur s'échappaient des portes battantes, et à l'intérieur de la cuisine, le cliquetis des couvercles de casserole d'Annie suggérait l'arrivée imminente de la nourriture.

Ils levèrent tous les deux les yeux lorsqu'elle entra dans la pièce, et il lui vint en tête que c'était peut-être parce qu'elle avait fait un petit effort supplémentaire : elle portait la même robe que le jour où Bennett avait demandé sa main, et ses cheveux étaient impeccablement brossés et épinglés en arrière. Mais ils affichaient des expressions hostiles.

— Est-ce que c'est vrai ?

— Je vous demande pardon ?

Son esprit fit vite le tour de tout ce qu'elle avait pu faire de mal ce jour-là. Boire dans les bars. Parler à des inconnus. Discuter de *L'Amour conjugal* avec Margery O'Hare. Écrire à sa mère pour lui demander si elle pourrait rentrer à la maison.

— Où est Miss Christina ?

Elle cligna des yeux.

— Miss qui ?

— Miss Christina !

Elle regarda Bennett puis de nouveau son père.

— Je… Je n'ai pas la moindre idée de ce dont vous parlez.

Mr Van Cleve secoua la tête, comme s'il avait affaire à une attardée.

— Miss Christina. Et Miss Evangeline. Les poupées de ma femme. Annie dit qu'elles ont disparu.

Alice se détendit. Elle tira un siège, puisque personne d'autre n'allait le faire, et prit place à table.

— Oh. Elles. Je… les ai prises.

— Comment ça, vous les avez prises ? Où les avez-vous emportées ?

— Il y a deux adorables petites filles sur mes tournées qui ont récemment perdu leur mère. Il n'était pas prévu qu'elles reçoivent des cadeaux à Noël, et je savais qu'elles seraient heureuses de les avoir.

— Vous avez donné mes poupées ? répéta Van Cleve, les yeux exorbités. À des culs-terreux ?

Alice déploya soigneusement la serviette sur ses genoux. Elle jeta un coup d'œil à Bennett, qui gardait les yeux rivés sur son assiette.

— Seulement deux. Je ne pensais pas que vous y verriez un inconvénient. Elles étaient juste posées là à ne rien faire, et il en reste beaucoup d'autres. Je ne pensais même pas que vous le remarqueriez, pour être honnête. (Elle tenta d'ébaucher un sourire.) Vous êtes deux adultes, après tout.

— Ces poupées étaient à Dolores ! Ma Dolores chérie ! Elle possédait Miss Christina depuis son enfance !

— Je suis désolée. Je ne pensais vraiment pas que ce serait important.

— Qu'est-ce qui t'a pris, Alice ?

Alice laissa son regard se fixer sur un point de la nappe juste à côté de sa cuillère. Sa voix, lorsqu'elle prit la parole, était tendue.

— J'ai simplement voulu me montrer charitable. Comme vous ne cessez de me dire que Mrs Van Cleve l'était. Qu'alliez-vous faire de deux poupées ? Vous ne vous intéressez pas plus aux poupées qu'à la moitié des bibelots de cette maison. Ce sont des choses mortes ! Insignifiantes !

— Des héritages ! Elles étaient destinées aux enfants de Bennett !

Elle ouvrit la bouche avant de pouvoir s'en empêcher.

— Eh bien, Bennett ne veut pas d'enfants, si ?

Elle leva la tête et vit Annie à la porte, se délectant de la tournure des événements.

— Qu'est-ce que vous venez de dire ?

— Bennett n'aura aucun fichu bébé. Parce que nous ne sommes pas… liés de cette manière.

— Si vous n'êtes pas liés de cette manière, jeune fille, c'est à cause de vos concepts dégoûtants.

— Je vous demande pardon ?

Annie commença à poser les assiettes. Ses oreilles étaient devenues assez roses.

Van Cleve se pencha au-dessus de la table, la mâchoire saillante.

— Bennett m'a raconté.

— Papa…

La voix de Bennett contenait un avertissement.

— Oh, oui. Il m'a parlé de votre livre obscène et des choses vicieuses que vous avez essayé de lui faire.

L'assiette que tenait Annie tomba devant Alice avec fracas. La gouvernante se faufila vers la cuisine.

Alice blêmit. Elle se tourna pour regarder Bennett.

— Tu as parlé à ton père de ce qui se passe dans notre lit ?

Bennett se frotta la joue.

— Tu… Je ne savais pas quoi faire, Alice. Tu m'as… un peu choqué.

Mr Van Cleve repoussa violemment son siège de la table et marcha d'un pas furieux jusqu'à l'endroit où Alice était assise. Elle eut un mouvement de recul involontaire tandis qu'il la dominait de sa hauteur avant de lui aboyer dessus en postillonnant.

— Oh, oui, je sais tout sur votre prétendue bibliothèque et ce livre. Vous savez qu'il a été interdit dans ce pays ? C'est dire à quel point il est dégradant !

— Oui, et je sais aussi qu'un juge fédéral a annulé cette interdiction. J'en connais autant que vous, Mr Van Cleve. Je m'en tiens aux faits.

— Vous êtes un serpent ! Vous avez été dépravée par Margery O'Hare et maintenant vous essayez de dépraver mon fils !

— J'essayais d'être une épouse vis-à-vis de lui ! Et être une épouse ne se réduit pas à arranger des poupées et de stupides bibelots en porcelaine !

Annie regarda par l'encadrement de la porte avec le dernier plat, immobile.

— Ne vous avisez pas de critiquer les précieux objets de ma Dolores, espèce de misérable ingrate ! Vous ne lui arrivez pas à la cheville ! Et demain matin, à la première heure, vous allez grimper dans ces montagnes pour récupérer mes poupées.

— Certainement pas. Je ne vais pas retirer ces poupées à deux fillettes privées de leur mère.

Van Cleve agita furieusement sous ses yeux un doigt boudiné.

— Dans ce cas vous ne travaillerez plus pour cette maudite bibliothèque à partir de maintenant, vous m'entendez ?

— Non, répondit-elle sans ciller.

— Comment ça, non ?

— Je vous l'ai déjà dit. Je suis une grande fille. Vous n'avez pas le droit de m'interdire quoi que ce soit.

Après cela, elle se rappela penser vaguement que la figure du vieux Van Cleve était devenue si écarlate qu'elle craignit que son cœur ne lâche. Mais, au lieu de ça, il leva le bras, et avant qu'elle ne se rende compte de ce qui se passait, une douleur incandescente explosa sur le côté de sa tête, et elle s'effondra contre la table, ses genoux ployant sous elle. Tout vira au noir. Ses mains agrippèrent la nappe, les assiettes tombant vers elle tandis que ses doigts se refermaient autour du damas blanc, et le tiraient jusqu'à ce que ses genoux heurtent le sol.

— Papa !

— Je fais ce que tu aurais dû faire depuis longtemps ! Mettre un peu de plomb dans le crâne de cette femme qui est la tienne ! rugit Van Cleve, dont le poing adipeux cogna sur la table de telle sorte que la pièce tout entière trembla.

Et alors, avant qu'elle n'ait pu rassembler ses esprits, ses cheveux furent brutalement tirés en arrière, et un autre coup, cette fois à la tempe, envoya sa tête rebondir sur le bord de la table. Et tandis que la salle à manger tournait, elle fut faiblement consciente de mouvements, de cris, du fracas des assiettes s'écrasant sur le sol. Alice leva un bras, essaya de se protéger, préparée pour la suite. Mais, du coin de l'œil, elle aperçut Bennett devant son père, un échange de voix à peine distinguable par-dessus le sifflement dans ses oreilles.

Elle se remit lourdement debout, la douleur brouillant ses pensées, et chancela. Alors que la pièce tanguait autour d'elle, elle vit vaguement le visage choqué d'Annie à la porte de la cuisine. Un goût métallique inonda le fond de sa gorge.

Elle entendit des cris lointains, les « non... non, Papa ! » de Bennett. Alice s'aperçut qu'elle avait toujours sa serviette en boule dans son poing et baissa les yeux dessus. Elle était éclaboussée de sang. Alice la regarda fixement, clignant des yeux, essayant d'assimiler ce qu'elle voyait. Elle se redressa, attendit un instant que la pièce cesse de tourner et plaça soigneusement la serviette auprès de l'une des assiettes restantes.

Puis, sans s'arrêter pour prendre son manteau, Alice passa en titubant devant les deux hommes pour gagner l'entrée, ouvrit la porte et continua de marcher jusqu'au bout de l'allée enneigée.

Une heure et demie plus tard, Margery entrouvrit la porte, les yeux plissés pour sonder l'obscurité, et trouva non pas McCullough ni l'un des siens sur le seuil de sa maison, mais la frêle silhouette d'Alice Van Cleve, frissonnant dans une robe bleu pâle, ses collants déchirés et ses chaussures encroûtées de neige. Elle claquait des dents, sa tête était ensanglantée d'un côté, et elle avait un œil au beurre noir. Du sang avait ruisselé dans le décolleté de sa robe, et elle avait des éclaboussures jusqu'au niveau des cuisses. Elles se dévisagèrent tandis que Bluey aboyait furieusement à la fenêtre.

La voix d'Alice, lorsqu'elle retentit, était épaisse, comme si elle avait la langue gonflée.

— Tu… as dit que nous étions amies ?

Margery désarma son fusil et l'appuya contre l'encadrement de la porte. Elle ouvrit grand le battant et prit son amie par le coude.

— Entre. Entre donc.

Elle balaya furtivement du regard la montagne plongée dans le noir, puis verrouilla la porte derrière elle.

Chapitre 12

« La femme des montagnes mène une vie rude, pendant que l'homme est le seigneur du foyer. Qu'il travaille, rende des visites, ou erre dans les bois avec chien et fusil ne regarde que lui… Il est parfaitement incapable de comprendre la moindre ingérence dans ses affaires de la part de la société ; s'il transforme son maïs en liqueur, il s'occupe de ce qui lui appartient. »

WPA, *Le Guide du Kentucky.*

Il existait implicitement certaines règles de vie en société à Baileyville, et l'un des principes impérissables consistait à ne se mêler sous aucun prétexte des affaires privées d'un homme et de son épouse. Il y en avait peut-être beaucoup à être conscients des violences conjugales dans leur vallée, d'homme à femme, et, occasionnellement, dans l'autre sens, mais personne n'aurait imaginé intervenir. C'était ainsi que les choses fonctionnaient. Des mots étaient criés, des coups étaient portés, et il arrivait que des excuses soient présentées – ou pas. Les contusions et coupures guérissaient, et la vie reprenait son cours normal.

Heureusement pour Alice, Margery n'avait jamais tenu compte de la façon dont les autres procédaient. Elle nettoya le sang sur le visage d'Alice et appliqua une pâte de consoude sur les bleus. Elle ne demanda rien, et Alice n'ajouta pas un mot. Elle se contenta d'une grimace et d'une crispation des mâchoires aux pires moments. Puis, quand la jeune femme alla enfin au lit, Margery parla discrètement à Sven, et ils convinrent de se relayer pour rester assis au rez-de-chaussée durant les heures précédant l'aube, afin que Van Cleve, si jamais il passait, découvre qu'il y avait des circonstances dans lesquelles un homme ne pouvait pas simplement ramener son épouse – ni sa belle-fille – de force chez eux, quelle que fût l'humiliation publique que cela pourrait manifestement impliquer pour lui.

De manière prévisible, pour un homme qui avait l'habitude d'arriver à ses fins, Van Cleve passa effectivement chez Margery avant l'aube, bien qu'Alice ne le sût jamais, dormant à poings fermés. Le chalet de Margery n'était pas accessible par la route, et il fut obligé de parcourir à pied le dernier demi-mile, de telle sorte qu'il arriva rougeaud et en sueur malgré la neige, brandissant une torche devant lui.

— O'Hare ? gronda-t-il.

Puis, comme il n'y eut aucune réponse, il aboya furieusement :

— *O'HARE*!

— Tu vas lui répondre ?

Sven, qui faisait du café, leva la tête. Le chien hurla à la fenêtre, ce qui lui valut un juron marmonné de l'extérieur. Dans les écuries, Charley donna un coup de sabot dans son seau.

— Je ne vois pas vraiment pourquoi je devrais répondre à un homme qui refuse de m'accorder la courtoisie d'un titre, et toi ?

— Non, effectivement, acquiesça Sven calmement.

Il était resté assis à jouer au solitaire la moitié de la nuit, un œil sur la porte, ressassant de sombres pensées au sujet des hommes qui battaient les femmes.

— *Margery O'Hare !*

— Oh, Seigneur. Il va finir par la réveiller…

Sans un mot, Sven tendit son arme à Margery ; elle marcha jusqu'à la moustiquaire et l'ouvrit, tenant le fusil de sa main gauche tandis qu'elle sortait sur le perron en s'assurant que Van Cleve pouvait le voir.

— Puis-je vous aider, Mr Van Cleve ?

— Allez chercher Alice. Je sais qu'elle est à l'intérieur.

— Et comment pouvez-vous en être sûr ?

— Tout ceci est allé trop loin. Vous la faites sortir et nous n'en parlerons plus.

Margery riva les yeux sur sa botte, méditant ces propos.

— Je ne suis pas de cet avis, Mr Van Cleve. Bonne journée.

Elle se retourna pour rentrer, et Van Cleve haussa la voix.

— Quoi ? Qui êtes-vous pour oser me claquer la porte au nez !

Margery pivota lentement jusqu'à être face à lui.

— Et vous, qui êtes-vous pour tabasser une fille qui vous répond ?

— Alice a dépassé les bornes, hier. J'admets que je me suis emporté, ce sont des choses qui arrivent. Il faut qu'elle rentre à la maison, maintenant, pour que nous puissions régler nos affaires. En famille. (Il se passa une main sur le visage et sa voix se radoucit.) Soyez raisonnable, Miss O'Hare. Alice est mariée. Elle ne peut pas rester ici avec vous.

— Elle peut faire ce qu'elle veut, Mr Van Cleve. C'est une adulte. Pas un chien, ni une… une poupée. (Le regard de Van Cleve se durcit.) Je lui demanderai ce qu'elle veut faire quand elle se réveillera. Mais, pour l'instant, j'ai du pain sur la planche. Alors je vous serais reconnaissante de me laisser laver la vaisselle de mon petit déjeuner. Merci.

Il la dévisagea un instant, baissant la voix.

— Vous vous croyez supérieurement intelligente, n'est-ce pas ? Vous pensez que je ne sais pas ce que vous avez manigancé avec ces lettres, à North Ridge ? Vous croyez que je ne sais rien de vos livres obscènes et de vos filles immorales qui sèment la dépravation parmi les honnêtes femmes ?

Durant quelques secondes, l'air sembla disparaître autour d'eux. Même le chien se tut.

Sa voix, lorsqu'il reprit la parole, était chargée de menace.

— Surveillez vos arrières, Margery O'Hare.

— Et vous, passez une bonne journée, Mr Van Cleve.

Margery se retourna et rentra dans le chalet. Elle avait la voix calme et le pas mesuré, mais elle s'arrêta à côté du rideau et guetta par la fenêtre jusqu'à ce qu'elle soit certaine que Van Cleve avait disparu.

— Où diable sont *Les Quatre Filles du Docteur March* ? Voilà des semaines que je cherche ce livre. La dernière fois que j'ai lu qu'il était sorti, c'était pour la vieille Peg au magasin en bas, mais elle dit l'avoir rendu et il a été émargé dans le registre.

Izzy scrutait les étagères, ses doigts passant sur les tranches des livres tandis qu'elle secouait la tête de contrariété.

— Albert, Alder, Allemagne… Est-ce que quelqu'un l'a volé ?

— Peut-être qu'il a été abîmé et que Sophia le répare.

— Je lui ai posé la question. Elle dit qu'elle ne l'a pas vu. Ça m'embête, parce que j'ai deux familles qui le demandent, et personne ne semble savoir où il est passé Et vous savez combien Sophia devient grincheuse quand les livres disparaissent…

Elle ajusta sa canne sous son bras et se décala sur sa droite en regardant attentivement les titres.

Les voix se turent tandis que Margery entrait par la porte du fond, suivie de près par Alice.

— Tu n'aurais pas gardé *Les Quatre Filles du Docteur March* dans ta sacoche, Margery ? Izzy n'est pas loin d'exploser tellement elle rouspète, et… Oh, là, là ! On dirait que quelqu'un a passé un sale quart d'heure.

— Chute de cheval, dit Margery d'un ton sans appel.

Beth riva les yeux sur le visage boursouflé d'Alice, puis son regard dériva vers Izzy, qui baissa le sien.

S'ensuivit un court silence.

— J'espère que tu, euh… ne t'es pas fait trop mal, Alice, dit Izzy, doucement.

— Est-ce qu'elle porte ton pantalon ? demanda Beth.

— Tu crois que je possède les seules culottes en cuir de l'État du Kentucky, Beth Pinker ? Je ne t'ai jamais connue aussi obsédée par l'apparence de quelqu'un. À croire que tu n'as rien trouvé de mieux à faire…

Margery se dirigea vers le registre sur le bureau et commença à le feuilleter.

Beth prit la réprimande avec gaieté.

— Elles lui vont mieux qu'à toi, de toute façon. Seigneur, le temps est plus froid que les fesses d'un puisatier. Quelqu'un a vu mes gants ?

Marge parcourut les pages.

— Bon, Alice a quelques douleurs, alors Beth, tu prends les deux tournées à Blue Stone Creek. Miss Eleanor séjourne chez sa sœur, elle n'aura donc pas besoin de nouveaux livres cette fois-ci. Et, Izzy, ça ne te dérange pas de te charger des MacArthur ? Est-ce que ça irait ? Tu peux couper par ce champ de vingt hectares pour rejoindre ton itinéraire habituel. Celui qui est près de la grange abandonnée.

Elles acceptèrent sans se plaindre, jetant des coups d'œil interloqués à Alice, qui ne disait rien, la tête basse, les joues en feu. En partant, Izzy pressa doucement l'épaule d'Alice. Celle-ci attendit qu'elles aient chargé leurs sacs et monté leurs chevaux, puis s'assit, avec précaution, dans le fauteuil de Sophia.

— Ça va ?

Alice acquiesça. Elles restèrent à écouter le son des sabots s'évanouir sur le chemin.

— Tu sais ce qu'il y a de pire dans le fait qu'un homme te batte ? dit enfin Margery. Ce n'est pas la douleur. C'est que, à cet instant-là, tu saisis la vérité de ce que c'est d'être une femme. Peu importe ton intelligence, la validité de tes arguments, ou même ta supériorité : ils peuvent toujours te fermer le clapet d'un coup poing.

Alice se rappela le changement d'attitude de Margery lorsque l'homme du bar s'était placé entre elles, combien son regard s'était posé durement à l'endroit où il touchait l'épaule de son amie.

Margery retira le pot à café de son socle et jura en découvrant qu'il était vide. Elle réfléchit quelques secondes, puis se redressa et lança un sourire crispé à Alice.

— Bien sûr, tu sais que ça n'arrive que jusqu'à ce que tu apprennes à riposter plus fort.

Malgré les heures de clarté désormais bien rares, la journée fut longue et étrange. L'atmosphère était tendue, comme si Alice s'attendait à l'arrivée imminente de quelqu'un ou de quelque chose. Les coups ne lui avaient pas fait trop mal la nuit précédente. À présent, elle comprenait que, face au choc, son organisme avait déployé des défenses. Mais maintenant que l'adrénaline s'était dissipée, sa peau gonflait là où elle avait été frappée, et une palpitation sourde tambourinait dans son crâne, à l'endroit où Van Cleve l'avait frappée à coups de poing et de table.

Margery partit une fois qu'Alice lui eut assuré que, oui, elle allait bien, et que, non, elle ne voulait pas que d'autres gens passent à côté de leurs livres, promettant de verrouiller la porte en son absence. En vérité, elle avait besoin d'un moment de solitude, un moment où elle n'aurait pas à se préoccuper des réactions que suscitait son apparence.

Par conséquent, durant quelques heures, il n'y eut qu'Alice dans la bibliothèque, seule avec ses réflexions. Elle avait trop mal au crâne pour lire, et elle n'avait pas le cœur à ça, de toute manière. Ses pensées étaient confuses, enchevêtrées. Elle avait du mal à se concentrer, alors que les questions sur son avenir – où elle vivrait, ce qu'elle ferait, si elle essaierait malgré tout de rentrer en Angleterre – paraissaient si énormes et insolubles que, en fin de compte, il semblait plus facile de se focaliser sur les petites tâches. Ranger des livres. Faire du café. Sortir pour aller aux toilettes, puis rentrer en vitesse et s'enfermer à double tour.

À l'heure du déjeuner, on frappa à la porte, et elle se pétrifia. Mais c'était la voix de Fred qui lança :

— Ce n'est que moi, Alice.

Elle se leva du fauteuil et fit coulisser le verrou, s'effaçant sur le passage de Fred.

— Je vous ai apporté de la soupe, dit-il en plaçant sur le bureau un bol avec un torchon qui recouvrait le bord. Je me suis dit que vous commenciez peut-être à avoir faim.

Ce fut alors qu'il vit son visage. Elle remarqua son expression choquée, réprimée aussitôt, remplacée par une autre plus sombre, plus tourmentée. Il marcha jusqu'à l'autre extrémité de la pièce et resta là un moment, lui tournant le dos. Il donna l'impression de se durcir soudain, comme si son corps était en acier.

— Bennett Van Cleve est un salaud, déclara-t-il, peinant à se contenir.

— Ce n'était pas Bennett.

Il fallut un instant à Fred pour assimiler ce qu'elle venait de dire.

— Eh bien, merde.

Il revint et s'arrêta devant elle. Elle détourna la tête, le rouge aux joues, comme si c'était elle qui portait le poids de la honte.

— S'il vous plaît…, dit-elle, sans être certaine de ce qu'elle voulait de lui.

— Laissez-moi voir.

Il se tint devant elle et examina son visage. Elle ferma les yeux tandis que les doigts de Fred parcouraient délicatement le contour de sa mâchoire. Il était si près qu'elle sentait la chaleur de son corps, la légère odeur de cheval que dégageaient ses vêtements.

— Vous avez consulté un médecin ?

Elle fit signe que non.

— Est-ce que vous pouvez ouvrir la bouche ?

Elle s'exécuta. Puis la referma en grimaçant.

— Je me suis brossé les dents ce matin. Je crois qu'il y en a deux qui sont mal en point. Il m'a semblé les entendre cliqueter.

Fred ne rit pas à sa plaisanterie. Il touchait le visage d'Alice avec une telle délicatesse qu'elle sentait à peine ses doigts, même sur les coupures et les hématomes. Il procédait avec la même douceur que lorsqu'il palpait l'épine dorsale d'un jeune cheval pour en vérifier l'alignement. Il fronça les sourcils en s'attardant sur ses pommettes avant de coincer une mèche de cheveux derrière son oreille.

— Je ne pense pas qu'il y ait de fracture, dit-il dans un murmure. Mais j'ai quand même envie de lui casser la gueule.

C'était toujours la gentillesse qui vous tuait. Alice sentit une larme couler le long de sa joue et espéra qu'il ne l'avait pas vue.

Il se détourna. Elle entendait qu'il se trouvait à présent devant le bureau et faisait tinter une cuillère dessus.

— C'est à la tomate. Je la fais moi-même, avec des herbes et un peu de crème. Je me suis dit que vous n'auriez rien apporté. Et ça ne… hum… nécessite pas de mâcher.

— Je ne connais pas beaucoup d'hommes qui cuisinent, déclara-t-elle dans un petit sanglot.

— Ouais. Bon. Si ce n'était pas le cas, je serais un peu affamé, depuis le temps.

Elle ouvrit les yeux : il était en train de poser la cuillère près de son bol et de mettre soigneusement une serviette à petits carreaux pliée à côté. L'espace d'un instant, il lui revint l'image du couvert de la soirée précédente, mais elle l'étouffa. C'était Fred, pas Van Cleve. Et elle fut surprise de découvrir qu'elle avait faim.

Fred resta assis pendant qu'elle mangeait, les pieds relevés sur une chaise, lisant un livre de poésie, apparemment satisfait de la laisser tranquille.

Elle finit quasiment son bol, grimaçant chaque fois qu'elle ouvrait la bouche, sa langue retournant occasionnellement vers les deux dents qui bougeaient. Elle ne parla pas, car elle ne savait pas quoi dire. Elle se sentait humiliée, comme si, d'une certaine façon, elle avait mérité tout cela, comme si les bleus sur son visage sanctionnaient son échec. Les événements de la veille repassaient en boucle dans son esprit. Aurait-elle dû se taire ? Aurait-elle dû se ranger à l'avis de son beau-père ? Et pourtant, si elle n'avait rien dit, si elle avait admis son point de vue, elle se serait sentie aussi vide et inerte qu'une de ces satanées poupées.

La voix de Fred interrompit ses pensées.

— Quand j'ai découvert que ma femme avait une liaison, je crois qu'un homme sur deux d'ici jusqu'à Hoffman m'a demandé pourquoi je ne lui avais pas mis une bonne raclée avant de la ramener à la maison.

Alice tourna la tête d'un air crispé pour le regarder, mais il avait toujours les yeux rivés sur son livre, comme s'il en lisait le contenu à haute voix.

— Ils m'incitaient à lui donner une leçon. Je n'ai jamais compris à quoi cela aurait servi, même lorsque j'étais en colère et que j'avais le cœur en miettes. Si vous battez un cheval, vous pouvez très bien le dompter. Vous pouvez l'obliger à se soumettre. Mais il n'oubliera jamais et il ne s'attachera jamais à vous. C'est la raison pour laquelle je ne bats jamais mes chevaux. Et encore moins mes semblables. (Alice mit le bol de côté pendant qu'il poursuivait.) Selena n'était pas heureuse avec moi. Je le savais, même si je ne voulais pas voir les choses en face. Elle n'était pas faite pour cet endroit, avec la poussière, les chevaux et le froid. C'était une fille de la ville, et je m'en suis soucié trop tard. J'essayais de monter l'affaire après la mort de mon père. Je pensais qu'elle serait comme ma mère, j'imagine, heureuse de tracer sa propre voie. Trois ans ont passé, et nous n'avions toujours pas d'enfants. J'aurais dû me douter que le premier venu lui ferait tourner la tête en lui faisant miroiter une autre vie. Mais non, je n'ai jamais levé la main sur elle. Pas même quand elle s'est tenue devant moi, valise à la main, à dresser l'interminable liste de mes échecs. Et je pense que la moitié de cette ville me croit impuissant.

Pas moi, avait-elle envie de lui dire, mais curieusement les mots refusaient de jaillir de sa bouche.

Ils restèrent assis un peu plus longtemps, seuls avec leurs pensées. Finalement, il se leva et lui versa du café, le posa devant elle et se dirigea vers la porte avec le bol vide.

— Je travaillerai avec le poulain de Frank Neilsen au paddock à côté cet après-midi. Il manque un peu d'équilibre et préfère le terrain plat. Si vous avez besoin de quoi que ce soit, vous cognez à cette fenêtre. D'accord ?

Elle ne répondit pas.

— Vous pouvez compter sur moi, Alice.

— Merci.

— C'est ma femme. J'ai le droit de lui parler.

— Vous croyez que j'en ai quelque chose à faire que vous…

Fred l'intercepta. Alice, exténuée, somnolait dans le fauteuil. Elle fut réveillée par des éclats de voix.

— Ça va, Fred, lança-t-elle. Laissez-le entrer.

Elle déverrouilla la porte et l'entrouvrit.

— Eh bien, dans ce cas, je viens aussi.

Fred entra derrière Bennett, de telle sorte que les deux hommes se tinrent là un instant, à secouer la neige de leurs bottes et tapoter leurs vêtements.

Bennett tressaillit lorsqu'il la vit. Elle n'avait pas osé regarder l'état de son visage, mais l'expression de son époux lui révéla ce qu'elle avait besoin de savoir. Il prit une inspiration et se passa la paume sur l'arrière du crâne.

— Il faut que tu rentres à la maison, Alice. Il ne recommencera pas, ajouta-t-il.

— Depuis quand as-tu ton mot à dire sur ce que fait ton père, Bennett ?

— Il a promis. Il n'avait pas l'intention de te frapper aussi fort.

— Son intention était juste de la gifler légèrement ? Oh, ça va, alors, intervint Fred.

Bennett lui décocha un regard noir.

— Papa s'est emporté… Enfin, il n'a pas l'habitude qu'une femme soit insolente envers lui.

— Alors qu'est-ce qu'il va faire la prochaine fois qu'Alice ouvrira la bouche ?

Bennett se retourna et alla se dresser devant Fred.

— Hé, Guisler, vous voulez bien rester en dehors de ça ? Parce que, autant que je sache, ce ne sont pas vos affaires.

— Ça le devient quand je vois une femme sans défense se faire réduire en bouillie.

— Et vous croyez être expert pour ce qui est de gérer une femme, hein ? Parce que nous savons tous ce qui est arrivé à la vôtre…

— Ça suffit, dit Alice.

Elle se leva lentement – les mouvements brusques lui vrillaient le crâne – et se tourna vers Fred.

— Pouvez-vous nous laisser un instant, Fred ? S'il vous plaît ?

Il darda son regard sur Bennett, puis de nouveau sur elle.

— Je serai juste devant la porte, marmonna-t-il.

Ils observèrent leurs pieds jusqu'à ce que la porte se ferme. Elle releva les yeux en premier, vers l'homme qu'elle avait épousé à peine plus d'un an auparavant, un homme, s'apercevait-elle à présent, qui avait symbolisé davantage une échappatoire que la rencontre de deux êtres partageant une complicité. Se connaissaient-ils vraiment, après tout ? Ils s'étaient révélés exotiques l'un pour l'autre, chacun issu d'un autre monde, chacun piégé, à sa façon, par les attentes de son entourage. Puis, peu à peu, la différence d'Alice avait fini par le répugner.

— Tu rentres à la maison, alors ? demanda-t-il.

Et pas : « Je suis désolé. Nous pouvons régler cela, en discuter. Je t'aime et j'ai passé toute la nuit à m'inquiéter pour toi. »

— Alice ?

Pas : « Nous irons quelque part tout seuls. Nous prendrons un nouveau départ. Tu m'as manqué, Alice. »

— Non, Bennett, je ne reviendrai pas.

Il lui fallut un instant pour assimiler ce qu'elle avait dit.

— Comment ça ?

— Je ne reviendrai pas.

— Enfin… Où iras-tu ?

— Je ne sais pas encore.

— Tu… tu ne peux pas *partir*. Ça ne marche pas comme ça.

— Ah oui ? Écoute, Bennett… Tu ne m'aimes pas. Et je ne peux pas… être la femme que tu veux que je sois. Nous nous rendons malheureux et il n'y a rien… rien qui laisse penser que ça va changer. Alors, non, je ne vois pas pourquoi je reviendrais.

— Tout ça, c'est l'influence de Margery O'Hare. Papa avait raison. Cette femme…

— Oh, pour l'amour de Dieu. J'ai mon libre arbitre.

— Mais nous sommes *mariés*.

Elle se redressa.

— Je ne retournerai pas dans cette maison. Et ton père et toi pouvez m'y ramener de force cent fois, je prendrai la fuite cent fois s'il le faut.

Bennett se frotta la nuque. Il secoua la tête et se détourna d'elle.

— Tu sais qu'il ne l'acceptera pas.

— *Il* ne l'acceptera pas.

Elle contempla son visage, traversé de plusieurs émotions qui semblaient rivaliser entre elles, et se sentit brièvement submergée par la tristesse de la situation, émue d'admettre que c'était vraiment la fin. Mais elle ressentait autre chose ; elle espérait qu'il le percevrait aussi. Du soulagement.

— Alice ? dit-il.

Et voilà qu'il resurgissait, cet étrange souhait, incoercible tel un bouton de printemps, qu'il la prenne dans ses bras, jure qu'il ne pourrait pas vivre sans elle, que tout cela n'était qu'un affreux malentendu et qu'ils seraient réunis, comme il l'avait promis. La conviction, gravée au plus profond d'elle-même, que toutes les histoires d'amour contenaient, en leur cœur, le potentiel d'une fin heureuse.

Elle secoua la tête.

Et, sans un mot de plus, il s'en alla.

Noël fut une affaire en sourdine. Margery n'avait pas l'habitude de le célébrer, cette fête n'étant associée à aucun bon souvenir pour elle, mais Sven insista et acheta une petite dinde qu'il fourra et fit cuire, et prépara des biscuits à la cannelle d'après la recette suédoise de sa mère. Margery avait de nombreux talents, lui disait-il en secouant la tête, mais s'il comptait sur elle pour cuisiner, il serait aussi épais que ce manche à balai.

Ils invitèrent Fred, ce qui, pour quelque raison, mit Alice mal à l'aise, et chaque fois qu'il la regardait en face de lui à table, il arrivait à le faire précisément à la seconde où elle lui jetait un coup d'œil, de telle manière qu'elle rougissait. Il apporta un Dundee cake, préparé selon la recette de sa mère, et une bouteille de vin rouge français qui patientait dans sa cave depuis de longues années ; ils le burent en le déclarant intéressant, même si Sven et Fred s'accordèrent à dire que rien ne valait une bière fraîche. Ils ne chantèrent aucun cantique, ne jouèrent à aucun jeu, mais il y avait quelque chose de reposant dans la compagnie tranquille de quatre personnes qui éprouvaient une affection mutuelle et étaient simplement heureux de profiter d'un bon repas et d'un jour ou deux de répit.

Cela dit, Alice craignit toute la journée que l'on ne frappe à la porte pour l'inévitable confrontation. Mr Van Cleve était un homme qui avait l'habitude d'avoir gain de cause, après tout. Et, en effet, on frappa – mais pas comme elle s'y était attendue. Alice bondit, regardant par la fenêtre, se disputant l'espace avec un Bluey qui ne tenait plus en place et aboyait avec frénésie, mais ce fut Annie qui apparut sur le perron, l'air fâchée comme jamais, même si, étant donné que c'était un jour férié, Alice ne pouvait pas vraiment lui en vouloir.

—Mr Van Cleve m'a demandé d'apporter ça, dit-elle, les mots s'échappant de ses lèvres avec colère.

Elle lui tendit brutalement une enveloppe.

Alice tint fermement Bluey, qui se tortillait pour être libre d'accueillir ce nouveau visiteur en sautant dans tous les sens. Il était le plus lamentable des chiens de garde, disait Margery affectueusement, sonore et sans rage. L'avorton de la portée. Toujours bêtement heureux de faire savoir à tout le monde combien il était juste content d'être en vie.

Annie garda un œil méfiant sur lui pendant qu'Alice prenait l'enveloppe.

—Et il a dit de vous souhaiter un joyeux Noël.

—Il ne pouvait pas se lever de table pour le dire lui-même, hein ? lança Sven, par la porte.

Annie lui adressa une moue renfrognée, et Margery le réprimanda doucement.

—Annie, vous êtes la bienvenue si vous voulez manger un morceau avant de vous remettre en route, lui proposa-t-elle. Il fait un froid glacial et nous serions heureux de partager notre repas avec vous.

—Merci. Mais il faut que j'y aille.

Elle semblait réticente à se tenir près d'Alice, comme si par simple proximité elle risquait d'être contaminée par ses « pratiques sexuelles déviantes ».

—Eh bien, merci quand même d'avoir fait tout le trajet jusqu'ici, dit Alice.

Annie la regarda avec suspicion, comme si elle plaisantait à ses dépens. Elle se détourna et redescendit la colline en pressant le pas.

Alice ferma la porte et lâcha le chien, qui bondit aussitôt et commença à aboyer à la fenêtre, comme s'il avait complètement oublié qui il venait juste de voir. Alice riva les yeux sur l'enveloppe.

— Alors, qu'est-ce que tu as eu ?

Margery s'assit à table. Alice releva le coup d'œil échangé entre son amie et Fred tandis qu'elle ouvrait la carte, une composition complexe de paillettes et de nœuds.

— Il va tout faire pour la reconquérir, déclara Sven en se calant au fond de sa chaise. C'est une jolie chose pleine de romantisme. Bennett tente de l'impressionner.

Mais la carte ne venait pas de Bennett. Alice lut le contenu.

Alice, nous avons besoin que vous reveniez à la maison. Trop, c'est trop, et mon garçon se languit. Je sais que je vous ai fait du mal et je suis prêt à faire amende honorable. Voici un petit quelque chose pour vous acheter des parures à Lexington, envoyé dans l'espoir qu'il vous donnera envie de rentrer sans tarder. Cette mesure s'est toujours avérée fructueuse avec ma chère défunte Dolores, et je compte sur vous pour la voir d'un œil aussi favorable.

Nous pouvons tous enterrer le passé.

Votre père,
Geoffrey Van Cleve

Elle regarda la carte, dont un billet tout neuf de cinquante dollars glissa et tomba sur la nappe. Elle le contempla sans le prendre.

— C'est ce que je pense ? demanda Sven en se penchant pour l'examiner.

— Il veut que je sorte m'acheter une belle robe. Et ensuite que je rentre à la maison.

Elle posa la carte sur la table.

S'ensuivit un long silence.

— Tu n'y vas pas, dit Margery.

Alice leva la tête.

— Je ne rentrerais pas s'il me payait mille dollars. (Elle déglutit et fourra l'argent dans l'enveloppe.) Par contre, je vais essayer de trouver un autre logement. Je ne tiens pas à rester dans vos pattes.

— Tu plaisantes ? Tu restes ici aussi longtemps que tu veux. Tu ne déranges pas, Alice. Et puis c'est agréable de ne pas devoir se disputer l'attention de Sven avec le chien.

Seule Margery remarqua le soupir de soulagement de Fred.

— Bien ! dit-elle. C'est décidé. Alice reste. Et si je débarrassais ? Ensuite, nous irons chercher les biscuits à la cannelle de Sven. S'ils sont immangeables, nous pourrons nous en servir comme cibles d'entraînement.

27 décembre 1938

Cher Mr Van Cleve,
Vous m'avez clairement fait savoir à plus d'une occasion que vous pensiez que j'étais une prostituée.
Mais, contrairement à une prostituée, on ne peut pas m'acheter.
Par conséquent, je vous renvoie votre argent sous la protection d'Annie.
Pourriez-vous, je vous prie, faire le nécessaire pour que mes affaires soient envoyées au domicile de Margery O'Hare pour l'instant ?

Cordialement,
Alice

Van Cleve fit claquer la lettre sur son bureau. Bennett leva les yeux depuis l'autre côté de la pièce et s'affaissa un peu, comme s'il en avait déjà deviné le contenu.

— Ça suffit, dit Van Cleve, chiffonnant la feuille pour la mettre en boule. Cette O'Hare a dépassé les bornes.

Dix jours plus tard, les tracts circulèrent. Izzy fut la première à en repérer un que le vent balayait sur la route devant l'école. Elle descendit de cheval et le ramassa, le débarrassant de la neige pour mieux le lire.

Braves citoyens de Baileyville,
La bibliothèque itinérante
corrompt vos consciences.
Il est conseillé à tout citoyen de bon sens
de s'en tenir à distance.
LA DROITURE MORALE DE NOTRE VILLE
EST EN JEU.

— « La droiture morale ». Venant d'un homme qui a tabassé une femme, c'est un comble, déclara Margery en secouant la tête.

— Qu'est-ce qu'on va faire ?

— Aller à la réunion, j'imagine. Nous sommes des citoyennes sensées, après tout.

Margery paraissait optimiste. Mais Alice releva la manière dont elle repliait sa main autour du tract et le tendon saillant le long de son cou.

— Et je ne laisserai pas ce vieux…

La porte s'ouvrit violemment. C'était Bryn, les joues roses et la respiration haletante d'avoir couru.

— Miss O'Hare ? Miss O'Hare ? Beth est tombée sur de la glace et s'est méchamment cassé le bras.

Elles se précipitèrent hors de la bibliothèque et le suivirent le long de la route enneigée, où vint à leur rencontre la silhouette massive de Dan Meakins, le maréchal-ferrant local, qui portait une Beth au visage blême contre sa poitrine. Elle s'agrippait le bras, d'énormes cernes noirs sous les yeux, comme si elle n'avait pas dormi depuis une semaine.

—Le cheval s'est couché sur une plaque de glace juste devant la gravière, dit Dan Meakins. Je l'ai examiné et je pense qu'il va bien. Mais on dirait que son bras à elle a tout pris.

Margery s'approcha pour regarder le bras de Beth et son cœur flancha. Il était déjà gonflé et rouge foncé trois pouces au-dessus du poignet.

—Vous faites des histoires, dit Beth entre ses dents serrées.

—Alice, va chercher Fred. Il faut que nous l'amenions chez le médecin à Chalk Ridge.

Une heure plus tard, ils se tenaient tous les trois dans la petite salle de soins du docteur Garnett, qui plaçait soigneusement le bras blessé entre deux attelles, fredonnant doucement tandis qu'il l'attachait. Beth garda les yeux fermés et les mâchoires serrées, résolue à ne pas laisser paraître la douleur, conformément à son statut de fille unique parmi une fratrie nombreuse et masculine.

—Je peux toujours monter à cheval, n'est-ce pas ? demanda-t-elle lorsque le médecin eut terminé.

Elle mit son bras devant elle pendant qu'il passait l'écharpe autour de son cou et la nouait avec précaution.

—Absolument pas. Jeune fille, vous devez le laisser reposer au moins six semaines. On ne fait pas de cheval, on ne soulève rien, on veille à ne pas le cogner.

—Mais il faut que je monte à cheval. De quelle autre façon suis-je censée apporter les livres ?

—J'ignore si vous avez entendu parler de notre petite bibliothèque, docteur…, commença Margery.

—Oh, nous en avons tous entendu parler ! répondit-il avec un sourire en coin. Miss Pinker, la fracture paraît propre et devrait bien guérir, en principe. Mais il faut la protéger de toute autre blessure. En cas d'infection, nous serions contraints d'amputer.

—Amputer?

Alice se sentit submergée – de révulsion ou de peur, elle n'était pas certaine. Beth écarquilla soudain les yeux, son sang-froid maintenant évaporé.

—On va se débrouiller, Beth, déclara Margery d'une voix plus convaincante que ce qu'elle n'éprouvait. Écoute juste le docteur Garnett.

Fred roula aussi vite qu'il le put, mais le temps qu'ils soient de retour, la réunion avait déjà commencé depuis presque une demi-heure. Alice et Margery se faufilèrent au fond de la salle de conseil, la jeune Anglaise inclinant son chapeau plus bas sur le front et détachant ses cheveux autour de son visage pour tenter de cacher son plus gros hématome. Fred suivait juste derrière elle, comme il l'avait fait toute la journée, tel un garde du corps. La porte se ferma doucement derrière eux. Van Cleve était lancé, et son débit tel que personne ne se retourna même pour regarder quand ils entrèrent.

—Comprenez-moi bien. Je suis tout à fait *favorable* aux livres et à l'enseignement. Mon fils Bennett, ici présent, a été major de promotion à l'école, comme certains d'entre vous s'en souviennent. Mais il y a les bons et les mauvais livres : ceux qui répandent des idées malsaines, des contre-vérités et des pensées impures. Des ouvrages qui peuvent, sans surveillance, provoquer des *divisions* au sein d'une société. Et je crains que nous n'ayons été laxistes en laissant de tels écrits circuler parmi notre communauté sans avoir la *vigilance* suffisante pour protéger nos esprits les plus vulnérables.

Margery scruta les crânes rassemblés, relevant qui était là et qui acquiesçait. C'était difficile à dire de là où elle se tenait.

Van Cleve allait et venait devant la première rangée de sièges, secouant la tête, comme si l'information qu'il avait à communiquer l'attristait sincèrement.

— Parfois, chers voisins, braves voisins, je me demande si le seul livre que nous devrions vraiment lire n'est pas la Sainte Bible elle-même. Ne contient-elle pas tous les faits et l'enseignement dont nous avons besoin ?

— Alors que proposez-vous, Geoff?

— Eh bien, n'est-ce pas évident ? Nous devons fermer cette chose.

Des visages se tournèrent les uns vers les autres dans l'assemblée, certains choqués et inquiets, d'autres dodelinant d'approbation.

— Je reconnais qu'il y a eu du bon travail d'accompli dans le fait de partager des recettes, d'apprendre aux gamins à lire, etc. Et je vous en remercie, Mrs Brady. Mais il suffit. Nous devons reprendre le contrôle de notre ville. Et, pour commencer, nous devons mettre fin à cette prétendue bibliothèque. Je soumettrai ceci à notre gouverneur dès que j'en aurai l'occasion, et j'espère pouvoir compter sur le soutien de la plupart d'entre vous.

La foule se déversa une demi-heure plus tard, inhabituellement silencieuse et difficile à déchiffrer, échangeant des murmures et lançant quelques coups d'œil curieux vers les femmes qui se tenaient ensemble dans le fond. Van Cleve sortit en pleine conversation avec le pasteur McIntosh, et aucun des deux ne les aperçut. Peut-être avaient-ils simplement décidé de ne pas prendre acte de leur présence.

Mais Mrs Brady les vit. Toujours coiffée de l'imposant chapeau de fourrure qu'elle portait à l'extérieur, elle scruta l'arrière de l'assemblée jusqu'à ce qu'elle repère Margery et lui fasse signe de la rejoindre devant la petite estrade.

— Est-ce vrai ? À propos de ce livre, *L'Amour conjugal*?

Margery soutint son regard.

— Oui.

Mrs Brady poussa un petit cri étouffé.

— Est-ce que vous vous rendez compte de ce que vous avez fait, Margery O'Hare ?

— Ce ne sont que des faits, Mrs Brady. Des faits, pour aider les femmes à prendre le contrôle de leur propre corps, de leur propre vie. Rien d'immoral à cela. Bon Dieu, même notre cour fédérale a approuvé ce livre.

— Les cours fédérales, dit Mrs Brady avec un reniflement. Vous savez aussi bien que moi que, à Baileyville, nous sommes bien loin des cours fédérales. Nul ne se soucie de leurs décisions, ici. Vous savez que notre petit coin du monde est extrêmement conservateur, surtout quand il est question des choses de la chair.

Elle croisa les bras sur sa poitrine, et ses paroles jaillirent soudain dans une explosion.

— Bon sang, Margery. Je comptais sur vous pour ne pas faire de scandale ! Vous savez combien ce projet est sensible. Maintenant, toute la ville bruit de rumeurs sur le genre d'ouvrages que vous distribuez. Et ce vieil imbécile s'agite jusqu'à la crise cardiaque pour s'assurer d'arriver à ses fins et nous faire plier boutique.

— Tout ce que j'ai fait, c'est me montrer honnête avec les gens.

— Eh bien, une femme plus avisée que vous aurait compris que, parfois, il convient de jouer le jeu d'un politicien pour obtenir ce que vous désirez. Par votre initiative, vous lui avez fourni exactement les munitions qu'il espérait.

Margery s'agita avec embarras.

— Ah, allons, Mrs Brady. Personne ne prête la moindre attention à Mr Van Cleve.

— Vous croyez ? Eh bien, le père d'Izzy, déjà, a tapé du poing sur la table.

— Quoi ?

— Mr Brady a insisté pour qu'Izzy se retire du programme.

Margery en resta bouche bée.

— Vous plaisantez ?

— Certainement pas. Cette bibliothèque repose sur la bonne volonté des gens de la région. Elle repose sur la notion de bien public. Vous avez créé une controverse, Margery, et Mr Brady refuse que sa fille y soit mêlée. (Elle leva soudain une main à sa joue.) Oh, mon Dieu. Mrs Nofcier ne sera pas contente en apprenant cela. Pas contente du tout.

— Mais… mais Beth Pinker vient de se casser le bras. Nous avons déjà une bibliothécaire en moins. Si nous perdons Izzy aussi, la bibliothèque ne pourra pas continuer.

— Eh bien, peut-être auriez-vous dû y songer avant de commencer à tout mélanger avec votre… littérature radicale.

Ce fut alors qu'elle remarqua le visage d'Alice. Elle cligna des yeux, fronça les sourcils, puis secoua la tête comme si ses blessures constituaient également la preuve que quelque chose allait vraiment de travers à la bibliothèque. Après quoi elle se retira prestement. Izzy jeta un coup d'œil désespéré dans leur direction, tandis qu'elle se faisait traîner vers la porte.

— Eh bien, voilà qui a tout démoli.

Margery et Alice se tenaient sur le perron à présent vide de la salle de conseil, alors que les derniers véhicules et couples murmurants disparaissaient. Pour la première fois, Margery semblait perdue. Elle avait encore un tract chiffonné dans son poing et le jeta sur la marche, avant de l'écraser du talon dans la neige.

— Je monterai demain, annonça Alice.

Sa voix sortait encore étouffée de sa bouche gonflée, comme si elle parlait à travers un oreiller.

— Tu ne peux pas. Tu ferais peur aux chevaux, sans parler des familles. (Margery se frotta les yeux et prit une profonde inspiration.) Je me chargerai de tous les itinéraires supplémentaires possibles. Mais Dieu sait que la neige a déjà tout retardé.

— Il veut nous détruire, n'est-ce pas ? dit faiblement Alice.

— Oui, en effet.

— C'est moi. Je lui ai dit où il pouvait se mettre ses cinquante dollars. Il est tellement furieux qu'il fera tout pour me punir.

— Alice, si tu ne lui avais pas dit où se les mettre, c'est moi qui l'aurais fait, et en lettres capitales. Van Cleve est le genre d'homme qui ne supporte pas de voir une femme trouver sa place dans le monde. Tu ne peux pas t'en vouloir pour un type comme ça.

Alice enfonça les mains dans ses poches.

— Peut-être que le bras de Beth guérira plus vite que ce qu'a dit le médecin.

Margery lui adressa un regard en coin.

— Tu trouveras une solution, ajouta Alice, comme pour se rassurer. Tu trouves toujours.

Margery soupira.

— Allez, rentrons.

Alice descendit deux marches et resserra la veste de son amie autour d'elle. Elle se demanda si Fred l'aiderait à récupérer ses dernières affaires. Elle avait peur d'y aller toute seule.

Puis une voix résonna dans le silence.

— Miss O'Hare ?

Kathleen Bligh apparut à l'angle de la salle de réunion, tenant d'une main une lampe à huile devant elle, et de l'autre les rênes d'un cheval.

— Mrs Van Cleve.

— Hé, Kathleen. Comment allez-vous ?

— J'étais à l'assemblée, dit-elle, le visage tiré dans la lumière crue. J'ai entendu ce que votre homme là-bas disait sur vous toutes.

— Oui. Bon. Tout le monde a une opinion dans cette ville. N'allez pas croire tout ce que vous…

— Je ferai les tournées pour vous.

Margery inclina la tête, comme si elle n'était pas certaine de bien entendre.

— Je ferai les tournées. J'ai entendu ce que vous disiez à Mrs Brady. La mère de Garrett s'occupera des bébés pour moi. Je ferai la route avec vous. Jusqu'à ce que le bras de votre collègue soit réparé.

Margery et Alice restant silencieuses, elle poursuivit :

— Je connais comme ma poche toutes les vallées des environs. Je sais monter à cheval aussi bien que n'importe qui. Votre bibliothèque m'a aidée à tenir, et je refuse de voir ce vieux crétin la fermer. (Les deux femmes échangèrent un regard.) Alors, à quelle heure est-ce que je passe demain ?

C'était la première fois qu'Alice voyait Margery littéralement à court de mots. Elle bafouilla légèrement avant de reprendre la parole.

— Un peu avant 5 heures, ce serait bien. Nous avons beaucoup de terrain à couvrir. Bien sûr, si c'est trop compliqué à cause de vos béb…

— Cinq heures, donc. J'ai mon propre cheval, dit-elle en relevant le menton. Le cheval de Garrett.

— Alors je vous remercie.

Kathleen les salua toutes les deux, puis enfourcha le grand cheval noir et disparut dans l'obscurité.

En y repensant plus tard, Alice se souviendrait de janvier comme du mois le plus sombre. Ce n'était pas seulement que les jours étaient courts et glacials, et que la majorité de leurs trajets s'effectuait désormais dans l'obscurité totale, les cols remontés autour de leurs cous et leurs corps emmaillotés dans d'innombrables couches de vêtements. Les familles auxquelles elles rendaient visite étaient elles-mêmes souvent bleues de froid, les enfants et les personnes âgées bordés ensemble au lit, certains toussant ou l'œil chassieux, blottis autour de feux timides. Chacun d'eux avait cruellement besoin de la distraction et de l'espoir qu'un bon livre pourrait procurer. Mais il était de plus en plus dur de leur livrer des ouvrages : les routes étaient souvent infranchissables, les chevaux chancelant dans une neige épaisse ou glissant sur la glace dans des sentiers escarpés à un point tel qu'Alice descendait de selle pour marcher, hantée par l'image du bras gonflé et rouge de Beth.

Kathleen tint parole. Elle apparaissait à 5 heures quatre jours par semaine, sur le cheval noir de son défunt mari, récupérait deux sacoches de livres et partait sans un mot dans les montagnes. Elle avait rarement besoin de vérifier les itinéraires, et les familles qu'elle fournissait l'accueillaient à bras ouverts. Alice constata que, malgré les vicissitudes du métier et les longues heures loin de ses enfants, Kathleen était heureuse de pouvoir quitter sa maison. En l'espace de quelques semaines, son expression changea. Elle avait l'air plus épanouie, et même les familles influencées par la critique véhémente de la bibliothèque par Mr Van Cleve furent persuadées de ne pas y renoncer. Kathleen soutenait en effet que cette bibliothèque était une « bonne chose », et que Garrett et elle-même avaient d'« honnêtes raisons de le croire ».

Malgré tout, les bibliothécaires connurent des heures sombres. Près d'un quart des familles des montagnes avaient renoncé à leurs visites, un bon nombre en ville également, et les rumeurs allaient bon train, de telle sorte que ceux qui les avaient jusqu'alors chaleureusement accueillies les considéraient désormais d'un œil méfiant.

« Mr Leland prétend que l'une de vos bibliothécaires est enceinte hors mariage après être devenue folle de désir à cause d'un roman d'amour. »

« J'ai entendu que les sœurs à Split Willow refusent toutes les cinq d'aider leurs parents à la maison après avoir eu la tête tournée par des textes politiques glissés dans leurs livres de cuisine. L'une d'elles a des poils qui lui ont poussé sur le dos des mains. »

« C'est vrai que votre Anglaise est communiste ? »

Elles étaient même occasionnellement la cible d'insultes et d'agressions. Elles avaient commencé à éviter de passer devant les tripots de la grand-rue, car les hommes leur aboyaient des obscénités depuis le pas de la porte ou les suivaient en mimant ce qui, selon eux, se trouvait dans les livres qu'elles distribuaient. Izzy manquait aux bibliothécaires, avec ses chansons, ses élans d'enthousiasme, sa joie et sa maladresse. De plus, sans le soutien de Mrs Brady, les bibliothécaires avaient l'impression d'avoir perdu leur colonne vertébrale. Beth passa à quelques reprises, mais elle était d'une humeur si grincheuse qu'elle jugea préférable de ne plus venir du tout – et ses amies finirent par se rallier à cet avis. Sophia combla les heures qu'elle ne devait plus consacrer au classement de livres en confectionnant d'autres spicilèges.

— Les choses peuvent encore changer, disait-elle fermement aux deux plus jeunes femmes. Ayez la foi.

Alice prit son courage à deux mains et se rendit à la maison Van Cleve, flanquée de Margery et Fred. Elle s'en voulut d'éprouver du soulagement quand elle se rendit compte que Van Cleve était absent. Annie lui tendit sans un mot deux valises soigneusement préparées et referma la porte dans un claquement énergique. Mais, une fois de retour au chalet de Margery, même si celle-ci lui assurait qu'elle pouvait y rester aussi longtemps qu'elle le souhaitait, Alice ne put s'empêcher de se sentir de trop, une réfugiée dans un monde dont elle ne comprenait encore pas entièrement les règles.

Sven Gustavsson était un homme plein de sollicitude, gentil, qui ne lui donnait jamais la sensation de ne pas être la bienvenue et prenait le temps, lors de chacune de ses visites, de la questionner sur elle, sa famille en Angleterre, ce qu'elle avait fait de sa journée, comme si elle était une invitée privilégiée qu'il était toujours enchanté de trouver là, et pas juste une désespérée qui venait les encombrer.

Il lui révélait l'envers du décor des mines de Van Cleve; la brutalité, les bandits recrutés pour venir à bout des syndicats, les corps brisés et les déplorables conditions de travail. Il racontait tout ça comme si cela allait de soi, et Alice se sentit honteuse d'avoir vécu dans cette vaste demeure qui ne devait son confort qu'aux bénéfices des mines Hoffman.

Alice se retirait et lisait l'un des cent vingt-deux livres de Margery, ou restait allongée sans dormir sur la paillasse de la pièce principale durant les heures obscures, ses pensées régulièrement interrompues par les bruits qui s'élevaient de la chambre de Margery. Leur nature désinhibée et leur surprenante allégresse provoquèrent d'abord en elle un profond malaise. Mais, au bout d'une semaine, son embarras laissa place à une curiosité empreinte de tristesse : Margery et Sven avaient une expérience de l'amour radicalement différente de la sienne. Alice observait la façon dont Sven se comportait en compagnie de Margery, la façon dont il admirait le moindre de ses gestes, la façon dont sa main se tendait vers elle dès qu'elle se trouvait à proximité, comme si le contact de la peau de Margery lui était aussi nécessaire que l'air qu'il respirait.

Elle s'émerveillait de la manière dont il discutait du travail de Margery avec elle, comme s'il s'agissait d'une chose dont il tirait de la fierté, émettant des suggestions ou des encouragements. Il l'attirait contre lui et l'étreignait sans gêne ni malaise, lui murmurant des mots doux à l'oreille et partageant des sourires complices. Dans ces moments-là, Alice sentait se creuser en elle une sorte de cavité, qui se transformait bientôt en un trou béant menaçant de l'avaler tout entière.

Concentre-toi sur la bibliothèque, se disait-elle en remontant le couvre-lit jusqu'à son menton et en se bouchant les oreilles. *Tant que tu as ça, tu n'as pas tout perdu.*

Chapitre 13

« Il n'y a pas de religion sans amour, et les gens pourront parler autant qu'ils le voudront de leur religion, s'ils n'apprennent pas à être aussi bons avec les animaux qu'avec les humains, c'est une imposture. »

Anna Sewell, *Prince noir.*

Ils finirent par envoyer le pasteur McIntosh, comme si la parole de Dieu pouvait exercer une emprise là où celle de Van Cleve échouait. Il frappa à la porte de la bibliothèque itinérante un mardi soir, et trouva les femmes en cercle, en train de nettoyer leurs selles, un seau d'eau chaude entre elles, bavardant tandis que le poêle à bois ronronnait dans le coin. Il ôta son chapeau et le rabattit sur sa poitrine.

— Mesdames, je suis désolé d'interrompre votre travail, mais je souhaiterais m'entretenir avec Mrs Van Cleve ici présente.

— Si c'est Mr Van Cleve qui vous envoie, révérend, je vais vous faire économiser votre salive en vous répétant exactement ce que je lui ai dit, ainsi qu'à son fils, sa gouvernante, et tous ceux qui veulent le savoir : je ne retournerai pas là-bas.

— Seigneur, mais cet homme est acharné, marmonna Beth.

— Eh bien, c'est une émotion compréhensible, compte tenu des passions qui se sont déchaînées ces dernières semaines.

Mais vous êtes mariée, maintenant, ma chère. Vous êtes soumise à une plus haute autorité.

— Celle de Mr Van Cleve ?

— Non. Celle de Dieu. « Ce que Dieu a uni, que l'homme ne le sépare pas. »

— Ça tombe bien qu'elle soit une femme, alors, grommela Beth avant de ricaner.

Le sourire du pasteur McIntosh vacilla. Il s'assit lourdement sur le siège à côté de la porte et se pencha en avant.

— Vous avez été mariée devant Dieu, Alice, et il est de votre devoir de regagner votre domicile. Que vous partiez simplement comme ça, c'est… Enfin, c'est très grave. Vous devez penser aux conséquences de votre comportement. Bennett est malheureux. Son père est malheureux.

— Et mon bonheur ? J'imagine que personne ne s'en soucie.

— Ma chère fille, c'est dans la vie domestique que vous atteindrez le véritable contentement. La place d'une femme est au foyer. « Femmes, soyez soumises à vos maris, comme au Seigneur. Car le mari est le chef de la femme, tout comme le Christ est le chef de l'Église, lui le Sauveur de son corps. » Éphésiens, chapitre cinq, verset vingt-deux.

Margery frottait vigoureusement le savon sur la selle sans relever les yeux.

— Révérend, vous êtes conscient de parler dans une pièce remplie de femmes heureuses en célibat, n'est-ce pas ?

Il poursuivit comme s'il n'avait pas entendu.

— Alice, je vous incite vivement à laisser la Sainte Bible vous guider, à entendre la parole de Dieu. « Je veux donc que les jeunes femmes se marient, qu'elles aient des enfants, qu'elles dirigent leur maison, qu'elles ne donnent à l'adversaire aucune occasion de dire du mal de nous. » Cette citation est tirée de la première épître à Timothée, chapitre cinq, verset quatorze. Comprenez-vous ce qu'il vous dit là, ma chère ?

— Oh, je comprends fort bien ! Merci, révérend.

— Alice, tu n'es pas obligée de rester là à...

— Ça va, Margery, dit Alice en levant une main. Le pasteur et moi avons toujours eu d'intéressantes conversations. Et je crois comprendre où vous voulez en venir, révérend.

Les autres femmes échangèrent des regards en silence. Beth hocha légèrement la tête.

Alice frotta une tache de terre tenace avec un chiffon. Elle inclina la tête d'un air songeur.

— Je vous serais très reconnaissante si vous pouviez m'apporter vos lumières.

— Bien sûr, mon enfant. Qu'est-ce que vous voulez savoir ?

Alice comprima les lèvres un instant, comme si elle choisissait ses termes avec précaution. Puis, sans relever les yeux, elle prit la parole.

— Que pense Dieu de ceux qui écrasent le crâne de leur bru sur une table pour avoir eu l'audace d'offrir deux vieilles poupées à des fillettes privées de leur mère ? Existe-t-il un verset évoquant ce cas de figure ? Parce que je donnerais cher pour l'entendre.

— Je suis désolé... Qu'avez-vous...

— Il existe peut-être aussi un verset pour le cas où une femme a la vue encore brouillée d'un œil parce que son beau-père lui a claqué si fort la figure qu'elle a vu des étoiles ? Et pouvez-vous me dire à quel verset biblique cela correspond, révérend, quand un homme vous donne de l'argent pour que vous vous comportiez selon ses désirs ? Pensez-vous que vos Éphésiens aient un avis là-dessus ? Cinquante dollars, c'est une sacrée somme, après tout. Assez importante pour mettre la morale de côté.

Beth écarquilla les yeux. Margery baissa brusquement la tête.

— Alice, ma chère, ceci, hum… Tout ceci est une histoire priv…

— Est-ce un comportement pieux, révérend ? Partout en ville, on dresse la liste de mes torts. Je pense pourtant avoir été la plus pieuse de la maison Van Cleve. Il se peut que je ne passe pas assez de temps à l'église, je vous l'accorde, mais je viens en aide aux pauvres, malades et nécessiteux. Je n'ai jamais regardé un autre homme, ni donné à mon époux des raisons de douter de moi. Je distribue ce que je peux. (Elle se pencha en avant par-dessus la selle.) Je vais vous dire ce que je ne fais pas. Je ne fais pas venir des étrangers armés jusqu'aux dents pour menacer mes propres employés. Je ne fais pas payer ces mêmes employés quatre fois le prix de leurs courses, et je ne les renvoie pas s'ils essaient de se procurer de la nourriture ailleurs qu'au magasin de ma compagnie, jusqu'à ce qu'ils accumulent tellement de dettes qu'ils seront morts avant d'avoir pu les rembourser. Je n'expulse pas les malades des logements de la compagnie quand ils sont incapables de travailler. Je ne tabasse pas de femmes jusqu'à ce qu'elles n'y voient plus clair. Je n'envoie pas une domestique régler le litige avec de l'argent. Alors dites-moi, pasteur, qui est l'impie dans tout ça ? Qui a besoin d'un sermon sur la façon de se comporter ? Parce que là, vraiment, c'est à n'y rien comprendre.

La petite bibliothèque était plongée dans un profond silence. Le pasteur considéra les visages de chaque femme : Beth et Sophia penchées innocemment sur leur travail, le regard de Margery papillonnant entre elles deux, et Alice, le menton relevé, le regard inquisiteur.

Le pasteur se recoiffa de son chapeau.

— Je… Je vois que vous êtes occupée, Mrs Van Cleve. Je reviendrai peut-être une autre fois.

— Oh, faites donc, pasteur, lança-t-elle, tandis qu'il ouvrait la porte pour disparaître en hâte dans l'obscurité. J'aime tant nos causeries sur la Bible !

Avec cette ultime tentative par l'intermédiaire du pasteur McIntosh – un homme que l'on ne pouvait pas exactement décrire comme la discrétion incarnée –, la nouvelle avait finalement circulé dans tout le comté qu'Alice Van Cleve avait quitté son mari pour de bon et ne reviendrait pas. Cela n'avait pas arrangé l'humeur de Geoffrey Van Cleve – déjà assombrie par ces agitateurs à la mine. La rumeur disait que, enhardis par les lettres anonymes, ces mêmes fauteurs de troubles qui avaient essayé de ressusciter les syndicats recommençaient. Cette fois, cependant, ils étaient plus malins. Cette fois, cela s'était fait en toute discrétion, lors d'échanges informels au *Marvin's Bar* ou au tripot *Red Horse*. Le temps que les hommes de Van Cleve débarquent, tout ce qu'il y avait à voir se réduisait à quelques hommes de chez Hoffman qui descendaient une pinte fraîche bien méritée après une longue semaine de travail, et une vague sensation de trouble dans l'air.

— Le bruit court, dit le gouverneur, alors qu'ils étaient assis au bar de l'hôtel, que vous perdez le contrôle.

— Le contrôle ?

— Vous faites une fixation sur cette fichue bibliothèque au lieu de vous concentrer sur ce qui se passe dans votre mine.

— Où avez-vous entendu de telles absurdités ? Je dirige toujours les mines d'une main de fer, gouverneur. Enfin, n'avons-nous pas arrêté toute une bande d'agitateurs syndicalistes il y a à peine deux mois ? J'ai demandé à Jack Morrissey et ses gars de m'en débarrasser. Oh, oui. (Le gouverneur plongea le regard dans son verre.) J'ai des yeux et des oreilles partout dans ce comté. Rien de ce que fomentent les agitateurs ne m'échappe. Nous avons envoyé un avertissement, dirons-nous. Et j'ai des amis au bureau du shérif qui sont très compréhensifs sur ce genre d'affaires.

Le gouverneur haussa un sourcil, visiblement perplexe.

— Quoi ? demanda Van Cleve après une pause.

— On dit que vous n'êtes pas capable de garder le contrôle de votre propre maison. (Le cou de Van Cleve rentra brusquement au fond de son col.) Je me suis laissé dire que l'épouse de votre Bennett s'était réfugiée dans un chalet dans les bois et que vous n'aviez pas été capable de la ramener chez vous…

— Il se peut que nos jeunes gens aient quelques ennuis en ce moment. Elle… elle a demandé à séjourner chez son amie. Bennett la laisse faire, le temps que les choses se calment. (Il se passa une main sur le visage.) Ça l'a rendue très sensible, vous savez, de ne pas être capable de lui donner d'enfant…

— Eh bien, je suis navré de l'apprendre, Geoff. Mais je dois vous dire que ce n'est pas cette version de l'histoire qui circule.

— Ah bon ?

— On raconte que la fille O'Hare vous dame le pion.

— La fille de Frank O'Hare ? Pfff. Cette minable petite bonne à rien. Elle… elle est toujours dans le sillage d'Alice. Elle a une espèce de fascination pour elle. N'écoutez donc pas les rumeurs qui courent sur cette fille. Ha ! La dernière fois que j'en ai entendu parler, sa supposée bibliothèque était en fin de vie, de toute façon. Non pas que je m'en soucie beaucoup. Oh, non.

Le gouverneur hocha la tête. Mais il ne rit pas plus qu'il n'approuva. Il ne donna pas à Van Cleve une tape amicale dans le dos avant de lui proposer un whisky. Il se contenta de hocher la tête, termina son verre, descendit de son tabouret de bar et partit sans dire un mot.

Et quand Van Cleve se leva enfin pour quitter les lieux à son tour, après plusieurs bourbons et un très long moment à broyer du noir, son visage était du même violet foncé que la tapisserie.

— Tout va bien, Mr Van Cleve ? s'enquit le serveur au bar.

— Mêlez-vous de ce qui vous regarde. Maudits soient ceux qui colportent des ragots dans tout le comté.

Il envoya glisser le verre vide sur le comptoir. Le serveur aux réflexes affûtés lui évita de justesse un vol plané.

Bennett releva les yeux quand son père fit irruption, claquant la porte d'entrée derrière lui. Il était en train d'écouter la radio en lisant un magazine de base-ball.

Van Cleve le lui arracha brusquement des mains.

— J'en ai assez de tout ceci. Va chercher ton manteau.

— Quoi ?

— Nous ramenons Alice à la maison. Nous irons la chercher et la chargerons dans le coffre si nécessaire.

— Papa, je te l'ai répété cent fois. Elle affirme qu'elle repartira à la première occasion.

— Et tu vas accepter ça de la part d'une gamine ? De ta propre femme ? Tu vas la laisser jeter l'opprobre sur notre famille ?

Bennett rouvrit son magazine en marmonnant dans son col.

— Ce ne sont que des rumeurs. Ça se dissipera très vite.

— Ce qui veut dire ?

Bennett haussa les épaules.

— Eh bien, nous devrions peut-être la laisser tranquille.

Van Cleve regarda son fils en plissant les yeux, comme s'il avait pu être remplacé par quelque extraterrestre qu'il reconnaissait à peine.

— Est-ce que tu veux qu'elle revienne, au moins ? (Bennett haussa les épaules avec indifférence.) Mais qu'est-ce que ça veut dire, bon Dieu ?

— Je ne sais pas.

— Ho-ho... Est-ce parce que la petite Peggy Foreman te tourne encore autour ? Oh, oui, je sais tout cela. Je te vois, mon fils. J'entends des choses. Tu crois que ta mère et moi n'avions pas nos problèmes ? Tu crois qu'il n'y avait pas des moments où nous n'avions aucune envie de la compagnie de l'autre ? Mais c'était une femme qui avait le sens des responsabilités. Tu es *marié*. Tu comprends, mon fils ? Marié devant Dieu, aux yeux de la loi et selon les lois de la nature. Si tu veux t'amuser avec Peggy, tu le fais en toute discrétion, à l'abri des regards. Tu m'entends ?

Van Cleve ajusta sa veste, inspectant son reflet dans le miroir au-dessus du manteau de la cheminée.

— Tu dois être un homme, maintenant. J'en ai assez d'attendre pendant qu'une petite pimbêche anglaise ruine la réputation de ma famille. Nous avons une réputation à défendre, par ici. Va chercher ta maudite veste.

— Qu'est-ce que tu vas faire ?

— Nous allons la chercher.

Van Cleve leva les yeux vers la silhouette plus imposante de son fils, qui se tenait à présent sur son chemin.

— Est-ce que tu me barres le passage, mon garçon ? Toi, mon propre fils ?

— Je ne participerai pas à ça, Papa. Il y a certaines choses auxquelles il vaut mieux renoncer.

La bouche de Van Cleve tremblait de rage. Il bouscula Bennett pour passer devant lui.

— Nous sommes sur une pente glissante. Tu es peut-être trop lopette pour envoyer un message à cette fille. Mais si tu crois que je suis du genre à rester assis sans rien faire, c'est que vraiment tu ne connais pas du tout ton vieux père.

Margery rentra chez elle perdue dans ses réflexions, nostalgique de l'époque où sa seule préoccupation était de savoir si elle avait assez à manger pour les trois jours suivants. Comme elle le faisait souvent lorsque ses pensées s'assombrissaient, elle se mit à murmurer pour elle-même.

— Ce n'est pas si dramatique. Nous sommes encore là, pas vrai, mon Charley ? Les livres arrivent toujours là-haut.

Les grandes oreilles de la mule allaient furtivement d'avant en arrière, ce qui la persuadait qu'il comprenait la moitié de la conversation. Sven se moquait de la façon dont elle parlait à ses animaux. Elle rétorquait chaque fois qu'ils avaient plus de bon sens qu'une bonne partie des hommes de la région. Et ensuite, bien entendu, elle le surprenait en train de souffler des mots doux au chien comme à un bébé quand il pensait qu'elle ne regardait pas – « Et alors qui est un bon chien, hein ? C'est qui, le meilleur des chiens ? » Un cœur tendre, malgré son franc-parler. Gentil avec ça. Peu d'hommes auraient aussi chaleureusement accepté une autre femme à la maison. Margery songea à la tarte aux pommes qu'Alice avait concoctée la veille au soir, dont il restait la moitié. Le chalet semblait toujours bondé de gens, ces temps-ci, s'affairant ici et là, préparant à manger, aidant aux corvées. Un an plus tôt, elle aurait refréné ce qui lui aurait paru une invasion. À présent, regagner une maison vide lui paraissait étrange, et en tout cas ne lui procurait pas le soulagement qu'elle aurait pu imaginer.

Un peu délirantes de fatigue, les pensées de Margery vagabondèrent et se fragmentèrent à mesure que la mule montait d'un pas lourd le chemin sombre. Elle songea à Kathleen Bligh, retournant vers un foyer où retentissait sa perte. Grâce à elle, ces deux dernières semaines, malgré le temps, elles étaient parvenues à assurer presque toutes leurs tournées, et sans ces familles qui avaient abandonné le projet à cause des rumeurs de Van Cleve, elles étaient à peu près à jour. Si elle avait le budget, elle engagerait Kathleen pour de bon. Mais Mrs Brady n'était pas encline à parler de l'avenir de la bibliothèque pour l'instant. « Je repousse le moment d'écrire à Mrs Nofcier au sujet de nos difficultés actuelles, lui avait-elle dit la semaine précédente, confirmant que Mr Brady était toujours inflexible quant au retour d'Izzy. J'espère que nous pourrons rallier suffisamment de gens de la ville pour que Mrs Nofcier n'ait jamais à entendre parler de cette… mésaventure. »

Alice avait repris la route, ses hématomes tels les échos jaunes et lumineux des blessures qu'elle avait subies. Elle avait pris en charge le long trajet qui montait à Patchett's Creek ce jour-là, sous prétexte que Spirit s'étire un peu, mais Margery savait que c'était pour la laisser passer du temps seule avec Sven chez elle. Les familles sur cet itinéraire appréciaient Alice, lui faisaient prononcer des noms de lieux anglais – Beaulieu, Piccadilly et Leicester Square –, et son accent les faisait mourir de rire. Elle ne leur en tenait pas rigueur. Il lui en fallait plus pour se sentir vexée. Margery se dit que c'était l'une des choses qu'elle aimait chez elle. Dans les parages, la plupart des gens voyaient un affront dans les paroles les plus anodines, chaque compliment cachait une remarque désobligeante dont ils étaient la cible. Alice, elle, semblait toujours prête à voir le meilleur chez tous ceux qu'elle croisait. C'était probablement la raison pour laquelle elle avait épousé ce steak humain de Bennett.

Margery bâilla en se demandant combien de temps il faudrait à Sven pour rentrer à la maison.

— Qu'en penses-tu, mon Charley ? Est-ce que j'ai le temps de faire bouillir de l'eau pour me débarrasser de cette crasse ? Crois-tu qu'il s'en souciera un tant soit peu ?

Elle arrêta la mule au grand portail et mit pied à terre pour l'ouvrir.

— À mon avis, j'aurai de la chance si je parviens à rester éveillée jusqu'à son arrivée.

Il lui fallut une minute après avoir replacé le loquet pour se rendre compte de ce qu'il manquait.

— Bluey ?

Elle monta l'allée en l'appelant, la neige crissant sous ses bottes. Elle accrocha les rênes de la mule par-dessus le poteau à côté du perron et leva la main à son front. Où ce maudit chien avait-il filé à présent ? Deux semaines plus tôt, il avait fait son chemin, traversé le ruisseau et parcouru trois miles jusque chez Henscher, uniquement pour jouer avec le jeune chien de la ferme. Il était rentré tout penaud, les oreilles basses et la queue entre les pattes, comme s'il savait qu'il avait fait une bêtise. Il avait un regard si coupable qu'elle n'avait pas eu le courage de le gronder. Sa voix retentit dans la vallée.

— Bluey ?

Elle monta les marches du perron quatre à quatre. Puis elle le vit, à l'autre bout, près du rocking-chair. Un corps pâle et flasque, ses yeux bleu givre rivés fixement au toit, sa langue pendante et ses pattes étendues, comme s'il avait été arrêté net dans sa course. Une balle avait fait un trou rouge sombre dans son crâne.

— Oh, non, oh, non !

Margery se précipita vers lui et tomba à genoux ; un gémissement jaillit d'une part d'elle-même qu'elle ignorait posséder.

— Oh, pas mon petit Blue. Non… Non…

Elle berça la tête du chien, caressant la fourrure velouteuse de ses babines et son museau. Il n'y avait plus rien à faire.

— Oh, Bluey. Mon petit bébé…

Elle appuya son visage contre la gueule du chien – « Je suis désolée, je suis désolée, je suis désolée » –, le serrant contre elle, son corps tout entier en deuil de ce jeune chien qui ne bondirait jamais plus sur son lit.

Ce fut ainsi qu'Alice la trouva lorsqu'elle arriva, une demi-heure plus tard, juchée sur la jument pie, les jambes douloureuses et les pieds engourdis de froid.

Margery O'Hare, une femme qui était restée l'œil sec durant les funérailles de son propre père, qui s'était mordu la lèvre jusqu'au sang alors qu'elle enterrait sa sœur, une femme qui avait mis quasiment quatre ans à avouer ses sentiments à l'homme qu'elle aimait et faisait profession de haïr les grandes effusions, gémissait comme un enfant, brisée par le chagrin, la tête de son chien mort blottie dans son giron.

Alice reconnut la Ford de Van Cleve avant de voir son conducteur. Depuis des semaines, elle reculait dans l'ombre quand il passait, tournait la tête, la gorge nouée, préparée à ce qu'il lui intime de nouveau, le visage violet, de rentrer immédiatement à la maison et de cesser ces absurdités. Sinon elle risquait de le regretter, disait-il. Même en public, elle ne pouvait s'empêcher de tressaillir quand elle le voyait, comme si elle portait profondément en elle l'empreinte de la violence.

Mais à présent, après avoir assisté impuissante à la nuit de chagrin de l'inconsolable Margery, qui lui coûta plus encore que si c'était elle qui avait été attristée, elle se rebiffa quand elle aperçut la voiture bordeaux descendant la colline et que Spirit fit un écart. Elle se retrouva directement devant Van Cleve, et il freina brusquement, dans un crissement terrible, juste devant le magasin. Tous les clients observèrent la scène, et ils étaient nombreux, car la farine était exceptionnellement en promotion. Van Cleve regarda la jeune cavalière par son pare-brise en clignant des yeux, sans reconnaître Alice au premier abord. Il baissa sa vitre.

—Vous êtes devenue folle ou quoi ?

Elle lui décocha un regard noir. Elle lâcha ses rênes et sa voix porta, claire comme du verre taillé, déchirant l'air immobile, étincelante de rage.

—Vous avez abattu son *chien* ?

S'ensuivit un bref silence.

—Vous avez abattu le *chien* de Margery ?

—Je n'ai rien abattu du tout.

Elle releva le menton et le regarda résolument.

—Non, évidemment. Vous ne vous saliriez pas les mains, n'est-ce pas ? Vous avez probablement envoyé vos sbires tirer sur cette pauvre bête. (Elle secoua la tête.) Mon Dieu. Quel genre d'homme êtes-vous ?

Elle vit alors à la façon interrogatrice dont Bennett pivota la tête vers son père qu'il n'en savait rien, et une part d'elle s'en réjouit.

Van Cleve, qui avait eu jusque-là la bouche ouverte, reprit vite ses esprits.

—Vous êtes folle, ma parole. Vivre avec cette sorcière vous a fait perdre la raison !

Il jeta un coup d'œil par sa vitre, remarquant l'attroupement qui s'était formé autour d'eux. Dans cette bourgade tranquille, c'était le genre d'affaire qu'on prenait très au sérieux. *Van Cleve a abattu le chien de Margery O'Hare.*

—Elle est folle ! Regardez-la, à se jeter à cheval sous ma voiture ! Comme si j'allais tirer sur un chien !

Il fit claquer ses mains sur le volant. Alice ne bougea pas. La voix de Van Cleve monta d'un cran.

—Moi ! Tirer sur un maudit chien !

Les badauds observaient la scène en silence, immobiles. Mr Van Cleve mit fin au spectacle :

—Allons, Bennett. Nous avons du travail.

Il s'acharna sur le volant et décrivit un cercle autour de la jeune femme avant de remonter le chemin dans une vive accélération. Spirit se mit à caracoler en bronchant tandis que le gravier fut projeté aux pieds d'Alice.

Ça n'avait rien d'une surprise. Sven se pencha au-dessus de la table en bois rugueuse avec Fred et les deux femmes, et relaya les récits provenant du comté de Harlan, d'hommes tirés de leurs lits à coups de dynamite en raison des disputes syndicales qui dégénéraient, de voyous armés de mitrailleuses, de shérifs bien décidés à fermer les yeux. À la lumière de tout cela, un chien mort n'aurait pas dû être une grande surprise. Mais ce fut un tel choc pour Margery qu'il sembla lui faire passer l'envie de se battre. Elle persistait à chercher Bluey du regard lorsqu'ils étaient à la maison, sa paume plaquée sur la joue, comme si elle s'attendait à le voir surgir d'un coin de la pièce.

— Van Cleve est rusé, marmonna Sven alors qu'elle quittait la pièce pour aller jeter un coup d'œil sur Charley, comme elle le faisait à maintes reprises chaque soir. Il savait qu'elle ne cillerait pas si quelqu'un braquait une arme sur elle. Mais s'il est décidé à éliminer tout ce qu'elle a de plus cher au monde…

Alice médita ses propos.

— Est-ce que… *tu* es inquiet, Sven ?

— Pour moi ? Non. Je suis un employé dévoué. Et il a besoin d'un capitaine de service incendie. Je ne suis pas syndiqué, mais qu'il m'arrive quoi que ce soit, et tous mes gars se mettent en grève. C'est ce que nous avons convenu. Et si nous partons, la mine fermera. Van Cleve a peut-être le shérif dans sa poche, mais il y a des limites à ce que l'État tolérera. (Il renifla.) Par ailleurs, cette fois, c'est un bras de fer entre lui et vous deux, les filles. Et il ne voudra pas qu'on attire l'attention sur le fait qu'il s'en prend à deux femmes. Oh, non.

Il prit une gorgée de bourbon.

— Il essaie juste de vous effrayer. Mais ses hommes ne feraient pas de mal à une femme. Même ses voyous. Ils sont tenus par le code des collines.

— Et en ce qui concerne ceux qu'il fait venir de l'autre côté de la frontière ? demanda Fred. Tu es sûr qu'ils sont aussi tenus par le code des collines ?

Sven sembla ne pas avoir la réponse à cette question.

Fred lui apprit à se servir d'un fusil. Il lui montra comment équilibrer la crosse et l'appuyer sur son épaule, comment gérer le recul quand elle alignait ses mires : elle ne devait pas retenir son souffle, mais relâcher la gâchette en expirant lentement. La première fois qu'elle tira, il était debout tout près derrière elle, les mains sur les siennes, et elle rebondit si fort contre lui qu'elle en eut le rouge aux joues pendant une heure.

C'était une tireuse née, la complimenta-t-il, en alignant des boîtes de conserve sur l'arbre qui était tombé à l'extrémité du terrain de Margery. Après quelques jours d'entraînement à peine, elle fut capable de les abattre, comme des pommes tombant d'une branche. Le soir, alors qu'elle verrouillait sa porte, Alice passait les mains sur le canon, le levait de manière spéculative à son épaule, tirant des balles imaginaires sur d'invisibles intrus. Elle était prête à ouvrir le feu pour protéger son amie, elle n'avait aucun doute à ce sujet.

Parce qu'autre chose avait changé, une chose fondamentale. Alice avait découvert combien, pour une femme du moins, il était beaucoup plus facile d'éprouver de la colère quand on s'en était pris à ceux que vous aimiez.

Elle ressentait en elle la froide brûlure de la vengeance : les ennemis de ses amis étaient désormais ses ennemis aussi, et elle n'hésiterait pas à leur faire du mal.

Il s'avéra qu'Alice n'avait plus peur.

Chapitre 14

À cheval dehors tout l'hiver, une bibliothécaire s'emmitouflait si lourdement qu'il était difficile de se rappeler à quoi elle ressemblait sous deux maillots de corps, une chemise de flanelle, un pull épais et une veste, avec peut-être une écharpe ou deux par-dessus – voilà l'uniforme quotidien dans les montagnes, avec éventuellement une paire de gants épais par-dessus les siens, un chapeau enfoncé aussi bas qu'elle le pouvait, et une autre écharpe relevée sur son nez, afin que le tissu puisse lui renvoyer son souffle qui lui réchaufferait un peu la peau. Chez elle, elle se déshabillait avec réticence, révélant uniquement le plus furtif des éclairs de peau nue aux éléments entre le moment où elle se débarrassait de ses sous-vêtements et celui où elle se glissait en frissonnant sous les couvertures. À part pour faire la lessive, quand on travaillait pour la bibliothèque itinérante, on pouvait passer des semaines sans voir son corps.

Alice était toujours coincée dans sa bataille avec les Van Cleve, même s'ils semblaient s'être calmés pour l'instant. La plupart du temps, on pouvait la trouver dans les bois, derrière le chalet, à s'entraîner avec le vieux fusil de Fred, le *crac* et *zing* des balles qui touchaient les conserves résonnant dans l'air.

Izzy apparaissait de temps à autre, suivant piteusement sa mère en ville. Et on ne voyait Beth que rarement ; elle était préoccupée par son bras et par ce qu'elle pouvait et ne pouvait pas faire. Alors personne ne remarqua que Marge avait pris un peu de poids ou ne songea à faire le moindre commentaire sur le sujet. Sven, qui connaissait le corps de Margery comme le sien, connaissait l'évolution d'une silhouette féminine, et il appréciait les nouvelles courbes de son corps – il était par ailleurs un homme suffisamment avisé pour ne rien dire.

Margery ne ménageait pas sa peine, essayant de doubler les tournées, se battant tous les jours pour convaincre les sceptiques de l'importance des histoires, des faits, du savoir. Mais la menace qui planait au-dessus d'elle était pesante, et elle devait se faire violence pour se lever le matin. Le froid était gravé en elle après des mois de neige, et les longues heures passées au grand air lui creusaient l'appétit : elle était affamée. Entre la menace de Van Cleeve et sa mission de bibliothécaire qui la tenait occupée toute la journée, Margery ne se rendait compte de rien.

Mais il arrive toujours un moment où ces choses deviennent impossibles à ignorer. Un soir de fin février, Margery dit à Sven de ne pas passer, ajoutant avec une désinvolture trompeuse qu'elle avait du retard à rattraper sur deux, trois affaires. Elle aida Sophia avec les derniers livres, envoya Alice d'un geste s'engouffrer dans la nuit enneigée et verrouilla la porte derrière elle jusqu'à ce qu'elle soit seule dans la petite bibliothèque. Le poêle à bois luisait encore de chaleur parce que Fred – béni soit-il ! – l'avait bourré de bûches avant de disparaître à son tour pour aller dîner. On sentait qu'Alice occupait toutes ses pensées. Plongée dans la pénombre, Margery s'assit dans le fauteuil, le crâne parcouru d'idées maussades, puis finit par se relever pour aller prendre un lourd manuel sur l'étagère, qu'elle feuilleta jusqu'à avoir trouvé ce qu'elle cherchait. Le front plissé, elle lut attentivement les informations qui l'intéressaient. Elle les assimila, puis compta sur ses doigts : *Un, deux, trois, quatre, cinq, cinq et demi.*

Et elle recommença.

Malgré ce que les gens du comté pouvaient penser du genre de femme qu'était Margery O'Hare, compte tenu de ses origines, elle n'était pas encline à jurer. À cet instant, toutefois, elle se le permit à voix basse, une fois, puis une deuxième, et laissa sa tête tomber lentement dans ses mains.

Chapitre 15

« Dans une petite ville, les banquiers, épiciers, avocats, la police, le shérif, sinon le gouvernement, s'avéraient tous asservis à l'argent et aux patrons de la région. C'était leur obsession, si ce n'était leur désir permanent, de bien se situer vis-à-vis de ceux qui détenaient le pouvoir de leur causer des soucis personnels ou matériels. »

Theodore Dreiser, Introduction
à *Paroles de mineurs à Harlan.*

— Trois familles qui ont refusé même que je leur remette un livre à moins que nous ne lisions des récits bibliques, une porte claquée aux alentours de ces nouvelles maisons près de Hoffman, mais Mrs Cotter semble avoir changé d'avis maintenant qu'elle comprend que nous n'essayons pas de l'entraîner dans la dépravation, et Doreen Abney demande si elle pourrait avoir le magazine avec la recette de tourte au lapin, car elle a oublié de la noter il y a deux semaines.

La sacoche de Kathleen atterrit sur le bureau dans un bruit sourd. Elle se tourna pour regarder Alice et frotta la terre de ses mains.

— Oh, et Mr Van Cleve m'a arrêtée dans la rue pour me dire que nous étions une abomination et que plus tôt nous aurions quitté la ville, mieux ce serait.

— Je vais lui montrer ce qu'est l'abomination, dit Beth d'un air sombre.

Depuis la mi-mars, Beth était revenue travailler à plein temps, mais personne n'avait eu le cœur de dire à Kathleen que l'on n'avait plus besoin d'elle. Mrs Brady, qui était une femme juste, quoique légèrement intransigeante, avait refusé de toucher le salaire d'Izzy puisqu'elle était partie, et Margery se contentait de donner le petit paquet en papier brun directement à Kathleen. C'était plutôt un soulagement, car jusque-là elle la payait de sa poche avec les maigres économies qu'elle avait cachées depuis la mort de son père. La belle-mère de Kathleen était passée deux fois à la bibliothèque pour y amener ses enfants, afin qu'ils voient l'activité dans laquelle leur mère était engagée, la voix empreinte de fierté. Ils étaient de grands favoris parmi les femmes, qui leur montraient les tout nouveaux livres et les laissaient s'asseoir sur la mule, et il y avait quelque chose dans le lent sourire de Kathleen, dans la chaleur sincère de sa belle-mère envers elle, qui amenait tout le monde à se sentir un peu mieux.

Prenant conscience qu'il ne parviendrait pas à convaincre Alice de revenir, Mr Van Cleve avait adopté une nouvelle tactique : il insistait pour qu'elle quitte la ville, soutenant qu'elle y était indésirable, la frôlant dangereusement en voiture en beuglant par la vitre, tandis qu'elle prenait la route pour ses tournées au petit matin, de telle manière que Spirit s'emballait, paniquée.

— Vous n'avez aucun moyen de subvenir à vos besoins. Et ce n'est qu'une question de semaines avant que cette bibliothèque soit anéantie. Je tiens cette information du bureau du gouverneur lui-même. Vous ne reviendrez pas chez nous, alors vous feriez mieux d'aller ailleurs. De retourner en Angleterre, par exemple.

Juchée sur son cheval, elle gardait le regard rivé droit devant elle, comme si elle ne pouvait pas l'entendre, ce qui enrageait le vieil homme, de telle sorte qu'il finissait invariablement par hurler sur la moitié du chemin, pendant que Bennett se tassait dans le siège passager.

— Vous n'êtes même plus si jolie que ça !

— Croyez-vous que ça ne pose vraiment aucun souci à Margery que j'habite au chalet ? avait-elle ensuite demandé à Fred. Je ne voudrais pas m'imposer chez elle pendant trop longtemps. Mais il a raison. Je n'ai nulle part ailleurs où aller.

Fred s'était mordu la lèvre, comme s'il avait envie de répondre quelque chose qu'il ne pouvait pas décemment formuler.

— Je pense que Margery apprécie votre présence. Comme nous tous, avait-il déclaré avec précaution.

Elle avait commencé à remarquer de nouveaux détails chez Fred : l'assurance dans ses gestes quand il s'occupait des chevaux, la fluidité de sa démarche, contrairement à Bennett qui, malgré sa stature athlétique, avait toujours paru mal à l'aise, contenu par ses muscles, tout en raideur. Elle trouvait des excuses pour rester tard à la bibliothèque, aidant Sophia, qui gardait les lèvres pincées. Elle savait. Oh, elles savaient toutes.

— Tu l'apprécies, n'est-ce pas ? lui demanda directement Sophia un soir.

— Moi ? Fred ? Oh, mon Dieu. Je…, bafouilla Alice.

— C'est un homme bien, déclara Sophia en mettant l'accent sur « bien », comme si elle le comparait à quelqu'un d'autre.

— As-tu déjà été mariée, Sophia ?

— Moi ? Non.

Sophia porta un fil à ses dents et le mordit, le coupant net. Et au moment même où Alice se demandait si, une fois de plus, elle s'était montrée trop directe, elle ajouta :

— J'ai aimé un homme, un jour. Benjamin. Un mineur. C'était le meilleur ami de William. Nous nous connaissions depuis l'enfance. (Elle leva sa couture vers la lampe.) Mais il est mort.

— Est-il… mort dans les mines ?

— Non. Il s'est pris une balle. Il ne faisait pas de vagues et rentrait simplement à pied du travail.

— Oh, Sophia ! Je suis tellement désolée…

L'expression de son amie était indéchiffrable, comme si elle s'était entraînée pendant des années à cacher ce qu'elle ressentait.

— Je ne me sentais plus capable de vivre ici sans lui. Je suis partie à Louisville et j'ai travaillé à corps perdu à la bibliothèque pour les gens de couleur là-bas. J'y ai bâti un semblant de vie, même s'il me manquait tous les jours. Quand j'ai appris que William avait eu son accident, j'ai prié le Seigneur de ne pas m'obliger à revenir ici. Mais, tu sais bien… Ses voies sont impénétrables.

— Ça a dû être très difficile pour toi de revenir à Baileyville…

— Oui, au début. Mais… les choses changent. Ben est mort il y a maintenant quatorze ans. La Terre continue de tourner.

— Crois-tu que tu rencontreras un jour quelqu'un d'autre ?

— Oh, non. C'est trop tard. Et puis, ça ne se bouscule pas au portillon. Je suis trop instruite pour la plupart des hommes du coin. Mon frère dit que je ne peux pas m'empêcher d'avoir un avis sur tout, s'esclaffa-t-elle.

— Ça me rappelle quelque chose, dit Alice avec un soupir.

— J'ai la compagnie de William. On se débrouille. Et je suis confiante. Tout va bien, dit-elle en souriant. Il faut se réjouir de ce qu'on a. Je suis épanouie dans mon métier. Je suis entourée par de bons amis.

— C'est un peu ce que je ressens aussi.

Presque sur une impulsion, Sophia tendit une main gracile et serra celle d'Alice. Alice lui rendit le geste, frappée par le réconfort inattendu d'un contact humain. Elles se tinrent fermement avant de se lâcher à regret.

— Je le trouve effectivement gentil, déclara Alice, après un instant. Et… assez séduisant.

— Ma fille, tu n'aurais qu'un mot à dire. Cet homme pleure après toi comme un chien après un os depuis le jour où je suis arrivée ici.

— Mais je ne peux pas, si ? (Sophia releva les yeux.) La moitié de la ville pense que cette bibliothèque est un foyer d'immoralité, et que j'en suis au cœur. Peux-tu imaginer ce qu'on dirait de nous si je commençais à avoir une liaison avec un homme alors que je suis mariée ?

Elle marquait un point, admit Sophia quand elle fit part de leur discussion à William. Mais c'était tellement dommage que deux êtres si heureux de se trouver en compagnie l'un de l'autre, ne puissent vivre leur amour. « C'est injuste, mais c'est comme ça », avait dit William.

— C'est tellement vrai, dit Sophia, avant de retourner à sa couture, brièvement égarée dans le souvenir d'un homme au rire facile qui n'avait jamais manqué de la faire sourire, et de la lointaine sensation du bras qu'il lui passait autour de la taille.

— C'est une maîtresse d'école, la vieille Spirit, dit Fred.

Ils rentraient à la maison dans le crépuscule empiétant sur le jour. Il portait un lourd ciré pour se protéger de la fine pluie, et l'écharpe verte que les bibliothécaires lui avaient offerte pour Noël était enroulée autour de son cou, comme chaque jour depuis qu'il l'avait reçue.

— Vous voyez aujourd'hui ? Chaque fois que celui-là avait peur, elle lui lançait un regard l'air de dire : « Ressaisis-toi un peu. » Et quand il n'écoutait pas, elle plaquait ses oreilles en arrière. Elle le lui dit, c'est sûr.

Alice regarda les deux chevaux marcher côte à côte et s'émerveilla des infimes différences que Fred parvenait à distinguer. Il pouvait évaluer la conformation d'un cheval, faisant des bruits de succion avec ses dents devant des épaules tombantes, des jarrets coudés ou une ligne supérieure trop peu développée, alors que tout ce qu'Alice voyait était « un joli petit cheval ». Il pouvait également évaluer leur tempérament – ils restaient plus ou moins tels qu'ils étaient à la naissance, tant que les hommes ne les bousillaient pas trop, d'après lui.

— Bien sûr, certains ne peuvent pas s'en empêcher.

Elle avait souvent l'impression, lorsque Fred disait ces choses-là, qu'il n'était plus seulement question des chevaux.

Il s'était mis à la rejoindre sur ses tournées, montant un jeune pur-sang avec une cicatrice à l'oreille – Pirate. Il expliquait que c'était utile de faire travailler le jeune cheval à côté de Spirit, qui avait un tempérament plus calme, mais elle le soupçonnait d'avoir d'autres raisons d'être là, et elle n'y voyait aucun inconvénient. Il n'était pas toujours agréable de se retrouver seule avec ses pensées pendant toute la journée.

— Avez-vous terminé le Hardy ?

Fred grimaça.

— Oui, mais je n'ai pas réussi à m'attacher à ce personnage d'Angel…

— Vraiment ?

— J'ai eu envie de lui botter les fesses la moitié du temps. Cette pauvre fille veut juste l'aimer, et lui, comme une espèce de pasteur, il n'arrête pas de la juger. Même si rien de tout ça n'était sa faute. Et puis il finit par épouser sa sœur !

Alice réprima un éclat de rire.

— J'avais oublié cette partie.

Ils discutèrent des livres qu'ils s'étaient recommandés. Elle avait assez aimé Mark Twain, trouvé les poèmes de

George Herbert étonnamment émouvants. Ces derniers temps, il leur avait semblé plus facile de parler de livres que de quoi que ce soit d'autre dans la vraie vie.

— Est-ce que vous m'autorisez à vous raccompagner chez vous ?

Ils étaient arrivés à la bibliothèque et avaient rentré les chevaux dans l'écurie de Fred pour la nuit.

— Il fait affreusement humide pour monter tout le chemin jusque chez Marge à pied. Je pourrais vous déposer en voiture au moins au moins à hauteur du gros chêne.

C'était tentant. La longue marche dans le noir était le pire moment de la journée, où elle avait faim, et mal, et où son esprit tournait à vide. Avant, elle aurait fait le trajet avec Spirit, et la jument aurait passé la nuit là-haut, mais Margery, Sven et elle s'étaient mis d'accord sur le fait qu'il valait mieux ne plus héberger aucun animal au chalet pour le moment.

Fred avait fermé l'écurie et regardait Alice avec des yeux pleins d'espoir. Elle songea au plaisir silencieux d'être assise à côté de lui, d'observer ses mains puissantes sur le volant, à son sourire quand il lui racontait des anecdotes sur sa vie. Elle recueillait ces confidences comme de précieux coquillages au creux de sa main.

— Je ne sais pas, Fred. Je ne peux pas vraiment être vue…

— Eh bien, je me disais…, dit-il en se balançant d'un pied sur l'autre avec embarras. Je sais que vous avez envie d'accorder un peu d'intimité à Margery et Sven, à plus forte raison maintenant…

Il se passait quelque chose d'étrange entre Margery et Sven. Il lui avait fallu une semaine ou deux pour le remarquer, mais le petit chalet n'était plus rempli des cris étouffés de rapports amoureux. Sven était souvent parti avant qu'Alice se lève le matin, et, quand il était là, les plaisanteries murmurées et les familiarités décontractées avaient été remplacées par des silences crispés et des regards teintés de ressentiment. Margery semblait préoccupée. Elle avait le visage sévère, et l'exaspération se devinait dans ses gestes. La veille au soir, cependant, quand Alice lui avait demandé si elle préférait la voir partir, l'expression de la jeune femme s'était radoucie. Ensuite, elle avait réagi de façon assez inattendue – non pas en lui disant avec désinvolture que sa présence ne la dérangeait pas et qu'elle ne devait pas se tracasser, mais en répondant à voix basse : « Non. S'il te plaît, ne pars pas. » Une querelle d'amoureux ? Elle ne trahirait pas son amie en abordant ses affaires privées, mais elle se sentait complètement perdue.

— ... alors je me demandais si vous voudriez dîner avec moi ? Je serais ravi de cuisiner. Et je pourrais...

Elle reporta son attention vers l'homme devant elle.

— ... vous ramener au chalet pour 20 h 30, à peu près.

— Fred, je ne peux pas. (Il referma brusquement la bouche.) Ce n'est pas l'envie qui me manque. Mais si jamais on nous surprend... Enfin, la situation est délicate en ce moment. Vous savez à quel point les nouvelles vont vite ici.

Il semblait s'attendre à cette réponse.

— Je ne peux pas prendre le risque d'aggraver les choses pour la bibliothèque, poursuivit-elle. Ni... pour moi-même. Mais nous pourrions peut-être dîner ensemble quand ces histoires se seront tassées.

En prononçant ces mots, elle se rendit compte que cela pouvait prendre beaucoup, beaucoup de temps. Cette ville avait l'art de conserver les ragots intacts, comme des insectes pris dans de l'ambre. La rumeur courrait encore des siècles plus tard.

— Bien sûr, dit-il. Eh bien, mon invitation tient toujours, et je serai ravi de vous avoir à ma table quand vous vous serez lassée de la cuisine de Margery.

Il eut un éclat de rire forcé, et ils se tinrent l'un en face de l'autre, un peu mal à l'aise. Il mit fin à leur embarras en ôtant son chapeau pour la saluer, puis remonta d'un pas lourd le sentier boueux qui menait à sa maison, où la lumière de la lampe luisait par les fenêtres. Alice resta là à regarder, songeant à la chaleur régnant à l'intérieur, au tapis bleu, à la douce odeur du bois ciré. Puis elle soupira, tira son écharpe par-dessus son nez et entama la longue marche dans la montagne glaciale vers le chalet de Margery.

Sven savait que Margery n'était pas une femme à se laisser forcer la main. Mais quand elle lui demanda de rester chez lui pour la troisième fois cette semaine-là, il sentit le vent tourner. Les bras croisés sur la poitrine, il la jaugea avec froideur tandis qu'elle dessellait Charley. Puis il se résolut à prononcer les paroles qu'il ruminait depuis des semaines.

— Est-ce que j'ai fait quelque chose, Marge ?

— Quoi ?

Et voilà. Encore cette manière qu'elle avait d'éviter son regard.

— On dirait que, ces dernières semaines, tu ne veux pas me voir.

— Que vas-tu chercher…

— J'ai l'impression de ne plus savoir te faire sourire. Quand on va se coucher, tu es emmitouflée comme un ver à soie. Tu ne veux pas que je te touche…, bégaya-t-il, dans un vacillement inhabituel. Nous n'avons jamais été distants l'un envers l'autre, même quand nous étions séparés. Pas une fois en dix ans. Je veux juste… savoir si j'ai fait quelque chose de mal.

Les épaules de Margery s'affaissèrent un peu. Elle tendit le bras sous le cheval pour prendre sa sous-ventrière et la rabattre sur la selle, la boucle atterrissant dans un cliquetis métallique. Ses gestes étaient empreints de la même lassitude que celle d'une mère confrontée à des enfants dissipés. Elle laissa passer un bref silence avant de parler.

— Tu n'as rien fait de mal, Sven. Je suis juste… fatiguée.

— Alors pourquoi refuses-tu que je te prenne dans mes bras ?

— Eh bien, je n'en ai pas envie, c'est tout.

— Ça ne t'a jamais dérangée.

N'aimant pas le ton de sa propre voix, Sven lui prit la selle et alla se calmer un peu en marchant vers la maison. Margery lâcha Charley dans sa stalle, le couvrit, verrouilla la porte de l'écurie et suivit en silence. Ils verrouillaient tout, ces temps-ci, leurs yeux à l'affût du moindre changement, les oreilles à l'écoute du moindre bruit dans la vallée. Elle avait disposé des cloches et des boîtes de conserve dans le chemin qui menait à la maison pour être avertie en cas d'intrusion, et deux fusils chargés encadraient son lit.

Sven disposa la selle sur son rail et resta là, perdu dans ses pensées. Puis il fit un pas vers Margery, leva une main et toucha délicatement le côté de son visage, dans un geste de paix. Elle garda les yeux baissés. Avant, Margery aurait pressé la paume de Sven sur sa joue et l'aurait embrassée. Face à son obstination, il sentit quelque chose s'effondrer en lui.

— Nous avons toujours été honnêtes l'un envers l'autre, n'est-ce pas ?

— Sven…

— Je respecte la manière dont tu veux vivre. J'accepte que tu ne désires aucun lien. Je ne l'ai même pas évoqué depuis…

Elle se massa le front.

— Est-ce qu'on peut éviter d'avoir cette conversation maintenant ?

— Ce que je veux dire, c'est que nous avons passé un accord. Si tu ne veux plus de moi, tu dois me le dire.

— Est-ce qu'on est encore là-dessus ? dit-elle, exaspérée, en se détournant. Ça n'a rien à voir avec toi. Je ne veux pas que tu partes. J'ai juste… J'ai juste beaucoup de choses auxquelles réfléchir.

— Comme nous tous. (Elle secoua la tête.) Margery.

Et elle était plantée là, aussi butée que son cheval, sans dire un mot.

Sven Gustavsson n'était pas un homme doté d'un tempérament difficile, mais il avait sa fierté.

— Je ne peux pas continuer comme ça. Je ne veux pas t'incommoder. (Elle redressa la tête alors qu'il se tournait.) Tu sais où me trouver quand tu seras prête à me revoir.

Il rentra chez lui sans un regard en arrière.

Sophia était en congé ce vendredi-là ; c'était l'anniversaire de William. Comme les bibliothécaires étaient à jour dans les réparations (grâce aux heures supplémentaires d'Alice), Margery avait encouragé Sophia à rester auprès de son frère. En atteignant Split Creek à la tombée de la nuit, Alice remarqua qu'il y avait toujours de la lumière, et se demanda, étant donné l'absence de Sophia, laquelle des bibliothécaires se trouvait encore à l'intérieur. Beth terminait toujours en vitesse, jetant ses livres pour rentrer au pas de course à la ferme ; si elle n'arrivait pas assez rapidement, ses frères auraient mangé sa part du dîner. Kathleen était aussi impatiente de rentrer chez elle, pour passer un peu de temps en compagnie de ses enfants avant l'heure du coucher. Izzy et elle étaient les seules dont les chevaux se reposaient dans l'écurie de Fred, et Izzy avait, semblait-il, quitté le projet pour de bon.

Alice dessella Spirit et resta une minute dans la chaleur de la stalle, puis embrassa les oreilles au doux parfum de la jument, appuyant son visage contre l'encolure chaude de la bête quand celle-ci inspecta ses poches de ses naseaux doux, en quête d'une friandise. Elle adorait cet animal à présent, et la connaissait parfaitement. La jument pie était son point d'ancrage le plus stable. Une fois Spirit bien installée, Alice se dirigea vers la porte arrière de la bibliothèque; un rai de lumière filtrait encore à travers le bois.

— Marge? lança-t-elle.

— Eh bien, on peut dire que vous prenez votre temps.

Alice cligna des yeux en voyant Fred assis à une petite table au milieu de la pièce, vêtu d'une chemise propre en flanelle et d'un jean.

— J'ai compris votre point de vue sur le fait de ne pas être aperçue avec moi. Mais je me suis dit que nous pouvions quand même prendre un repas ensemble.

Alice ferma la porte derrière elle, admirant la table parfaitement dressée sur laquelle trônait un bouquet de fleurs des champs dans un vase. Des lampes à huile étaient allumées sur les bureaux à côté, jetant des ombres mouvantes sur le dos des livres de la bibliothèque.

Alice en resta sans voix, et il prit son silence pour de la réticence.

— Ce n'est qu'un ragoût de porc aux haricots noirs. Rien de très sophistiqué – je n'étais pas certain de l'heure à laquelle vous rentreriez. Les légumes verts ont peut-être un peu refroidi. Je ne pensais pas que vous seriez si consciencieuse avec Spirit.

Il souleva le couvercle de l'imposante marmite en fonte, et les lieux furent soudain remplis du fumet de la viande mijotée. Sur la table, à côté d'Alice, étaient disposés un plat épais garni de pain de maïs et un bol de haricots verts.

L'estomac de la jeune femme gargouilla de manière inattendue et bruyante, et elle y appuya une main en essayant de ne pas rougir.

— Eh bien, quelqu'un approuve, déclara Fred d'un ton placide.

Il se leva pour venir lui tirer un siège.

Elle posa son chapeau sur le bureau et dénoua son écharpe.

— Fred, je…

— Je sais. Mais j'apprécie votre compagnie, Alice. Et, vivant loin de tout, j'ai rarement l'occasion de recevoir quelqu'un comme vous. (Il se pencha vers elle pour lui servir un verre de vin.) Alors je vous serais très reconnaissant si vous vouliez… me faire ce plaisir.

Elle ouvrit la bouche pour protester, puis s'aperçut qu'elle n'avait aucune raison valable de le faire. Quand elle releva les yeux, il la regardait, attendant un signe.

— Tout cela a l'air merveilleux, dit-elle.

Il lâcha un soupir de soulagement ; Alice n'avait pas pris la fuite, tout n'était pas perdu. Et ensuite, tandis qu'il commençait à servir la nourriture, il lui sourit avec satisfaction et elle ne put s'empêcher de lui rendre son sourire.

La bibliothèque itinérante avait pris de l'importance dans la vie d'Alice, au fil des mois. Ce qui symbolisait pour elle la possibilité d'une vie nouvelle était à l'origine d'une polémique pour les autres et provoquait le malaise chez certaines personnes. Mais, au cours de cette soirée humide et froide de mars, elle devint un refuge rayonnant. Brièvement libérés de leurs histoires compliquées et des rumeurs de la ville, Alice et Fred se régalèrent d'un bon repas, rirent et discutèrent de poésie et de romans, de chevaux et des erreurs qu'ils avaient commises. Il y eut à peine un effleurement accidentel en se passant le pain ou en se resservant un verre, mais Alice redécouvrit en elle quelque chose qui lui avait manqué sans même qu'elle s'en rende compte. Elle redécouvrait avec joie la jeune femme attrayante, qui aimait parler de ce qu'elle avait lu, vu et pensé, à peu près autant qu'elle aimait chevaucher sur un sentier de montagne. De son côté, Fred appréciait l'attention de cette femme qui riait à ses plaisanteries, et prenait plaisir à échanger et débattre avec elle. Ils ne virent pas le temps passer. Lorsque la soirée s'acheva, ils étaient heureux et éprouvaient la joie de ceux qui se comprennent. Peut-être existait-il en ce bas monde quelqu'un qui ne verrait que le meilleur en vous.

Fred descendit sans peine les marches en soulevant la table, prêt à la remporter chez lui, puis retourna fermer la porte à double tour. Alice se tenait à côté de lui, enroulant son écharpe autour de son visage, rassasiée et le sourire aux lèvres. Ils étaient tous les deux à l'abri des regards derrière la bibliothèque. Deux ou trois pouces à peine les séparaient l'un de l'autre.

— Vous êtes sûre de vouloir rentrer toute seule ? Je pourrais vous raccompagner. Ça m'ennuie de vous savoir marchant seule dans cette nuit noire et froide.

Elle secoua la tête.

— Ce soir, je ne verrai pas le temps passer, j'aurai l'impression d'avoir marché cinq minutes à peine.

Il l'étudia dans la pénombre.

— Il n'y a pas grand-chose qui vous effraie ces temps-ci, n'est-ce pas ?

— Non.

— C'est sans doute l'influence de Margery.

Ils échangèrent un sourire complice, puis une idée vint à l'esprit de Fred.

— Attendez ici.

Il remonta en trottinant chez lui et reparut, une minute plus tard, avec un fusil, qu'il lui tendit.

— Juste au cas où, dit-il. Vous n'avez peut-être pas peur, mais j'aime mieux vous savoir armée. Rapportez-le demain.

Elle le lui prit sans protester. Un certain flou s'installa entre eux pendant quelques instants. Le moment était venu de se séparer, mais ni l'un ni l'autre n'en avait envie.

— Eh bien, finit-elle par dire, il se fait tard.

Il passa un pouce hésitant sur la surface de la table, la bouche fermée sur des paroles qu'il ne pouvait prononcer.

— Merci, Fred. C'était sans aucun doute la plus agréable soirée que j'aie passée depuis que je suis arrivée ici. Merci infiniment pour tout.

Ils échangèrent un long regard, teinté de cette reconnaissance qui vous rend léger, mais leur amour était impossible, et cela risquait de leur briser le cœur.

Soudain, la magie de cette soirée se dissipa.

— Alors bonne nuit, Alice.

— Bonne nuit, Fred.

Puis, le fusil sur l'épaule, elle se retourna et monta le chemin à grandes enjambées avant qu'il ne puisse prononcer des paroles qu'il regretterait et qui ne feraient que semer le trouble dans leurs cœurs.

Chapitre 16

« C'est le défaut de ce pays : les choses, le temps, tout ça dure trop longtemps. Nos terres, c'est comme nos rivières : opaques, lentes, violentes, modelant, créant la vie des hommes à leur image, implacable et méditative. »

William Faulkner, *Tandis que j'agonise.*

La pluie arriva tardivement en mars, transformant dans un premier temps les trottoirs et pavés gelés en patinoires. Puis elle s'acharna, recouvrant le paysage d'une monotone pellicule grise. On espérait la hausse des températures et l'arrivée des beaux jours, mais la pluie tombait sans discontinuer. Après cinq jours, les routes étaient devenues des coulées de boue, et les glissements de terrain s'étaient multipliés, révélant des rochers tranchants et des trous dans la route – autant de pièges auxquels se laisseraient prendre les moins méfiants. Des chevaux attendaient dehors, attachés, la tête basse et résignée, la queue plaquée à leur croupe, et des voitures cahotaient péniblement sur les routes de montagne glissantes. Les fermiers marmonnaient au magasin d'alimentation générale, tandis que les commerçants observaient que Dieu seul savait pourquoi il restait autant d'eau en suspension dans les cieux.

Margery revint de sa tournée trempée jusqu'aux os, pour trouver les bibliothécaires assises, se réchauffant les mains et les pieds autour du poêle, en compagnie de Fred.

— La dernière fois qu'il a plu comme ça, l'Ohio est sorti de son lit, déclara Beth.

Elle regardait par la porte ouverte, d'où l'on pouvait entendre le gargouillis des eaux de surface qui dévalaient la route. Elle tira une dernière bouffée de sa cigarette et l'écrasa sous le talon de sa botte.

— Le sol est trop spongieux pour monter à cheval, ça, c'est sûr, déclara Margery. Je ne ressors pas Charley.

Fred avait regardé dehors à la première heure et prévenu Alice que c'était une mauvaise idée, et même si elle n'avait peur de rien ces temps-ci, elle prit au sérieux ses mises en garde. Il avait déplacé ses propres chevaux sur des pâturages plus en altitude, et ils étaient trempés, agglutinés les uns contre les autres.

— Je les mettrais bien à l'écurie, lui avait-il dit alors qu'elle l'aidait à faire monter les deux derniers, mais ils sont plus en sécurité là-haut.

Quand Fred était enfant, son père avait un jour perdu toute une écurie abritant des juments et des poulains : la rivière avait débordé pendant que la maisonnée dormait, et, le temps qu'ils se réveillent, l'eau avait tout englouti, à l'exception du grenier à foin. Son père avait pleuré en lui annonçant la triste nouvelle. C'était la seule fois de sa vie que Fred avait vu des larmes dans les yeux de son père.

Il raconta à Alice l'inondation de l'année précédente, comment l'eau avait balayé des maisons entières et les avait fait chavirer dans la vallée. Beaucoup de gens du coin avaient trouvé la mort lors de cet épisode. On avait même découvert une vache coincée dans un arbre, à vingt-cinq pieds de hauteur, après la décrue. On avait dû l'abattre pour abréger ses souffrances, car personne ne voyait comment la faire descendre de là.

Ils restèrent assis tous les quatre dans la bibliothèque pendant une heure, aucun d'eux n'étant pressé de partir.

Ils parlèrent des bêtises qu'ils avaient pu faire pendant leur enfance, des meilleures aubaines sur l'achat d'aliments destinés aux bêtes, d'un homme que trois d'entre eux connaissaient, capable de siffler des airs par le trou d'une dent manquante et d'ajouter sa voix pour faire l'homme-orchestre. Ils parlèrent d'Izzy : si elle avait été là, elle leur aurait chanté une chanson ou deux. Mais la pluie s'intensifia, et lentement la conversation se tarit. Ils jetèrent des coups d'œil vers la porte avec une appréhension grandissante.

— Qu'en penses-tu, Fred ? demanda Margery en rompant le silence.

— Je n'aime pas ça.

— Moi non plus.

Ce fut à cet instant qu'ils entendirent le bruit de sabots de chevaux. Fred alla en hâte à la porte, inquiet à l'idée qu'un de ses chevaux ait pris la fuite. Mais c'était le facteur, l'eau de pluie ruisselant sur les bords de son chapeau.

— La rivière monte à toute vitesse. Il faut avertir les gens qui vivent près des rives, mais il n'y a personne au bureau du shérif.

Margery se tourna vers Beth et Alice.

— Je vais chercher les mors, dit Beth.

Izzy était tellement perdue dans ses pensées qu'elle ne remarqua pas lorsque sa mère lui ôta sa broderie des genoux avec un claquement de langue sonore et désapprobateur.

— Oh, Izzy. Je vais devoir défaire tous ces points. Cela ne ressemble pas du tout au modèle. Mais qu'est-ce que tu as fait ?

Mrs Brady tira un exemplaire de *La Fée du logis* sur ses genoux et le feuilleta jusqu'à ce qu'elle trouve le modèle qu'elle cherchait.

— Absolument rien à voir. Enfin ! Tu as fait un point droit là où il devrait y avoir un point de chaînette…

Izzy s'efforça de se concentrer sur la broderie.

— Je déteste la couture.

— Je ne sais pas ce qui te prend ces derniers temps, tu aimais bien ça, avant.

Izzy garda le silence, ce qui incita Mrs Brady à faire claquer sa langue encore plus bruyamment.

— Je n'ai jamais vu une fille aussi distraite que toi.

— Tu sais très bien ce qui me prend. Je m'ennuie et je suis coincée ici, et je ne supporte pas que Papa et toi ayez été influencés par un idiot comme Geoffrey Van Cleve.

— Ce n'est pas une façon de parler. Pourquoi ne fais-tu pas un peu de patchwork ? Tu aimais ça avant. J'ai des vieux tissus ravissants dans mon coffre à l'étage, et…

— Mon cheval me manque.

— Ce n'était pas ton cheval.

Mrs Brady ferma la bouche et marqua une pause diplomatique avant de la rouvrir.

— Mais nous pourrions peut-être t'en acheter un, si tu as envie de poursuivre l'équitation.

— Pour faire quoi ? Tourner sur place ? Le faire beau, comme une jolie poupée ? Mon travail me manque, Maman, et mes amies aussi. J'avais de vraies amies pour la première fois de ma vie. J'étais heureuse à la bibliothèque. Cela ne veut-il rien dire pour toi ?

— Bon, ça suffit, arrête cette comédie, déclara Mrs Brady en soupirant, avant de s'asseoir sur la banquette à côté de sa fille. Écoute, chérie, je sais combien tu adores chanter. Tu pourrais prendre des cours de chant. Avec ton père, nous pourrions trouver quelqu'un à Lexington pour t'aider à travailler ta voix. Peut-être que quand Papa verra comme tu es douée, il changera d'avis. Oh, Seigneur, nous allons d'abord devoir attendre que cette pluie se calme. As-tu déjà vu une chose pareille ?

Izzy ne répondit pas. Elle resta assise devant la fenêtre du petit salon, à regarder le paysage flou.

— Je vais téléphoner à ton père. Je crains que la rivière ne déborde. J'ai perdu de bons amis dans les inondations de Louisville, et je me méfie de cette rivière depuis. Pourquoi ne défais-tu pas cette dernière série de points ? On pourrait recommencer ensemble.

Mrs Brady disparut dans le couloir, et Izzy l'entendit composer le numéro du bureau de son père, le bas murmure de sa voix. Izzy regarda dehors les cieux gris, suivant du doigt les rigoles qui coulaient en zigzag sur le carreau, plissant les yeux vers un horizon désormais invisible.

— Bon, ton père pense qu'on ne devrait pas bouger. Il suggère que nous appelions Carrie Anderson à Louisville et lui proposions de venir se reposer ici un jour ou deux avec sa famille, juste au cas où. Même si Dieu seul sait ce que nous ferons avec tous ces petits chiens qu'elle a. Je doute que nous supportions le… Izzy ?… Izzy ? (Mrs Brady fit volte-face dans le salon vide.) Izzy ? Es-tu là-haut ?

Elle parcourut le couloir et traversa la cuisine, où la bonne se détourna de son rouleau à pâtisserie, perplexe, et secoua la tête. Puis Mrs Brady vit la porte arrière, les petites mares de pluie à l'intérieur. L'attelle d'Izzy se trouvait sur le carrelage, et ses bottes d'équitation avaient disparu.

Margery et Beth descendirent la grand-rue en trottant vigoureusement, dans un flou de sabots et d'éclaboussures. Autour d'elles, la route inachevée ruisselait d'eau se déversant en contrebas. Les caniveaux gargouillaient pour protester contre cette déferlante. Elles chevauchaient la tête baissée dans leurs cols relevés, et lorsqu'elles arrivèrent aux limites du chemin, elles passèrent au petit galop, les pieds des chevaux s'enfonçant dans l'herbe spongieuse. Au niveau du cours inférieur de Spring Creek, elles se séparèrent de chaque côté de la route et mirent pied à terre, courant d'une porte d'entrée à l'autre, dont elles martelaient les battants de leurs poings trempés.

— L'eau monte ! hurlaient-elles tandis que les chevaux tiraient sur les rênes. Allez vous réfugier plus en altitude, ne restez pas là.

Derrière elles, un groupe désordonné d'habitants commença à se mettre en mouvement, des visages curieux apparaissant dans l'embrasure des portes et aux fenêtres, essayant de déterminer à quel point il fallait prendre ces consignes au sérieux. Lorsqu'elles eurent descendu le chemin d'un quart de mile, certains dans leur sillage avaient commencé à hisser des meubles aux étages supérieurs de ces maisons construites sur deux niveaux, les autres chargeant des chariots ou des camions avec ce qui pouvait être protégé. Des bâches étaient jetées par-dessus l'arrière de véhicules découverts, avec des petits enfants grognons coincés entre des adultes aux mines grisâtres. Les gens de Baileyville avaient suffisamment l'habitude des inondations pour savoir que ce n'était pas une menace à prendre à la légère.

Margery tambourina à la dernière porte de Spring Creek, les cheveux plaqués sur le visage par la pluie.

— Mrs Cornish ?... Mrs Cornish ?

Une femme avec un foulard mouillé sur la tête apparut à la porte, l'émoi se dégageant d'elle par vagues.

— Oh, Dieu merci ! Ma chère Margery. Je n'arrive pas à prendre ma mule.

Elle pivota et se mit à courir en leur faisant signe de la suivre.

La bête était au fond de son paddock, en bordure du ruisseau. Les versants les plus bas, déjà marécageux les jours très secs, formaient à présent une épaisse nappe de boue couleur caramel, et la petite mule marron et blanc y était engloutie, apparemment résignée, jusqu'au poitrail.

— Il n'arrive plus à bouger. S'il vous plaît, aidez-le.

Margery tira sur le licou de l'animal. Puis, comme cela ne faisait aucune différence, elle plaça son poids contre lui en essayant de tirer sur une seule jambe antérieure. La mule leva le bout de son nez, mais resta pétrifiée dans la boue.

— Vous voyez ? dit Mrs Cornish en tordant ses vieilles mains noueuses. Il est coincé.

Beth courut de l'autre côté et essaya de faire de son mieux aussi, lui claquant la croupe en hurlant, calant son épaule contre lui, sans succès. Margery recula et regarda vers Beth, qui secoua légèrement la tête.

Elle retenta avec l'épaule contre lui, mais, à part ses oreilles qui tressautaient, la mule ne bougeait rien. Margery s'interrompit pour réfléchir.

— Je ne peux pas la laisser.

— Nous n'allons pas la laisser, Mrs Cornish. Vous avez votre harnais ? Et de la corde ? Beth ? Beth ? Viens ici. Mrs Cornish, tenez Charley pour moi, voulez-vous ?

Tandis que la pluie s'abattait, les deux plus jeunes femmes coururent chercher le harnais, puis rejoignirent la mule en pataugeant. L'eau était encore montée depuis leur arrivée, progressant sournoisement dans l'herbe. Là où, des mois durant, elle n'avait été qu'un écoulement au doux bruit, un ruisseau ensoleillé, elle se ruait à présent en un large torrent impitoyable. Margery passa le harnais par-dessus la tête de la mule et fixa les boucles, ses doigts glissant sur les sangles mouillées. La pluie rugissait dans leurs oreilles, les forçant à hurler pour se parler et à échanger des signes pour se comprendre, mais, après des mois passés à travailler côte à côte, elles communiquaient mieux que personne. Beth fit la même chose de l'autre côté, jusqu'à ce qu'elles crient toutes les deux : « Ça y est ! » Elles fixèrent les traits à la sous-ventrière, puis glissèrent la corde en boucle dans le crochet en cuivre à l'épaule de l'animal.

Rares étaient les mules qui toléraient une sangle partant de leur bride pour leur passer entre les jambes, mais Charley ne manquait ni d'intelligence ni de courage. Beth attacha ses traits à la bricole de son cheval Scooter, et, à l'unisson, chacune commença à exhorter sa bête à avancer le long du terrain où le sol permettait encore une prise ferme.

— Allez ! Allez, Charley, maintenant ! Allez, Scooter !

Les oreilles des animaux tressautèrent, et Charley écarquilla singulièrement les yeux en sentant le poids mort inhabituel derrière lui. Beth fit signe aux chevaux d'avancer pendant que Margery tirait sur la corde, encourageant la mule prise au piège, qui se débattait, hochant la tête tandis qu'elle se sentait entraînée vers l'avant.

— C'est ça, vas-y !

Mrs Cornish s'accroupit de l'autre côté de la bête, deux grandes planches étendues sur la boue devant son poitrail.

— Montez, les gars !

Margery se retourna et vit Charley et Scooter se ruer en avant, leurs flancs tremblant sous l'effort alors qu'ils s'enfonçaient dans le sol devant eux, trébuchant, des mottes de boue giclant autour d'eux. Hélas, la mule était profondément coincée. Si Charley et Scooter continuaient de creuser comme ça avec leurs sabots, ils allaient finir embourbés, eux aussi.

Beth la regarda, l'esprit déjà arrivé à cette conclusion. Elle grimaça.

— Nous devons renoncer à sauver cette bête, Marge. L'eau monte à toute vitesse.

Margery posa une main sur la joue de la petite mule.

— Nous ne pouvons pas la laisser.

On cria. Elles se retournèrent. Deux fermiers des environs accouraient vers elles. Des hommes robustes d'âge moyen, en salopettes et cirés, que Margery ne connaissait que de vue, pour les avoir aperçus au marché au maïs. Ils ne prononcèrent pas un mot, se glissèrent simplement à côté de la mule et commencèrent à tirer sur le harnais avec Charley et Scooter, les bottes fermement arrimées au sol, courbés dans l'effort.

—Allez ! Allez, les gars !

Margery se joignit à eux, baissa la tête, plaçant tout son poids en résistance à la corde. Un pouce. Un autre. Avec un terrible bruit de succion, la jambe antérieure de la bête fut libérée. Elle leva la tête de surprise, et les deux hommes tirèrent de nouveau en même temps, grognant dans l'effort, leurs muscles gonflés par la traction de la corde. Charley et Scooter chancelaient devant eux, têtes baissées, les jambes arrière tremblant de tension, et, dans un écart soudain, la mule fut soulevée, renversée sur le côté et tirée sur l'herbe boueuse avant que Charley et Scooter s'arrêtent. L'animal écarquilla les yeux d'étonnement, les naseaux dilatés, avant de se remettre précipitamment debout, de telle sorte que les hommes durent bondir en arrière pour éviter ses sabots.

Margery eut à peine le temps de les remercier. Le plus bref des hochements de tête, un petit salut d'un bord de chapeau mouillé, et ils étaient partis, regagnant leurs propres maisons en courant sous le déluge pour récupérer ce qu'ils pouvaient. Margery éprouva une vive reconnaissance pour les gens des montagnes auprès desquels elle avait grandi : ils étaient de ceux qui refusaient de voir un homme – ou une bête – lutter seul.

—Est-ce qu'il va bien ? hurla-t-elle à Mrs Cornish, qui passait ses mains burinées le long des jambes couvertes de boue de sa bête.

—Ça va ! cria-t-elle.

—Il faut que vous gagniez les hautes terres.

—Je peux me débrouiller à partir de là, les filles. Maintenant, filez !

La plainte d'un muscle de son ventre qui lui était auparavant inconnu fit soudain grimacer Margery. Elle hésita, se plia en deux, puis chancela vers Charley, alors que Beth décrochait les traits.

— Prochaine étape ? hurla celle-ci en se hissant sur un Scooter qui dérapait.

Margery, essoufflée de s'être hissée péniblement sur le dos de Charley, dut se pencher en avant une minute et reprendre sa respiration avant de répondre.

— Sophia, dit-elle subitement. Je vais voir comment va Sophia. Si c'est inondé ici, William et elle ne seront pas épargnés. Va vers les maisons de l'autre côté du ruisseau.

Beth acquiesça, fit pivoter son cheval et disparut.

Kathleen et Alice chargèrent la brouette de livres, les couvrant de toile à sac afin que Fred puisse la pousser sur le chemin détrempé qui montait vers sa maison. Ils n'avaient qu'une brouette, et les femmes la remplissaient aussi vite que possible, elles-mêmes chargées d'autant de livres qu'elles pouvaient faire entrer dans quatre sacoches, les genoux vacillant sous le poids, têtes inclinées pour braver le temps. Elles avaient vidé peut-être un tiers de la bibliothèque au cours de la dernière heure, mais, depuis, l'eau était montée à la deuxième marche, et Alice craignait qu'ils ne parviennent pas à faire beaucoup plus avant que l'eau atteigne le niveau supérieur.

— Ça va ?

Fred croisa Alice en redescendant le chemin. Il était enveloppé dans un ciré, et un filet d'eau coulait du côté de son chapeau.

— Kathleen devrait partir. Elle devrait aller retrouver ses enfants.

Fred regarda les cieux, puis le bout de la route, où les montagnes disparaissaient dans une tache de gris.

— Dites-lui de partir.

— Mais qu'allez-vous faire ? s'enquit Kathleen quelques minutes plus tard. Vous ne pourrez jamais déplacer tout ça à vous deux.

— Nous sauverons ce que nous pourrons. Vous devez rentrer chez vous.

Comme elle hésitait de nouveau, Fred lui mit la main sur le haut du bras.

— Ce ne sont que des livres, Kathleen.

Elle ne réitéra pas ses protestations. Elle se contenta de hocher la tête, enfourcha le cheval de Garrett et fit prestement demi-tour, puis remonta la route au galop, projetant des éclaboussures d'eau dans son sillage.

Ils se reposèrent un instant, à bout de souffle, et se tinrent brièvement au sec dans le chalet en la regardant partir. L'eau dégoulinait de leurs cirés, formant des flaques sur le plancher.

— Vous êtes sûre que ça va, Alice ? C'est une tâche pénible.

— Je suis plus forte que j'en ai l'air.

— Eh bien, voilà qui est vrai.

Ils échangèrent un petit sourire. Spontanément, Fred leva une main et lui essuya une goutte de pluie sous l'œil avec le pouce. Alice ressentit comme une décharge électrique à son contact, et elle fut saisie par l'intensité inattendue de ses yeux gris pâle, ses cils trempés formant des pointes noires et luisantes. Elle éprouva l'étrange envie pressante de saisir son pouce, de le mettre dans sa bouche et de le mordre. Leurs regards se croisèrent. Le rouge aux joues, le souffle court, il lui semblait que Fred pouvait lire dans ses pensées.

— Est-ce que je peux me rendre utile ?

Ils s'écartèrent d'un bond en reconnaissant Izzy à la porte, la voiture de sa mère garée n'importe comment contre la rambarde, ses bottes d'équitation à la main.

Le rugissement de la pluie sur le toit de tôle avait étouffé le bruit de son arrivée.

— Izzy ! s'exclama Alice d'une voix trop aiguë qui trahissait son embarras.

Elle s'avança pour l'étreindre.

— Oh, comme tu nous as manqué ! Regardez, Fred, Izzy nous est revenue !

— Je suis venue voir si je pouvais vous aider, dit Izzy en rougissant.

— Ça, c'est une bonne nouvelle.

Fred allait poursuivre, puis il baissa les yeux et s'aperçut qu'elle ne portait pas son attelle.

— Vous n'arriverez pas à faire le chemin à pied, si ?

— Pas très vite, répondit-elle.

— Bien. Laissez-moi réfléchir. Vous avez conduit cette chose-là ? demanda-t-il d'un air incrédule.

Izzy acquiesça.

— Pas très douée sur l'embrayage avec ma jambe gauche, mais si j'appuie dessus avec ma canne, ça va.

Fred eut l'air surpris, mais il s'efforça de n'en rien laisser paraître.

— Margery et Beth ont pris les routes plus au sud de la ville. Roulez en direction de l'école et dites-leur de l'autre côté du ruisseau qu'ils doivent se mettre à l'abri dans les hautes terres. Mais empruntez la passerelle. N'essayez pas de traverser la rivière avec cette voiture, entendu ?

Izzy courut vers la voiture en s'abritant la tête avec les bras et grimpa à l'intérieur, en essayant de comprendre la scène qu'elle venait de surprendre : Fred tenant tendrement le visage d'Alice dans sa main. Elle se sentit d'abord blessée, comme à l'époque où elle était encore à l'école et où on la tenait à l'écart de tout. Puis elle chassa cette pensée en se remémorant le plaisir évident qu'avait eu Alice en la voyant.

« Izzy ! Comme tu nous as manqué ! »

Pour la première fois en un mois, Izzy Brady se sentit de nouveau elle-même. Elle enfonça sa canne sur l'embrayage et fit brusquement demi-tour pour se mettre en route vers l'autre bout de la ville, l'air déterminé. Elle était redevenue une femme investie d'une mission.

Monarch Creek était déjà un pied sous l'eau quand elle y arriva. C'était l'un des endroits les plus bas du comté. Ce n'était pas pour rien qu'on avait laissé les gens de couleur s'y installer. Ces terres étaient luxuriantes, certes, mais régulièrement inondées ; l'air grouillait de moustiques et d'aoûtats durant les mois d'été. À présent, tandis que Charley descendait la colline à travers un rideau de pluie, Margery pouvait à peine distinguer Sophia, une caisse en bois sur la tête, pataugeant dans l'eau, sa robe flottant autour d'elle. Ses effets personnels et ceux de William formaient un petit tas sur les versants d'une étroite zone boisée au-dessus de la maison. Depuis l'entrée, William regardait dehors, le visage angoissé, sa béquille calée sous l'aisselle.

— Oh, Dieu soit loué ! hurla Sophia, tandis que Margery approchait. Nous devons mettre nos affaires à l'abri.

Margery mit pied à terre et courut vers la maison, fonçant dans l'eau. Sophia avait installé une corde entre le perron et un poteau télégraphique devant la route, et Margery s'en servait à présent pour traverser le ruisseau. L'eau était glaciale et le courant dangereusement fort, même s'il ne lui arrivait qu'aux genoux. Dans la maison, les meubles chers à Sophia avaient fait naufrage ; des objets plus petits flottaient à la surface de l'eau. Margery se retrouva momentanément paralysée : que sauver ? Elle se saisit de photos sur le mur, de livres et bibelots, les cala dans son manteau, puis tendit le bras vers un guéridon, qu'elle tira jusqu'à la porte pour le sortir sur l'herbe. Une brusque douleur au ventre la fit grimacer.

— Vous ne pouvez rien sauver de plus ! hurla-t-elle à Sophia. L'eau monte trop vite.

— Il y a tout ce que nous possédons là-dedans, répliqua Sophia d'une voix désespérée.

Margery se mordit la lèvre.

— Un dernier trajet, alors.

William se déplaçait dans la pièce inondée en se servant de ses bras pour prendre appui sur le mur, essayant de rassembler l'essentiel – une casserole, une planche à découper, deux bols – en les serrant dans ses énormes mains.

— Est-ce que cette pluie se calme un peu ? demanda-t-il.

Mais son visage grave suggérait qu'il connaissait déjà la réponse.

— Il est temps de sortir, William, dit Margery.

— Laissez-moi juste prendre deux ou trois choses de plus.

Comment dire à un homme mutilé qu'il ne peut être d'aucune aide sans le priver de sa dignité ? Comment lui dire que sa présence n'est pas seulement un frein, mais qu'elle peut aussi les mettre en danger ? Margery ravala ses paroles et prit la boîte à broderie de Sophia, la calant sous son bras avant de sortir de la cabane en pataugeant. Elle attrapa une chaise en bois de l'autre main sur le perron, transportant le tout au sec, grognant dans l'effort. Puis la pile de couvertures, portée haut au-dessus de sa tête. Dieu seul savait comment ils allaient les faire sécher. Ses entrailles se serrèrent une fois de plus, et Margery regarda son ventre. L'eau lui arrivait désormais à hauteur de l'entrejambe, et son long manteau s'enroulait autour de ses cuisses. Le niveau de l'eau avait monté de trois pouces en l'espace de dix minutes.

— Nous devons partir ! hurla-t-elle, alors que Sophia, tête baissée, retournait à l'intérieur. On n'a plus le temps !

Sophia acquiesça, le visage affligé. Margery parvint à sortir de l'eau, sentant celle-ci l'entraîner avec insistance. Sur la berge, Charley remuait nerveusement. Les rênes qui le retenaient au poteau étaient tendues : lui aussi pensait qu'il était temps de déguerpir. Il n'aimait pas l'eau, ne l'avait jamais aimée, et Margery prit une seconde pour l'apaiser.

— Je sais, mon grand. Tu fais du très bon boulot.

Elle plaça les derniers objets de Sophia sur la pile et tira la bâche par-dessus en se demandant si elle pouvait monter quelques-unes de ses affaires plus haut sur la colline. Quelque chose papillonna au plus profond d'elle-même, et elle en fut surprise, jusqu'à ce qu'elle prenne conscience de ce que c'était. Elle s'arrêta et posa la main sur son ventre, le sentant de nouveau, submergée d'une émotion nouvelle.

— Margery !

Elle fit volte-face pour voir Sophia agripper la manche de William. La crue s'était aggravée, et Sophia était dans l'eau jusqu'à la taille. L'eau, vit Margery, était devenue noire.

— Oh, Seigneur, murmura-t-elle. Restez là !

Sophia et William avaient descendu les marches immergées avec précaution, tenant tous les deux la corde d'une main, se soutenant l'un l'autre. L'eau d'un noir d'encre les dépassa en déferlant, sa force diffusant une étrange énergie dans l'air. William gardait les yeux baissés. D'une main il agrippait le manteau de sa sœur, et de l'autre il luttait pour diriger sa béquille dans les eaux agitées de la rivière en crue.

Margery courut si vite qu'elle trébucha sur la colline, les yeux rivés sur eux tandis qu'ils cheminaient vers elle.

— Continuez d'avancer ! Vous pouvez y arriver ! cria-t-elle, s'arrêtant en dérapant au bord.

Ce fut alors que – *clac !* – la corde céda, déséquilibrant Sophia et William, qui furent projetés en aval. Sophia poussa un cri perçant. Elle fut propulsée en avant, bras tendus, disparut un instant, puis, en émergeant, parvint à s'agripper à un buisson, refermant vigoureusement les mains autour de ses branches. Margery se précipita vers elle, le cœur dans la gorge. À plat ventre, elle saisit le poignet mouillé de Sophia. Celle-ci lâcha prise pour agripper l'autre poignet de Margery, et, une seconde plus tard, Margery l'avait hissée sur la berge, où elle s'effondra en arrière. À bout de souffle, Sophia s'accroupit sur ses mains et ses genoux boueux, ses vêtements noirs et trempés.

— William !

Margery se tourna au cri de Sophia, pour voir William à moitié submergé, luttant pour tenter de se hisser de nouveau le long de la corde. Sa béquille avait été emportée et l'eau lui montait jusqu'à la taille.

— Je n'y arrive pas ! hurla-t-il.

— Est-ce qu'il sait nager ?

— Non ! gémit Sophia.

Margery courut trouver Charley, ses vêtements mouillés traînant à chaque pas. À un moment elle avait perdu son chapeau, et l'eau envoyait ses cheveux cascader sur son visage, de telle manière qu'elle devait sans cesse les repousser pour voir.

— Bien, mon garçon, murmura-t-elle en décrochant ses rênes du poteau. J'ai besoin que tu m'aides, maintenant.

Elle le tira en bas de la berge pour entrer dans l'eau où elle pataugea, sa main libre tendue sur le côté pour se stabiliser, avançant à tâtons pour éviter les obstacles. Il hésita au début, les oreilles plaquées en arrière et les yeux révulsés, mais, lorsqu'elle l'encouragea, il fit un pas mal assuré, puis un autre et, remuant ses gigantesques oreilles d'avant en arrière au son de la voix de sa maîtresse, il finit par traverser aux côtés de Margery. William suffoquait quand ils arrivèrent à sa hauteur, les deux mains sur la corde, alors qu'il tâtonnait pour trouver une prise. Il agrippa Margery à l'aveuglette, en proie à la panique, et elle hurla pour se faire entendre par-dessus le bruit de l'eau.

— Tenez-le simplement par le cou, William, d'accord ? Passez vos bras autour de son cou.

William se cramponna à la mule, son grand corps appuyé contre celui de l'animal, et, en grognant sous l'effort, Margery les dirigea dans les profondeurs de l'eau de crue, vers la berge, la mule protestant en silence à chaque pas. L'eau noire montait à présent jusqu'à la poitrine de la jeune femme, et Charley, effrayé, leva le nez pour tenter de sauter en avant. Une autre déferlante les frappa, et tandis que le courant se ruait autour d'elle, elle sentit les jambes de la bête se soulever et fut remplie d'une soudaine terreur, comme si la terre allait se dérober sous eux pour de bon. Au moment où elle pensait qu'ils seraient emportés à leur tour, ses bottes touchèrent de nouveau le sol, et elle sentit que Charley avançait lui aussi.

— Ça va, William ?

— Je tiens bon.

— C'est bien, Charley. Viens là, mon grand.

Le temps suspendit son vol. Ils semblaient avancer pouce par pouce dans le courant. Margery n'avait aucune idée de ce qu'il y avait en dessous. Un tiroir en bois solitaire, rempli de vêtements impeccablement pliés, passa devant eux en flottant, suivi par un autre, puis par un petit chien mort. Elle essaya d'en faire abstraction. L'eau noire était devenue une chose vivante, qui respirait. Elle attrapait son manteau, entravait sa progression, exigeait qu'elle se soumette. Elle était implacable, assourdissante, et faisait monter la peur dans sa gorge. Margery avait si froid que son teint avait viré au bleu. Elle avait la tête appuyée contre l'encolure de Charley, cognant de temps à autre contre les bras de William, concentrée sur son but.

Ramène-moi juste à la maison, mon garçon, s'il te plaît.

Un pas.

Deux.

— Ça va, Margery ?

Elle sentit la main puissante de William sur son bras, qui l'agrippait, et ne savait pas vraiment s'il le faisait pour lui porter secours ou se protéger lui-même. Le monde s'était estompé jusqu'à ce qu'il ne reste plus qu'elle, William et Charley, le rugissement de l'eau dans ses oreilles, la voix de William murmurant une prière qu'elle ne pouvait distinguer, Charley luttant vaillamment dans le courant, ballotté par une force qu'il ne comprenait pas, le sol menaçant à chaque instant de se dérober sous ses pas. Un énorme rondin de bois emporté par le courant passa devant eux à toute vitesse. Margery avait les yeux qui piquaient, remplis de poussière et d'eau. Sophia tendait les bras vers elle depuis la berge, les mains offertes, comme si elle pouvait les hisser tous les trois sur la terre ferme par sa seule force. Des voix se joignirent à la sienne sur la berge. Un homme. Puis d'autres hommes. Les yeux embués, elle ne voyait plus rien. Elle ne pouvait plus réfléchir à rien, ses doigts, à présent engourdis, enroulés dans la crinière de Charley, l'autre main sur sa bride.

Encore six pas. Encore quatre pas. Un mètre.

S'il vous plaît.

S'il vous plaît.

S'il vous plaît.

La mule vacilla en avant, puis monta, et Margery sentit des mains l'attraper, tirer sur ses épaules, ses manches, son corps tel un poisson échoué, et la voix chevrotante de William : « Merci, Seigneur ! Merci ! » S'apercevant que la rivière lâchait prise à contrecœur, elle murmura les mêmes mots entre ses lèvres gelées. Elle relâcha la crinière de Charley et se passa la main sur le ventre, machinalement.

Puis tout devint noir.

Chapitre 17

Beth entendit les filles avant de les voir, leurs voix perçantes s'élevant au-dessus du rugissement de l'eau. Toutes trois s'agrippaient à la façade d'un chalet délabré, les pieds enfoncés dans l'eau jusqu'aux mollets, et hurlaient : « Miss ! Miss ! » Elle tenta de se rappeler leur nom de famille – McCarthy ? McCallister ? – et exhorta son cheval de traverser. Mais Scooter, apeuré par la tension palpable et la pluie dense et éprouvante, avait à peine franchi la moitié du ruisseau en crue lorsqu'il se cabra et fit un violent écart. Beth manqua de tomber. Elle se redressa, mais Scooter refusait de bouger, il renâclait, en proie à la panique. Il finirait par se blesser si ça continuait.

Poussant un juron, Beth était descendue de selle et avait jeté ses rênes par-dessus un poteau, puis pataugé dans l'eau jusqu'aux filles. Elles étaient jeunes – la plus petite devait avoir deux ans – et portaient de fines robes de coton qui collaient à leur peau pâle. Alors qu'elle s'approchait, elles la réclamèrent, six petits bras qui se tendaient, s'agitaient telle une anémone. Elle les rejoignit juste avant la montée. Un flot d'eau noire, si rapide et violent qu'elle dut attraper le bébé par la taille pour éviter qu'il ne se fasse emporter. Et elle se retrouva là, avec trois petits enfants en grappe autour d'elle, agrippés à son manteau, à prononcer des paroles rassurantes, même si les idées se bousculaient dans sa tête, tandis qu'elle se demandait comment elle allait bien pouvoir s'en sortir cette fois.

— Est-ce qu'il y a quelqu'un d'autre dans la maison ? hurla-t-elle à l'aînée, en essayant de se faire entendre par-dessus le torrent.

L'enfant secoua la tête.

Eh bien, c'est déjà ça, pensa-t-elle, chassant des visions de grands-mères clouées au lit.

Son bras abîmé était déjà douloureux de porter le bébé fermement contre sa poitrine. Scooter s'agitait dangereusement autour du poteau, prêt à rompre ses rênes pour déguerpir. Elle avait apprécié que Fred lui propose un pur-sang : il était rapide, flamboyant, et ne se faisait pas prier pour avancer. À présent, elle maudissait sa tendance à paniquer et son cerveau de la taille d'un petit pois. Comment allait-elle pouvoir faire grimper trois enfants sur son dos ? Elle baissa les yeux alors que l'eau léchait le contour de ses bottes et s'infiltrait dans ses bas. Son cœur se serra.

— Miss, est-ce que nous sommes coincées ?

— Non, nous ne sommes pas coincées.

Puis elle l'entendit, le sifflement d'une voiture qui descendait la route vers elles. Mrs Brady ? Elle plissa les yeux pour mieux voir. Le véhicule ralentit, s'arrêta, et alors – ô surprise ! – Izzy Brady en sortit, la main en visière tandis qu'elle essayait de distinguer ce qu'elle apercevait de l'autre côté de l'eau.

— Izzy ? C'est toi ? À l'aide !

Elles se hurlèrent des consignes d'une rive à l'autre du ruisseau, mais n'arrivaient pas à s'entendre. Finalement, Izzy agita la main, comme pour faire signe d'attendre, passa la vitesse de la grosse voiture luisante dans un crissement, et commença à avancer vers elles, le moteur rugissant.

— Tu ne peux pas traverser la rivière dans cette maudite voiture, souffla Beth, en secouant la tête. Cette fille n'a-t-elle été dotée d'aucun bon sens ?

Mais Izzy fit halte au moment où les roues avant étaient presque submergées, puis courut en boitant jusqu'au coffre et l'ouvrit, pour en sortir une corde. Elle se précipita ensuite à l'avant de la voiture, déroula la corde et en jeta l'extrémité à Beth. Cette fois, Beth comprenait où elle voulait en venir. À cette distance, elle était juste assez longue pour l'attacher au poteau du perron. Beth y mit tout son poids et fut soulagée de remarquer qu'elle tenait fermement.

— Ta ceinture ! hurlait Izzy en gesticulant. Attache ta ceinture autour de la corde !

Elle-même attachait son extrémité de corde à la voiture, les mains agiles et sûres. Puis elle se tint à la corde et commença à avancer vers elles, son boitement désormais invisible alors qu'elle se frayait un chemin dans l'eau.

— Ça va ? lança-t-elle, tandis qu'elle les rejoignait et se hissait sur le perron.

Elle avait les cheveux aplatis. Sous son manteau de feutre, son pull pendait, gorgé d'eau.

— Prends le bébé, répondit Beth.

Elle eut alors envie d'étreindre Izzy, un sentiment inhabituel qu'elle étouffa en s'activant prestement. Izzy se saisit de l'enfant et adressa à la fillette un sourire rayonnant, comme si elles étaient simplement sorties pique-niquer. Pendant tout le temps où elle souriait, Izzy retira son écharpe de son cou, l'enroula autour de la taille de l'aînée et l'attacha à la corde.

— Maintenant, Beth et moi, nous allons traverser en nous tenant, et tu seras juste entre nous deux, attachée à la corde. Tu entends ?

L'aînée, les yeux ronds, secoua la tête.

— La traversée ne nous prendra qu'une minute. Et ensuite, nous serons toutes bien au sec de l'autre côté et nous pourrons vous ramener à votre maman. Allez, c'est parti !

— J'ai peur, dit la fillette.

— Je sais, mais nous devons traverser, nous n'avons pas le choix.

La petite fille jeta un coup d'œil vers l'eau, puis fit un pas un arrière, comme pour disparaître à l'intérieur du chalet.

Beth et Izzy échangèrent un regard. L'eau montait vite.

— Et si nous chantions une chanson ? proposa Izzy. (Elle s'accroupit au niveau de l'enfant.) Quand j'ai peur de quelque chose, je me chante une chanson joyeuse. Ça m'aide à me sentir mieux. Quelles chansons connais-tu ?

La fillette tremblait, mais Izzy avait réussi à capter son attention.

— Pourquoi pas « Camptown Races » ? Tu la connais, n'est-ce pas, Beth ?

— Oh, ma préférée ! dit Beth en gardant un œil sur l'eau.

— Parfait ! dit Izzy.

Les dames de Camptown chantent cette chanson,
Dou-da, dou-da.
Le champ de courses de Camptown fait cinq miles de long,
Oh, di-dou-da-di.

Elle sourit en retournant dans l'eau, qui lui arrivait maintenant à hauteur des cuisses. Elle garda un œil sur l'enfant, lui faisant signe d'avancer, la voix perchée et enjouée, comme si elle n'avait pas le moindre souci.

Va courir toute la soirée
Va courir toute la journée
Mon billet sur celui à queue coupée
Quelqu'un d'autre pariera sur le bai.

— C'est ça, mon ange, tu me suis. Tiens-toi bien, maintenant.

Beth se glissa derrière elles, avec l'enfant du milieu haut sur la hanche. Elle percevait la puissance du courant en dessous, sentait l'odeur âcre des produits chimiques qui imprégnaient l'eau. Elle n'avait aucune envie de s'y immerger et comprenait que les fillettes rechignent, elles aussi. Elle serra la petite dans ses bras, et celle-ci se fourra le pouce dans la bouche, fermant les yeux comme pour s'extraire de ce qu'elle voyait autour d'elle.

— Allons, Beth, lui dit Izzy d'une voix flûtée. Tu dois chanter avec nous.

Oh, la pouliche à longue queue et le grand cheval noir
Dou-da, dou-da
Arrivent à un bourbier et le passent tous sans histoires
Oh di-dou-da-di.

Et elles se retrouvèrent à traverser en pataugeant, la voix douce de Beth et son souffle quelque part dans sa poitrine, encourageant la fillette à avancer. L'enfant chantait avec hésitation, ses mains crispées sur la corde, le visage grimaçant de peur, poussant de petits cris aigus chaque fois que ses pieds étaient soulevés du sol. Izzy ne cessait de regarder derrière elle, priant Beth de continuer à chanter, de continuer à avancer.

L'eau gagnait en hauteur et en vitesse. Beth entendait Izzy devant elle, calme et positive.

— Eh bien, voilà, ne sommes-nous pas quasiment arrivées au bout ? Que dites-vous de ça ! « Va courir toute la soirée, va courir toute la journée... »

Beth leva les yeux quand Izzy cessa de chanter.

Je suis sûre que la voiture n'était pas si avancée dans l'eau, songea-t-elle.

La seconde suivante, Izzy tirait sur la ceinture de l'aînée, les doigts tâtonnant tandis qu'elle essayait de défaire le nœud à l'écharpe, et Beth comprit soudain pourquoi elle s'était tue, l'air affolée, et se jeta sur la berge tandis qu'elle attrapait sa ceinture pour la déboucler.

Dépêche-toi, Beth ! Défais-la !

Elle avait subitement deux mains gauches. La panique lui serrait la gorge. Elle sentit les mains d'Izzy saisir la ceinture, la hisser hors de l'eau, fut consciente de la pression menaçante qui enflait tandis qu'elle lui comprimait la taille – et alors, au moment où elle se sentit entraînée en avant, *clic*, la ceinture lui glissa entre les doigts, et Izzy la tira avec une force qui surprit Beth. Soudain, *plouf*, la grosse voiture verte fut emportée par le courant à une vitesse invraisemblable, loin d'elles, au bout de sa corde.

Elles se relevèrent précipitamment, gravirent la colline en trébuchant vers les hauteurs, les mains des enfants serrées dans les leurs, hypnotisées par le spectacle qui se déroulait sous leurs yeux. La corde qui retenait la voiture se raidit, puis, la pression augmentant, elle finit par se rompre.

L'Oldsmobile de Mrs Brady, peinte sur commande en vert anglais, avec un intérieur cuir couleur crème qui avait fait tout le trajet depuis Detroit, se retourna élégamment, tel un gigantesque phoque exhibant son ventre. Alors qu'elles regardaient toutes les cinq, dégoulinantes, tremblant de tous leurs membres, la voiture s'éloigna, à moitié submergée par la marée noire, et son pare-chocs chromé acheva de disparaître dans un virage.

Personne ne parla. Puis la plus petite fille tendit les bras vers Izzy qui se pencha pour la prendre contre elle.

— Eh bien, dit la jeune femme au bout d'une minute, j'imagine que me voilà punie pour les dix prochaines années.

Et Beth, qui n'était guère portée sur les grandes effusions, attira Izzy vers elle dans un élan irrésistible et lui plaqua un baiser sur la joue. Elles se remirent en route, les joues roses, éclatant de rire de temps à autre sans que les fillettes arrivent à comprendre ce qui causait leur hilarité.

Fait!

Les derniers livres avaient été mis à l'abri dans la salle de séjour de Fred. La porte était fermée. Fred et Alice contemplèrent la gigantesque pile qui avait envahi son petit salon autrefois bien rangé, avant d'échanger un regard.

— Tous! s'émerveilla Alice. Nous les avons tous sauvés.

— Oui, et nous aurons même rouvert la boutique avant que vous vous en aperceviez.

Fred posa la bouilloire sur la cuisinière et regarda dans son cellier. Il en sortit des œufs et du fromage, qu'il posa sur le comptoir.

— Alors... Je me disais que vous pourriez vous reposer un peu ici. Peut-être manger. Personne n'ira très loin aujourd'hui.

— Je suppose qu'il vaut mieux ne pas retourner dehors tant que c'est comme ça.

Elle porta la main à son crâne, frottant ses cheveux mouillés.

Ils connaissaient les dangers, mais, pour l'instant, Alice ne pouvait s'empêcher de voir l'eau qui déferlait devant eux sur la route en contrebas comme une alliée secrète, interrompant le cours normal du monde. Personne ne pouvait lui reprocher de s'offrir un peu de répit chez Fred, si? Elle n'avait fait que déplacer des livres, après tout.

— Si vous voulez une chemise sèche, il y en a une qui vous attend, suspendue à l'escalier.

Elle monta à l'étage, ôta son pull mouillé, se sécha avec une serviette et enfila la chemise, sentant la douceur de la flanelle sur sa peau humide tandis qu'elle la boutonnait devant. Il y avait quelque chose dans le fait de se glisser dans une chemise d'homme – une chemise de Fred – qui la fit frémir de plaisir. Elle ne parvenait pas à se débarrasser de la sensation de ce pouce sur son visage, l'image de ces yeux brûlant d'une telle intensité dans les siens, comme si Fred pouvait voir au plus profond d'elle. Chaque mouvement semblait à présent chargé de l'écho de ce moment, chaque coup d'œil ou parole désinvolte entre eux empli d'une nouvelle intention.

Elle redescendit lentement l'escalier en direction des livres, sentant la chaleur monter en elle, comme cela se produisait chaque fois qu'elle songeait à la peau de Fred au contact de la sienne. Elle le chercha des yeux, il la regardait.

— Cette chemise vous va mieux qu'à moi. (Elle se sentit s'empourprer et se détourna.) Tenez.

Il lui tendit une tasse de café chaud et elle referma ses mains dessus, laissant la chaleur s'infiltrer, contente d'avoir une chose sur laquelle se concentrer.

Fred évolua autour d'elle, déplaçant des livres, puis allant chercher des bûches dans le panier pour alimenter le feu. Elle regarda les muscles de ses avant-bras se tendre pendant qu'il travaillait, ses cuisses comme de l'acier quand il s'accroupissait pour jeter un coup d'œil aux flammes. Comment se faisait-il que personne d'autre dans cette ville n'avait été charmé par Frederick Guisler, la grâce avec laquelle il se déplaçait, les muscles qui roulaient sous sa peau ?

Laisse la flamme vacillante de ton âme danser tout autour de moi

Que dans mes membres puisse s'infiltrer l'ardeur du feu…

Il se redressa et se tourna vers elle. Il lui sembla que la vérité nue n'avait plus de secret pour lui, qu'il pouvait lire sur son front tout ce qu'elle ressentait. Aujourd'hui, pensa-t-elle soudain, il n'y avait pas de règles. Ils se trouvaient dans un endroit rien qu'à eux, loin de l'eau, du malheur et des tourments du monde extérieur. Elle fit un pas vers lui, comme aimantée, enjambant les livres sans regarder par terre, et posa sa tasse sur le manteau de la cheminée, les yeux toujours rivés dans les siens. Ils se tenaient maintenant à seulement quelques pouces l'un de l'autre, la chaleur du feu ardent mordant leurs corps. Elle voulait parler, mais ne savait pas quoi dire. Elle avait envie qu'il la touche encore, sentir la peau de Fred sur ses lèvres, sous ses doigts. Elle voulait connaître ce que tout le monde semblait connaître de manière si désinvolte et simple, les secrets chuchotés dans des pièces sombres, une intimité qui allait bien au-delà des mots. Elle se sentait consumée par cela. Les yeux de Fred exploraient les siens et s'adoucirent, son souffle s'accéléra, et elle sut alors qu'il était à elle. Que cette fois, ce serait différent. Il lui prit la main, et elle se sentit traversée par une vague de chaleur fulgurante, brûlante, pressante, puis il la leva, et elle s'entendit retenir son souffle.

Il dit alors :

—Je vais arrêter là, Alice.

Il fallut une seconde à Alice pour assimiler ses paroles, et le choc se révéla si grand qu'elle en eut presque le souffle court.

Alice, tu es trop impulsive.

—Ce n'est pas que…

—Je dois partir, dit-elle.

Elle se détourna, humiliée.

Comment ai-je pu être aussi stupide ?

Les larmes aux yeux, elle trébucha sur les livres et jura d'une voix forte en manquant de perdre l'équilibre.

—Alice.

Où était son manteau ? L'avait-il suspendu quelque part ?

—Mon manteau. Où est mon manteau ?

—Alice.

— S'il vous plaît, laissez-moi.

Elle sentit la main de Fred sur son bras et le retira violemment pour le plaquer contre sa poitrine, comme si elle avait été brûlée.

— Ne me touchez pas.

— Ne partez pas.

Elle eut l'impression, embarrassante, qu'elle allait fondre en larmes. Son visage se plissa dans une grimace et elle le couvrit d'une main.

— Alice. S'il vous plaît… Écoutez-moi.

Il déglutit, comprima les lèvres, comme s'il lui était difficile de parler.

— Ne partez pas. Si vous pouviez imaginer combien… Combien je veux vous avoir ici, Alice. Je n'en dors plus la nuit, je pense à vous, je suis fou de… Je vous aime. Depuis le jour où j'ai posé les yeux sur vous. Quand vous n'êtes pas près de moi, j'ai l'impression de perdre mon temps. Quand vous êtes là, c'est comme… si le monde se teintait de nuances plus vives. J'ai envie de sentir votre peau contre la mienne. J'ai envie de voir votre sourire et d'entendre la façon dont vous éclatez de rire quand vous vous laissez aller… Je veux vous rendre heureuse… Je veux me réveiller tous les matins auprès de vous, et… et…

Il grimaça furtivement, comme s'il était allé trop loin, avant d'ajouter :

— Et il se trouve que vous êtes mariée. Je m'applique de toutes mes forces à être un homme bien. Alors, avant que je trouve une solution pour contourner ça, je ne peux pas. Je ne peux pas poser un doigt sur vous. Pas comme je le voudrais. Tout ce que je peux vous donner, Alice, ce sont… des mots, conclut-il dans un souffle, la voix brisée.

Un tourbillon s'était engouffré dans la pièce pour tout mettre sens dessus dessous. À présent, il s'attardait autour d'Alice, et des particules de poussière retombaient en scintillant.

Le silence suspendu entre eux sembla durer une éternité. Alice attendit d'être sûre que sa voix était redevenue normale.

— Des mots.

Il acquiesça.

Elle y réfléchit en s'essuyant les yeux du revers de la main, puis la porta brièvement à sa poitrine, attendant que le martèlement se calme un peu ; lorsqu'il s'en aperçut, il grimaça, comme s'il l'avait peinée.

— J'imagine que je pourrais rester un peu plus longtemps, dit-elle.

— Café, dit-il après un instant.

Il lui tendit sa tasse. Et veilla à ce que ses doigts ne frôlent pas ceux d'Alice.

— Merci.

Ils échangèrent un bref regard. Elle lâcha un long soupir, puis, sans dire un mot de plus, ils se mirent, côte à côte, à ranger les piles de livres.

Il avait cessé de pleuvoir. Mr et Mrs Brady vinrent chercher leur fille dans la grosse Ford de Mr Brady, et acceptèrent sans protester les passagères supplémentaires, trois fillettes qui seraient leurs invitées au moins jusqu'au lendemain matin. Mr Brady écouta le récit des enfants, la corde de l'Oldsmobile, et s'il ne disait rien, furieux d'avoir perdu sa belle voiture, Mrs Brady, quant à elle, serra sa fille dans ses bras en silence, durant plusieurs minutes, avant de la relâcher, les yeux embués. Ils ouvrirent les portières de la voiture sans un mot et entamèrent le court trajet jusque chez eux, pendant que Beth commençait à rentrer à pied chez elle par le sentier supérieur gorgé d'eau, la main levée pour les saluer jusqu'à ce que la Ford disparaisse hors de vue.

Margery se réveilla en sentant la main chaude de Sven dans la sienne. Elle resserra les doigts autour par réflexe, avant de se rappeler que, pour un tas de raisons, il valait mieux qu'elle garde Sven à distance. Elle était à moitié enfouie sous des couvertures et des plaids. À présent, elle arrivait à remuer chaque orteil, rassurée par l'obéissance avec laquelle son corps réagissait.

Elle ouvrit les yeux en battant des paupières : l'obscurité régnait autour du halo lumineux de la lampe à huile à côté du lit. L'attention de Sven vacilla vers elle, et leurs regards se verrouillèrent, au moment même où Margery reprit ses esprits. Sa voix, lorsqu'elle émergea, était éraillée.

— Combien de temps suis-je restée inconsciente ?

— Un peu plus de six heures.

Elle absorba l'information.

— Sophia et William vont bien ?

— Ils sont en bas. Sophia prépare à manger.

— Et les filles ?

— Toutes à l'abri. Il semblerait que Baileyville ait perdu quatre maisons, et cette implantation en dessous de Hoffman a été entièrement détruite, même si, à mon avis, ça pourrait encore s'aggraver d'ici l'aube. La rivière est toujours haute, mais la pluie s'est arrêtée il y a une heure ou deux. Espérons que le pire est passé.

Tandis qu'il parlait, le corps de Margery se remémora la puissance du courant, les forces tourbillonnantes qui l'entraînaient, et elle ne put réprimer un frisson.

— Charley ?

— Tout va bien. Je l'ai bouchonné et récompensé pour sa bravoure avec un seau de carottes et de pommes. Il a même essayé de me remercier d'un coup de sabot, ajouta-t-il en ébauchant un sourire timide.

—Jamais connu une mule comme lui, Sven. Je lui ai demandé l'impossible.

—Il paraît que tu as aidé beaucoup de gens.

—N'importe qui l'aurait fait.

—Mais personne ne l'a fait.

Elle resta immobile, exténuée, s'abandonnant à la douce chaleur des couvertures. Sa main, enfoncée sous les épaisseurs, glissa vers la rondeur de son ventre et, après une minute, elle sentit le papillonnement dont la réponse apaisa quelque chose en elle.

—Bon, dit-il. Tu avais l'intention de m'en parler ?

Elle leva alors les yeux vers lui, vers son visage, sérieux et gentil.

—J'ai dû te déshabiller pour te mettre au lit. J'ai fini par comprendre pourquoi tu me repousses depuis toutes ces semaines.

—Je suis désolée, Sven. Je ne savais… Je n'avais aucune idée de ce que je devais faire, dit-elle, les larmes aux yeux. J'imagine que j'avais peur. Je n'ai jamais voulu d'enfant, tu le sais. Je ne me sens pas faite pour être mère, dit-elle en reniflant. Je n'ai même pas réussi à protéger mon propre chien, pas vrai ?

—Marge…

Elle s'essuya les yeux.

—J'imagine que… je me suis dit que si je l'ignorais, avec mon âge, tout ça, il allait peut-être… partir, dit-elle avec un haussement d'épaules. Mais…

Sven grimaça, lui qui ne supportait pas de voir un fermier noyer un chaton.

—Mais ?

Elle se tut un instant. Puis elle baissa la voix jusqu'à chuchoter.

— Je la sens. Me dire des choses. Et je m'en suis rendu compte là-bas, dans l'eau. Ce n'est pas vraiment une question. Elle est déjà là. Elle veut être là.

— Elle ?

— Je sais que c'est une fille.

Il sourit, secoua la tête. Elle avait toujours la main tachée de noir, et il laissa son pouce glisser dessus. Puis il se frotta l'arrière du crâne.

— Nous allons avoir une fille.

— J'imagine.

Ils restèrent un moment silencieux dans la pénombre, chacun accueillant la perspective d'un nouvel avenir auquel il ne s'attendait pas. Au rez-de-chaussée, Margery percevait des voix, le tintement de casseroles et d'assiettes.

— Sven, crois-tu que toutes ces histoires d'inondations, le fait d'avoir été soulevée, entraînée, et cette eau noire… Crois-tu que ça fasse du mal au bébé ? J'ai eu ces douleurs. Et j'ai eu affreusement froid. Je ne me sens toujours pas dans mon assiette.

— Et maintenant ?

— Rien depuis… Eh bien, je ne m'en souviens pas.

Sven réfléchit soigneusement à sa réponse.

— Ce n'est plus de notre ressort, Marge. (Il referma les doigts sur ceux de Margery.) Mais elle fait partie de toi. Et si elle fait partie de Margery O'Hare, cette petite est dure comme de l'acier. S'il y a un bébé qui peut survivre à une telle tempête, c'est bien le tien.

— Le *nôtre*, le corrigea-t-elle.

Elle lui prit alors la main et la glissa sous les couvertures afin qu'il puisse poser sa paume chaude sur le ventre arrondi, se perdant dans le regard de Margery. Elle resta parfaitement immobile pendant une minute, savourant la profonde sensation de paix qui lui venait quand sa peau était en contact avec celle de Sven. Alors, avec complaisance, le bébé bougea de nouveau, tel le plus ténu des soupirs, et ils écarquillèrent les yeux à l'unisson, ceux de Sven cherchant dans les siens la confirmation de ce qu'il venait de sentir.

Elle acquiesça.

Et Sven Gustavsson, qui n'était pas réputé pour être démonstratif, passa sa main libre sur son visage, et dut se détourner afin qu'elle ne voie pas les larmes dans ses yeux.

Les Brady n'étaient pas connus pour leurs propos blessants ; si leur union ne pouvait être décrite comme une parfaite rencontre des esprits, aucun d'eux n'appréciait le conflit au sein du foyer, et chacun avait pour l'autre un respect si salutaire qu'il était rare qu'ils se permettent un échange ouvertement hostile. Après trente ans de vie commune, ils étaient suffisamment capables d'anticiper les réactions de l'autre pour pouvoir éviter de se disputer.

La soirée qui suivit les inondations provoqua pourtant une véritable secousse sismique chez les Brady. Après avoir veillé à donner à manger et à boire aux trois enfants dans la chambre d'amis et envoyé Izzy se coucher, Mrs Brady avait attendu que les domestiques se soient retirés pour annoncer d'un ton sans appel à son mari l'intention de sa fille de rejoindre le projet de la bibliothèque itinérante. Mr Brady, lui ayant demandé de le répéter deux fois afin de s'assurer qu'il avait bien entendu, répondit de manière singulièrement vigoureuse – il avait peut-être les nerfs à vif après avoir perdu sa belle voiture et une bonne quantité de marchandises stockées à Louisville dans l'inondation. Mrs Brady répondit avec la même intensité, informant son époux qu'elle connaissait sa fille comme elle se connaissait elle-même. Elle n'avait jamais été aussi fière d'elle que ce jour-là. Il pouvait croiser les bras et la laisser finir en femme au foyer insatisfaite et complexée comme l'avait été la sœur de Mr Brady – et tout le monde savait comme cette histoire-là avait fini. Ou alors il pouvait encourager l'entreprenante et courageuse Izzie, celle qu'ils avaient méconnue pendant vingt ans, et la laisser faire la chose qu'elle adorait. Et elle ajouta, d'une voix stridente, que l'homme qu'elle croyait avoir épousé il y a des années n'aurait jamais écouté cet imbécile de Van Cleve plutôt que sa propre fille.

Ces propos étaient agressifs. Mr Brady les accueillit avec une force égale. Même si leur maison était vaste, leurs voix résonnèrent dans les vastes couloirs lambrissés, durant toute la nuit jusqu'à l'aube. Les enfants dormaient à poings fermés et ils n'entendirent rien, pas plus qu'Izzy, qui avait sombré dans le sommeil comme on tombe d'une falaise. À ce stade, alors qu'ils étaient parvenus à une trêve précaire, tous deux épuisés par ce tournant inattendu dans leur union, Mr Brady annonça avec lassitude qu'il avait besoin de faire un petit somme d'au moins une heure, parce qu'une grosse journée de nettoyage se profilait, et Dieu seul savait dans quelles dispositions il allait y faire face à présent.

Mrs Brady, dont le triomphe retombait un peu, éprouva un vif élan de tendresse pour son mari et fit le premier pas vers la réconciliation en lui tendant la main. Et ce fut ainsi, alors que le jour se levait, que la bonne les trouva une heure et demie plus tard, tout habillés et ronflant sur le gigantesque lit en acajou, les mains enlacées.

CHAPITRE 18

« Un épicier audacieux de l'Oklahoma a récemment vendu une vingtaine de fouets d'attelage en deux jours. Trois clients ont cependant déclaré que les leurs seraient utilisés comme cannes à pêche, tandis qu'un autre a été vendu à une mère souhaitant "corriger" son fils. »

Le Sillon, septembre-octobre 1937.

Margery se lavait les cheveux le dimanche matin, la tête penchée au-dessus d'un seau d'eau chaude, les rinçant abondamment puis les essorant telle une corde épaisse et luisante, quand Alice entra. Celle-ci s'excusa, à moitié endormie et un peu vaseuse, et s'apprêtait à ressortir de la petite cuisine lorsqu'elle aperçut le ventre de Margery à travers sa fine chemise de nuit en coton et marqua un temps d'arrêt. Margery, qui s'enveloppait la tête dans une serviette, la regarda en coin et comprit. Elle se redressa, plaçant sa paume sur son nombril.

— Oui, c'est ça… Oui, je le suis, d'un peu plus de six mois, et je sais… Pas exactement ce qui était prévu.

Alice porta aussitôt la main à sa bouche. Elle se rappela soudain l'image du couple au *Nice'N'Quick* la veille, comment Margery avait passé la soirée assise sur les genoux de Sven, avec les mains de celui-ci enroulées de manière protectrice autour de son abdomen.

— Mais…

— Je suppose que j'aurais dû lire plus attentivement le petit livre bleu.

— Mais… mais que vas-tu faire ?

Alice ne pouvait arracher ses yeux de l'arrondi du ventre. Cela paraissait tellement improbable. Les seins de Margery étaient si gonflés que ç'en était presque indécent. Quelques veines bleues sillonnaient sa poitrine là où sa robe avait glissé, révélant un éclat de peau pâle.

— Il n'y a pas grand-chose que je puisse faire.

— Enfin, je veux dire… Vous n'êtes pas mariés !

— Mariés ! C'est ça qui t'inquiète ? s'esclaffa Margery. Alice, tu crois vraiment que je me soucie de ce que les gens des environs pensent de moi ? Enfin, Sven et moi sommes quasiment mariés. Nous élèverons cet enfant, et nous serons plus gentils avec elle et l'un envers l'autre que la plupart des gens mariés par ici. Je l'éduquerai et lui apprendrai à distinguer le bien du mal, et tant qu'elle aura son papa et sa maman pour l'aimer, je me fiche de ce qu'en penseront les gens.

Alice ne pouvait se faire à l'idée qu'une femme puisse être enceinte de six mois et ne pas se soucier que son bébé risque d'être un bâtard, qu'il risque même d'être damné. Et pourtant, face à la certitude enthousiaste de Margery, sa mine radieuse, on pouvait difficilement affirmer que tout cela était un désastre.

Elle poussa une longue expiration.

— Est-ce que quelqu'un le sait ?

— À part Sven ?

Margery se frotta vigoureusement les cheveux, puis marqua une pause pour en vérifier l'humidité avec ses doigts.

— Eh bien, reprit-elle, nous ne l'avons pas crié sur tous les toits. Mais je ne pourrai plus le cacher très longtemps.

Le pauvre vieux Charley va finir par flancher si je grossis encore.

Un bébé. Alice était emplie d'un mélange complexe d'émotions – le choc, l'admiration devant le fait que, une fois de plus, Margery avait décidé de jouer la vie selon ses propres règles –, mais, transperçant tout cela, la tristesse à l'idée que tout doive changer, qu'elle n'ait plus son amie avec qui galoper en haut des collines, rire dans les confins douillets de la bibliothèque. Margery resterait certainement à la maison maintenant, une mère comme toutes les autres. Elle se demanda ce que deviendrait la bibliothèque sans cette femme : elle en était le cœur et la colonne vertébrale. Puis une autre pensée plus inquiétante lui vint. Comment pourrait-elle habiter là une fois que le bébé serait né ? Il n'y aurait pas de place. Tel que c'était, il y en avait à peine assez pour eux trois.

— Je t'entends pratiquement te ronger les sangs d'ici, Alice, lança Margery, alors qu'elle retournait dans sa chambre. Et je te le dis, rien n'est obligé de changer. Nous nous inquiéterons du bébé quand il arrivera. Pas besoin de te faire de la bile d'ici là.

— Je vais bien, dit Alice. Juste contente pour vous.

Et elle aurait désespérément voulu que ce soit vrai.

Margery descendit à Monarch Creek à cheval le samedi, saluant de la tête en passant les familles affairées, occupées à nettoyer, balayer des amas trempés de vase par leur porte d'entrée, transporter des meubles détruits et former des tas qui ne seraient bons qu'à sécher pour servir de bois de chauffage. Les inondations avaient dévasté la zone la plus basse de la ville, là où vivaient les familles les plus pauvres et les moins susceptibles de s'en plaindre. Ou de faire entendre leurs plaintes, en tout cas. Dans les quartiers les plus aisés, la vie avait déjà quasiment repris son cours normal.

Margery arrêta Charley devant chez Sophia et William, le cœur serré en examinant les dégâts. Vous pouviez savoir qu'une chose était vraie, c'en était une tout autre de la regarder en face. La petite maison tenait à peine debout. Située sur la partie la plus basse de la route, elle avait subi le plus gros de l'inondation. Les poteaux de l'impeccable terrasse étaient fendus et cassés, et les pots de fleurs et le rocking-chair qui s'étaient trouvés dessus avaient été emportés, avec les deux fenêtres de la façade.

Ce qui avait été un joli petit potager était à présent une énorme flaque de boue noire dégageant une odeur pestilentielle. Des fragments de bois émergeaient çà et là à la place des plantes. Une épaisse et sombre laisse de crue longeait la partie supérieure des charpentes et de la façade, permettant de mesurer l'ampleur du désastre. Margery n'avait pas besoin d'aller plus loin pour déduire l'état de l'intérieur. Elle frissonna, se remémorant la froide emprise de l'eau, et posa la paume sur l'encolure de Charley, éprouvant une envie soudaine de rentrer chez elle pour retrouver chaleur et sécurité.

Elle mit pied à terre – il lui fallait un peu plus d'efforts pour descendre de selle désormais – et accrocha les rênes à un arbre non loin. Il n'y avait rien à brouter pour la mule sur cette vaste étendue de boue noirâtre qui s'étendait jusqu'au versant de la colline.

— William ? appela-t-elle, son cri accompagné par le bruit de succion de ses bottes tandis qu'elle se dirigeait vers le petit chalet. William ? C'est Margery.

Elle appela deux autres fois et attendit, jusqu'à ce qu'il soit évident que personne n'était à la maison. Elle rejoignit ensuite la mule, ressentant l'étirement et le poids inhabituels dans son ventre, comme si le bébé avait décidé qu'il était maintenant libre de signaler sa présence. Elle s'arrêta devant l'arbre et tendait les mains vers les rênes quand quelque chose attira son attention. Elle inclina la tête, étudiant la laisse de crue quelques pieds au-dessus de la base du tronc. Sur tout le chemin descendant de la bibliothèque, les marques laissées par la rivière étaient de différentes nuances d'ocre, mais essentiellement composées de boue ou de vase. Les traces étaient ici d'un noir de jais. Elle se souvint de la façon dont l'eau s'était subitement assombrie, de l'acidité chimique qui lui avait piqué les yeux et pris la gorge.

Van Cleve n'avait pas été vu en ville depuis l'inondation.

Elle s'accroupit, passa ses doigts sur l'écorce de l'arbre, puis les huma. Elle resta là, complètement immobile, à réfléchir. Puis elle s'essuya les mains sur sa veste et, avec un grognement, se hissa de nouveau en selle.

— Allez, mon Charley, dit-elle en le faisant pivoter. On ne rentre pas tout de suite à la maison.

Margery monta dans les hauteurs et passa le col étroit vers la partie nord-est de Baileyville, une route que la plupart considéraient comme infranchissable, étant donné la pente abrupte et la densité des broussailles. Mais Charley et elle, ayant tous deux été élevés sur des terrains accidentés, voyaient un chemin aussi instinctivement qu'un patron voyait le symbole du dollar, et elle lâcha la boucle des rênes sur le cou de l'animal et se pencha en avant, comptant sur lui pour trouver un sentier par lequel traverser, pendant qu'elle écartait les branches de la trajectoire de sa tête. L'air fraîchissait à mesure qu'ils montaient. Margery enfonça son chapeau sur son crâne et cala le menton dans son col, voyant son souffle s'élever en bouffées humides.

Plus ils grimpaient, plus les arbres étaient rapprochés, et le sol si escarpé et rocailleux que Charley, aussi agile qu'il fût, commença à trébucher et hésiter. Margery finit par descendre de selle à côté d'un affleurement rocheux, accrocha les rênes à des arbustes et termina l'ascension à pied, soufflant un peu en raison du poids supplémentaire de sa nouvelle cargaison. Elle faisait une pause de temps à autre, la main sur le bas du dos. Elle se sentait étonnamment fatiguée depuis l'inondation et chassa de son esprit ce que Sven ne manquerait pas de lui dire s'il savait où elle était allée.

Cela lui prit quasiment une heure de grimper assez loin sur la crête pour apercevoir l'arrière de l'exploitation Hoffman, la partie de son site de mille deux cents hectares qui n'était pas visible depuis les mines, et demeurait à l'abri des regards grâce aux talus pentus en forme de fer à cheval et couverts d'arbres qui l'entouraient. Elle s'agrippa à un tronc pour gravir péniblement le dernier mètre, puis se tint là un instant, le temps de reprendre son souffle.

Elle baissa alors les yeux et jura.

Trois vastes barrages de boue s'érigeaient derrière la crête, uniquement accessibles *via* un tunnel à portail qui traversait la montagne. Deux d'entre eux étaient remplis d'une eau d'un noir d'encre, dont les pluies gonflaient encore le volume. Le troisième était vide, sa base boueuse noircie, et son remblai s'effritait là où la boue avait jailli pour se déverser de l'autre côté en laissant une traînée saumâtre le long des lits de rivière serpentant vers la limite inférieure de Baileyville.

De tous les jours qu'Annie aurait pu choisir pour avoir mal aux jambes, celui-ci était à peu près le pire. Van Cleve marmonnait pour lui-même en attendant dans le box que la fille lui apporte à manger. En face de lui, Bennett était assis en silence, faisant dériver son regard vers les autres clients, comme à l'affût de ce que les gens disaient d'eux. Van Cleve aurait préféré rester quelques jours de plus loin de la ville, mais quand votre bonne n'était pas là pour préparer un seul plat et que votre belle-fille n'avait toujours pas entendu raison ni regagné son foyer, qu'est-ce qu'un homme était censé faire ? À moins de faire la moitié de la route jusqu'à Lexington, le *Nice'N'Quick* était le seul endroit où l'on pouvait se voir servir un repas chaud.

— Tenez, Mr Van Cleve, dit Molly en plaçant une assiette de poulet frit devant lui. Supplément légumes verts et purée, exactement comme vous l'avez demandé. Vous avez de la chance d'avoir commandé au moment où vous l'avez fait, le chef est presque absent aujourd'hui, avec les livraisons qui n'arrivent pas et tout ça.

— Eh bien, nous sommes des petits veinards ! s'exclama-t-il.

L'humeur de Van Cleve s'allégea à la vue dorée et croustillante de son dîner. Il lâcha un soupir de satisfaction et coinça sa serviette dans son col. Il allait suggérer à Bennett d'en faire autant, plutôt que de plier la sienne sur ses genoux comme un maudit Européen, lorsqu'un morceau de boue noire tomba des airs au-dessus de son assiette pour atterrir avec un *flop* sonore sur sa portion de poulet. Il la regarda fixement, ayant du mal à comprendre ce qu'il voyait.

— Qu'est-ce que…

— Il y a quelque chose qui vous échappe, Van Cleve ?

Margery O'Hare se tenait devant sa table, le visage embrasé et la voix tremblant de rage. Elle avait le bras tendu, le poing noir de boue.

— Ce ne sont pas les inondations qui ont emporté ces maisons autour de Monarch Creek. C'est votre barrage à boue, et vous le saviez. Vous devriez avoir honte de vous !

Le silence se fit aussitôt dans le restaurant. Derrière elle, quelques personnes se mirent debout pour voir ce qui se produisait.

— Vous avez jeté de la boue sur mon dîner ? dit Van Cleve en se levant, furieux, et en reculant sa chaise dans un grincement. Vous osez venir ici, après tout ce que vous avez fait, et souiller ma nourriture avec de la terre ?

Les yeux de Margery scintillèrent.

— Pas de la terre. De la bouillie de charbon. Du poison. *Votre* poison. Je suis montée sur la crête et j'ai vu votre barrage en miettes. C'était vous ! Pas les pluies. Pas l'Ohio. Les seules maisons détruites sont celles sur lesquelles votre eau infecte est passée.

Des murmures s'élevèrent dans le restaurant. Van Cleve arracha sa serviette de son col. Il fit un pas vers elle, le doigt levé.

— Écoutez-moi bien, O'Hare. Il faut faire *très* attention avant de commencer à lancer des accusations dans tous les sens. Vous avez causé assez d'ennuis…

Mais Margery le défia.

— *J'ai* causé des ennuis ? Dites donc, vous pouvez parler, vous… Vous avez tué mon chien, vous avez cassé les dents de votre belle-fille en la frappant. Je crois qu'en matière d'ennuis, vous êtes expert. J'ai failli mourir noyée dans votre inondation, ainsi que Sophia et William ! Ils ne possédaient déjà pas grand-chose, et maintenant ils n'ont plus rien ! Vous auriez causé la mort de trois petites filles si mes amies de la bibliothèque n'étaient pas allées à leur rescousse ! Et vous osez venir vous pavaner ici en faisant comme si vous n'y étiez pour rien ?

Sven apparut derrière elle et lui posa une main sur l'épaule, mais elle était sur sa lancée et elle le repoussa.

— Des hommes meurent parce que vous donnez plus de valeur au dollar qu'à la sécurité ! Vous dupez les gens pour les inciter à renoncer légalement à leurs maisons avant qu'ils comprennent ce qu'ils ont signé ! Vous détruisez des vies ! Votre mine est une menace ! *Vous* êtes une menace !

— Ça suffit, dit Sven.

Il avait à présent l'avant-bras autour de la clavicule de Margery et l'entraînait en arrière, alors même qu'elle pointait le doigt vers Van Cleve, sans cesser de hurler.

— Allez, dit-il. Il est temps de partir.

— Oui! Merci, Gustavsson! Sortez-la donc!

— Vous vous comportez comme si vous étiez le satané Tout-Puissant! Comme si vous étiez au-dessus de la loi! Mais je vous ai à l'œil, Van Cleve. Jusqu'à mon dernier souffle, je dirai la vérité sur vous et…

— Assez.

L'air semblait avoir été aspiré de la salle, tandis que Gustavsson escortait Margery, se débattant toujours, hors du restaurant. Par la vitre de la porte, on pouvait la voir crier contre lui dans le chemin, agitant les bras en essayant de se libérer. Van Cleve regarda autour de lui avant de se rasseoir. Les autres clients continuaient de le dévisager.

— Les O'Hare, hein! s'exclama-t-il d'une voix forte en remettant sa serviette en place. On ne sait jamais quelles frasques ils nous réservent.

Bennett leva furtivement les yeux de son assiette avant de les baisser de nouveau.

— Gustavsson est sensé. Il sait. Oh, oui. Et cette fille est la plus folle de toutes, pas vrai?… Pas vrai?

Le sourire de Van Cleve faiblit légèrement, jusqu'à ce que les gens se détournent de lui pour reprendre leur repas là où ils l'avaient laissé. Il soupira et fit signe à la serveuse.

— Molly, mon ange? Soyez gentille, apportez-moi une assiette fraîche de poulet.

Molly fit la moue.

— Je suis tellement désolée, Mr Van Cleve. Nous n'en avons plus. (Elle regarda son assiette avec une petite grimace.) Il me reste de la soupe et quelques biscuits que je pourrais vous réchauffer?

— Tiens, prends le mien.

Bennett poussa son repas intact vers son père. Van Cleve ôta violemment sa serviette de son col.

— J'ai perdu l'appétit. Je vais payer un verre à Gustavsson et nous rentrerons à la maison.

Il jeta un coup d'œil par la porte, vers l'endroit où le jeune homme se tenait toujours avec la fille O'Hare.

— Il rentrera une fois qu'il aura pris congé d'elle.

Il était déçu que ce ne soit pas son fils qui se soit levé pour mettre cette harpie dehors.

Van Cleve ne comprit pas tout de suite ce qu'il voyait : Margery continuait à hurler et gesticuler à l'extérieur. Et plutôt que de lui tourner le dos et de regagner le restaurant, Gustavsson fit un pas en avant, le front penché vers celui de la fille.

Alors que Van Cleve observait la scène sans en croire ses yeux, Margery se couvrit brièvement le visage, et ils restèrent tous deux parfaitement immobiles. Ensuite, Sven Gustavsson plaça une main protectrice sur l'arrondi du ventre de O'Hare, attendant qu'elle relève les yeux vers lui et pose délicatement la sienne par-dessus, puis il l'embrassa.

— Quelle quantité d'ennuis veux-tu t'attirer, exactement ?

Margery essaya de le pousser à l'aveuglette pour se dégager, mais il la tenait fermement par le haut des bras.

— Tu ne l'as pas vu, Sven ! Des milliers de litres de son poison ! Et lui qui se comporte comme si c'était juste la rivière qui avait débordé… La maison de Sophia et William est détruite, et toutes les terres et l'eau aux environs de Monarch Creek sont dévastées.

— Je n'en doute pas, Marge, mais t'attaquer à lui dans un restaurant plein à craquer ne va pas servir à grand-chose.

— Il devrait être couvert de honte ! Il pense pouvoir se tirer d'affaire chaque fois ! Et ne t'avise plus de t'interposer et de me traîner dehors comme si j'étais un chien mal dressé !

Elle le poussa vigoureusement avec les deux mains, le faisant enfin lâcher prise, et il leva ses mains ouvertes.

— C'est juste que… Je ne voulais pas qu'il s'en prenne à toi. Tu as vu ce qu'il a fait à Alice.

— Je n'ai pas peur de lui !

— Eh bien, peut-être que tu devrais. Tu dois être maligne avec un homme comme Van Cleve. C'est un fourbe. Tu le *sais*. Allez, Margery. Ne laisse pas ton tempérament te piéger. Nous allons nous y prendre de la bonne manière. Je ne sais pas. Parler au contremaître. Aux syndicats. Écrire au gouverneur. Il y a des moyens.

Margery sembla se calmer un peu.

— Allez, insista-t-il en tendant une main. Tu n'es pas obligée de mener chaque bataille toute seule.

Quelque chose céda alors en elle. Elle donna un coup de pied dans la terre, attendant que sa respiration se calme. Quand elle releva les yeux, ils luisaient de larmes.

— Je le déteste, Sven. Vraiment. Il saccage tout ce qui est beau.

Sven l'attira à lui.

— Pas tout.

Il posa une main sur le ventre de Margery et l'y laissa jusqu'à ce qu'il sente la jeune femme s'attendrir dans ses bras.

— Allez, dit-il avant de l'embrasser. Rentrons à la maison.

Les petites villes étant ce qu'elles étaient, et Margery étant qui elle était, il s'écoula peu de temps avant que la nouvelle de sa grossesse se répande, et pendant quelques jours au moins, tous les endroits où les habitants de la ville étaient enclins à se rassembler – le marchand d'alimentation animale, les églises, l'épicerie – bruissèrent de cette information. Il y avait ceux qui considéraient que ça n'avait rien d'étonnant de la part de la fille de Frank O'Hare. Elle donnerait naissance à un autre rejeton O'Hare, bon à rien comme ses prédécesseurs, sans aucun doute destiné à la disgrâce ou au désastre. Certains considéraient que tout bébé hors mariage était matière à désapprobation catégorique et tonitruante. D'autres, l'esprit encore saturé par l'inondation et les accusations que Margery avait formulées à l'encontre de Van Cleve, dénonçant le rôle qu'il y avait joué, considéraient qu'après tant de malheur l'arrivée d'un bébé ne donnait pas matière à s'échauffer outre mesure. Heureusement pour Margery, la plupart des habitants de Baileyville appartenaient à cette catégorie. Mais pas Sophia.

— Tu vas épouser cet homme, maintenant ? demanda-t-elle lorsqu'elle apprit la nouvelle.

— Eh non.

— Parce que tu es égoïste ?

Margery était en train d'écrire une lettre au gouverneur. Elle reposa son stylo et décocha un regard noir à Sophia.

— Ne me regarde pas comme ça, Margery O'Hare. Je sais parfaitement ce que tu penses du fait d'être mariée devant le Seigneur. Crois-moi, nous connaissons tous tes opinions. Mais il n'est plus seulement question de toi, si ? Tu tiens vraiment à ce que cet enfant se fasse insulter dans la cour d'école ? Tu veux le condamner à une enfance malheureuse ? Tu veux l'exposer à l'échec parce que les gens ne voudront pas de lui dans leurs murs ?

Margery ouvrit la porte afin que Fred puisse rapporter un autre chargement de livres dans la bibliothèque.

— Est-ce que nous pourrions attendre qu'elle soit là avant que tu commences à me sermonner ?

Sophia haussa les sourcils.

— Je dis ça comme ça. La vie est déjà assez difficile quand on grandit dans cette ville sans que tu en rajoutes.

Tu es bien placée pour savoir comment on s'empresse de te juger ici pour les fautes de tes parents.

— D'accord, Sophia.

— Ils ne se sont pas privés de t'accuser des crimes de ton père. Et si tu as été capable de bâtir la vie que tu voulais, c'est simplement parce que tu es entêtée comme personne. Et si jamais cet enfant n'était pas comme toi ?

— Elle le sera.

— Ça montre combien tu en sais sur les enfants ! grogna Sophia. Je vais le dire une fois. Il n'est plus seulement question de ce que toi, tu veux. (Elle fit claquer son registre sur le bureau.) Et tu dois y réfléchir.

Sven n'était pas mieux. Il cirait ses bottes, assis sur la chaise bancale de la cuisine, tandis qu'elle était sur un côté de la banquette, et même si ses paroles étaient plus rares et sa voix plus calme, son argument était exactement le même.

— Je te le demande une dernière fois, Margery. Mais, aujourd'hui, les choses ont changé. Je veux être connu comme étant le père de cet enfant. Je veux faire les choses convenablement. Je ne veux pas que notre fille soit élevée comme une bâtarde.

Il la regarda par-dessus la table en bois, et elle se sentit soudain obstinée et sur la défensive, comme quand elle avait dix ans, ce qui l'amena à tirer distraitement sur la couverture en laine, tout en refusant de lever les yeux vers lui.

— Tu crois que nous n'avons rien de plus important à discuter pour l'instant ?

— C'est tout ce que j'avais à dire.

Elle repoussa les cheveux de son visage et se mordilla la lèvre inférieure. Il croisa les bras, le front baissé, prêt à ce qu'elle lui hurle qu'il la rendait folle, qu'il avait promis de ne pas insister, et qu'elle en avait assez et qu'il pouvait dégager chez lui.

Mais elle l'étonna.

— Laisse-moi y réfléchir, dit-elle.

Ils restèrent silencieux quelques minutes. Margery pianota des doigts sur la table et étira une jambe, faisant tourner sa cheville d'un côté puis de l'autre.

— Quoi ? dit-il.

Elle tira de nouveau sur le coin de la couverture, puis la lissa et lui lança un regard en biais.

— Quoi ? demanda-t-il, une fois de plus.

— Est-ce que tu vas venir un jour t'asseoir à côté de moi, Sven Gustavsson ? Ou ai-je perdu tout intérêt à tes yeux, maintenant que tu m'as fait gonfler comme une vache à lait ?

Alice rentra tard. Fred occupait toutes ses pensées, et elle en oubliait presque ce qu'elle avait vu ce jour-là – les excuses des familles dont les livres avaient été emportés avec le reste de leurs affaires, la boue noire qui avait laissé une épaisse pellicule sur les troncs d'arbres, les effets personnels éparpillés, les chaussures dépareillées, les lettres, les meubles, abîmés ou détruits, qui jonchaient les rives de la rivière maintenant qu'elle avait regagné son lit.

« Tout ce que je peux vous donner, ce sont des mots, Alice. »

Comme tous les matins et tous les soirs depuis, elle sentait les doigts de Fred suivre le contour de sa joue, voyait ses yeux, se demandait ce qu'elle ressentirait si ses mains puissantes se promenaient sur son corps ainsi, avec un mélange de délicatesse et de fermeté. Son imagination comblait ces lacunes. Les souvenirs qu'elle avait de sa voix, de l'intensité de son expression lui coupaient le souffle. Elle pensait tellement à lui qu'elle soupçonnait les autres de lire en elle, de peut-être saisir des bribes du ronronnement enfiévré qu'elle avait constamment en tête tandis qu'il s'échappait de ses oreilles. Ce fut presque un soulagement d'arriver au chalet de Margery, son col remonté pour se protéger des bourrasques d'avril, et de savoir qu'elle serait obligée de penser à autre chose durant quelques heures au moins – reliures de livres, boue ou haricots verts.

Alice entra et referma doucement la porte derrière elle (elle avait les claquements de porte en horreur depuis qu'elle avait quitté la maison des Van Cleve), puis elle retira son manteau et l'accrocha. Le chalet était silencieux, ce qui signifiait en général que Margery était à l'arrière dehors, à s'occuper de Charley ou des poules. Elle alla à la huche à pain et regarda à l'intérieur, songeant combien l'endroit semblait encore vide sans la présence joyeuse de Bluey.

Elle s'apprêtait à appeler son amie quand elle perçut un bruit qu'elle n'avait plus entendu au cours des dernières semaines : des cris étouffés, de doux gémissements de plaisir derrière la porte fermée de Margery. Elle s'arrêta net au milieu de la pièce et soudain, comme en réponse, les voix s'élevèrent et baissèrent à l'unisson, s'accompagnant de mots doux, tandis que les ressorts grinçaient et que la tête de lit cognait crescendo contre le mur.

— Oh, merveilleux ! marmonna Alice pour elle-même.

Alors elle remit son manteau, se fourra un morceau de pain entre les dents et alla s'asseoir dehors sur le perron, dans le rocking-chair qui couinait, mangeant d'une main et se bouchant la bonne oreille de l'autre.

Il n'était pas rare que les neiges durent un mois de plus au sommet des montagnes. C'était comme si, déterminées à ignorer ce qui se passait dans la ville en bas, elles refusaient de renoncer à leur emprise glaciale jusqu'au dernier moment, jusqu'à ce que des bourgeons cireux émergent du tapis cristallin qui s'affinait, et sur les chemins supérieurs, les arbres n'étaient plus bruns et squelettiques, mais scintillaient d'une touche de vert tendre.

Avril était donc bien entamé quand on découvrit le corps de Clem McCullough. C'est son nez gelé qui fit le premier son apparition, tandis que la fonte des neiges s'amorçait sur la crête la plus élevée. Puis le reste de son visage apparut à son tour, rongé à certains endroits par quelque créature affamée, et les cavités de ses yeux, depuis longtemps disparus. Ce fut un chasseur de Berea, parti traquer le chevreuil dans les collines au-dessus de Red Lick, qui fit cette macabre découverte. Les mois qui suivirent, cette vision cauchemardesque le poursuivit dans son sommeil, peuplé de visages en décomposition avec de profondes béances à la place des yeux.

Retrouver le cadavre d'un ivrogne notoire n'avait rien de surprenant dans une petite ville, surtout au pays de la contrebande. En temps normal, cette nouvelle aurait alimenté les bavardages pendant quelques jours avant que les habitants de Baileyville passent à autre chose.

Mais, cette fois, c'était différent.

Le crâne de Clem McCullough, annonça le shérif, peu de temps après que ses hommes et lui furent redescendus de la montagne, avait été fracassé sur un rocher. Un exemplaire des *Quatre filles du docteur March*, étiqueté « Bibliothèque itinérante WPA de Baileyville », maculé de sang, était posé sur son torse.

Chapitre 19

« Les hommes attendaient des femmes qu'elles soient calmes, posées, coopératives et chastes. Une conduite excentrique était vue d'un mauvais œil, et toute personne de la gent féminine qui ne se conformait pas aux usages pouvait s'attirer de sérieux ennuis. »

Virginia Culin Roberts, *Les femmes étaient trop fortes.*

Van Cleve, le ventre rempli de côtelettes de porc et le front luisant d'excitation, se mit en route vers le bureau du shérif. Il s'y rendit avec une boîte de cigares et un sourire béat. Et pour cause : la découverte du cadavre de McCullough signifiait que le barrage qui s'était rompu et le nettoyage de la boue devenaient soudain de l'histoire ancienne. Van Cleve et son fils pouvaient de nouveau marcher dans la rue et, pour la première fois depuis des semaines, alors qu'il sortait de sa voiture, il eut la sensation d'avoir le pas vif et léger.

— Eh bien, Bob, je ne peux pas dire que ça me surprend. Vous savez qu'elle a semé le désordre toute l'année, déstabilisé notre communauté, répandu le mal.

Il se pencha en avant et alluma le cigare du shérif à l'aide de son briquet en laiton.

Le shérif se cala au fond de son siège.

— Je ne suis pas sûr de vous suivre, Geoff.

— Enfin, vous allez arrêter la fille O'Hare, n'est-ce pas ?

— Qu'est-ce qui vous fait penser qu'elle a quoi que ce soit à voir avec ça ?

— Bob… Bob… Nous sommes amis depuis longtemps. Vous connaissez aussi bien que moi les embrouilles que les McCullough ont eues avec les O'Hare. Ça ne date pas d'hier. Et qui d'autre que Margery O'Hare ferait le trajet à cheval jusque là-haut ? (Le shérif ne répondit pas.) En plus, mon petit doigt m'a dit qu'on avait trouvé un livre de la bibliothèque sur le cadavre. Pour moi, c'est limpide. Affaire classée.

Il tira une longue bouffée sur son cigare.

— Si seulement mes gars étaient aussi efficaces que vous pour résoudre les crimes, Geoff.

Les yeux du shérif se plissèrent d'amusement.

— Enfin, vous savez qu'elle est responsable d'avoir persuadé la femme de mon Bennett de le quitter, bien que nous ayons essayé de passer ça sous silence, pour lui épargner la honte. Ils étaient heureux en ménage, tous les deux, jusqu'à ce qu'elle détruise tout ! Elle met des idées impies dans la tête des filles et sème la tempête partout où elle va. Pour ma part, je dormirai mieux ce soir en la sachant derrière les barreaux.

— Vraiment ? dit le shérif.

Il était au courant des mouvements d'Alice Van Cleve depuis des mois. Rien ne lui échappait dans ce comté.

— C'est de famille, Bob, expliqua Van Cleve en soufflant de la fumée vers le plafond. Il y a du sang vicié qui circule de génération en génération chez les O'Hare. Enfin, vous souvenez-vous de son oncle Vincent ? En voilà, une fripouille…

— Je ne peux pas dire que la preuve est concluante, Geoff. Entre nous, à l'heure actuelle, nous ne pouvons démontrer sans l'ombre d'un doute qu'elle était sur cette route, et notre seul témoin prétend maintenant ne pas être en mesure d'affirmer avec certitude à qui était la voix qu'elle a entendue.

— Bien sûr que c'était elle ! Vous savez très bien que la gamine qui a la polio ne ferait pas ça, ni notre Alice. Il ne reste donc sur la liste que la fermière et la fille de couleur. Et je parierais mon billet que la négresse ne monte pas à cheval.

À la moue qu'affichait le shérif, on pouvait voir qu'il en faudrait plus pour le convaincre.

Van Cleve tapota d'un doigt sur le bureau.

— Elle a une influence néfaste, Bob. Demandez au gouverneur Hatch. Il est au courant. Sa façon de propager de la documentation salace sous couvert d'une bibliothèque familiale – oh, vous ne saviez pas ça ? Elle sème la discorde sur North Ridge pour qu'on empêche la mine de vaquer à ses occupations. Elle est pratiquement à l'origine de tous les troubles de la région cette dernière année. Cette bibliothèque lui est montée à la tête. Plus longtemps elle croupira en prison, mieux ce sera.

— Vous savez qu'elle est enceinte.

— Ça ne m'étonne pas ! Absolument aucun sens moral. Est-ce ainsi que se comporte une femme convenable ? Est-ce vraiment quelqu'un que vous souhaitez voir entrer dans des maisons où habitent des jeunes femmes impressionnables ?

— J'imagine que non.

Van Cleve traça l'itinéraire dans l'air avec ses doigts, les yeux fixés sur quelque horizon lointain.

— Elle a pris la route, croisé le chemin du pauvre vieux McCullough qui rentrait chez lui, et quand elle a vu qu'il avait bu, elle a eu l'occasion de venger son bon à rien de père, et l'a tué avec la première chose qu'elle avait sous la main, en sachant parfaitement qu'il serait enterré sous la neige. Elle pensait probablement que les animaux le mangeraient, et que personne ne trouverait jamais le corps. On ne doit qu'à la chance et à la grâce de Dieu Tout-Puissant que quelqu'un l'ait découvert. Hors la loi et sans pitié, voilà ce qu'elle est! (Il tira une profonde bouffée de son cigare et secoua la tête.) Je vous le dis, Bob, je ne serais pas surpris qu'elle recommence.

Il attendit un instant, puis ajouta:

— C'est pourquoi je suis content qu'il y ait un homme comme vous aux commandes, par ici. Un homme qui empêchera l'illégalité de se répandre. Un homme qui n'a pas peur de faire respecter la loi. (Il tendit la main vers sa boîte à cigares.) Pourquoi n'en emportez-vous pas quelques-uns chez vous pour plus tard? Vous savez quoi? Prenez toute la boîte, je vous en fais cadeau.

— C'est bien aimable de votre part, Geoff.

Le shérif ne dit rien de plus. Mais il tira une longue bouffée satisfaite de son cigare.

Margery O'Hare fut arrêtée à la bibliothèque le soir où ils remirent les derniers livres sur leurs étagères. Le shérif arriva avec son adjoint et, au départ, Fred les reçut chaleureusement, pensant qu'ils étaient venus examiner son parquet fraîchement remplacé et ses étagères regarnies, comme les habitants de la ville l'avaient fait toute la semaine. Vérifier la progression des réparations des uns et des autres faisait désormais partie du quotidien à Baileyville. Mais le shérif avait le visage long et froid comme une tombe.

Alors qu'il plantait ses bottes au milieu de la pièce en regardant autour de lui, Margery sentit quelque chose plonger en elle, une lourde pierre dans un puits sans fond.

— Laquelle d'entre vous prend la route qui va dans les montagnes au-dessus de Red Lick?

Chacune regarda vers les autres.

— Que se passe-t-il, shérif? Quelqu'un est en retard pour rendre ses livres? demanda Beth, mais personne ne rit.

— Le corps de Clem McCullough a été retrouvé sur Arnott's Ridge il y a deux jours. Il semble que l'arme du crime vienne de votre bibliothèque.

— L'arme du crime ? répéta Beth. Nous n'avons aucune arme du crime ici. Des histoires criminelles, ça, nous avons.

Margery blêmit. Elle cligna vigoureusement des yeux, tendit une main pour se stabiliser. Le shérif l'attrapa.

— Elle va être maman, déclara Alice en prenant son amie par le bras. Elle a un peu la tête qui tourne.

— Et c'est une nouvelle dramatique à entendre de but en blanc pour une future maman, ajouta Izzy.

Mais le shérif dévisageait Margery.

— Vous prenez cette route, Miss O'Hare ?

— Nous nous partageons les itinéraires, shérif, intervint Kathleen. Ça dépend vraiment de qui travaille ce jour-là et comment s'en sort chaque cheval. Certains ne sont pas faits pour ces trajets plus longs et difficiles.

— Est-ce que les déplacements de chaque bibliothécaire sont consignés quelque part ? demanda-t-il à Sophia, qui se leva derrière son bureau, les jointures crispées sur le bord.

— Oui, monsieur.

— Je veux voir toutes les routes prises par chaque bibliothécaire sur les six derniers mois.

— Six mois ?

— Le corps de Mr McCullough est dans un état de décomposition. Nous ne savons pas au juste combien de temps il a passé là. Et sa famille ne semble pas avoir signalé sa disparition. Nous avons donc besoin de toutes les informations que nous pouvons rassembler.

— Cela… cela fait beaucoup de registres, monsieur. Et nous sommes encore un peu dans la confusion à cause des inondations. Ça me prendra peut-être un moment pour les retrouver parmi ces livres.

De là où elle était, Alice vit Sophia pousser lentement du pied le registre par terre pour le glisser avec résolution sous son bureau.

— Pour être honnête, monsieur le shérif, nous en avons perdu un bon nombre, ajouta Alice. Il est tout à fait possible que l'eau ait endommagé les entrées correspondantes de manière irréversible. Elle a même emporté certains livres.

Elle s'exprima dans son accent anglais le plus sec, connu pour avoir fait chanceler des hommes plus austères que lui, mais le shérif ne paraissait pas l'avoir entendue.

Il s'était frayé un chemin jusqu'à Margery pour se planter devant elle, la tête inclinée sur le côté.

— Les O'Hare ont longtemps été en conflit avec les McCullough, n'est-ce pas ?

Margery tripota une éraflure sur sa botte.

— En effet.

— Mon propre père se rappelle que le vôtre traquait le frère de Clem McCullough. Tom ? Tam ? Il lui a tiré une balle dans le ventre à Noël, en 1913… 1914, si je me souviens bien. Je parie que si j'interroge les gens du coin, on pourra se rappeler d'autres démêlés entre vos deux familles.

— En ce qui me concerne, shérif, toute rancune a été enterrée avec le dernier de mes frères.

— Ce serait bien la première querelle familiale des environs à simplement fondre avec les neiges, dit-il en se glissant entre les dents une allumette qu'il remua de haut en bas. Extrêmement inhabituel.

— Eh bien, je n'ai jamais été très conventionnelle.

Elle paraissait s'être ressaisie.

— Vous ne sauriez donc rien de la façon dont Clem McCullough a pu se faire éliminer ?

— Non, monsieur.

— Délicat pour vous, d'être la seule personne vivante qui aurait pu avoir une dent contre lui.

— Ah, allons, shérif Archer, protesta Beth. Vous savez aussi bien que moi que cette famille est de la pure racaille des montagnes. Ils ont probablement des ennemis jusqu'à Nashville, Tennessee.

C'était vrai, ils en convenaient tous. Même Sophia estima pouvoir acquiescer sans risque.

Ce fut à ce moment-là qu'ils entendirent le moteur. Une voiture s'arrêta, et le shérif se dirigea lentement et d'un pas raide vers la porte, comme s'il avait tout le temps du monde. Un autre adjoint apparut et lui murmura quelque chose à l'oreille. Le shérif leva la tête, regarda derrière lui vers Margery, puis se pencha en avant pour écouter la suite.

Le shérif adjoint pénétra dans la bibliothèque, de telle sorte qu'ils étaient trois représentants des forces de l'ordre désormais. Alice croisa le regard de Fred, et y lut la perplexité qu'elle-même éprouvait. Le shérif se tourna, et lorsqu'il reprit la parole, ce fut avec une espèce de sinistre satisfaction.

— L'officier Dalton ici présent vient de parler avec la vieille Nancy Stone. Elle affirme que vous vous rendiez chez elle en janvier quand elle a entendu un coup de feu. Elle dit que vous n'êtes jamais arrivée, et que vous n'aviez jamais raté une distribution de livres, qu'il pleuve, qu'il vente ou qu'il neige avant ce jour-là. Elle dit que vous étiez connue pour ça.

— Je n'ai pas réussi à passer la crête. La neige était trop profonde.

La voix de Margery, remarqua Alice, tremblait légèrement.

— Ce n'est pas ce que dit Nancy. Elle a affirmé que la neige s'était calmée depuis deux jours, et qu'elle vous a entendue parler quelques minutes avant que le coup parte. Elle s'est même fait un sang d'encre pour vous pendant un moment.

— Pas moi, dit-elle en secouant la tête.

— Non ?

Il médita cela, la lèvre inférieure poussée en avant dans une réflexion exagérée.

— Elle semble assez certaine qu'il y avait une bibliothécaire itinérante là-haut. Vous êtes donc en train de me dire qu'il s'agissait de l'une de ces dames, Miss O'Hare ?

Margery regarda alors autour d'elle, tel un animal piégé.

— Vous pensez que je devrais plutôt parler à l'une de ces filles ? Vous pensez l'une d'elles capable de meurtre ? Vous, Kathleen Bligh ? Ou peut-être cette gentille dame anglaise ? L'épouse de Van Cleve Junior, non ?

Alice leva le menton.

— Ou vous… Quel est votre nom, jeune fille ?

— Sophia Kenworth.

— Soph-i-a Ken-worth.

Il ne fit aucune remarque sur sa couleur de peau, mais fit rouler les syllabes avec une extrême lenteur.

La pièce s'était figée. Sophia riva les yeux sur le bord de son bureau, la mâchoire crispée, sans ciller.

— Non, dit Margery dans le silence. Je sais avec certitude que ce n'était aucune de ces femmes. Je pense qu'il devait s'agir d'un voleur. Ou d'un contrebandier. Vous savez comment ça peut se passer là-haut. Il se produit toutes sortes de choses dans les montagnes.

— *Il se produit toutes sortes de choses*, c'est assez vrai. Mais, vous savez, ça paraît vraiment très étrange que dans un comté qui déborde de couteaux et de fusils, de haches et de gourdins, l'arme de choix de votre voleur des montagnes local soit… une première édition à reliure en tissu des *Quatre Filles du docteur March*.

Voyant le désarroi se peindre sur le visage de Margery, quelque chose se détendit chez le shérif, comme un homme soupirant de plaisir après un copieux repas. Il carra les épaules, rentra le cou au fond de son col.

Margery O'Hare, je vous arrête sur la présomption du meurtre de Clem McCullough. Messieurs, emmenez-la.

Ensuite, raconta Sophia ce soir-là, tout bascula. Alice se jeta sur l'homme comme une démente, en braillant et en lui lançant des livres jusqu'à ce que l'officier menace de l'arrêter elle aussi, et Frederick Guisler dut passer les deux bras autour d'elle pour l'empêcher de se battre. Beth leur hurlait qu'ils faisaient fausse route, qu'ils ne savaient pas de quoi ils parlaient. Kathleen, sidérée, secouait la tête, incapable de dire un mot. La petite Izzy éclata en sanglots, ne cessant de crier :

— Mais vous ne pouvez pas faire ça ! Elle attend un enfant !

Fred avait bondi dans sa voiture et s'était précipité chez Sven Gustavsson pour le prévenir. Sven était devenu blanc comme un linge, essayant d'obtenir des explications. Et durant tout ce temps, Margery O'Hare était restée aussi muette qu'un fantôme, se laissant mener devant la foule de spectateurs, à l'arrière de la Buick des policiers, tête baissée, une main sur le ventre.

William digéra le récit de sa sœur d'un air navré. Sa salopette était couverte d'une épaisse couche de cette boue noire dont il essayait de nettoyer la maison, et lorsqu'il se passa la main sur l'arrière du crâne, il s'en déposa une trace noire et huileuse sur la peau.

— Tu en penses quoi ? demanda-t-il à Sophia. Tu penses qu'elle a tué cet homme ?

— Je ne sais pas, dit-elle en secouant la tête. Je sais que Margery n'est pas une meurtrière, mais il y avait quelque chose qui clochait, quelque chose qu'elle ne disait pas. (Elle leva les yeux vers lui.) Mais je sais une chose, par contre.

Si Van Cleve a son mot à dire dans tout ça, il va réduire à néant ses chances de s'en sortir.

Assis dans la cuisine de Margery ce soir-là, Sven raconta toute l'histoire à Alice et Fred. L'incident sur la crête de la montagne, comment elle avait cru que McCullough la retrouverait pour se venger, comment il était resté sur le perron pendant deux longues nuits glaciales avec le fusil sur les genoux et Bluey à ses pieds jusqu'à ce qu'ils aient tous les deux l'assurance que McCullough s'était esquivé vers son chalet croulant, sans doute avec une tête douloureuse et trop saoul pour se rappeler ce que diable il avait même fait.

— Mais tu dois en parler au shérif ! dit Alice. Ça veut dire que c'était de la légitime défense !

— Vous croyez que ça va l'aider ? dit Fred. Au moment où elle dira qu'elle l'a frappé avec ce livre, ils considéreront ça comme un aveu. Elle écopera d'homicide involontaire au mieux. Ce qu'elle peut faire de plus intelligent pour l'heure, c'est rester tranquille et espérer qu'ils n'auront pas assez de preuves pour la garder en prison.

La caution avait été fixée à vingt-cinq mille dollars – une somme que personne dans les environs n'était capable de débourser.

— C'est la même caution que pour Henry H. Denhardt, et il avait abattu sa fiancée à bout portant.

— Sauf qu'il avait des amis haut placés qui ont pu payer sa caution.

Apparemment, Nancy Stone avait pleuré en apprenant ce que les hommes du shérif avaient fait de son témoignage. Elle était descendue de la montagne ce soir-là – la première fois qu'elle le faisait depuis deux ans –, avait tambouriné à la porte du bureau du shérif et avait exigé qu'on la laisse faire une nouvelle déposition.

— J'ai raconté cette histoire n'importe comment ! s'exclama-t-elle en jurant entre ses dents manquantes. Je ne savais pas que vous alliez arrêter Margery ! Enfin, cette fille nous a tellement rendu service, à ma sœur et à moi – et à toute cette ville, figurez-vous ! C'est comme ça que vous allez la remercier ?

Un vague malaise s'était répandu en ville à l'annonce de l'arrestation. Mais un meurtre était un meurtre, et les McCullough et les O'Hare avaient été les fossoyeurs les uns des autres depuis des générations. Cela remontait si loin que personne ne se rappelait comment cela avait commencé, tout comme pour les Cahill et les Rogerson, ou les deux branches de la famille Campbell. Margery O'Hare avait toujours été un peu bizarre. Elle pouvait assurément se montrer impitoyable – enfin, n'était-elle pas restée de marbre aux funérailles de son propre père ? Il ne fallut pas longtemps à l'opinion publique et son éternel jeu de bascule pour commencer à se demander s'il n'y avait pas quelque chose de diabolique chez elle, après tout.

Dans la petite ville de Baileyville, nichée en basse altitude aux confins sud-est du Kentucky, le jour disparut lentement derrière les collines et, peu de temps après, dans de modestes maisons le long de la grand-rue et parsemant les montagnes et les collines, les lampes à huile vacillèrent avant de s'éteindre, une à une. Les chiens s'appelaient, leurs hurlements ricochant sur les coteaux, avant de se faire rappeler à l'ordre par des propriétaires exténués. Des bébés pleuraient et étaient, quelquefois, consolés. Des vieillards se perdaient dans les souvenirs de temps meilleurs, et de plus jeunes dans le réconfort mutuel de leurs corps, fredonnaient en chœur avec la radio ou le violon de quelqu'un d'autre jouant au loin.

Kathleen Bligh, en hauteur dans son chalet, attira contre elle ses enfants endormis et caressa leurs têtes bouclées. Elle songea à son époux aux épaules larges comme celles d'un bison, et au contact si tendre qu'elle pouvait en verser des larmes de joie.

À trois miles au nord-ouest, dans une grosse maison à la pelouse parfaitement entretenue, Mrs Brady essayait de lire un autre chapitre de son livre pendant que sa fille chantait des gammes étouffées dans sa chambre. Elle posa le livre avec un soupir, attristée par la façon dont la vie ne se passait jamais comme vous l'espériez, et se demanda comment elle allait expliquer cette affaire à Mrs Nofcier.

En face de l'église, Beth Pinker était en train consulter un atlas sur le perron de sa maison ; elle fumait la pipe de sa grand-mère en songeant à tous les gens qu'elle aimerait faire souffrir. En haut de sa liste noire se trouvait Geoffrey Van Cleve.

Dans le chalet de Margery, Sven et Alice n'arrivaient pas à dormir, accablés par l'angoisse, leurs pensées tel un casse-tête chinois.

À quelques miles de là, Margery était assise par terre, adossée au mur de la cellule, et essayait de combattre l'angoisse qui montait en elle, comme une marée étouffante. De l'autre côté du couloir, deux hommes – un ivrogne d'un autre État et un bandit récidiviste dont elle se rappelait le visage mais pas le nom – lui criaient des obscénités. L'adjoint, un homme juste, gêné qu'il n'y ait pas d'installations à part pour les femmes (il n'avait pas souvenir d'avoir déjà vu une femme passer la nuit à la prison de Baileyville, encore moins une femme enceinte), avait suspendu un drap devant la moitié des barreaux pour lui offrir un peu d'intimité. Mais elle pouvait toujours entendre les commentaires obscènes des prisonniers, et sentir les odeurs âcres d'urine et de sueur des autres cellules. Margery avait beau être exténuée, elle savait que le sommeil la fuirait.

Elle aurait été plus à l'aise sur le matelas, surtout maintenant que le bébé avait atteint une telle taille qu'il appuyait sur des parties inattendues de son corps, mais la paillasse était tachée et grouillait d'aoûtats – elle avait été prise de démangeaisons au bout de cinq minutes à peine.

— Tu veux retirer ce rideau, ma grande ? Je te montrerai quelque chose qui t'aidera à t'endormir.

— Arrête ça tout de suite, Dwayne Froggatt.

— Oh, si on ne peut même plus rire... Vous voyez bien qu'elle aime ça. C'est écrit tout autour de sa taille, non ?

McCullough l'avait finalement rattrapée, son corps ensanglanté en guise d'arme chargée, le livre de Margery telle une confession écrite sur sa poitrine. Il l'avait suivie jusqu'en bas de cette montagne aussi sûrement que s'il l'avait fait avec un fusil chargé à la main.

Elle essaya de réfléchir aux circonstances atténuantes qu'elle pourrait invoquer. Elle ne savait pas qu'elle l'avait blessé. Elle avait eu peur. Elle voulait juste faire son travail. Mais elle n'était pas idiote. Elle se rendait parfaitement compte de ce dont ça avait l'air. Sans le savoir, Nancy avait scellé son destin avec son témoignage.

Le visage enfoui dans ses mains, Margery O'Hare poussa un long soupir chevrotant, sentant une nouvelle montée de panique. À travers les barreaux, elle apercevait le bleu-mauve de la nuit qui gagnait du terrain, entendait le chant d'oiseau qui marquait les braises mourantes du jour. Et tandis que l'obscurité tombait, elle sentit les murs l'enserrer, le plafond descendre, et elle ferma vigoureusement les yeux.

— Je ne peux pas rester ici. Je ne peux pas, dit-elle doucement. Je ne peux pas être ici.

— C'est pour moi, ces chuchotements, ma grande ? Tu veux que je te chante une berceuse ?

— Repousse donc ce rideau. Allez. Juste pour papa.

Un éclat de rire alcoolisé s'éleva entre les cellules.

— Je ne peux pas rester ici.

Margery avait la poitrine contractée, les poings serrés, et elle se mit à voir trouble à mesure que sa panique gagnait du terrain.

Et puis le bébé bougea en elle, une fois, deux fois, comme s'il lui disait qu'elle n'était pas seule, que son angoisse ne servirait à rien, et Margery lâcha un sanglot étouffé, plaça les mains sur son ventre, ferma les yeux et souffla longuement en attendant de venir à bout de sa terreur.

Chapitre 20

« As-tu pas dit que les étoiles étaient des mondes, Tess ?

— Oui.

— Tous pareils au nôtre ?

— Je ne sais pas ; mais je le pense. Elles ont l'air quelquefois de ressembler aux pommes de notre vieil arbre du jardin : la plupart saines et splendides ; quelques-unes tachées.

— Sur laquelle est-ce que nous vivons : une belle ou une tachée ?

— Une tachée. »

Thomas Hardy, *Tess d'Urberville.*

La nouvelle avait déjà fait le tour le lendemain matin, et quelques personnes avaient pris la peine de descendre à la bibliothèque pour témoigner de leur soutien. Ces gens disaient combien toute cette histoire était insensée, que Margery ne ferait pas de mal à une mouche et que c'était une honte que la police la traite ainsi. Mais beaucoup d'autres ne le firent pas, et Alice perçut les chuchotements sur tout le trajet depuis leur petit chalet à côté de Split Creek. Elle étouffa sa propre angoisse sous d'innombrables activités. Elle renvoya Sven chez lui en lui promettant de prendre soin des poules et de la mule, et il y consentit, se rendant compte que les gens allaient jaser s'ils persistaient à dormir sous le même toit. Mais Sven reviendrait sans doute à la nuit tombée, incapable de rester seul avec ses craintes, Alice le savait bien.

— Je saurai m'occuper de la maison, dit-elle en servant un œuf et quatre tranches de bacon qui resteraient intacts sur l'assiette de Sven. Je suis ici depuis assez longtemps. Margery sera bientôt tirée d'affaire. Et, entre-temps, je vais lui apporter des vêtements propres à la prison.

— Cette prison n'est pas un endroit pour une femme, fit remarquer Sven.

— Eh bien, nous ferons en sorte qu'elle n'y reste pas longtemps.

Elle envoya les bibliothécaires sur leurs itinéraires habituels ce matin-là, vérifiant les registres et aidant à charger les sacoches. Personne ne remettait en question son autorité, comme si les autres bibliothécaires étaient reconnaissantes que quelqu'un prenne les rênes. Beth et Kathleen lui demandèrent de transmettre leurs meilleurs vœux à la prisonnière. Puis elle ferma la bibliothèque à clé, se hissa sur le dos de Spirit, avec le sac d'affaires destinées à Margery, et se rendit à la prison sous un ciel frais et dégagé.

— Bonjour, dit-elle au geôlier, un homme mince à l'air las, dont l'énorme trousseau de clés tirait dangereusement sur son pantalon. Je suis venue apporter à Margery O'Hare des vêtements de rechange.

Il la regarda de haut en bas et renifla, le nez plissé.

— Vous avez votre bordereau ?

— Quel bordereau ?

— Le droit de visite signé par le shérif qui vous autorise à voir la prisonnière.

— Je n'ai pas de bordereau.

— Dans ce cas, pas de visite, déclara-t-il avant de se moucher bruyamment.

Alice resta plantée un instant, les joues brûlantes, furieuse. Puis elle carra les épaules.

— Monsieur. Vous retenez une femme qui porte un enfant dans des conditions insalubres. La moindre des choses serait de lui permettre de se changer. Quel genre de gentleman êtes-vous ?

Il eut l'élégance de paraître déconcerté.

— Qu'est-ce qu'il y a ? Vous pensez que je vais lui faire passer en douce une lime métallique ? Un pistolet, peut-être ? C'est une femme enceinte. Tenez, officier. Laissez-moi vous montrer ce que je lui apporte. Là, un chemisier de coton propre. Et là, des collants en laine. Vous voulez fouiller le sac ? Vous pouvez vérifier, il y a aussi des sous-vêtements…

— Ça va, ça va, dit le geôlier. Remettez-les dans le sac. Vous avez droit à dix minutes, compris ? La prochaine fois, je veux un bordereau.

— Bien sûr. Merci infiniment, officier. C'est très aimable de votre part.

Alice s'efforça de conserver cet air confiant tandis qu'elle descendait les marches derrière lui pour pénétrer dans la zone de détention. Le geôlier ouvrit une lourde grille métallique, ses clés cliquetant, puis les passa en revue jusqu'à ce qu'il en trouve une autre, avec laquelle il ouvrit une deuxième grille donnant sur un petit couloir, dans lequel étaient alignées quatre cellules. L'air y était vicié et infect, et un jour mourant filtrait à travers une meurtrière en haut de chaque cellule. Alors que ses yeux s'accoutumaient à l'obscurité, elle vit du mouvement dans la pénombre des cellules sur la gauche.

— La sienne, c'est celle de droite avec le drap devant, dit-il.

Il se tourna pour partir, verrouilla la grille et la vérifia avec un fracas que le cœur d'Alice reproduisit à l'unisson contre ses côtes.

— Eh bien, bonjour, belle demoiselle ! lança une voix d'homme depuis les ténèbres.

Elle ne le regarda pas.

— Margery ? chuchota-t-elle en marchant jusqu'aux barreaux.

S'ensuivit un silence, puis elle vit le drap bouger de quelques pouces et le visage de Margery apparut derrière les barreaux. Elle était pâle, les yeux cernés. Derrière elle se trouvait une couchette étroite avec une paillasse couverte de taches suspectes, et un pot de chambre en métal dans un coin. Soudain, quelque chose passa sur le sol en détalant.

— Est-ce que… ça va ? demanda Alice.

Elle essaya de ne rien laisser paraître de sa stupéfaction.

— Ça va.

— Je t'ai apporté quelques affaires. Des vêtements propres. Je t'en apporterai d'autres demain. Tiens.

Elle commença à sortir les articles du sac, un à un, en les passant entre les barreaux.

— Il y a un pain de savon, une brosse à dents, et je… eh bien, je t'ai apporté mon flacon de parfum. J'ai pensé que tu aurais envie de te sentir…

Sa voix se brisa. L'idée semblait ridicule à présent.

— Tu n'as pas quelque chose pour moi, ma jolie ? Je me sens un peu seul ici.

Elle lui tourna le dos.

— Bref, dit-elle en baissant la voix. Il y a du pain de maïs et une pomme. Je n'étais pas certaine qu'on te donnerait à manger. Tout va bien à la maison. J'ai nourri Charley et les poules, tu n'as à t'inquiéter de rien. Tout sera exactement comme tu aimes quand tu rentreras à la maison.

— Où est Sven ?

— Il fallait qu'il aille travailler. Mais il passera te voir plus tard.

— Il va bien ?

— Il est un peu secoué, comme tout le monde.

— Hé, toi ! Viens par ici ! J'ai quelque chose à te montrer !

Alice se pencha en avant, de telle sorte que son front toucha les barreaux de la porte de la cellule.

— Il nous a raconté ce qui s'était passé avec ce McCullough.

Margery ferma les yeux une minute. Elle enroula les doigts autour d'un barreau et les resserra brièvement.

— Je n'ai jamais cherché à blesser qui que ce soit, Alice, dit-elle d'une voix brisée.

— Bien sûr que non. Tu as agi comme n'importe qui l'aurait fait, dit fermement Alice. Ça s'appelle de la légitime défense.

— Hé ! Hé ! Arrête de jacasser et viens par ici, ma grande. Tu as quelque chose pour moi, hein ? Parce que moi, j'ai quelque chose pour toi.

Alice se retourna, le visage furieux, et posa les mains sur ses hanches.

— Oh, la ferme ! J'essaie de parler à mon amie ! Pour l'amour du ciel !

Il y eut un bref silence, et ensuite, depuis l'autre cellule, un hennissement de rire.

— Ouais, la ferme ! Elle essaie de parler à son amie !

Les deux hommes se mirent aussitôt à se disputer, leurs voix s'élevant à mesure que l'air se chargeait de jurons.

— Je ne peux pas rester ici, dit doucement Margery.

Alice était bouleversée de voir à quoi ressemblait son amie après une nuit dans cet endroit. Sa combativité semblait l'avoir désertée.

— Eh bien, nous allons trouver une solution. Tu n'es pas seule, et nous ne permettrons pas qu'il t'arrive quoi que ce soit.

Margery la regarda avec des yeux las. Elle pinça les lèvres, comme pour s'empêcher de parler.

Alice posa ses doigts sur les siens dans une tentative de lui prendre la main.

— Tout va s'arranger. Essaie juste de te reposer et de manger quelque chose. Je reviendrai demain.

Margery sembla avoir besoin d'une minute pour assimiler ce qu'elle disait. Elle acquiesça, fit dériver son regard vers Alice, puis, une main sur le ventre, elle se laissa lentement glisser contre le mur pour s'asseoir sur le sol de la cellule.

Alice tapa sur la serrure métallique jusqu'à ce qu'elle ait l'attention du gardien. Il se leva lourdement de sa chaise et la laissa sortir, fermant la grille et jetant un coup d'œil au drap derrière elle, dont dépassait l'épaule de Margery.

— Bon, dit Alice. Je reviens demain. Je ne suis pas sûre d'avoir le temps d'obtenir un bordereau, mais je suis certaine qu'il n'y aura aucune objection au fait qu'une femme fournisse l'assistance et l'hygiène de base à une future mère. Ça relève du bon sens. Et je ne vis peut-être pas ici depuis très longtemps, mais je sais que les habitants du Kentucky sont des gens bien.

Le gardien l'étudia, comme s'il ne savait pas vraiment quoi répondre.

— Bref, dit-elle, avant qu'il puisse trop y réfléchir. Je vous ai apporté un morceau de pain de maïs pour vous remercier de m'avoir accordé ce privilège. C'est une situation regrettable, et nous espérons qu'elle sera bientôt réglée. D'ici là, je vous suis très reconnaissante de votre gentillesse, monsieur… ?

Le gardien cligna fortement des yeux.

— Dulles.

— Officier Dulles. Tenez.

— Adjoint.

— Adjoint Dulles. Je vous prie de m'excuser.

Elle lui tendit le pain de maïs emballé dans une serviette.

— Oh, dit-elle tandis qu'il l'ouvrait. Et je veux récupérer cette serviette. Si vous pouviez juste me la rendre demain quand j'apporterai le prochain lot, ce serait charmant. Pliez-la, simplement. Merci beaucoup.

Avant qu'il ne puisse répondre, elle se tourna et sortit prestement de la prison.

Sven engagea un avocat de Louisville, vendant la montre de gousset de son grand-père pour payer ses services. L'homme demanda que l'on fixe une caution plus raisonnable, mais on lui opposa un refus catégorique. Il se vit répondre que Margery O'Hare était une criminelle, issue d'une lignée de contrebandiers et de bons à rien, et que l'État ne permettrait pas qu'on la laisse sortir de prison pour récidiver aussitôt. Même lorsqu'un groupe de villageois se rassembla devant le bureau du shérif pour protester, il se montra inflexible, déclarant qu'ils pouvaient vociférer autant qu'ils voulaient, c'était son travail de faire respecter la loi, et il était bien décidé à le faire. Il ajouta que si ça avait été leur père qu'on avait assassiné alors qu'il vaquait à ses occupations, ils y réfléchiraient à deux fois avant de protester.

— Eh bien, la bonne nouvelle, annonça l'avocat en remontant dans sa voiture, c'est que l'État du Kentucky n'a exécuté aucune femme depuis 1868. À plus forte raison une femme enceinte.

Cette information ne semblait pas rassurer Sven.

— Qu'allons-nous faire, maintenant ? demanda-t-il, tandis qu'Alice et lui revenaient à pied de la prison.

— Il faut continuer à lui rendre visite, dit-elle. Et faire en sorte que les choses suivent leur cours en attendant que quelqu'un entende raison.

Mais six semaines passèrent, et personne n'entendit raison. Margery demeura en prison tandis que des vauriens allaient et venaient dans les cellules voisines – et, dans certains cas, revenaient après avoir récidivé. Les tentatives pour la faire transférer dans une prison pour femmes échouèrent. Alice avait le sentiment que si Margery devait rester enfermée, il était probablement préférable qu'elle le soit à un endroit où ils pouvaient lui rendre visite, plutôt que quelque part en ville où personne ne la connaîtrait, et où elle se retrouverait plongée dans un monde qui lui était complètement étranger.

Jour après jour, Alice se rendit donc à la prison à cheval, avec une boîte de pain de maïs encore chaud (elle avait tiré la recette d'un des livres de la bibliothèque et la connaissait désormais par cœur), de tourte ou quoi qu'elle ait d'autre sous la main, et avait réussi à attendrir les gardiens. À présent, plus personne ne lui réclamait de bordereau, on se contentait de rendre la serviette de la veille en faisant signe à Alice de passer sans prononcer un mot. Ils faisaient plus de difficultés avec Sven, car sa carrure avait tendance à rendre les autres hommes nerveux. En même temps que la nourriture, Alice apportait des sous-vêtements de rechange, des pulls en laine, en cas de besoin, et un livre, bien que la prison fût si sombre que Margery ne pouvait lire que les heures où le jour filtrait suffisamment à travers la meurtrière. Presque chaque soir, quand Alice terminait à la bibliothèque, elle rentrait au chalet dans les bois, s'attablait avec Sven, et ils se disaient que cette affaire finirait par se résoudre et que Margery redeviendrait elle-même une fois libérée, et aucun des deux ne croyait un mot de ce que l'autre racontait. Puis il partait, et elle allait se coucher pour rester éveillée, les yeux rivés au plafond, jusqu'à l'aube.

Cette année-là, ce fut comme si le printemps avait oublié de se manifester. Un jour, tout était gelé, et le jour suivant, une vague de chaleur déferla sur le comté de Lee. Les monarques reparurent, sur les bas-côtés les hautes herbes s'étirèrent vers le ciel sous des cornouillers en fleur. Alice emprunta le chapeau en cuir à larges bords de Margery et se mit à porter un mouchoir autour de son cou pour éviter de brûler. Elle chassait avec ses rênes les insectes qui s'acharnaient sur l'encolure de Spirit.

Alice et Fred passaient autant de temps qu'ils le pouvaient ensemble, mais ne parlaient pas trop de Margery. Ils faisaient de leur mieux pour répondre à ses besoins, mais le reste n'était pas de leur ressort.

L'enquête du coroner avait révélé que Clem McCullough était mort d'une blessure à l'arrière du crâne, probablement causée par un coup derrière la tête ou une chute sur un rocher. Malheureusement, l'état de décomposition du corps ne permettait pas d'arriver à une conclusion plus précise. Margery était censée comparaître à la cour du coroner, mais une foule en colère s'était rassemblée devant le bâtiment et, compte tenu de sa situation, elle fut dispensée de comparaître.

Plus la date du terme approchait, plus Sven était inquiet, pestant contre l'adjoint de la prison jusqu'à être interdit de visite pendant une semaine – la punition aurait dû être plus longue, mais Sven était apprécié en ville, et tout le monde savait qu'il était de plus en plus sur les nerfs. Margery était devenue d'une pâleur laiteuse, ses cheveux splendides n'étaient plus qu'une tresse sale ; elle mangeait la nourriture qu'offrait Alice avec une sorte de résignation. Chaque fois qu'Alice lui rendait visite, il semblait que garder Margery coincée dans une cellule était un crime contre nature : un renversement pur et simple de l'ordre des choses. Tout paraissait étrange tant qu'elle était en prison. Les montagnes semblaient vides, et son énergie manquait cruellement à la bibliothèque. Même Charley était apathique, marchant d'avant en arrière le long du rail, ou restant immobile, ses grandes oreilles en berne, la tête basse.

Quelquefois, Alice attendait de se retrouver seule sur le long trajet du retour jusqu'au chalet et, protégée par les arbres et le silence, elle laissait libre cours à ses larmes de peur et de rage. Elle savait pourtant que Margery ne les verserait pas pour elle-même. Personne ne parlait de ce qui arriverait à la naissance du bébé. Personne ne parlait de ce qui arriverait à Margery par la suite. La situation était tout à fait surréaliste, et l'enfant encore une idée abstraite, un concept que peu d'entre eux pouvaient imaginer prendre corps.

Alice se levait à 5 heures tous les jours, bondissait sur Spirit et disparaissait dans la montagne chargée de sacoches, de telle sorte qu'elle avait effectué le premier mile avant d'être tout à fait réveillée. Elle saluait tous ceux qu'elle croisait par leur prénom, leur fournissant généralement une information qui pourrait leur être utile – « Est-ce que vous avez eu le manuel sur la réparation des tracteurs, Jim ? Et votre femme a-t-elle aimé le recueil de nouvelles ? » –, et plaçait son cheval devant la voiture de Van Cleve dès qu'elle le voyait, ce qui obligeait celui-ci à freiner sur la route, pendant qu'elle le toisait de toute sa hauteur. « Vous dormez bien la nuit, oui ? lui lançait-elle, sa voix perçant l'air statique. Content de vous ? » Violet, les joues gonflées, il la contournait d'une brusque embardée.

Elle n'avait pas peur d'être seule dans le chalet, mais Fred l'avait aidée à installer davantage de pièges pour l'alerter si quiconque s'approchait. Elle lisait un soir lorsqu'elle entendit le tintement de la ficelle de clochettes qu'ils avaient tendue entre les arbres. À la vitesse de l'éclair, elle tendit le bras vers la cheminée derrière elle et décrocha le fusil, se levant pour l'armer à l'épaule dans un geste fluide, plaçant les deux canons contre l'étroite fente dans la porte.

Elle plissa les yeux, à l'affût du moindre mouvement dehors. Parfaitement immobile, elle scruta les ténèbres encore un moment, avant de relâcher les épaules.

— Juste un cerf, marmonna-t-elle pour elle-même en baissant le fusil.

Ce ne fut qu'en partant le lendemain matin qu'elle trouva le message qu'on avait glissé sous la porte pendant la nuit, avec son épais griffonnage noir.

Ta place n'est pas ici. Rentre chez toi.

Ce n'était pas la première fois, et elle s'efforça de réprimer les sentiments que ces mots faisaient naître en elle. Margery n'y aurait accordé aucune importance ; elle essaya donc d'en faire abstraction. Elle froissa le papier, le jeta dans le feu et lâcha un juron étouffé. « Chez elle », ces temps-ci, elle ne savait plus très bien où c'était, au juste.

Fred se trouvait à côté de la grange dans la lumière déclinante, en train de couper du bois – l'une des quelques tâches sur lesquelles Alice n'avait pas encore pris le relais. La hache était trop lourde pour elle, et elle parvenait rarement à fendre les bûches dans le sens du grain. Sa lame se coinçait dans un angle délicat et y restait profondément enfoncée jusqu'au retour de Fred. Lui, en revanche, frappait chaque morceau dans un mouvement rythmé et net, ses bras décrivant un grand cercle, la hache tranchant les rondins en deux, puis en quatre, marquant une pause tous les trois coups, pour la tenir d'une main sans la serrer, pendant que l'autre jetait les nouvelles bûches sur le tas. Elle le regarda un instant, attendit jusqu'à ce qu'il s'arrête une fois de plus, se passe un bras sur le front et relève les yeux vers la porte, où elle se tenait, un verre à la main.

— C'est pour moi ? (Elle fit quelques pas et le lui tendit.) Merci. Il y en a plus que je ne pensais ici.

— C'est aimable à vous de vous en occuper.

Il but une longue gorgée d'eau et souffla avant de lui rendre le verre.

— Eh bien. Je ne peux pas vous laisser avoir froid cet hiver. Et elles sèchent plus vite si on les coupe plus petit. Vous êtes sûre de ne pas vouloir réessayer ?

Quelque chose dans son expression sembla le freiner.

— Ça va, Alice ?

Elle acquiesça avec un sourire, tentant de se convaincre elle-même. Elle consentit alors à lui annoncer la nouvelle qu'elle gardait pour elle depuis une semaine.

— Mes parents m'ont écrit. Pour dire que je pouvais rentrer à la maison. (Le sourire de Fred s'effaça.) Ils ne sont pas contents, mais ils estiment que je ne peux pas rester ici toute seule et se déclarent prêts à mettre ce mariage sur le compte d'une erreur de jeunesse. Ma tante Jean m'a invitée à vivre avec elle à Lowestoft. Elle a besoin d'aide avec ses enfants, et tout le monde convient que ce serait un bon moyen de me rapatrier en Angleterre sans trop se faire remarquer. Apparemment, on peut régler toutes les questions juridiques à distance.

— Qu'est-ce que Lowestoft ?

— Une petite ville sur les côtes de la mer du Nord. Pas vraiment mon premier choix, mais c'est ainsi… Au moins, j'aurai un peu d'indépendance.

Et je serai loin de mes parents, songea-t-elle.

— Ils vont m'envoyer de l'argent pour la traversée, reprit-elle. Je leur ai dit que je devais rester jusqu'à la fin du procès de Margery. Je ne suis pas certaine que mon amitié avec une meurtrière présumée améliore mon cas à leurs yeux, ajouta-t-elle avec un petit rire triste.

S'ensuivit un long silence.

— Alors vous partez vraiment.

Elle acquiesça, incapable d'ajouter quoi que ce soit. C'était comme si, avec cette lettre, on lui avait soudain rappelé que sa vie dans ce pays n'avait été qu'une hallucination fiévreuse. Elle s'imagina de retour à Mortlake, ou dans la maison pseudo Tudor à Lowestoft, les interrogations polies de sa tante – avait-elle bien dormi, était-elle prête pour un petit déjeuner léger, aimerait-elle aller se promener au parc municipal l'après-midi… ? Elle baissa les yeux sur ses mains gercées, ses ongles cassés, le pull qu'elle portait depuis deux semaines d'affilée par-dessus les autres épaisseurs, du foin et des graminées incrustés entre les mailles de laine. Elle regarda ses bottes, dont les éraflures racontaient les sentiers de montagne, les ruisseaux traversés ou les cols étroits franchis à pied, dans la terre boueuse, le soleil féroce ou la pluie interminable. Comment serait-ce d'être de nouveau cette sage Anglaise dans un quotidien étriqué ? Celle avec des chaussures soigneusement cirées et une existence ordonnée et domestiquée ? Avec des ongles bien limés, un shampoing et une mise en plis deux fois par semaine ? Ne plus descendre de selle pour se soulager derrière des arbres, ni cueillir des pommes à manger pendant qu'elle travaillait, les narines remplies de fumée de bois et du parfum de terre humide, mais, à la place, échanger quelques mots courtois avec le chauffeur de bus pour savoir s'il était certain que le 238 s'arrêtait devant la gare.

Fred la regardait. Il y avait quelque chose de tellement affligé et à vif dans son expression qu'elle eut la sensation que cela creusait un trou en elle. Il dissimula sa douleur en tendant la main vers la hache.

— Bon, je ferais aussi bien de m'occuper du reste de ces bûches tant que je suis là.

— Margery en aura besoin quand elle rentrera chez elle.

Il hocha la tête, les yeux sur la lame.

— Ouaip.

Alice attendit un instant.

— Je vais vous préparer quelque chose à manger… Si vous avez toujours envie de dîner avec moi.

Il acquiesça, les yeux toujours baissés.

— Bien sûr.

Elle attendit quelques secondes de plus, puis retourna dans le chalet de Margery avec le verre vide, et le son de chaque coup de lame faisant voler le bois en éclats derrière elle la fit tressaillir, comme si ce n'était pas juste le bois que l'on brisait en deux.

La nourriture était effroyable, comme elle l'est souvent quand on la prépare sans que le cœur y soit, mais Fred était trop gentil pour émettre le moindre commentaire, et Alice avait peu à dire. Le repas se déroula donc dans un silence inhabituel, au rythme des craquètements des grillons et des coassements des grenouilles. Il la remercia pour ses efforts, prétendit que c'était délicieux, et Alice emporta les assiettes sales. Puis elle le regarda se lever en se redressant avec raideur, comme si le fait de couper du bois l'avait épuisé plus que ce qu'il ne laissait paraître. Il hésita, puis sortit sur le perron, où elle voyait son ombre à travers la moustiquaire, regardant la montagne au loin.

Je suis tellement désolée, Fred. Je ne veux pas vous quitter.

Elle se retourna vers les assiettes qu'elle commença à récurer furieusement en ravalant ses larmes.

— Alice ?

Fred apparut à la porte.

— Mmm ?

— Venez dehors.

— Je dois faire la v…

— Venez. Je veux vous montrer quelque chose.

La nuit était drapée dans l'épaisse obscurité qui vient lorsque les nuages avalent la lune et les étoiles en entier, et Alice ne put que le distinguer tandis qu'il lui désignait la balancelle sous le porche, la lampe à huile à la main. Il éteignit la lumière, et ils s'assirent à quelques pouces l'un de l'autre, sans se toucher, mais liés en pensée. Sous la surface, ils s'entrelaçaient comme du lierre.

— Qu'est-ce qu'on regarde ? demanda-t-elle en essayant subrepticement de s'essuyer les yeux.

— Attendez, simplement, dit la voix de Fred à côté d'elle.

Alice était assise dans le noir, le siège grinçant sous leurs poids conjugués, ses réflexions se bousculant alors qu'elle envisageait son avenir. Que pourrait-elle faire si elle ne rentrait pas chez elle ? Elle avait peu d'argent, certainement pas assez pour trouver une maison. Elle n'était même pas sûre d'avoir un travail – qui pouvait dire si la bibliothèque continuerait sans Margery ? De plus, elle pouvait difficilement envisager de rester dans cette petite ville pour toujours, avec la menace de Van Cleve tel un ciel orageux, sa rage et le mariage désastreux avec Bennett pesant au-dessus d'elle. Il n'avait pas hésité à s'en prendre à Margery, et il s'en prendrait à elle aussi, d'une manière ou d'une autre.

Et pourtant.

Et pourtant, l'idée de quitter cet endroit – de ne plus chevaucher dans ces montagnes, au son des sabots de Spirit, dans la lumière mouchetée et scintillante de la forêt, l'idée de ne plus rire avec les autres bibliothécaires, coudre en silence aux côtés de Sophia ni taper du pied tandis que s'élevait la voix d'Izzy l'emplit d'une profonde tristesse. Elle adorait être là. Elle adorait les montagnes, leurs habitants et le ciel infini. Elle adorait ce sentiment de faire un travail qui signifiait quelque chose, se mettre à l'épreuve tous les jours, changer la vie des gens, mot après mot. Elle avait gagné chacun de ses hématomes, chacune de ses ampoules, avait construit une nouvelle Alice par-dessus la charpente d'une autre avec laquelle elle ne s'était jamais sentie tout à fait à l'aise. Elle ne ferait que se rabougrir si elle rentrait en Angleterre, et la facilité avec laquelle cela se produirait lui tapissait déjà la bouche. Baileyville deviendrait un petit interlude, s'évanouirait dans un autre épisode que ses parents, les lèvres serrées, préféreraient ne pas évoquer. Elle se languirait du Kentucky pendant un temps et finirait par se ressaisir. Puis, après un an, deux peut-être, elle serait autorisée à divorcer et finirait par rencontrer un homme qui ne lui reprocherait pas son passé compliqué, et elle l'épouserait pour se ranger. Dans un quartier acceptable de Lowestoft.

Et puis il y avait Fred. L'idée d'être séparée de cet homme lui donnait des crampes d'estomac. Comment était-elle censée supporter la perspective de ne plus jamais le revoir ? Ne plus jamais revoir son visage s'illuminer pour la simple raison qu'elle venait d'entrer dans la pièce ? Ne plus jamais croiser son regard dans une foule, ni éprouver la subtile chaleur qui lui venait en se tenant à côté d'un homme dont elle savait qu'il la voulait plus que n'importe qui d'autre ? Elle ressentait cela tous les jours qu'ils passaient ensemble à présent, même lorsque aucune parole n'était prononcée – la conversation silencieuse qui se poursuivait, comme un courant sous-marin, sous tout ce qu'ils faisaient. Elle ne s'était jamais sentie aussi connectée, aussi sûre de quelqu'un, n'avait jamais voulu le bonheur d'une personne avec autant de ferveur. Comment était-elle censée renoncer à cela ?

—Alice.

—Pardon ?

—Levez les yeux.

Alice retint son souffle. Le versant de la montagne en face était animé de lumière, un mur de lumières féeriques étincelantes, en trois dimensions parmi les arbres, clignotant et scintillant dans leur déplacement, éclairant les ombres de l'obscurité d'un noir d'encre. Elle cligna des yeux à ce spectacle, incrédule et bouche bée.

— Des lucioles, expliqua-t-il.

— Des lucioles ?

— Des mouches à feu. Appelez ça comme vous voulez. Elles viennent chaque année.

Alice n'en croyait pas ses yeux. Les lucioles scintillaient par millions, s'élevaient au-dessus des silhouettes illuminées des arbres, fusionnant harmonieusement avec le ciel étoilé, de telle sorte que le monde entier sembla en cet instant émaillé de minuscules lumières dorées. Ce spectacle était si ridicule, improbable et incroyablement beau qu'Alice se mit à rire aux éclats, les deux mains plaquées sur le visage.

— Est-ce qu'elles font ça souvent ? lui demanda-t-elle, ne distinguant que son sourire.

— Eh non. Une semaine par an, peut-être. Deux, tout au plus. Mais je ne les avais jamais vues aussi belles que ce soir.

Un sanglot s'échappa de la poitrine d'Alice, traversée par une émotion bouleversante ou, peut-être, la perspective d'une séparation insupportable. L'absence de Margery pesait sur le chalet, et elle n'avait pas le droit de se lier à l'homme qu'elle désirait le plus au monde. Avant qu'elle puisse réfléchir à ce qu'elle faisait, elle tendit la main dans le noir et trouva celle de Fred, chaude, puissante, et leurs doigts s'entrelacèrent, comme modelés pour s'imbriquer. Ils restèrent ainsi un certain temps, à contempler le spectacle scintillant.

— Je… Je sais pourquoi vous devez partir, dit la voix de Fred dans le silence, avec hésitation, de la prudence dans ses mots. Je dois juste vous dire que ce sera affreusement difficile pour moi.

— Je suis un peu dans une impasse, Fred.

— Je sais.

Elle prit une profonde inspiration chevrotante.

— C'est un peu le chaos, n'est-ce pas ?

S'ensuivit une longue pause. Quelque part au loin, une chouette ulula. Fred pressa la main d'Alice et ils demeurèrent ainsi un moment, dans la douceur de la brise nocturne.

— Vous savez ce qui est vraiment merveilleux au sujet de ces lucioles ? finit-il par dire, comme s'ils venaient d'avoir une tout autre conversation. Certes, elles vivent seulement quelques semaines. Vraiment pas longtemps dans le grand ordre des choses. Mais, pendant ces quelques semaines, elles sont d'une beauté à couper le souffle. (Il parcourut l'arête de ses jointures avec le pouce.) Elles vous donnent l'occasion de voir le monde sous un jour nouveau. Et alors, cette belle image reste gravée dans votre mémoire. Pour l'emporter partout où vous allez. Et ne jamais l'oublier.

Alice sentit une larme commencer à couler le long de sa joue.

— J'ai compris ça en restant assis ici. Peut-être que c'est la leçon que nous devons tirer de tout ça, Alice. Que certaines choses sont un cadeau, même si elles sont éphémères.

Il marqua une pause avant de reprendre :

— Nous devrions être comblés de savoir qu'il existe en ce monde quelque chose d'aussi beau.

Elle écrivit à ses parents pour confirmer la date de son départ, et Fred déposa la lettre au bureau de poste, en route pour la livraison d'un jeune poulain à Booneville. Elle vit la crispation de sa mâchoire tandis qu'il inscrivait l'adresse, et se détesta pour ça. Debout, bras croisés, vêtue d'une simple chemise de coton blanc, elle le regarda monter dans son pick-up poussiéreux, la caravane cliquetante attachée derrière, et le cheval trépignant, impatient de partir. Elle les suivit du regard sur le chemin de Split Creek, jusqu'à ce que le camion soit hors de vue.

La main en visière, Alice plissa les yeux vers la route vide un moment, vers les montagnes qui se dressaient de chaque côté, disparaissant dans la brume d'été, vers les vautours décrivant paresseusement des cercles au-dessus des sommets. Elle lâcha un long soupir saccadé. Enfin, elle se frotta les mains sur son pantalon et rentra dans la bibliothèque.

Chapitre 21

L'appel survint à 2 h 45, une nuit si chaude qu'Alice avait à peine dormi. Elle s'était battue avec son drap, agitée et en sueur, jusqu'au petit matin. Elle entendit les coups rapprochés à la porte et s'assit aussitôt. Son sang se figea. Elle tendit l'oreille, à l'affût. Ses pieds nus rencontrèrent le plancher en silence, et elle enfila en toute hâte sa robe de chambre, se saisit du fusil qu'elle gardait à côté du lit et marcha sur la pointe des pieds jusqu'à la porte. Elle attendit, le souffle comprimé dans sa poitrine, jusqu'à ce que le bruit se reproduise.

— Qui est là ? Je vais tirer !

— Mrs Van Cleve ? C'est vous ?

Elle cligna les yeux et regarda par la fenêtre. L'adjoint Dulles se tenait là, en uniforme, se frottant l'arrière du crâne d'une main angoissée. Elle alla à la porte et la déverrouilla.

— Adjoint ?

— C'est Miss O'Hare. Je crois que c'est le moment. Je ne peux pas faire lever le docteur, mais je ne suis pas rassuré à l'idée qu'elle commence le travail là-bas toute seule.

Il ne fallut que quelques minutes à Alice pour se préparer. Elle sella une Spirit somnolente et suivit les marques des pneus de l'adjoint Dulles, sa détermination l'emportant sur toute hésitation qu'aurait pu naturellement avoir sa monture sur le fait de s'aventurer dans les bois profonds au plus noir de la nuit. Spirit sortit au trot dans l'obscurité, les oreilles dressées, méfiante mais volontaire, et Alice eut envie de l'embrasser. Lorsqu'elle arriva au chemin moussu près du lit du ruisseau, elle put se lancer au galop, heureuse que le clair de lune illumine la voie.

Quand elle atteignit la route, elle ne se rendit pas directement à la prison, mais tourna, incitant Spirit à faire un détour vers la maison de Sophia et William à Monarch Creek. Elle avait changé depuis son arrivée dans le Kentucky, et force était de constater qu'elle n'avait plus peur de grand-chose. Mais même Alice savait quand elle était dépassée par les événements.

Le temps que Sophia arrive à la prison, Margery, luisante de sueur, poussait contre Alice comme quelqu'un dans une mêlée de rugby, pliée en deux et gémissant de douleur. Alice ne pouvait être là que depuis vingt minutes, mais elle avait le sentiment que cela faisait des heures. Elle entendit sa propre voix comme si elle lui parvenait de loin – félicitant Margery pour sa bravoure, soutenant qu'elle s'en sortait si bien, que le bébé serait là avant qu'elle ne s'en rende compte, même si elle savait qu'une seule de ces choses pouvait se révéler exacte. L'adjoint leur avait prêté une lampe à huile, et la lumière vacillait, portant des ombres floues sur les murs de la cellule. Les odeurs de sang, d'urine et de quelque chose d'indéfinissable saturaient l'air vicié. Alice ne se doutait pas que les accouchements étaient si sales.

Sophia avait couru sur tout le trajet, le sac de sage-femme de sa mère sous le bras, et l'adjoint Dulles, attendri par deux mois de cadeaux sortant du four et certain que les bibliothécaires n'étaient animées que de bonnes intentions, tira la porte dans un bruit métallique et laissa Sophia entrer.

— Oh, Dieu merci ! dit Alice dans la faible lumière tandis qu'il refermait derrière elles avec un fracas de clés. J'avais tellement peur que tu n'arrives pas à temps…

— Où en est-elle ?

Alice haussa les épaules, et Sophia passa la main sur le front de Margery. Celle-ci fermait vigoureusement les yeux, son esprit errant loin d'elles, tandis qu'une autre vague de douleur s'abattait sur elle.

Sophia attendit, le regard vigilant et attentif, que ça passe.

— Margery ? Margery, ma fille ? De combien sont espacées tes contractions ?

— Je ne sais pas, murmura-t-elle entre ses lèvres sèches. Où est Sven ? S'il vous plaît. J'ai besoin de lui.

— Il faut que tu te reprennes maintenant, reste concentrée. Alice, tu as ta montre, là ? Tu commences à compter quand je te le dis, d'accord ?

La mère de Sophia avait été la sage-femme de toute la communauté noire de Baileyville. Enfant, Sophia l'avait accompagnée dans ses visites, portant son gros sac en cuir, lui tendant les instruments et les plantes médicinales lorsqu'ils étaient requis, l'aidant à les stériliser et les remballer afin qu'ils soient prêts pour la femme suivante. Elle n'était pas complètement formée, disait-elle, mais serait probablement la meilleure à laquelle Margery aurait droit.

— Tout va bien là-dedans, les filles ?

L'adjoint Dulles se tenait respectueusement derrière le drap alors que Margery recommençait à gémir, sa voix faiblissant, puis remontant dans un crescendo. Il s'était assuré d'être à bonne distance quand sa propre femme avait eu leurs enfants, et les odeurs et les sons indélicats de l'accouchement lui donnaient des haut-le-cœur.

— Monsieur ? Nous serait-il possible d'avoir de l'eau chaude ? demanda Sophia en faisant signe à Alice d'ouvrir le sac, pour lui désigner une bande de coton propre pliée.

— Je vais demander à Frank, voir s'il peut en faire bouillir. En général il est levé à cette heure-ci. Je reviens tout de suite.

— Je ne vais pas y arriver, haleta Margery, les yeux rivés sur quelque chose qu'aucune d'elles ne voyait.

— Bien sûr que si ! dit fermement Sophia. Tu y es presque.

— Je ne peux pas, dit Margery, paraissant à bout de souffle, épuisée. Je suis si fatiguée…

Alice prit un mouchoir pour lui éponger le visage. Elle avait le teint hâve et les traits tirés, malgré son ventre arrondi. Sans ses activités quotidiennes au grand air, ses muscles avaient fondu. Ses bras et jambes étaient mous et d'une pâleur inquiétante. Alice était mal à l'aise de la voir dans cet état, avec sa robe de coton serrée autour d'elle, la façon dont elle collait à sa peau humide.

— Une minute et demie, dit-elle, tandis que Margery recommençait à gémir.

— Bien. Le bébé est en chemin. Écoute-moi, Margery. Je vais t'allonger ici un instant pendant que j'installe un drap sur ce vieux matelas. Tu te tiens juste à Alice.

— Sven…

Alice vit Margery articuler le prénom alors que ses doigts se crispaient sur la manche de son amie. Elle entendit Sophia murmurer des paroles réconfortantes tout en se déplaçant, d'un pied sûr, dans la quasi-obscurité. Les cellules d'en face étaient inhabituellement silencieuses.

— Bien, ma belle. Maintenant que ce bébé arrive, il faut que nous te mettions dans une position où il peut sortir. Tu m'entends ? demanda Sophia.

Elle fit signe à Alice pour qu'elle l'aide à retourner Margery, qui semblait à peine remarquer les deux femmes.

— Tu continues de m'écouter, tu entends ?

— J'ai peur, Sophia.

— Non, tu n'as pas peur, pas vraiment. C'est juste le travail qui parle.

— Je ne veux pas que mon enfant naisse ici.

Margery ouvrit les yeux et regarda Sophia d'un air implorant.

— Pas ici. S'il te plaît…

Sophia mit la main derrière la tête moite de Margery et plaça sa joue contre la sienne.

— Je sais, chérie, mais c'est ce qui va se passer. Alors nous allons juste rendre ça le plus facile possible pour vous deux. D'accord ? Maintenant, tu te retournes à quatre pattes. Oui, à quatre pattes, et agrippe-toi à cette couchette. Alice, mets-toi devant elle et tiens-la bien, c'est compris ? Ça va bientôt être un peu rude, et elle va avoir besoin de s'accrocher à toi. C'est ça, donne-lui tes genoux pour qu'elle s'y repose.

Alice n'eut pas le temps d'avoir peur. Margery s'agrippa aussitôt à elle, le visage appuyé dans ses cuisses tandis qu'elle gémissait, essayant d'étouffer le bruit dans son pantalon d'équitation. Elle avait la poigne si puissante qu'elle semblait dotée de forces qui la dépassaient. Alice regarda les tremblements la parcourir et grimaça, tentant d'oublier son propre malaise, entendant les paroles d'encouragement tout en se faisant entraîner dans leur sillage.

Derrière elle, Sophia avait relevé la robe de Margery et positionné la lampe à huile de manière à voir ses parties intimes, mais Margery ne semblait pas s'en soucier. Elle continua simplement de gémir, de se débattre, comme si elle pouvait se débarrasser de sa douleur, ses mains en sueur cherchant celles d'Alice.

— J'ai votre eau, déclara l'adjoint Dulles.

Et quand Margery commença à hurler, il ajouta :

— Je vais déverrouiller la porte et pousser le broc à l'intérieur. D'accord ? J'ai envoyé chercher le docteur, juste au cas où. Oh, doux Jésus, qu'est-ce qui… Vous savez quoi ?

Je vais simplement… Je vais laisser ça dehors. Je… Oh, mon Dieu…

— Pouvons-nous avoir aussi de l'eau fraîche, s'il vous plaît ? De l'eau à boire ?

— Je… Je vais laisser ça devant la porte. Je compte sur vous pour rester sagement ici.

— Vous n'avez aucune inquiétude à avoir, monsieur, croyez-moi.

Sophia était d'une efficacité remarquable, étalant les instruments en acier de sa maman, les plaçant soigneusement sur le carré de coton propre et plié. Elle conservait une main sur Margery en permanence, comme on le ferait pour un cheval, avec des mots rassurants, tendres, encourageants. Elle regarda sous elle et se positionna.

— Bien, je pense qu'elle arrive. Alice, tu tiens bien.

Après cela, tout devint flou. Tandis que le soleil se levait, dardant des bandes de lumière bleue entre les barreaux étroits, Alice se rappela les événements comme sur un navire en haute mer : la houle du sol sous leurs pieds, le corps de Margery, projeté dans un sens puis dans l'autre par la force de son travail, les odeurs de sang, de sueur et des corps pressés ensemble, le bruit, le bruit, le bruit. Margery qui s'agrippait à elle, le visage implorant, effrayé, les suppliant « à l'aide, à l'aide », son angoisse qui montait. Et, en fond, Sophia, calme et rassurante un instant, intimidante et féroce le suivant. « Oui, tu peux le faire, Margery. Allez, ma fille. Il faut que tu pousses maintenant ! Pousse plus fort ! »

Alice avait craint, l'espace d'un instant, que dans la chaleur, l'obscurité et les hurlements bestiaux, alors qu'elles étaient livrées à elles-mêmes, embarquées toutes les trois dans cette aventure, Margery finisse par s'évanouir. Elle avait peur des profondeurs inexplorées de sa douleur, peur de voir cette femme qui avait toujours été si forte réduite à une bête blessée et gémissante. Certaines femmes ne survivaient pas à leur accouchement, n'est-ce pas ? N'était-ce pas ce qui risquait d'arriver à Margery si le martyre se poursuivait ? Mais alors même que la pièce flottait, elle aperçut l'expression féroce de Sophia, vit le front plissé de Margery, les yeux submergés de larmes de désespoir – « Je ne peux pas ! » –, et serra les dents, puis se pencha en avant de telle sorte que le front de Margery soit appuyé contre le sien.

— Si, tu peux, Marge. Tu es tellement près, maintenant. Tu écoutes Sophia. Tu peux le faire.

Et soudain, alors que la plainte de Margery montait dans les aigus de façon insoutenable – un son qui semblait condenser la fin du monde et toutes ses souffrances à la fois, grêle, agonisant, insupportable –, il y eut un cri et un bruit comme celui d'un poisson qui atterrit sur une dalle, et Sophia prit dans ses bras cette créature violette et mouillée, le visage illuminé et son tablier ensanglanté, tandis que les mains du bébé se levaient aveuglément, aux prises avec l'air pour trouver quelque chose auquel se raccrocher.

— Elle est là !

Et Margery tourna la tête, des boucles de cheveux collées à ses joues en sueur, la survivante d'une bataille terrible et solitaire, arborant une expression qu'Alice n'avait encore jamais vue, et sa voix était une douce lamentation, comme celle d'une vache dans une étable poussant un petit veau du museau – « Oh, bébé, oh, mon bébé ! »

Et alors que la minuscule créature poussait un cri clair et vigoureux, le monde bascula. Les femmes se mirent à rire, pleurer et s'agripper les unes aux autres, et les hommes dans les cellules, dont Alice ignorait la présence, s'exclamèrent d'un ton sincère : « Merci, Seigneur ! Grâce à Dieu ! » Dans l'obscurité, la saleté, le sang et le désordre, tandis que Sophia séchait le bébé, l'enveloppait dans la serviette de coton propre et le tendait à une Margery tremblante, Alice se rassit en arrière et s'essuya les yeux de ses mains mouillées de sueur et de sang, en songeant qu'elle n'avait jamais été aussi vaillante de toute sa vie.

Ce soir-là, alors qu'elles lui portaient un toast à la bibliothèque, Sven déclara qu'elle était le plus beau bébé qui fût jamais né ; ses yeux les plus ténébreux, ses cheveux les plus épais, son nez minuscule et ses membres parfaits inégalés dans l'histoire. Personne ne songea à le contredire. Fred avait apporté un bocal d'alcool frelaté et une caisse de bières, et les bibliothécaires louèrent la miséricorde du Seigneur : même si leur amie était encore en prison, elles se réjouissaient que l'accouchement se soit bien passé. Dans sa cellule, Margery était en train de bercer sa toute petite avec la fierté féroce d'une mère, envoûtée par son visage parfait, ses ongles tels des coquillages miniatures, oubliant brièvement son infortune et ses douleurs, alors que l'adjoint Dulles et les autres détenus passaient admirer l'enfant et présenter leurs félicitations.

Aucun homme n'avait jamais été plus fier que Sven. Il ne pouvait s'empêcher de parler – de la bravoure et de l'intelligence de Margery pour avoir engendré une telle créature, de la vivacité de l'enfant, de la manière dont elle lui avait fermement pris le doigt.

— C'est bien une O'Hare ! dit-il.

Et tous l'acclamèrent.

Quant à Alice et Sophia, les événements de la nuit avaient commencé à les rattraper. Alice était exténuée, les paupières tombantes, le regard papillonnant vers celui de Sophia, où elle lut sa fatigue, mais aussi son soulagement.

— Je lui ai cousu de la layette, dit Sophia à Sven. Si tu pouvais l'apporter à Margery demain, l'enfant aurait quelque chose de convenable à mettre. Une couverture, des chaussons, un petit bonnet et un pull en coton léger.

— C'est adorable de ta part, Sophia, dit Sven.

Il n'était pas rasé et ses yeux étaient pleins de larmes.

— Et j'ai des affaires de mes enfants qu'elle peut récupérer, dit Kathleen. Des brassières, des langes, entre autres. Je n'en aurai plus besoin, maintenant.

— On ne sait jamais, dit Beth.

Mais Kathleen secoua vigoureusement la tête.

— Eh bien, moi, je le sais... Il n'y avait qu'un homme pour moi.

À ces mots, Fred croisa le regard d'Alice. Après l'effervescence de la journée et l'élan d'euphorie qui avait suivi la naissance, la jeune femme sentit une profonde tristesse l'envahir. Elle s'efforça de la dissimuler en portant un toast.

— À Marge, dit-elle en levant sa tasse en émail.

— À Margery.

— Et à Virginia, déclara Sven. D'après la sœur de Margery, précisa-t-il en déglutissant. C'est ce qu'elle souhaite. Virginia Alice O'Hare.

— Eh bien, ce nom est tout simplement ravissant, déclara Sophia, en acquiesçant pour manifester son approbation.

— À Virginia Alice, répétèrent-ils en écho, leurs timbales levées.

Puis Izzy se releva d'un bond et annonça qu'elle était certaine qu'il y avait un livre des prénoms quelque part et qu'elle aimerait connaître l'origine de celui-ci. Et tous les autres acquiescèrent et s'efforcèrent de boire, accueillant avec soulagement cette diversion bienvenue, afin que personne n'ait à regarder Alice, qui sanglotait en silence dans un coin de la pièce.

Chapitre 22

« Une institution d'une saleté incroyable, dans laquelle sont confinés des hommes et des femmes, certains purgeant leur peine pour délits et crimes, et d'autres qui ne sont pas condamnés et attendent simplement leur procès [...] grouillant généralement de punaises, de cafards, de poux et autres vermines ; qui sent le désinfectant et la crasse. »

Joseph F. Fishman, *Les Creusets du crime*, 1923.

Les prisons du Kentucky, comme beaucoup en Amérique, étaient dirigées au cas par cas, et leurs règles variaient considérablement en fonction de la rigueur du shérif. À Baileyville, c'était la gourmandise de l'adjoint Dulles, sensible aux offrandes culinaires, qui avait permis d'assouplir le règlement. À ce titre, Margery et Virginia purent recevoir un flot de visiteurs et, malgré le confinement désagréable de la cellule, Virginia passa ses premières semaines à peu près comme tous les nouveau-nés qu'on chérit – dans des vêtements propres et doux, choyée par ses visiteurs, entourée des babioles qu'on lui offrait et nichée le plus clair de son temps dans le giron de sa mère. C'était un bébé remarquablement alerte, ses yeux foncés scrutant la cellule à l'affût de mouvement, ses minuscules doigts en étoile de mer frappant l'air, ou les poings fermés de contentement quand elle se nourrissait.

Margery était devenue une autre femme : le visage adouci, entièrement concentrée sur l'enfant, la portant avec autant d'aisance que si elle faisait ça depuis toujours. En dépit des réserves qu'elle avait précédemment émises, elle semblait entreprendre instinctivement la maternité. Même lorsque Alice prenait le bébé dans ses bras afin que son amie puisse manger ou se changer, Margery gardait un œil sur elle, une main tendue pour toucher Virginia, comme si elle ne pouvait supporter d'en être séparée même un instant.

Alice remarqua avec soulagement qu'elle paraissait moins déprimée qu'avant, comme si le bébé lui avait redonné goût à la vie. Absorbée par sa présence, elle cessait d'être obnubilée par tout ce qu'elle avait perdu au-delà de ces murs. Margery se nourrissait davantage (« Sophia dit que je dois manger pour pouvoir l'allaiter »), souriait souvent, même si ces sourires étaient essentiellement destinés à l'enfant, et se déplaçait dans la cellule, marchant de long en large pour l'apaiser, alors qu'avant elle semblait clouée au sol. L'adjoint Dulles leur avait prêté un seau et une serpillière pour faire un peu de ménage dans la cellule. Lorsque les filles lui avaient apporté un sac de couchage frais, révoltées à l'idée qu'un bébé dorme sur une vieille paillasse grouillant de puces, il avait consenti à ce changement sans protester. Ils avaient brûlé la vieille paillasse dans la cour, grimaçant devant les innombrables taches qui la parsemaient.

Mrs Brady rendit visite à Margery six jours après la naissance, accompagnée d'un médecin d'une autre ville qu'elle amenait pour vérifier que son rétablissement était en bonne voie et que le bébé ne manquait de rien. Quand l'adjoint Dulles avait tenté de s'y opposer, n'ayant pas été prévenu et n'ayant reçu aucun bordereau, Mrs Brady l'avait remis à sa place en lui décochant un regard qui aurait pu glacer une soupe chaude. Elle annonça impérieusement que si on l'entravait de quelque manière alors qu'elle s'occupait d'une mère allaitant son bébé, le shérif Archer et le gouverneur Hatch allaient en entendre parler. L'adjoint Dulles prit ces menaces au sérieux. Le médecin examina mère et enfant pendant que Mrs Brady se tenait dans le coin de la cellule – elle avait examiné l'endroit, les yeux plissés dans la pénombre, et jugé préférable de ne pas s'asseoir. Les conditions étaient loin d'être idéales, mais le docteur avait déclaré que la mère et la fille étaient toutes les deux en bonne santé et même d'excellente humeur. Les hommes des cellules voisines protestèrent au sujet de la puanteur des couches souillées du bébé, mais Mrs Brady s'empressa de leur rabattre le caquet et en profita pour leur signaler qu'une friction au savon et à l'eau de temps à autre ne leur ferait franchement pas de mal non plus. En somme, ils n'avaient qu'à balayer devant leur porte avant de se plaindre. Les jeunes femmes n'eurent vent de cette visite que plus tard, lorsque Mrs Brady se rendit à la bibliothèque et déclara que, après discussion avec Miss O'Hare, elle avait décidé de reprendre la direction de la bibliothèque. Elle espérait sincèrement que cela n'importunerait pas Mrs Van Cleve, sachant pertinemment combien celle-ci avait travaillé dur pour maintenir la bibliothèque en activité pendant que Margery était « inapte ».

Alice fut décontenancée par la nouvelle, mais pas importunée. Elle tournait à vide ces dernières semaines, essayant de rendre visite à Margery tous les jours, de garder le petit chalet en ordre et de tenir la bibliothèque, tout en affrontant ses émotions, accablantes et complexes. Elle fut soulagée à l'idée que quelqu'un puisse la relayer sur l'un de ces aspects. Mais ce serait provisoire, songeait-elle, car elle quitterait le Kentucky sous peu de toute façon. Elle n'avait pas encore annoncé la nouvelle aux autres : elles avaient toutes suffisamment de problèmes à gérer pour l'instant.

Mrs Brady ôta son manteau et demanda à voir tous les livres de comptes. Elle s'assit au bureau de Sophia et passa en revue les registres de paie, les factures de maréchal-ferrant, recoupa les bulletins de salaire et la petite monnaie, se déclarant satisfaite. Elle revint après dîner et passa une heure avec Sophia, ce soir-là, à prendre des nouvelles des livres manquants ou abîmés. Elle réprimanda même Mr Gill alors qu'il passait devant la porte, car il avait mis un peu trop de temps à restituer un ouvrage consacré à l'élevage des chèvres. En l'espace de quelques heures, sa présence là-bas sembla naturelle. C'était comme si une adulte était de nouveau aux commandes.

Ce fut ainsi que l'été progressa lentement, sous une chaleur écrasante, les nuages d'insectes volants, la moiteur et les chevaux en sueur harcelés par les mouches. Alice essayait de vivre au jour le jour, s'accommodant des inconvénients de son quotidien, se gardant bien de penser à ceux, autrement plus déplaisants, qui s'alignaient comme des quilles dans son avenir.

Sven démissionna de son travail : avec ses horaires, durant la semaine il ne parvenait pas à arriver à temps à la prison pour voir Margery et le bébé, et la moitié de son cœur, avait-il confié à Alice, était en permanence dans cette maudite cellule. Les pompiers de Hoffman se mirent en rang avec leurs pioches contre l'épaule et leurs casques appuyés sur la poitrine lorsqu'il leur annonça son départ, au grand dam du contremaître, qui le prit personnellement.

Van Cleve, encore piqué au vif d'avoir découvert la relation de longue date entre Sven et Margery O'Hare, déclara que c'était un bon débarras, qu'il avait été un espion et un traître, même s'il n'existait aucune preuve confirmant le bien-fondé de l'une et l'autre de ses accusations, et avertit que si ce serpent de Gustavsson s'avisait de remettre les pieds à la mine, il serait abattu sans sommation, tout comme sa garce impie.

Sven aurait aimé s'installer dans le chalet de Margery, Alice le savait, mais au lieu de cela, en éternel gentleman, il déclina son offre afin qu'Alice puisse échapper à la censure de ceux qui, en ville, auraient vu d'un mauvais œil qu'un homme et une femme dorment sous le même toit. Il paraissait pourtant évident que Sven et Alice aimaient tous les deux la même femme, quoique de manière très différente.

Par ailleurs, Alice n'avait plus peur de rester seule dans la petite maison. Elle dormait tôt et profondément, se levait à 4 h 30 avec le soleil, s'aspergeait d'eau glacée provenant de la source, nourrissait les animaux, se glissait dans n'importe quels vêtements qu'elle avait étendus à sécher, et se préparait un petit déjeuner à base d'œufs et de pain, donnant les miettes aux poules et aux cardinaux rouges qui se regroupaient sur le bord de la fenêtre. Elle mangeait en lisant l'un des livres de Margery. Un matin sur deux, elle faisait cuire un plat de pain de maïs frais à emporter à la prison. Autour d'elle, la montagne du petit matin résonnait des chants d'oiseaux, les feuilles des arbres luisant d'orange, puis de bleu, puis de vert émeraude, les hautes herbes tachetées de lys et de barbons de Virginie, et, tandis que la moustiquaire se refermait dans son dos, d'énormes dindons sauvages s'envolaient dans un battement d'ailes disgracieux, et de petits daims se retournaient vers elle comme s'ils étaient ici chez eux, avant de regagner furtivement les bois.

Elle faisait sortir Charley de l'écurie pour qu'il aille dans le petit enclos qui bordait le chalet, et inspectait le poulailler pour voir s'il y avait des œufs. Si elle avait eu le temps, elle aurait préparé à manger pour le soir, sachant qu'elle serait fatiguée en rentrant. Puis elle sellait Spirit, mettait ce dont elle aurait besoin ce jour-là dans les sacoches. Le chapeau à larges bords sur la tête, elle descendait la montagne en direction de la bibliothèque. Une fois engagée sur le chemin de terre, elle laissait pendre les rênes sur l'encolure de Spirit, et, de ses deux mains, nouait un mouchoir en coton autour de son cou. Elle n'utilisait quasiment plus les rênes désormais : Spirit évaluait où elles allaient dès qu'elle entamait l'un des itinéraires, et s'élançait à grandes foulées, les oreilles dressées, juste une autre créature qui connaissait – et adorait – son travail.

La plupart des soirs, Alice restait une heure de plus à la bibliothèque aux côtés de Sophia, juste pour la compagnie ; à l'occasion, Fred se joignait à elles, en apportant de la nourriture de sa maison. À deux reprises, elle était montée souper chez lui, supposant que la rumeur s'était désintéressée de son sort, et que peu de gens étaient susceptibles de la voir effectuer ce court trajet de toute manière. Elle adorait la maison de Fred, avec ses parfums de cire d'abeille et ses équipements usagés, moins rudimentaires que ceux de Margery, et avec des tapis et des meubles témoignant d'une fortune familiale ancienne.

L'absence de bibelots lui paraissait rassurante.

Ils mangeaient ce que Fred avait cuisiné, et parlaient de tout et de rien, ne s'interrompant que pour se sourire comme deux idiots. Certains soirs, Alice parcourait le chemin jusqu'au chalet de Margery sans être capable de se souvenir de ce qu'ils s'étaient raconté. Le désir oblitérait toutes les conversations. Parfois, elle avait tellement envie de Fred qu'elle devait se pincer la main sous la table pour s'empêcher de la tendre vers lui. Puis elle arrivait au chalet vide et s'allongeait dans le lit de Margery, son esprit essayant d'invoquer ce qui se passerait si une fois, rien qu'une fois, elle l'invitait à y passer la nuit avec elle.

L'avocat de Sven lui rendait visite toutes les deux semaines, et Sven demanda à Fred si les rendez-vous pouvaient se dérouler chez lui, et s'il pouvait y assister avec lui, ainsi qu'Alice. Elle comprit que c'était parce que Sven était fou d'inquiétude, sa jambe tressautant d'une nervosité inhabituelle, ses doigts tambourinant sur la table, dans un tel état de nerfs qu'il oubliait la moitié de ce qu'on lui avait dit. L'avocat avait tendance à s'exprimer de la manière la moins directe possible, son langage plein de jargon, procédant par méandres, contournant et esquivant ce qu'il voulait vraiment dire plutôt que l'énoncer purement et simplement.

Il fit remarquer que, malgré la disparition inattendue du registre concerné (il marqua une pause significative à ce moment-là), le Commonwealth était convaincu de la culpabilité de Margery O'Hare. Dans son interrogatoire initial, la vieille dame avait situé Miss O'Hare sur les lieux du crime, quoi qu'elle eût ensuite clamé. Le livre de bibliothèque, éclaboussé de sang, paraissait être la seule arme du crime possible, étant donné qu'il n'y avait aucune blessure par balle ni arme blanche. Aucune des autres bibliothécaires itinérantes ne chevauchait aussi loin que Miss O'Hare, à en juger par les registres restants. Les chances que quelqu'un d'autre se serve d'un livre de bibliothèque comme arme à cet endroit étaient donc limitées. Enfin, il se posait la question délicate du caractère de Margery : tout le monde était au courant du conflit de longue date entre sa famille et les McCullough, et l'insolence de Margery était connue de tous.

— Elle devra être attentive à ces choses-là quand nous passerons en jugement, annonça-t-il en rassemblant ses documents. Il est important que les jurés la voient comme… une accusée sympathique.

Sven secoua la tête silencieusement.

— Vous n'obtiendrez pas de Margery qu'elle soit quelqu'un d'autre que ce qu'elle est, dit Fred.

— Je ne dis pas qu'elle doit devenir quelqu'un d'autre. Mais si elle ne parvient pas à s'attirer la sympathie du juge et du jury, ses chances de libération en seront sérieusement diminuées. (Il se cala dans son siège et posa les deux mains sur la table.) Il ne s'agit pas seulement de vérité ici, Mr Gustavsson, mais de stratégie. D'ailleurs, peu importe la vérité, dans cette affaire : vous pouvez parier que l'autre partie travaille d'arrache-pied sur la sienne.

— Tu aimes ça, alors.

— Quoi donc ? demanda Margery en levant les yeux.

— Être mère.

— Je me suis tellement retrouvée à nager dans les sentiments que, la plupart du temps, je ne sais plus distinguer le fond de la surface, dit doucement Margery en ajustant la brassière en coton au cou de Virginia. Bon sang, même ici il fait chaud. Si seulement on pouvait avoir un peu d'air frais.

Depuis la naissance de Virginia, l'adjoint Dulles avait permis que les visites aient lieu dans la cellule vide à l'étage. Elle était plus claire et propre que celles du sous-sol – et, suspectait-on, plus acceptable pour la redoutable Mrs Brady –, mais, un jour comme celui-ci, quand l'air stagnait, chaud et chargé d'humidité, le soulagement était moindre.

Alice songea soudain combien la prison devait être terrible en hiver, avec ses fenêtres mal isolées et son sol en ciment froid. À quel point le pénitencier d'État serait-il pire ? *Elle sera libre d'ici là*, se dit-elle fermement. Ne pas anticiper. Ne pas anticiper au-delà du jour même, de l'heure suivante.

— Je ne pensais pas pouvoir aimer comme ça une autre créature, poursuivit Margery. J'ai l'impression qu'elle m'a retiré une couche de peau, tu sais ?

— Sven en est littéralement amoureux.

— N'est-ce pas ? dit Margery en souriant pour elle-même à quelque souvenir. Il va être le meilleur des papas pour toi, ma toute petite.

Son visage s'assombrit, comme s'il y avait quelque chose qu'elle ne voulait admettre. L'instant d'après c'était parti, et elle soulevait le bébé, désignant sa tête en souriant de nouveau.

— Tu crois que ses cheveux vont être foncés comme les miens ? Elle a un peu de sang cherokee, après tout. Ou tu penses qu'elle va s'éclaircir, comme son papa ? Tu sais, quand Sven était bébé, il avait les cheveux blancs comme de la craie.

Margery refusait de parler du procès. Elle secouait imperceptiblement la tête, comme pour suggérer que c'était inutile. Et, malgré cette nouvelle douceur, il y avait quelque chose de suffisamment inflexible dans ce geste pour qu'Alice ne tente pas de le contredire. Elle avait fait pareil avec Beth et Mrs Brady lorsqu'elles lui avaient rendu visite, et cette dernière était arrivée à la bibliothèque rose de frustration.

— Je parlais du procès à mon mari, et de ce qui se passera ensuite… si les choses ne se déroulent pas comme nous l'espérons. Il a des amis dans le milieu juridique, et il semble que, dans d'autres États, il existe certains endroits où l'on autorise les enfants à rester auprès de la mère, et où les gardiennes s'occupent correctement des femmes. Certains sont correctement équipés, en fin de compte.

Margery avait agi comme si elle n'en avait pas entendu un mot.

— Nous prions tous pour vous à l'église, ajouta Mrs Brady. Pour vous et Virginia. N'est-elle pas adorable ? Je me demandais juste si vous ne souhaitiez pas que nous essayions de…

— J'apprécie vos intentions, Mrs Brady, mais ça ira pour nous.

Et c'était terminé, raconta Mrs Brady en jetant les bras en l'air.

— C'est comme si elle refusait de voir les choses en face, dit-elle. Honnêtement, je ne crois pas qu'elle puisse s'accrocher ainsi à l'idée de sortir. Il lui faut un plan.

Mais Alice n'avait pas le sentiment que l'optimisme se trouvât au cœur du comportement de Margery. C'était l'une des nombreuses raisons pour lesquelles son angoisse grandissait chaque jour qui les rapprochait du procès.

Une semaine jour pour jour avant son ouverture prévue, les journaux commencèrent à spéculer sur l'accusée. L'un d'eux avait mis la main sur la photo des femmes au *Nice'N'Quick*, et l'avait recadrée de telle sorte que seul le visage de Margery soit visible. L'affaire faisait les gros titres. « La bibliothécaire meurtrière : a-t-elle tué un innocent ? »

L'hôtel le plus proche, à Danvers Creek, afficha bientôt complet, et l'on disait que certains voisins avaient rangé leur débarras pour y héberger les journalistes qui affluaient. Il semblait que les noms de Margery et McCullough soient sur toutes les lèvres, sauf entre les murs de la bibliothèque, où absolument personne ne parlait d'eux.

Sven se rendit à la prison au cœur de l'après-midi. Une chaleur accablante régnait ce jour-là, et il marchait lentement en s'éventant à l'aide de son chapeau, saluait de la main ceux qu'il croisait, son attitude ne révélant rien de ce qu'il éprouvait intérieurement. Il tendit à l'adjoint Dulles le pain de maïs confectionné par Alice, et chercha dans ses poches les brassières et bavoirs propres qu'elle avait impeccablement lavés et pliés pour qu'il les apporte. Margery était dans la cellule à l'étage, en train de nourrir son bébé, assise en tailleur sur la couchette, et il attendit pour l'embrasser, sachant qu'elle ne se laissait pas distraire quand elle allaitait. En général, elle levait une joue pour lui, mais cette fois elle garda les yeux sur sa fille ; après un instant, il s'assit donc sur le tabouret à proximité.

— Elle tète encore toute la nuit ?

— Autant qu'elle peut.

— Mrs Brady dit qu'elle fera peut-être partie de ces bébés qui ont besoin de nourriture solide assez tôt. Les filles m'ont fourni un livre sur le sujet, pour que je me renseigne un peu.

— Depuis quand est-ce que tu discutes de bébés avec Mrs Brady ?

Il regarda ses bottes.

— Depuis que j'ai quitté mon travail.

Comme elle le dévisageait, il ajouta :

— Ne t'inquiète pas. Je n'ai jamais été sans emploi depuis mes quatorze ans. J'ai déjà commencé à la scierie. Et Fred me laisse habiter dans sa chambre d'amis, alors ça va pour moi. Ça ira pour nous.

Margery se tut. Elle était comme ça certains jours. Elle prononçait à peine quelques mots quand il lui rendait visite. C'était moins fréquent depuis l'arrivée de Virginia – elle semblait ne pouvoir s'empêcher de parler à l'enfant, même si elle était déprimée, mais Sven détestait toujours ces moments-là. Il se frotta la tête.

— Alice m'a dit de te dire que les poules allaient bien. Winnie a pondu un œuf à deux jaunes. Charley grossit. Il apprécie pas mal de se reposer, à ce que je peux constater. Nous l'avons fait sortir cette semaine avec les poulains de Fred, et il leur montre qui est le chef.

Elle baissa les yeux sur Virginia, vérifiant qu'elle avait fini, puis ajusta sa robe et plaça le bébé contre son épaule pour le rot.

— Tu sais, je réfléchissais…, poursuivit Sven. On pourrait peut-être reprendre un chien quand tu rentreras à la maison. Il y a ce fermier à Shelbyville, il a une chienne de chasse qui me plaît depuis longtemps et qu'il veut faire reproduire. Elle est douce de nature. C'est bon pour un enfant de grandir en compagnie d'un chien. Si nous prenons un chiot, Virginia et lui pourraient grandir ensemble. Qu'en dis-tu ?

— Sven…

— Je veux dire, nous ne sommes pas obligés de prendre un chien. Ça pourrait attendre qu'elle soit un peu plus âgée. Je me disais juste…

— Tu te souviens, je t'ai dit un jour que je ne te demanderai jamais de partir ?

Elle avait toujours les yeux sur l'enfant.

— Oui, en effet. Je te l'ai presque fait écrire noir sur blanc pour preuve.

Il esquissa un sourire désabusé.

— Eh bien… J'ai commis une erreur. J'ai besoin que tu t'en ailles.

Il se pencha en avant, la tête inclinée :

— Je suis désolé… Quoi ?

— Et j'ai besoin que tu emmènes Virginia.

Quand elle le regarda enfin, elle avait les yeux écarquillés et sérieux.

— J'ai été arrogante, Sven. J'ai cru pouvoir vivre comme je le voulais, tant que je ne faisais de mal à personne. Mais j'ai eu le temps de réfléchir, ici – et j'ai compris. Tu n'en as pas le droit dans le comté de Lee, ni peut-être dans l'ensemble du Kentucky. Pas si tu es une femme. Tu joues selon leurs règles ou ils… eh bien, ils t'écrasent comme un insecte.

Elle s'exprimait d'une voix calme et posée, comme si elle avait répété ces paroles au cours de ses nombreuses heures de silence.

— J'ai besoin que tu l'emmènes loin, dans l'État de New York ou à Chicago, même sur la côte ouest, s'il y a du travail. Emmène-la dans un bel endroit, quelque part où elle pourra avoir des perspectives, une bonne éducation, et n'aura pas à s'inquiéter de la moindre casserole que sa famille aura laissée peser sur son avenir avant même qu'elle soit née. Éloigne-la des gens qui la jugeront sur son nom avant qu'elle sache l'épeler.

Sven était interloqué.

— Tu délires, Marge. Je ne te quitterai pas.

— Pendant vingt ans ? Tu sais que c'est la peine que j'encours, même si on reconnaît qu'il s'agit d'un homicide involontaire. Et si on conclut au meurtre, ce sera pire.

— Mais tu n'as rien fait de mal !

— Tu crois qu'ils en ont quelque chose à faire ? Tu sais comment fonctionne cette ville. Tu sais qu'ils cherchent à me coincer.

Il la regarda comme si elle était folle.

— Je n'irai nulle part. Alors tu peux oublier ça.

— Eh bien, je ne te verrai plus. Et tu n'as pas ton mot à dire.

— Quoi ? Qu'est-ce que tu racontes, maintenant ?

— C'est la dernière fois que je te vois. C'est l'un des rares droits que j'ai ici, celui de ne pas recevoir de visiteurs. Sven, je sais que tu es un homme bien et que tu feras tout pour m'aider. Et, mon Dieu, je t'aime pour ça. Mais il est question de Virginia, maintenant. Alors il faut que tu me promettes de faire ce que je te demande et de ne jamais ramener notre fille dans cet endroit.

Elle s'adossa au mur.

— Mais… Et le procès ?

— Je ne veux pas que tu y assistes.

Sven se leva.

— C'est insensé. Je ne vais pas écouter ça. Je…

La voix de Margery monta dans les aigus. Elle s'élança en avant et lui saisit la main pour l'arrêter.

— Sven, il ne me reste rien. Je n'ai ni liberté, ni dignité, ni avenir. La seule chose que j'ai, c'est l'espoir que cette petite fille, que j'aime plus que tout au monde, ait une chance de s'en sortir. Alors si tu m'aimes, accorde-moi ça. Je ne veux pas que l'enfance de ma fille soit réduite à des visites en prison. Je refuse que vous me regardiez tous les deux dépérir d'année en année dans la prison d'État, au milieu des poux et de la puanteur des pots de chambre, démoralisée par les bigots hypocrites qui dirigent cette ville, avant de glisser lentement dans la folie. Hors de question qu'elle voie ça. Tu la rendras heureuse, je sais que tu en es capable, et quand tu parleras de moi, tu ne lui raconteras pas tout ceci, mais tu me décriras en train de faire ce que j'ai toujours aimé : chevaucher Charley, parcourir les montagnes…

Il referma la main sur celle de Margery. Sa voix se brisa, et il ne cessa de secouer la tête, comme s'il ne se sentait pas capable de faire ça.

— Je ne peux pas te laisser, Marge.

Elle dégagea sa main. Elle prit le bébé endormi et le lui plaça délicatement dans les bras. Puis elle se pencha en avant et déposa un baiser sur la tête de l'enfant. Elle y attarda ses lèvres un instant, les yeux fermés. Puis elle les rouvrit et la regarda intensément, comme pour imprimer son image dans sa mémoire.

— Au revoir, mon ange. Maman t'aime infiniment.

Elle effleura les jointures de Sven du bout des doigts, telle une consigne. Et ensuite, alors que Sven restait assis, en état de choc, Margery O'Hare se mit debout en prenant appui sur la table et cria au geôlier de la reconduire à sa cellule.

Elle ne se retourna pas.

Fidèle à sa parole, elle ne reçut plus aucun visiteur après lui. Alice arriva ce même après-midi avec un quatre-quarts, et l'adjoint Dulles lui annonça à regret (car il adorait les gâteaux d'Alice) qu'il était sincèrement désolé, mais Miss O'Hare refusait catégoriquement de voir qui que ce soit ce jour-là.

— Y a-t-il un problème avec le bébé ?

— La petite n'est plus là. Elle est partie avec son père ce matin.

Il était vraiment navré, mais les règles étaient les règles, et il ne pouvait forcer Miss O'Hare à voir Alice. Il accepta, toutefois, de prendre le gâteau avec la promesse de le lui descendre plus tard. Quand Kathleen Bligh s'y rendit deux jours plus tard, elle reçut la même réponse, comme Sophia et Mrs Brady après elle.

Alice rentra au chalet, l'esprit tourbillonnant, et trouva Sven sur le perron avec le bébé posé sur l'épaule, ses yeux en boutons écarquillés devant la lumière du soleil et les ombres mouvantes des arbres qui ne lui étaient pas encore familières.

— Sven ?

Alice mit pied à terre et accrocha les rênes de Spirit au poteau.

— Sven ? Mais enfin, qu'est-ce qui se passe ?

Il n'arrivait pas à la regarder. Il avait les yeux rouges et évitait son regard.

— Sven ?

— Cette maudite femme est têtue comme une mule.

À point nommé, le bébé se mit à pleurer, les pleurs irréguliers et bruts d'un enfant qui avait dû affronter beaucoup trop de changements en une seule journée. Sven lui tapota le dos sans succès, et, après un instant, Alice s'avança et prit Virginia dans ses bras. Il plongea la figure dans ses grosses mains couvertes de cicatrices. Le bébé nicha son nez dans l'épaule d'Alice, puis mit la tête en arrière, sa minuscule bouche dessinant un « o » de désarroi, comme consternée par la découverte qu'il ne s'agissait pas de sa mère.

— Nous allons arranger ça, Sven. Nous allons lui faire entendre raison.

Il secoua la tête.

— À quoi bon ? demanda-t-il, sa voix émergeant étouffée de ses mains rugueuses. Elle a raison. C'est ça, le pire, Alice. Elle a raison.

Par l'intermédiaire de Kathleen, qui connaissait tout et tout le monde, Alice trouva une nourrice dans la ville voisine qui allaiterait le bébé, le sien ayant été sevré récemment, pour une modique somme. Tous les matins, Sven conduisait le bébé à la ferme, et la petite Virginia était confiée pour qu'on la nourrisse et veille sur elle. Ils étaient tous un peu mal à l'aise de voir cela – la place de l'enfant était auprès de sa mère –, et Virginia elle-même s'était vite renfermée, l'œil vigilant, le pouce planté avec circonspection dans la bouche, comme si elle ne croyait plus que le monde fût un endroit fiable et chaleureux. Mais que pouvaient-ils faire d'autre ? L'enfant était nourrie ; Sven était libre de trouver du travail. Alice et les filles se débrouillaient. Elles avaient le cœur vrillé et l'estomac noué par l'angoisse, mais elles n'y pouvaient rien.

Chapitre 23

« Je ne te demande pas de m'aimer toujours à ce point-là, mais je te demande de t'en souvenir. Quoi qu'il arrive, il y aura toujours en moi celle que je suis ce soir. »

F. Scott Fitzgerald, *Tendre est la nuit.*

Il régnait sur Baileyville une ambiance de cirque. À côté de ce genre d'effervescence, un concert de Tex Lafayette avait des allures de cours de catéchisme. Alors que la date du procès s'était répandue en ville, l'humeur semblait évoluer, pas nécessairement en faveur de Margery. Le clan élargi des McCullough commença à affluer d'autres villes – des cousins éloignés du Tennessee, du Michigan et de Caroline du Sud, dont certains avaient à peine vu McCullough pendant des décennies, mais qui avaient désormais la ferme intention de venger leur parent bien-aimé. Ils se rassemblèrent devant la prison ou la bibliothèque pour hurler des insultes et des menaces de vengeance.

Fred était descendu deux fois de sa maison pour tenter de calmer le jeu, sans succès. Il revint finalement avec son fusil, annonçant que l'on devait permettre aux femmes de faire leur travail. La ville semblait scindée en deux clans depuis leur arrivée : ceux qui considéraient que Margery était la digne héritière d'une lignée de vauriens, et ceux qui préféraient se fier à leur expérience personnelle et lui étaient reconnaissants d'avoir apporté des livres et un peu de légèreté dans leur quotidien.

Beth défendit à deux reprises la réputation de Margery : une fois au magasin et une autre fois devant la bibliothèque. Elle s'était mise à marcher les poings fermés, comme si elle se tenait prête à se battre. Izzy pleurait souvent, en silence. Elle secouait la tête sans un mot si quiconque lui en parlait, comme si prendre la parole était trop pour elle. Kathleen et Sophia s'exprimaient peu, mais leur mine sombre révélait qu'elles ne se faisaient aucune illusion sur le procès : la partie était perdue d'avance. Alice ne pouvait plus se rendre à la prison, selon les souhaits de Margery, mais sentait sa présence dans le petit bâtiment en béton comme si elles étaient reliées par des fils. Elle mangeait un peu, lui disait l'adjoint Dulles quand elle s'y arrêtait. Elle ne parlait quasiment pas et semblait passer le plus clair de son temps à dormir.

Sven quitta la ville. Il acheta une petite charrette et un jeune cheval, empaqueta le peu d'affaires qu'il lui restait et partit s'installer dans un petit chalet, non loin de la ferme où vivait la nourrice, du côté est du Cumberland Gap. Il ne pouvait demeurer à Baileyville, pas avec ce que disaient les gens. Pas avec la perspective de voir la femme qu'il aimait encore plus rabaissée, et le bébé pleurant à portée d'ouïe de sa mère. Il avait les yeux rouges d'épuisement, et de profonds sillons s'étaient creusés de part et d'autre de sa bouche. Fred lui promit que s'il avait la moindre information, il viendrait en voiture chez lui.

— Je lui dirai… Je lui dirai…, commença Fred, avant de prendre conscience qu'il n'avait aucune idée de ce qu'il dirait à Margery.

Ils échangèrent un regard, puis se donnèrent une tape sur l'épaule, comme le font les taiseux, et Sven partit, maussade, le chapeau enfoncé sur la tête.

Alice se mit aussi à faire ses valises. Dans le calme du petit chalet, elle commença à trier ses vêtements – d'un côté ceux qui pourraient lui servir en Angleterre, de l'autre ceux qu'elle ne pouvait imaginer reporter. Les tenant à bout de bras, elle examina les chemisiers de soie, les jupes élégamment coupées, les combinaisons et vêtements de nuit légers, les sourcils froncés. Avait-elle un jour été cette personne ? Dans une robe de thé émeraude à motif floral et col en dentelle ? Avait-elle vraiment eu besoin de tous ces rouleaux à cheveux, lotions de mise en plis et broches à perles ? Il lui semblait que ces babioles éphémères appartenaient à quelqu'un qu'elle ne connaissait plus.

Elle attendit d'avoir accompli cette tâche avant d'en parler aux filles. À ce stade, elles s'étaient toutes mises, par quelque accord tacite, à rester ensemble à la bibliothèque bien au-delà de leurs heures de service. Comme si c'était là le seul endroit où elles supportaient de se trouver. Deux soirs avant le début du procès, elle attendit que Kathleen ait commencé à rassembler ses affaires, puis annonça :

— Bon, alors... J'ai des nouvelles. Je m'en vais. Si quelqu'un veut récupérer certaines de mes affaires, je laisserai une malle de vêtements à la bibliothèque pour que vous puissiez vous servir. N'hésitez pas à prendre ce que vous voulez.

— Tu t'en vas ? Comment ça ?

— Je pars, répondit-elle en déglutissant. Je dois rentrer en Angleterre.

S'ensuivit un silence pesant. Izzy porta brusquement les mains à sa bouche.

— Tu ne peux pas partir !

— Eh bien, je ne peux pas rester, à moins de retourner auprès de Bennett. Van Cleve va me traquer une fois qu'il aura fait enfermer Margery.

— Ne dis pas ça, intervint Beth.

Un autre long silence. Alice essaya de ne pas tenir compte des regards échangés entre ses amies.

— Est-ce que Bennett est si terrible ? demanda Izzy. Je veux dire, si tu arrivais à le persuader de sortir de l'ombre de son père, peut-être que vous auriez une chance, tous les deux. Alors tu pourrais rester.

Comment pouvait-elle expliquer à présent combien il lui serait impossible de retourner auprès de Bennett, avec ce qu'elle éprouvait pour Fred ? Elle préférait mettre un océan entre eux plutôt que de le croiser, jour après jour, en sachant leur amour impossible. Fred l'avait à peine touchée, et elle sentait pourtant qu'ils étaient plus profondément liés qu'elle ne l'avait jamais été avec Bennett.

— Je ne peux pas. Et tu sais que Van Cleve ne sera pas en paix tant qu'il ne se sera pas aussi débarrassé de la bibliothèque itinérante. Ce qui nous mettra toutes au chômage. Fred l'a aperçu avec le shérif, et Nancy l'a vu deux fois, la semaine dernière, en compagnie du gouverneur. Il poursuit sans relâche son travail de sape.

— Mais si nous n'avons pas Margery et que nous ne t'avons plus…

La voix d'Izzy s'évanouit.

— Est-ce que Fred est au courant ? s'enquit Sophia.

Alice acquiesça.

Sophia soutint son regard, comme pour confirmer quelque chose.

— Quand pars-tu ? demanda Izzy.

— Une fois le procès terminé.

Fred avait à peine parlé de tout le trajet de retour. Elle avait eu envie de tendre la main, de toucher la sienne et de lui dire qu'elle était désolée, qu'elle aurait voulu que les choses se passent différemment entre eux. Mais elle avait son billet de retour, et son chagrin était tel qu'elle fut incapable de bouger.

Izzy se frotta les yeux en reniflant.

— On dirait que tout s'effondre. Tout ce pour quoi nous avons travaillé : notre amitié, cet endroit. Tout fout le camp.

En temps normal, quand l'une des femmes s'épanchait, les autres s'empressaient de désamorcer sa tristesse – « Mais enfin, c'est ridicule, tu es folle, tu as juste besoin d'une bonne nuit de sommeil… ou de manger… ou de te ressaisir… Ce sont tes règles qui parlent… » Mais personne ne vint à la rescousse d'Izzy cette fois, ce qui donnait une idée du degré d'abattement général.

Sophia brisa le silence. Elle prit une profonde inspiration et plaça ses deux paumes sur la table.

— Bon, pour l'instant, nous poursuivons. Beth, je ne crois pas que tu aies rentré tes livres de cet après-midi. Si tu as l'amabilité de me les apporter ici, je m'en chargerai pour toi. Et, Alice, si tu peux me donner la date exacte de ton départ, je ferai modifier ta paie en conséquence.

Dans la nuit, deux caravanes arrivèrent sur la route devant le tribunal. Des policiers d'État en renfort étaient visibles dans toute la ville, et une foule commença à se former devant la prison à l'heure du thé le lundi, attisée par un article de presse dans le *Lexington Courier* intitulé : « La fille du contrebandier tue un homme avec un livre de bibliothèque dans une guerre de clans ».

— Bande d'ordures ! s'exclama Kathleen quand Miss Beidecker lui en tendit un exemplaire à l'école.

Mais cela n'empêcha pas les gens de se réunir. Certains se mirent à huer à l'arrière de la prison. Les clameurs parvenaient à Margery par la fenêtre de sa cellule. L'adjoint Dulles sortit deux fois, paumes levées, pour tenter de calmer les agitateurs, mais un grand moustachu dans un costume peu seyant, que personne n'avait vu auparavant et qui prétendait être le cousin de Clem McCullough, disait qu'ils se contentaient d'exercer leur droit à la liberté de parole. Et s'il voulait protester contre cette salope meurtrière de Margery O'Hare, ça ne regardait que lui. Ils se bousculaient, arrosant d'alcool leurs revendications enflammées, et au crépuscule la cour de la prison grouillait de gens, certains ivres, certains beuglant des insultes à Margery, d'autres hurlant à ceux-ci qu'ils n'étaient pas de la région et qu'ils avaient intérêt à se tenir à carreau. Les dames les plus âgées de la ville se retranchèrent derrière leurs portes en marmonnant, et les plus jeunes hommes, enhardis par le chaos ambiant, allumèrent un feu devant le garage. La petite ville disciplinée semblait être devenue un endroit où l'on pouvait s'attendre au pire à tout moment.

La nouvelle parvint aux bibliothécaires alors qu'elles revenaient de leurs tournées, et chacune rentra son cheval puis resta assise en silence un moment, écoutant les vociférations de la foule.

« Salope de meurtrière ! »

« Tu vas déguster, catin ! »

« Allons, allons, messieurs. Il y a des dames dans l'assemblée. Restons raisonnables. »

— Je suis contente que Sven ne soit pas là pour voir ça, déclara Beth. Il ne tolérerait pas d'entendre parler de Marge en ces termes.

— Je ne le supporte pas non plus, dit Izzy, qui regardait par la porte. Vous imaginez un peu ce qu'elle peut ressentir en entendant ça ?

— En plus, elle doit être tellement triste sans Virginia…

Alice ne pensait qu'à cela. C'était une torture d'être la cible d'une telle haine sans la perspective d'être consolé par les siens. L'isolement volontaire de Margery lui donnait envie de pleurer. Elle lui évoquait un animal qui se retire volontairement dans un endroit reculé pour mourir.

— Que le Seigneur vienne en aide notre amie, dit doucement Sophia.

Alors Mrs Brady passa la porte en jetant un coup d'œil derrière elle, les joues rouges et les cheveux électriques de rage.

— Je vous jure que je croyais cette ville plus avisée. J'ai honte de mes concitoyens, vraiment. Je ne puis qu'imaginer ce que Mrs Nofcier dirait si jamais elle avait vent de ceci.

— Fred pense qu'ils seront là toute la nuit.

— La ville est sens dessus dessous. Pourquoi le shérif Archer ne leur donne pas un bon coup de cravache, hein ? À ce rythme-là, Baileyville va devenir pire que Harlan. On ne pourra plus y mettre les pieds.

Ce fut alors qu'elles entendirent la voix de Van Cleve s'élever par-dessus le brouhaha de la foule :

— Vous ne pouvez pas dire que je ne vous avais pas prévenus, messieurs-dames ! Cette diablesse est un danger pour les hommes et pour cette ville. Nous allons faire entendre à la cour l'immense pouvoir de nuisance de cette O'Hare. Il n'y a qu'un endroit pour elle !

— En voilà un qui est décidé à jeter de l'huile sur le feu, dit Beth.

— Bonnes gens, vous allez voir à quel point cette fille est monstrueuse. Contre les lois de la nature ! Tout ce qui sort de sa bouche est mensonge !

— Ça suffit, dit Izzy, la mâchoire crispée.

Mrs Brady se tourna pour regarder sa fille, tandis que celle-ci se levait. Elle attrapa sa canne et se dirigea vers la porte.

— Maman ? Tu viens avec moi ?

Elles se préparèrent de concert, enfilant bottes et chapeaux en silence. Puis, sans se consulter, se dressèrent ensemble en haut des marches Kathleen et Beth, Izzy et Mrs Brady, et, après un instant d'hésitation, Sophia, qui se leva de derrière son bureau, nerveuse mais déterminée, et prit son sac à main. Tous les regards se braquèrent sur elle. Puis Alice, le cœur dans la gorge, tendit le bras et Sophia y enroula le sien. Alors les six femmes sortirent de la bibliothèque. Puis, en groupe serré, elles parcoururent la route scintillante en direction de la prison sans dire un mot, le visage de marbre et le pas résolu.

La foule se divisa à leur arrivée, d'une part en raison de l'air féroce de Mrs Brady, d'autre part parce qu'une femme de couleur se tenait parmi elles, bras dessus bras dessous avec l'épouse de Bennett Van Cleve et la veuve Bligh.

Mrs Brady se fraya un chemin en jouant des coudes parmi les dizaines d'hommes rassemblés, puis se mit face à la foule, dos à la prison.

— N'avez-vous pas honte ? les interpella-t-elle. Quel genre d'hommes êtes-vous ?

— *C'est une meurtrière !*

— Dans ce pays, nous croyons à la présomption d'innocence. Alors vous pouvez reprendre vos insultes et vos slogans et ficher la paix à cette fille. C'est à la justice de déterminer si elle mérite d'être condamnée !

Elle pointa un doigt vers le moustachu.

— Qu'est-ce que vous venez fabriquer à Baileyville ? Certains d'entre vous sont là simplement pour semer le désordre. Parce que vous n'êtes clairement pas d'ici.

— Je suis le cousin issu de germain de Clem. J'ai le droit d'être ici. Je tenais à lui.

— Vous teniez à lui ? Ben voyons ! lâcha Mrs Brady. Où étiez-vous quand ses filles mouraient de faim, les cheveux pleins de poux ? Quand elles volaient de la nourriture dans les potagers des voisins parce qu'il était trop saoul pour les nourrir ? Où étiez-vous à ce moment-là, hein ? Vous n'avez aucun sentiment sincère pour cette famille.

— Vous prenez juste la défense des vôtres. Nous savons tous ce que trafiquent ces bibliothécaires.

— Vous ne savez rien du tout ! rétorqua Mrs Brady avec véhémence. Et vous, Henry Porteous, je croyais que vous aviez plus de jugeote. Quant à ce crétin, dit-elle en désignant Van Cleve du doigt, je pensais sincèrement que nos concitoyens auraient assez de bon sens pour ne pas faire confiance à un homme qui a bâti sa fortune sur le dos de cette ville en semant misère et désolation. Combien d'entre vous ont perdu leur maison à cause de son barrage à boue, hein ? Combien d'entre vous ont été sauvés *in extremis* par Miss O'Hare ? Et pourtant, sur la base de ragots infondés, vous préférez fustiger une femme que regarder le véritable criminel parmi nous.

— Ces paroles sont diffamatoires, Patricia !

— Dans ce cas, intentez-moi un procès, Geoffrey.

La peau de Van Cleve s'enflamma d'un rouge violacé.

— Je vous l'avais bien dit ! C'est l'influence néfaste de cette O'Hare qui a contaminé notre ville !

— Vous êtes la seule influence néfaste par ici ! Pourquoi pensez-vous que votre belle-fille préfère vivre dans une étable plutôt que de rester une nuit de plus sous votre toit ? Quel genre d'homme frappe l'épouse de son fils avant de se proclamer garant de la morale ? La façon dont nous jugeons les crimes des hommes à l'encontre des femmes dans cette ville est scandaleuse.

Des murmures s'élevèrent dans la foule.

— Quel genre de femme tue un homme convenable sans aucune provocation ?

— Ceci n'a rien à voir avec McCullough, vous vous servez de lui. Vous voulez simplement vous venger d'une femme qui vous a démasqué !

— Vous voyez, mesdames et messieurs ? Voici le vrai visage de cette prétendue bibliothèque. Un ramassis de féministes, au comportement contraire aux convenances. Enfin, trouvez-vous normal que Mrs Brady s'exprime ainsi ?

La foule déferla en avant, et fut brusquement arrêtée par deux coups de feu tirés en l'air. Il y eut un cri. L'attroupement se dispersa. Les hommes jetaient des regards inquiets autour d'eux. Le shérif Archer apparut à la porte arrière de la prison. Il scruta l'assemblée.

— Bon. J'ai fait preuve de patience, mais je ne veux plus entendre un mot. La cour va juger cette affaire à compter de demain. Et si l'un d'entre vous dépasse les bornes, il se retrouvera dans cette prison en compagnie de Miss O'Hare. C'est valable pour vous aussi, Geoffrey, et vous, Patricia. Je vous coffrerai l'un comme l'autre. Vous m'entendez ?

— Nous avons droit à la liberté d'expression ! s'exclama un homme.

— En effet. Et j'ai le droit de m'assurer que vous vous exprimiez derrière les barreaux.

Les gens se remirent à hurler ; leurs propos étaient ignobles, leurs voix vindicatives. Alice regarda autour d'elle et commença à trembler, glacée par ce fiel, la haine gravée sur certains visages familiers. Comment pouvaient-ils s'en prendre ainsi à Margery ? Elle sentit quelque chose d'effroyable s'élever dans sa poitrine, l'énergie de la foule chargeant l'air d'électricité autour d'elle. Puis Kathleen lui donna un coup de coude, et elle vit qu'Izzy s'était avancée. Tandis que les manifestants pestaient et scandaient autour d'elle en la bousculant, elle se fraya un chemin en clopinant et se reposant sur sa canne, jusqu'à se poster sous la fenêtre de la cellule de Margery. Et alors que tous les regards étaient braqués sur elle, Izzy Brady, qui avait du mal à s'exprimer devant un public de cinq personnes, se tourna face à la foule agitée, regarda autour d'elle et prit une profonde inspiration. Puis elle commença à chanter.

Reste avec nous, Seigneur ; le jour décline,
La nuit s'approche et nous menace tous.

Elle marqua une pause, inspira, les yeux papillonnant autour d'elle.

Les vains bonheurs de ce monde infidèle
N'enfantent rien que regrets et dégoûts ;
Nous avons soif d'une joie éternelle :
Reste avec nous, Seigneur, reste avec nous !

La foule se tut, ne sachant pas vraiment ce qui se passait, ceux du fond se hissant sur la pointe des pieds pour voir. Un homme se mit à la huer et quelqu'un l'insulta. Les mains jointes devant elle, tremblant légèrement, Izzy continua de chanter, sa voix gagnant en force et intensité.

Dans nos combats, au sein de la détresse,
Si l'ennemi nous accable de coups
Que ta puissance arme notre faiblesse :
Reste avec nous, Seigneur, reste avec nous !

Mrs Brady, redressant l'échine, fit deux, trois grandes enjambées, poussa dans la foule et alla se placer à côté de sa fille, le dos contre le mur extérieur de la prison, menton levé. Tandis qu'elles chantaient ensemble, Kathleen, puis Beth et, enfin, Sophia et Alice, se tenant toujours par le bras, les rejoignirent et se mirent à chanter, la tête haute et le regard assuré, défiant la foule. Alors que les hommes criaient des insultes, leurs six voix enflèrent, couvrant les obscénités, déterminées et sans peur.

Sous ton regard, la joie est sainte et bonne ;
Près de ton cœur, les pleurs mêmes sont doux.

Quoi que ta main nous enlève ou nous donne,
Reste avec nous, Seigneur, reste avec nous !

Elles chantèrent jusqu'à ce que la foule soit silencieuse, sous la surveillance du shérif Archer. Elles chantèrent en chœur, côte à côte, leurs mains se cherchant à tâtons, le cœur battant mais la voix assurée. Une poignée de villageois s'avancèrent pour se joindre à elles – Mrs Beidecker, l'épicier, Jim Horner et ses filles, les mains serrées et leurs voix s'élevant, noyant les cris de haine, éprouvant la résonance de chaque mot pour en tirer une consolation.

À quelques pouces de là, de l'autre côté du mur, Margery O'Hare était allongée, immobile sur la couchette, ses cheveux humides collés à son visage, la peau pâle et chaude. Elle gisait ainsi depuis presque quatre jours à présent, les seins douloureux, les bras vides au point qu'elle avait l'impression qu'on lui avait enfoncé une main dans le corps pour lui arracher ce qui la maintenait droite. À quoi bon se relever ? À quoi bon espérer ? Elle restait prostrée, les yeux fermés, la toile de jute grossière contre sa peau, n'écoutant que d'une oreille les invectives de la foule hargneuse. Quelqu'un était parvenu à envoyer une pierre par la fenêtre un peu plus tôt. Le projectile l'avait atteinte à la jambe. L'écorchure sanglante se détachait sur sa peau livide.

D'en haut, Seigneur, ta voix nous encourage,
Nous redisant : « Je demeure avec vous. »

Elle ouvrit les yeux à un son qui lui était étrangement familier, les clignant tandis qu'elle concentrait son regard, et reconnut la voix d'Izzy, douce et enveloppante, s'élevant dans les airs à l'extérieur de la haute fenêtre, si proche qu'elle pouvait presque la toucher. Une voix lui laissant entrevoir un monde bien au-delà de cette cellule – un monde de bonté, de gentillesse, dans le ciel vaste et infini duquel une voix pouvait s'envoler. Elle se redressa sur un coude et écouta attentivement la voix de son amie. Puis une autre voix se joignit à la sienne, plus profonde et sonore, et, alors qu'elle s'asseyait, elle reconnut distinctement les voix des autres : Kathleen, Sophia, Beth, Alice.

Jour après jour, jusqu'au bout du voyage,
Dans ton amour, tu restes près de nous.

Elle s'aperçut alors qu'elles s'adressaient à elle en chantant, puis elle entendit le cri d'Alice alors que le cantique touchait à sa fin, sa voix toujours aussi cristalline.

— Reste forte, Margery ! Nous sommes avec toi ! Nous sommes juste là, avec toi !

Margery O'Hare baissa la tête sur ses genoux, le visage dans ses mains, et fondit en larmes.

Chapitre 24

« J'aimais quelque chose que j'avais construit, quelque chose qui est mort comme Melly. J'avais taillé de beaux habits et je m'en étais éprise. Quand Ashley est arrivé à cheval, si séduisant, je lui ai fait endosser ces habits sans chercher à savoir s'ils lui iraient ou non. Je ne voulais pas le voir tel qu'il était… Je continuais d'aimer mes beaux habits… ce n'était pas lui que j'aimais. »

Margaret Mitchell, *Autant en emporte le vent.*

D'un commun accord, le premier jour du procès, la bibliothèque itinérante du WPA de Baileyville, Kentucky, resta fermée. Tout comme le bureau de poste, les églises pentecôtiste, épiscopale, presbytérienne et baptiste, et le grand magasin, qui ouvrit seulement une heure, à 7 heures, puis de nouveau à midi pour satisfaire le flot d'étrangers attirés à Baileyville pour assister au procès. Des voitures stationnaient en pagaille tout le long de la route bordant le tribunal, des caravanes s'étalaient dans les champs à proximité. Des hommes en costume et chapeau de feutre parcouraient les rues avec des carnets dans la lueur de l'aube, demandant des renseignements d'ordre général, des photos, tout ce que l'on pourrait avoir, sur la bibliothécaire meurtrière.

Lorsqu'ils atteignirent la bibliothèque, Mrs Brady brandit un balai vers les journalistes, menaçant de décapiter quiconque franchirait le seuil sans y être invité. Ils n'avaient qu'à écrire ça dans leur fichu article. Elle ne semblait pas trop se soucier de ce que Mrs Nofcier penserait de cette déclaration.

Des policiers étaient postés deux par deux au coin des rues, et des stands de rafraîchissements avaient été installés autour du tribunal, tandis qu'un charmeur de serpent invitait les badauds à s'approcher pour mettre à l'épreuve leur sang-froid. Les bars proposaient quant à eux des promotions : deux fûts de bière pour le prix d'un à la fin de chaque jour de procès.

Mrs Brady estima qu'il valait mieux que les filles ne fassent pas leur tournée ce jour-là. Les chemins étaient encombrés, les bibliothécaires préoccupées, et elles voulaient se rendre au tribunal pour soutenir Margery. De toute façon, bien avant 7 heures ce matin-là, une file de gens essayaient d'accéder au tribunal. Alice se tenait en tête, morte d'inquiétude. Alors qu'elle attendait, rejointe par Kathleen et les autres, la queue se forma rapidement derrière elles : des voisins avec des gamelles de déjeuner, de tristes adeptes de la bibliothèque, des gens qu'elle ne reconnaissait pas, qui semblaient voir dans ce procès une occasion de se divertir, bavardant gaiement, plaisantant et se poussant du coude. Elle avait envie de leur crier : « Ça n'a rien d'un jour de fête ! Margery est innocente ! Elle ne devrait même pas être là ! »

Van Cleve arriva, garant sa voiture sur la place de stationnement du shérif, comme pour leur rappeler à tous qu'il était étroitement lié avec les autorités. Il se rendit directement au tribunal d'un pas ferme, la mâchoire saillante, avec l'assurance de celui dont la place est déjà réservée. Elle ne vit pas Bennett ; peut-être avait-il des affaires à régler chez Hoffman. Il n'avait jamais beaucoup versé dans les ragots, contrairement à son père.

Alice attendit en silence, la bouche sèche et l'estomac noué, comme si c'était son procès à elle, et non celui de

Margery. Elle devinait qu'il en était de même pour les autres. Elles échangèrent à peine un mot et un signe de tête, et se serrèrent fermement les mains.

À 8 h 30 les portes s'ouvrirent, et la foule se déversa à l'intérieur. Sophia prit place dans le fond avec les autres gens de couleur. Alice lui adressa un signe de tête. Il lui paraissait aberrant qu'elle ne soit pas assise avec les autres bibliothécaires – une preuve de plus que ce monde ne tournait pas rond.

Alice s'installa à l'avant de la tribune publique, sur le banc en bois, encadrée par ses compagnes, et se demanda si elles auraient assez de force pour endurer cette épreuve pendant des jours.

On appela les jurés – tous des hommes, principalement des cultivateurs de tabac à en juger par leurs tenues, et aucun susceptible de se montrer compatissant vis-à-vis d'une célibataire à la langue bien pendue, issue d'une famille à la réputation désastreuse. Les femmes, annonça le greffier, seraient autorisées à partir quelques minutes avant les hommes à l'heure du déjeuner et en fin de journée, de manière à préparer les repas. Beth leva les yeux au ciel en entendant cette déclaration. Puis Margery fut amenée sur le banc des accusés, menottée, comme si elle représentait une menace pour l'assistance. Son apparition devant la cour fut accompagnée de murmures et d'exclamations de la tribune. Elle s'assit, pâle et silencieuse, visiblement indifférente à son environnement, et croisa à peine le regard d'Alice. Elle avait les cheveux sales et semblait en proie à une profonde lassitude. Des cernes sombres soulignaient ses yeux. Ses bras formaient une boucle, comme si elle s'apprêtait à bercer un bébé. Son allure était négligée et elle avait l'air impassible.

Elle ressemblait à une criminelle, songea Alice avec consternation.

Fred avait précisé qu'il s'assiérait un rang derrière elle, pour sauver les apparences, et Alice se tourna vers lui, folle d'angoisse. Ils échangèrent un regard de connivence. Fred était manifestement désolé que les choses prennent une tournure si dramatique.

Puis le juge Arthur D. Arthurs arriva en chiquant du tabac d'un air las, et tous se levèrent sur ordre du greffier. Il s'assit, et l'on demanda à Margery de confirmer qu'elle était bien Margery O'Hare, du Vieux Chalet, Thompson's Pass. Après quoi le greffier lut à haute voix les charges retenues contre elle. Que plaidait-elle ?

Margery sembla légèrement vaciller, et son regard glissa vers la tribune du public.

— Non coupable, répondit-elle doucement.

On persifla bruyamment du côté droit de la cour.

Le coup de marteau fracassant du juge ne se fit pas attendre. Il ne tolérerait, et ne le répéterait pas, d'avoir une cour turbulente. Personne en ces lieux ne pouvait ne fût-ce que renifler sans sa permission. Se faisait-il bien comprendre ?

La foule se tut à regret. La tension dans l'air était palpable. Margery leva les yeux vers le juge qui l'invita à se rasseoir jusqu'à ce qu'on l'autorise à quitter la salle d'audience.

La matinée avança lentement par paliers juridiques, les femmes s'éventant et les enfants gigotant sur leurs sièges, alors que l'avocat de l'accusation exposait les poursuites contre Margery O'Hare. Il serait clair pour tous, annonça-t-il, dans une voix quelque peu théâtrale, que devant eux se tenait une femme élevée sans morale, qui n'avait pas la moindre idée de ce qu'étaient la décence, la droiture et la foi. Même son entreprise la plus visible – cette prétendue bibliothèque itinérante –, s'était révélée être une façade cachant des activités moins reluisantes, et l'État le prouverait grâce aux témoignages de gens choqués par des preuves criantes de son laxisme moral. Sa personnalité et son comportement déplorables avaient conduit l'accusée à commettre l'irréversible à Arnott's Ridge, lorsqu'elle avait croisé le chemin de l'ennemi juré de son défunt père, et profité de l'isolement et de l'ivresse de Clem McCullough pour le tuer au nom du conflit qui opposait leurs familles depuis plusieurs générations.

Pendant que l'avocat poursuivait son exposé – et il dura longtemps, car l'homme aimait s'écouter parler – les journalistes de Lexington et Louisville griffonnaient furieusement dans des carnets, se dissimulant leurs notes et levant attentivement la tête à chaque nouvelle information. Lorsque l'avocat arriva au passage sur le « laxisme moral », Beth lança « Foutaises ! », ce qui lui valut une claque sur la tête de la part de son père, qui était assis derrière elle, ainsi qu'une sévère réprimande du juge, qui annonça que si elle disait un mot de plus, elle serait condamnée à s'asseoir dehors dans la poussière pour le restant du procès. Elle écouta la fin de l'énoncé des faits, les bras croisés, l'air mauvais, et Alice songea que l'avocat de l'accusation avait du souci à se faire pour ses pneus.

— Faites attention. Ces journalistes écriront que nos montagnes ruissellent du sang de la vengeance, entre autres inepties, grommela Mrs Brady. C'est ce qu'ils font toujours. Ils nous font passer pour une bande de sauvages. Vous ne lirez pas un mot dans la presse sur tout le bien que cette bibliothèque – ou Margery – a fait.

Kathleen était assise en silence d'un côté d'Alice, Izzy de l'autre. Elles écoutaient attentivement, leurs visages sérieux et figés. Lorsqu'il eut terminé, elles échangèrent un regard inquiet : elles comprenaient maintenant à quoi Margery était confrontée. Conflits familiaux mis à part, la Margery que la cour avait décrite était si fourbe, si monstrueuse que si elles ne l'avaient pas connue, elles auraient peut-être eu peur, elles aussi, d'être assises si près d'elle.

Margery semblait le savoir. Elle avait l'air endormie, comme si elle avait déserté son corps, ne laissant qu'une coquille vide à la place de celle qui avait été Margery O'Hare. Alice regretta que Sven ne soit pas venu. Quoi qu'elle ait pu lui dire, Margery aurait sûrement tiré quelque réconfort de sa présence. Alice avait du mal à imaginer la détresse de son amie, sur le banc des accusés, assistant impuissante à la fin de tout ce qu'elle chérissait. Elle qui n'aimait rien plus que la solitude et la vie au grand air, loin des cancans et à l'abri des regards, comme une mule, un arbre ou un vautour, allait croupir dans l'une de ces minuscules cellules pour dix ans, vingt ans peut-être – voire pour le restant de ses jours.

À cette pensée, elle dut se lever et quitter la salle précipitamment, son angoisse étant telle qu'elle en avait la nausée.

— Ça va ?

Kathleen apparut derrière elle alors qu'elle crachait dans la poussière.

— Désolée, dit Alice en se redressant. Je ne sais pas ce qui m'a pris.

Kathleen lui passa un mouchoir, avec lequel elle s'essuya la bouche.

— Izzy garde nos places, mais nous ferions mieux de ne pas trop traîner. Les gens les lorgnent déjà.

— C'est insupportable, Kathleen, de la voir comme ça. De voir la ville contre elle. C'est comme s'ils avaient saisi le premier prétexte pour l'accuser de tous leurs maux. On est censé juger des faits et avancer des preuves, mais la seule chose qu'on juge ici, c'est son refus de se conformer aux usages.

— C'est moche, aucun doute là-dessus.

Alice s'immobilisa brièvement.

— Qu'est-ce que tu viens de dire ?

Kathleen fronça les sourcils.

— J'ai dit que c'était moche. De voir la ville se liguer contre elle, répéta-t-elle en dévisageant Alice. Quoi ?… Qu'est-ce que j'ai dit ?

Moche.

Alice donna un coup de pied dans un caillou enfoncé dans la terre, et insista de la pointe du pied jusqu'à le déloger.

« Il y a toujours un moyen de s'en sortir. Ça peut être moche. Tu peux avoir l'impression que la terre s'est dérobée sous tes pieds. »

Lorsqu'elle releva les yeux, son visage s'était éclairé.

— Rien. Juste quelque chose que m'a dit un jour Margery. Juste… (Elle secoua la tête.) Rien.

Kathleen lui offrit son bras, et elles retournèrent à l'intérieur.

Il y eut de longues argumentations d'avocats en coulisse, qui se conclurent par la pause déjeuner. En quittant la salle d'audience, ne sachant pas vraiment quoi faire d'elles-mêmes, les femmes finirent par repartir d'un pas lent vers la bibliothèque, bras dessus bras dessous, suivies par Fred et Mrs Brady, en pleine conversation.

— Tu n'es pas obligée d'y retourner cet après-midi, tu sais, dit Izzy, horrifiée à l'idée qu'Alice vomisse en public. Si c'est trop pour toi.

— C'étaient juste mes nerfs qui prenaient le dessus, dit Alice. J'étais pareille enfant. J'aurais dû me forcer à prendre un petit déjeuner.

Elles poursuivirent leur chemin en silence.

— Ça ira probablement mieux lorsque ce sera à la défense de parler, déclara Izzy.

— Ouais. Le prestigieux avocat de Sven va leur remettre les pendules à l'heure, dit Beth.

— Bien sûr que oui, acquiesça Alice.

Mais elles n'avaient pas l'air convaincues.

Le deuxième jour ne fut guère mieux. L'équipe de l'accusation présenta le rapport d'autopsie sur Clem McCullough. La victime, un homme de cinquante-sept ans, avait succombé à un traumatisme crânien à la suite d'un coup porté à l'arrière de la tête à l'aide d'un objet contondant. Il avait également souffert de contusions au visage.

— Ces contusions pourraient-elles avoir été causées par un ouvrage volumineux ?

— Ça pourrait être le cas, oui, affirma le médecin qui avait pratiqué l'autopsie.

— Ou une bagarre de bar ? suggéra Mr Turner, l'avocat de la défense.

Le médecin réfléchit un instant.

— Eh bien, oui, ça aussi. Mais il était à une certaine distance du moindre bar.

La zone autour du corps n'avait pas été attentivement examinée, étant donné l'isolement du sentier. Deux hommes du shérif avaient descendu le cadavre sur le chemin de la montagne. Le trajet avait nécessité plusieurs heures, et la neige tardive avait recouvert le sol à l'endroit où il était étendu, mais il y avait des preuves photographiques de sang, et peut-être des empreintes de sabot.

Mr McCullough ne possédait ni cheval ni mule.

L'avocat de l'accusation interrogea alors leurs témoins. Il y avait la vieille Nancy, que l'on poussa encore et encore à confirmer que sa première déposition avait clairement établi qu'elle avait entendu Margery sur la crête, puis le bruit d'une altercation.

— Mais je ne l'ai pas dit comme vous en donnez l'impression, protesta-t-elle en portant la main à ses cheveux, avant de se tourner pour regarder le juge. On a déformé mes propos. Je connais Margery. Elle n'est pas plus capable d'abattre un homme de sang-froid que de… je ne sais pas… faire un gâteau.

Cela suscita un accès d'hilarité dans la salle d'audience, ainsi qu'un furieux emportement du juge, et Nancy leva les mains à son visage, devinant, sans doute à raison, que même cette analogie ajouterait à l'idée que Marge n'était pas comme les autres femmes, et qu'en ne passant pas son temps à la cuisine, elle allait contre les lois de la nature.

L'avocat de l'accusation l'incita à parler davantage, à préciser combien la route était isolée (très), à quelle fréquence elle voyait des gens là-haut (rarement) et combien effectuaient régulièrement le trajet (seulement Margery ou un chasseur occasionnel).

— Pas d'autres questions, monsieur le président.

— J'aimerais ajouter une dernière chose, annonça Nancy, alors que le greffier s'apprêtait à la faire sortir du box des témoins.

Elle se tourna pour désigner le banc des accusés.

— C'est une bonne fille, Margery. Elle nous a apporté des livres qu'il pleuve, qu'il vente ou qu'il neige, à moi et ma sœur, qui n'a pas quitté son lit depuis 1933. Et vous autres, soi-disant chrétiens, qui la jugez, vous feriez mieux de réfléchir à ce que vous faites pour votre prochain. Parce qu'aucun de vous n'est tout-puissant au point d'être au-delà du jugement. C'est une bonne fille, et vous commettez une grave erreur en l'accusant. Oh, et, monsieur le juge ? Ma sœur a un message pour vous aussi.

— Il s'agira de Jean Ricketts, sœur aînée du témoin. Elle est apparemment alitée et dans l'incapacité de se joindre à nous, murmura le greffier au juge.

Le juge Arthurs se cala dans son siège. Peut-être leva-t-il les yeux au ciel.

— Nous vous écoutons, Mrs Stone.

— Elle voulait que je vous dise : « Vous pouvez tous aller en enfer, parce que qui va nous apporter nos livres de Mack Maguire maintenant ? », dit-elle d'une voix forte, avant de hocher la tête. Ouaip, vous pouvez tous aller en enfer. C'est tout.

Et tandis que le juge cognait de nouveau son marteau, Beth et Kathleen, de chaque côté d'Alice, ne purent réprimer un petit éclat de rire.

Malgré ce moment de gaieté, les bibliothécaires quittèrent le bâtiment en silence ce soir-là, les traits tirés, comme si le verdict ne serait qu'une formalité. Alice et Fred marchaient ensemble à l'arrière, leurs coudes se frôlant occasionnellement, tous deux en pleine réflexion.

— Ça va peut-être s'améliorer une fois que Mr Turner aura son mot à dire, déclara Fred, alors qu'ils atteignaient la bibliothèque.

— Je l'espère.

Il s'arrêta pendant que les autres entraient.

— Voudriez-vous manger quelque chose avant de repartir ?

Alice jeta un coup d'œil par-dessus son épaule, vers la foule qui continuait à se déverser hors du tribunal, et se sentit soudain l'esprit mutin. Pourquoi ne pourrait-elle pas manger où elle le désirait, après tout ? En quoi cela pouvait-il être un péché, compte tenu de tout ce qui se passait par ailleurs ?

— Ce serait charmant, Fred. Merci.

Elle monta vers la maison de Fred à ses côtés, le dos droit, défiant quiconque d'émettre un commentaire, et ils se rendirent tous deux dans la cuisine, préparant un repas, dans une scène aux allures de vie commune. Ils en étaient conscients tous les deux et se gardèrent bien d'en faire la remarque.

Ils n'évoquèrent pas Margery, ni Sven, ni le bébé, même s'ils occupaient leurs pensées en permanence. Ils ne parlèrent pas de la façon dont Alice s'était débarrassée de quasiment tous ses effets personnels. Il ne lui restait désormais qu'une petite malle dans le chalet de Margery, soigneusement étiquetée, attendant de faire la traversée vers l'Angleterre. Ils firent des observations sur la saveur de la nourriture, les récoltes surprenantes de pommes cette année-là, le comportement erratique de l'un de ses nouveaux chevaux, et un roman que Fred avait lu, *Des souris et des hommes*. Malgré la qualité de l'écriture, il regrettait d'avoir lu celui-ci, l'ayant trouvé bien trop déprimant, surtout dans ce contexte. Deux heures plus tard, Alice se mit en route pour le chalet, et si elle sourit à Fred en partant (il lui était presque impossible de ne pas sourire à Fred), quelques minutes après son départ, elle s'aperçut que, derrière son air doux, elle était submergée par la colère. Le monde lui paraissait profondément injuste : d'ici quelques jours à peine, elle devrait renoncer à voir l'homme qu'elle aimait, et trois vies seraient détruites à cause d'un crime dont une femme était accusée à tort.

La semaine fut rythmée par des accès de colère. Chaque jour, les bibliothécaires prenaient place à l'avant de la tribune du public, et chaque jour elles écoutaient divers témoins experts exposer et disséquer les faits du dossier – que le sang sur l'exemplaire des *Quatre Filles du docteur March* correspondait à celui de Clem McCullough, que les hématomes sur son visage et son front étaient compatibles avec un coup porté à l'aide de ce même volume. À mesure que la semaine s'étirait, la cour entendit les soi-disant témoins de moralité : l'épouse à la bouche en cul-de-poule annonçant que Margery O'Hare l'avait forcée à lire un livre que son mari et elle-même ne pouvaient qualifier que d'« obscène ». Le fait que Margery vienne d'avoir un bébé hors mariage sans en concevoir la moindre honte. Certains vieillards – à commencer par Henry Porteous – venaient témoigner du conflit qui opposait les familles O'Hare et McCullough depuis des générations, les deux clans étant caractérisés par leur méchanceté et leur soif de vengeance. L'avocat de la défense tenta de décortiquer ces témoignages dans un souci d'équilibre :

— Shérif, n'est-il pas vrai que Miss O'Hare n'a jamais été arrêtée une seule fois au cours de ses trente-huit années d'existence pour quelque crime que ce soit ?

— En effet, concéda le shérif. Figurez-vous qu'un paquet de contrebandiers du coin n'ont jamais vu l'intérieur d'une cellule non plus.

— Objection !

— Je dis juste ça comme ça, monsieur le président. Ce n'est pas parce qu'une personne n'a jamais été arrêtée qu'elle se comporte forcément comme un ange… Vous savez bien que ça ne prouve pas grand-chose, par ici.

Le juge ordonna que la déclaration soit rayée du dossier. Mais elle avait fait ce qu'attendait le shérif, à savoir salir le nom de Margery. Alice regarda les jurés froncer les sourcils et prendre des notes sur leurs carnets, et vit le lent sourire satisfait de Van Cleve, plus loin sur le banc. Il n'avait pas échappé à Fred que le shérif fumait à présent la même marque distinguée de cigares que Van Cleve, importée d'aussi loin que la France. N'était-ce pas une sacrée coïncidence ?

Quand s'acheva la journée de vendredi, les bibliothécaires étaient abattues. L'affaire avait fait les gros titres de la presse à sensation. Les foules, si elles s'étaient un peu clairsemées, restaient subjuguées par la « bibliothécaire des collines assoiffée de sang», et quand Fred avait rendu visite à Sven le vendredi après-midi après la suspension de l'audience pour le week-end, afin de lui faire le compte-rendu de ce qui se déroulait dans la salle, Sven s'était pris la tête dans les mains et avait gardé le silence pendant de longues minutes.

Ce jour-là, les femmes descendirent à la bibliothèque et s'assirent sans dire un mot. Pourtant, aucune d'elles n'avait envie de rentrer. Alice, qui commençait à trouver le silence oppressant, finit par annoncer qu'elle allait au magasin chercher à boire.

— Je pense que nous l'avons mérité.

— Tu n'as pas peur qu'on te surprenne en train d'acheter de l'alcool ? demanda Beth. Parce que je peux aller récupérer de l'alcool frelaté auprès de Bert, le cousin de mon père, si tu préfères. Je sais que tu traverses déjà un moment difficile avec…

Mais Alice était déjà à la porte.

— Qu'ils aillent au diable. Je serai très certainement partie la semaine prochaine, dit-elle. Ils peuvent colporter autant de ragots qu'ils veulent sur mon compte d'ici là.

Elle parcourut la rue poussiéreuse, contournant de-ci de-là les inconnus qui, ayant épuisé les divertissements de la journée au tribunal, zigzaguaient maintenant vers les tripots ou le *Nice'N'Quick* – qui ne se désolaient pas du sort de Margery O'Hare : ce procès ne faisait pas de mal à leurs affaires. Elle marchait d'un pas vif, les yeux au sol, ne souhaitant pas échanger des banalités avec ces gens à qui Margery et elle avaient apporté des livres tout le long de l'année, et qui se révélaient maintenant assez perfides pour se délecter des événements de la semaine. Eux aussi pouvaient aller au diable.

Elle se fraya un chemin pour entrer dans le magasin et soupira intérieurement en s'apercevant que la file d'attente était longue – il y avait une quinzaine de clients avant elle. Elle jeta un coup d'œil par-dessus son épaule, se demandant s'il ne valait pas mieux se rendre dans l'un des bars pour qu'on lui vende de quoi boire. Quel genre de personnes risquait-elle d'y croiser ? Elle débordait tant de colère, ces derniers jours, qu'elle s'était transformée en une véritable poudrière : le moindre commentaire désobligeant d'un de ces abrutis mettrait le feu aux poudres…

Elle sentit une tape sur son épaule.

— Alice ?

Elle se retourna. Et là, devant les conserves et les denrées en boîtes, en bras de chemise et vêtu de son beau pantalon bleu, sans une tache de poussière de charbon sur lui, se tenait Bennett. Il venait certainement de quitter le travail, mais semblait aussi frais que s'il était tout droit sorti des pages d'un catalogue Sears.

— Bennett, dit-elle en clignant les yeux avant de se détourner.

Ce n'était pas comme s'il l'émouvait encore physiquement, songea-t-elle en s'interrogeant sur la raison de son malaise. Il ne demeurait plus qu'une vague trace d'affection. Ce qu'elle éprouvait, c'était surtout de l'incrédulité en songeant que celui qui se tenait devant elle était l'homme autour duquel elle s'était enroulée, peau contre peau, qu'elle avait embrassé et dont elle avait imploré le contact charnel. Cette intimité étrange la rendait à présent un peu honteuse.

— Je… J'ai entendu dire que tu partais.

Elle prit une boîte de tomates, juste pour s'occuper les mains.

— Oui. Il semble que le procès se termine mardi. Je serai partie mercredi. Ton père et toi n'aurez plus à vous inquiéter que je sois dans les parages.

Bennett jeta un coup d'œil derrière lui, probablement conscient que les gens étaient peut-être en train d'observer, mais les autres clients n'étaient pas de Baileyville. Personne ne jaserait d'avoir vu un homme et une femme échangeant quelques mots dans un coin du magasin.

— Alice…

— Tu n'as aucune explication à donner, Bennett. Je pense que tout a été dit. Mes parents ont engagé un avocat et…

Il lui toucha la manche.

— D'après Papa, personne n'est parvenu à parler à ses filles.

Elle retira sa main.

— Je te demande pardon ?

Bennett regarda derrière lui.

— Papa affirme que le shérif n'a jamais parlé aux filles de McCullough, révéla-t-il à voix basse. Elles ont refusé d'ouvrir la porte. Elles ont crié à ses hommes qu'elles n'avaient rien à dire sur le sujet. Il prétend qu'elles sont toutes les deux folles à lier, comme le reste de la famille. Il dit que le dossier de l'accusation est assez solide pour se passer de leur témoignage, de toute façon.

Il la regarda intensément.

— Pourquoi me racontes-tu ça ? demanda Alice.

Il se mâcha la lèvre.

— J'ai pensé… j'ai pensé que ça pourrait vous être utile.

Elle riva alors les yeux sur lui, sur son beau visage et ses mains douces comme celles d'un bébé, son regard teinté d'inquiétude. L'espace d'un instant, elle sentit ses traits s'affaisser un peu.

— Je suis désolé, dit-il doucement.

— Moi aussi, Bennett.

Il recula d'un pas, se passa une main sur la figure.

Ils restèrent ainsi encore un instant, gênés.

— Bon, finit-il par dire. Si je ne te revois pas avant que tu partes, eh bien… bon voyage.

Elle hocha la tête. Il se dirigea vers la porte. Alors qu'il l'atteignait, il se retourna et éleva un peu la voix pour être entendu.

— Oh. Je me disais que tu aimerais savoir que j'ai l'intention de faire reconstruire les barrages à boue. Avec un encastrement approprié et une base en ciment. Afin qu'ils ne risquent plus de céder.

— Ton père a donné son accord ?

— Il le fera.

Dans le plus ténu des sourires, elle retrouva furtivement l'homme qu'elle avait connu un jour.

— Ce sont de bonnes nouvelles, Bennett. Vraiment de bonnes nouvelles.

— Bon, dit-il en regardant par terre. C'est un début.

Sur ce, son époux la salua en soulevant son chapeau, ouvrit la porte et disparut, happé par la foule.

— Le shérif n'a pas parlé à ses filles ? Pourquoi ? s'étonna Sophia en secouant la tête. Ça n'a aucun sens.

— Au contraire, c'est parfaitement logique, déclara Kathleen, depuis le coin.

Elle raccommodait une étrivière cassée, grimaçant tandis qu'elle forçait l'énorme aiguille à traverser le cuir.

— Ils sont montés jusqu'à Arnott's Ridge, poursuivit-elle, dans une famille où ils s'attendaient à du grabuge. Ils imaginent que les filles ne sauraient rien des allées et venues de leur père, un ivrogne qui avait l'habitude de disparaître des jours entiers. Alors ils frappent deux, trois fois à la porte, on leur dit de dégager, et puis ils abandonnent et redescendent, et ça leur prend une demi-journée à chaque trajet.

— McCullough avait l'alcool mauvais, ajouta Beth. Peut-être bien que le shérif n'avait pas envie de les pousser trop loin, au cas où elles lui auraient raconté quelque chose qu'il ne voulait pas entendre. Ils ont besoin de soigner son image pour mieux détruire celle de Marge.

— Notre avocat pourrait les rencontrer pour leur poser quelques questions, non ?

— Mr Costard de Lexington ? Vous croyez vraiment qu'il va chevaucher une demi-journée pour parler à deux ploucs enragées à Arnott's Ridge ?

— Je ne vois pas en quoi cela nous aiderait, dit Beth. Si elles refusent de parler aux hommes du shérif, il y a peu de chances qu'elles nous fassent bon accueil.

— Au contraire, c'est précisément parce que nous ne sommes pas des représentants de l'autorité qu'elles pourraient accepter de nous parler, intervint Kathleen.

Izzy désigna le mur du doigt.

— Margery a mis la maison des McCullough sur la liste des endroits où ne pas aller. « Sous aucun prétexte ». Regardez, c'est écrit juste là.

— Eh bien, peut-être qu'elle a fait comme tout le monde : elle se sera fiée aux rumeurs sans vraiment prêter attention aux faits, objecta Alice.

— Ces filles n'ont pas été aperçues en ville depuis près de dix ans, murmura Kathleen. On raconte que leur père ne les a plus laissées sortir de la maison après la disparition de leur mère. L'une de ces familles qui restent simplement dans l'ombre.

Alice songea aux paroles de Margery, des paroles qui lui résonnaient dans le crâne depuis des jours.

« Il y a toujours un moyen de s'en sortir. Ça peut être moche. Tu peux avoir l'impression que la terre s'est dérobée sous tes pieds. Mais il n'existe pas d'obstacle insurmontable. »

— Je vais leur rendre visite, annonça Alice. Après tout, qu'avons-nous à perdre ?

— Ta tête ? suggéra Sophia.

— Ça ne ferait pas une grande différence…

— Tu connais les histoires qui circulent autour de cette famille ? Et tu sais combien ils nous détestent aujourd'hui ? C'est suicidaire !

— Mais c'est peut-être la dernière chance pour Margery, répliqua Alice. (Sophia lui adressa un regard sévère mais ne répondit pas.) Bien. Est-ce que quelqu'un a le plan pour cette route ?

L'espace d'un instant, Sophia ne bougea pas. Puis elle ouvrit un tiroir sans un mot et parcourut les documents assemblés jusqu'à ce qu'elle le trouve et le lui tende.

— Merci, Sophia.

— Je t'accompagne, déclara Beth.

— Dans ce cas, je viens aussi, dit Izzy.

Kathleen prit son chapeau.

— Cette petite sortie ne nous fera pas de mal. Rendez-vous ici demain à 8 heures ?

— Disons 7 heures, dit Beth.

Pour la première fois depuis des jours, Alice se surprit à sourire.

— Que le Seigneur vous vienne en aide, dit Sophia en secouant la tête.

Chapitre 25

Après quelques heures de route, les raisons pour lesquelles Margery et Charley étaient toujours les seuls à entreprendre le trajet vers Arnott's Ridge étaient claires. Même dans les conditions clémentes de début septembre, le trajet était pénible, le sentier zigzaguant entre des crevasses escarpées, d'étroites corniches et divers obstacles à descendre ou escalader à l'aide des mains, des fossés aux barrières en passant par des arbres déracinés et échoués sur le sol. Alice montait Charley, persuadée qu'il comprendrait où il allait, et elle ne s'y était pas trompée. Il s'élançait à grands pas déterminés, ses grandes oreilles s'agitant d'avant en arrière, suivant ses propres itinéraires bien rodés le long du lit du ruisseau et remontant le côté de la crête, avec les chevaux qui suivaient derrière. Il n'y avait pas d'encoches sur les arbres par là, pas de rubans rouges : Margery ne s'était manifestement jamais attendue à ce que quelqu'un d'autre qu'elle emprunte une telle route, et Alice jetait par intermittence un coup d'œil vers les autres femmes dans son sillage, en espérant que Charley serait un guide fiable.

Autour d'elles, l'air était lourd et humide, et dans la forêt qui s'était parée de nuances ambrées, le sous-bois était couvert d'un épais tapis de feuilles mortes, qui étouffaient les sons tandis que les bibliothécaires s'aventuraient en terre inconnue. Elles chevauchaient sans échanger un mot, concentrées sur leur itinéraire, ne brisant le silence que pour encourager leurs montures ou avertir les autres d'un obstacle imminent.

Alors qu'elles progressaient ensemble sur les sentiers escarpés, Alice se rendit compte qu'elles n'avaient jamais fait une tournée avec l'équipe au complet. Cette visite à Arnott's Ridge serait peut-être sa dernière chevauchée dans les montagnes.

Environ une semaine plus tard, elle serait à bord du train pour New York, puis elle embarquerait à bord de l'immense paquebot qui la ramènerait en Angleterre, vers une existence radicalement différente. Elle se retourna vers les femmes qui la suivaient. Elle fut saisie par l'émotion : elle les aimait toutes. Quel déchirement ce serait, de les quitter, Fred et elles. Elle ne pouvait imaginer rencontrer des amies avec qui elle tisserait une telle complicité dans sa prochaine vie, entre deux bavardages polis ponctués de tasses de thé.

Les autres bibliothécaires finiraient par l'oublier, absorbées par leur travail, leur famille, par le passage des saisons. Oh, elles promettraient de s'écrire, bien sûr, mais ce ne serait pas pareil. Elles ne partageraient plus le même quotidien : les bourrasques glaciales, les mises en garde contre les serpents sur les chemins, l'esprit d'entraide du groupe. Elle deviendrait progressivement la postface d'une histoire : « Vous souvenez-vous de cette Anglaise qui a fait les tournées avec nous un moment ? La femme de Bennett Van Cleve ? »

— Tu crois qu'on approche ?

Kathleen la tira de ses pensées en arrivant à sa hauteur.

Alice arrêta Charley et déplia la carte tirée de sa poche.

— Eh bien, d'après le plan, ce n'est pas loin au-delà de cette crête, dit-elle en plissant les yeux vers les reliefs dessinés à la main. Elle a dit que les sœurs vivaient à quatre miles dans cette direction, et que Nancy faisait toujours la dernière partie du trajet à pied, à cause du pont suspendu, alors j'imagine que la maison des McCullough se situe… quelque part par là.

Beth se moqua.

— Tu lis cette carte à l'envers ? Je sais avec certitude que ce foutu pont est par là.

Alice avait le ventre noué de nervosité.

— Si tu sais mieux que tout le monde, je te laisse prendre les devants et nous prévenir quand tu seras là-bas…

— Ne le prends pas comme ça… Tu ne viens pas d'ici, c'est tout. Je pensais juste que…

— Oh, comme si je l'ignorais. Ça fait un an qu'on me le rappelle à la moindre occasion.

— Du calme, Alice… Je voulais juste dire que certaines d'entre nous avaient peut-être plus de connaissance des montagnes que…

— La ferme, Beth ! coupa Izzy, exaspérée. Nous ne serions même pas arrivées jusqu'ici sans Alice.

— Attendez, dit Kathleen. Regardez.

Ce fut la fumée qui les alerta, un infime filet gris qu'elles n'auraient peut-être pas repéré si les arbres alentour n'avaient pas perdu une partie de leurs feuilles. Avec le ciel de plomb en arrière-plan, on peinait à distinguer le filet de fumée. Les femmes s'arrêtèrent dans la clairière, apercevant le cabanon tapi sur la crête, avec son toit de bardeaux auquel il manquait quelques tuiles et son jardin en friche. C'était la seule maison des environs. Elle avait l'air abandonnée, et tout en elle semblait vouloir décourager les visiteurs occasionnels. Attaché à une chaîne, un chien de garde, tous crocs dehors, se mit à aboyer, devinant leur présence à travers les arbres.

— Vous pensez qu'on va nous tirer dessus ? demanda Beth en crachant bruyamment.

Fred avait insisté pour qu'Alice emporte son fusil, qu'elle portait en bandoulière. Ce n'était peut-être pas une bonne chose que les McCullough la voient armée.

— Je me demande combien ils sont, là-dedans. Quelqu'un a dit à mon frère aîné que les McCullough des autres villes ne sont jamais montés jusque-là.

— Comme l'a dit Mrs Brady, ils sont sans doute venus uniquement pour le spectacle, confirma Kathleen en observant la maison.

— Ce n'est pas comme s'ils étaient venus pour la fortune des McCullough, n'est-ce pas ? Au fait, ta mère ne doit pas être très rassurée de te savoir ici, hein ? demanda Beth à Izzy. Je suis assez surprise qu'elle t'y ait autorisée.

Izzy encouragea Patch à enjamber un petit fossé, et le franchit en grognant.

— Izzy ?

— Elle n'est pas tout à fait au courant.

— Izzy ! s'exclama Alice en se tournant sur sa selle.

— Oh, tais-toi, Alice. Tu sais aussi bien que moi qu'elle ne m'aurait jamais laissée faire.

Elle frotta sa botte.

Elles étaient toutes face à la maison. Alice frissonna.

— S'il t'arrive quoi que ce soit, ta mère m'enverra sur le banc des accusés à côté de Margery. Oh, Izzy… C'est dangereux. Je ne t'aurais jamais laissée venir sans l'autorisation de ta mère.

Alice secoua la tête.

— Alors pourquoi es-tu venue, Izzy ? demanda Beth.

— Parce que nous formons une équipe, et qu'une équipe reste soudée, répondit-elle en relevant le menton. Nous sommes les bibliothécaires itinérantes de Baileyville et nous restons unies.

Beth lui donna une tape sur le bras tandis que son cheval avançait.

— Eh bien, bordel de Dieu…

— Tss tss… Est-ce que tu t'arrêteras un jour de jurer, Beth Pinker ?

Et Izzy lui donna une tape à son tour, puis poussa un cri perçant quand les chevaux se percutèrent.

Finalement, ce fut Alice qui y alla en premier. Elles avancèrent aussi loin que le chien grognant au bout de sa chaîne le permettait, et Alice descendit de selle, puis tendit ses rênes à Kathleen. Elle fit quelques pas vers la porte, en se tenant à bonne distance du cerbère, qui montrait toujours les crocs, le poil hérissé. Elle observa nerveusement la chaîne, espérant que l'autre extrémité était bien fixée.

— Bonjour ! Il y a quelqu'un ?

Deux fenêtres à l'avant, recouvertes d'une épaisse couche de crasse, les dévisageaient. Sans le filet de fumée, elle aurait cru que la maison était vide.

Alice se rapprocha en élevant la voix.

— Miss McCullough ? Vous ne me connaissez pas, mais je travaille à la bibliothèque itinérante en ville. Je sais que vous avez refusé de parler aux hommes du shérif, et il se trouve que nous avons besoin de votre aide.

L'écho de sa voix se perdit dans les collines. Elle ne percevait toujours aucun mouvement à l'intérieur de la cabane.

Alice se tourna pour regarder les autres avec incertitude. Les chevaux piétinaient d'impatience, les naseaux dilatés en observant le chien qui grognait de plus belle.

— Je vous promets que je n'en ai pas pour longtemps.

Le chien tourna la tête et se tut. L'espace d'un instant, un silence de mort s'abattit sur la montagne. Tout se figea : les chevaux, les oiseaux dans les arbres, l'air lui-même. Alice sentit sa peau se hérisser, comme à l'approche d'une catastrophe imminente. Elle songea à la description du cadavre de McCullough, ses yeux picorés jusqu'à laisser des orbites béantes. Gisant non loin de là, pendant des mois et des mois, jusqu'à la fonte des neiges.

Je n'aurais jamais dû venir ici, pensa-t-elle, sentant l'épouvante ruisseler le long de sa colonne vertébrale. Elle leva les yeux et vit Beth qui hochait la tête à son intention, comme pour lui dire : « Vas-y, retente ta chance. »

— Bonjour ? Miss McCullough ? Il y a quelqu'un ?

Pas un mouvement.

— Bonjour ?

Une voix brisa le silence.

— Vous pouvez toutes dégager et nous foutre la paix !

Alice pivota pour découvrir un double canon de fusil dans l'embrasure de la porte.

Elle retint son souffle et s'apprêtait à parler, quand Kathleen apparut, à pied, à côté d'elle. Elle posa une main sur le bras d'Alice.

— Verna ? Est-ce que c'est toi ? Je ne sais pas si tu te souviens de moi, mais je suis Kathleen Hannigan – Bligh, maintenant. Je jouais avec ta sœur à Split Creek ? On a fait des poupées de maïs avec ma mère pendant une récolte, et je crois qu'elle en a fabriqué une pour toi. Avec un ruban à pois, je crois. Tu t'en souviens ?

Le chien dévisageait Kathleen à présent, les babines retroussées.

— Nous ne sommes pas là pour faire des histoires, dit-elle. Nous sommes dans le pétrin avec notre bonne amie. Nous aimerions avoir la chance d'en discuter avec vous un instant.

— On n'a rien à dire, à aucune de vous autres !

Tout le monde resta figé. Le chien cessa de grogner, sa truffe dirigée quelques secondes vers la porte. Les deux canons ne bougèrent pas.

— Je n'irai pas en ville, déclara la voix de l'intérieur. Je… Je n'irai pas. J'ai dit au shérif quel jour notre papa a disparu, et c'est tout. Vous ne saurez rien de plus.

Kathleen se rapprocha d'un pas.

— Nous comprenons, Verna. Mais on apprécierait que vous nous accordiez quelques minutes de votre temps pour discuter. Notre amie a besoin d'aide et vous êtes peut-être sa dernière chance. S'il vous plaît ?

S'ensuivit un long silence.

— Qu'est-ce qui lui est arrivé ?

Elles se regardèrent.

— Tu n'es pas au courant ? s'étonna Kathleen.

— Le shérif a juste annoncé qu'on avait trouvé le corps de Papa. Et qu'il avait été assassiné.

Alice parla plus fort.

— C'est à peu près tout. Sauf que c'est notre amie qui est jugée pour ce crime, et nous pouvons vous jurer qu'elle n'a rien d'une meurtrière.

— Verna, tu connais peut-être Margery O'Hare. Tu sais que le nom de son père la précède, dit Kathleen d'une voix plus basse, comme si elles avaient une conversation banale. Mais c'est une femme bien. Elle est un peu… originale, mais ce n'est pas une meurtrière. Et son bébé risque d'être privé de mère à cause des rumeurs.

— Margery O'Hare a eu un bébé ? (Le fusil se baissa d'un pouce.) Qui est-ce qu'elle a épousé ?

Elles échangèrent des regards gênés.

— Eh bien, elle n'est pas mariée.

— Mais ça ne veut rien dire, se hâta de préciser Izzy. C'est quelqu'un de bien.

Beth fit avancer son cheval de quelques pas vers la maison et tint une sacoche en l'air.

— Vous voulez des livres, Miss McCullough ? Pour votre sœur et vous ? Nous avons des livres de recettes, d'histoires, toutes sortes d'ouvrages. Il y a beaucoup de familles dans les montagnes qui sont ravies d'en prendre. Vous n'avez pas à payer, et nous vous en apporterons de nouveaux quand vous voudrez.

Kathleen secoua la tête vers Beth en articulant silencieusement : « Je ne pense pas qu'elle sache lire. »

Alice, nerveuse, essaya de parler par-dessus leurs voix.

— Miss McCullough, nous sommes vraiment, vraiment désolées pour votre père. Et nous sommes sincèrement navrées de vous déranger avec cette affaire. Nous ne serions pas là si nous ne cherchions pas désespérément à aider notre amie…

— Je ne suis pas désolée, dit la fille.

Alice ravala le reste de sa phrase. Ses épaules s'affaissèrent un peu. Beth ferma la bouche, consternée.

— Eh bien, il me paraît légitime que vous en vouliez à Margery, mais je vous supplie juste d'écouter…

— Ce n'est pas à elle que j'en veux, l'interrompit Verna d'une voix dure. Il se trouve que la mort de mon père ne me désole pas du tout.

Les femmes échangèrent des regards interloqués. Le fusil se baissa encore d'un pouce avant de disparaître.

— Tu es la Kathleen qui avait des nattes épinglées sur le côté de la tête ?

— C'est bien moi.

— Vous avez grimpé tout le chemin depuis Baileyville ?

— Oui, m'dame, dit Kathleen.

Il y eut une brève pause.

— Dans ce cas, vous feriez mieux d'entrer.

Sous les yeux des bibliothécaires, la porte de bois brut s'entrouvrit très légèrement, puis, après un instant, s'ouvrit un peu plus en grinçant sur ses gonds. Et là, pour la première fois, dans l'obscurité, elles virent Verna McCullough, du haut de ses vingt ans, dans une robe d'un bleu délavé aux poches rapiécées, un foulard noué sur la tête. Sa sœur restait tapie dans l'obscurité derrière elle.

Un court silence s'ensuivit, pendant qu'elles assimilaient toutes ce qui se trouvait devant elles.

— Eh bah, merde ! marmonna Izzy.

Chapitre 26

Le lundi matin, Alice était en tête de file pour entrer au tribunal. Elle avait les yeux rouges de ceux qui n'ont pas assez dormi. Un peu plus tôt dans la matinée, elle avait apporté du pain de maïs tout frais à la prison, mais l'adjoint Dulles avait regardé la boîte et fait remarquer d'un ton confus que Margery avait cessé de s'alimenter.

— Elle a à peine touché quoi que ce soit du week-end.

Il paraissait sincèrement inquiet.

— Prenez quand même. Vous arriverez peut-être à la convaincre de se nourrir plus tard.

— Vous n'êtes pas venue hier, fit-il remarquer.

— J'avais fort à faire.

Il sembla surpris par la brusquerie de sa réponse, mais vu le chaos qui régnait en ville, il se garda bien de poser plus de questions et redescendit vers les cellules.

Alice prit sa place à l'avant de la tribune publique et observa la foule. Pas de Kathleen, pas de Fred. Izzy se faufila derrière elle, puis Beth, qui tirait sur un mégot de cigarette qu'elle éteignit sous son pied.

— Alors, du nouveau ?

— Pas encore, dit Alice.

Puis elle sursauta. Deux rangs plus loin, elle reconnut Sven, le visage grave et les yeux cernés, comme s'il n'avait pas dormi depuis des semaines. Il regardait fixement droit devant lui, les mains sur les genoux. Il y avait quelque chose dans la rigidité de son maintien qui évoquait un homme s'efforçant de se maîtriser, et elle fut bouleversée de le voir ainsi. Elle sursauta quand Izzy lui serra la main. Une minute plus tard, on faisait entrer Margery, la tête basse et le pas lent. Elle affichait une expression indéchiffrable et ne prenait plus la peine de croiser le regard de qui que ce soit.

— Allez, Marge ! entendit-elle Beth marmonner à côté d'elle.

Puis le juge Arthurs entra dans la salle d'audience, et toute l'assistance se leva.

— Miss Margery O'Hare ici présente est victime de malheureuses circonstances. Elle était, si vous préférez, au mauvais endroit au mauvais moment. Maintenant, Dieu seul saura jamais la vérité sur ce qui s'est déroulé en haut de cette montagne, mais nous savons, par contre, que ce n'est que le plus fragile des témoignages qui place un livre de bibliothèque – livre qui, à tous égards, pourrait avoir traversé la moitié du comté de Lee – près d'un corps gisant peut-être depuis quelque six mois.

L'avocat de la défense releva les yeux tandis que les portes du fond s'ouvraient sur Kathleen Bligh, laquelle avança d'un pas décidé, en sueur et le souffle court.

— Excusez-moi. Je suis vraiment désolée. Excusez-moi.

Tous les regards étaient braqués sur elle.

Elle se pencha pour parler à Mr Turner. Il jeta un coup d'œil derrière lui, puis se leva, une main sur sa cravate. Un murmure de surprise traversa l'assistance.

— Monsieur le président, nous avons un témoin qui souhaiterait vivement s'exprimer devant la cour.

— Cela peut-il attendre ?

— Monsieur le président, il est question d'éléments ayant rapport avec l'affaire.

Le juge soupira.

— Messieurs les avocats, venez à la barre, je vous prie.

Les deux hommes s'avancèrent. Aucun d'eux ne tenta de baisser la voix, l'un par urgence, l'autre par frustration ; la salle put donc entendre à peu près tout ce qui se dit.

— C'est la fille, précisa Mr Turner.

— Quelle fille ? demanda le juge.

— La fille de Mr McCullough, Verna.

L'avocat de l'accusation regarda furtivement derrière lui et secoua la tête, visiblement atterré.

— Monsieur le président, nous n'avons reçu aucune notification préalable de la présence de ce témoin, et je m'oppose avec la plus grande vigueur à l'introduction de celui-ci à un stade si avancé…

Le juge chiquait pensivement.

— Les hommes du shérif ne sont-ils pas montés à Arnott's Ridge pour essayer de parler à la fille ?

L'avocat de l'accusation bredouilla :

— Eh bien, oui. Mais elle a refusé de descendre. Elle n'a pas quitté cette maison depuis des années, d'après ceux qui connaissent la famille.

Le juge se cala au fond de son fauteuil.

— Alors je dirais que s'il s'agit de la fille de la victime, probablement le dernier témoin à l'avoir vu vivant, et qu'elle est maintenant ravie de faire le trajet jusqu'en ville pour répondre à des questions sur le dernier jour du défunt, elle pourrait détenir des informations précieuses en relation avec l'affaire, n'êtes-vous pas d'accord, Mr Howard ?

L'avocat de l'accusation jeta un autre coup d'œil derrière lui. Van Cleve avait les lèvres serrées, l'air furieux.

— Oui, monsieur le président.

— Bien. Je vais entendre le témoin, déclara-t-il.

Kathleen et l'avocat parlèrent une minute à voix basse, puis la jeune femme courut au fond de la salle.

— Quand vous voulez, Mr Turner.

— Monsieur le président, la défense appelle Miss Verna McCullough, fille de Clem McCullough. Miss McCullough, je vous prie de venir à la barre des témoins. Je vous remercie beaucoup.

Il y eut un bourdonnement d'intérêt. Les gens tendaient le cou depuis leurs sièges. La porte s'ouvrit à l'arrière de la salle d'audience, révélant Kathleen, tenant par le bras Verna McCullough, qui avançait derrière elle d'un pas hésitant pendant que la cour la dévisageait en silence. Chacun de ses pas requérait un effort apparent. Elle avait la main posée sur le bas de son dos, et son ventre saillait, bas et énorme, devant elle.

Les murmures se propagèrent dans l'assemblée alors que la même idée venait à l'esprit de chacun.

— Pouvez-vous confirmer que vous résidez à Arnott's Ridge ?

Verna avait attaché ses cheveux en arrière avec une épingle qu'elle triturait nerveusement. Sa voix émergea dans un chuchotement rauque.

— Oui, monsieur. Avec ma sœur. Et avant ça avec notre père.

— Pouvez-vous parler plus fort, s'il vous plaît ? demanda le juge.

L'avocat poursuivit.

— Et seulement vous trois ?

La jeune femme s'agrippa à la barre des témoins et regarda autour d'elle, comme si elle venait juste de remarquer le nombre de personnes présentes dans la salle. Sa voix flancha un instant.

— Miss McCullough ?

— Euh... Oui. Notre maman est partie quand j'avais huit ans, et il n'y a eu que nous trois depuis.

— Votre maman est morte ?

— Je ne sais pas, monsieur. Nous nous sommes réveillées un matin, et mon père a dit qu'elle était partie. Et c'était tout.

— Je vois. Vous n'êtes donc pas certaine de son sort ?

— Oh, je crois qu'elle est morte. Parce que mon père a toujours dit qu'il la tuerait un jour.

— Objection ! lança le procureur général.

— Rayez cela du dossier, s'il vous plaît. Nous laisserons dans les enregistrements que les faits et gestes de la mère de Miss McCullough sont inconnus.

— Merci, Miss McCullough. Et quand avez-vous vu votre père pour la dernière fois ?

— Trois jours avant Noël.

— Et l'avez-vous aperçu depuis ?

— Non, monsieur.

— L'avez-vous cherché ?

— Non, monsieur.

— Cela ne vous a pas… inquiétée ? Lorsqu'il n'est pas revenu pour Noël ?

— Ce n'était pas… un comportement inhabituel pour notre père. Tout le monde ici sait qu'il avait un faible pour la bouteille. Il était connu du shérif.

Celui-ci acquiesça, presque à contrecœur.

— Monsieur, me serait-il possible de m'asseoir ? Je me sens un peu faible.

Le juge fit signe au greffier de lui apporter une chaise, et la cour attendit que le siège soit installé et que Verna puisse y prendre place. Quelqu'un lui apporta un verre d'eau. Son visage était tout juste visible au-dessus de la barre des témoins, et la plupart des gens dans la tribune publique se penchaient en avant pour essayer de mieux la voir.

— Alors quand il n'est pas rentré le… 22 décembre, Miss McCullough, vous n'avez rien vu de fâcheux dans ce comportement ?

— Non, monsieur.

— Et quand il est parti, vous a-t-il dit où il allait ? Dans un bar ?

Pour la première fois, Verna hésita avant de répondre. Elle jeta un coup d'œil à Margery, qui regardait par terre.

— Non, monsieur. Il a dit… qu'il allait rendre son livre de bibliothèque.

Il y eut une explosion dans la tribune publique, un son qui pouvait être une expression de choc ou un éclat de rire, ou un mélange des deux ; c'était difficile à dire. Margery, sur le banc, leva la tête pour la première fois. Izzy agrippa de toutes ses forces la main d'Alice.

L'avocat de la défense se tourna pour être face aux jurés.

— Puis-je vérifier qu'il n'y a pas de malentendu, Miss McCullough ? Vous avez dit que votre père était parti restituer un livre de bibliothèque ?

— Oui, monsieur. Il recevait depuis peu des livres de la bibliothèque itinérante du WPA et trouvait ça formidable. Il venait de lire un bon livre, et disait que c'était son devoir de le restituer à temps, pour permettre à quelqu'un d'autre de le lire.

Mr Howard, le procureur général et son adjoint se livrèrent à un conciliabule à voix basse.

— Poursuivez, Miss McCullough.

— Ma sœur et moi, eh bien, nous lui avons recommandé très fermement de ne pas sortir parce que le temps était mauvais, avec la neige, la glace et tout ça, et qu'il risquait de glisser et de tomber, mais il avait pas mal bu et ne voulait rien entendre. Il ne voulait pas être en retard pour rendre son livre de bibliothèque.

Elle parlait d'une voix posée et sûre.

— Donc, Mr McCullough est parti de lui-même, à pied, dans la neige.

— Oui, monsieur. En prenant le livre de bibliothèque.

— Pour marcher vers Baileyville.

— Oui, monsieur. Nous l'avions pourtant mis en garde.

— Et vous n'avez jamais revu votre père ni eu de ses nouvelles ?

— Non, monsieur.

— Et… vous n'avez pas songé à partir à sa recherche ?

— Ma sœur et moi, nous ne sortons jamais de chez nous, monsieur. Depuis le départ de notre mère, notre père nous interdisait d'aller en ville, et nous jugions préférable de ne pas lui désobéir, vu ses sautes d'humeur. Nous faisions le tour du jardin avant la tombée de la nuit et l'appelions, juste au cas où il aurait fait une chute, mais, la plupart du temps, il revenait simplement quand ça lui chantait.

— Alors vous vous êtes contentées d'attendre son retour.

— Oui, monsieur. Il avait déjà menacé de nous abandonner. Au bout de quelques jours, nous nous sommes dit qu'il avait fini par le faire. Et puis, en avril dernier, le shérif est venu nous annoncer qu'il était… mort.

— Et… Miss McCullough. Puis-je vous poser encore une question ? Vous avez fait preuve de beaucoup de courage en venant de Arnott's Ridge pour témoigner, et je vous en suis très reconnaissant. Vous rappelez-vous quel était le livre que votre père avait tant apprécié et se sentait dans une telle obligation de restituer à la bibliothèque ?

— Bien sûr, monsieur. Très clairement.

À ce moment-là, Verna McCullough tourna ses yeux bleus vers Margery O'Hare, et ceux qui se trouvaient au premier rang virent peut-être un léger sourire s'esquisser sur ses lèvres.

— C'était un roman intitulé *Les Quatre Filles du docteur March*.

Une grande clameur se fit entendre dans l'assemblée, si bien que le juge fut obligé de taper son marteau une bonne dizaine de fois pour rétablir un semblant de calme.

Des éclats de rire et des cris de fureur s'élevaient encore dans la foule, et le juge s'empourpra de colère.

— Silence ! Je ne tolérerai aucun manque de respect vis-à-vis de cette cour, vous m'entendez ? Quiconque parmi vous émettra le moindre son sera coupable d'outrage au tribunal ! Silence dans la salle !

Le silence se fit. Le juge attendit un instant pour être sûr que tout le monde avait compris le message.

— Maintenant, messieurs les avocats, voulez-vous bien vous approcher ?

S'ensuivit une conversation murmurée, que l'assistance ne put distinguer cette fois. On chuchotait de plus en plus fort dans la salle. Mr Van Cleve semblait sur le point de prendre feu. Alice le vit se lever à plusieurs reprises, mais le shérif se retourna pour le forcer à se rasseoir. Elle voyait Van Cleve protester, comme s'il avait du mal à admettre qu'il n'avait pas le droit d'aller débattre avec le juge. Margery suivait la scène sans ciller.

— Tiens bon, murmura Beth, cramponnée au banc. Tiens bon, tiens bon.

Puis, après quelques minutes longues comme l'éternité, les deux avocats retournèrent à leurs places, et le juge tapa de nouveau son marteau.

— Peut-on rappeler le médecin légiste, s'il vous plaît ?

S'ensuivit un long murmure tandis qu'on faisait revenir le médecin à la barre des témoins. La tribune était pleine à craquer de gens qui remuaient sur leurs sièges.

L'avocat de la défense se mit debout.

— Docteur Tasker. Encore une question : selon votre avis de professionnel, serait-il possible que les contusions sur le visage de la victime aient été causées par le poids d'un gros livre relié qui lui serait tombé dessus ? Par exemple, si elle avait chuté en arrière. (Il fit signe au greffier en brandissant l'exemplaire des *Quatre Filles du docteur March*.) Un livre de la taille de cette édition, par exemple ? Tenez… Je vous laisse en apprécier le poids.

Le médecin soupesa le livre et réfléchit un instant.

— Eh bien, oui. Ce serait une explication sensée.

— Pas d'autre question, monsieur le président.

Il fallut au juge deux minutes supplémentaires d'entretien juridique pour conclure. Il frappa de son marteau pour rétablir le silence. Puis, brusquement, il se prit la tête entre les mains, et resta ainsi une minute entière. Lorsqu'il la releva, il observa l'assemblée avec une profonde lassitude.

— À la lumière de ce nouveau témoignage, je suis d'avis, comme l'avocat de la défense, qu'il n'y a pas eu de meurtre. Les preuves laissent à penser qu'il s'agit en réalité… d'un malheureux accident. Un homme bon est parti accomplir une bonne action, et, à la suite d'un fâcheux concours de circonstances, dirons-nous, a connu une fin prématurée.

Il prit une profonde inspiration et joignit les mains.

— Étant donné que les preuves du Commonwealth dans ce dossier sont largement indirectes et reposent sur ce seul livre, et compte tenu de la déposition claire et ferme du témoin quant aux déplacements antérieurs de ce même livre, je me vois dans l'obligation de mettre un terme à ce procès et de rendre à la place un verdict de mort accidentelle. Miss McCullough, je vous remercie d'avoir accompli votre devoir civique, et souhaite vous présenter publiquement mes sincères condoléances pour la mort de votre père. Miss O'Hare, vous êtes par conséquent libre de quitter la cour. Greffiers, veuillez relâcher la prisonnière.

Cette fois, la cour explosa littéralement. Alice se sentit soudain enveloppée par les autres femmes, qui sautaient de joie autour d'elle en hurlant, les yeux ruisselants de larmes, les bras, coudes et poitrines serrés dans une étreinte géante. Sven sauta par-dessus la barrière de la tribune publique. Quand le geôlier défit les menottes de Margery, il referma les bras autour d'elle juste avant qu'elle ne s'effondre par terre, sous le choc. Il la transporta rapidement vers la sortie située à l'arrière du bâtiment. L'adjoint Dulles les escorta avant que quiconque ne puisse vraiment comprendre ce qui se passait. Pendant tout ce temps, on entendit Van Cleve hurler que ce n'était qu'une mascarade, une parodie de justice, un scandale. Et ceux qui avaient l'ouïe fine purent simplement entendre Mrs Brady rétorquer :

— Fermez votre grande gueule pour une fois, vieux bouc.

Au milieu de ce brouhaha, personne ne remarqua que Sophia quittait discrètement la section de la tribune réservée aux gens de couleur, le sac soigneusement calé sous le bras, disparaissant par la porte pour se rendre à la bibliothèque, accélérant le pas en chemin.

Quand on raccompagna Verna McCullough vers la sortie, se tenant toujours le bas du dos, personne ne l'entendit marmonner pour elle-même :

— Bon débarras.

Tout le monde estima qu'il valait mieux ne pas laisser Margery seule. On la transporta donc à la bibliothèque et on verrouilla soigneusement les deux portes. Soudain, tous les journalistes du Kentucky voulaient lui parler, ainsi que la moitié de la ville. Elle prononça à peine un mot durant le court trajet. Ses gestes étaient lents, comme si elle sortait d'une longue maladie. Elle parvint néanmoins à avaler un demi-bol de la soupe de haricots que Fred lui avait apportée. Les bibliothécaires discutaient avec animation du verdict inattendu, de la fureur de Van Cleve, du fait que la jeune Verna avait tenu parole.

Elle avait passé la nuit de la veille au chalet de Kathleen, après avoir fait le trajet sur le dos de Patch. Elle était si nerveuse à la perspective d'affronter les regards des gens de la ville que Kathleen avait craint qu'elle ne prenne la fuite. Ce fut seulement lorsque Fred arriva le matin avec son camion pour les déposer au tribunal que Kathleen se dit qu'ils avaient peut-être une chance. Mais cette jeune fille était si étrange et imprévisible qu'ils n'avaient pas la moindre idée de ce qu'elle allait raconter à la cour.

Margery semblait suivre leur conversation de très loin, le regard vide, comme si le bruit et l'agitation étaient trop pour elle après des mois de silence.

Alice avait envie de la prendre dans ses bras, mais quelque chose dans l'attitude de Margery le lui interdisait. Aucun d'eux ne savait quoi lui dire, et tous se retrouvèrent à lui parler presque comme à une inconnue. Est-ce qu'elle voulait encore de l'eau ? Y avait-il quoi que ce soit que l'on puisse aller lui chercher ? Vraiment, elle n'avait qu'un mot à dire.

Et puis, presque une heure après leur arrivée à la bibliothèque, on frappa à la porte, et Fred, entendant une voix basse et familière, alla tirer le verrou. Il ouvrit légèrement, puis riva les yeux sur une chose que l'on ne pouvait voir, et son sourire s'élargit. Il recula, et Sven monta les deux marches, le bébé dans les bras. Virginia portait une robe jaune pâle, elle avait les yeux pétillants et ses poings minuscules agrippaient fermement sa manche.

Margery leva la tête et porta lentement les mains à sa bouche en la voyant. Ses yeux s'embuèrent de larmes et elle se releva doucement.

— Virginia ?

Sa voix se brisa, comme si elle pouvait à peine croire ce qu'elle voyait. Sven s'avança et tendit le bébé à sa mère. Margery et Virginia se regardèrent longuement dans les yeux. Et alors, tandis que tout le monde les contemplait, la fillette se blottit contre sa mère, le pouce fiché dans la bouche. À cet instant précis, Margery ferma les yeux et se mit à sangloter, en silence, agitée de soubresauts comme si une effroyable douleur s'exorcisait, lui déformant le visage. Sven s'approcha pour la serrer dans ses bras. Leurs amis sortirent de la bibliothèque sur la pointe des pieds pour laisser un peu d'intimité à la petite famille enfin réunie, et se mirent en marche vers la maison de Fred.

Il allait se passer plusieurs jours avant que les autres bibliothécaires remarquent le registre que le shérif croyait manquant, disparu dans les grandes inondations, soigneusement empilé avec les autres sur l'étagère à gauche de la porte. Sous la date du 15 décembre 1937, on pouvait lire :

Prêt à Mr C. McCullough, Arnott's Ridge, d'une édition reliée des Quatre Filles du docteur March, *de Louisa May Alcott (une page arrachée, dos un peu abîmé).*

Un observateur particulièrement attentif aurait peut-être remarqué que l'entrée se trouvait entre deux lignes, son encre d'une nuance très légèrement différente de celles qui l'entouraient. Dans la colonne d'à côté, écrite dans cette même encre, on pouvait lire la mention : « Non restitué ».

Chapitre 27

« À cette altitude, on respirait sans peine, et on inspirait en même temps un espoir fou et léger comme une aile. Dans les hautes terres, une pensée venait immédiatement à l'esprit : "Je suis bien là, où je me dois d'être." »

Karen Blixen, *La Ferme africaine.*

Au grand dam des commerçants et serveurs de bar, Baileyville se vida en moins d'une journée. Les unes tapageuses – « NON COUPABLE, VERDICT CHOC » – serviraient bientôt d'allume-feu. Les dernières caravanes quittèrent le comté. L'avocat de l'accusation, dont les pneus avaient été mystérieusement crevés, réussit finalement à se faire livrer des pneus de rechange depuis Lexington. Alors la petite vie de Baileyville reprit son cours, et seules les routes boueuses et quelques déchets éparpillés sur les accotements, témoignaient du fait qu'un procès retentissant s'était tenu ici.

Kathleen, Beth et Izzy escortèrent Verna chez elle, se relayant pour marcher pendant que la jeune fille montait le robuste Patch. Le voyage nécessita quasiment une journée entière. La sœur de Verna, Neeta, viendrait les chercher si elle avait besoin d'aide pour l'accouchement. Personne n'évoqua jamais la paternité de l'enfant. Verna retomba dans le silence avant même d'avoir franchi la porte de sa maison, comme épuisée par tant de bruit et d'agitation.

Les bibliothécaires ne s'attendaient pas à avoir de ses nouvelles.

Cette première nuit-là, Margery O'Hare était allongée dans son lit, face à Sven Gustavsson, presque dans le noir. Elle avait les cheveux doux et propres après son bain. Elle avait copieusement dîné. Par la fenêtre ouverte, elle entendait les hiboux et les grillons chanter dans les ténèbres de la montagne. Ce son l'apaisait, la berçait. Ils regardaient la toute petite fille étendue entre eux, les bras rejetés en arrière dans son sommeil, sa bouche dessinant de subtiles formes tandis qu'elle rêvait. La main de Sven était posée sur la hanche de Margery, et celle-ci en savourait la caresse, se réjouissant des nuits à venir.

— Nous pouvons toujours partir, tu sais, dit-il à voix basse.

Elle remonta la couverture de l'enfant en la calant sous son menton.

— Partir d'où ?

— D'ici. Je veux dire, ce que tu racontais sur la mise en garde de ta mère, et le fait de prendre un nouveau départ. J'ai lu des articles au sujet du nord de la Californie, où on recherche des fermiers et des exploitants agricoles. Je pense que ça te plairait, là-bas. On pourrait se construire une belle vie.

Comme elle ne disait rien, il ajouta :

— Pas forcément dans une ville. C'est un grand et vieil État. Des gens des quatre coins du pays vont en Californie, alors personne ne se retourne sur un étranger. J'ai un ami qui tient une ferme de cantaloups. Il m'a dit qu'il me donnerait du travail le temps qu'on prenne nos marques.

Margery repoussa ses cheveux de son visage.

— Je ne crois pas.

— Eh bien, on pourrait regarder du côté du Montana, si tu penses que ça t'irait mieux.

— Sven, je veux rester. Ici.

Il se redressa sur un coude. Il étudia l'expression de sa compagne dans la pénombre.

— Tu voulais pourtant que Virginia vive comme une femme libre. Qu'elle puisse vivre comme bon lui semble.

— Je sais, dit Margery. Et c'est le cas. Mais il s'avère que nous avons de vrais amis ici, Sven. Des gens qui nous soutiennent. J'y ai réfléchi, et tant que nous pouvons compter sur eux, ça ira pour elle et pour nous. Est-ce que cela te… conviendrait ? Si nous restions ici ?

— Je serai bien n'importe où, du moment que c'est avec toi et Virginia.

S'ensuivit un long silence.

— Je t'aime, Sven Gustavsson.

Il se tourna vers elle dans l'obscurité.

— Tu ne deviendrais pas sentimentale avec moi, par hasard, Marge ?

— Je n'ai pas dit que j'allais le répéter.

Il sourit et se rallongea sur le traversin. Après un instant, il tendit la main, Margery la prit et la serra dans la sienne, et ils dormirent ainsi, durant quelques heures, jusqu'à ce que le bébé se réveille.

Après l'exaltation et le ravissement qu'Alice avait éprouvés lors du retour de Margery, il n'était plus resté qu'une angoisse sourde et froide : le moment était venu de partir. On y était. Le procès était terminé, tout comme l'était son séjour dans le Kentucky.

Elle s'était tenue parmi les bibliothécaires pour regarder Sven conduire Margery et Virginia sur le chemin qui montait vers le Vieux Chalet, et avait senti qu'elle commençait à se scléroser à mesure qu'elle prenait conscience de ce que cela signifiait. Elle parvint à maintenir son sourire tandis que tout le monde se dispersait, s'étreignait et s'embrassait dans des exclamations, et leur avait promis qu'elle les rejoindrait peut-être plus tard au *Nice'N'Quick* pour célébrer l'heureux dénouement. Mais l'effort était trop grand, et alors que Beth envoyait son mégot de cigarette d'un coup de pied sur la route en lui adressant un signe de main enjoué, elle avait la gorge nouée par l'émotion. Fred fut le seul à le remarquer.

— Que diriez-vous d'un bourbon ? proposa-t-il tandis qu'ils verrouillaient la porte de la bibliothèque et marchaient d'un pas lent vers sa maison.

Elle acquiesça. Il ne lui restait que quelques heures en ville.

Il servit deux verres, lui en donna un, et elle s'assit sur sa belle banquette, avec les coussins à boutons et la couverture en patchwork sur le dossier, celle que sa mère avait confectionnée. À présent, il faisait sombre dehors, et la douceur avait laissé place à un vent vif et une fine bruine, et Alice redoutait déjà de ressortir.

Fred réchauffa un reste de soupe, mais elle n'avait pas d'appétit et, s'aperçut-elle, rien à dire. Elle essaya de ne pas regarder les mains de Fred, tous deux conscients du tic-tac de la pendule sur la cheminée, et de ce que cela induisait. Ils discutèrent du procès, mais, même s'ils le dépeignaient dans des couleurs éclatantes, Alice savait que Van Cleve serait maintenant encore plus furieux, redoublerait sans aucun doute d'efforts pour anéantir la bibliothèque ou s'assurer de lui rendre la vie aussi pénible que possible. Par ailleurs, quoi qu'ait déclaré Margery, elle ne pouvait plus habiter au chalet. Ils savaient tous que Margery et Sven auraient besoin de temps en privé, et leurs tièdes protestations quand elle leur annonça qu'elle avait été invitée à dormir chez Izzy ce soir-là furent révélatrices.

— Alors, à quelle heure est votre train ? s'enquit Fred.

— À 10 h 15.

— Voulez-vous que je vous dépose à la gare ?

— Ce serait gentil, Fred. Si cela ne vous ennuie pas.

Il hocha la tête avec gêne et tenta d'ébaucher un sourire. Elle éprouva la même douleur résiduelle que d'habitude devant son embarras, sachant qu'elle en était la cause. Que lui avait-il pris de tomber amoureuse de cet homme alors qu'elle savait leur histoire impossible ? Elle avait été égoïste de ne pas décourager les sentiments de Fred. Plongés dans une tristesse que ni l'un ni l'autre ne se sentait capable de formuler, leur conversation manquait d'allant. Alice, sirotant une boisson qui lui semblait insipide, se demanda si elle n'avait pas commis une erreur en venant là. Peut-être aurait-elle dû se rendre directement chez Izzy. À quoi bon rendre ces adieux encore plus déchirants ?

— Oh. On a reçu une autre lettre ce matin à la bibliothèque. Dans toute cette agitation, j'ai oublié de vous la donner.

Fred sortit l'enveloppe de sa poche et la lui tendit. Elle reconnut aussitôt l'écriture et la laissa tomber sur la table.

— Vous n'allez pas l'ouvrir ?

— Il n'y sera question que de mon retour. Des dispositions à prendre et autres formalités…

— Prenez quand même le temps de la lire.

Pendant qu'il débarrassait les assiettes, elle ouvrit l'enveloppe, sentant les yeux de Fred sur elle. Elle la parcourut rapidement et la remit à l'intérieur.

— Quoi ? Pourquoi avez-vous grimacé ainsi ? demanda-t-il.

Elle soupira.

— C'est juste… ma mère, sa manière de s'exprimer.

Il refit le tour de la table et s'assit, prenant la lettre dans l'enveloppe.

— Ne…

Il repoussa la main d'Alice.

— Permettez-moi.

Elle se détourna pendant qu'il lisait en sourcillant.

— Qu'est-ce que c'est que ça ? « Nous tâcherons d'oublier tes derniers efforts pour faire honte à notre famille. » Qu'est-ce que c'est censé vouloir dire ?

— C'est juste sa façon d'être.

— Est-ce que vous leur avez raconté que Van Cleve vous avait frappée ?

— Non, répondit-elle en se frottant le visage. Ils en auraient probablement déduit que c'était ma faute.

— Je vois mal comment ça aurait pu être le cas. Un adulte et une poignée de poupées. Bon Dieu. Jamais entendu une chose pareille.

— Il ne s'agissait pas seulement des poupées. (Fred leva les yeux.) Il pensait… il pensait que j'avais essayé de pervertir son fils.

— Il pensait… *quoi* ?

Elle regrettait déjà d'avoir parlé.

— Allons, Alice. Nous pouvons tout nous raconter.

— Je ne peux pas. (Elle sentit ses joues s'enflammer.) Je ne peux pas vous le dire.

Elle but une autre gorgée, sentant son regard s'attarder sur elle, comme pour résoudre quelque chose. Après tout, à quoi bon le cacher ? Après ce jour-là, elle ne le reverrait jamais. Elle finit par lâcher :

— J'ai rapporté à la maison un livre sur l'amour conjugal que Margery m'a donné.

Fred serra un peu les mâchoires, comme s'il refusait de songer à Alice et Bennett dans l'intimité. Il lui fallut un instant avant de prendre la parole.

— En quoi était-ce un problème ?

— Son père et lui considéraient que je n'aurais pas dû le lire.

— Eh bien, peut être estimait-il que, puisque vous étiez en période de lune de miel, vous…

— Mais justement. Il n'y a pas eu de lune de miel. Je voulais voir si…

— Si ?

— Voir… si nous avions…

— Si vous aviez quoi ?

— Si nous *l'avions fait*, chuchota-t-elle.

— Voir si vous aviez fait *quoi* ?

Elle porta brusquement les mains à son visage et gémit :

— Oh, pourquoi me forcez-vous à dire *ça* ?

— J'essaie simplement de comprendre les circonstances, Alice.

— Si nous l'avions fait. L'amour conjugal.

Fred reposa son verre. Un long et douloureux instant s'écoula avant qu'il parle.

— Vous ne… savez pas ?

— Non, dit-elle d'un ton misérable.

— Holà. Holà. Attendez. Vous ne savez pas si Bennett et vous avez consommé votre union ?

— Non. Et il refusait d'en parler. Alors je n'ai aucun moyen de le savoir. Et le livre m'a appris certaines choses, mais, pour être honnête, je n'arrivais toujours pas à être sûre. Il y était question de caresses et d'extase. Et ensuite, tout a éclaté, et ce n'est pas comme si nous en avions discuté, donc je ne suis toujours pas sûre que nous l'ayons fait.

Fred se passa la main sur l'arrière du crâne.

— Eh bien, Alice, voyons… c'est… hum… Enfin, vous pouvez difficilement avoir des doutes sur une telle question.

— Que voulez-vous dire ?

— Oh, oubliez ça, éluda-t-il en se penchant en avant. Vous pensez vraiment que le mariage n'a pas été consommé ?

Elle se sentit prise d'angoisse, regrettant déjà qu'il s'agisse de la dernière chose qu'il se rappelle d'elle.

— Eh bien... Je ne crois pas... Oh, Seigneur, vous devez me trouver ridicule, n'est-ce pas ? J'ai du mal à croire que je sois en train de vous raconter ça. Vous devez penser...

Fred se leva brusquement de table.

— Non... non, Alice. Si c'est le cas, c'est une excellente nouvelle !

Elle le dévisagea.

— Je vous demande pardon ?

— C'est merveilleux !

Il lui saisit la main et commença à la faire valser dans la pièce.

— Fred ? Quoi ? Qu'est-ce que vous faites ?

— Prenez votre manteau. Nous allons à la bibliothèque.

Cinq minutes plus tard, ils étaient dans le petit chalet, avec deux lampes à huile qui brûlaient tandis que Fred scrutait les étagères. Il trouva vite ce qu'il cherchait, et demanda à Alice de tenir la lampe pendant qu'il feuilletait l'imposant livre relié de cuir.

— Vous voyez ? dit-il en tapant du doigt sur la page. Si vous n'avez pas consommé votre mariage, cela signifie que vous n'êtes pas mariés devant Dieu.

— Ce qui veut dire ?

— Ce qui veut dire que vous pouvez faire annuler le mariage. Et épouser qui bon vous semble ! Et Van Cleve ne pourra rien faire pour empêcher cela.

Les yeux rivés sur l'ouvrage, elle lut les mots qu'il soulignait du doigt. Elle le regarda d'un air incrédule.

— Vraiment ? Ça ne compte pas ?

— Non ! Attendez... Nous allons trouver un autre de ces livres de droit, et revérifier. Vous en aurez la preuve. Regardez ! Regardez, voilà. Vous êtes libre de rester, Alice !

Vous voyez ? Vous n'avez pas à aller où que ce soit ! Regardez ! Oh, cet imbécile de Bennett – je suis si heureux que je pourrais l'embrasser.

Alice reposa le livre et le regarda sans ciller.

— J'aimerais autant que ce soit moi que vous embrassiez.

Et c'est ce qu'il fit.

Quarante minutes plus tard, ils étaient allongés par terre dans la bibliothèque sur la veste de Fred, le souffle court, encore sous le choc de ce qui venait de se produire. Il se tourna vers elle, cherchant son visage du regard, puis lui prit la main et la porta à ses lèvres.

— Fred ?

— Ma chérie ?

Alice lui adressa le plus lent, le plus doux des sourires, et, lorsqu'elle parla, sa voix parut suave comme le miel.

— Je n'avais clairement jamais fait ça.

Chapitre 28

« De la simple chair délicatement colorée du corps de l'être aimé, que nos instincts animaux nous empressent de désirer, jaillit non seulement le miracle d'une nouvelle vie, mais aussi un plus large horizon de compassion humaine, et la lueur d'une compréhension spirituelle que personne n'aurait jamais pu atteindre seul. »

Dr Marie Stopes, *L'Amour conjugal.*

Sven et Margery furent mariés à la fin du mois d'octobre, un jour clair et frais où les brumes s'étaient levées à l'aube sur les vallées. Les oiseaux célébraient haut et fort le bleu du ciel, et se chamaillaient bruyamment sur les branches. Margery lui avait dit qu'elle acceptait sous la contrainte, parce qu'elle n'avait pas envie que Sophia lui rabâche son refrain jusqu'à la fin des temps, et seulement à condition qu'ils n'en parlent à personne et que Sven n'en « fasse pas toute une affaire ».

Sven, qui était prêt à exaucer tous les vœux de Margery, lui opposa pourtant un refus catégorique.

— Si nous nous marions, nous le faisons en public, avec la ville, notre enfant, et en présence de tous nos amis, déclara-t-il, les bras croisés. Voilà ce que je veux. Ou alors on ne se marie pas du tout.

Ils se marièrent dans la petite église épiscopale de Salt Lick, dont le pasteur était un peu moins pointilleux que d'autres sur les enfants nés hors mariage, et devant toutes les bibliothécaires, Mr et Mrs Brady, Fred et un bon nombre de familles auxquelles elles avaient apporté des livres. Ils donnèrent ensuite une réception dans la maison de Fred, et Mrs Brady fit cadeau au couple d'une couverture de mariage que son cercle de patchwork avait brodée, ainsi qu'une plus petite assortie pour le lit d'enfant de Virginia. Et même si Margery avait l'air quelque peu gênée dans sa robe couleur huître (empruntée à Alice et retouchée par les bons soins de Sophia), elle arborait une expression de fierté. Elle parvint à ne pas remettre sa tenue d'équitation jusqu'au lendemain, bien que cela lui fût clairement pénible. Ils mangèrent les mets apportés par les voisins (Margery n'avait pas prévu la venue de tant de personnes, et avait été un peu prise de court par le flot interminable de convives). Quelqu'un mit un cochon à griller à la broche dehors. Sven avait l'air fou de joie, montrant Virginia à tout le monde avec fierté. On joua du violon et tout le monde se mit à danser. À 18 heures, alors que tombait le crépuscule, Alice quitta la noce et finit par retrouver la mariée, assise toute seule sur le chemin menant à la bibliothèque, le regard levé vers les montagnes qui s'assombrissaient.

— Tout va bien ? s'enquit Alice en s'asseyant à côté d'elle.

Margery ne tourna pas la tête. Elle riva son attention sur les sommets des arbres et renifla bruyamment avant de se tourner vers Alice.

— Ça fait bizarre d'être aussi heureuse, dit-elle.

Alice ne l'avait jamais vue aussi émue. Elle médita ses propos, puis hocha la tête.

— Je comprends, dit-elle en lui donnant un coup de coude amical. Tu t'y habitueras, va.

Deux mois plus tard, après que les Gustavsson eurent acquis un chien (une demi-portion de chiot aux yeux vairons, aux antipodes du chien de race que Sven avait suggéré

–il en était, bien entendu, complètement fou), Margery retourna travailler à la bibliothèque. Virginia était gardée quatre jours par semaine par Verna McCullough, avec son propre bébé, un enfant plutôt frêle au visage constellé de taches de rousseur, prénommé Peter. Avec l'aide de Jim Horner et quelques autres, Sven et Fred construisirent un petit chalet à quelques pas de chez Margery, avec deux chambres séparées, une cheminée et des toilettes à l'extérieur, et les sœurs McCullough y emménagèrent de bon gré. Elles retournèrent dans leur ancienne maison uniquement pour en rapporter un sac de jute rempli de vêtements, deux casseroles et le chien méchant.

— Le restant puait notre père, déclara Verna.

Elle n'en reparla plus jamais.

Verna avait commencé à descendre en ville à pied une fois par semaine, se contentant surtout d'acheter des provisions. Généralement, les gens la saluaient ou l'ignoraient dans le pire des cas, et on s'habitua vite à sa présence. Neeta, sa sœur, n'était toujours pas très encline à quitter la maison, mais elles adoraient toutes les deux les bébés, et semblaient apprécier un peu de vie sociale. Au fil du temps, les rares voyageurs qui s'aventuraient jusqu'à Arnott's Ridge purent constater que la cahute des McCullough tombait en ruine. Les tuiles, d'abord, puis la cheminée ; ensuite les bourrasques eurent raison de la façade déjà fragilisée, et les murs se désagrégèrent peu à peu, une fenêtre cassée après l'autre, jusqu'à ce que la nature reprenne ses droits, les ronces la ramenant à la terre avec leurs griffes, comme elles avaient été si près de le faire avec son propriétaire.

Frederick Guisler et Alice furent mariés un mois après Margery et Sven, et si les gens remarquèrent tout le temps qu'ils passaient ensemble chez Fred avant d'être officiellement mariés, ils se gardèrent bien d'émettre le moindre commentaire sur le sujet. Le premier mariage d'Alice avait été annulé avec discrétion et peu de scandale, dès que Fred en eut expliqué les détails à Mr Van Cleve, qui, pour une fois, ne sembla pas éprouver le besoin de crier, mais engagea un avocat qui facilita la procédure et fit même en sorte d'aller le plus vite possible pour assurer la confidentialité de la démarche. L'idée que le nom de son fils soit publiquement associé au terme « annulation » paraissait l'attrister profondément. Après ce rendez-vous, il n'évoqua plus jamais la bibliothèque devant qui que ce soit.

Il y avait tout de même une condition : Bennett devait se remarier le premier. Les bibliothécaires estimèrent qu'elles avaient une dette envers le jeune Van Cleve pour l'aide qu'il leur avait fournie, et Izzy assista même à cette journée avec ses parents et déclara que c'était charmant, tout bien considéré, et que Peggy faisait une mariée ravissante.

Alice s'en aperçut à peine. Elle était si ridiculement heureuse que, la plupart du temps, elle ignorait comment contenir sa joie. Tous les matins avant l'aube, elle s'éloignait à contrecœur du corps de son époux, buvait le café qu'il tenait absolument à lui préparer, puis descendait pour ouvrir la bibliothèque et mettre le poêle en route, attendant l'arrivée de ses amies. Malgré le froid et l'heure matinale, elle avait toujours le sourire. Si les amies de Peggy Van Cleve ne manquèrent pas de remarquer qu'Alice Guisler s'était terriblement laissée aller depuis qu'elle s'était mise à travailler pour la bibliothèque itinérante, avec ses cheveux lâchés, sans mise en plis, et ses tenues masculines (et dire qu'elle était si raffinée et bien habillée quand elle était arrivée !), Fred n'aurait pu moins le remarquer. Il était marié à la plus belle femme du monde, et chaque soir, lorsqu'ils avaient tous les deux fini de travailler et rangé la vaisselle côte à côte, il s'assurait de lui rendre hommage. Dans l'air statique de Split Creek, il n'était pas rare pour ceux qui passaient à pied devant chez eux dans l'obscurité de secouer la tête avec amusement en entendant les sons joyeux et essoufflés émanant de la maison derrière la bibliothèque. À Baileyville, en hiver, il n'y avait pas grand-chose à faire à la nuit tombée, après tout.

Sophia et William retournèrent à Louisville. Elle ne voulait pas quitter la bibliothèque, avait-elle dit aux autres femmes, mais on lui avait proposé un poste à la bibliothèque publique libre de Louisville, réservée à la communauté afro-américaine, et, étant donné que leur chalet n'était plus le même depuis les inondations et que les chances qu'avait William de travailler étaient limitées, ils se dirent qu'ils s'en sortiraient mieux là-bas, surtout dans une ville où leur communauté était mieux représentée. Izzy pleura toutes les larmes de son corps, et les autres eurent la mort dans l'âme, mais on ne pouvait s'opposer au bon sens – pas plus qu'à Sophia, qui était têtue comme une mule. Quelque temps plus tard, lorsqu'elles commencèrent à recevoir les lettres qu'elle envoyait de Louisville et la photo de sa promotion, elles l'encadrèrent et l'accrochèrent au mur, à côté de celle où elles posaient toutes ensemble, et elles en furent un peu réconfortées. Même si les étagères, il fallait bien en convenir, ne furent plus jamais aussi impeccablement organisées.

Fidèle à sa parole, Kathleen ne se remaria pas, même si les soupirants ne manquèrent pas une fois qu'une période décente se fut écoulée. Elle n'avait pas de temps à consacrer à ça, dit-elle aux autres bibliothécaires, entre les lessives, le ménage, ses enfants et son travail. Par ailleurs, aucun homme dans tout l'État n'arrivait à la cheville de Garrett Bligh. Même si elle admettait que Jim Horner lui avait fait forte impression dans son élégante tenue lors du mariage d'Alice, ayant reçu les soins d'un véritable barbier et revêtu son plus beau costume. Sa nouvelle coupe de cheveux révélait un visage assez plaisant, et son allure générale était nettement plus séduisante quand il portait autre chose que sa salopette sale. Elle ne se remarierait pas, elle était catégorique sur ce point, mais, au bout de quelques mois, il ne fut pas rare de les voir se promener en ville ensemble avec leurs enfants, et assister à la foire au printemps. Les filles de Jim appréciaient la présence rassurante de Kathleen, et si cela suscitait chez certains des regards sournois et des haussements de sourcils, c'était leur problème. Et Beth pouvait bien la dévisager avec des yeux ronds, c'était le cadet de ses soucis.

La vie de Beth suivit son cours après le procès. Elle resta chez elle avec son père et ses frères, se plaignait amèrement d'eux à chaque instant, fumait en privé et buvait en public. Mais elle surprit tout le monde, six mois plus tard, quand elle annonça qu'elle avait mis de côté chaque penny qu'elle avait gagné et s'apprêtait à embarquer sur un paquebot pour découvrir le continent indien. Les bibliothécaires crurent d'abord à une plaisanterie – Beth était dotée d'un certain sens de l'humour –, mais elles comprirent que c'était du sérieux quand la jeune femme sortit le billet de sa sacoche pour leur montrer.

— Comment diable as-tu récolté tout cet argent ? demanda Izzy, confuse. Tu m'as dit que ton père en prenait la moitié pour les frais de la maison.

Beth se montra assez évasive sur le sujet, et bafouilla qu'elle avait fait d'autres menus travaux, qu'elle avait déjà quelques économies de côté et qu'elle ignorait pourquoi tout le monde dans cette fichue ville avait besoin de savoir le pourquoi du comment. Et quand, un mois après son départ, le shérif découvrit un alambic abandonné près de l'étable en ruine des Johnson, dont le sol était jonché de mégots de cigarettes, on jugea préférable pour son père de ne pas faire le rapprochement.

Sa première lettre arriva d'un endroit appelé Surate ; l'enveloppe était ornée du plus joli cachet de poste qu'on eût jamais vu, et contenait une photo d'elle portant une robe brodée aux couleurs chatoyantes qu'on appelait un sari et tenant un paon sous le bras. Kathleen s'exclama qu'elle ne serait pas choquée si Beth finissait par épouser le roi des Indes, car cette fille ne cesserait jamais de les surprendre. Ce à quoi Margery répondit sèchement que cela les surprendrait toutes.

Izzy enregistra un disque, avec la permission de son père. En l'espace de deux ans, elle était devenue l'une des chanteuses les plus populaires du Kentucky, réputée pour sa voix cristalline et les tenues dans lesquelles elle se produisait – de longues robes fluides. Elle enregistra une chanson qui parlait d'un crime dans les collines et connut un succès bien au-delà des frontières de l'État. Elle fit même un duo sur scène avec Tex Lafayette dans une salle de spectacle à Knoxville. Il lui fallut une bonne semaine pour se remettre de ses émotions, car le chanteur lui avait tenu la main quand sa voix s'envolait dans les aigus. Lorsqu'elle atteignit la quatrième place des classements Gramophone, sa mère lui déclara qu'elle n'avait jamais été aussi fière d'elle de toute sa vie. Son autre fierté, avouait-elle en privé, c'était la lettre qu'elle avait reçue de Mrs Lena C. Nofcier, deux mois après la clôture du procès, la remerciant de ses efforts pour maintenir la bibliothèque itinérante de la WPA de Baileyville en activité durant une période de crise.

Nous, les femmes, affrontons nombre de défis inattendus lorsque nous choisissons de dépasser ce que l'on considère comme nos limites habituelles. Et vous, chère Mrs Brady, avez prouvé que vous étiez largement à la hauteur pour relever l'un de ces défis. J'ai hâte de vous rencontrer en personne pour avoir le plaisir de m'entretenir avec vous.

Mrs Nofcier n'avait pas encore fait le déplacement jusqu'à Baileyville, mais Mrs Brady ne doutait pas que cela finirait par arriver.

La bibliothèque, dirigée par Alice et Margery, ouvrait cinq jours par semaine. Cinq jours durant lesquels les bibliothécaires continuèrent à faire circuler des romans, manuels pratiques, livres de recettes et revues. Les souvenirs du procès s'estompèrent vite, surtout parmi ceux qui prirent conscience du fait qu'ils n'aimeraient pas être privés de livres, et la vie à Baileyville reprit son cours. Seuls les hommes comme Van Cleve semblaient se donner beaucoup de mal pour éviter la bibliothèque, accélérant en voiture lorsqu'ils étaient de passage à Split Creek, ou faisant des détours pour éviter de passer à proximité du bâtiment.

Alors quand, au cours de l'année 1939, Peggy Van Cleve rendit visite à la bibliothèque, ce fut à la surprise générale. Elle hésita quelques instants devant le bâtiment, comme si elle cherchait quelque chose dans son sac à main, puis, après avoir vérifié par la fenêtre que Margery était seule, elle se décida à franchir le pas de la porte. Elle n'était pourtant pas connue pour être la plus avide des lectrices.

Margery O'Hare n'avait pas une minute à elle, entre son travail et sa maison fourmillante d'activités, où l'attendaient sa fille, son époux et son chien. Mais, ce soir-là, le sourire aux lèvres, elle se demanda si elle devait raconter à Alice Guisler comment la nouvelle Mrs Van Cleve s'était aventurée dans la bibliothèque, avait baissé la voix et, après quelques tergiversations, avait fait mine de parcourir les titres exposés sur les étagères. Puis comment Mrs Van Cleve avait fini par lui demander s'il se trouvait vraiment en ces lieux un livre qui conseillait les dames concernant « certains sujets sensibles en rapport à la chambre ». Et enfin comment Margery, impassible, avait répondu que « oui, bien sûr ». Il ne s'agissait que de faits, après tout.

Elle n'avait toujours pas tranché quand ses collègues arrivèrent à la bibliothèque, le lendemain matin, et que le sourire la démangeait encore.

Postface

La bibliothèque à cheval de la WPA fut en activité de 1936 à 1943. À son apogée, cette initiative permit de fournir des livres à plus de cent mille habitants des zones rurales. Aucun programme d'une telle ampleur n'a été mis en place depuis.

L'est du Kentucky reste l'un des endroits les plus pauvres – et les plus beaux – des États-Unis.

Remerciements

Ce livre, plus que tous les autres, a été un travail d'amour. Je suis tombée amoureuse d'un lieu, de sa population, puis de l'histoire de cet endroit, ce qui a fait de l'écriture un bonheur inhabituel. C'est pourquoi je souhaite remercier Barbara Napier et tous ceux qui m'ont accueillie à la ferme de Snug Hollow à Irvine, dans le Kentucky – et tout particulièrement Olivia Knuckles, à laquelle je dois d'avoir trouvé la voix de mes héroïnes. Votre esprit et celui de la vallée résonnent dans ce livre, et je suis heureuse de pouvoir vous compter parmi mes amies.

Merci à toute l'équipe de Whisper Valley Trails dans les montagnes Cumberland, qui m'a permis de chevaucher sur les sentiers que ces bibliothécaires ont empruntés, et à tous ceux que j'ai arrêtés, questionnés, harangués et avec qui j'ai échangé durant mes excursions.

Plus près de moi, j'aimerais remercier mes relectrices Louise Moore et Maxine Hitchcock chez Michael Joseph, Penguin, au Royaume-Uni, Pam Dorman de Pamela Dorman Books, PRH aux États-Unis, et Katharina Dornhoefer de Rowohlt en Allemagne. Aucune d'elles n'a frémi d'horreur quand je leur ai annoncé que mon prochain roman porterait sur un groupe de bibliothécaires à cheval dans l'Amérique rurale durant la Grande Dépression. Même si je les soupçonne de n'avoir pas été très rassurées. Merci également à vous tous de continuer à m'aider à tirer le meilleur parti de mes livres – toutes les histoires sont un effort collectif–, et pour la foi constante que vous avez en eux et en moi. Merci à Clare Parker et Louise Braverman, Liz Smith, Claire Bush, Kate Stark et Lydia Hirt, et toutes les équipes de chaque maison d'édition pour le fabuleux talent avec lequel vous m'aidez à porter ces histoires devant le public. À plus grande échelle, je remercie Tom Weldon et Brian Tart, ainsi qu'Anoukh Foerg en Allemagne.

Comme toujours, merci à Sheila Crowley chez Curtis Brown pour être à la fois supportrice, gourou des ventes, féroce négociatrice et soutien émotionnel. Et à Claire Nozières, Katie McGowan et Enrichetta Frezzato pour orchestrer la parution de mes romans partout dans le monde avec un savoir-faire assez spectaculaire. Merci également à Bob Bookman de Bob Bookman Management, Jonny Geller et Nick Marston, de relayer chaque parution en assurant la couverture médiatique. Vous déchirez.

Un grand merci à Alison Owen de Monumental Pictures pour avoir « visualisé » cette histoire alors qu'elle n'était encore qu'à l'état de synopsis, et pour son enthousiasme permanent, ainsi qu'à Ol Parker pour les mêmes raisons. Je vous suis reconnaissante de m'avoir aidée à façonner des scènes clés et à rendre ça drôle. J'ai hâte de voir ce que vous en ferez.

De sincères remerciements à Cathy Runciman pour avoir pris le volant à travers le Kentucky et le Tennessee, et m'avoir fait rire à tel point que nous avons failli quitter la route plus d'une fois. Notre amitié est elle aussi incrustée dans ces pages.

Merci également à Maddy Wickham, Damian Barr, Alex Heminsley, Monica Lewinsky, Thea Sharrock, Sarah Phelps et Caitlin Moran. Vous savez tous pourquoi.

Comme toujours, toute ma reconnaissance à Jackie Tearne, Claire Roweth et Leon Kirk pour tout le soutien pratique et logistique, sans lequel je ne m'en sortirais pas. Je vous dois une fière chandelle.
Merci au Kentucky Tourist Board pour ses conseils, et à tous ceux qui m'ont aidée dans les comtés de Lee et d'Estill. Et aussi à Green Park, pour avoir été une improbable source d'inspiration.

Et, enfin et surtout, merci comme toujours à ma famille : Jim Moyes, Lizzie et Brian Sanders. Et par-dessus tout à Charles, Saskia, Harry et Lockie.

Achevé d'imprimer en août 2022
par Aubin Imprimeur à Ligugé
N° d'impression 2207.0082
Dépôt légal, octobre 2022
Imprimé en France
38122406-1